U0137306
Charles
Dickens
Harry
Furniss

后浪 / 插图珍藏版

远大前程

—— Charles Dickens ——

[英]

查尔斯·狄更斯

著

—— Harry Furniss ——

[爱尔兰]

哈利·福尼斯

绘

王科一 译

江苏凤凰文艺出版社
JIANGSU PHOENIX LITERATURE AND ART PUBLISHING

图书在版编目（CIP）数据

远大前程：插图珍藏版 /（英）查尔斯·狄更斯
(Charles Dickens) 著；(爱尔兰) 哈利·福尼斯
(Harry Furniss) 绘；王科一译. -- 南京：江苏凤凰
文艺出版社，2022.1（2023.4 重印）
ISBN 978-7-5594-5860-5

Ⅰ. ①远… Ⅱ. ①查… ②哈… ③王… Ⅲ. ①长篇小
说－英国－近代 Ⅳ. ① I561.44

中国版本图书馆 CIP 数据核字 (2021) 第 082070 号

远大前程（插图珍藏版）

［英］查尔斯·狄更斯 著　［爱尔兰］哈利·福尼斯 绘　王科一 译

策　　划　尚　飞
责任编辑　王　青
特约编辑　郝晨宇
装帧设计　墨白空间·杨阳
出版发行　江苏凤凰文艺出版社
　　　　　南京市中央路 165 号，邮编：210009
网　　址　http://www.jswenyi.com
印　　刷　天津图文方嘉印刷有限公司
开　　本　880 毫米 ×1230 毫米　1/32
印　　张　23.25
字　　数　464 千字
版　　次　2022 年 1 月第 1 版
印　　次　2023 年 4 月第 5 次印刷
书　　号　ISBN 978-7-5594-5860-5
定　　价　128.00 元

第一章

我父亲姓匹瑞普，我自己的教名叫作斐理普。童年时口齿不清，这姓和名我念来念去都只能念成匹普，无论如何也不能念得更完整，更清晰。于是我就管自己叫匹普，后来别人也都跟着匹普匹普地叫开了。

我说我父亲姓匹瑞普，这是看了他的墓碑，听见姐姐说起，才知道的。姐姐嫁了个名叫乔·葛吉瑞的铁匠，人家都管她叫乔·葛吉瑞大嫂。我既没有见过亲生父母，也没见过父母的肖像（他们那时候离开拍照这玩意儿还远着呢），因此，我第一次想到父母究竟像个什么模样，完全是根据他们的墓碑胡乱揣测出来的。看了父亲墓碑上的字体，我就有了个稀奇古怪的想法，认定他是个皮肤黝黑的矮胖个儿，长着一头乌黑的鬈发。再看看墓碑上“暨夫人乔治安娜”这几个瘦骨嶙峋的字样，便又得出一个孩子气的结论，认为母亲脸上一定长着雀斑，是个多病之身。父母的坟墓边上还有五块菱形小石碑，每块约有一英尺半长，整整齐齐列成一排，那就是我五个小兄弟的墓碑（在芸芸众生谋求生存的斗争中，他们很早就一个个偃旗息鼓，撒手不干了）；见了这些石碑，我从此就有个不可动摇的看法，我相信这五个小兄弟出娘胎时一定都是仰面朝天、双手插在裤袋里的，而且一辈子也没有把手拿出来过。

我们家乡是一片沼泽地，附近有一条河；顺河蜿蜒而下，到海不过二十英里。我第一次眺望这四周的景物、在脑海里留下无比鲜明的印象，记得好像是在一个难忘的寒冬下午，傍晚时分。从那次起，我才弄明白：那蔓草丛生的凄凉所在是教堂公墓；本教区的已故居民斐理普·匹瑞普和他的妻子乔治安娜都已经死了，埋了；他们的婴儿亚历山大、巴梭罗缪、阿伯拉罕、托比亚斯和罗哲尔，也都死了，埋了；墓地对面那一大片黑压压的荒地就是沼地，沼地上堤坝纵横，横一个土墩，竖一道水闸，还有疏疏落落的牛群在吃草；沼地的那一边，有一条落在地平线底下的铅灰色线条，就是河流；远处，那阵阵紧吹的急风有个老窝，就是大海；望着这片景色吓得浑身发抖、抽抽噎噎哭鼻子的小东西，就是匹普。

靠近教堂门廊一边的墓地里，蓦地跳出一个人来，大喝一声：“别嚷嚷！你这个小鬼！不许作声！要不然我就掐断你的脖子！”

好一个可怕的人！穿一身灰色粗布衣服，腿上拴一副大铁镣。

头上也不戴一顶帽子，只裹着一块破布，一双鞋子破烂不堪。他刚在水里泡过，满头满脸都是烂泥，闷得他透不过气来；两条腿给乱石堆子绊得一瘸一拐，给碎石片儿划出一条条创痕，给荨麻戳得疼痛难挨，给荆棘扯得皮开肉裂；走起来高一脚低一脚，一边走一边抖，又瞪眼又咆哮。他赶过来，一手抓住我的下巴，一口牙齿捉对儿厮打。

我吓得求他饶命："别掐断我的脖子，求您千万别这样，大爷！"

那人说："告诉我，你叫什么名字？快说！"

"我叫匹普，大爷！"

那人瞪了我一眼，说："再说一遍，说得清楚些！"

"匹普，匹普，大爷。"

那人说："你住在哪儿？指给我看！"

我指着河边平地上我们住的那座村庄——离开教堂有一英里多路，周围是一大片赤杨林子和秃顶树。

那人朝我望了一眼，便把我头朝地脚朝天翻了个过儿，把我口袋里所有的东西都倒在地上。其实口袋里除了一块面包，什么都没有。等到教堂恢复了本来面目（那人手脚快，劲头猛，刚才一下子就把整座教堂在我面前翻了个身，只见教堂的塔尖倒踩在我的脚下）——言归正传，等到教堂恢复了本来面目，他便把我抱到一块高高的墓碑上，让我坐在上面直打哆嗦，自个儿却拿起那块面包狼吞虎咽地吃起来。

他吃完面包，舔舔嘴唇，说："你这个小王八蛋的脸蛋儿长得倒肥啊！"

拿我的年龄来说，我当时的个子也算得矮了，身材也不结实，可是说我脸蛋儿长得肥，我倒认为他没有说错。

那人又晃了一下脑袋，吓唬我说："我要是吃不了你的脸蛋儿才怪呢！我要是不想吃你才怪呢！"

我连忙恳求他千万别吃我的脸蛋；说着便紧紧抓住屁股下的那块墓碑，一来因为怕摔下来，二来为了把眼泪忍住。

那人说："喂，你娘在哪儿？"

我说："就在那儿，大爷！"

他大吃一惊，拔脚就跑，跑了没几步又站住了，回过头来瞧了瞧。

我胆怯心虚地向他解释："大爷，就在那儿！你瞧'乔治安娜'那几个字。那就是我娘。"

他这才跑了回来，说："噢！那么你爹也跟你娘葬在一块儿喽？"

我说："不错，大爷。他也葬在那儿，喏，'本教区的已故居民'。"

他若有所思地低声说："哈哈！那么你跟谁在一起过活呢？——我是说，假如我饶你一命，你跟谁在一起过活呢？不过要不要饶你的命我还没有打定主意呢。"

"跟着我姐姐葛吉瑞大嫂过活，大爷。她就是铁匠乔·葛吉瑞的老婆，大爷。"

他说："呃！铁匠？"说着就低下头去看自己的腿。

一会儿看看自己的腿，一会儿看看我，阴沉沉地来回看了几趟，他这才走到我坐的墓碑跟前，抓住我的两个肩膀，把我的身子尽量向后按下去，一双眼睛炯炯逼人地盯住了我的两眼，我的两眼却只有无可奈何地仰望着他的份儿。

他说："你听着！摆在眼前的问题是，要不要让你活命。我问你，你知道什么叫锉吗？"

"知道，大爷。"

"你知不知道什么叫吃的？"

"知道，大爷。"

他问一句，就把我的身子再往后按一下，好叫我越发感到走投无路、死在眼前。

"去替我弄把锉来。"又把我往后一按。"还得替我弄点儿吃的来。"又把我往后一按。"两样东西少不得一样。"又把我往后一按。"要不然，我非得把你的心肝挖出来吃了不可。"又把我往后一按。

这可吓破了我的胆，我只觉得天旋地转，双手不由得紧紧抓住了他。我说："大爷，请您行行好，让我直起身子来，免得恶心反胃，听您的吩咐也可以听得更清楚些。"

他干脆松开手把我一推，让我一个倒栽葱滚下地来，那股势头也真猛极了，我简直觉得整个教堂一跃而起，跳得比屋顶上的风信鸡还要高。过了一会儿，他才抓着我的两条胳膊，扶我在墓碑上重新坐好，继续说些吓人的话：

“明天一大早，替我送锉和吃的来。送到那边古炮台前交给我。假如你能办到，不走漏一点儿风声，也不露出一点儿形迹，不叫人知道你看到了我这么个人，压根儿就不提看到过这个那个，我就饶你一条命。假如办不到，不依我的话做，哪怕走漏了芝麻绿豆那么大一点儿风声，当心我挖出你的心肝来烤熟了吃。你大概只当我是光杆一个人吧；老实告诉你，我可不止一个人。我还有个小伙伴躲在身边；你别嫌我凶——跟那个小伙伴比起来，我还慈悲得很呢。我在这儿和你说话儿，那小伙子句句听得清楚。他还有一套独特的法术，专会捉小孩儿，挖小孩儿的心吃，挖小孩儿的肝吃。哪个小孩儿也休想躲得过那个小伙子。哪怕你锁好房门，暖暖和和睡在床上，钻在被窝里，用被窝蒙住头，自以为安安稳稳，那个小伙子也会悄悄爬到你床上，扒开你的胸膛。这会儿我费了好大的劲，才拦住了他，没让他来伤害你。说不定他多早晚还是要来挖你的心肝，看牢他可真不容易呢。喂，你怎么说啊？”

我说我一定替他弄把锉来；吃的嘛，只要能找到什么残羹剩饭，好歹都给他捎来，明儿一大早就送到炮台那边交给他。

“你得起誓：如果做不到，天雷打死你！”

我照着他的话起了誓，他这才把我抱下来。

他接下去又说：“你听着！别忘了你答应做的事！也别忘了那个小伙子！记住了，就回家去吧！”

我吓得话也说不上口：“晚——晚——晚安，大爷！”

“得了吧，得了吧！”说着，扫视了一下那一大片又冷又湿的沼地，“我真恨不得能变只青蛙。要不然，变条泥鳅也好！”

一边说，一边用两条胳膊紧紧搂住那瑟瑟发抖的身子，一瘸一拐地朝着那堵矮矮的教堂围墙走去，一路上把身子抱得那么紧，好像只要一松手就要脱骱松榫似的。看他在那一大片草长蒿深、荆蔓萦绕的坟墩里躲躲闪闪地拣着道儿走，我幼稚的心灵还以为他是害怕那些死人从坟墓里悄悄伸出手来、揪住他的脚脖子拖他进去呢。

他走到那堵矮矮的教堂围墙跟前，翻过墙头——看那姿势，简直就像两条腿已经冻僵了、麻木了一样；过了墙头，又掉转脸来张了张我。我一等他重新转过脸去，就连忙一个劲儿朝家里跑，哪里还能怜惜两条腿。过一会儿，我回头一看，只见他又已迈步向河边走去，依旧两条胳膊紧紧抱着身子，拖着两条疼痛的腿，在那一块块大石头之间拣着道儿走——这些大石头，原是搁在沼地上准备下大雨或是发大水的日子当作垫脚石用的。

我停下来目送着他的背影。这当儿，我眼前的沼泽地已只是一条长长的、黑黑的地平线；河流也成了一条地平线，只是不及那一条宽，也不及那一条黑；天空似乎成了一大条用血红色长线条和浓黑色长线条交织起来的带子。纵目四望，影影绰绰看见河边有两个黑乎乎的东西直挺挺地竖立在那儿：一个是为船上人指点航向的灯塔——这玩意儿近看时可真难看，就像个散了箍的桶，桶底朝天撑在木杆上；另外一个东西就是绞刑架，上面还悬着一截链条，早先用来拴过一个海盗。这人一瘸一拐地正向着绞刑架走去，仿佛是那个海盗复活了，刚才下了绞刑架，现在又回去重新吊上。胡思乱想，不禁想得害怕起来；再一看地里的牛也都仰起头来，圆睁着眼睛盯住他的背影，我心里想：莫非这些牲口也都和我一样感觉？我就拼命地四下寻找那个凶神恶煞似的小伙子，可是连个影子也没看到。这一下我又着了慌，于是拔腿就跑，气也不歇地赶回家去。

第二章

我的姐姐，也就是乔·葛吉瑞大嫂，要比我大二十多岁。我是由她“一手”带大的[①]；不光是她自己老爱拿这件事自赞自夸，连街坊邻舍也都这样夸她赞她。那时候，我怎么也弄不明白这“一手”两个字究竟是什么意思，只知道她的手生来又粗又笨，动不动就要啪的一下落到她丈夫和我的身上，我就想：大概乔·葛吉瑞和我两个人都是她“一手”打大的吧。

我姐姐的模样儿长得并不好看，我总是有这么一个印象：乔·葛吉瑞竟会娶上她，一定也是她“一手”创造的杰作。乔倒是

① “一手”(by hand)：原意是说，婴孩的母亲死了，由别人用奶瓶盛乳汁抚养他，但在匹普听来，却产生了另一种巧妙的联想。

个白皮肤的男子，脸皮光洁，淡黄色的两鬓是鬈曲的，蓝色的眼瞳淡得似乎和眼白快要融成一体，难以分辨。脾气柔顺，心地善良，性情温婉，待人随和，兼带几分傻气，真是个可爱的人。很有几分像赫邱利，有他那份力气，也有他那点毛病[①]。

至于我的姐姐乔大嫂，头发和眼睛都生得乌黑，皮肤红得特别刺眼，我有时禁不住怀疑：莫不是她洗脸擦身用的不是肥皂，而是肉豆蔻？她个儿长得高，骨骼也大，一条粗布围裙几乎成天不离身，挽两个活结系在背后，胸口围一块无比坚实的胸兜，那上面别满了大大小小的针。她这样成天围裙不离身，一则显示自己治家的丰功伟绩，二则当作责骂乔的资本。其实我既看不出她有什么理由要系围裙，也不明白她系上以后，又有什么必要成天不解下来。

乔的打铁间设在我们家的隔壁，我们家住的是一所木头房子，那时候我们村里的住宅十之八九都是木头房子。那天从教堂公墓赶到家里，打铁间已经关了门，乔独自一人坐在厨房里。乔和我原是一对同样挨苦受气的难兄难弟，彼此推心置腹；我拔开门闩、探头朝里面一看，见他正坐在对面火炉边上，他一看见我，连忙给我偷偷送了个信儿：

“匹普，乔大嫂出去找你找了十多次啦。刚才又出去了，二十次也有啦。”

“是吗？”

---

① 赫邱利是希腊神话中的大力士；他的妻戴扬妮拉出于妒意，把一件浸过人血的衣服送给他穿；毒气侵体，赫邱利苦不堪言，又无法脱下。这里是讽喻乔怕老婆。

乔说："谁骗你，匹普；出去事小，她还随身带了那根抓痒棍呢，你看糟不糟。"

一听到这个扫兴的消息，急得我尽扭着背心上仅剩的那一颗纽扣，垂头丧气得什么似的直瞅着炉火。所谓"抓痒棍"，原是一根缠着蜡线的棍子，在我身上横抓竖搔，早就给磨撞得精光滑溜了。

乔说："她在家里坐也不是，站也不是，后来就拿起抓痒棍，暴跳如雷，奔了出去。我一点也不冤枉她。"乔说着，慢悠悠地拿起拨火棍，在炉格中间捅捅火灰，眼睛瞧着炉火，又找补上一句："她可真是暴跳如雷呢，匹普。"

我一向把乔也看作一个孩子，年纪虽然比我大些，身份却和我一样，因此我便问他道："乔，她出去很久了吗？"

乔抬头看看墙上的自鸣钟，说："匹普，她最后一次暴跳如雷似的奔出去，大概有五分钟了。啊！她回来了！老朋友，快躲到门背后去，用大毛巾[1]遮一遮。"

我照着他的话做去。我姐姐——就是说，乔大嫂，猛地一下推得屋门大开，发觉有个什么东西挡在门后，知道其中定有蹊跷，便拿起抓痒棍来探查探查究竟是怎么回事。一看是我，便一把把我拎起来扔到乔跟前。他们夫妇俩把我当飞镖，一个扔一个接，说起来也不是这一遭了。乔也不管怎么说，总是乐乐意意地把我接住，当下他就把我送到炉子跟前，悄声屏息地拿他那条大粗腿当作一堵

① 原文为 jack-towel，是一种挂在卷筒上的大毛巾，两头缝接在一起，可以上上下下拉动使用。匹普身材矮小，所以大毛巾遮得住身子。

墙，护着我。

乔大嫂跺着脚，说："你这个小畜生上哪儿去了？干什么去了？惹我气，惹我急，惹我惦记，累得我命也没有了！你还不赶快给我招出来！真要我动手把你从角落里揪出来，哪怕你变成五十个匹普，他变成五百个葛吉瑞，也休想招架得住！"

我坐在脚凳上哭着鼻子，揉着痛处说："我不过到教堂公墓里去走了一遭。"

我姐姐接腔说："到公墓里去走一遭！要不是我，你早就进了坟墓，一辈子待在那边啦。可知道是谁把你一手带大的？"

我连忙说："是你。"

姐姐咆哮道："我倒要问问你，我干吗要把你拉扯大？"

我抽抽噎噎地说："不知道。"

姐姐说："不知道？我再也不会做这种傻事了！你不知道我可知道！老实说，自从你出了世，我这条围裙就没有离过身。嫁给一个铁匠，又是嫁给葛吉瑞这么一个铁匠，已经是倒够了霉，偏偏还要我给你当老娘！"

我闷闷不乐，直瞅着炉火，把她盘问我的话都丢到脑后，一心只想着沼地上那个戴着脚镣的逃犯、那个神出鬼没的小伙子，还想到我自己立下的可怕的誓言——我非得做一次小偷不可，在我这个寄身之所为逃犯偷锉，偷吃的。因为，炉子里的火焰好像存心和我过不去，把这一切统统映现在我眼前。

乔大嫂"哈哈"冷笑一声，把抓痒棍放回原处，说："好一个公墓！你们两个公墓长公墓短，倒是说对啦！”其实我们两人当中有一个根本没提过公墓。“你们两个一唱一和，要不了多久就会把我逼进坟墓，哎，那时候，没有了我，看你们这一对宝——宝——宝货怎么办！”

说着，就去张罗茶具；于是乔连忙从大腿底下偷偷瞥了我一眼，仿佛心里在暗暗打量：我和他到底是怎么回事？万一这种不祥的预言成了事实，我们两个究竟会成为怎样一对宝货？然后他就坐在那里摸摸自己右边的淡黄色鬈发和颊须，淡蓝色的眼睛东望西瞧，乔大嫂走到哪里，他的目光也跟到哪里——他遇到糟心的事儿没有一次不是这副模样的。

姐姐为我们切面包、涂黄油，自有她一套一成不变的精明办法。先用左手把原只面包压在胸兜上，于是总难免有根把别针缝针什么的钻进面包，再由面包钻进我们嘴里。然后她在餐刀上抹一点黄油（当然不会太多），涂在面包上，那架势活像个药剂师做膏药——一把刀子拿在她手里顺涂反抹，灵活自如，薄薄一层黄油刮得平平匀匀，把面包皮的边边角角都抹到了。接着又把刀子在“膏药”边上抹得一干二净，从原只面包上切下厚厚的一圈；圆圈还连在上面没有切断，马上又是一刀把圆圈一切为两，一份给乔，一份给我。

这一回我虽然饿，一份面包拿到手却不敢吃。心里盘算，一定要留下点儿吃的，准备明天给那个可怕的家伙吃，还得留一些给他的伙伴，也就是说，给他那个更加可怕的小伙子。我不是不知道，乔大嫂管理家务十分严格，很可能翻遍食橱也找不到一点儿东西。因此我决定把自己这块黄油面包藏在裤脚管里。

要达到这个目的，就非得有非凡的毅力不可，这可真够我受的，正好似要我硬着头皮从高屋顶上跳下地来，或是从平地上跳进汪洋大海一般。何况乔完全不明白我的心思，更使我难上加难。前面说过，我们两个原是一对同病相怜的难兄难弟，而且他一片好心，每天和我一起吃晚饭，总是要和我比赛谁啃面包啃得快。吃一阵，便悄悄拿起来比一下，看谁了不起，这样便愈吃愈带劲。今天晚上乔吃得特别快，几次三番把那块愈吃愈小的面包在我面前晃动，要我照常和他举行友谊比赛，可每次总是见我一边膝盖上搁着一杯黄澄澄的茶，另一边膝盖上搁着那块黄油面包，碰也没有碰一下。最后，我只得横了心；心想，此事不做不行，不如见机行事，尽量做得不露破绽。于是就利用乔正好扭过头去的那一眨眼工夫，趁机把黄油面包塞进裤脚管里。

乔满以为我胃口不好，显得很担心，闷闷不乐地又咬了一口，看来他这一口吃下去很不是滋味，在嘴里嚼来嚼去，比平常多嚼了好一会儿，边嚼边想心思，好容易才像吞丸药似的吞下肚去。正要咬第二口，嘴巴刚凑到面包边上准备狠狠咬下去，目光忽然落到我身上，发觉我的黄油面包不翼而飞了。

乔又惊又慌，嘴巴在面包边上搁了浅，眼睛尽瞪着我发怔，这哪里逃得过姐姐的一双利眼。

姐姐连忙放下茶杯，疾言厉色地说："怎么啦？"

乔一本正经对我摇摆着脑袋，细声软气规劝我说：“哎呀！这怎么行！匹普老朋友，你这不是跟自己过不去吗？囫囵吞下去会卡在喉咙里的，匹普。”

姐姐愈加声色俱厉，追问道：“究竟怎么啦？”

乔吓得呆头愣脑地说：“匹普，要是多少能够咳一些出来，我劝你还是咳出来的好。礼貌要紧，身梯（体）可更要紧。”

姐姐一肚子火气再也憋不住了，当时就扑到乔身上，揪住他两边颊须，把他的脑袋按在后面墙上撞了好一阵；我坐在墙角里看着，心里好生过意不去。

姐姐气得上气不接下气地说：“到底是怎么回事？你还说不说？看你瞪出了眼睛，像头开膛大肥猪！”

乔无可奈何地瞅了瞅她，然后又无可奈何地啃了一口面包，重新又望着我。

他摆出一副郑重其事的样子，把那块面包鼓鼓囊囊地含在腮帮子里边，和我说起知心话儿来，听他那声调，仿佛只有我们两个人在场似的：“要知道，匹普，我跟你永远是好朋友，一辈子也不会讲你的坏话。可是你这样——”说到这里，他挪动了一下椅子，满地找了一阵，然后重新又把目光落在我身上，继续说下去：“你这样囫囵吞，可太了不得啦！”

姐姐大声嚷道：“他一块面包囫囵吞下去了是不是？”

乔并没有转过眼去看乔大嫂，他依旧看着我，腮帮子里那块面包依旧没有咽下去。他说：“老实告诉你，老朋友，我像你这样年纪的时候，也是囫囵吞——常常是这样——囫囵吞、不要命的孩子，我小时候也见识得多了，可是像你这样会吞的好手可还没见过。匹普，你吞下去没有噎死才叫幸运呢。”

姐姐猛地冲到我跟前，一把揪住我的头发，好像钓鱼似的把我提了起来，一句话就吓得人魂飞天外：“还不快跟我来吃药！”

当时不知是哪一位狗大夫，存心复古，提倡用柏油水当作万应良药；乔大嫂的橱里就常年备有这种药水，大概认为这种东西既然那么难吃，就必有神效无疑。有时走起运来，简直就把这种灵丹妙药当作上好补品让我大喝特喝，弄得我走来走去觉得浑身都是味儿，简直成了一堵新漆的篱笆，感到很不自在。何况这天晚上我病情紧急，那就非得把这种药水足足喝上一品脱不可了。乔大嫂把我的脑袋夹在胳肢窝底下，犹如脱鞋器夹住一只鞋子似的；她为了要我身子好得快，索性把药水往我喉咙里直灌。乔总算只喝了半品脱，却是给逼着吞下去的（他本来好好地坐在炉子跟前一面慢吞细嚼，一面想心思，这下子可弄得他心乱如麻了）。他所以也得喝，是因为“他刚刚吓了一大跳”。依我看，他刚刚并没有吓一大跳，倒是现在真的吓了一大跳。

良心这玩意儿，它谴责起人来，是够叫人害怕的，对大人是这样，对小孩也是这样；更何况一个小孩，良心上先有个秘密的负担，后来裤脚管里又添了个秘密的负担，两下夹攻，那个滋味才真叫够受呢。这我可以以身作证。当时我一想到自己当夜就得去偷乔大嫂的东西（我可绝不认为这是去偷乔的东西，因为我从来不认为这份家私有哪一样是属于他的），心里就有一种犯罪的感觉；再加上我坐着也好，奉命在厨房里干件什么小差使也好，一只手总是要按住那块黄油面包；两下夹击，几乎逼得我要发疯。后来沼地上的风吹进屋子里来，炉火给吹得又旺又亮，这时候我就好像听到白天里那个戴着脚镣、叫我发誓保守秘密的人正在外边向我喊话，说他肚子饿极了，无论如何也挨不到明天，马上就得给他吃的。过了一会儿又想，那人费了好大气力才拦住了那个小伙子，没让他在我身上下毒手，万一那小伙子饿得难熬难挨，再也不受管束，或是记错了时间，把明天的限期记成是今天晚上，连夜就来挖我的心肝吃，那可怎么得了！假使世界上当真有人可以吓得头发根根倒竖的话，那么当时我的头发准就是倒竖了起来的。不过，我看世界上也未必就有这样的事吧？

那天是圣诞前夕；从七点到八点，我得拿一根捣衣棒搅拌第二天吃的布丁。裤脚管里放着那件累赘，也只好硬着头皮干（裤脚管里那件累赘使我又想起那人腿上那件累赘），后来渐渐觉得手里这么不停地动，那块黄油面包也快要从裤脚管里溜出来了，管不住了。幸亏不久有了个脱身的机会，我就连忙到顶楼上的卧室里去，放下了这个鬼胎。

拌好布丁，傍着火炉暖暖身子，等姐姐打发我上楼去睡觉，忽然听见一声炮响，我便对乔说："乔，你听！这是不是炮声？"

乔说："啊！又逃了一个患（犯）人！"

我说："乔，你这话是什么意思？"

乔大嫂一向爱逞能，什么事都要由她来讲解，于是就没好气地说："跑了人。跑了人。"一副不由分说的架势，简直就像给我灌柏油水一样。

乔大嫂耷拉着脑袋做针线活儿，我趁机向乔努努嘴，意思是问他："什么叫作犯人？"乔也努努嘴，算是给我回答。可是这个回音花样繁多，我弄不明白他的意思，只看出其中有个姿势是表示"匹普"两字。

后来乔总算说出声音来了："昨儿晚上太阳下山以后，一个患人逃走了，他们就开炮通知大家。看来现在是报告又逃走了一个。"

"谁在开炮？"

姐姐连忙放下手里的针线活，瞪了我一眼，插嘴说："这小子讨厌！真是打破砂锅问到底！多问闲事多受骗。"

我心想，就算我是多问吧，可是按照她的言下之意就是，我再问下去就要受她的骗了，这也未免有失她自己的体统吧。好在她除了有外客在场，从来就不顾体统。

正在这节骨眼上，偏偏乔又费尽九牛二虎之力，嘴巴张得老大，这更加引起了我的好奇心。看看他两片嘴唇的样子，打的暗语仿佛是"火冒"两字，于是我自然而然向乔大嫂努努嘴，意思是问乔，是不是说"她"火冒了？可是乔理也不理我，嘴巴又张得老大，把那个暗语打得显眼极了。可惜我根本辨别不出他打的暗语究竟代表哪两个字。

最后我急得没有办法，只得开口问道："乔大嫂，请别见怪，我想请问：究竟什么地方在放炮？”

姐姐大声嚷道：“上帝保佑这孩子！是水牢里在放炮！”听她的语气，却并不是祈求上帝保佑我，而是祈求上帝惩罚我。

我瞅着乔说：“噢——噢！原来是水牢！”

乔咳了一声嗽，好像是责备我：“我本来是跟你这么说的嘛[①]！”

我说：“再请问，水牢又是什么玩意儿？”

姐姐手拿针线，指着我直摇头，说：“这孩子真是的！回答他一个问题，他马上就问你十个。水牢就是关犯人的船，停泊在沼田对面。”所谓“沼田”，指的就是沼地，这是我们乡下那一带把这个字念走了音的缘故。

我心里暗暗焦急万分，却装着平平静静的样子搭讪道：“不知道关在水牢里的是些什么人？为什么要关他们？”

乔大嫂受不了了，霍地站起来说：“你这个小鬼，告诉你：我一手把你拉扯大，可不是让你来把人烦死的。要不然，我还有什么体面呢，我简直是造孽啦。关进水牢的都是些杀人犯、抢劫犯、伪造犯，还有做了种种坏事的人；这些人都是从小就爱乱说乱问，一步步走上邪道的。你还不给我快些滚到楼上去睡觉！”

乔大嫂从来不许我点着蜡烛上楼睡觉；刚才跟我讲那番话时，又用顶针在我头上敲鼓似的敲个没完，因此我一路摸黑走上楼去，

① “水牢”（hulks）和“火冒”（sulks），发音相似，所以匹普误会了乔的意思。

脑子里一阵阵刺痛，一来是因为刚才给敲得生疼，二来是因为想到姐姐最后那几句话，心知水牢就在近旁，为我开着方便之门，不禁害怕起来。显而易见，我现在正是朝着那儿走去。乱说乱问是我走上邪道的开始，下一步就要去偷乔大嫂的东西了。

那些事儿离现在已经好久好久了；可是从此我就常常想：世界上恐怕没有多少人能理解，小孩受到了恐吓，心里怀的是什么样的鬼胎。只要是受到恐吓，不管是如何不近情理的恐吓，都免不了要怀上这么个鬼胎。那个要挖我心肝的年轻小伙子吓得我没有了命；那个戴着脚镣和我搭话的人也吓得我没有了命；甚至一想到自己向他许下的可怕诺言，也吓得我没有了命。指望我那位无所不能的姐姐来搭救我吗？休想。她哪一次答应过我的要求？我直到现在都不敢设想，当年在那种恐怖心理的笼罩之下，险些会给逼得做出什么样的事来。

那天夜里，我如果还阖上过眼皮，那也无非是，一阖眼就影影绰绰觉得置身在波涛汹涌的河上，向着水牢那边漂过去；漂到那绞架跟前，有个幽灵似的海盗拿着话筒向我喊话，说是再不上岸到绞架上去挨绞，更待何时。即便当真想睡，也不敢睡着，因为心里惦记着，天一见亮就得到伙食间里去偷东西。想要当夜干好这件勾当，可办不到，因为当时还没有这种一擦就着的取火条件——要想取个亮，就非得用燧石和火刀打火不可，那样就势必会闹出大声来，同那个海盗克啷克啷的镣铐声也差不了多少了。

小窗户外边黑天鹅绒似的夜幕一透出灰蒙蒙的光亮，我马上起床，下楼。梯子上的每一条木板、木板上的每一条裂缝，似乎都在我背后叫喊：“捉贼啊！乔大嫂快起来啊！”多亏巧逢佳节，伙食间里贮藏的食品比平常丰富得多；我侧过半边身子，冷不防看见一只兔子倒悬在那里，好像在对我眨眼，我吓了一大跳。顾不得细细看个真切，顾不得东挑西拣，什么都顾不得，只因为时间紧迫，不敢多耽搁。随手偷了一点面包，一点干酪皮，半罐碎肉，统统和昨天晚上省下来的那块面包一起包扎在一块手绢里；又从陶器酒坛里偷了些白兰地（我房间里有个玻璃瓶，本来是我私下用来压制那种芬芳醉人的西班牙甘草汁的，我就把白兰地盛在这瓶子里，再从食橱内的一只水壶里倒了些水掺在酒坛中）；又偷了一块简直啃不下什么肉来的肉骨头，一个精美滚圆的猪肉馅饼。我本不知有那个馅饼，正待要走，一时心血来潮，就爬上橱架看看，只见上面一层的角落里有个陶器盆子，盖得严严的。我纳罕那里面是个什么好东西，竟要收藏得那么小心。掀开一看，原来是个馅饼，便拿了下来，只指望姐姐这个饼不是准备马上就吃的，失窃以后不会马上就发觉。

厨房里有一扇门通打铁间；我开了锁，拔了闩，走进打铁间，在乔放工具的地方拿了一把锉，然后照原样把门锁好，再打开昨晚回家时走的那另一扇门，到了外边。随手把门带上以后，就直奔大雾弥漫的沼地而去。

第三章

早上下了霜，潮湿得厉害。早起就看见我那小窗户外边蒙着一层水汽，仿佛有个妖魔整夜在那里哭个没停，把我的窗户当作了擦眼泪的手绢。走出门，只见光秃秃的篱笆上和稀疏的小草上也全是一片水汽，看上去真像粗丝络的蜘蛛网，网丝儿从这根树枝挂到那根树枝，从这棵小草挂到那棵小草。家家篱栅上，大门上，都罩着一团黏糊糊的湿气。沼地里的雾尤其浓得厉害；一直走到路牌跟前，才看见那上面朝我们村庄指着的那只手指，其实过往行人从来也不听它的，因为根本就没有人上我们那儿去。抬头一看，路牌上淅淅沥沥滴着水，我沉重的良心觉得它似乎是个鬼怪，罚我非得进水牢不可。

走到沼地上，雾更浓了，迷蒙之中只觉得一切景物都冲着我扑过来，而不是我朝着什么目标奔过去。一个做贼心虚的人，遇到这般情景，着实不好受。闸门、堤坝、河岸，都纷纷破雾而出，冲到我面前，还好像毫不客气地向我大声吆喝："一个孩子偷了人家的肉馅饼！逮住他！"牛群也冷不防跟我撞了个照面，圆睁大眼，鼻孔里冒出白气，叫道："哎呀！小贼！"一头戴着白领圈的黑公牛（在我这不安的良心看来，俨然像个牧师）一双眼睛死死盯住我，我走过去了，它还掉转那笨拙的脑袋，狠狠地责备我，我禁不住抽抽搭搭向它告饶："我也是没办法呀，大爷！这肉馅饼不是拿来我自己吃的呀！"它这才算低下头去，鼻子里又喷出一团热气，后腿一踢，尾巴一摔，走开了。

我一个劲儿地向河边赶去；可是不论走得多快，一双脚却始终暖和不起来，那股阴湿的寒气似乎已死死地钉住在我脚上，一如我现在去找的那个人脚上钉着脚镣一样。我知道，笔直向前走就是我要去的炮台，因为有个星期天曾经跟乔上那儿去过一趟，乔还坐在一尊古炮上对我说，多早晚我正式和他订了师徒合同，做了他的徒弟，我们再上这儿来，那该有多开心啊！可是，毕竟因为雾太浓，辨不清方向，走得偏右了点，因此不得不沿河往回走；河堤是用碎石和烂泥筑成的，还打了防汛木桩。急急忙忙顺着堤跑，跨过一条小沟，知道离炮台不远了，又爬上了对面一个小土墩，果然看见了那人，背朝着我坐在那里，两条胳膊叉在胸前，脑袋向前一冲一冲，睡得正熟。

我想，我要是这样出其不意地就把早餐送到他面前，他一定格外高兴，因此我故意悄悄走到他背后，拍拍他的肩膀。他顿时一跃而起，我一看他并不是我要找的那个人，原来是另外一个！

不过这人也是穿的灰粗布衣服，也戴着脚镣，走路也是一瘸一拐，说话也是粗声嗄气，身上也冷得嗦嗦发抖，总之，什么都和那一个一模一样，只是脸相不同，头上还多了一顶宽边矮筒的扁毡帽。这种种，我都是一眼掠过而已——我哪里还来得及多看，他早就破口大骂，伸出手来揍我了，幸而这一拳头不是劈面打来的，势头不大，也没打中，自己反而险些摔了一跤。他随即就急忙逃进迷雾深处；我看见他一路上绊了两次，后来就不见他的影儿了。

我心里想："这一定就是那个小伙子！"一旦认定了是他，我只觉得心脏一阵阵生疼。假使那时候我晓得肝脏生在什么地方的话，我看我的肝也一定会觉得发痛的。

不一会儿就到了炮台跟前，找到了要找的那个人。他两手抱住了身子，一瘸一拐地走来走去，在那里等我，仿佛一整夜就是那样抱住了身子，一瘸一拐地走个不停。他一定冷得厉害。我真担心他会在我面前猛地倒下，冻僵而死。我一看那双眼睛，就知道他饿得难熬；我先把锉交给他，他随手接过就扔在草地上，可是照我看，他要不是看见我手里还拿着一包吃的，可真要把锉都吃下去呢。这一次他可没有把我头朝地脚朝天翻个过儿来倒我身上的东西，却让我好端端地站在那里打开那包吃的，把口袋里的东西一件件掏给他。

他问我："孩子，这瓶里是什么？"

我说："白兰地。"

说这话时，他已经动手把碎肉往喉咙眼里送，那副吃相实在是天下少有——哪里像吃，简直像心急慌忙地把碎肉装进一个什么罐子里去。可是一听说酒，马上又放下碎肉，喝了几口。一边喝，一边嗦嗦发抖；总算难为他，酒瓶脖子衔在他嘴里居然没有给咬断。

我说："我看你是在发疟疾吧？"

他说："孩子，我想也多半是这样。"

我对他说："这一带地方真糟糕。在这种沼地上可容易害疟疾呢，你睡在这儿怎么行？还会生风湿病呢。"

他说："哪怕待在这里会要了我的命，我也要吃完了这顿早饭再说。哪怕马上就要送我到那边的绞架上去绞死，我也要吃完了再说。这一顿饭的工夫，那疟子决杀不倒我，包你没错儿。"

说着，就把碎肉、肉骨头、面包、乳酪和猪肉馅饼一股脑儿往嘴里塞。一边吃一边疑神疑鬼地向四下的迷雾里张望，动不动就要停下来听一听——连嘴巴都不嚼了。也不知是当真有什么响动，还是他想入非非，也不知是听到了河上什么东西的叮当声，还是沼地上野兽的鼻息声，总之他忽然吃了一惊，冷不防地问我：

"你这小鬼该不是来叫我上当的吧？你没有带什么人来吧？"

"没有的事，大爷！没有的事！"

"也没有让什么人跟着你吧？"

"没有！"

他说："那就好，我相信你。假如你这么小小年纪就要帮着人家来追捕我这样一条倒霉的小毛虫，那你简直就是一条凶狠的小猎狗，没什么说的。要知道我这条可怜的小毛虫已经给逼得只有死路一条，快成狗屎堆啦。"

他喉咙里咯嗒一响，好像身体里面装着一架钟，马上就要报点了。还抬起粗布破衣袖擦了擦眼睛。

一见他这副凄凉模样，我不由得动了恻隐之心；看他渐渐又吃起饼来，便大着胆子说道："您吃得这样有滋味，真叫我高兴。"

"你说什么？"

"我说，您吃得这样有滋味，真叫我高兴。"

"谢谢你，孩子。是很有滋味。"

我平常看惯了家里一条大狗吃东西，现在相形之下，觉得这人的吃相和那条狗实在有几分相似。这人一口等不得一口，用足气力，蛮啃狠咬，和那条狗根本没有什么两样。一口一口囫囵吞，快得什么似的——说得更恰当些，他简直是一把一把往嘴里塞。一边儿吃，一边儿斜着眼睛左看右看，好像四面八方随时都会有人赶来抢走他这个饼似的。照我看，他这样心神不定，哪里还顾得上品一品这个饼的滋味；假使有谁跟他一起吃，难免连人都要叫他咬上一口。从这种种细节看来，他的确很像我们那条狗。

我沉默了一阵，才怯生生地说："您也不留点儿给他？"因为拿不准这句话是否得体，所以是犹豫了好一会儿才说的。再说，有个事实是明摆着的，也不能不提醒他一下："我那儿再也弄不到啦。”

我那位这时正在大嚼饼皮，听得我这样说，便停了口，说道：“留点儿给他？他是谁？”

“就是您说的那个小伙子呀。躲在您身边的那位呀。”他回答道：“噢！你说他吗？得啦！得啦！他不吃东西的。”语气里好像还夹着一声厉笑。

我说：“我看他的样子倒好像很想吃呢。”

那人立即停止了咀嚼，用十分犀利、十分惊奇的目光打量着我。

“你看他的样子？你什么时候看见他的？”

“刚才。”

“在哪儿？”

我用手指了一指，说：“就在那边。就在那儿。我看见他正在打瞌睡，我开头还当作是您呢。”

他连忙一把揪住我的衣领，狠狠地瞪着我，我不由得想：他又在打那个老主意，想要掐断我的脖子了。

我吓得浑身发抖，向他解释：“穿的衣服和您一样，只是比您多戴了一顶帽子，他还——还——”我一心想要把下面一句话说得文雅点儿：“他脚上也有一副——因此他好像也需要借一把锉。昨天晚上您听见放炮吗？”

他自言自语：“这么说，倒是真的放炮来着。”

我回答道：“奇怪，您怎么没有听真？我们在家里隔得那么远，还关了门，都听见了呢。”

他说："哼！你瞧！孤单单一个人睡在这一大片沼地上，脑袋发昏，肚皮空空，冷得要命，饿得要死，一晚上听见的就尽是炮声轰轰，还有人声喧哗。不光是听见，我还看见好些士兵拿着火把，他们的红色军服给火光照得亮堂堂的，从四面八方向我围拢来。还听见他们喊我的号码，恫吓我；还听见嗒嗒嗒的毛瑟枪声，还听见他们的号令声：'弟兄们，预备！举枪！向他瞄准！'后来人逮住了——一切也都消失了。唔，昨天晚上来抓我的士兵，我看见哪止一批啊，简直有一百批——他妈的都排着队，嚓嚓嚓地赶过来。说到放炮，对了，天大亮以后还看见遍地大雾给炮火打得直打颤——可是这个人！"他好像说到这最后一句才记起我在他跟前，"你注意到他身上有什么特别的地方没有？"

我好像想起来了，便说："他脸上有老大一块伤疤！"其实我自己也没把握当时是否看真切了。

于是他毫不留情地啪的一巴掌打在自己左边脸上，大声问我："是在这一边吗？"

"对，就在这一边。"

他立即把剩下的那一点儿吃的都往灰布上衣的胸口一塞，问道："他在哪儿？指给我看，他上哪儿去了？我非得像条搜山狗似的，把他追到不可！这该死的脚镣害得我的脚好痛！把锉拿给我，孩子！"

我指着一个地方对他说，那人就隐藏在那边的迷雾里。他抬头朝我指的方向望了一眼，一下子便在湿淋淋的野草上坐下来，像个疯子似的使劲锉着脚镣，既不理会我，也不理会他自己那条腿。腿上有个擦伤的老伤口，弄得满腿血淋淋的，他却满不在乎，只顾使劲锉，好像那条腿也和那把锉一样毫无感觉。看见他这股没命似的心急劲儿，我又害怕起他来了；况且我已经从家里出来好久，不敢再耽搁，便对他说，我要回去了，他却理也不理。我心里想，不如趁这个机会溜走了吧。我最后一次回头看到他，见他耷拉着脑袋，冲着膝盖，在拼命锉脚镣，越锉越急，叽里咕噜直骂那副脚镣和他那条腿。我最后一次听到他的声音，四外已只见一片迷雾，站住静听，听得见他还在那里锉个不停。

第四章

我满以为厨房里早已有警察等在那里逮捕我。可是，到得家里，非但没有什么警察，连失窃的事也根本没有发觉。乔大嫂忙得不可开交，正在收拾屋子，准备欢度圣诞佳节。乔给撵到厨房门口的台阶上去了，免得挡在畚箕面前碍事——原来姐姐扫起地来，总是使尽全身力气大扫特扫，乔是迟早不免要被卷进畚箕里去的。

我怀着鬼胎回到家里，乔大嫂劈头第一句就是这样向我祝贺圣诞节："你死到哪儿去啦？"

我说，听圣诞颂歌去了。乔大嫂说："呃！原来如此！我还以为你干坏事去了呢！"我心里想，她这话倒是没有说错。

乔大嫂说："我要不是嫁了个铁匠，活活做奴才，成天围裙不离身，或许也会去听听圣诞颂歌的。一辈子就爱听颂歌，可就是因为爱听，偏偏一次也没有福气去听。”

畚箕拿开以后，乔跟在我后面大胆走进了厨房。乔大嫂瞟了他一眼，他显出一副息事求和的样子，用手背抹了一下鼻子。一等乔大嫂的眼睛转过去，他便偷偷用两个食指交叠成一个十字架给我看——这是我们俩惯用的手势，表示乔大嫂正在气头上[①]。乔大嫂生气本是家常便饭，弄得我和乔往往要一连当上几个星期的十字军；不过我们这种“十字军”是交叉手指比画十字，而看古墓残碑上的十字军像，可都是叉着腿儿的。

今天我们可以吃上一顿高级的午饭，有腌猪腿配青菜，还有两只加料烤鸡。昨天早上就做好一个肉馅饼（所以我拿走碎肉此刻还没有被发觉），布丁也已经在蒸起来了。就为午饭要摆偌大的排场，我们的早饭便不客气给拉掉了。乔大嫂说：“我事情这么一大堆，这会儿没工夫摆开饭桌让你们大吃大喝，吃完了还要替你们洗碗碟！跟你们说，没工夫！”

说罢，就给我们分发面包，我们哪里还像是一大一小两个人在家里吃饭，我们倒像是两千名士兵在急行军。我们拿起柜子上一只水罐，大口大口喝着掺水牛奶下面包，脸上怪不好意思的。这当儿，乔大嫂在屋子里挂起一块块洁白的窗帘，铺在壁炉架上的旧花边也换上了新花边，过道那一头的小客厅也开放了。小客厅里糊着

① “十字架”和“气头上”原文是一个字——cross，所以匹普和乔达到一语双关的效果。

银箔纸，每年只有在这种时候开放一次，佳节一过便关门大吉，让它整年守着银箔纸的朦胧的寒光打发光阴；这片朦胧的寒光从小客厅里一直射到壁炉架上四个小小的陶器狮子狗跟前。四条狮子狗一模一样：都是黑鼻子，嘴里都衔着一篮花。乔大嫂是一个很爱清洁的主妇，只可惜她讲究清洁讲究得过了分，反而比肮脏更加讨人嫌、惹人厌。说起爱清洁，本来同敬神不过相去一步，有些人信教虔诚，也自然会讲究清洁。

姐姐既然忙得无法分身，上教堂自然就非得派代表不可，那就是说，要乔和我两个人代替她去。乔平常穿着工作服，倒是个精壮利索、不失铁匠本色的人；可是一穿上节日服装，却活活像个装点得挺考究的稻草人。于是他身上穿的衣服就没有一件合身，没有一件像他自己的衣服了，倒是件件都勒得他难受。圣诞节那一天，教堂里一响起欢乐的钟声，他就穿上那身活受罪的节日大礼服，从自己房间里走出来，那光景儿才真叫受苦受难哪。至于我自己，我总认为姐姐一定是把我当作一个遭天谴的小犯人，一生下地就由一个在警察局里当差的接生婆收下来，转手交给我姐姐处置，可以由着她无法无天，任意施行。拿我平常受到的待遇来说，仿佛我是违犯了理智、宗教和道德的戒律，辜负了至亲好友的好意劝阻，本不当降生人世，却偏偏要投生。即使姐姐带我去做套新衣服，也要吩咐裁缝剪裁成少儿感化院里的式样，怎么也不肯让我自由自在运用我自己的手脚。

因此，乔和我一块儿上教堂去的那副模样，悲天悯人的人们看了少不得要大动恻隐之心。可是，我肉体上受的痛苦比起我内心的痛苦来，实在算不得一回事。乔大嫂一走进伙食间，或是一走出伙食间，我固然吓得魂不附体；可是想起自己居然做出了这种事来，悔恨的心理也绝不下于害怕的心理。那件秘密的亏心事压得我心头好不沉重，我不由得思量起来：假使把这件事向教堂和盘托出，不知他们是不是有力量保护我，不让我受到那个可怕的小伙子的报复？我已经想好了主意：进了教堂，只等牧师为登记结婚的人宣读过结婚预告，说过"有反对意见的人请即陈述意见"[1]，我就马上站起来，请求他带我进忏悔室去，我有话和他密谈。不过那天是圣诞节，不是平常的礼拜天，否则我实在难保不采取这种极端手段，叫我们那个小教堂里的全体教徒大惊失色。

教堂里的办事员伍甫赛那天要上我们家里来吃饭，此外的来宾还有车匠胡波夫妇；还有潘波趣舅舅(所谓舅舅，原是乔的舅舅，却被乔大嫂据为己有了)，他是附近镇上一个殷实的粮商，有自备马车。下午一点半吃饭。乔和我从教堂赶回家时，餐桌已经摆好了；乔大嫂也已经打扮齐整，菜肴都在锅子里煮的煮，煎的煎。大门开了(平常日子从来不开)，准备迎客，处处都打点得极其出色。肉馅饼失窃的事依旧一句也没有提起。

午饭的时间到了，宾客陆续到齐，我心头的千愁百结却始终无法消释。伍甫赛先生长着一个鹰钩鼻；亮晃晃的前额又大又秃；

① 西俗：凡在教堂登记结婚者，须在事前登记，俟无人持反对意见时，始能正式举行婚礼。

又生就一条洪亮的嗓子，为此得意非凡；认识他的人都知道，只要你由着他的性子，他就会叽里呱啦念祷告词念得当牧师的也要自叹不如；他自己也认为，如果教会“开放”的话，也就是说，如果谁都可以上圣坛去一显身手的话，他未尝没有一举成名的希望。可惜教会始终没有“开放”，因此他只得一直在我们那个教堂里屈就办事人员的位置，这我刚刚已经说过。可是这样一来，他就成天“阿门”“阿门”地尽拿这两个字出气[①]；他每逢读一篇赞美诗——哪一次不是一读就得从头到尾读个明白！——开头总要先扫视一下在座的全体会众，仿佛是说：“我们圣坛上的那位讲得怎样，诸位都听到了；请再听听，我的口齿如何？”

我开门接待宾客，叫人家看了只当我们平常都是从那扇门进出的。进来的第一位客人是伍甫赛先生，第二起是胡波夫妇，最后一位是潘波趣舅舅。请读者诸君特别注意，我万万不能叫他舅舅，否则就要受到最严厉的惩罚。

潘波趣先生一走进来就招呼了一声“乔大嫂”。他是个身材肥胖、行动迟钝的中年人。他呼吸都很吃力，一张嘴生得像鱼嘴，一双没神的眼睛睁得老圆，一头浅黄色头发根根直竖；看了他这副长相，你准会以为他是个给人掐得昏迷过去、刚刚苏醒过来的人。他对姐姐说：“为了向你祝贺佳节，我给你捎来了一瓶雪莉酒，夫人，还给你捎来了一瓶葡萄酒。”

---

① “阿门”原为祷告词的结束语，意谓“但愿如此”，这两个字从伍甫赛口里说出来，显然是带着怨艾的意味，所以匹普要这样挖苦他。

每年圣诞节，他总是抱着两个哑铃似的带着这样两瓶酒来，说的话也是这老一套，一个字也不改动，还自以为是件了不得的新鲜花样。每年圣诞节，乔大嫂给他的回答也不外乎这样几句老话："噢，潘波——趣舅舅！这太感谢你啦！"每年圣诞节，潘波趣先生照例总还得像现在这样回敬她几句客气话："你劳苦功高，并不为过啊。你们想必都神清体健吧？小不点儿怎么样啦？"所谓"小不点儿"，指的就是我。

每年这个节日，我们总是先在厨房里吃饭，再到客厅里去吃胡桃、橘子、苹果；这样换一换场面，就像乔脱下工作服，换上节日盛装一样。这一天，姐姐兴致特别好；说实话，她跟胡波太太在一起总比跟别人在一起来得和蔼可亲。记得胡波太太是个瘦骨嶙嶙的小身个儿，长着一头鬈发，穿一身天青色衣服，嫁给胡波先生时年纪要比对方轻一大截（我不知道他们是在哪个遥远的年代结的婚），所以一直到现在，还始终保持着她那种传统的少艾姿态。还记得胡波先生是个肩膀高耸、弓腰驼背、身子骨儿倒挺结实的老人，身上散发出一阵锯木屑似的香气，走起路来两条腿跨得特别开；那时候我的身材还很矮，每次在小巷口看见他，都可以从他那两条大腿之间望得见好几里开外的大片旷野。

跟那批贵客相处，我本来已经觉得格格不入，何况我还偷了伙食间里的东西。我说格格不入，倒不是因为被挤在个小小的角落里，胸口抵住桌子，潘波趣的胳膊撞得我的眼睛很不好受，也不是因为我不能随便说话（我根本就不想说话），也不是因为敬给我吃的全是些带着鳞皮的鸡爪子和猪身上那些不清不楚、不干不净的玩意儿——老实说，即便这些猪猡本身，它们生前也绝不会夸耀自己身上这些玩意儿的。这些全不相干；只要他们把我撇在一旁不加理睬，我就心满意足了。糟就糟在他们偏不肯放过我。偏偏老是要谈论我，拿我当作话把儿，仿佛是机会难得，绝不肯轻易错过。我简直成了西班牙斗牛场上一头不幸的小公牛，他们那些仁义道德的谈话好比是一根根刺棒，刺得我遍体创伤，好不疼痛。

宾主各各就座，午餐开始，他们也就动手刺我了。伍甫赛先生念饭前祷告，活像念剧本台词——现在想起来，这种宗教仪式真是不伦不类，既像哈姆雷特父亲的鬼魂在讲话，又像理查三世在讲话。念完祷告，还郑重其事地表示，希望大家诚心感恩报德。姐姐一听这话，就向我瞪着眼，用责备的口吻轻轻对我说：“听见吗？要懂得感恩。”

潘波趣先生说：“孩子，特别要向一手带大你的人感恩。”

胡波太太大摇其头，用惋惜的眼光瞧着我，那神气显然是料定我不会有出息的。她说：“年轻小伙子们为什么总不知道感恩报德呢？”宾主们都理解不了她这句话深意何在，无法解答。后来还是胡波先生开门见山，揭开了这个谜底：“都是些天生的坏坯子嘛。”众人同声附和：“说得对。”众人都用极不友好的眼光瞅着我，好像跟我都有私仇似的。

说起乔在家里的地位和权限，有客人上门的时候比没有客人上门的时候还要可怜（假定原来还没有够可怜的话），可是他对待我，只要有办法，总是想尽办法回护我和安慰我。譬如吃起饭来，只要盆子里有一点儿肉汁，他就从来不会不舀给我吃。今天桌上肉汁很多，这时他就给我盆子里足足舀了半品脱。

吃了一阵，伍甫赛先生又声色俱厉地把牧师当天的讲道词数落一通，并且表示，假定教会“开放”的话（又是这老一套），他讲起道来就有多么多么精彩。他把那篇讲道词的几个要点给大家讲了一下，说他认为今天的讲道题目选择不当；还说，眼下好的题目“随处都有俯拾即是”，找这么个题目就更加不可原谅了。

潘波趣舅舅说：“又给你说对了！老兄，你真是一语道破！懂得窍门的人，题目多得是。怕只怕没有窍门。有了诀窍，什么地方找不到题目？”潘波趣先生想了一想，接下去又说：“不说别的，就说这猪肉吧，也是个题目。如果你要找题目，这猪肉就是！”

伍甫赛先生回答道：“对啊，老兄。年轻小伙子们可以从这里面得到好多教训。”他话音未落，我就知道他要把话题扯到我身上来了。

（姐姐声色俱厉地插进来对我说：“这句话你应该留心听听！”）

乔又舀了一些肉汁给我。

伍甫赛先生用食叉指着我涨红的脸，放开嗓子说道：“就说猪吧，”听来这一声“猪”仿佛就是喊我的教名似的，“猪跟好吃懒做的人是一对伴儿。贪吃的猪，它们贪吃的下场就摆在我们面前，年轻小伙子们要引以为戒。”（我心里想，他刚才还在满口称赞猪

肉有多么肥，多么有油水，现在说出这种话来，实在妙绝。）“猪这样叫人讨厌，一个男孩子要是像头猪，就加倍叫人讨厌。”

胡波先生提醒他一句：“女孩子也一样。”

伍甫赛先生有点厌烦，只好应承道：“那还用说？胡波先生，女孩子也一样。可惜眼前没有女孩在场。”

潘波趣先生陡地转过脸来对我说：“你还得想想，你是多么应当感恩报德啊。如果你生下来是只哇哇乱叫的小崽子——”

姐姐斩钉截铁地说：“他就是个哇哇乱叫的小崽子，天下还有哪个孩子像他这样？”

乔又舀了些肉汁给我。

潘波趣先生说：“哦哦，不过，我说的是四只脚的猪崽子。假使你生下来是这么个玩意儿，你现在还会在这儿吗？你不在这儿啦——”

伍甫赛先生朝着那盆猪肉努努嘴说：“即便在这儿，也只能像这个模样。”

潘波趣先生被人家打断了话头，很是反感，说道：“我可不是说的这个模样儿，先生。我是说，他还能不能像现在这样跟着大人长辈一起过好日子，听大人长辈的教训，得到长进，享尽奢华？他能办得到吗？办不到。”说到这里，又掉过脸来看着我，说：“那么，你会落得一个什么下场呢？早就给牵到市场上去了，根据市价几个先令就卖几个先令。说不定你正在猪圈里睡觉，就有个叫什么捅豕太保的屠户赶到你面前，把你一把提起来，往左边胳肢窝下面一夹，右手撩起外衣，从背心口袋里掏出把刀子，一刀捅进去，捅得你鲜血直迸，呜呼哀哉。还有谁来一手带大你呢？连个屁都没有！”

乔又舀了些肉汁给我，我却不敢吃。

胡波太太向姐姐体贴备至地说：“大嫂，他一定给你带来了天大的麻烦吧。”

姐姐接腔说：“麻烦？你说麻烦？”接着就唠唠叨叨把我的不是数说了长长一大篇，真叫人听了咋舌：我晚上不肯睡觉干了什么什么坏事喽，我摔下过哪儿的树梢哪儿的墙头、掉下过哪儿的池塘哪儿的水沟喽，我自作自受弄了多少大病小灾喽，又说她哪一天不是巴不得我快些进坟墓、我却死活不肯去喽，等等。

我想，当年罗马人之间相互动火怄气，一定是因为谁都看不顺眼谁的鼻子。也许就是为了这个原因，罗马人才成了那样一个不安分的民族。姐姐数说我这也不是、那也不是的当儿，我看着伍甫赛先生的那只罗马式鼻子[①]，真恨不得走上去拧它一把，不拧得他鬼哭狼嚎绝不住手。不过，忍气吞声到这个时刻，虽说难受，其实还算不了一回事，难受的糟心事儿还在后头呢。姐姐数落完了之后，一时大家都不吭声，一个个怒目决眦地看着我（我又不是木头人，怎能不难受）。这一阵沉默之后，糟心的事儿就临到我头上了。

只听得潘波趣先生第一个轻声细气地重新又扯到刚才被岔断的那个话题上去，他说："话又说回来，这猪肉一烧素（熟），味道倒也挺不错，是不是？"

姐姐说："舅舅，要喝点儿白兰地吗？"

老天爷啊，祸事到底临头啦！潘波趣先生把白兰地一喝进口，准会说酒味太淡，那我可就完啦！我双手藏在桌布下面，紧紧抓住桌腿，等待着厄运降临。

姐姐走过去拿了酒坛走回来，斟在他杯子里；别人都不喝，那个坏蛋却把杯赏玩起来——忽而拿起酒杯在阳光里端详，忽而又放下，这一来便更加拖长了我受罪的时间。乔大嫂和乔正在兴致勃勃地收拾饭桌，准备把肉馅饼和布丁端上来。

我目不转睛地瞅着潘波趣，双手抱牢桌腿，双脚钩住桌腿，

① "罗马式鼻子"即"鹰钩鼻子"。这一段，作者利用了英语中关于鼻子的一个成语 to poke one′s nose into another′s business（直译为"把鼻子伸到别人的事情里面去"，意即爱管闲事），信手写来，诙谐成趣。

只见这个卑鄙的家伙把那杯白兰地摩挲把玩了好一阵，最后端起杯子，露出笑脸，仰起脑袋，一饮而尽。谁知酒一进口，他就猛地跳了起来，咳咳呛呛、又跳又蹦地绕着桌子转了几圈，遍身一阵阵抽搐，样子好不怕人；他直奔门外，在座的顿时都给吓得惊惶失措。我从窗口望出去，见他在外面没命地跺脚，吐唾沫，脸上做出种种奇尽怪绝的吓人模样，简直像发了疯。

我依旧抱牢桌腿不放，乔大嫂和乔连忙奔到他跟前去。我虽然不知道自己是怎么闯的祸，却毫不怀疑是我把他给害的。正在发急，看见他们搀扶着他回到屋里来了，我这才放了心。他把在座的伙伴统统打量了一遍，仿佛是他们跟他过不去似的，然后一屁股坐倒在椅子里，上气不接下气地说出了几个石破天惊的字眼儿：“柏油水！”

原来我掺在酒坛里的不是清水，而是柏油水。我知道他过一会儿还要更不好受，便把桌腿抱得更牢，由于在桌布底下用力过猛，桌子也给挪动起来，就像今天有些人搞降神关亡的玩意儿似的。

姐姐大吃一惊，嚷道：“柏油水！怎么啦？柏油水怎么会到酒坛里去的？”

可是在这间厨房里，潘波趣先生才是至高无上的主宰，他不愿再听什么柏油水不柏油水，也不愿再谈这件事，他专横地把手一挥，示意别再多啰唆，快拿滚热的兑水金酒来要紧。姐姐本来正在一面吃惊，一面思忖，听得这话，只得赶紧张罗，去拿金酒、热水、糖和柠檬皮来，着手调制。总算侥幸，至少眼前我是得救了。

我依旧抱牢了桌腿，不过这一回心里却是千恩万谢，感激不尽。

后来我惊魂渐定，才松了手，跟大家一块儿吃布丁。潘波趣先生也一块儿吃布丁。大家伙儿都一块儿吃布丁。等到吃完点心，潘波趣先生的脸色已转红润，显见得喝下去的兑水金酒已经起了温肠暖肚的作用。我心里正在盘算，这一天眼看就要挨过了，忽然听得姐姐吩咐乔："拿干净盆子来——不用烤热！"

我连忙重新抱牢桌腿，胸口紧贴在桌子边上，好似抱住了我幼时的伴侣，贴心的知友。我料得到下一步会是怎么个局面，不由得想，这一回可真的要完蛋了。

姐姐和蔼备至地对客人们说："我一定要叫你们尝尝，我一定要叫你们尝尝，一定要让诸位临了再尝尝潘波趣舅舅的绝妙绝精彩的礼物。"

一定要让大家尝尝！还是别叫大家去尝的好！

姐姐站起来说："不瞒大家讲，还有一个饼，一个可口的猪肉馅饼。"

宾客们唧唧咕咕连声恭维。潘波趣舅舅觉得自己很有功劳，虽然刚才不无遗憾，此刻却又得意非凡，他说："好啊，乔大嫂，我们一定尽力而为，大家一起来尝尝这只饼吧。"

于是姐姐出去拿饼了。只听得她一步一步向着伙食间走去；只看见潘波趣先生把餐刀掂来拨去。还看见伍甫赛先生那张鹰钩鼻子的鼻孔一张一翕，明明是又动了食欲。又听得胡波先生大发议论："吃过各种各样东西之后，再吃点儿可口的馅饼可以促进消化，有益无害。”又听得乔说：“匹普，也有你的一份。”可怜我直吓得叫了起来，不过，究竟是真的当着大伙儿从嘴里叫出声来呢，还是只不过在心里暗暗叫苦，这件事到今天依旧不能说出个准谱儿来。只记得当时我再也忍不住了，心想非逃走不可，便连忙放掉桌腿拼命往外边跑。

谁知刚跑到门口，迎面就碰见一队持枪的士兵走进来，其中有个人手里拿着一副手铐，冲着我说：“可找到啦！快，跟我来！”

第五章

一列士兵出现在我们门口，放下了上了子弹的滑膛枪，枪托在地下捣得噼噼啪啪一阵乱响。屋子里吃饭的客人们一看这光景，都慌慌张张离席而起；这时乔大嫂正好空着一双手走回厨房里，嘴里连声长叹："我的老天爷呀，这块肉馅饼可怎——怎——怎么没啦！"她一看见这光景，也吓得住了口，只是干瞪眼。

乔大嫂瞪着眼站在那里的当儿，巡官和我早已到了厨房里；在这危急关头，我倒反而神志清醒了些。刚才冲着我说话的就正是这位巡官，这会子他左手搭在我肩上，右手把手铐在众人面前一扬，一一打量着他们，仿佛要请他们戴上这玩意儿似的。

巡官说："女士们，先生们，对不起，我一进门就对这位聪明小伙子说过（其实并没有说），我是替皇家追捕逃犯的，我要找铁匠。”

姐姐一听要找铁匠，马上恼火起来，顶了他一句：“请问，找他干吗？”

巡官彬彬有礼地回答：“大嫂，从我本人来说，我的回答是，我希望能有幸拜识他的尊夫人；从皇家来说，我的回答是，要找他干件零活。”

大家都觉得这位巡官说得相当得体，潘波趣先生甚至大声嚷道：“好口才！”

巡官这时已经认出了乔是铁匠，就冲着乔说：“铁匠，你瞧，我们这副玩意儿出了毛病，一边的锁坏了，两瓣东西搭不牢。马上要用，请你替我们看一下好吗？”

乔检查了一下，说，要干这活儿，非得生起风炉来不可，看来一个钟头怕不顶事，要两个钟头光景才成。机灵的巡官连忙说：“是吗？那么，请你马上动手好吗，铁匠？这是皇家的公事呀。如果你用得着我的部下帮忙，他们都会帮忙的。”说着，便叫他的部下进屋里来。于是士兵们鱼贯走进厨房，在墙壁角落里架好枪支，然后就按照纪律，站在一旁，忽而松松宽宽地叉起双手，搁在胸口；忽而用一边膝盖或是一边肩膀靠在墙上休息；忽而松松腰带或子弹袋；忽而打开门，费劲地从高皮领里伸出脖子来，咳出一口痰吐到院子里。

这些花花絮絮，我虽都见到了，当时却并未经心，因为我已经给吓得死去活来。后来渐渐看出那副手铐并不是来铐我的，而且这批士兵一进门，肉馅饼的事就抛到了九霄云外，我那给吓散了的三魂六魄这才慢慢悠悠回到身上来了。

巡官问潘波趣先生："请问现在是什么时候？"看他的神气，似乎拿准了潘波趣先生既然眼力过人，要知道时间也只有问他才是没问错人。

"正好两点半。"

巡官若有所思地说："那还好，即使得在这儿泡上近两个钟头，也还是来得及。你们这儿离开沼地有多远？大概不出一英里地吧？"

乔大嫂说："刚好一英里。"

"那准来得及。我们天黑时动手去追捕。我奉命在将黑未黑的时候动手。准来得及。"

伍甫赛先生显出一副不以为奇的样子，问道："巡官，是去追捕逃犯咯？"

巡官答道："可不是！要追捕两个呢。据可靠消息，他们还躲在沼地里，天黑以前反正不会逃到哪里去。诸位有谁见过这两个亡命之徒的踪迹吗？"

人人都一口回绝说没有，只有我没吭声。幸亏谁都没有想到我。

巡官说："嗨！据我看，那两个家伙绝料不到我们这么快就包围了他们。喂，铁匠！皇上的部队都准备好啦，就看你的啦。"

乔解下领结，脱了上衣和背心，系上皮围裙，走进打铁间。

士兵们有的帮他打开木头窗子，有的帮他生火，还有的帮他拉风箱，余下的人都站在风炉四周。风炉一会儿就旺起来了。乔动手叮叮当当、当当叮叮地敲打起来，大伙儿都在一旁观看。

一听得马上就要去追捕逃犯，没有一个人不关心，连姐姐也慷慨大方起来，从啤酒桶里舀了一大壶啤酒给士兵们喝，还邀请巡官喝一杯白兰地。潘波趣先生却不客气地说："请他喝葡萄酒吧，夫人。我敢担保葡萄酒里面没有柏油水。"巡官立刻向他表示感谢，说他喝酒从来不喜欢掺柏油水，如果喝葡萄酒不给我们多添麻烦的话，还是喝葡萄酒吧。酒递到他手里，他祝过皇上健康，祝过佳节愉快之后，就一饮而尽，咂巴着嘴唇。

潘波趣先生说："货色不错吧，巡官？呃？"

巡官回答："我冒昧说一句：照我看，这货色准是您买来的。"

潘波趣先生笑得合不拢嘴，说："噢？呃？怎见得？"

巡官在他肩膀头上拍了一下，说："因为您是个识货的行家。"

潘波趣先生笑容依然，说："当真？再来一杯！"

巡官说："您自己也来一杯。一块儿亲热亲热吧。咱们杯顶碰杯底，杯底碰杯顶——碰一次，叮当——碰两遭，当叮——杯儿叮叮当当最好听！为您的健康干杯！祝您长命百岁，一辈子都像现在这样识得好歹，眼力非凡！"

巡官举杯一饮而尽，看他样子似乎还想再喝一杯。据我冷眼旁观，此时潘波趣先生只顾殷勤待客，似乎忘了他这瓶葡萄酒已送给别人，竟然拿出东道主的气派，干脆从乔大嫂手里把瓶子接了过来，凭着一时的兴致，请在座的客人都尝遍了，连我也尝到一些。他请客喝酒实在慷慨，一瓶喝完，又叫把另外一瓶索性也拿来，依旧像刚才那样豪爽大方，依次把大家的杯子都斟得满满的。

眼看人们围拢在铁匠炉子跟前这样兴高采烈，我就不由得想道，沼地里我那位逃亡的朋友真好比是一种特别鲜美可口的调味品，给他们这顿中饭添了多少滋味。他们刚才才没有这样的兴头呢，可是一谈起这个逃犯以后，顿时神情兴奋，谈笑风生。一个个都兴致勃勃地估计“那两个坏蛋”即将被捕，风箱好像也冲着那两个逃犯怒吼，火焰似乎也冲着他们窜起，炉烟好像也是急急忙忙去追赶他们，乔也是为了他们才那样叮叮当当敲打，墙上黑魆魆的影子似乎也随着火光的起伏掩映、随着炽热的火星的飞溅明灭而冲着他们张牙舞爪；在我这样一个富于同情、耽于幻想的孩子看来，这下午，室外的暗淡阳光好像也是为了他们才黯然失色的。好可怜的两个苦命人啊！

乔的活终于做好了，叮叮当当的敲打声和呼哧呼哧的风箱声停止了。乔穿起上衣，鼓足勇气，提议我们约几个人跟着这些官兵一块儿到沼地上去，看看追捕的结果如何。潘波趣先生和胡波先生借口要抽烟和陪女眷，不肯去；伍甫赛先生说，只要乔去，他也去。乔满口答应，又说，只要乔大嫂同意，还可以带我去。现在想起来，我可以打包票说一声：当初乔大嫂要不是出于好奇，很想了解这一幕的经过详情和最后结局，她是万万不肯让我们一块儿去的。她只提出了一个条件：“要是这孩子的脑袋瓜儿给子弹打开了花，可别指望我来替他修补呀。”

巡官客客气气告辞了女眷们，又像辞别老朋友似的辞别了潘波趣先生。我心里想：这位巡官如今喉咙嘴唇都润湿了，怪不得他满口称赞潘波趣先生；假使让他滴酒不沾，干得嗓子眼里冒烟，他只怕未必会欣赏这位先生吧。士兵们重新持枪列队。伍甫赛先生，乔和我，奉巡官严令，只能走在队伍后面，一到沼地上就千万不能作声。出了门，冒着严寒，正一个劲儿地向目的地前进，我忽然起了个大逆不道的想头，悄悄对乔说：“乔，我希望找不着那两个人才好呢。”乔也悄悄对我说：“匹普，他们要逃走了的话，叫我拿出一个先令来我也乐意。”

一路上，村子里没有一个闲人赶出来和我们一块儿去看热闹，因为天气很冷，看来马上就要下雪，路上凄凄凉凉，脚下又不好走，天又快要黑了，人们都在屋里守着火炉舒舒服服过节呢。亮堂堂的窗户上偶然也探出几张脸来朝我们望望，可是谁都不肯出门。过了指路牌，便径直走向教堂公墓。到得目的地，巡官打了个手势叫我们就地停一停再说，一边打发两三个部下到坟堆里去分头搜查，顺带搜一下教堂门廊。这些人连影子也没找到一个就赶回来了，于是我们越过墓地旁边的栅门，向辽阔的沼地进发。一阵砭人肌骨的雨夹雪驾着东风、沙沙地向我们迎面扑来，乔连忙把我背在背上。

没多大工夫，来到了阴暗荒凉的沼地上；他们这一伙人可万万想不到才八九个小时以前我就到这儿来过，而且还亲眼看见那两个囚犯都躲在这儿。这时候我第一次心惊胆战地想到，如果当真碰上那两个人，我那个逃犯会不会认为是我把官兵领去的呢？他早就问过我是不是个叫人上当的小鬼；还说，如果我帮着人家去追捕他，那我就是一条凶狠的小猎狗。万一这一回当真遇到他，他会不会认为我既是个骗人的小鬼，又是条猎狗，假装热心，其实是出卖了他呢？

不过，现在再想这个问题也是白操心了。我早已驮在乔的背上了，乔背着我，像匹猎马一样跳过一条又一条水沟，一面还逗着伍甫赛先生，叫他快些跟上队伍，小心别跌坏了他的罗马式鼻子。官兵走在我们前面，疏疏朗朗拉成老长一行队伍。现在我们走的正是早上我一开始走的那条道儿——早上因为雾浓，我后来就走偏了。现在可没有雾：也许雾还没有第二次露脸，要不就是被风儿吹散了。夕阳西斜，耀眼的红光把灯塔、绞刑架、炮台墩子和对面的河岸，映照得轮廓清晰，只是都抹着一层淡淡的铅灰色。

紧贴着乔宽阔的肩膀，我的心房扑通扑通直跳，简直像铁匠挥动铁锤一般；纵目四望，想要看看可有这两个囚犯的影踪，可是哪里有一点影踪，哪里有一点动静。只有伍甫赛先生的喷嚏声和喘气声曾使我虚惊了几场；不过渐渐地我也听惯了，一听就知道不是我们去追捕的那两个人的声音。有一次我忽然好像听到一阵磨锉声，不禁猛吃了一惊，留神一看，原来是羊的铃铛。羊群正在吃草，一看见我们就停住，怯生生地瞅着我们；牛群侧着头避开迎面的寒风和雨夹雪，气不忿地冲着我们干瞪眼，好像怪我们带来了这两件祸害。除了这些，要说还有什么别的声息划破这沼地上无尽的凄寂，那就只有战栗在落日余晖中的草叶了。

士兵们一直向着古炮台挺进，我们跟在后面，隔开短短一段路；突然之间，大伙儿都停了下来。风雨声中传来一声呼喊，声音拖得很长。一声未了，又是一声。喊声是从东面什么地方传来的，声调拖得很长，嗓门儿又高。听来似乎有两三条嗓子在一块儿叫——因为这喊声有点嘈杂，精细的人是不难分辨出来的。

乔和我赶上队伍的当儿，巡官和他身边几个弟兄正在低声细气这样议论。静听了一会儿，乔（他很有见解）同意这种看法，伍普赛先生（这人很没有见解）也同意这种看法。巡官是个十分果断的人，便连忙下令，叫弟兄们千万不要搭腔，赶快改道，朝着呼喊声的方向"跑步"前进。一声令下，大伙儿马上向右转（也就是向东跑），乔连跑带跳，健步如飞；我生怕跌下来，不得不紧紧抱住了他。

我们跑得可真够瞧的，拿乔一路上念叨个没完的那个词儿来说，真叫作"奔命"！上河堤下河堤，过水闸，噼里啪啦踏水过沟，在毛茸茸的灯芯草丛中直闯——谁还顾得上看脚下呢。愈接近发出喊声的地方，便愈能听出那是不止一条嗓子在喊。喊声时起时歇；一停歇，士兵们便止步不前；喊声重起，士兵们便又加快步伐循声奔去，我们几个人也紧紧跟随。没多大工夫，总算赶到了喊声近处，只听得一条嗓子嚷道："杀人啦！"又听得另一条嗓子嚷道："抓犯人！抓逃犯！警卫！快上这儿来抓逃犯啊！"一会儿两条嗓子都不响了，大概是那两个家伙扭打了起来，可一会儿喊声又起来了。到这时候，士兵们就像飞一般地直扑而去，乔也紧随不舍。

跑到那一片喊声的紧跟前，巡官第一个带头奔下沟去，两个弟兄紧跟在后面也奔了下去。等大伙儿都赶到时，他们几个已经扳上枪机，拿枪对准了逃犯。

巡官在水沟里迈不开腿，他气喘吁吁地喊道："两个都在这儿！嗨，不许动！你们这两头该死的野兽还不赶快住手！"

只见那里水花四溅，污泥乱飞，骂声不绝，拳下如雨。又有几个士兵跳下水沟为巡官助威，把我那个囚犯和另外一个囚犯分别拖上岸来。两个囚犯都是鲜血淋漓，气也喘不过来，可还在相互谩骂厮打。我当然一下子就认出了他们两个。

我那个囚犯用破衣袖抹着脸上的血迹，抖落掉手指上的几丝扯下的头发，对巡官说："请您注意，是我逮住他的！我现在把他交给你们！这一点可要请您注意！"

巡官说："不必狡辩，狡辩也不会对你有多大好处。伙计，你自己也一样罪在不赦。快拿手铐来！"

我那个囚犯龇牙咧嘴一笑，说："我并不想要得到什么好处。我要叫他知道：是我逮住他的。这样我就心满意足了。别的好处我也不想要。"

那另一个囚犯脸色苍白，他本来左边脸上有一块老伤疤，可现在整个脸儿似乎都给抓得稀烂。他简直连说话的气力都没有；后来两个囚犯给一一戴上手铐时，全靠一个士兵扶住，他才算没有跌倒。

他劈头第一句话就是："警卫，请听我说——他想要谋害我。"

我那个囚犯鄙夷不屑地说："我想要谋害他？真要杀他，我会不下手？别的我没干，我就是逮住了他，把他交给你们。我不光是没让他逃出沼地，还把他拖到这儿——把他拖了回来，一直拖到这儿。你们瞧吧，这个恶棍还算是位上等人呢。水牢现在又把这位上等人找回来啦，还是我给逮住的哪。想要谋害他？我何必要谋害他呢——把他揪回来，不是更够他受用的吗！"

那另一个上气不接下气地说："他想要——他想要——谋——谋害我。请你们作——作证！"

我那个囚犯又对巡官说："你瞧！我单身一人就逃出了水牢，一下子就成功了。要不是发现他也在这儿，我早就逃出这一片冻死人的沼地了——瞧我腿上：脚镣不是没有了吗？可我哪能让他白白逃走？难道我想出了办法，让他坐享现成？难道还要让他利用我做工具？一次不够要来两次？不行，不行，说啥也不行。哪怕我死在这条水沟底下，"说着，就用那双戴着手铐的手朝着水沟用力一挥，又接下去说："我也要揪住他不放，好歹得让你们从我手里把他逮走。"

那另一个逃犯显然对他这位伙伴害怕到了极点，他说："他想要谋害我。要是你们迟来一步，我早就没命啦。"

我那个囚犯恶狠狠地说："他撒谎！他天生是个撒谎坯子，到死也改不了。瞧他那张脸，不是不打自招吗？叫他拿眼睛瞧着我！

我谅他也不敢！”

那另一个囚犯想挤出一丝冷笑，可是那两片嘴唇只是紧张地抽动了几下，却始终笑不上来；他一会儿望望那些士兵，一会儿四下望望沼地和天空，可就是不敢向他的挑战者望一眼。

我那个囚犯哪里肯放过他，紧接着又说：“你们看见他没有？看见这个大坏蛋没有？看见他那双贼鬼溜滑的眼睛没有？从前我和他一块儿出庭，他就是这副神色，从来不敢正眼瞧我一下。”

那另一个囚犯两片干枯的嘴唇一直在不停地抽动，一双眼睛惶惶不安地向着远近四方转动了好一阵，方才瞟了对方一眼，说了声：“你有什么好让我瞧的！”接着又含讥带讽地望望对方那双戴着手铐的手。这一下我那个囚犯可真气得发了疯，要不是士兵从中拦阻，他早就向那另一个扑过去了。于是那另一个就说：“我没有说错吧？——他要是能够谋害我，早就把我害死了！”谁都看得出来，他已经吓得浑身发抖，嘴唇上溅满了雪花一般的唾沫星子。

巡官说：“不许再抬杠！快快点起火把！”

有一个士兵手里没有持枪，却拿着个篓子，当下就屈下一膝，打开篓子来取火，就在这时候，我那个囚犯破天荒第一次向四周打量了一下，一眼就看见了我。我们刚才一到这儿，乔就把我从背上放了下来，我和他就一起待在水沟边上，到现在一步也没有动过。那人瞧着我，我也眼睁睁瞧着他，还向他微微摆手摇头。其实我一直都在等机会和他打个照面，好设法让他知道我清白无辜。结果，我还是看不到他有一丝半点领会的表示，他瞧我的那一眼实在莫测高深，何况只是眼睛一眨就过去了。不过，这一眨眼间他那全神贯注的神态，给我的印象却胜似瞧了我一小时、一整天。

那个拿篓子的士兵马上打着了火，点亮了三四个火把，自己拿一个，其余的分给别人。天早就黑下来了，这时已经相当黑了，转眼之间便更黑了。四个士兵围成一圈，朝天放了两枪，大伙儿才离开那地方。没多久，后面不远的地方又亮起了火把，河那边沼地上也亮起了火把。巡官说："好，开步走！"

没走多远，听得前面三声炮响，天崩地裂似的把我的耳朵都快震聋了。巡官对我那个囚犯说："船上知道你回来了，在等着你呢。别那么磨磨蹭蹭的，伙计。快些跟上来！"

两个囚犯分做两处，由两批士兵分别押送。我拉着乔的手，乔另一只手里拿着火把。伍甫赛先生主张回去，乔却非把这一幕看完不可，于是我们就跟着士兵一块儿走。如今这一段路倒相当好走，我们十程有九程都是沿河走，一遇到架着小风车、装着泥糊糊的闸门的水沟，就得绕道。回头一看，后面的人也打着火把跟上来了。拿在我们手里的火把，沿路落下了大摊大摊的灰烬，也还在那里冒烟闪光。除此以外，再也看不见别的，满眼都是漆黑的夜色。火把上树脂的火焰烤暖了周围的空气，两个囚犯在荷枪实弹的士兵押解之下，一瘸一拐地走着，看来他们也巴不得能暖和些。两个都走不动，因此我们也不能走快；他们一路上休息了两三次，我们也不得不跟着停了两三次——这两个家伙实在太困乏了。

走了约莫一个钟头光景，来到一所粗陋的木头小屋跟前，旁边还有一个码头。驻扎在屋子里的警卫队向我们盘问口令，巡官照答不误。我们进了屋子，闻到一股烟草和石灰水的气味；屋子里生着一炉旺火，点着一盏灯，还有一个枪架，一面鼓，一张矮木床。木床睡得下十来个士兵，活像一架大得不像话，而又没有装上机件的轧布机。三四个士兵和衣睡在床上，见了我们并不在意，只是仰起头来，睡眼惺忪地看了看，重又倒头便睡。巡官做了个报告，在本子里做了一些记录，便吩咐士兵押着我所谓的那另一个囚犯先上水牢船去。

再说我那个囚犯，他自从看过我一眼以后，就没有再看我。他进了小屋以后，一直站在火炉跟前，一会儿瞧着火炉出神，一会儿又把两只脚轮流搁在火炉架上，对着脚沉思，仿佛是怜惜两只脚刚才的跋涉奔波。突然，他转身对巡官说：

“这次逃跑，我还有件事要说说明白，免得连累别人为我而受嫌疑。”

巡官叉着手站在一旁，冷冷地瞧着他说：“你有什么话要说，尽管可以说，但是没有必要在这儿说。你要知道，在结案以前，是尽有你说的，也尽有你听的。”

“我知道。我要说的可是另一码子事，和这件案子不相干。人总不能活活饿死，至少我办不到，因此我在那边村子里拿了人家一点儿吃的，就是在沼地边上有座教堂的那个村子。”

巡官说：“你是说你偷了人家吃的。”

“我再告诉你是哪一户人家。是一家铁匠。”

巡官瞪眼看着乔说："啊呀！"

乔又瞪眼看着我说："啊呀，匹普！"

"我拿的是些剩饭剩菜——都是吃剩的东西——另外还有一瓶酒，一个猪肉馅饼。"

巡官偷偷问乔说："铁匠，你有没有失窃过一个馅饼什么的？"

"你们进门的时候，我老婆恰巧发现丢了一个饼。匹普，你知道不知道？"

我那个囚犯用愁苦的眼光望着乔，却没有朝我溜一眼；他说："原来你就是铁匠？我吃了你的饼，真抱歉。"

乔回答说："哪里哪里，请随意用。"说到这里他想起了乔大嫂，便又改口说："只要是我的东西，你尽管吃。我们不知道你犯了什么过错，可我们总不能就让你活活饿死呀，可怜的、不幸的兄弟！——匹普，你说是不是？"

我早就注意到那人喉咙里像卡着个什么东西似的，会咯嗒咯嗒发响，这时只听见咯嗒响了一声，他就背转身去了。小划子船去了一趟回来了，押解我这个囚犯的警卫们都准备好了，我们跟着他走到那个用粗木桩和石头砌成的码头跟前，看着他给押上小船，由一群和他一样的囚犯划走了。这些人看到他，谁都不表示惊奇，谁都提不起兴致，谁都不觉得高兴，谁都不感到惋惜，谁都没有开一句口，只听得划子船上有人好像骂狗似的吆喝道："你们还不给我快划！"这一声怒喝是划桨开船的信号。我们在火把照耀之下看到离泥泞的岸边不远的地方停着那艘黑魆魆的水牢船，像一艘罪孽深重的“挪亚方舟”。那条牢船被一根根生了锈的粗铁索锁住在那里，拦住在那里，长年停泊在那里；好一条牢船啊，在我这个孩子的眼里简直就像个戴着镣铐的犯人。我们看着划子船向大船靠拢，看着我那个囚犯给押上大船以后就不见了。烧剩的火把都投到了水里，嗞嗞地响了一阵便熄灭了，仿佛他的一切一股脑儿都完了。

第六章

我这一次的偷窃行为，就这样出乎意料地获得了开脱；当时我的想法是，这样的事对人不说也罢；不过我总觉得，我的动机总还有几分是出于善心吧。

我既然再也不怕有人戳穿我的秘密，良心上便似乎觉得再也没有什么地方对不起乔大嫂了。可是我爱乔，我当初所以爱乔，恐怕也说不出个特别的道理来，只是因为那位好人儿肯让我爱他罢了，因此我一想起乔，内心就不那么容易心安理得了。我老是想着应当把这件事向他和盘托出（尤其是头一次看见乔到处找那把锉，就更加动了这个念头）。可是我到底没有说出来，只怕一说出来，他就会把我看得一文不值，其实我倒并没有坏到那个地步。就因为怕乔从此再也不信任我，怕我从今以后每天晚上只落得坐在炉子边上、朝着这位永远对我死了心的朋友干瞪眼，那种凄凉滋味太不好受，我便咬紧牙关不讲。我心里有了鬼，更不由得想入非非：如果让乔知道了，今后只要一看见他坐在炉边上摸弄着他那金黄色的颊须，我就只能认为他是在思量我这件事儿。我又顾虑到，如果让乔知道了，今后隔夜的菜肴糕点端上桌来，只消乔对它溜上一眼，哪怕是毫不在意地溜上一眼，我也只能认为他是放心不下，要看看夜来我有没有进过伙食间。我还顾虑到，如果让乔知道了，今后一家人朝夕相处，哪一天乔喝起啤酒来嫌浓嫌淡，我就会想到他一定是认为酒里掺了柏油水，免不了要满面通红。一句话，先是太胆小，明知不该做的事却不敢不做；后来也还是太胆小，明知该做的事却不敢去做。那时候我和外界社会还没有什么接触，尽管人世间多的是这样为人行事的人物，我却没有一个可以效法的榜样。我简直是个无师自通的天才，待人接物的方式完全是自出心裁的。

那天回去，离开水牢船还没多远，我就困得不行了，乔便又让我趴在他背上，把我背回家去。他这趟路实在赶得太累了，这只要瞧瞧伍甫赛先生就有数：伍甫赛先生早已疲倦不堪，大发脾气，假使当时教堂大权操在他手里，那他准会把这次赶去看热闹的人统统革除教籍，头两名就是乔和我，可惜他眼前不过是个俗人，因此只得拿潮湿的沼地出气，疯疯癫癫的，动不动就在沼地上一屁股坐下，于是等他赶到我们家厨房里脱下外衣放在火炉上烤的当儿，只见他的裤子都湿透了——要是这种疯狂行径也有个死罪的话，这湿透的裤子就足以构成一项“间接证据”，把他送上绞台。

一到家，乔在厨房里把我放下来，我因为睡得正熟，突然给惊醒，闻到一股暖气，看见满屋灯光，又听到人声嘈杂，因此乍一着地，便像个小醉汉似的立脚不稳，险些摔了一跤。等我神志清醒（说到清醒，多亏姐姐在我两肩之间捶了一拳，大喝一声：“啊呀！天下竟会有这种孩子！”我这才好像服了一帖清凉剂似的清醒了过来）——等我神志清醒，听见乔正在向大家数说我那个囚犯供认偷窃馅饼的经过，客人们都纷纷猜测那个囚犯究竟是如何如何来到我们伙食间里的。潘波趣先生在住宅四周仔仔细细察看了一下，断定那个囚犯是先攀上打铁间的屋顶，再来到我们住宅屋顶上，挂下一根用被单撕成的布条儿接成的绳子、从厨房烟囱里爬下来的。既然潘波趣先生一口咬定，加上他又是个有自备马车的人，高人一等，别人自然只得唯唯诺诺，同声附和。只有伍甫赛先生粗声怪嚷，力持异议，他人困马乏，力不从心，却还在那里有意作梗，只可惜他不能自圆其说，连一件装点门面的外套也没有，大家都不当他一回事；何况他背对火炉烤着身上的湿衣服，背后的潮气冒个不停，这副德行就更加休想博得别人的信任了。

那天晚上我听见他们谈的就是这些话。没过多久，姐姐好像看到我这副瞌睡蒙眬的神气在客人面前很碍眼，便一把揪住我，拖我上楼去睡觉。她蛮揪狠拖，弄得我好像穿了五十双靴子在楼梯上一路晃荡一路绊撞。第二天早上我还没起床，就产生了一种顾虑多端的心情，这在前面已经说过。这心情持续了好久好久，直到事过境迁，人们难得提起这件事，我方始心怀释然。

第七章

我站在教堂公墓里读家人的墓碑时，还刚学会认字，只认得出墓碑上那些字是由哪几个字母拼起来的。连那些字的简单意义还弄不明白；譬如说，看到“暨夫人”几个字，我竟当作一种恭维话，恭维我父亲上了天，成了“天人”；幸好还没见到“下”字之类的字样，否则准会认为这位家属“下”了地狱，把他看得一文不值。我虽也上了“教义问答”课，可是这门功课规定必须弄明白的各种神学问题，我也完全理解得牛头不对马嘴；到现在还记得清清楚楚，我曾把“君子守道终生如一”这句话当作这样一种义务来履行：每次走出家门到村子里去，非得沿着同一条道儿走不可，既不能从车匠门口经过，也不可拐到磨坊那儿去。

等我达到了一定的年龄，就可以跟乔做学徒。一天没挣得这份面子，一天就得听乔大嫂编派，由她把我说成一个“葱烂了的”小子——所谓“葱烂了”，据我理解，就是“宠坏了”的意思。因此在这一段过渡时期，我非但要侍候在打铁炉旁边做打杂的小厮，而且无论哪个邻居要找个孩子去赶赶鸟，捡捡石头什么的，总是承他们不弃，找我去当差。不过，姐姐又怕贬低了我们这样高门大户人家的家声，便在厨房壁炉架上放了一个钱盒子，让大家都知道，凡是我挣的钱一分一毫都放在盒子里。我还有个印象，似乎这里边的钱是准备以后捐献出去，以供偿付国债之用的，不过我知道我自己对于这笔钱反正休想过问。

伍甫赛先生的姑奶奶在我们村里开办了一座夜校；那就是说，这个可笑的老妇人有的是有限的资财和无限的病痛，她收了一批少年学生，每人每星期付给她两便士的学费，领受的教益就是每天晚上从六点到七点有一个机会看她睡觉。她租了一座小屋子，伍甫赛先生住在楼上，我们这批学生在楼下常常听得见他在楼上高声读祈祷书，那种一本正经的气派简直吓得坏人，有时候还要把楼板蹬得咚咚直响。据信伍甫赛先生每一个季度要“考查”学生一次。遇到这种考试大典，他总是卷起衣袖，头发根根竖起，给我们朗诵一遍马可·安东尼在恺撒尸体面前的那篇演说词[①]。念完以后，接下去少不得还要朗诵柯林斯[②]的《七情六欲歌》——其中我最钦佩的是

① 见莎士比亚著《尤利乌斯·恺撒》第三幕第一场。

② 柯林斯（1721—1759）：英国感伤派抒情诗人。

伍甫赛先生所扮演的复仇之神。只见他把沾满血污的宝剑化为霹雳扔下下界，炯炯逼人的目光一扫，霎时降下一场刀兵之灾。一直到后来我亲自和七情六欲打过交道，对证比较之下，才发觉柯林斯和伍甫赛这两位先生的本领真还瞠乎其后，可惜当时我在这方面还是一窍不通。

伍甫赛先生的姑奶奶不但兴办了这样一座学府，还在那间屋子里开了一爿小杂货店。她根本不知道自己店里有些什么货色，也弄不清任何商品的价格；好在她抽屉里放着一本油腻腻的小本子，记有各种商品的价格。有位名叫毕蒂的小姑娘就把这个小本子奉作神谕一般，全靠它安排店里的营业。毕蒂是伍甫赛先生的姑奶奶的孙女一辈；至于她和伍甫赛先生是什么亲属关系，恕我无能，这个问题我可实在弄不清楚。她像我一样，也是个孤儿；也像我一样，是由别人一手带大的。我觉得她那副穷极可怜的样子实在太惹人注目。老是头也不梳，手也不洗，鞋子破了也不补，鞋后跟也没有。这当然是指她平常的日子说的；星期日上教堂，倒也煞费苦心打扮上一番。

我攻克字母这一关，真好比是穿过一片荆棘丛生的地带，学会一个字母不知要费多少心思，身上不知要抓破多少块皮：这多半是靠自己无师自通；至于别人的帮助，则与其说得自伍甫赛先生的姑奶奶，倒不如说都是得自毕蒂。接着我又碰上了那九个数字[1]，

① 显系指算术教科书中 1—9 九个数字。

真好似撞上了九个窃贼，它们似乎每天晚上都要搞些新鲜花样，变换一副面目，叫我认不出来。不过，最后总算像个半明半暗的瞎子摸路似的，开始一点一滴地学习读书、写字和算数。

有一天晚上，我拿着石板坐在火炉边上，费了九牛二虎之力给乔写一封信。那时候，沼地上追捕逃犯的事大概已经过了整整一年，反正是已经隔了好长一段时间，又到了冰厚霜浓的冬天。我拿了一份字母表放在脚跟前的炉子上，参照上面的字样，足足花了一两个钟头，一笔一画地用石笔横描竖抹，才用印刷字体写出了这样一封信：

> 我辛爱的乔，西望你生体好，西望马上就能教你人字，乔啊，那时我们该有多么高心啊！等我做了你的土弟，乔啊，那该有多么开心啊。请想信我一片针心。匹普上。

其实我何苦非写信给乔不可呢；他就坐在我身边，而且眼前只有我们两个人，有话尽管好说。可我毕竟还是把这封书信（连同石板）亲手送了出去，乔接在手里，简直把它当作了大学者的大手笔。

乔睁大了一双蓝眼睛嚷道：“啊，匹普，老朋友！你真是个大学者啊！我没有说错吧？”

我朝他手里的石板溜了一眼，看到那上面的字迹七高八低，觉得不好意思，便说：“我才巴不得有这么一天呢。”

乔说："哦，这是个'J'字。还有这个'O'字写得功夫真到家！匹普，这个'J'加上这个'O'，不就是'乔'字吗？"

到眼前为止，除开这个最简单的字儿以外，我还从来没有听见乔念过其他的一字半句。上一个星期天在教堂里，我偶然把祷告书拿颠倒了，在他眼里看来，似乎倒是顶顺眼，还认为我完全拿得对呢。为了抓住这个机会了解一下，教乔读书识字是否应当从头教起，我便说："对啊！你再读下去吧，乔。"

乔慢吞吞地把那块石板打量了一会儿，说道："要我读下去吗，匹普？一，二，三。怎么啦，匹普，这里面竟有三个'J'字，三个'O'字，连起来就是三个'乔'字！"

我俯着身子，用食指指着石板，把那封信从头到尾读给他听了。

我一读完，乔就说："真了不起！你真是个大学者！"

我带着几分自命高明的神气，问他道："乔，'葛吉瑞'这个字你怎么拼？"

乔说："我用不到拼这个字。"

"假使你拼起来，怎么拼法呢？"

乔说："压根儿没办法假使，不过嘛，我倒是挺喜欢读书的。"

"你真喜欢吗，乔？"

乔说："喜欢得了不得。要是谁能给我一本好书，或是一张好报纸，在我面前生一炉好火，让我坐下来读，别的我什么都可以不要。老天爷啊！"说到这里，他擦了一下两个膝盖，又继续说下去："你看见一个'J'字，又看见一个'O'字，你就可以说：'J-O，哎，这儿有个乔字。’读书多有趣啊！”

我于是得出结论：乔的文化水平，好比当时的蒸汽机，还处于极幼稚的状态。于是我就趁势再问下去：

“乔，你像我这样年纪，也上过学吗？”

“没有，匹普。”

“乔，你像我这样年纪，干吗不上学呢？”

乔拿起拨火棍，慢吞吞地在炉格中间拨弄着火。平常他一有了心事，就要干这档子事儿。他说：“说来话长，匹普。我来告诉你，匹普。我爸爸是个酒鬼，喝醉了酒就哼（狠）起心来捶我的妈妈。说实在的，他平常哪里有什么打铁的铁墩，肉墩倒是有，不是拿我当作肉墩，就是拿妈妈当作肉墩。至于他打起我来，那一股蛮劲只有他打铁时才用得着，可惜他就没有使出来打铁。——匹普，你听着吗？你明白吗？”

“我都听着，乔。”

“结果，妈妈跟我两个人出逃了好几次；妈总是出去替人家帮工。她老是对我说，‘乔，求求老天爷赐福，你也该上学去读点书啦，孩子。’她几次送我上学。爸爸偏偏又是心肠那么好，没有了我们娘儿俩就活不了。因此，一打听到我们的下落，就邀了一大伙人，大叫大嚷闹到人家门口，弄得那些收留我们的人家没有了办法，只得把我们娘儿俩交还给他。他把我们一带到家里，又天天捶我们。你看，匹普，”乔本来满腹心思地拨弄着炉火，说到这里便歇了手，望着我说，“这样一来，我就上不成学了。”

“那还用说吗，可怜的乔！”

乔一本正经地把火炉捅了两下，又说道：“不过我告诉你说，匹普，看待一个人总要有什么说什么，说句天公地道的话，我爸爸的心肠究竟还是好的呀，你明白吗？”

我并不明白，可是我嘴上并没这么说。

乔又说：“也好！匹普，总得有人去挣饭吃嘛，要不就没有饭吃，你明白吗？”

这一点我倒明白，便照直说了。

“到最后，我父亲总算没有反对我干活，我便干上了现在这一行，他也是干的这一行，只是他没有好好干下去罢了。告诉你，匹普，我可干得相当卖力呀。不久我就挣钱养活他，一直养到他满脸红肿、发麻风病去世为止。我想在他墓碑上刻上这么两句话：‘不管他身上有多少缺点，可别忘了他是个好心眼。’”

乔背诵这两行诗时，显得非常得意，而且念得十分用心，辞意分明；我不由得问他，这两行诗是不是他自己做的。

乔说：“是我做的，我自己做的。我一下子就做出来了。就好像一榔头敲出了一只马蹄铁一样。我一辈子也没有感到过这样惊奇——我简直不敢相信我自己的脑袋——说真的，我怎么敢相信我自己的脑袋呢？我刚才说了，匹普，我真想把这两句话刻在他墓碑上，可做诗是花钱的玩意儿，不管你怎么刻，刻大一点要钱，刻小一点也要钱，结果还是没有刻成。出棺材的钱是省不了的，其他能省的都得省下来留给我妈妈。她身体不好，又没有一个子儿。可怜她没有活多久也就跟在他后头上西天去了。”

乔的蓝眼睛里有点眼泪汪汪，用拨火棍柄头上的圆捏手一会儿擦擦左眼，一会儿又擦擦右眼，神色极不愉快，极其难受。

乔说：“后来我一个人住在这儿，怪寂寞的。就在那时候认识了你姐姐。嘿，匹普呀——”乔说到这里，愣着眼尽瞧我，好像料定他下面那句话一说出口，我一定大不以为然似的。他说：“你姐姐是个长得挺好看的女人呀！”

我禁不住望着火炉，掩饰不住我的怀疑。

“匹普，不管咱们自己人对这个问题怎么看法，也不管外面人怎么看法，你姐姐毕竟是——”乔说到这里，嘴里吐一个字就要用拨火棍在炉格上敲一下，“一个——长得挺好看的——女人！”

我想不出什么适当的话回答他，只得说：“你这样想，真叫我高兴，乔。”

乔连忙接腔说：“我也是这样。我这样想，我自己也高兴呢，匹普。她皮肤红一些，身上这儿多几根骨头，那儿少一点肉，这对于我有什么关系呢？”

我俏皮地说，如果对他都没关系，还对谁有关系呢？

乔同意我的话，他说：“对呀！就是这话呀。你说得对极了，老朋友！我认识你姐姐的时候，人们都在纷纷传说，说你是她一手带大的。人们还说她心地有多么好，我也跟大家一起这么说。再说到你呢，”乔做出一副怪模样，好像看见了什么恶心的脏东西似的，“你当时是那么瘦小，那么软塌塌的，根本不像个人样儿，你自己看了真不知道要怎样不好意思呢！”

我并不十分爱听他这番话，我说：“别尽想着我吧，乔。”

他温柔而忠厚地回答道：“匹普，我可想着你哩。我看准你姐姐已经拿定主意，愿意嫁到这个铁匠铺里来了，我就正式提出要跟她做终身伴侣，要她和我一块儿上教堂去请牧师证婚，同时我跟她说：‘把那个可怜的娃娃也带过来吧。愿上帝保佑这可怜的娃娃。铁匠铺里也不多他一个人！’”

听到这里，我不禁失声大哭，搂住他的脖子，请他原谅；乔也连忙放下拨火棍抱住我，说：“我们永远是最好的好朋友，你说是不是，匹普？别哭啊，老朋友！”

谈话给打断没多久，乔又继续往下说：

“所以，你瞧，匹普，我们就在一块儿啦！事情总算圆满，所以我们就在一块儿啦！回头你就教我认字，匹普，不过我得声明在先，我非常笨，像条笨牛，而且我们这档子事可不能让乔大嫂知道。我说，我们还是来偷偷地干吧。为什么要偷偷地干呢？我来慢慢地把道理讲给你听，匹普。”

他又拿起拨火棍；我看他要是没有了这根拨火棍，只怕话就要说不下去呢。

“你姐姐太爱官人了。”

我大吃一惊，说道：“她太爱官人，乔？”原来我一听见他这句话，就影影绰绰有了一种想法，认为姐姐莫不是爱上了什么海军大臣或是财政大臣，要跟乔离婚了？（我看我还得补充一句，就是，那时我心里也真巴不得这样才好。）

乔说："是太爱官人了，我是说，太爱官（管）我们两个人了。"

"原来是这么一回事！"

乔接下去说："她不喜欢家里有读书人，特别不愿意我成为读书人，生怕我读了书会造反，你明白吗？"

我正打算向他问明究竟，可是刚刚说到"为什么"三个字，话头又给乔截断了。

"别忙，我知道你要说什么，匹普；别忙！我并不否认，你姐姐老是像个暴君似的骑在我们头上。我并不否认，她是打得我们翻过朝天筋斗，是骂得我们昏天黑地。她暴跳如雷的时候，匹普，"乔压低了嗓子，朝门口瞟了一眼，"老实说，谁不把她当作一头怪物才怪呢。"

乔说到"怪物"这个词儿时的声调语气，简直好像是在描写一个三头六臂的妖怪。

"你刚才的话给我打断了，你大概是要问我为什么不造反吧，匹普？"

"一点不错，乔。"

乔把拨火棍递到左手，腾出右手来摸摸颊须；只消看见他做出这种心平气和的举动，我就休想再听到他发表什么高见了；"唔，你姐姐是个精明人呀。实在是个精明人。"

我问他："什么叫精明人？"我心里想，这一下可问得他答不上来了吧。万万没料到乔目不转睛地望着我，胸中早有成竹，只听得他答道："精明人就是她呀。"这样一个圈子绕过来，倒说得我哑口无言了。

乔把眼光从我身上移开，重新摸弄着颊须说："我可不是个精明人。最后还有一点，匹普——这一点我必须认真说给你听，老朋友——我那可怜的妈妈也是个劳苦女人，一辈子辛辛苦苦，做牛做马，伤透了她那颗诚实的心，活在世上没有过上一天太平日子，因此我最怕错待了女人，亏待了人家；要错的话我也宁可倒个过儿，大不了自己多添些麻烦。匹普，老朋友，我但愿我一个人多受些气，只希望抓痒棍不要落在你身上。我但愿抓痒棍都由我来承当，可是这实实在在、的的确确是一件没有办法的事，匹普，所以假使有什么地方看顾你不周到，希望你别计较。"

我虽然年纪小，可是我相信，从那天晚上起，我对乔又添了一份敬意。从此以后我们还像往常一样平等相处。不过从此以后，每逢平静无事的时候，我坐在那里望着乔，心里想着他的为人，往往就会产生一种新的感觉，我觉得从心坎里敬仰他。

乔站起来在炉子里添了些煤，说："瞧这自鸣钟已经在打叠精神，准备敲八点了，可她还没有回家！希望不要是潘波趣舅舅的母马踩上冰块、失足滑倒才好呢。"

原来逢到赶集的日子，乔大嫂总是陪着潘波趣舅舅上街去买些家常吃的用的，因为买这些东西只有女人在行，而潘波趣舅舅是个单身汉，又信不过自己家里的用人。这一天又是个赶集的日子，乔大嫂又出去当差了。

乔生好了火，把炉子打扫干净，跟我一块儿走到门口，听听大路上可有马车的声音。夜空晴朗，寒意袭人，风吹在脸上好像刀割，地上结了厚厚的一层白霜。我想，今天晚上如果有人躺在沼地里，那非得给冻死不可。我抬头望着天上的星星，心里思忖道：冻到快要咽气的时候，抬头望望这一大片亮晶晶的星海，却得不到一丝半点儿援助或怜悯，那该有多么可怕呀！

乔说："那马儿来了。听这蹄声，清脆得像铃铛一样！"

那匹母马今天跑得比平常快多了，所以马蹄铁踩在坚硬的路面上，声响悦耳极了。我们搬了一张椅子出来，准备给乔大嫂下车时垫脚。又把炉火拨旺，让归来的人们可以从窗子上看到亮光。最后又在厨房里仔细检查一遍，看看还有没有东西没有放好。我们安排完毕，马车也到了门口，只见乔大嫂和潘波趣舅舅两个人全身裹得密不通风，只有眼睛露在外面。乔大嫂马上下了车，潘波趣舅舅也马上跳下车来，随手拿了一件马衣披在马身上。大家马上走进厨房，大量的冷空气也跟着我们一块儿涌进屋子里，似乎一下子把炉子里的热气全给赶跑了。

乔大嫂连忙兴冲冲地解下披肩，也没解帽带，就把头上的帽子往后一推，耷拉在脑后，一面说道："嘿，这孩子如果今天晚上还不知道感恩，他就一辈子也不会感恩了！"

我尽了一个孩子的最大能耐，装出一脸感恩的神气，其实我完全不明白究竟是什么事情非要我表示感恩不可。

姐姐说："我只希望他不要给宠坏了。我真放心不下呀。"

潘波趣先生说："夫人请放心，她不是那种人，她才有见识呢。"

她？我望着乔，撅着嘴唇，蹙着眉头，打出个信号，意思是说，这个"她"是什么人？可是乔也只顾噘着嘴唇，扬着眉毛，直瞧着我，意思也是说，这个"她"是谁？不料乔这个动作当场给姐姐看见了，他只得连忙拿出平常应付这类处境的息事求和的样子，用手背抹了下鼻子，直瞧着姐姐。

姐姐没好气地说："怎么啦？干吗要这样眼睛睁得老大、大惊小怪的？难道是家里起了火不成？"

乔谦和而又委婉地说："因为听见有人说起什么她不她的——"

姐姐说："她就是她呗，总不见得管郝薇香小姐叫'他'吧？哪怕像你这样一个傻瓜蛋也不会傻到这个地步吧。"

乔问道："就是镇上那位郝薇香小姐吗？"

姐姐反问道："不是镇上的郝薇香小姐，难道还有镇下的郝薇香小姐不成？她要这孩子上她那儿去玩玩。匹普当然得去啦。我看他还是乖乖地去玩玩的好，要不然，叫他试试我的厉害看！"姐姐一面说，一面对我伸脖子晃脑袋，仿佛是督促我千万要拿出轻松活泼、会玩会要的本领来。

我早就听说过镇上这位郝薇香小姐——在这一带方圆数里之内，哪个不知道镇上的郝薇香小姐是一位家财豪富、性格冷酷的小姐，独自个儿住一幢阴暗的大房子，窗封门锁，严防盗贼，过着一种与世隔绝的生活。

乔吃惊地说："哎呀，有这样的事！真不知道她怎么会认识匹普的？"

姐姐嚷道："你这个傻瓜蛋！谁说她认识匹普来着？"

乔又谦和而又委婉地说："刚才不是有人提到她要匹普上她那儿去玩吗？"

"她就不可以问问潘波趣舅舅，能不能替她找到一个孩子上她那儿去玩玩吗？难道潘波趣舅舅就不能做她的房客，有时候上她那儿去交房租，听她谈起吗？——至于潘波趣舅舅该三个月去一次还是半年去一次，这也不必跟你说了，跟你说得太仔细，反而会把你弄糊涂了；反正潘波趣舅舅有时候是要上那儿去走动走动的。难道她就不可以趁这机会问问能不能替她找到一个孩子，带到她那儿去玩玩吗？潘波趣舅舅一向体贴我们，关心我们——尽管你也许并不是这么想的，约瑟夫[1]。"姐姐说这话时，责备的语气极重，简直把乔看成一个最最没有心肝的外甥，接下去又说："难道潘波趣舅舅就不可以在她面前提起这孩子吗？瞧这孩子，站在那儿还神气活现呢！自从他生下地来，我就给他当奴才当到今天！"——其实我可以郑重担保，我根本就没有神气活现。

潘波趣舅舅嚷道："你说得真好！说得真是清楚明白，要言不烦！好极了！喂，约瑟夫，这一下你该明白了吧？"

乔怪不好意思地用手背把鼻子抹了又抹，姐姐依旧用责备的

① 约瑟夫是乔的正式名字。

口吻说："不，约瑟夫，你还不明白——你恐怕根本想不到。约瑟夫，你也许自以为明白了，其实你还是没有明白。因为你不知道，潘波趣舅舅替我们想得多么周到，他认为这孩子这次上郝薇香小姐家去，说不定关系着他这一辈子的福分，因此打算今天晚上就让这孩子坐着他的马车一块儿赶到镇上去，在他家里住一夜，明天上午亲自送到郝薇香小姐家里去。哎哟，我的老天爷呀！"姐姐忽然急得不可开交，把帽子也扯下来了，嚷道："我只顾站在这儿跟两个大白痴说话，忘了潘波趣舅舅还等着呢，马儿在门外也会着凉的，这孩子从头到脚都是泥灰，还得洗一洗呢！"

说着，就像老鹰扑羊羔似的，一把揪住了我，把我的脸紧紧按在水槽内的木盆里，让我的头凑在水桶的龙头下面，给我涂上肥皂，揉啊搓啊，擦啊敲啊，搔啊刮啊，一直折磨到我要发疯，方才罢休。（在这里我不妨顺便一提，我看我有一门学问比当今哪一位权威学者都要精通，那就是，一只结婚戒指在人的面孔上无情地擦过来擦过去，会隆起多高多宽的道道儿来。）

沐浴完毕，姐姐给我穿上质地最硬的干净麻纱衣服，就好像给少年犯穿上粗麻布衣服一样，又给我绷上一套紧窄得不能再紧窄、难受得不能再难受的外衣。接着便把我交给潘波趣先生，潘波趣先生俨然以一个地方官的身份正式接收了我，向我唠叨了一通早就迫不及待要唠叨的话儿："孩子，永远记着，要报答一切亲友的恩典，尤其要报答把你一手拉扯大的人！"

"再见，乔！"

“上帝保佑你，匹普，老朋友！”

我从来没离开过乔。刚坐上马车，一半是因为眼睛里沾着肥皂泡，一半是因为心里难受，连天上的星星也看不见。后来虽然看见星星一个又一个地向我眨巴着亮晶晶的眼睛，可是星星却解答不了我的问题：究竟我为什么要上郝薇香小姐家里去玩呢？究竟要我到那里去玩些什么呢？

第八章

潘波趣先生的宅子坐落在镇上的大街上，满屋都是胡椒子和面粉的气味，真不愧是粮商种子商的府上。一看他店堂里有那么多小抽屉，我心想这个人倒确实福分不浅。悄悄看了看下层一两个抽屉，全是些牛皮纸小包，我真纳闷儿：这些花籽和花种是不是盼望有一天能突破牢笼，得见天日，抽芽开花呢?

这种想法，我是到那儿第二天才有的，因为前一天晚上一到那里，马上就给送上阁楼去睡觉了。那是一间斜顶阁楼，放床铺的那个角落低得要命，我估计屋顶上的瓦和我的眉头之间至多只隔着尺把的距离。第二天一大早醒来，忽发奇想：种子和灯芯绒这两样东西怎么居然那样难分难解？潘波趣先生身上穿的是灯芯绒，店堂里那个伙计穿的也是灯芯绒，不知道怎么，我总觉得他们的灯芯绒都透出一股气息，很像是种子，那里的种子却又都透出一股气息，极似灯芯绒，结果实在弄得我稀里糊涂，再也分辨不出哪是种子，哪是灯芯绒。这一次我还有个发现，原来潘波趣先生做买卖的不二法门就是望着大街对面的马鞍匠出神，而马鞍匠的经营之道却是目不转睛地瞅着马车匠，马车匠打发光阴的办法则是双手插在衣袋里，默默端详面包师傅，面包师傅的本分是操起双手，对着杂货商发呆，杂货商则站在门口朝着药剂师打哈欠。在大街上，专心致志于自己行业的人似乎只有那个钟表匠：尽管时时刻刻都有成群结队的农民打扮的人透过他的玻璃橱窗来窥视他，他却始终戴着一个放大镜，伏在一张小桌子上，全神贯注地盯着手里的机件。

八点钟，潘波趣先生和我在内宅的客厅里吃早饭，那个伙计则在前面店堂里一袋豌豆上喝他那杯茶，吃他那块黄油面包。跟潘波趣先生在一起，我觉得真是别扭透了。且别提他如何醉心于我姐姐的那套主张，给我吃顿饭也要折磨折磨我，叫我受罪——也别提他尽给我吃面包屑，黄油少得可怜，牛奶兑上了大量白开水，倒不如老老实实连那点牛奶也不放，干脆给我喝白开水。这些都还不算什么，最讨厌的还是他的谈话，他除了给我做算题，别的话一句都没有。早上客客气气向他问好，他二话没有，劈头就盛气凌人地问我："小家伙，七乘九等于几？"我刚刚来到这个陌生地方，又空着肚子，给他这么突如其来地一逼，叫我怎么答得上来？我实在饿极了，可是一口面包还没咬下去，他已经提出算题来考问我了，连珠炮似的一连串问题，弄得我吃顿早饭没有片刻自在。“七乘七呢？”“乘四呢？”“乘八呢？”“乘六呢？”“乘二呢？”“乘十呢？”唠叨个没完。刚刚答完一道，啃上一口面包或是喝上一口牛奶，第二道算题又来了，他自己却只顾舒舒服服、无所用心地大嚼其火腿和热面包，那副吃相倒真是称得上（恕我直言不讳）狼吞虎咽，穷凶极恶。

因此，钟敲十点，一听说我们就要动身到郝薇香小姐家里去，我便觉得高兴非凡；不过心里还是不免惴惴不安，不知道到了那位老小姐家里应该如何检点自己的行为举止。不到一刻钟工夫，来到了郝薇香小姐的住宅门前。这所宅第，砖瓦都已年深月久，阴森森的，四面还装着好多铁栅栏。有几扇窗户已经砌没了；剩下的窗户，低一些的一律护着锈痕斑斑的铁杆。宅前有个院子，装了铁栅门。打过铃，只等里面来人开门。我趁这当儿，透过门栅向里面张望了一下（潘波趣先生到这时候还在考问我“七乘十四等于几？”我只装没有听见），我看见大宅子旁边还有一所很大的酒坊。酒坊里并没在酿酒，看来已经好久没有酿酒了。

一扇窗子给拉了起来，只听见一声清脆的问话：“谁呀？”带我来的那位马上回答：“潘波趣。”窗口回了一声：“好吧！”窗户随即又关严了。一位年轻姑娘手拿着钥匙，从院子里走过来。

潘波趣先生说：“这孩子就是匹普。”

那年轻小姐长得很美，神气非常傲慢，她回答道：“这就是匹普吗？进来吧，匹普。”

潘波趣先生打算跟我一块进去，她连忙把门一掩，挡住了他。

她说：“怎么！你也想见郝薇香小姐？”

潘波趣先生十分狼狈，回答道：“要是郝薇香小姐想见见我，那我——”

那年轻小姐说：“噢！那就告诉你，她不想见你。”

她说得斩钉截铁，毫无通融余地，潘波趣先生尽管自尊心受了触犯，却回不上一句话，只得狠狠瞪了我一眼——仿佛是我和他过不去似的！——还训诫我说：“小家伙，你在这里应当规规矩矩，可要替把你一手拉扯大的人挣点面子！”说完就走了。我依旧提心吊胆，生怕他赶回来从门栅里考问我“七乘十六等于几”，不过他总算没有回来。

替我带路的年轻小姐把大门上了锁，和我一同穿过院子往里头走。院子是铺石的地面，收拾得很洁净，不过缝缝隙隙里都长着小草。还有一条小小的通道通向酒坊，通道口的木门敞开着，那头的酒坊也是门窗大开，一直可以望见对面的高高的围墙。里面阒寂无人，荒凉冷落。这里的风似乎比外面还冷，尖声呼啸，从酒坊敞开的门窗里穿进穿出，响得简直和海上摧樯裂帆的狂风没有两样。

她看见我老望着酒坊，便说：“孩子，那儿现在酿的浓啤酒呀，你就是统统喝了下去，也包你没事儿。”

我腼腆地说：“就是呢，小姐。”

“这个地方今后还是别再酿酒的好，酿出来也是酸的啦。你看是不是，孩子？”

“就是，小姐。”

她又说：“其实，也没有谁打算在那儿酿酒，因为那都是过去的事了，这地方看来也只有这样长年冷落下去，迟早有一天坍下来算数。说到浓啤酒，地窖里倒有的是，足够淹没这座庄屋的。”

“这座宅子就叫作庄屋吗，小姐？”

“孩子，这是宅子的一个名字。”

“那么还有别的名字喽，小姐？”

“另外还有个名字叫作‘沙堤斯’，这也不知是个希腊字，还是拉丁字，还是希伯来字；也许三种文字都是，反正在我看来都一样，那意思就是有余。”

我说：“有余庄屋？这名字真古怪，小姐。”

她说：“是的，不过，意思还不光是有余。当初取这个名字，意思是说，谁有了这座宅子，谁就会心满意足，再没有别的要求了。我看，从前人们的欲望一定是很容易满足的。好啦，别磨蹭啦，孩子。”

尽管她一声声“孩子”长“孩子”短，态度那么放肆，毫不客气，其实她的年纪却和我不相上下。当然，她是个姑娘，长得又美，又很矜持，看外貌要比我大得多，简直就像个二十刚出头的大小姐，像个女王，完全不把我放在眼里。

我们从边门走进宅内——正门上锁着两根锁链，哪里进得去——一到里面，第一件引起我注意的就是，过道里一片漆黑，只点着一支蜡烛，是她刚才放在那里的。她随手拿起那支蜡烛，和我一块儿又走过几条过道，上了楼梯，一路上依旧一片漆黑，全靠那支蜡烛照明。

走着走着，终于来到一个房间门口，她说："进去吧。"

我说："小姐，你先请。"倒不是为了讲究礼貌，而是我不敢进去。

她一听这话，便说："别胡闹了，孩子；我又不进去。"说着就望望然不屑一顾地走开了，更糟的是，把那支蜡烛也带走了。

这个滋味可真不好受，而且我也有些害怕。不过，到了这个地步，不敲房门也不行。敲了门，里面叫我进去。我推门进去，一看是间挺大的房间，点着好多蜡烛，却没有一线天光透进来。好多家具我都没见过，也不知道是做什么用的。反正看见这副摆设，估料着总不外乎是一间化妆室。最引人注目的是一张罩着桌布的台子和一面镀金穿衣镜连在一起，我一眼就看出那是一位贵夫人的梳妆台。

如果当时没有那位夫人坐在台旁，我是否就能一眼看出是一架梳妆台，可就难说了。那位夫人坐的是一张扶手椅，一个胳膊肘搁在梳妆台上，用手支着头。我从来没见过这样一位稀奇古怪的夫人，我相信这一辈子也休想再见到第二位。

她穿的都是贵重料子，绸缎花边一应俱全，全身雪白。鞋子是白的，从头上一直披下来的那条长长的披纱也是白的，头上还戴着做新娘戴的花朵，可是看她则已经是白发满头了。脖子上和手上都戴着亮闪闪的珠宝，梳妆台上也放着好些亮闪闪的珠宝。遍地衣衫狼藉（论气派，都要比她身上穿的略逊一筹），还有东一只西一只没有收拾好的衣箱。看来她还没有完全打扮好，脚上只穿着一只鞋子——另外一只还放在梳妆台上，就在她手边——披纱也没有完全戴好，带链的表还没有系上，应该戴在胸口的花边却和一些小装饰品、手帕、手套、花朵、祷告书，一起乱七八糟地堆放在穿衣镜周围。

这些形形色色的玩意儿，我并不是一下子就尽收眼底的，不过我头一眼看到的东西还是多得你意想不到。我看出了，眼前的这些理应是白色的玩意儿，当年固然都是白的，可是如今早已失去光彩，褪色泛黄了。我还看出，这位穿着新娘礼服的新娘，岂止身上穿的服装、戴的花朵都干瘪了，连她本人也干瘪了；除了凹陷的眼窝里还剩下几分神采，便什么神采都没有了。我还看出，穿这件礼服的原先是一位丰腴的少妇，如今枯槁得只剩皮包骨头，衣服罩在身上显得空落落的。记得有一次，大人带我去赶庙会，见过一个白苍苍的蜡人，也不知算是代表哪一个怪人的遗体，供人瞻仰。还有一次，大人带我到我们沼地上的一座古教堂去，看一具从教堂地下的墓穴里掘出来的骷髅，昔日的华装丽服早已化作一堆灰尘。现在出现在我眼前的仿佛就是那个蜡人、那具骷髅，却转过一双乌黑的眼睛来望着我。我是叫不出来的苦，否则我早就大叫了。

只听得坐在梳妆台旁的夫人问道："是谁呀？"

"夫人，是我匹普。"

"匹普？"

“就是潘波趣先生带来的孩子，夫人。上这儿来……玩儿的。”

“走过来，让我瞧瞧你。过来过来。”

我站在她面前，不敢看她的眼睛，却仔细看了一下她身边的那些东西，发觉她的表停在八点四十分上，房间里的钟也停在八点四十分上。

郝薇香小姐说：“拿眼睛看着我呀。像我这么一个女人，打从你出世以来就没有见过阳光，你见了我该不会害怕吧？”

说来惭愧，我居然凭着一时的胆量，撒了个弥天大谎，回了一声“不怕”。

于是她叠起双手，放在左边胸口，问我：“你知道我手扪着的是什么地方吗？”

“知道，夫人。”（我不禁又想起了那个要挖我心吃的小伙子。）

“我手扪着的是什么？”

“您的心。”

“碎啦！”

她吐出这两个字，眼里露出急切的神色，语气用得奇重，脸上浮现出一种怪笑，还带着些自负的神气。她那双手在胸口搁了片刻工夫，方才慢悠悠地挪开，仿佛一双手有多重似的。

她说：“我过得太无聊。我需要找个消遣，可我不想再和大人打交道了。你来玩儿吧。”

叫一个不幸的孩子在这种场合下玩耍，普天之下恐怕再没有更强人所难的事了。哪怕是最爱抬杠的读者，读到这里，该也不会认为我过甚其词吧。

她接下去说："有时候我有些病态的幻想。我老想看别人玩儿，这就是一种病态的幻想。"她不耐烦地挥了挥右手的手指，又说："好啦！好啦！玩儿吧，玩儿吧，快些玩儿吧！"

我马上想起姐姐那句话：我要是不好好地玩儿，她就要给我厉害看；在无可奈何之下，我就想装作潘波趣先生的马车，在房间里兜着圈子跑一阵。再一想，这种把戏我实在表演不了，于是只得作罢，便站在那里，只顾瞧着郝薇香小姐。我们两人彼此瞧了好半晌，她大概认为我是有意违拗，便说：

"你脾气这么大吗？这么不听话吗？"

"没有的事，夫人。我对不起，真对不起，我一时还玩儿不起来。您如果告到我姐姐那里去，我就少不了要挨一顿打骂。只要我能玩儿，我一定玩儿。可是我觉得这儿的一切实在太新鲜了，太陌生了，太高尚了——也太凄凉了——"说到这里，连忙住口，生怕言多必失，说不定早已说得过了分；于是我们又彼此对看了一眼。

她没有马上回答，却把眼光从我身上移到了她自己身上。她望望身上的衣服，望望梳妆台，最后又对着穿衣镜照了一照，方才喃喃地说：

"在他是见所未见，在我却是年复一年；他觉得太陌生，我却觉得太熟悉；至于凄凉之感嘛，两个人倒是一样。你去叫艾丝黛拉来！"

我看见她还在照镜子，便以为她还在自言自语，不是和我说话，因此没有理会她。

她扫了我一眼，又吩咐我："去叫艾丝黛拉来！这件事总做得到吧。去叫艾丝黛拉！到房门口去叫！"

要我在一座陌生的房子里，摸黑站在一条神秘莫测的过道上，对着一位既无踪影、又不答话，且又目中无人的年轻小姐大喊艾丝黛拉，而且又担心这样大声直呼其名是一种莫大的放肆行为，这实在并不比奉命玩耍来得好受。好容易艾丝黛拉总算回答了一声，就拿着蜡烛来了，她像一颗明星似的，一路上照亮了那黑洞洞的过道。

郝薇香小姐招手叫她走到跟前，随手从梳妆台上拿起一颗宝石，一会儿放在她青春美丽的胸脯上，一会儿又放在她棕色的秀发上，比比试试。"我的宝贝，这一颗将来就给你，你戴起来有多漂亮啊！去跟这孩子玩牌给我看吧。"

"跟这个孩子玩！哎呀，他是个干粗活的小子，低三下四的！"

我似乎隐隐听到郝薇香小姐轻声细气对她说（不过我实在不大敢相信）："怎么？你可以捏得他心碎呀！"

艾丝黛拉摆出十足轻蔑的神气问我："你会打什么牌？"

"小姐，我只会玩'败家当'。"

郝薇香小姐对艾丝黛拉说："那就叫他败家当吧。"于是我们坐下来玩牌。

这时候我才看明白，这屋子里的一切都像那只表和那架钟一样，早就停了。又看见郝薇香小姐把那颗宝石照旧归还原处。我趁艾丝黛拉发牌的时候，又瞟了一下那架梳妆台，看清了台上的那只

鞋子从来没有穿过，从前是白的，现在已经发黄了。又看了看郝薇香小姐那只没有穿鞋的脚，脚上的丝袜从前是白的，现在也发黄了，袜底也早踩破了。要不是屋里的一切都处于这种停顿状态，要不是这许多褪了色的陈年古董造成屋里这种常年死寂的气氛，那么，即便是这么一个衰朽之躯穿着这么一件干瘪的新娘礼服，也绝不至于这样像穿着一件尸衣，那条长长的披纱也绝不至于这样像块裹尸布了。

郝薇香小姐坐在那里看我们打牌，活像一具僵尸；新娘礼服上的褶边和彩饰简直像黄纸。据说古人的尸体一旦掘出来被活人看见，立刻就化成齑粉，那时候我对于这种事还并无所知，不过自我听说以后，我就常常想：照这位夫人当时的神气来看，好像也是只消一见阳光，立刻就会化作尘土似的。

第一局牌还没有打完，艾丝黛拉就鄙夷地说："你瞧这孩子！他把'奈夫'叫作'贾克'呢！[1]瞧他的手有多粗糙！瞧他的鞋有多笨重！"

以前我从来也没想到过自己的手有什么见不得人，可是这时候竟然也认为自己的手实在生得很不像话。她对我的轻蔑可着实厉害，竟像有传染性似的，于是连我也轻蔑起自己来了。

头一局她赢了，由我发牌。我心知她巴不得我把牌发错，这么一来，我一发牌哪还有不错之理？于是又遭她数落一通，说我是

① 纸牌中的"贾克"，最初原叫"奈夫"。在所谓"上流社会"中，都以叫"奈夫"为风雅，而认为"贾克"是俚俗的叫法，不足为训。

个干粗活的、笨手笨脚的蠢孩子。

郝薇香小姐都看在眼里，她对我说："怎么不听见你顶她一句？她说了你好多难听的话，你却不回她一句？你觉得她怎么样？"

我结结巴巴地说："我不愿意讲。"

郝薇香小姐俯下身子对我说："你附着我耳朵讲吧。"

我悄悄说："我觉得她很骄傲。"

"还有呢？"

"我觉得她很美。"

"还有呢？"

"我觉得她挺爱欺负人。"（我说这话时，艾丝黛拉一脸深恶痛绝的神气，正在那里看着我。）

"还有呢？"

"我想我该回家了。"

"她长得那么漂亮，你就一辈子不想再见她了吗？"

"我不是不想再见她，可是现在我想我该回家了。"

郝薇香小姐大声说："打完这一局就让你回家。"

要不是开头见过郝薇香小姐那古怪的笑容，我真还以为她这张脸蛋根本就不会笑呢。她始终沉下了脸，显出一副凝神沉思的神气——大概当年这周围的一切静止不动之日，也正是她沉下脸色之时——而且看来好像那脸色是永远也开朗不起来的了。她的胸脯沉了下去，显得腰弓背曲；她的嗓门也沉了下去，说话声音很低，死气沉沉；总之，照她的模样来看，仿佛她是挨了万钧雷霆的当头一击，从肉体到灵魂，从内心到外表，稀里哗啦一股脑儿都垮掉了。

打完了那一局，艾丝黛拉果然叫我把家当败光了。我手里的牌都给她赢了过去，她把牌都往台上一扔，好像从我手里赢得的牌没有什么稀罕似的。

郝薇香小姐说："你下次什么时候来呢？让我来想一想。"

我提醒她说，今天是星期三，话还没有说完，她又像刚才那样不耐烦地挥挥右手的手指，不让我说下去。

"得啦，得啦。我可不知道什么星期几，也不知道什么年月。过六天再来吧。你听见了吗？"

"听见了，夫人。"

"艾丝黛拉，带他下去。给他点儿什么吃的，让他一边吃，一边随便溜溜，看看。去吧，匹普。"

刚才是艾丝黛拉拿着蜡烛送我上楼来的，这会儿她又拿着蜡烛送我下楼。她还把蜡烛放在那个老地方。我也未假思索，只当这时候一定已经是夜晚，后来她开了边门，阳光夺门而入，我顿时给弄糊涂了，恍惚觉得自己在那间点着蜡烛的古怪的屋子里似乎已经待了大半天了。

艾丝黛拉说："孩子，你在这儿等一等。"话音刚落，人就不见了，门也关上了。

院子里一个人也没有，我连忙趁这个机会看看自己那双粗糙的手和那双蹩脚的皮鞋。我自己也觉得看不上眼。以前我从来也没有为这些而烦恼过，现在却烦恼了起来，只怪自己什么都粗俗不堪。我决定要去问一问乔，他为什么教我把那几张画着花彩的纸牌叫作“贾克”，那应该叫“奈夫”才对。要是乔当年受到的教养高尚一些，我也就不会这般没有教养了。

艾丝黛拉回来了，带来一些面包和肉，还有一小杯啤酒。她把啤酒放在院子里石头地上，把面包和肉交到我手里，看也不看我一眼，傲慢无礼到极点，简直把我当作一条下贱的狗。我丢够了脸，伤透了心，受尽了欺负，气炸了肚子，又是愤慨，又是难受——心里说不出究竟是一种什么样的创痛——只有天才知道这叫什么滋味！泪水涌进我的眼眶。我正在流泪，那位姑娘望了我一眼，看出我这眼泪是由她而起的，她脸上马上露出了喜色。这一下我倒反而忍住了眼泪，直瞪瞪地瞅着她。她轻蔑地把头一昂，走了。可是据我看，她还是意识到自己的估计太乐观了，我并没有给气倒呢。

她一走，我望望四处，想找个地方躲一躲，结果钻到酒坊的一扇门背后，拿一条胳膊靠在墙上，头搁在胳膊上，大哭起来。一面哭，一面还踢墙壁，使劲扯自己的头发，因为我着实难受，那种莫名的痛楚像一把尖刀扎在我心里，我非得发泄一下不可。

我这样感情脆弱，原是姐姐一手教养成的。不管谁教养孩子都好，孩子在自己的小天地里，体会最深切、感受最灵敏的，莫过于遭受虐待这回事了。尽管孩子们受到的也许不过是些微不足道的虐待，可是要知道，孩子本身就很小，他们的生活天地也很小，然而小虽小，按照比例来说，孩子们玩的一头小木马却也抵得上大人骑的一头爱尔兰高头大马。拿我来说，我从孩提时代起就受虐待，我的心里也始终在反抗。从我会说话的那一天起，我就知道姐姐一味任着她那种喜怒无常、凶残暴戾的性子虐待我。我早就有了一种根深蒂固的想法，认为我尽管是由她一手带大的，可并不见得她那只手因此就有权利推我、撞我、扭我、扔我。我在她手里挨骂挨打，丢脸熬饿，觉也睡不好，还得这样那样悔罪补过，于是长年累月就养成了这种反抗心理；外加孤苦伶仃、无依无靠，成天抱着这种心理和自己嘀咕，我看我的生性胆怯和感情脆弱多半就是这样造成的。

我踢着酒坊的墙壁，扯着自己的头发，借此发泄，把一肚子委屈的情绪暂时排解开了，这才用衣袖抹抹脸，从门后走出来，吃着可口的面包和肉，喝着啤酒，全身发暖，精神也立刻好起来，乘兴浏览了一下四周的景物。

这地方果然是个满目荒凉的所在，连酒坊院子里那个鸽棚也不例外。鸽棚的撑竿早已被大风吹得歪歪斜斜，如果棚里还有鸽子，那么风一吹，鸽棚晃来荡去，鸽子准会以为是驾着一条船在海上漂荡呢。其实棚里早已没有了鸽子，马厩里早已没有了马，猪圈里早已没有了猪，仓库里早已没有了麦芽，铜罐里、木桶里早已没有了麦子和啤酒气息。酒坊哪里还像个酒坊，只怕连一丝一毫的酒气酒香都已蒸干散尽。靠里边的一个小院子里，遍地都是杂乱无章的空酒桶，发出一股酸溜溜的气味，大概是为昔日美好的年华留下的一点纪念吧；可是这气味毕竟酸得太厉害，不能算作当年的啤酒的一份货样——说到这里，我倒是想起了，大凡世外隐士都是如此，留下的残迹遗事往往未必尽如其为人。

从另一头走出酒坊，有一堵旧墙，墙那边是一个荒芜的花园。墙并不太高，我伸长脖子踮起脚，向墙外张望了好大一会儿工夫，原来这荒芜的花园是这个宅子的后花园，园内荒草丛生，黄绿间杂的荒径上踏出了一条小路，看来时常还有人在那儿散步，我看见艾丝黛拉这时正好背对着我在小路上走过。但是，我似乎哪儿都能看到艾丝黛拉。酒桶引得我心痒痒的，想要在那上面走走；脚刚踏上去就看见她也在院子另一头踩着酒桶走。她背朝着我，双手捧住一头散开的棕色秀发，目不旁顾，一下子就走得看不见了。后来我走进酒坊，也是这样。所谓酒坊，就是从前在那里酿过啤酒、至今还保留着各种酿酒器具的那幢又高又大、铺石地面的房子。刚一进去，那一片阴森森的气氛就叫我喘不过气来，我就站在靠门处，四下里望望，正好看见她从那些没火的炉子堆中穿过，登上一座小小的铁梯，由头顶上一道高高的长廊里出来，好像要走到天上去似的。

就在这地方，这时候，大概是我的幻想作祟，出了一件奇怪的事。说是奇怪，非特当时觉得奇怪，事后隔了多年，更是愈想愈觉得奇怪。事情是这样的：当时我抬头多望了一下那白花花的寒空，有些眼花，掉过脸来朝右面角落里一望，看见一根大木梁上有个人吊在那里。那人穿一身泛黄的白衣服，脚上只穿着一只鞋子。由于是悬空吊着，什么都看得清清楚楚：那衣服上的褪色的花饰简直像黄纸；那张脸不是别人，正是郝薇香小姐，满脸一阵抽动，仿佛想要喊我。我见了这样一个人实在害怕，可是一想到刚才明明没有这样一个人，就更加害怕了，因而我先是从她跟前逃开，继而又向她跟前奔去。等到弄明白那儿连个人影儿也没有，我那份害怕才真叫害怕到了极点。

后来还是多亏了明朗的天空里洒下的那一片白花花的阳光，多亏了从大门铁栅里看见门外过往的行人，又把剩下的面包、肉和啤酒一齐吃下肚去，元气陡增，我的神志这才清醒过来。这种种因素固然起了作用，然而要不是看见艾丝黛拉拿了钥匙走过来、开门放我出去，我也未必就会清醒得那么快。我想，艾丝黛拉本来已经瞧不起我，如果再让她看见我吓成这种样子，岂不是越发让她觉得有理了吗？我可万万不能让她抓住这个把柄啊。

她走过我身边，得意扬扬地瞟了我一眼，好似一看到我的手这么粗糙，我的皮鞋这么笨重，就禁不住从心里高兴出来。她开了门，手扶在门上。我看也没看她一眼就往外面走，不料她却用手碰碰我，嘲笑我说：

“你怎么不哭啦？”

“因为我不想哭。”

她说：“你不想哭才怪呢；刚刚哭得连眼睛都快要瞎了，这会儿眼看又快要哭出来了。”

说着，她轻蔑地笑了一阵，把我推出门去，锁上了大门。我直奔潘波趣先生家里，一看他不在家，心里才放下一块大石头。我请那位伙计把我下次去郝薇香小姐家的日期转告他一声，于是便动身赶我那四英里路的归程，回铁匠铺去。一路上仔细回想着刚才的所见所闻，只顾翻来覆去思量：原来我是个低三下四的干粗活的小子；我的手生得粗；我的皮鞋笨重；我竟染上了下流习气，把“奈夫”叫作“贾克”；我做梦也没有想到我竟是这样愚昧无知；总而言之，我过的是下等人的苦日子。

第九章

我一到家，姐姐就急于要打听郝薇香小姐家里的种种情况，问了我一大堆问题。我答得不够详细，脖颈和后腰上马上重重地挨了几拳，脑袋给一把揪住，尽往厨房墙壁上撞，弄得我真是大失体面。

其实我心里有一种莫大的顾虑，唯恐别人听不明白我的意思；我看，既是我有这种顾虑，换了别的孩子也未必就一点这样的顾虑也没有，因为我没有理由把自己看作一个刁钻古怪的怪物。弄明白了这个道理，也就可以理解我当时回答那许多问题为什么要吞吞吐吐了。我认为，要我讲郝薇香小姐家里的事，如果我把亲眼看见的种种情形绘影绘声地说出来，人家是无法领会我的意思的。不光是这样，我还认为，那样一来，人家也就无法了解郝薇香小姐是怎么个人了；尽管我自己也完全不理解她，可是我总觉得，要是把她的形象原原本本端出来，供乔大嫂赏玩，那我就未免有点下流，有点无情无义了（更甭提把艾丝黛拉小姐也端出来了），因此，我能够不说总是不说，我给揪住了脑袋往厨房墙壁上撞，就是为了这个缘故。

这还不算糟，最糟的还是那位气焰不可一世的潘波趣老头。他的好奇心可真了不得！为了要打听我的所见所闻，竟在傍晚时分赶着自己的马车气咻咻地来了，要我一五一十地说给他听。他的眼睛定了神，简直像鱼眼，嘴巴张得老大，浅黄色的头发憋得根根倒竖，满肚子鼓鼓囊囊的算题鼓捣得他那件背心乍起乍伏——我一看到这个讨厌的家伙，便索性促狭一下，干脆来个守口如瓶。

潘波趣舅舅在火炉跟前的贵宾席上一坐定就开始发问："喂，孩子，镇上去了一趟怎么样？"

我回答道："很好，老爷子。"姐姐捏起拳头在我面前一晃。

潘波趣先生说："很好？很好两字可回答不了问题。你倒说说看，孩子，这很好两字究竟是什么意思？"

大概脑门上沾上了白粉，就会使脑袋顽固不化。不管怎么说吧，反正刚才往墙上这么一撞，我脑门上沾了点白粉，我的脑袋便顽固得像铁石一般。我思忖了一会儿，好像突然又想起了什么似的，回答道："很好就是很好呗。"

姐姐气得大叫一声，就要朝我扑过来——那时候乔正在打铁间里忙着，还有谁来回护我呢！——幸亏潘波趣先生解劝道：“别忙！千万不要发火。夫人，这孩子交给我来收拾，交给我来收拾吧。”说着就一把把我的头扭过去向着他，好像要给我理发似的。他说：

“先来做个算题（好让你把思路理理清楚）：四十三个便士等于多少？”

我心里捉摸着：假使我回答“四百镑”，不知后果如何？盘算下来觉得这样回答没有好处，便想尽可能回答得正确些，可是算来算去总有七八个便士没有着落。于是潘波趣先生要我重新温习便士先令折算法，从“十二便士等于一先令”算起，一直算到“四十便士等于三先令四便士”，然后得意扬扬地问我：“好！那么四十三便士等于多少呢？”似乎这一来就把我收拾好了。我想了半晌，回答道：“我不知道。”我看当时我给他惹得实在恼火，恐怕倒是不一定知道呢。潘波趣先生大摇其头，那样子活像拧螺旋，仿佛要从我身上拧出个答案来似的。他又问我：“譬如说，四十三便士是不是等于七先令六便士三法寻呢？”

我说：“对！”虽然姐姐马上打了我两个耳光，可是我的回答扫了潘波趣先生打趣的兴致，叫他顿时哑口无言，我还是感到十分得意。

不一会儿工夫，潘波趣先生兴致又上来了，他叉起两条胳膊，紧紧按在胸口，又重新大拧其螺旋。他问我：“孩子！郝薇香小姐究竟长得怎么样？”

我说："很高很黑。"

姐姐连忙问他："舅舅，是这样吗？"

潘波趣先生眨眨眼睛，表示我没说错；我一看，马上断定他从来没有见过郝薇香小姐，因为郝薇香小姐根本不是那样一个人。

潘波趣先生还自鸣得意地说："很好！"（"就得拿这种办法来治他！夫人，我们总算没有失败吧？"）

乔大嫂回答："那还用说吗，舅舅！我巴不得你经常治治他，只有你最有办法对付他。"

潘波趣先生又问我："我说，孩子！你今天进去的时候，她在干什么来着？"

我回答道："她坐在黑天鹅绒的马车里。"

潘波趣先生和乔大嫂一听这话，睁大眼睛四目相觑——其实这也难怪！——他们异口同声地说："坐在黑天鹅绒马车里？"

我说："是呀，还有位艾丝黛拉小姐，大概是她的侄女儿，用一只金盘子，把糕点和酒从马车窗口里递给她。我们吃糕点喝酒，每人都有个金盘子。我也爬上了马车，站在车后吃，这是她吩咐我的。"

潘波趣先生又问："还有别的人吗？"

我说："还有四条狗。"

"大狗还是小狗？"

我说："大极了，四条狗都在一只银篓子里抢小牛肉片吃。"

潘波趣先生和乔大嫂大惊失色，又一次睁大眼睛四目相觑。

我简直成了个十足的疯子——这样信口开河，无中生有，都是严刑逼供逼出来的——世界上只要有那么一句胡说八道的话，我哪一句不会说给他们听！

姐姐问道："老天爷呀，这辆马车究竟摆在什么地方呢？"

我说："摆在郝薇香小姐的卧房里。"他俩的眼睛又瞪得老大。"可是没有套马。"我一任自己胡思乱想，原想给这辆马车套上四匹穿着豪华马衣的骏马，后来一想不对头，便连忙加上这么一句话来弥补漏洞。

乔大嫂问："舅舅，真有这种事吗？这孩子说的是什么呀？"

潘波趣先生说："听我说，夫人。据我看，是一辆轿车。你知道，她是个想入非非的人——非常想入非非——想入非非到要在轿车里过日子。"

乔大嫂问："你看见她在里面坐过吗，舅舅？"

他这一回给逼得非说老实话不可了："我一辈子也没见过她，怎么会看到她坐在轿车里呢？我溜也没溜过她一眼哩！"

"哎哟哟，舅舅！那你怎么跟她说话来着？"

潘波趣先生恼了，他说："怎么，难道你还不知道，我每次上她那里去，总是让人带到她房门外边，门开了一条缝，她就从门缝里跟我讲话。这你总不见得不知道吧，夫人。这孩子呢，他是上那儿去玩的。孩子，你在那儿玩些什么来着？"

我说："我们玩旗。"（请允许我声明一声：现在我一想起那一次说的许多谎话，自己也感到吃惊。）

姐姐接口道："玩旗！"

我说："是呀，艾丝黛拉挥一面蓝旗，我挥一面红旗，郝薇香小姐也从马车窗口里挥一面缀满了小金星的旗。挥过旗以后，大家又舞剑欢呼。"

姐姐说道："舞剑！哪儿来的剑？"

我说："从碗橱里拿出来的，我看见碗橱里还有手枪——有果酱——还有药丸。房间里根本没有阳光，完全靠蜡烛照明。"

潘波趣先生一本正经点了点头说："夫人，这倒是真的。的确是这么一回事，我亲眼看见过。"于是他们两个人都睁大眼睛看着我，我特意装出一副十分惹眼的老实神气，也睁大眼睛看着他们，又用右手揉着右边的裤腿玩儿。

要是他们再问下去，我一定非得漏底不可；我甚至差点儿就要说出院子里有一只大气球，幸亏当时我还有点三心二意，拿不定主意究竟是胡诌大气球的奇观妙景来得好，还是胡诌酒坊里有只大貔貅[1]来得好，否则早就脱口而出了。好在他们听了我说的那些奇迹，百思不得其解，正忙于议论，我才算逃过了。一直到乔歇下活儿、走进来喝杯茶，他们两个还在那里谈得起劲。姐姐见他进来，连忙把我捏造的那些见闻讲给他听，这与其说是为了讨他欢喜，倒不如说是为了调剂调剂她自己的脑子。

乔吃惊得不知所措，张大了他的蓝眼睛，滴溜溜地朝厨房里

① 取其音近"啤酒"。原文 bear（熊），音近 beer（啤酒）。

四下打量，我看到他这副神气，倒懊悔了起来；不过我只是为他而懊悔，坐在那里的那另外两个才不在我眼里呢。我觉得自己实在是个小妖怪，不过我只是对乔抱着这种内疚的心情，也只能对乔产生这种感情，至于那另外两个，尽管他们喋喋不休、争短论长，说我认识了郝薇香小姐会如何如何，受到她的恩惠又会如何如何，那可不干我的事。他们都一口咬定郝薇香小姐会“给我一些好处”，只是拿不准究竟会给我什么样的好处。姐姐巴不得我得到“财产”。潘波趣先生却觉得还不如给我一笔可观的奖金，让我去学个上等行当——譬如说，学个经营粮食种子的行当也好。后来乔提出了一个绝妙的想法，说是郝薇香小姐最多只会把那几条抢小牛肉片吃的狗送一条给我，这一下可挨了他们两个的大白眼。姐姐说：“你这个傻瓜讲不出好话，有活儿还是干你的活儿去吧。”于是乔只得走开。

后来潘波趣先生走了，姐姐也洗碗盏去了，我便偷偷溜到乔的打铁间里，在他那儿一直待到他收夜工，才对他说：“乔，趁着炉火还没有熄灭，我有句话要和你说。”

乔把脚凳放到炉子跟前说：“匹普，你有话要说吗？那就说吧。是什么事呀，匹普？”

我抓住他那只卷得高高的衬衫袖管，用大拇指和食指揉来拧去，说道：“你还记得郝薇香小姐家里的那些事儿吗？”

乔说：“记得？记得可牢呢！多妙啊！”

“乔，真糟糕，我完全是信口胡扯。”

乔大吃一惊，身子向后一缩，说：“你在说什么，匹普？难道你刚才说的都是——"

"对啦，我就是这个意思，我刚才说的都是假的呀，乔。"

"不见得一句真话都没有吧？"他看见我站在那里直摇头，便又问道，"匹普，总不见得连黑天鹅龙(绒）的马——车都没有吧？至少狗总是有的喽，匹普？"他简直像劝我一样，"唉，匹普，就是没有小牛肉片，至少狗总是有的喽？"

"没有，乔。"

乔说："至少一条狗总有吧？一条小狗总有喽？说吧！"

"没有，乔，连狗的影子都没有。"

我无可奈何地盯住了乔，乔也大惊失色地尽瞧着我。"匹普，老朋友！这可不行啊，老朋友！哎哟！你这还了得？"

"乔，你看这糟糕不糟糕？"

乔嚷道："糟糕？糟糕透啦！你中了什么邪魔啦？"

我放开了他的衬衫袖管，在他脚跟前的煤灰堆上坐下来，耷拉着脑袋答道："我自己也不知道中了什么邪魔呢，乔。不过，要是你没有教我把扑克牌里的'奈夫'叫作'贾克'，该有多好啊；要是我脚上的皮鞋不是这样笨重，我的手不是这样粗，该有多好啊！"

然后我就告诉乔说，我心里很不好受，却又没法向乔大嫂和潘波趣先生解释，因为他们对我蛮不讲理；又说起郝薇香小姐家里有一位骄气逼人的漂亮的年轻小姐说我低三下四，是个寻常小子，我也知道自己很平凡，却又希望自己不要那么平凡才好；我说，我刚才说那些谎话，自己也不知道是怎么搞的，不过反正原因就在这里。

这真是一个玄妙的问题，至少对于乔和我来说，都觉得很不好对付。但是乔根本不用什么抽象玄妙的道理来解释，这样反而把问题解开了。

乔思索了一会儿，说道："匹普，有一点反正是错不了的，那就是，撒谎总是撒谎。不管这谎是怎么撒的，总是不撒才好。撒谎的老祖宗是撒旦，撒谎的结局就是变成魔鬼。以后可别再撒谎啦，匹普。你要想不平凡，可不能用这种办法呀，老朋友。至于什么叫作平凡，我还是一锅糊涂粥弄不明白。你有些方面已经很不平凡啦。你的个儿就小得很不平凡。你的学问也很不平凡哩。"

"没有的事，乔，我既无知又呆笨。"

乔说："哪儿的话，你昨儿晚上写的那封信有多好！简直像印出来似的！我看信也看得多了——嘿！都还是上等人写的呢！——可是我敢赌咒，没有一封写得像印出来似的！"

"我还无知无识呢，乔。你太抬举我了。是这样嘛。"

乔说："得啦，匹普，是这样也好，不是这样也好，我希望你总得先从平凡的学者做起，这样你才能成为一个不平凡的学者！就拿做国王来说吧，国王要不是在做小王子的时代就一笔一画从第一个字母学到最后一个字母，他能够坐上王位，头戴王冠，工工整整地写出那一条条法令来吗？"乔说到这里，意味深长地摇摇头，接下去又说："虽然我不能说我已经不折不扣地做到了，可是我知道应该怎么做。”

他这番话很有见解，使我看到了一些希望，鼓起了几分劲头。

乔若有所思地又继续往下说：“干小行业又挣不起钱的平凡人，恐怕还是照旧结交平凡人的好，去跟不平凡的人玩儿有什么好呢——说到玩儿，我又想起了，你说的旗子，那大概总不会假吧？”

“哪里有什么旗子，乔。”

“（旗子也没有一面，真叫我扫兴啊，匹普。）有也罢，没有也罢，这件事也不必多提了，要不然，你姐姐又要暴跳如雷了；这件事，也不能算是你故意撒谎。匹普，你听着，我是真心把你当作朋友，才和你这样说。只有真心朋友才肯和你说这种话。如果你不能顺着直道正路做到不平凡，可千万别为了要不平凡而去走邪门歪道。匹普，下次可别再说这些谎话了。活要活得规规矩矩，死要死得快快活活。”

“乔，你不生我的气吧？”

“哪里，老朋友。不过你要记住，你这些谎话实在说得太大胆、太吓唬人了——我说的是像小牛肉片和狗抢食那一类的事——我是你的真心朋友，为你好，我才劝你，匹普，等会儿你上楼去睡觉，要在床上好好想一想。老朋友，我就是这句话，下次可千万千万别再这样啦。”

我走进自己的小卧房，做过祷告，虽说并没忘记乔那番叮嘱，可是只怪我年幼无知，脑子里乱作一团，不识好歹，因此在床上一躺下来就胡思乱想：要是艾丝黛拉见了乔，准会觉得区区一个铁匠实在微不足道，准会笑他的皮鞋这么笨重，他的手这么粗。这样想了好久，又想到乔和姐姐此时只能在厨房里坐坐，我自己上楼睡觉之前也只能待在厨房里，可是郝薇香小姐和艾丝黛拉却绝不会坐在厨房里消遣，她们的日常起居同我们这些凡俗的生活相比，可真是一个天上，一个地下。到迷迷糊糊入睡时，还在想我在郝薇香小姐家里“老是”如何如何；我在那里其实不过待了几个小时，倒好像已经待过好几个星期，好几个月了；这其实不过是当天的事，倒好像已经成了旧岁往年的陈迹了。

对我来说，这一天是终生难忘的一天，因为这一天在我身上引起了巨大的变化。谁过上这样的一天，也会终生难忘的。请诸位设身处地想一想吧，假使你们一生中也有这么一个不同寻常的日子，这一天会和平常过得多么两样啊！读者诸君，请你们暂时放下书来想一想吧，人生的长链不论是金铸的也好，铁打的也好，荆棘编成的也好，花朵串起来的也好，要不是你自己在终生难忘的某一天动手去制作那第一环，你也就根本不会过上这样的一生了。

第十章

过了一两天，我早上醒来，想到一个绝妙的主意。我认为我要变成一个不平凡的人，最好的办法莫过于请毕蒂把她的一切知识都传授给我。这么一想茅塞顿开，为了实现这个计划，那天晚上到伍甫赛先生姑奶奶的夜校去上学，我便对毕蒂说，我很想要出人头地，其中有个特别的缘故，暂且不必细说，只要她肯把她的全部知识都传授给我，我就感激不尽了。毕蒂本是个最讲情义的姑娘，马上一口答应，而且不到五分钟工夫，就开始履行自己的诺言了。

伍甫赛先生的姑奶奶的教育方案，也就是她的课程，大致可以归结如下：先让学生们自由活动——吃苹果的吃苹果，在别人领子里塞干草的尽管塞干草，到最后伍甫赛先生的姑奶奶把精神养足了，这才拿起一根桦木戒尺，踏着碎步，走到学生们跟前，不分青红皂白地吓唬一通。学生们以各种各样嬉皮笑脸的方式接受训诫之后，便排成队，把一本破破烂烂的书稀里哗啦地顺次传下去。书上有一张字母表、几幅图表、一些拼音练习——应该说，本来是有这些玩意儿的。书本一传下去，伍甫赛先生的姑奶奶便进入昏昏欲睡的状态——要不是由于瞌睡，就准是风湿症发作了。于是学生们便开始以靴子为题大做文章，互比高下，目的无非是争谁踩起谁的脚趾头来可以踩得最痛。这一切可以称之为脑力锻炼，一直要闹到毕蒂匆匆赶来，把三本残破的《圣经》分配给他们。这三本书的模样，仿佛是从什么木桩上乱砍下来的，印得又糟，比我后来见到的任何一本文学珍本都要模糊，沾满了斑斑点点的墨水渍，书页里夹着各色各样给压扁砸碎的昆虫“标本”。有些性子倔强的学生往往还会和毕蒂扭打起来，给这一节课添了不少热闹。打完了，毕蒂便宣布今天从哪一页读起，她读一句大家跟着读一句——会读的固然跟着读，不会读的也跟着读，那一片七高八低的大合唱真叫吓人。毕蒂领读的声调又高又尖，又没个抑扬顿挫，谁都不晓得自己在读些什么，也根本就不当它一回事。乌七八糟乱嚷了一阵，少不得会把伍甫赛先生的姑奶奶吵醒，于是她便跌跌撞撞地不定走到哪一个孩子身边，拉拉那孩子的耳朵。耳朵一拉，便不言而喻是放学了，于是大家为庆贺学业猛进，尖起嗓子来高呼几声，奔出校门。凭良心说一句，要是哪个学生愿意拿石板，甚至钢笔墨水（只要你有）来打发光阴，那也是绝不会遭到禁止的，只可惜这种做学问的方式在冬季很难行得通，因为在那既兼作课堂、又兼作伍甫赛先生姑奶奶起坐室兼卧室的小杂货店里，点的只是一支垂头丧气的蜡烛，又没有一把剪烛花的剪刀，所以光线极其暗淡。

我觉得，在这种环境下，要想成为一个不平凡的人，实在很耗费光阴，不过我决定还是试一试。当天晚上，毕蒂就开始履行我们的特别协定，把她那份小价目表上绵糖一项的有关知识传授了一些给我，又把她从报纸标题上摹写下来的好大一个老式的英文字母D借给我拿回家去临摹，我开头还以为是个纽扣花式，后来她说明白了，我才知道是个什么玩意儿。

我们村里当然少不了有个酒店，乔有时候也少不了要上那边去抽袋烟。那天傍晚，在放学回家的路上，我接到姐姐的严厉命令，要我务必到三船仙酒家去一趟，好歹要把乔带回来，否则就要我好看。所以，这会儿我就向三船仙酒家走去。

三船仙酒家店堂里有一个柜台，柜台里面靠近门边的墙壁上用白垩写了一大篇欠账账目，长得惊人，照我看来，这一大笔欠账是从来没有人偿付的。我从解事的时候起就看到了这些账目，后来账目日长夜大，比我的身个儿长得还要快。我们村里一带本来多的是垩土，老乡们大概都不肯错过良机，务使物尽其用，让白垩大显其赊酒记账的神通。

那是星期六晚上，只见店老板怒目横眉望着那一大笔欠账；好在我这次来是跟乔打交道，不是跟他打交道，因此只跟他说了声晚上好，就走到过道那一头的客厅里去了。客厅里生着一大炉旺火，乔正坐在那里抽烟，跟他在一起的还有伍甫赛先生和另外一位生客。乔像平常一样招呼我：“喂，匹普，老朋友！”他这话一出口，那位生客便转过脸来望着我。

生客是位带有几分神秘气息的人物，我从来没见过。头侧在一边，一只眼睛半开半闭，似乎拿着一支无形的枪在瞄准。嘴里衔一根烟斗，一看见我就把烟斗从嘴里拿出来，目不转睛地瞧着我，慢吞吞地吐完了烟，才向我点了点头。我也向他点点头，他于是又点了点头，在他坐的那张高背长椅上腾出点地方来让我坐。

可是我每次到这种公共场所，总是习惯坐在乔身边，因此我说：“谢谢您，先生！对不起！”然后就在他对面的高背长椅上乔给我让出的地方坐了下来。这位生客溜了乔一眼，见乔正瞧着别处，于是一等我坐定，便又对我点点头，还擦了擦自己的腿——我觉得那擦腿的样子真奇怪极了。

生客转过脸去对乔说：“你刚才说，你是个铁匠？”

乔说：“不错，的确是这么说来着。”

“你爱喝什么酒？对不起，还没请教过尊姓大名哩。”

乔报了姓名，那生客便称名道姓起来：

“葛吉瑞先生，你喝什么酒？我来请客好不好？饭后喝一杯帮助帮助消化如何？”

乔说：“哪儿的话，不瞒您说，我喝酒都是自己付钱，不大习惯让别人请客。”

生客说：“习惯？谈不上，只此一遭，下不为例，何况又是星期六晚上。来，点酒吧，葛吉瑞先生。”

乔说：“盛情难却，来杯朗姆吧。”

生客重复了一遍：“朗姆。还有一位先生也请发表高见。”

伍甫赛先生说：“朗姆。”

生客对酒店老板大声说道：“三份朗姆！来三只杯子！”

乔把伍甫赛先生介绍给生客，说：“想您一定乐于认识认识这位先生。他是我们教堂里办事的先生。”

生客眯缝着眼睛瞧了我一眼，连忙应道：“噢嗬！就是沼地边上坟地中央那座冷清清的教堂吗？”

乔说：“正是。”

生客口衔烟斗，满意地嗯了一声，把两条腿搁在他一人独坐的高背长椅上。他头上戴一顶阔边旅行帽，帽檐儿挂了下来，帽子下面包一块手绢，当作头巾，把头发给遮没了。他眼睛望着炉火，我依稀看见他脸上掠过一丝狡猾的神气，继而又露出一副似笑非笑的表情。

“两位先生，我对于这个地方并不熟悉，不过，靠近河边一带看样子好像挺荒凉吧。”

乔说：“十处沼地就有九处是荒凉的。”

“当然，当然。在那一带是不是常常可以见到什么吉卜赛人啊，走江湖的啊，流浪汉啊什么的？”

乔说：“没有，逃犯倒是常有。可我们也不容易碰到。伍甫赛先生，你说是不是？”

伍甫赛先生对于当初那段狼狈的经历可谓刻骨铭心，因此他虽然表示同意，口气却很冷淡。

生客问道："看样子你们还去追捕过逃犯咯？"

乔回答道："去是去过一次，不过您知道，我们不是去抓逃犯；我们只是去看看热闹；我和伍甫赛先生，还有匹普，我们都去了。匹普，是不是？"

"是的，乔。"

那生客又瞧了我一眼——仍然眯缝着眼睛，好像是故意拿他那支无形的枪瞄准着我似的；他说："这孩子别看他瘦，将来可有出息。你管他叫什么？"

乔说："他叫匹普。"

"教名就叫匹普吗？"

"不，教名不叫匹普。"

"那么是姓匹普喽？"

乔说："也不是姓，不过和他的姓相近，他小时候把自己的姓念走了音，后来人家也就这样将错就错叫惯了。"

"他是你的儿子吗？"

乔"唔"了一声，便沉吟起来；当然并不是因为这件事本身有什么煞费思索之处，而是因为一进了三船仙酒家，嘴里衔上一根烟斗，无论谈东说西，总要带上三分深思熟虑的风度。沉吟了一阵，才说："唔——不是。哪里，他哪里是我的儿子。"

"那么是贼（侄）儿喽？"

乔又显出沉思的神气说："唔，不是——不，不骗您，他也不是我的贼儿。"

生客又问："那他妈的到底是你什么人？"我觉得他这样气势汹汹地追问，总未免过分了些。

伍甫赛先生在这个关节眼儿上插了进来；他这个人对于远近百亲无所不晓，何况职业使然，必须牢记一个男人不可以和哪些女的亲戚成婚，因此便自告奋勇把我和乔的关系给那位生客解释明白。伍甫赛先生插了嘴还不算，临了还从《理查三世》里面引证了一大段狂嗥乱叫的台词，念得叫人听了毛骨悚然；等他自以为费了这番唇舌已经足以解决问题，又找补一句道："这正合了那位大诗人的话[1]。"

这里，我不妨做一点题外的说明；伍甫赛先生刚才提到我时，还在我头上乱揉乱摸一阵，弄得我头发都戳到了眼睛里，显然是认为谈到我就非得用手这么配合一下不可。我真想不明白，何以像他那样身份的人到我们家里来做客，一遇到这种情况，总要叫我领受

---

① 《理查三世》是莎士比亚的历史剧。"诗人"指莎氏。理查三世乱伦败德的行为昭著史册，这一段话的意思是说，乔绝不可能有乱伦行为。"狂嗥乱叫"的一段台词可能指第四幕第四场338—343行，即理查三世要求自己的嫂嫂伊丽莎白王后为他撮合和自己的侄女成亲，伊丽莎白王后当场驳斥他的那一段话：

> 叫我怎么向她启齿？难道说，
> 她的夫君将是她爸爸的弟弟，她的亲叔叔？
> 或是谋杀了她兄弟和她叔伯的凶手？
> 我该用什么名义为你向她求婚，
> 才能合乎天理、法制，叫我既不丢脸，
> 而她的青春也甘愿为你动情？

所谓"狂嗥乱叫"，则为莎剧导演词所无，而狄更斯这样写，则不外乎描述伍甫赛朗诵这段台词时的粗鲁声态。

这样的折磨，弄得我两眼红肿。现在回想起来，在我的童年时代，家里亲友们不谈起我则已，一谈起则必然会伸出一只大手来，美其名曰抚爱我，其实是弄得我眼红泪流。

这位生客自始至终什么人也不望一眼，只是望着我，那副神气像是终于拿定了主意，非得开枪打死我不可似的。他自从骂了那句娘以后，就什么话也没有说；等到三杯兑水朗姆酒端进来了，他果然向我开枪了，这一枪可真是稀奇少有。

射来的不是舌弹，相反，他倒是演出了一幕哑剧，是毫不含糊地冲着我演的。他毫不含糊地对着我搅拌他那杯兑水朗姆酒，又毫不含糊地对着我品尝他那杯兑水朗姆酒。又是搅动又是品尝，放着酒店里给他的匙子不用，却用一把锉来搅拌。

他的动作非常巧妙，别人都看不到那把锉，只有我看得到。拌好了酒，便把锉揩干，放进胸口衣袋里。我认出这就是乔的那把锉；一看到那把锉，就知道他认识我那个逃犯。我坐在那里瞪着他，好像着了魔一般。他却忽然往椅背上一靠，不再理会我，而去大谈其萝卜。

我们村里每到星期六晚上，就洋溢着一股愉悦的气氛，大家干完了一周的活儿，总得安安静静歇口气、提提神，再干起活来也好更带劲些，在这种气氛的影响下，乔居然也敢在酒店里比平常多待上半小时。这半小时过了，兑水朗姆酒也喝光了，乔便起身告辞，拉着我的手就要走。

生客说："葛吉瑞先生。请等一会儿，我想起我口袋里好像有一枚雪亮崭新的先令，如果没有丢掉的话，就给了这孩子吧。”

他掏出一把零钱，找出那一枚先令，用揉皱的纸包好，交给我说：“这是给你的！记好：是给你自己的！”

我向他道了谢，也不管什么礼貌不礼貌，只顾紧挨在乔身上，睁大了眼睛瞧着他。他向乔道了晚安，又跟伍甫赛先生道了晚安（伍甫赛先生也跟我们一块儿出了酒店），对我却不道晚安，只是用他那只瞄人的眼睛瞥了我一下——其实连瞥一眼也谈不上，因为他根本把那只眼睛闭上了；不过，这真叫作：无限传神处，尽在一闭中。

伍甫赛先生一出三船仙酒家就和我们分了手，乔一路上又老是张大了嘴，大口大口吸着空气，像是为冲淡那喝下肚去的朗姆酒，因此一路赶回家去，我即使有兴说话，恐怕也只好一个人自唱自和。何况我往日的那件过失、往日的那个老相识，如今突然露出形迹，弄得我心神恍惚，哪里还有心思想到别的事情上去。

回家一踏进厨房，正赶上姐姐没有大发脾气，乔一看这种机会千载难逢，便壮起胆子，把那枚亮晶晶的先令的来历告诉了她。乔大嫂得意扬扬地说：“我担保准是一枚假货，世上哪里有这种好人，肯把真货给一个孩子？拿来我瞧瞧。”

我打开纸包拿出先令，确是一枚呱呱叫的真货！乔大嫂扔下先令，拿起纸包来一看，说：“这是什么？两张一镑的钞票？”

丝毫不假，果真是两张一镑的钞票，油腻腻黏答答的，好像跟郡里的许多牲口市场交情已经深得到了家似的。乔重又拿起帽子，带了那两镑钱，要到三船仙酒家去归还原主。乔一走，我就坐在平常坐的小凳上惘然若失地望着姐姐，我拿准那个人早就走远了。

乔果然一转眼工夫就赶回来了，说是那人早已走了，不过他已经在三船仙酒家留了言，把那两张钞票的事吩咐停当。于是姐姐拿了一张纸把钞票包好封严，放在客厅里橱顶上一把做摆饰用的茶壶里，用干玫瑰瓣掩好。那两张钞票放在那里，从此就像梦魇一样压在我的心头，也不知压了我多少个日日夜夜。

我那天晚上睡得很不好，因为老是想到那个拿无形的枪瞄着我的生客，老是想到我干下的那件卑劣的犯罪勾当——私通逃犯，那在我这个小人物说来本是件大事，而我居然都忘了。还有那把锉，也老是像个鬼影似的缠着我。那把锉居然在我万万料不到的时候重新出现，实在叫我害怕。最后我只得想一想下星期三要上郝薇香小姐家里去的事，这样才算慢慢地睡着了。我在梦中果然看见那把锉从门里向我伸过来，还没看清拿锉的是谁，我就大叫一声惊醒了。

第十一章

我按照事先约定的时间，第二次来到郝薇香小姐家里，犹犹豫豫打过门铃，艾丝黛拉就出来了。她像上次一样，又开门放我进去，然后把门锁上，引我走进她放蜡烛的那条黑暗过道。她一直没理睬我，直到拿起了蜡烛，才回过头来傲慢地对我说："今天你从这边走。"说着，便领我来到一个完全不同的所在。

过道很长，似乎绕遍了这座庄屋的正方形的底层。可是刚走完这正方形的一边，她就停住，放下蜡烛，打开一扇门。到得这里，总算重见天日，原来这是一个铺石地面的小院子，院子那头是一座独立的住宅，看来早先本是那个已经废弃的酒坊的经理或管事住的。宅外墙上有一架钟，停在八点四十分上，和郝薇香小姐房里的钟一样，也和郝薇香小姐的表一样。

从敞开的屋门进去，走进底层的一个后间，屋里阴沉沉的，天花板又低。里边有几个人，艾丝黛拉走到他们跟前，对我说："孩子，你去那儿站着，等上面叫你，你再去。"所谓"那儿"，就是窗口。我遵命走过去，站在"那儿"，心里老大不舒服，眼睛望着窗外。

这扇窗是落地长窗，窗口正对着荒芜的花园的最凄凉的一角。望出去是一大片乱糟糟的白菜梗子，还有一棵不知还是哪年哪月修剪过的黄杨树，像个布丁，树顶上戳出了一簇簇新叶，模样儿既难看，跟原来的色调也不调和，仿佛这个布丁粘在锅子上给烫焦了一小块似的。我端详着那棵黄杨树，就产生了这种天真的联想。夜里下过一阵小雪；我在哪儿都没有见到积雪，唯独在这个冷飕飕、阴森森的花园一角积雪还没有融化干净，风过处卷起一小股一小股雪花，打在窗上，好像是责备我不该去到那儿似的。

我一进屋，房间里那几个人便中断了谈话，尽瞧着我，这一点我是揣摩得到的。至于屋子里的东西，我可什么也看不见，只看见壁炉投在窗户上的亮闪闪的火光。一想到人家都在细细儿地打量我，我简直凉了半截，全身的关节都僵硬得不听使唤了。

屋子里共有一男三女。我在窗口还没有站上五分钟，就得到了一个印象，觉得这帮男女都是些吹牛拍马之徒，只不过个个都装腔作势，明明知道大家的吹牛拍马之道都是彼此彼此，却又不肯相互道破。只因谁要是一点穿别人是吹牛拍马之徒，那就无异不打自招，承认自己也是这么个货色。

这帮男女是在那里等候人家赏脸传见，现在都等得厌倦了，一个个显得没精打采、百无聊赖。三个女人之中最健谈的一个为了免得打呵欠，不得不没话找话说，一个劲儿闲磕牙。这位女士名叫卡密拉，她真使我想起我姐姐，要说她和我姐姐有什么两样，无非是她大了几岁年纪，眉目口鼻更其扁平瘪塌，混沌不清（我一看见她就产生了这种感觉）。说实在的，后来仔细多看了她几眼，我便禁不住想到，她这张脸简直就是一堵没门没窗、又高不可攀的白墙，她能勉强五官齐全，还算是上上大吉呢。

这位女士一开口，简直就像我姐姐一样粗暴，她说："可怜的好人儿！谁也没有跟他过不去，可他偏跟自己过不去！"

那位先生接口说："这个人，还是有人跟他过不去为好，这才叫顺乎天道合乎人情呢。"

另一位女士说："雷蒙老表，我们应当推己及人才是。"

雷蒙老表回答道："莎拉·朴凯特，一个人如果连自己也不顾，他还能顾谁呢？"

朴凯特小姐笑了，卡密拉也笑着说（把呵欠忍住了）："有你这样的高见！"我倒觉得他们恐怕当真认为这是一个了不得的高见呢。另一位还没有发过言的小姐一本正经、煞有介事地说："可说得是！"

卡密拉马上又接下去说（我知道他们一直都在那里望着我）："可怜的人儿！他这个人也真太古怪！汤姆的老婆死的时候，人家再三对他说孩子得戴重孝，他的脑筋就是扭不过来，这话说起来谁会相信呢？他居然说，‘老天爷呀！卡密拉，那些没了娘的可怜的小东西戴孝有什么意思呢？’他太像马修了！真亏他说得出口！”

雷蒙老表说：“他也有长处，也有长处，我要是抹煞他的长处，天理难容；不过他从来不识时务，一辈子也不会识时务。”

卡密拉说：“不瞒你讲，我不得不再三坚持己见。我说，‘一家体面攸关，不能不这样。’我对他说，不戴重孝有堕家声。为了这件事，我从吃早饭一直嚷嚷到吃中饭。气得我饭吃下肚去也不消化。最后他大发脾气，嘴里不干不净地说：‘你爱怎么着就怎么着吧。’于是我立刻冒着倾盆大雨，出去买了素衣孝服。谢谢老天爷！一想到这里，总算可以聊以自慰。”

艾丝黛拉问道：“是他付的钱，是不是？”

卡密拉回答道：“亲爱的小姑娘，谁付的钱，那是另外一个问题，反正东西是我去买的。半夜里醒过来，想到这件事，我是问心无愧的。”

只听见远远一阵打铃声，夹杂着一声呼喊，沿着我刚才走过的那条过道传来，打断了这场谈话，艾丝黛拉对我说：“你可以去啦，孩子！”我刚一转身，这些人都以极端鄙视的眼光望着我。一走出门，就听见莎拉·朴凯特说：“哼，真没想到！简直岂有此理！”卡密拉气不忿地找补一句：“居然有这种怪事！这是从哪里说起！”

我和艾丝黛拉借着烛光，沿着黑暗的过道走去；艾丝黛拉突然停住脚步，转过身来，脸儿紧傍着我的脸儿，用她那种嘲弄的语调说道：

“唔？”

我险些跌倒在她身上，连忙站稳了脚跟，回答道：“唔，小姐。”

她站在那里尽瞅着我，我自然也只好站在那里尽瞅着她。

“我美吗？”

“是的，我觉得你很美。”

“我爱欺负人吗？”

我说：“比上次好一些。”

“比上次好一些？”

“好一些。”

她问我最后一句话时，怒火直冒；听了我的回答，使尽全身气力，打了我一个耳光。

打过以后还要问我：“怎么样？你这个粗野的小妖怪，现在你觉得我怎么样？”

“我不告诉你。”

“你打算上楼去告我，是不是？”

我说：“不，没有的事。”

“你这个小无赖，这会儿怎么不哭鼻子啦？”

我说：“我这辈子再也不为你哭鼻子了。”这话其实是放了个天大的空炮，因为当时我心里气她不过，又暗暗地哭了，她后来还叫我饱尝了多少痛苦，我身经亲受，自己心里明白。

这段插曲过后，我们便又往楼上走；在楼梯上遇到一位先生，正在摸黑下楼。

那位先生停住脚步，望着我问道："这是谁呀？"

艾丝黛拉说："一个孩子。"

这人身材魁伟，肤色黑得出奇，头又大得出奇，手也大得可观。他用那只大手托住我的下巴，抬起我的脸来，凑着烛光看了一眼。这人未老先衰，头顶都秃了，浓黑的眉毛根根刺起，不甘偃伏。眼珠凹下去很深，目光锋利，显得那么多疑，叫人看了很不惬意。他身上挂着一根大号的表链，满嘴满脸都是硬邦邦黑乎乎的胡子根，要是他留须蓄髭，准是个大胡子无疑。我认为这是个不相干的人，也料不到这人后来对我关系重大，当时不过是碰巧和他打了个照面，就留心看了一眼而已。

他问："你是附近乡下来的吗，呃？"

我说："是的，先生。"

"你是怎么来的？"

我说："是郝薇香小姐叫我来的，先生。"

"唔！要规矩点儿。小孩子我见得多了，我知道你们都不是好东西。"他把粗大的食指横咬在嘴里，对我皱了皱眉头，说："听着！要规矩点儿！"

说完，就放开我，下楼去了。我真巴不得他放开我，因为他手上有一股香皂气味。我开头想这个人莫非是个医生；再一想，便断定不是，要是医生的话，举止言谈肯定会文静些，委婉些。我没来得及多考虑，转瞬就来到郝薇香小姐房里，只见郝薇香小姐和房里的一切都还跟我上次临走时一模一样。艾丝黛拉把我丢在房门口，管自走了；我在那里站了好半晌，郝薇香小姐才从梳妆台前转过眼来，看了看我。

她既不显得吃惊，也不感到意外，说："是你！日子过得快呀，是不是啊？"

"可不是，小姐。今天是——"

她不耐烦地挥挥手指说："甭提！甭提！甭提！我不想知道。你今儿打算玩了吗？"

我一时发了慌，只好回答说："只怕不行，小姐。"

她用逼人的目光望着我，问道："牌也不玩了吗？"

"玩牌行，小姐；您如果要我玩牌，我就玩牌。"

郝薇香小姐不耐烦地说："孩子，你既然觉得这座房子太古老，太阴沉，不愿意玩儿，那么，干活你愿意不愿意？"

回答这句话要比回答刚才那句话轻松些，于是我说，干活我倒非常乐意。

她便举起那干枯的手，指着我背后的门说："那就到对面房间里去，在那边等我，我就来。"

我经过一个楼梯平台，走进她说的那个房间。那里也是不见一线天光，屋子里空气浑浊，一股味儿叫人喘不过气来。潮湿的旧式壁炉里刚刚生了火，看上去是熄灭的份儿多，旺起来的份儿少。弥漫在屋子里迟迟不散的烟，看来真比清新的空气还冷——很像我们沼地里的雾。高高的壁炉架上点着几支阴森森的蜡烛，把屋里映照得影影绰绰——如果用词再贴切一些，应当说是几支蜡烛影影绰绰地搅动了满屋子的黑暗。屋子很大，多半从前一度也很堂皇，只可惜如今已非复昔日，屋里纵然有几件物件还依稀可辨，哪一件不是霉尘满布，眼看就要变成破烂。最惹眼的是一张铺着桌布的长桌，仿佛盛宴刚要开始，忽然举宅上下，满屋钟表，都统统停住不动了。桌布中央放着一件类似装饰品的玩意儿，结满了蛛丝，根本看不清它的本来面目。我还记得，我当时仿佛觉得那玩意儿像一个黑蘑菇，在泛黄的桌布上愈长愈大。顺着长长的桌布望去，看见一些腿上长着斑纹、身上花花点点的蜘蛛都以这里为家，纷纷奔进奔出，好像蜘蛛界发生了什么了不得的大事似的。

还听到老鼠在护壁板后面杂沓奔忙，似乎蜘蛛界的大事也和老鼠休戚相关。唯有黑甲虫毫不关心这场骚动，只顾在壁炉旁边摸来摸去，老态龙钟，步履蹒跚，似乎眼睛既近视，耳朵又重听，彼此各不相扰。

我远远望着这些小爬虫，正看得出神，忽然郝薇香小姐的一只手落到我肩上。她另外一只手里拄着一根丁字头的拐杖，活像是住在这屋里的女巫。

她用拐杖指着长桌说：“你瞧，等我死了，我就要停放在这里。叫他们都到这儿来瞻仰我的遗容。”

我隐约感到一阵不安，怕她马上就要爬上桌去，当真就会一命呜呼，一下子化为庙会上的那个可怕的蜡人，因此她那只手搭在我肩膀上，吓得我缩作一团。

她又用拐杖指着桌子上问我：“你看那是什么？那个结满了蛛网的东西是什么？”

“我猜不出来，小姐。”

“是一尊大蛋糕。结婚蛋糕。我的结婚蛋糕！”

她怒目炯炯地满屋子扫视了一下，然后就抓着我的肩膀，靠在我的身上，说道：“得啦，得啦，得啦！扶着我走动走动吧，扶着我走动走动吧！”

从她这句话里，我才明白，所谓要我干活，就是要我扶着郝薇香小姐在这屋子里兜圈子。于是我立即开步，她就扶着我的肩头走了起来，我们的步伐快得简直同潘波趣先生的马车一般无二（我第一次来到她家，就曾心血来潮，想到要学潘波趣先生的马车，这一回果然学上了）。

郝薇香小姐体弱不支，没走多久，就吩咐我要“慢一些！”可是慢了一阵，往往又忍不住会快起来，她搭在我肩头上的手一路在牵动，她的嘴唇一路在抽搐，使我不由得想：我们走得快，还不都是因为她脑子里念头转得快？过了一会儿，她便吩咐我：“去叫艾丝黛拉来！”我走到楼梯口，像上次一样使劲叫了一声。艾丝黛拉的烛光一出现，我就回到郝薇香小姐跟前，重新在屋里兜起圈子来。

即使艾丝黛拉只是一个人来看我们兜圈子，我就已经够难堪了；可是她却把楼下的那三女一男也都带了上来，这下子我真不知道如何是好了。论礼貌，宾客一进屋，我就应该停步，可是郝薇香小姐偏偏捏了一下我的肩膀，于是我们又赶紧走下去——我真觉得难为情，我知道他们一定认为这都是我要的鬼把戏。

只听得莎拉·朴凯特小姐说：“亲爱的郝薇香小姐，你的气色有多好啊！”

郝薇香小姐答道：“气色好是假的，面黄肌瘦、皮包骨头是真的。”

卡密拉眼见莎拉·朴凯特小姐碰了这个钉子，不觉面露喜色，于是她就故作忧愁地望着郝薇香小姐，嘴里哼哼唧唧说：“可怜的好人儿！气色怎么好得起来，多可怜的人啊！这是从哪里说起哟！”

郝薇香小姐向卡密拉问道：“你好吗？”这时我们已走到卡密拉跟前，我本当停下来，可是郝薇香小姐却不肯停。我们就扬长而过。我心里想，卡密拉一定把我恨透了。

卡密拉答道：“多谢您，郝薇香小姐，我只好说是差强人意吧。”

郝薇香小姐以异常尖刻的口气问道：“怎么，你怎么啦？”

卡密拉答道：“其实也甭提啦。我倒不是要故意表白我的心意，可是我哪一天晚上不是为了想念您，想得肠断心碎啊！”

郝薇香小姐顶了她一句：“那就甭想念我吧。”

卡密拉本来情意殷殷，强忍着呜咽，谁料上唇一抽，眼泪就扑簌簌流下来了。她说：“谈何容易！雷蒙亲眼看见的，我晚上弄得没有法子，灌了多少姜汁酒，嗅了多少醒药啊！雷蒙亲眼看见的，我两条腿抽筋抽得多厉害啊！我只要一想到我心疼的人，心里一急，就要打噎，就要抽筋，这也不是一天两天的事了。假如我不是这样重情分、会伤心，我的消化一定要好得多，神经一定会像铁打一样的坚强。我何尝不想这样。可是，叫我晚上不想念您呀——这是从哪里说起！”说到这里，泪下如雨。

她所说的雷蒙，我看就是在场的那位男宾，也就是卡密拉先生。在这紧要关头，他立即赶过来搭救他夫人，又是安慰又是恭维地说：“亲爱的卡密拉，谁不知道你因为太看重骨肉情分，弄得身子一天差似一天，两条腿也显得一长一短了。”

那另一位不苟言笑的夫人（我只听到她说过一句话）这时候说了：“亲爱的，倒不是说想念谁就是打算从谁身上大大地捞一把好处呀。”

莎拉·朴凯特小姐也跟着打边鼓，说：“对，没有这个意思，亲爱的。哼！”这时候我才看出她是个干瘪小老太婆，肤色棕黄，皱纹累累，小脸蛋儿像是胡桃壳做的，嘴巴却特别大，可惜少了几根胡子，否则就活像一张猫嘴。

不苟言笑的那位女士又说：“想念想念还不容易吗！”

莎拉·朴凯特女士也表示同意：“天下没有再容易的事了！”

卡密拉嚷道：“哦，说的是，说的是！”看来她那股如火似荼的感情从两条腿上升发到胸中来了。“说得千真万确！太重感情原是一种弱点，可我也是无可奈何。其实，要不是太重感情，我的身体也绝不会糟到这个地步，可是我这个脾气，就是能改我也不愿意改。为了这个脾气，多受了多少苦楚；不过深夜醒来，想起自己生成了这种脾气，我倒反而感到很安慰。”接着，又不禁感从中来，涕泗滂沱。

郝薇香小姐和我始终不停地在房间里兜来绕去，走个没完，一会儿擦着了女宾的裙子，一会儿却又把客人甩得老远，在这个阴沉沉的屋子里天南地北，遥遥相望。

卡密拉说：“只有马修这个人真薄情！从来不跟亲骨肉来往，从来也不来探望探望郝薇香小姐！我可早就和沙发结下了不解之缘，解开了紧身褡的带子，昏昏沉沉的，在沙发上一躺就是几个钟头，头歪在靠手上，披头散发，脚也不知道搁在什么地方——”

（卡密拉先生插进来说：“你的脚搁得比你的头还要高呢，亲爱的。”）

“我这样迷迷糊糊的，往往要一连躺上好几个钟头，为的就是马修行为乖张，莫名其妙。可是从来也没有听见谁对我说过一句感谢的话。”

不苟言笑的那位小姐插嘴道：“说句老实话，我看也不会有人感谢！”

莎拉·朴凯特小姐（一位口蜜腹剑的人物）接口说：“亲爱的，倒要请教请教，你有没有问问你自己，你究竟要谁来感谢你呢，我的可人儿？”

卡密拉只管接下去说：“我也不要人家感谢我，或者对我怎么样，我往往就那样昏昏沉沉地一连躺上好几个钟头。雷蒙亲眼看见的，我打噎打得真叫厉害，姜汁酒吃下去毫不顶事，连马路对面那家人家弹钢琴时都听见了，他们家里那些不解事的孩子还以为是远处的鸽子在叫呢——想不到现在居然有人说我——”卡密拉说到这里，连忙用一只手护住喉咙，开始进行地道的化学实验，准备制造出新的化合物来。

一听见提起这个马修，郝薇香小姐就叫我站住，自己也收住脚步，站在那里望着说话的人。这样一来，果然起了极大的作用，卡密拉的化学实验就此突然收场了。

郝薇香小姐严词厉色地说：“等我有一天咽了气，停放在这张桌子上，马修终究还得来看我。”接着就用拐杖在长桌上一敲，说：“叫他就站在这儿，站在我的头跟前！你就站在这儿！你男人站在这儿！莎拉·朴凯特站在那边！娇吉安娜站在那边！现在先给你们安排好，将来我死了，你们就可以各就各位，来把我分而食之。好了，走吧！”

她说一个名字，就用拐杖在桌子上指一个地方敲一下。说完以后便吩咐我：“扶我走吧，扶我走吧！”于是我们又继续走我们的了。

卡密拉大声嚷道：“我看只有遵命告辞，没别的办法了。好在已经见到了自己衷心敬爱、理当孝顺的人，尽管只有这么短短的一会儿工夫，总算也是个安慰。夜半醒来回想回想，虽然不免有些忧伤，心里到底还是高兴的。要是马修也能得到这份良心上的安慰就好了，可是他偏偏不要。我本来打定主意咬紧牙关绝不表白我的心意，可是听到说是要把自己的亲人分而食之，又听到当面下逐客令，心里真是难受啊——难道我们是吃人的怪物不成！这是从哪里说起！”

卡密拉夫人的手已经按在起伏不停的胸口上，卡密拉先生赶紧过来搀扶；那位夫人装模作样摆出一脸强自撑持的神气，由卡密拉先生扶着走了出去，临走还向郝薇香小姐飞了一个吻，从她那副神气中，我看出她是打算一出门口就要打噎晕倒的。莎拉·朴凯特和娇吉安娜各不相下，都想留在最后出门；可是莎拉毕竟老谋深算，谁也占不到她的便宜，她在娇吉安娜身边慢悠悠磨来蹭去，其圆滑巧妙，功夫之到家，不由得娇吉安娜不走在前头。于是莎拉·朴凯特就得以独自一人向郝薇香小姐告别：“上帝保佑您，亲爱的郝薇香小姐！”她那胡桃壳似的脸上露出了微笑，表示她慈悲为怀，可怜其他几位客人的懦弱无能。

艾丝黛拉端着蜡烛送他们下楼去，郝薇香小姐依旧手搭在我肩上，继续走她的，不过愈走愈慢了。最后，她在壁炉跟前停了下来，对着炉火望了半晌，自言自语咕哝了几声，然后对我说：

“匹普，今天是我的生日。”

我正要向她说几句祝她长寿之类的话，她忽然举起拐杖。

“不许提这件事。刚才来的那几个人，我就不许他们提，任何人都不许提。年年一到这一天他们就来了，可就是不敢提。”

既是这样，我又何苦再提。

“也就是在有一年的今天，送来了这堆垃圾，”说着举起丁字头的拐杖，对着桌上那一堆结满蛛网的东西戳了戳，不过并不碰着，“那时候你还没出世呢。它守着我一块儿憔悴消瘦。老鼠用牙齿啃它，可是还有比老鼠更锐利的牙齿啃着我。”

她站在那里，眼望着桌上，把拐杖头顶在心口。她身上穿的那套衣服原本是洁白的，而今已经又黄又瘪；原先洁白的桌布也已经黄而又瘪；屋里的一切简直只消轻轻一碰就会立时土崩瓦解。

她脸色苍白得像死人一样，说道：“总有一天这灾难会到头的，等我咽了气，我就穿着这身新娘礼服，让他们把我停放在这喜宴桌上——我死后就得照此办理，也算是对他[1]的最后一次诅咒——假如正逢他年今日，那就更好！”

她站在那里尽望着桌子，好像就望着桌上自己的遗体。我静悄悄不吱一声。艾丝黛拉回到屋里，也是静悄悄不吱一声。我觉得我们似乎就这样静悄悄地站了好半天。屋里空气那么压抑，远处的角落里一片昏黑沉沉，我甚至产生了一种恐怖的幻觉，感到我和艾丝黛拉好像马上也要开始腐烂了。

过了好久以后，郝薇香小姐终于清醒了过来；她这种神经错乱的毛病说好一下子就好了，倒不是慢悠悠清醒过来的。她说：“我来看你们两个玩牌吧；你们怎么还不玩呢？”听得她这么说，我们便一块儿回到她卧室里，像上次一样坐好；我又像上次一样把家当败光，郝薇香小姐也像上次一样始终看着我们玩，还故意逗我去注意艾丝黛拉的美丽，又把一颗又一颗宝石，给艾丝黛拉一会儿试戴

① 这个“他”是指郝薇香小姐负心的情人。

在胸前，一会儿试戴在头上，愈加引得我眼花缭乱。

艾丝黛拉也依旧像上次一样对待我，只是连和我说句话儿也不肯赏脸了。打完了六七副牌，就约定我下一次来的日子，然后由艾丝黛拉领我走到楼下院子里，依旧像上次一样把我当作一条狗似的，扔些东西给我吃。我也像上次一样，得以一个人留在那里任意游荡。

上次我曾攀上墙去窥探花园，那墙上本有一扇门，那扇门当时是开还是关，反正关系不大，也无庸推敲。总而言之，上一次我根本没看见有什么门，这一次倒是看见了。门是开着的，而且我知道艾丝黛拉早就把客人送走了（因为她刚才回到楼上时，手里拿着钥匙），于是我便信步走进花园，到处闲逛。花园已全部荒芜。园里原有几处甜瓜棚和黄瓜棚，早已败落不堪，不过败落之后似乎还长出过一些瓜藤，曾经攀着一些破破烂烂的旧帽旧鞋勉力挣扎，自生自灭，时而还分出一枝，蔓伸到一堆破烂里，看那样子可像是一只破锅子。

游遍了花园，又看了一个暖房，里面什么东西都没有，只有一株倒伏在地的葡萄树和几个瓶子。最后来到一个又阴沉又凄凉的角落，原来这就是我刚才从小屋窗口里看到的那个角落。我只当小屋里的人已经走光，便从另一个窗口朝里面张了一眼，这一张却大大出乎我的意料，原来里面有位眼圈发红、淡黄头发的白面少年绅士，和我不偏不斜正好打了个照面。

这个白面少年绅士一眨眼就不见了，没多一会儿工夫又出现在我身边。我刚才一眼瞅见他时，他正在读书，这会儿我又看出他手上沾着墨水的污迹。

他说："喂！小家伙！"

"喂"这个招呼，含意笼统；根据我平日的观察，最好的对付办法莫过于照喊不误，于是我也叫了声"喂"，可是我总算对他客气，省略了"小家伙"三个字。

他问："谁让你进来的？"

"艾丝黛拉小姐。"

"谁让你在这儿东荡西荡的？"

"艾丝黛拉小姐。"

那个白面少年绅士说："来跟我打一场去！"

我除了跟着他走，还有什么别的办法？这一点我后来也曾一再细细琢磨；可是当时我有什么办法？他的口气毫无商量的余地，加以我这一惊又非同小可，于是我只得乖乖地跟着他走，好似中了魔法一般。

没走几步路，他回过头来对我说："停一停，打也应当让你有个打的理由。看我的！"说着，马上露出十足挑衅的神气，把双手一拍，使了个姿势美妙的后踢腿，一把扯乱我的头发，然后又是双手一拍，把头一低，向我心窝里直冲过来。

他这种公牛撞人似的举动自然叫人觉得未免无礼，何况我又刚刚吃过面包和肉，给他这一撞，特别不好受。于是我向他还了一拳，正要挥拳再打，只听得他说："啊哈！你当真要打吗？"说着，他就忽前忽后地乱跳一阵，这种打法，凭我有限的经验来看，倒还是初次见识。

他说：“打有打的规矩！”说着，左脚腾空，右脚着地。又说：“一定要照章办事！”说着，又是右脚腾空，左脚着地。“找个场地，做好赛前准备！”说着他的身子忽儿闪到前面，忽儿晃到后面，玩尽了种种花样，我只有眼睁睁望着他的份。

看了他那股灵活劲儿，我心里倒暗暗有几分怕他；可是，我无论从道理上来说，还是从生理上来说，都敢说我的心窝并没有碍着他，他那一头淡黄色的头发凭什么要冲到我心窝里来？他既然无缘无故冒犯我，我难道就没有权利不许他胡作非为？因此，我二话不说，跟他走到花园里一个隐僻的角落里：这儿是两堵墙交界的地方，还有一堆垃圾作为屏障。他问我满意不满意这个地方，我回答说满意，他便请我稍等一下。去了没多久，他带回来一瓶水、一块浸醋的海绵，对我说道：“我们双方都用得着。”说罢，把两件东西放在墙边，然后开始脱衣服；脱了外套和背心不算，连衬衫也脱了下来；脱衣服的神气既轻松愉快，又干脆利落，且又显得那么好斗心切。

虽说他的气色并不见佳，脸上长着粉刺，嘴上生了个疹子，可是他这副煞有介事的准备的架势倒吓了我一大跳。估计他和我年龄相仿，可是个子比我高得多，那套跳来蹦去、扭东转西的功夫更是气派十足。这位少年绅士穿一身灰色衣服（这是说他脱衣上阵之前），他的胳膊肘、膝盖、手腕、脚踵，比身上其他部分要发达得多。

他摆好架势向我进攻，一招一式都有章有法，恰到好处，一边还拿眼睛瞅着我全身上下，仿佛在细心选择攻击目标预备下手；我看了那气派，先已胆战心寒。谁料我刚打出第一拳，他就仰面翻倒在地上，抬起头来望着我，鼻子里鲜血直流，面孔好似让画师画得走了样，我这一惊真是平生未有，非同小可。

可是他一转眼就从地上爬起来，十分熟练地用海绵揩干了血，又向我摆开进攻的架势。谁料他一下子又仰面朝天倒在地上，抬起头来望着我，这回可连眼圈都发青了，我这一惊也是非同寻常，不下于刚才。

他这种不屈不挠的精神使我不胜尊敬。看来他并没有多大气力，他一次也没有打痛过我，倒老是给我打倒在地上；可是他跌倒了又爬起来，用海绵揩一揩血或是拿起水瓶来喝几口水，算是按照规矩给自己加过了油，便心满意足，重又气势十足地向我进逼；我看了那气势，满以为他这一次肯定要揍得我没命了。结果他倒是鼻青脸肿、伤痕累累；因为说来抱歉，我拳头落在他身上，一次重似一次；可是他没有一次不是跌倒了又爬起来，最后一跤跌得太重，后脑壳撞在墙上。即使遇到这样一个惊险场面，他还是一纵身就爬起来，慌慌乱乱地在原地连转了几个圈，却摸不着我在哪儿。最后他才跪倒在地上，爬过去抓起海绵，往上一扔[1]，气喘吁吁地说：

---

① 拳手往上扔海绵是认输的表示。

“这一下给你打赢了。”

他显得那么勇敢，那么天真，因此，尽管这次斗拳不是我发起要打，可是我打赢之后却是忧闷多于得意。说老实话，我记不得我在穿衣服的时候有没有骂自己是头小野狼，是头畜生，我真希望自己骂了才好。总之，当时我穿好了衣服，闷闷不乐地抹了抹脸上的血迹，跟他说：“要我帮忙吗？”他说：“不用了，谢谢你。”于是我向他说：“祝你下午好。”他也说：“祝你下午好。”

走到院子里，看见艾丝黛拉正拿着钥匙等着给我开门。既不问我上哪儿去了，也不问我为什么让她等了那么久；只见她脸蛋绯红，似乎有了什么得意的事儿。她并没有立即走到大门口去为我开门，却又退回到过道里，招手唤我走过去。

“上这儿来！你要愿意的话，可以吻吻我。”

她把脸蛋儿转过来，我吻了一下。如今想想，为了在她脸上吻这么一下，要我赴汤蹈火，我也甘心情愿。不过当时我心里想的却是，她拿这一吻赏给一个粗野低贱的小子，还不等于赏了一文钱，说得上有什么价值呢？

总之，这一天既有郝薇香小姐的亲朋来访，又和艾丝黛拉打牌，又跟人打架，因而，在外耽搁了很久，等我走近家门，沼地外沙礁上的灯塔已经在墨黑的天边大放光明，乔的打铁炉里也窜出长长的一串串火星，直飞到大路以外。

第十二章

和那个白面少年绅士打过一架以后，我心里一直为此感到十分不安。愈是想到那次打架，记起那位少年绅士一次又一次仰面朝天躺在地上，脸上肿一块，红一块，就愈觉得自己是绝不会给白白放过的。我只觉得头上还沾着那个白面少年绅士的血迹，生怕逃不过法律的制裁。虽然说不上自己该当哪一条哪一款的罪，要受怎样的惩处，可是我心里却挺明白，乡下孩子万万不能在外面大摇大摆，撞到上等人家去，冲撞一个孜孜不倦的青年学子，否则就是自作自受，定会遭到严厉惩罚。我甚至接连几天不敢出家门一步，家里偶然派我出去干点儿什么，出门之前，也总是先要在厨房门口张望一番，战战兢兢，提心吊胆，唯恐郡里的狱吏会扑上来逮住我。

我裤子上沾了那个白面少年绅士的鼻血，只好趁着夜深人静设法把这罪证偷偷洗掉。手指关节给那个白面少年绅士的牙齿碰破了，于是挖空心思，想出成千上万个想入非非的主意，准备万一被拖上法庭，也可以把这档子要命的事搪塞过去。

转眼又到了约定的日子，又要回到上次动武行凶的地点，这时我惊恐的心情也达到了顶点。伦敦法院特地派来的那批凶神恶煞会不会就埋伏在大门后面等着我呢？郝薇香小姐会不会因为我在她家里无法无天而要亲手报复呢，会不会穿着那身寿衣霍地站起身来，掏出手枪把我打死呢？会不会有人雇了一批无耻的小子——一大帮收买来的奴才——等在酒坊里，伺机一拥而上，把我活活打死呢？我对那个白面少年绅士的品质倒是深信不疑；我从不疑心他会参与这一类的报复行动，便是这一点的明证。怕只怕他家里人不明是非，看到他给打成那个样子而大动肝火，为了不辱没家声，要对我兴师问罪。

好也罢歹也罢，郝薇香小姐家里我还是非去不可，我也终于去了。奇怪！上次打架的事并没有掀起一点风波。提也没人提起，整座宅子里找不到那个白面少年绅士的影儿。我一看花园的门照旧开着，便走进花园四处探寻，甚至还走到那座独立住宅的跟前，在窗口张望了一下，可是眼前突然一抹黑，原来里边窗板都上得严严的，一片死气沉沉。只有在上次打架的那个角落里还有些痕迹依稀可辨，可以证明那位少年绅士确有其人，决非我白日做梦。这痕迹不是别的，就是他留下的一些斑斑血迹，我便随手掩上泥土，免得被人看见。

在郝薇香小姐的卧室和摆着长桌的那间屋子之间，有一个很大的楼梯平台，我看见平台上有一张推椅，那是一张轻便椅下面装着轮子，可以从后面推着走。我上次就看见这张椅子摆在那里了；从这一天起，我就开始了一项固定的工作，那就是说，郝薇香小姐扶着我的肩膀走倦了，就坐在这张椅子里，让我推着她在卧室里兜圈子，然后穿过平台，又推到对面屋子里去兜圈子。一圈一圈又一圈，不断地这样循环往返，有时候要接连兜上三个钟头。渐渐的我也弄不清到底推了多少个来回，只觉得反正多得数也数不清，因为就从那天起，规定我隔天一次，到中午就要去干一趟这样的差使，这样前后至少干了八个月到十个月之久。这几个月的经过，我来约略交代一下。

我们一天比一天相熟了，郝薇香小姐跟我谈的话也愈来愈多了，她问到我学过些什么，将来打算干什么。我说，早晚要跟乔学打铁；还不厌其烦地告诉她，我什么都不懂，样样都想学；这样说，为的是希望她或许肯成全我实现我的心愿。可是她并没有想要成全我的意思，看来反而巴不得我无知无识。她也不给我钱什么的，只是去一次就给我吃一顿，甚至也不提我给她干了活，她会给我工资。

艾丝黛拉没有一次不在场，没有一次不是她领着我进进出出，只是再也没有说过我可以吻她。有时候她冷冰冰地勉强容忍着我；有时候她纡尊降贵地来迁就我；有时候她和我十分亲昵；有时候却又咬牙切齿地说她恨我。郝薇香小姐老是问我："匹普，你看她是不是愈长愈美啦？"有时候凑在我耳边悄悄儿问，有时候趁艾丝黛拉不在偷偷地问。我要是答应了一声"是的"（因为事实确是如此），她就高兴得不知怎么才好。我和艾丝黛拉打牌时，她总是在一旁看着，艾丝黛拉的一喜一怒、一颦一笑，她都看得津津有味，一点一滴都要爱惜。有时候艾丝黛拉的情绪千变万化，喜怒无常，简直弄得我不知怎么说才好，不知怎么干才对，这时候，郝薇香小姐就会把她当作心肝宝贝似的搂在怀里，唧唧咕咕和她打耳喳儿，我听得她好像在说："我的宝贝，我的希望，你要揉得他们心碎，一定要揉得他们心碎，千万不可容情！"

记得乔打起铁来，老爱哼一支歌儿，哼的是其中的几个片段，总是"克莱门老头、克莱门老头"地叠叠重重唱个没完。克莱门原是铁匠的守护神，用这种方式向他表示敬意，未免有欠郑重；不过我认为，克莱门老头和打铁匠的关系，这支歌倒是表达得恰到好处。歌是模仿打铁的节奏编制的；说不上有什么歌词，不过是铺垫一些字儿，反复引出克莱门老头这个人人敬仰的名字来。譬如这样一段："孩子们来一块儿打哟——克莱门老头！打一锤来喝一声哟——克莱门老头！加油打呀，加油打——克莱门老头！臂膀粗呀，劲头大——克莱门老头！风箱拉得响，火苗照天亮——克莱门老头！风箱呼呼叫，火焰飞得高——克莱门老头！"就在有了轮椅之后不久，有一天，郝薇香小姐突然不耐烦地挥挥手指跟我说："得啦！得啦！得啦！唱个歌来听听吧！"这实在出乎我的意料，我只得一边推一边哼起这支小曲子来。偏巧这曲子很讨她喜欢，她也出神似的跟我一块儿低声哼起来，仿佛在睡梦中歌唱一般。从此以后，每当我推起轮椅，我们照例就要唱这支歌，艾丝黛拉也常常跟我们一起唱，不过我们都唱得很低，即使三个人合在一起唱，也抵不上这座阴森古老的宅子里最轻微的风声。

处在这样的环境中，我能变成个什么样的人呢？我的性格怎么能不受影响呢？每次走出这些昏黄朦胧的屋子，来到光天化日之下，我岂止眼睛发花，连头脑都迷糊了，这又有什么奇怪呢？

关于那个白面少年绅士的事，我那天本当告诉乔，无奈以前信口胡言乱道，撒下那些大谎，后来又向乔供了实情，如今倘再和他谈起这位白面少年绅士，他准会认为我上次胡扯了黑天鹅绒马车，这次又无非是给马车安排一位合适的乘客，因此我就一句也没有提起。再说，头一次谈论过郝薇香小姐和艾丝黛拉之后，我就怕人家再议论她们两个，这种顾忌后来越发一天强似一天。只有毕蒂我却完全信得过，我什么事都不瞒可怜的毕蒂。我认为不瞒她是理所当然，而毕蒂呢，不论我告诉她什么，她也都感到痛痒相关，当时我实在不明白是个什么道理，现在我想是明白了。

这时厨房里正在开家庭会议；我本来就有了一肚子气，这一来更是火上添油，几乎忍不住要发作。原来潘波趣那老秃驴常常在晚上赶来，跟姐姐讨论我的前途问题；老实说，可惜我力气小，拔不出潘波趣马车上的车辖，要不我就非拔了它不可（如今回忆起这件往事，依旧并不十分感到内疚）。这个下流种子就是那么冥顽不灵：他谈论我的前途非得让我待在他面前不可（好像把我当作个实验标本似的）；我在墙角里坐得好好的，他却往往一把揪住我的衣领，硬要把我从小凳上拖起来，拖到火炉的紧跟前，仿佛存心要把我烤熟似的，嘴里还说：“夫人，这孩子来啦！你一手带大的这个孩子来啦！孩子，抬起头来，对于一手带大你的人，你可永远要知恩感德。夫人，来谈谈这孩子的事吧！”然后又在我头上胡摸乱掠一阵，把我的头发弄得乱七八糟——前面已经说过，我自从幼年解事以来，就从心眼儿里觉得谁也没有权利这样把我玩弄。他让我站在他面前不算，还要拉住我的袖管：他要我做出的这副低能儿的可怜相，只有他自己那模样儿才堪与媲美！

接着，他就和姐姐一搭一档，一唱一和，以郝薇香小姐做话题，尽说些没有意思的废话，胡乱猜测郝薇香小姐会拿我怎么办，会给我些什么好处。这些话常常使我难受无比，气得要哭出来，恨不得扑到潘波趣身上去，把他从头到脚一顿狠揍。两人一谈开，姐姐每次提到我，就要数说我一顿，那劲头简直像在拔我的牙齿似的；而潘波趣呢，则一向以我的恩人自居，总是坐在那里用轻蔑的眼光瞅着我，仿佛我这一辈子的富贵荣华，端靠他为我擘画经营，谁料我倒不承他的情，反而叫他吃力不讨好。

乔从来不参加这些谈论。不过他们不谈则已，一谈总少不了要谈到他，因为乔大嫂早就看出乔是不愿意我离开铁匠铺的。按我的年龄来说，现在已经完全可以跟乔做学徒了；因此，每当乔拿起拨火棍来，心思重重地在炉格中间捅炉灰的时候，姐姐就要毫不含糊地把乔这种无辜的行为说成是有意反对的表示，就要猛然冲到乔的跟前，使劲把他乱摇一阵，夺下他手里的拨火棍，丢在一旁。这种讨论，没有一次不是以极不痛快的结局收场的。姐姐往往在谈到难乎为继时，便顿时呵欠连连，好像无意中突然看见了我似的，猛扑到我跟前，向我吆喝道："好啦！你也叫人够受的啦！还不赶快去睡觉！一晚上为你操心还操得不够吗！"明明是他们折磨得我连命也快没有了，倒反咬我一口，好像是我死乞白赖求他们来折磨我！

这样的日子，一直过了好久；本来以为还得这样继续过上好久，不料有一天，郝薇香小姐正扶着我的肩膀，跟我一块儿走着，忽然间她停了下来，颇不乐意地说：

"你长高了不少啦，匹普！"

我若有所思地瞥了她一眼，我觉得最好还是用这个办法向她委婉表示：这恐怕不是我自己做得了主的吧。

她当时没有再说什么；可是一转眼工夫又停下来瞅着我了；没多久，又瞅了我一次；第二次瞅过我以后，她便显得愁眉苦脸，怫然不悦。下一次我去侍候她，照常陪她走了一阵，刚刚把她护送到梳妆台跟前，她就又不耐烦地挥挥手指，叫我留一留。她说：

"把你那个铁匠的名字再给我说一遍。"

"他叫作乔·葛吉瑞，小姐。"

"你就打算跟那位师父做徒弟吗？"

"是的，郝薇香小姐。"

“你还是马上就去跟他学手艺。你看葛吉瑞肯不肯带着你们的师徒合同，上这儿来一次？”

我说，如果请他来，他准会认为这是无上的荣幸。

“那就请他来一次吧。”

“要不要跟他约个日子，郝薇香小姐？”

“得啦，得啦！我根本不知道什么日子不日子。反正叫他快点儿来，跟你一块儿来就是。”

晚上回到家里，向乔转达了这个口信，姐姐一听之下，立即“暴跳如雷”，比平常什么时候都还要吓人。她责问我和乔是不是把她当作门口的鞋擦，任意踩在脚底下？我们有多大的胆子，竟敢这样对待她？她倒要请问我们，如果她不配去这样的府上做客，那她配去什么样的人家呢？她滔滔不绝地发出这一连串责问以后，就拿起一架蜡烛台朝着乔扔过去，哇的一声大哭起来，拿出畚箕——这畚箕永远是个十分不祥的预兆——围上粗布围裙，狠命地打扫起来。干扫还不满足，又提来一桶水，拿了地板擦子来擦洗，弄得我们在屋子里待不住，只得站在后面院子里发抖，一直到晚上十点钟才敢偷偷溜进屋去；姐姐一看见乔，就责问他当初为什么不娶个女黑奴？可怜的乔没有回嘴，他只是站在那里，一边摸着颊须，一边无精打采地望着我，意思仿佛是说：真的，当初要是娶个女黑奴，恐怕就好喽。

第十三章

隔了一天，乔穿上节日礼服，陪我到郝薇香小姐家里去。看他穿着这套礼服，我实在受不了。不过，他既然认为遇到这样隆重的场合非穿大礼服不可，我自然也不便跟他直说：他还是穿着平常的工作服好看得多；何况，我知道他也完全是为了我才弄得这样活受罪的：衬衫领子从脖子后面拉得老高，难受得他脑瓜顶儿上的头发根根直竖，简直像一簇羽毛似的。

吃早饭时，姐姐宣布她也打算和我们一块儿到镇上去，回头就在潘波趣舅舅家里等我们，让我们“跟那些高贵的小姐们打完交道之后”去喊她一声。听她的口气，乔多半又是凶多吉少。铁匠铺需得歇一天，乔用粉笔在门上写上了两个大字：“外去（出）”。

他难得休息一天，可是每逢休息，照例总要这样写明白。又画了一支箭，箭头表示他的去向。

我们一块儿上镇，姐姐走在头里。她戴一顶宽大的海獭皮帽子，手里挽着一只有如国玺的草篮子；虽然是大晴天，却穿了木套鞋，围了一条平日不用的围巾，带了雨伞。我也说不上她带这些东西究竟是存心自找苦吃，还是为了摆阔夸富；不过我倒认为，恐怕毕竟是炫耀家财的成分来得多——很有几分像骷髅葩[1]或其他女王在位，一旦雌威勃发，便不惜搬出珍器重宝，或赛会或出巡，借此一显豪奢。

来到潘波趣家门口，姐姐就撇下我们两个，飞快地奔进屋去。时间已近中午，乔和我不再耽搁，径奔郝薇香小姐家。艾丝黛拉照常来开大门；乔一见她，就脱下帽子，双手捧着帽边，怔怔地站在那里戥着这顶帽子的分量，仿佛事关紧要，连半两一钱都不能马虎过去似的。

艾丝黛拉对谁都不看一眼，就领我们循着我走熟的那条道儿走去。我跟在她后面，乔走在最末。走上长长的过道，我回头看了看乔，只见他还在那里小心翼翼戥着帽子，一边踮起了脚，跨着大步赶来。

听得艾丝黛拉吩咐我们两个一块儿进去，我便拉着乔的外套袖管，领他走到郝薇香小姐面前。郝薇香小姐正坐在梳妆台旁边，

① 骷髅葩（Cleopatra，又译克娄巴特拉）：公元前一世纪的埃及女王。

闻声立刻转过头来，看着我们。

她向乔招呼：“哦！你就是这孩子的姐夫吗？”

万万没料到，亲爱的老朋友乔一下子竟和从前判若两人，他简直变得像只奇尽怪绝的鸟儿，头上耸起一簇乱蓬蓬的羽毛，站在那里张口结舌，活像鸟儿要讨虫吃。

郝薇香小姐又问道：“你就是这孩子的姐夫吗？”

说来实在糟糕：这一场宾主相见，乔始终不跟郝薇香小姐讲一句话，什么话都冲着我说。

乔说了：“匹普，照我看是这么着，我心感（甘）情愿娶了你姐姐，那时候我本是一个所谓的光棍汉（不用客气，就说光棍汉嘛）。”他这番话，说得既是入情入理，又是出自肺腑，而且还是那么彬彬有礼。

郝薇香小姐说：“唔！葛吉瑞先生，你带大了这孩子，打算叫他跟你做学徒，是不是？”

乔回答道：“匹普，你知道，你我是老朋友了，咱们俩一直都盼着这一天，到这一天该有多开心啊。不过，匹普，你自己讨厌不讨厌这个行业——譬如说，总少不了要吃些黑馅馍（烟煤）什么的——你要不喜欢的话，也不一定非干不可，你明白吗？”

郝薇香小姐问道：“这孩子自己提出过什么意见没有？他喜欢干这一行吗？”

乔那一套入情入理、出自肺腑而又彬彬有礼的话，愈说愈好了：“匹普，这你自己最有数，你心里可是巴不得干这一行哩。”

（我看出乔说到这里，突然想到他大可以把自己写的那两行墓志铭拿出来念一念，不过他还是把话继续说下去。）“你没有提出过意见，匹普，你心里可是巴不得干这一行哩。”

我想让他明白，他的话应当对郝薇香小姐说才是，结果完全枉费心机。愈是向他做鬼脸打手势，他那套入情入理、出自肺腑而又彬彬有礼的话，却愈是向我讲得起劲。

郝薇香小姐又问道：“你们的师徒合同带来了吗？”

乔回答道：“哦，匹普，你明明亲眼看见我放在磨（帽）子里的，哪有不随身带来的道理。”语气之间似乎这一问原是多余。说着，就拿出合同，却不交给郝薇香小姐，而交给了我。当时我大概难免感到这位善良的老朋友丢了我的脸——我简直可以断定我感到他丢了我的脸——因为当时我明明看见艾丝黛拉站在郝薇香小姐身后，眼里透出了不怀好意的笑容。于是我便从乔手里接过合同，交给郝薇香小姐。

郝薇香小姐看完合同，说：“你不要这孩子的谢礼吗？”

乔一声不吭，我不由得提醒他说：“乔！你怎么不说呀——”

乔一听这话，似乎伤透了心，连忙打断我的话，说：“照我看是这么着，这件事儿咱们俩还用得着说吗；你也知道，我是一千个不要，一万个不要。匹普，你明知道我不要，何必还要多问呢？”

郝薇香小姐溜了他一眼，仿佛一眼就能看出他的品质，知道他实在是个大好人，这倒是颇出我的意料。于是她随手从旁边桌上拿起一个小袋，说：

“这是匹普的谢礼，是他自己赚到的，拿去吧。袋里一共有二十五个畿尼。匹普，拿去交给你师父！”

乔看了她这奇怪的模样儿，这奇怪的房间，似乎已经惊异得六神无主，因此，即使到了这个当口，他还是一个劲儿把话冲着我说。

乔说：“匹普，你这可是太大方了。你这番好心，我受是受了，心里也着实感谢，不过我可从来没有想要过，压根儿压叶儿压芽儿都没有想要过。”接着又叫了我一声“老朋友”，他这一叫，可害得我先是觉得浑身滚烫，忽而又觉得遍体冰凉，因为我还以为他这声亲亲热热的“老朋友”是在喊郝薇香小姐呢。他继续说道：“老朋友，让咱们好好儿干吧！但愿你我都能尽到各自的本分，不但为了你我彼此的情分，还要为你这份厚礼——使我——想起的——那些人们——也好让他们安心——因为——他们从来没有——”说到这里乔显然已是穷于应付，不过他终于还是说出了一句话，得意扬扬地给自己解了围：“反正我不想要！”唯独这一句话说得可真流利有力，所以他把这句话接连说了两遍。

郝薇香小姐于是便说：“再见，匹普！艾丝黛拉，送他们出去！”

我问：“我下次还要来吗，郝薇香小姐？”

“不用了。现在葛吉瑞是你的师父了。葛吉瑞！过来跟你说句话！”

郝薇香小姐把乔叫了回去，这时我已经走出房门，我听得她一字一句干脆利落地对乔说：“这孩子在这儿干得不错，那笔钱就是给他的酬劳。不用说，你是个老实人，不会嫌少，今后也不会再要的。”

乔到底是怎样走出那个房间的，我始终无法断定；只记得他一出房门，并不下楼，倒是一个劲儿地往楼上走；我再三叫他别乱走，他都没听见，于是我只得追上去把他拖下来。不一会儿工夫就出了大门。艾丝黛拉锁好门就走了。剩下我们两个人站在光天化日之下，乔把身子往墙上一靠，跟我说：“真古怪！”他在墙上靠了好半天，不时喊上一声“古怪”，一直喊个没完，我真不由得担心起来，生怕他的神志不会再清醒过来了。后来他的话儿总算长了一点，说了一句：“匹普，不瞒你说，这事情真——古——怪！”说过这一句，便渐渐口齿灵活起来，也能挪动脚步赶路了。

不是我无缘无故瞎扯淡，我认为乔有了这一番阅历，倒是增长了几分聪明，一路赶回潘波趣家去，居然还想出了一条颇见心机的妙计。不信请看我们踏进潘波趣先生家的客堂后的那番表演吧。那时候姐姐正坐在那里跟那位讨厌的种子商谈天。

姐姐一看见我们两个，连忙嚷道：“嗨，你们怎么样啊？真想不到，二位居然还会屈驾回到我们这种穷人的地方来，我真是万万没有想到！”

乔两眼盯住了我，仿佛在尽力回忆什么似的，他说：“郝薇香小姐特别关照我们向你姐姐——匹普，她怎么说来着？是说给你姐姐请安还是问好？”

我说：“请安。”

乔回答道：“我也记得她是说的请安，她向乔·葛吉瑞夫人请安。”

姐姐说：“这一声请安可以给我当饭吃啦？”话虽如此，心里可着实得意。

乔又盯住了我，仿佛又是在尽力回忆什么似的，他说：“郝薇香小姐还说，但愿有一天身体会好起来，到那时，她——匹普，下面怎么说来着？”

我帮他接下去说：“她要专诚恭请……”

乔接下去说：“恭请夫人去做客。”说完，长长地倒抽了一口气。

姐姐顿时消了气，她瞥了潘波趣先生一眼，大声嚷道：“好啊！她既然这么多礼，这份心意也早就该说了，不过迟说总比不说好。她给了这个小疯子什么呀？”

乔说：“什么也没有给他。”

乔大嫂正要发作，乔又接下去说了：

“人家给倒是给了，不过是给匹普的至亲家属，还再三特别说明，‘我说给他的至亲家属，意思就是要交到他的姐姐J·葛吉瑞夫人手里。’人家就是这么说的：‘J·葛吉瑞夫人。’”乔露出一副若有所思的神气，找补了一句：“她也许还没弄明白我的名字是叫乔呢，还是叫乔治。”

姐姐望望潘波趣：潘波趣手抚着木头靠椅的扶手，时而朝她点点头，时而又对着火炉晃晃脑袋，好像这一切都早在他意料之中。

姐姐笑嘻嘻地问：“你究竟拿到了多少呢？”一点没错，是笑嘻嘻的！

乔反问了一句：“在座列位认为十镑如何？”

姐姐回答得很干脆：“我认为过得去。不算多，但是过得去。”

乔说：“那就不止这个数目。”

大骗子手潘波趣一面抚弄靠椅的扶手，一面连忙点头说：“是不止这个数目，夫人。”

姐姐说：“啊，你的意思莫不是说——”

潘波趣马上接口道：“对，夫人，我是这个意思，不过，你先别忙。约瑟夫，你说下去。好样的！说下去！”

乔继续说下去：“在座列位认为二十镑如何？”

姐姐回答道：“那就很体面啰。”

乔说：“唔，还不止二十镑呢。”

那个卑鄙的伪君子潘波趣便又点头晃脑，架子十足地嘿嘿一笑，说道：“还不止呢，夫人。真有你的，约瑟夫，对她说下去！”

乔高高兴兴把那个小袋子交给姐姐说：“那我就爽爽快快说了吧：二十五镑。”

那个奸诈至极无耻之尤的潘波趣马上像个应声虫似的接腔说：“二十五镑呢，夫人。”说着就站起来和姐姐握握手，又继续说道：“以此酬谢夫人的贤德劬劳，绝不为过（这话只要问到我，我哪一次不是这样说），恭喜你发了财呀！”

这个流氓做到这一步，已经是够可恶的了；谁知他变本加厉，罪上加罪，居然以恩人自居，逮住我不放，相形之下，他刚才的行径又是瞠乎其后了。

原来潘波趣先生一把抓住我的上胳膊说："约瑟夫夫妇，你们瞧，我就是这样一个人，什么事一开了头，就要过问到底。这孩子得马上让他学个手艺。我就是这个主张。得马上让他学个手艺。"

姐姐说："潘波趣舅舅呀（说着紧紧抓住那笔钱），只有老天爷知道我们是多么感激你呀。"

那个魔鬼似的粮商回答道："何必谢我，夫人。助人为乐，天下一理。不过说到这孩子，我们非得让他学个手艺不可。不瞒你说，这件事我非得过问到底不可。"

法院就设在附近的镇公所里，我们立即赶到那边，当官办理我跟乔做学徒的一应手续。我说我们赶到那边，其实我却是由潘波趣推推搡搡给押去的，好像我刚刚扒过人家口袋，或是放火烧了人家草垛似的；到了法庭上，人家果然都以为我是个当场逮获的罪犯；潘波趣推着我穿过人丛来到大堂上，我一路听到有人说："这孩子干了什么坏事？"又有人说："别看这孩子小，长相可不善，是不是？"还有个面貌温和慈祥的人居然递给我一本小册子，封面上有幅木刻画，刻的是一个凶恶的孩子，周身挂满了镣铐，一节节的，活像腊肠店里挂满了腊肠，书名是《狱中必读》。

我觉得镇公所实在是个古怪的地方，里面一排排的座位比教堂里的座位还要高，人们趴在座位上看热闹，大法官们（其中有一个头上还扑了粉）叉起胳膊靠在椅子里，闻鼻烟的闻鼻烟，打瞌睡的打瞌睡，写字的写字，看报的看报——墙上挂着几幅乌黑发亮的画像，我这双毫无艺术眼光的眼睛看去，还以为是几盘杏仁糖、几条橡皮膏搭成的什么玩意儿呢。我的合同是在这镇公所的一个角落里签署妥善、办完公证手续的，这样我就“当上了学徒”；潘波趣始终抓着我不放，好像我们是上断头台去，顺路到这儿来把这些小手续办一办似的。

出了镇公所，摆脱了那批看热闹的孩子（他们本来都兴兴头头打算看我当众受刑，后来一看只有一些亲友簇拥在我的周围，并无其他动静，不禁大失所望），于是我们又回到潘波趣家里。姐姐为了那二十五镑大为兴奋，非得用这笔意外之财请我们到蓝野猪饭店去吃顿饭不可，还要潘波趣先生赶了马车去把胡波夫妇和伍甫赛先生一块儿请来。

大家一致同意就这么办；苦只苦了我，活活受了一整天的罪——说来也真令人费解，遇到这种赏心乐事，大家倒又心安理得地认为我是个多余的累赘了。更糟的是，他们还时不时地问我为什么闷闷不乐——总之，他们嘴巴一闲，就要拿这句话来问我。我无法可想，明明心里不快，也只得说很快活。

但是他们都是大人了，他们可以自行其是，可以为所欲为。那个好招摇撞骗的潘波趣，哪里经得起人家一恭维，居然认为这场盛典都是托他的福，毫不谦让地就坐了首席。他报告大家我已经做了学徒，并且还像凶神恶煞似的，幸灾乐祸地告诉大家，说是从今以后我总算有了管束了，以后只要我打牌，喝烈酒，夜出不归，交结非类，或是犯了合同上开列的其他种种极为常见的邪行恶习，都得坐牢；说完，就让我站在他身旁一张椅子上，仿佛是给他那番高论做一幅插图。

至于这次宴会上的其他盛况，我记得的不多。只记得他们不让我睡觉，一看见我打瞌睡，就把我喊醒，叫我乐得找点快活。还记得闹到很晚，伍甫赛先生居然唱起柯林斯的歌来了[①]，只见他把沾满血污的宝剑化为霹雳扔下下界，因为音响太大，结果惊动了一个茶房进来说："楼下的客商向诸位致意，说这里不用耍杂技。"还记得回家的路上他们个个兴高采烈，大唱其《美女曲》！伍甫赛先生唱的是男低音；带头领唱的那个讨厌家伙编的歌词极其无礼，硬要打破砂锅问到底，恨不得把每个人的私事都打听个一清二楚，伍甫赛先生便扯大嗓门，狠狠地回答他说，他已经是个白发萧萧的人了，居然还问得出这种话来，可见根本进不了天国。

此外我还记得，回到自己的小卧室里，我伤心到极点，深信这一辈子再也不会喜欢乔干的这门行业了。我曾经一度喜欢过这个行业，可是现在已经不比从前了。

---

① 关于伍甫赛先生的这段描写，参见第七章。

第十四章

天下最苦恼的事莫过于看不起自己的家。固然这多半是由于忘恩负义黑良心，受到惩罚也是理所当然，罪有应得；不过我可以做证，这毕竟是一件苦恼的事。

由于姐姐脾气太坏，我从来没有在家里过过一天好日子。可是因为有乔，家毕竟还是神圣的，我对家还是怀着一种信仰。我曾把我们家的客厅看作是个最精致的沙龙；我曾把我们家的大门当作圣庙的神秘大门，每次开启，都要郑重其事，献上燔祭；我曾把我们家的厨房当作一个富丽不足而雅洁有余的上等房间；还曾把打铁间当作一条通向成人和独立自主的辉煌道路。可是不到一年，便一切都变了样。一切都显得那么粗俗下贱，我绝不让郝薇香小姐和艾丝黛拉到这种地方来看我。

我这种见不得人的心理，究竟有几分是我自己的错，有几分是郝薇香小姐的错，有几分是姐姐的错，如今事过境迁，对我，对任何人，都无关紧要了。总之我身上已经起了变化，无法挽回了。好也罢，坏也罢，情有可原也罢，不可原谅也罢，反正是无法挽回了。

以前我还以为有朝一日我卷起袖管走进打铁间去做了乔的学徒，我就算出头了，就很幸福了。如今希望成为事实之后，却只觉得遍身都是煤屑煤灰；每天思及往事，觉得心头无限沉重，相比之下，铁砧真是轻如鸿毛。我后来也曾不止一次地尝到过一种滋味（我看大多数人都尝到过这种滋味），觉得一时间仿佛天上落下一块厚厚的帷幕，盖没了人生的一切乐趣和美妙的幻想，使我百无聊赖，只有浑浑噩噩耐着性子度日。可是我觉得哪一次的滋味也赶不上这一回：刚刚做了乔的学徒，踏上了人生的征途，看到了自己一生的道路，在这个当口压下来的帷幕，那才真叫沉重，真叫索然啊。

我记得后来有一段时期，我常常在星期天黄昏站在教堂公墓里，看夜幕降落，拿我自己的前程跟那一片寒风萧瑟的沼地景色相比较，觉得二者倒颇有些类似之处：一样单调，一样低下，一样看不见出路，一样是浓雾弥漫，大海茫茫。从做学徒的头一天起，我始终就是这样垂头丧气；不过，值得欣慰的是，我自信在整个学徒时期，从来没有向乔表示过一言半语的怨尤。有关学徒时期的事，如今只有这一件我还乐于一提。

这件事说来话长，其中的始末原委尚待细述；不过，论起功劳来，那可完全是乔的功劳。当年我所以没有逃出去当兵或是做水手，并不是因为我忠于所事，而是因为乔忠于所事。我所以还能沉得住气，干活干得还算卖力，并不是因为我深深懂得勤劳是一种美德，而是因为乔深深懂得勤劳是一种美德。一个和蔼可亲、光明磊落、尽心竭力的人能起多少移风易俗的作用，固然难以判定，可是我们与这种人朝夕相处，自己受到的潜移默化则是可得而知的。我完全明白：我在学徒期间如果还有一点一滴可取之处，那都得归功于朴实知足的乔，绝不应归功于我自己，因为我不守本分、心比天高、贪得无厌。

谁说得准我当时的理想究竟是什么？连我自己也弄不明白，叫我怎么说呢？当时只担心哪一天碰上一个恶时辰，偏偏在我满身煤灰、干着最下贱的活儿的时候，一抬头看见艾丝黛拉在铁匠铺的木窗外瞧我。我时刻提心吊胆，唯恐她迟早有一天会看见我这张乌黑的脸，这双乌黑的手，看见我正在干我最粗的活儿，因而对我更加耀武扬威，更加不屑一顾。天黑以后，我给乔拉风箱，我们一块儿唱着《克莱门老头》，我总是想到从前在郝薇香小姐家里唱这支歌的情景，于是就仿佛看见火炉里出现了艾丝黛拉的脸蛋儿，她那一头秀发在风中飘拂，一双眼睛轻蔑地瞧着我——在这种时候，我老是禁不住要望一望木窗外的黑沉沉的夜幕，总觉得似乎看见她刚刚把脸蛋儿缩回去，心想她毕竟来了。

每天下工以后，走进里屋去吃晚饭，总觉得住的、吃的，愈看愈不像话，于是在我那见不得人的内心里，便愈来愈觉得这个家丢尽了我的脸。

第十五章

我渐渐长大成人，不能在伍甫赛先生姑奶奶办的夜校里再待下去，从此便结束了在那位悖晦老太教诲下的读书生涯。真要说结束嘛，其实是在毕蒂把她的全部知识都传授给我以后才结束的——她什么都传授给我了，从那份小价目表起，一直到半个便士买来的滑稽小调，无一不传授给了我。那支小调只有开头两行歌词是勉强读得通的：

上次我去伦敦逛一逛啊，
嘟—噜—罗—噜！
嘟—噜—罗—噜！

谁知上了一大当啊，
嘟—噜—罗—噜！
嘟—噜—罗—噜！

——话虽如此，可是为了要长进学问，我竟然也郑重其事，把这首歌词都背熟了；对这首歌词的价值我也没有产生过什么怀疑，只是认为（到今天还认为）“嘟—噜”“嘟—噜”太多了些，而诗意则未免太少了些。我求知的欲望如饥似渴，因此就请求伍甫赛先生赏赐我一点点精神食粮充充饥也好，居然蒙他俯允。谁知他只想把我当作戏台上的傀儡来摆布——任他申斥，任他吓唬，任他搂着我掉泪，任他抓，任他戳，任他没头没脸地乱打，总之是花样百出，无奇不有。我马上谢绝了这种教育方式，不过，等我谢绝的时候，伍甫赛先生早已凭着他那一股诗意的激情打得我皮开肉绽了。

我只要得到一点知识，就要设法传授给乔。这话听来确乎冠冕堂皇，所以非得略加说明不可，否则良心上实在过不去。我所以要传授知识给乔，不是为了别的，我是要乔变得高尚些、有教养些，配得上做我的朋友，也好少挨艾丝黛拉的骂。

沼地上的古炮台就是我们读书写字的地方，我们的文具用品就是一块破石板和小半段石笔，乔则少不了还要带上一支烟斗。乔总是这个星期记不得上个星期的课，其实他也根本就没有从我这儿学到过一点半滴知识。可是他在古炮台前抽起烟来，却比平日更有那么一种有识之士的风度——甚至可以说是饱学之士的风度——好像觉得自己的学问一日千里、颇有造诣的样子。我的老朋友啊，你要真是这样，那就好了！

古炮台前既愉快又安静，炮台对面点点帆影在河上缓缓移动；逢到落潮的时候，看去仿佛船身沉没在水下，仿佛沉船仍在水底航行。每逢看到这些鼓着白帆、准备出海的船只，总不免要想起郝薇香小姐和艾丝黛拉；每逢夕阳西斜，映红了远方的云朵、风帆、青山翠峦或是水滨河边，我又要想起她们。——郝薇香小姐，艾丝黛拉，那幢奇怪的住宅，那种奇怪的生活，好像跟每一件诗情画意的风物都结下了不解之缘。

有一个星期天，乔津津有味地抽着烟斗，有意夸大其词，一个劲儿推说自己“笨得无可救药”，我没法可想，只得放他一天假。我在土堤上躺了一会儿，手托着下巴，浏览着眼前的景物，望遍了天空和河海，想寻找郝薇香小姐和艾丝黛拉的踪迹，最后，我决定把久久萦回在我心头的一个想法告诉乔。

我说：“乔，你看我应当不应当去看看郝薇香小姐？”

乔慢悠悠地思考着，回答道：“唔，匹普，去干什么呀？”

“去干什么？乔，没有什么事就不能去看看人家吗？”

乔说：“匹普，你要是去看别人，这话你也许没说错。不过郝薇香小姐却不能随便去看。她也许会以为你是去要东西的——要她给你什么东西。”

“乔，难道我就不能讲清楚我不是要她的东西吗？”

乔说：“老朋友，你当然可以讲清楚。她也许会相信，可也说不定不相信呢。”

乔自以为这句话击中了要害（我也有这种感觉），便使劲抽着烟斗，免得话一啰唆，反而效果冲淡了。

过了一会儿，乔觉得话已经起了作用，就又继续说：“你要知道，匹普，郝薇香小姐已经对你很大方了。郝薇香小姐给你那一大笔钱的时候，还特地把我喊回去，对我说，总共就是这些。”

“不错，乔，她的话我也听见了。”

乔又加重口气说了一遍：“总共就是这些。”

“不错，乔。我跟你说了，她的话我也听见了。”

“匹普，我是说，她这话的意思可能是说：咱们到此为止！——你去干你的正经！——从今以后，咱们一个天南，一个地北，一刀两断，各不相干！”

我也早就想到过这层意思，现在又听说他也是这样想，越发觉得我的猜想大概是不错的了，这样我当然要大不高兴了。

“我说，乔。”

“你怎么说，老朋友？”

“我说，我跟你做学徒也快一年了。自从我们签了师徒合同以后，我还没有去谢过郝薇香小姐，没有上门去向她请过安，也没有向她表示过一点心意。”

“这倒是实话，匹普；你要么就打个全副马蹄铁送给她——不过照我看是这么着，你即使打个全副马蹄铁送给她，她没有马，拿了这样的礼物也没有用啊。”

“我不是要用这种办法向她表示心意，乔；我不是说要给她送礼。”

可是乔一心只想到送礼，偏要礼物长礼物短地唠叨下去。他说：“就算我帮你打一副新链条送给她锁大门——或者打一两百个鲨鱼头的大螺丝钉送给她家常用用——或者做件把轻巧精致的小玩意儿，比如送给她一把烤叉好烤烤松饼——或者送给她一只铁格子烤架好烤烤小鳗鱼什么的——”

我连忙打断他的话：“我根本不打算给她送礼呢，乔。”

乔依旧礼物长礼物短地唠叨下去，倒像是我有意催他说下去似的：“唔，匹普，要是换了我的话，我就不送。是呀，我就是不送。她的大门常年用链条锁着，何必再送她一副？鲨鱼头的螺丝钉容易引起她误解[1]。打烤叉少不了铜匠活儿，你是干不好的。再说铁格子烤架吧，哪怕是最出色的手艺人在一副烤架上也显不出功夫来，因为一副烤架一百年也只是一副烤架。”乔这一番话句句苦口婆心，好像竭力要让我从执迷不悟中清醒过来。“不管你打得多么讲究，可打出来的到底只是一副烤架，你乐意也罢，不乐意也罢，这是没有办法的事——”

我抓住他的外衣，急得大声嚷道：“亲爱的乔，别再唠叨下去啦。我可根本没有想送什么礼物给郝薇香小姐啊。”

乔这才表示同意，说道：“对，匹普，你不要送。我要跟你说

---

① 因为鲨鱼掠夺成性，常用以指巧取豪夺者。

的就是这句话：你想得很对。”仿佛他争了这半天，原来就是这么个意思。

“是啊，乔；我的意思也不过是说，我们眼前活儿也不多，假使明天你放我半天假，我打算到镇上去一趟，看看艾丝黛——郝薇香小姐。”

乔一本正经地说：“匹普，她的名字并不叫作艾丝黛薇香呀，总不见得她改了名字吧。”

“我知道，乔，我知道。这是我说溜了嘴。你看我这样打算好不好，乔？”

话休絮烦，总之乔的意思就是只要我认为好，他也就认为好。但他特别讲明一点：如果人家并没有诚意接待我，换句话说，尽管我这种拜访不过是表示感恩，并无他意，但人家如果并不欢迎我下次再去，那么，在这次试探性的拜访之后，千万不要再去第二趟。这个条件我也答应了。

且说乔还雇了一个伙计，名叫奥立克，他的工资是做一个星期算一个星期的。据他自己说，他的教名叫作陶尔吉——这显然是胡说八道[1]——不过他这个人性子极其固执，我相信他这样说并不是出于一时的异想天开，而是故意捏造假名，欺负乡下人无知。他是个肩膀宽阔、叉手叉脚、黑皮肤、大力气的家伙，一举一动从来不带劲，老是拖拖沓沓的。甚至每天上工，也没有一点诚心上工的

① “Dolge”（陶尔吉）与“Dodge”（耍花样）两字音甚相近，所以作者有这样一段议论。

样子，总是拖拖沓沓走了进来，好像只是偶然路过而已；到三船仙酒家去吃午饭也好，晚上放工回去也好，总是拖拖沓沓，既像该隐[1]，又像那个流浪的犹太人[2]，仿佛自己也不知道要上哪儿去，也根本不打算回家。他寄居在沼地上一个管水闸人的家里，上工的日子便从那隐僻的住处拖拖沓沓走来，双手插在裤袋里，中饭用一只袋子盛着，松松地套在脖子上，吊在背后。星期天则多半是整天躺在堤坝上，要不就往干草堆或谷仓上一靠，站上个大半天。走起路来老是那么拖拖沓沓，东晃晃西荡荡，眼睛盯着地上；如果有人招呼他，或是有什么别的原因非得他抬起头来看一眼不可，他就显出一副又是不乐意、又是不知如何是好的神气，仿佛他有生以来脑袋瓜子只转过一个念头，就是，人家老是不让他好好地想心思，这实在可怪，也实在可气。

这个脾气古怪的伙计很不喜欢我。早在我年纪既小、胆子又小的时候，他就哄我说魔鬼就住在铁匠铺子的一个黑洞洞的墙角里，说他跟这个魔鬼是老相识，还说每隔七年就得把一个男孩活活地扔到炉子里去，这样炉火才能保持不熄，说我就是这么一块扔进炉子的材料。后来我做了乔的学徒，奥立克大概就有了成见，认为我迟早要抢掉他的饭碗，从此就更加不喜欢我。倒并不是说，他在言语上或行动上公然有敌视我的表示；可我注意到，他打起铁来，

① 该隐杀弟的故事，见《旧约·创世记》第四章。这里是说奥立克像个杀人犯。

② 据中世纪传说，耶稣殉难时，路过一犹太鞋匠门口，意欲稍憩，鞋匠不肯，耶稣遂罚这个鞋匠毕生流浪，求死不得，必须等到耶稣复活时才能获得休息。此处用以状写奥立克的疲塌。

老是故意让火花飞溅到我跟前；我只要一开口唱《克莱门老头》，他就插进来把调子打乱。

且说第二天我提醒乔要告半天假，那时候陶尔吉·奥立克也在场，正在干活。奥立克当时并没有吭声，因为他和乔正在合力打一块通红的铁，我则在拉风箱；可是没过多久，他就把铁锤往地上一撑，说：

“喂，东家！对我们两个人，你总不会厚此而薄彼吧？小匹普能准半天假，奥立克老头总也能享受同等待遇喽。”我看他不过二十五岁光景，可是动不动就要称自己老头。

乔说：“呃，你要这半天假，打算干什么？”

奥立克说：“我打算干什么？我倒要问问他打算干什么？他打算干什么，我就打算干什么。”

乔说：“匹普嘛，他要到镇上去一趟。”

那一位倒真是了不起，他马上反唇相讥：“原来如此；奥立克老头嘛，他也打算到镇上去一趟。要到镇上去，两个都去得。总不见得只去得一个吧。”

乔说：“不要动肝火。”

奥立克粗声大气地嚷道：“我爱动就动。有人上得了镇，有人偏上不得！我说，东家，这可不成啊。一家铺子里可不能两样待人啊。要像个男子汉才是！”

东家没有理会他这一套；后来奥立克总算气平了些，他冲到炉子跟前，钳出一根烧红的铁棒，对准我刺过来，仿佛要在我身上

戳一个对穿窟窿，可是铁棒到我脑袋旁边忽然一转，却落到了铁砧上。他就动手锤起来——我看他简直是把那根铁棒当作我的替身在锤，飞迸的火花仿佛是我四溅的鲜血——锤到最后，铁是冷了，他自己却热不可当，于是他重又把铁锤往地上一撑，说道：

“我说，东家！”

乔反问他一句：“你现在没气了吗？”

老奥立克板起了脸说：“哎！没气了。”

乔说：“那么，看你平日干活也不算偷懒，就大家都放半天假吧。”

姐姐一直站在院子里，不吭一声，这些话都给她听见了——她专爱打探偷听，什么都干得出来——当时她就马上从一个窗口里探进头来。

她数落乔说：“你这个脓包，真干得出来！随随便便就给这种只配关水牢船的大懒虫放假！我看你一定是个百万富翁吧，白出工钱不叫干活！我要是他东家的话，倒要请他看看我的手段！”

奥立克不怀好意地咧嘴一笑，顶撞她说：“只要你敢，什么人的东家你都能做。”

（乔说：“别惹她。”）

姐姐的火儿渐渐大起来了，她答道：“天下什么样的傻瓜、坏蛋我都能对付。能对付傻瓜，当然就能对付你东家，你东家是天字第一号没头脑的大傻瓜。能对付坏蛋，当然就能对付你，像你这样面孔凶煞、良心黑透的坏蛋，就是跑到法兰西也找不出第二个。哼！”

伙计咆哮道：“葛吉瑞老太婆，你这个下贱泼妇！常言道，泼妇善识坏蛋，难怪你是个专认坏蛋的大行家！”

（乔说：“别去惹她好不好？”）

姐姐又是嚷又是哭：“你这是什么话？你这是什么话？匹普，奥立克那家伙跟我说的是什么话？当着我汉子的面，他竟敢这样骂我！呜——呜——呜！”她的每一声呼喊都像鬼哭神号；我不能不怪我姐姐不是，她和我见过的一切泼妇犯的都是一个毛病，我们不能因为她性子不好、动不动就要发脾气而原谅了她；因为她这脾气并不是情不自禁发起来的，她明明是故意装腔作势，不惜费尽九牛二虎之力，没脾气偏要逼着自己发脾气，于是这脾气就一步一步，愈发愈大，终于闹到昏天黑地。“他当着我男人的面骂我什么呀？我那个男人也真孬，亏他还在圣坛上发过誓要一辈子保护我呢！呜—呜！你还不快过来抱住我！呜——呜！”

伙计咬牙切齿地咆哮道：“唉——唉——唉！谁叫你不做我的老婆，否则我就来抱你了。我就把你按在抽水筒下面，浇你一个不透气儿，看你还敢不敢！”

（乔说：“跟你说，别惹她。”）

姐姐嚷道：“呜！你们听听，他骂了什么呀！”说着双手一拍，发出一声呼天抢地的号叫——她的脾气这就发到第二个阶段了。“你们听听，他骂了我什么呀！不得好死的奥立克！竟敢在我家里这样放肆！我是个嫁了人有了主的女人呀！你竟敢当着我汉子的面这样作践我！呜——呜！”姐姐拍了一阵巴掌，乱嚷乱叫了一阵，然后又是捶胸口，又是捶膝盖，扔掉头上的帽子，狠命扯自己的头发——经过了这几个阶段，就完全达到了疯癫状态。脾气发到了家，成了个十十足足的泼妇，便一头向门里冲来，幸亏我早就把门锁上了。

乔这个倒霉蛋，刚才有一句没一句地拦劝了一阵，人家只当作耳边风，这会儿他还有什么办法呢？他只好壮起胆子来对付那个伙计，他责问奥立克干涉他们夫妇的事情究竟是何居心，又问奥立克有没有种跟他见个高下？奥立克老头觉得事情已经弄到这个地步，不动武也过不了关，便立即摆出了防卫的架势；于是双方连身上烧焦了烤烂了的围裙也不及解下，就像两个巨人似的交起手来。在我们那一带，我还没见过有哪一个人经得起乔几拳揍。奥立克简直就像上次跟我斗拳的那位白面少年绅士一样不顶事，一下子就被乔打倒在煤灰堆里，躺在那儿不敢爬起来了。于是乔便开了门，走出去扶起姐姐，原来姐姐已经昏倒在窗下（不过依我看，他们这一架她刚才都是看在眼里的）。乔把她抱进屋来，放在床上，设法让她苏醒，她却一味使劲挣扎，双手揪住乔的头发不放。喧嚣过后，鸦雀无声，特别宁静。我上楼去换衣服，心里恍惚觉得今天像是星期天，而且像是死了什么人似的每逢闹极而静，我老是有这种感觉。

换好衣服走下楼来，只见乔和奥立克两个人已经在打扫，一场风波就此消歇；要说还留下什么痕迹，无非是奥立克的一边鼻孔上留下了一道裂口，看来既无意趣，也欠美观。他们从三船仙酒家买来了一壶啤酒，心平气和地一块儿喝着。这种闹极而静的气氛，使乔心平如水，俨如哲人达者；他跟我一块儿出了门，把我送到大路上，有如临别赠我以药石之言一样，特地对我说道："匹普，忽而暴跳如雷，忽而不暴跳如雷——人生就是这么一回事！"

此处无须细述，我再次前往郝薇香小姐府上时心情是如何荒唐可笑（因为有些感情对一个成人来说原极正常，可是移到一个孩子身上就显得十分可笑了）。也无须细述我在她家大门口徘徊了多少回才下定决心打铃。也无须细述我如何犹豫再三，想要不打门铃，赶紧回家。更无须细述我平日的时间由不得我自己支配，否则我这次一定过门不入，宁可下次再来。

这一次来开门的不是艾丝黛拉，而是莎拉·朴凯特小姐。

朴凯特小姐说："怎么啦？你又来了？你来干什么？"

我说我不过是来看看郝薇香小姐；莎拉听了这话，显然是考虑了一下要不要把我打发走。可是她毕竟担待不起责任，不愿造次，还是让我进去了；没多大工夫，传话出来，只说叫我"上去"。

一切都还是老样子，郝薇香小姐只是一个人待在房里。她一双眼睛盯在我身上，说道："哦！你该不是来要钱的吧？我可没有什么给你了。"

"哪儿的话呢，郝薇香小姐。我只是来告诉您一声，我做了学徒，过得很好，常常想起，非常感激你。"

她还是那样不耐烦地挥挥手指，说："得啦，得啦！常常来玩玩吧。到你生日那天来吧。——哎哟哟！”她突然嚷了一声，连人带椅子转过来冲着我说：“你东张西望，是在找艾丝黛拉吗？嗯？”

我东张西望，的确是在找艾丝黛拉，于是只好吞吞吐吐地说，她身体一定很好吧。

郝薇香小姐说：“出国去啦，接受上流小姐的教育去啦；离这儿可远着哪；越发比以前美啦；谁见了都爱呢。你可见不到她啦，明白吗？”

最后一句话充满着幸灾乐祸的意味，说完还发出一阵令人很不好受的笑声，叫我简直不知道怎么回答才好。好在她马上就打发我回家，总算免了我一番操心。那胡桃壳脸的莎拉砰的一声在我背后关上了大门，我一肚子的不满也达到了空前的高峰；不满自己的家庭，不满自身的行业，不满一切的一切。此行的全部收获就是如此而已。

沿着大街慢步走去，闷闷不乐地望望大街上的橱窗，心里盘算着：假使我也是个上等人，我买些什么呢？正在这时，忽然从一家书店里走出来一个人，你道是谁？原来是伍甫赛先生。伍甫赛先生手里拿着一本感人的悲剧著作《乔治·巴恩威尔的身世》[1]，是刚刚花了六个便士买来的，因为他马上就要到潘波趣先生那里去喝茶，准备把这个剧本拿去一字不漏地照本宣读给潘波趣听。一看见我，似乎就认为这是上天有意安排，要让我这个学徒来听他宣读剧

① 英国剧作家乔治·李罗（1693—1739）所写的五幕剧，一名《伦敦商人》，说的是学徒巴恩威尔受妓女蜜尔妩引诱，挪用店款，杀害其伯父，卒被绞死。

本[1]，因此他一把抓住我不放，一定要我跟他一块儿到潘波趣公馆的客厅里去坐坐。我知道反正回到家里也是难受，夜间昏黑，路上凄清，好歹有个伴儿同行总胜似一个人赶路，因此也没有多推辞。到得潘波趣家里，不早不迟，恰巧是大街上和铺子里纷纷上灯的时候。

我从来没有看过《乔治·巴恩威尔的身世》一剧的演出，不知道通常演出一场需要多少时间；不过，我记得明明白白，那天晚上一直朗诵到九点半才结束。伍甫赛先生一进新门监狱[2]，我就担心他恐怕上不了绞刑架了[3]，因为他这不光彩的一生前面都是一表而过，可是进了监狱以后，就大做其文章了。他居然埋怨自己花开正茂便遽遭摧残[4]，我觉得这未免有些肉麻，其实他是此生伊始便已走上了斫伤生机的道路，一叶又一叶地凋零败落。然而，这还不过是叫人感到冗长可厌而已。最使我痛恨的是，我明明清白无辜，他们居然把整个剧情拿来栽在我的身上。巴恩威尔一开始走上邪路，潘波趣就怒眼瞪着我，我可实在想要叫屈。伍甫赛也费尽心血，非要把我表现成一个十恶不赦的人不可，我成了剧中主角：性子既残暴，又爱哭鼻子；受了妓女蜜尔妩的唆使，去谋杀自己的伯父，情

① 剧中主角巴恩威尔也是个学徒，伍甫赛先生显然有意借题发挥，要教训匹普一下。

② 意谓伍甫赛念到新门监狱一场，即指第五幕第二场，巴恩威尔的同店老友索罗高替巴恩威尔请了牧师到狱中为巴做临终忏悔，巴恩威尔大为"彻悟"，表示愿意牺牲自己，以为后世之戒。

③ 上绞刑架的情节，指第五幕第三场。

④ 第五幕第二场，狱吏提巴就刑时，巴的一大段告别辞中有一句台词："大自然还没有完成她这件制作——还没有在我身上打下成人的烙印，我生命的旅程便告终了。"埋怨云云即指此而言。

无可恕，罪不容诛；蜜尔妩哪一次不是说得我俯首帖耳哑口无言；偏偏我那老板的女儿心里就只有我一个，我十恶不赦，她也不以为意[①]；至于我在那个要紧关头的早上吓得气喘吁吁，迟疑了好半晌才动手，我看这与我平日为人软弱倒是一致的[②]。最后我总算被处了绞刑，伍甫赛也把书阖上了，可是潘波趣还坐在那里拿眼睛瞪着我，大摇其头，说道："前车可鉴啊，孩子，前车可鉴！"仿佛谁都知道我只要把自己的一个什么至亲哄得动了善心，做了我的恩主，我就会动脑筋去谋害他似的。

完事之后，我和伍甫赛先生同路回家，此时已是夜黑如漆。一出镇就遇到大雾，又浓又湿。关卡上的灯看去只是一团模糊，好像挪了个地方；浓雾里射出的灯光好像伸出手去可以摸得着抓得住。看到这个景象，我们便说，风向转了，沼地上哪个地方又起雾了；正在闲谈之际，忽然看见一个人在关卡局子后面磨磨蹭蹭走着。

我们停下来喊道："喂！那边是奥立克吗？"

他应了一声"是啊！"便磨磨蹭蹭走出来。"我在这里歇一会儿，想等个人同路。"

我说："你这么晚才回去啊。"

奥立克坦然自若地回答说："是吗？你也不早啊。"

---

① 老板的女儿玛丽雅暗中爱上巴恩威尔。三幕三场巴恩威尔偷了店里的款子出逃，留条说明再不回来，玛丽雅得知此事，设法为其弥补欠款，瞒过她父亲。巴临刑时，玛到场为之祝福，与之诀别。

② 第三幕第四场描写巴恩威尔在林子里谋杀他伯父时矛盾百出的心理状态，与匹普在那个大雾的早晨偷了家里的食物送给逃犯的情景很相似。

伍甫赛先生为自己刚才的演出感到得意非凡，便说："奥立克先生，我们刚刚举行了一个文娱晚会，尽兴而归。"

奥立克老头只是咕哝了一声，仿佛他对于此道根本没有什么议论可发，于是我们三个人一块儿继续赶路。我就问他是不是利用了这半天假期在镇上逛了个够？

他说："是啊，逛了整整半天。你一走，我就跟着来了。我没有看见你，不过我恐怕就在你后面。你可听见，炮声又响了。"

我问："是水牢里在放炮吗？"

"可不是！又逃走了犯人。从擦黑起，炮声没停过。你听着吧，一会儿又要响了。"

果然，没走几步路，迎面就轰隆一响传来了那熟悉的炮声，雾重炮声也沉，瓮声瓮气地沿着河边洼地渐渐远去，仿佛要去追赶逃犯，要给他们一点厉害看看。

奥立克说："这样的晚上，逃跑倒是挺好不过的，逃出水牢的犯人就好比是飞出笼的鸟；像今天晚上这样的天气，上哪儿去逮他们呢！"

他这番话倒勾起了我的心病，我不禁默默地想起心思来。伍甫赛先生呢，他还在串演今晚的悲剧中的那个好心不得好报的伯父，此身犹在坎伯威尔他自己的花园里，内心在沉思，嘴里在嘀咕。奥立克双手插在裤袋里，挨在我身旁磨磨蹭蹭地走着。一路上又黑又湿又泥泞，脚踩下去，泥水直溅。信号炮声又时不时地迎面传来，又闷声闷气地沿着河道渐渐远去。我憋着一肚子心思不开口。伍甫赛先生一连死了三次：在坎伯威尔花园里是一片慈爱吐尽而死，在波士委田野是以死相拼，力战而死，在格拉斯通伯瑞则是受尽痛苦而死[①]。奥立克有时候哼哼唧唧：“加油打呀，加油打——克莱门老头！臂膀粗呀，劲头大——克莱门老头！”我看他是喝过酒了，不过并没有喝醉。

我们就这样回到了村里。路过三船仙酒家已经是十一点钟，只见店门大开，一片混乱，到处都是平日少见的蜡烛，显然都是匆匆点亮了又匆匆搁下的，我们不禁大吃一惊。伍甫赛先生便进去打听究竟出了什么事（他还以为是逮住了逃犯呢），可是一转眼他就急急忙忙奔了出来。

他也不停一下，一边跑一边嚷：“你家里出了事啦，匹普。快跑回去看看！”

我追上去问道：“出了什么事？”奥立克也紧紧挨在我身边。

“我不大清楚。好像是乔·葛吉瑞没在家的时候，有人闯进你们家去了。大概是些逃犯干的。你们家里有人给打伤了。”

我们只顾拼命奔跑，也来不及多说话，一口气直奔到厨房里。厨房里挤满了人；全村的人都赶来了，有的只好待在院子里；厨房当中站着一位外科医生，还有乔，还有好些妇女。看热闹的人一看见我来了，连忙给我让出路来，我这才明白是姐姐出了事——她不

① 意谓伍甫赛先生的精神始终沉浸在一些剧本中。在《乔治·巴恩威尔的身世》一剧中，巴恩威尔的伯父在坎伯威尔花园里为巴所害，临死前还为巴祝福。“波士委田野”是《理查三世》中的一场，理查三世即于该地战败被杀。格拉斯通伯瑞是英国一所著名古寺院的所在地，其事出于何剧至今还是个谜。

省人事，一动不动地躺在光秃秃的地板上。原来，她是面朝着火炉的时候，被什么人照准后脑壳猛一家伙打倒在地上的。尽管她和乔还有一段夫妻的缘分，可是这辈子却再也不能暴跳如雷了。

第十六章

我满脑袋还是乔治·巴恩威尔的身世遭遇，因此开头不免认为这次姐姐突遭袭击，我也少不得有些牵连——不管怎么说吧，我好歹总是她的至亲，谁都知道我受了她不少恩惠，因此我当然要比旁人多一些嫌疑。不过到了第二天早上，在光天化日之下重新考虑了这件事，又听了各处七嘴八舌的议论，便另有了一种较为合情合理的想法。

据说昨天晚上，乔在三船仙酒家抽烟，从八点一刻待到九点三刻。他外出的那阵工夫，姐姐是站在自己厨房门口，有个农民回家路过我们家门，还和她道过晚安。据那人说，他看见我姐姐时，准是在九点钟以前；再准确些，可就说不上来了（他自己何尝不想尽量说得准确，可是愈搞反而愈糊涂）。九点五十五分，乔赶到家就看见姐姐给人打得躺在地上，便连忙叫人来帮忙。当时炉火并不见得怎么不旺，没剪的烛花也不见得怎么长，只是蜡烛已经给吹灭了。

屋子里上上下下不短一件东西。点蜡烛的那张桌子正好是在门口和姐姐之间，她被凶手击倒时，正面朝火炉站着，烛光是在她背后。厨房里除了蜡烛给吹灭了之外，要说还有什么别的混乱，也无非是她自己倒下时撞乱了些东西，地上还有些血迹。现场倒是留下了一件大可注意的罪证。事情是这样的：她是被人用圆头的重家伙打的，后脑勺上和脊椎骨上着了几下，她就扑面倒在地上，这时凶手就又拿个什么重家伙使劲扔在她身上。乔抱起她时，在她身旁的地上发现了一副用锉锉开了的、罪犯戴的脚镣。

乔用铁匠的眼光仔细察看了这副脚镣，说这件家伙锉开已经不是一朝一夕了。事情追到了水牢船上，水牢船上来人查看了这副脚镣，完全证实了乔的看法。脚镣无疑是水牢船上的东西，至于是什么时候从水牢船上带出来的，来人也不敢断定，不过他们认为这肯定不是昨天晚上那两个逃犯戴的。何况，那两个逃犯之中有一个已经被逮住，他腿上的脚镣明明还在。

我心里有数，这时自己就得出了一个结论。我认为这副脚镣就是我那个逃犯的一副——他在沼地上锉脚镣，我亲眼见到，亲耳听到，可是我认为这一次拿脚镣伤人，绝不是他干的。我又想到另外两个人身上去：一个是奥立克，一个是上次在酒店里故意拿锉向我一露的那个陌生人，我认为这副脚镣一定是落在他们哪一个的手里，这一回就拿来行凶了。

先说奥立克：那天他的确到镇上去了，我们在关卡上遇到他时，他跟我们说的的的确确都是实话；有人看见他整个黄昏都在镇上逛荡，上过好几家酒馆，跟好些人在一起喝过酒；而且他又是跟我和伍甫赛先生一同回来的。因此，他除了上午跟姐姐吵了一架之外，便再没有什么疑窦可言，何况姐姐跟他吵架向来就是家常便饭，姐姐跟谁没吵过几架呢！再说那个陌生人：如果他是回来取那两张钞票的，那根本不会引起什么争执，因为姐姐早就想要归还给他了。而且，事实上当时也并没有发生什么争吵，凶手进来悄无声息，出人不意，姐姐还没有来得及回过头来，就给打倒在地上了。

一想到这件凶器竟是由我供给的，虽说并非有意，总也不免毛骨悚然；可是，要说不是我提供的吧，又难以自圆其说。心里说不出的不自在，一再反复考虑，究竟要不要把童年时代附在我身上的那股邪魔索性彻底驱除，原原本本向乔说明那件事的曲折经过。这样一连好几个月，每天都是考虑再三，最后做出决定，认为断不可说穿，可是到第二天早上，一切又得重来，又得重新跟自己打肚皮官司。肚皮官司打到最后，终于得出这样的结论：那件秘密已经年深月久，和我结为一体，血肉难分，我怎能忍痛割下这块肉呢！这件事既已招来了这样大的乱子，一旦说穿，乔要是信以为真，那可比不得往日，他一定非和我疏远不可，这是我第一层顾虑；不仅如此，我所以欲言又止，还另有一层顾虑，那就是我怕乔根本不相信有这回事，会说这又是小狗、小牛肉片那一套，完全是异想天开的捏造。当然，最后还是苟且因循，不了了之。（遇到这种事，人总是要在正道和邪道二者之间彷徨不定，我又何尝不是如此？）我决心今后如果再有机会可以帮着查获凶手，一定不失良机，把真相和盘托出。

地方巡警和来自伦敦弓街[①]的警官（这看得出来，因为当时伦敦警察都还穿红背心，这种装束目前已经绝迹）在我们家的周围转了一两个星期，我听人讲到、从书上看到，凡是这一类官府遇到这一类案子，都有一套例行的公事，在这方面他们倒是干了不少。他们拘捕了好几个人，可显然都捕错了，原来他们脑筋动了不少，却尽打些错主意，不是根据实际情况想办法出主意，却是死活要叫实际情况凑合自己那一套主意。他们还在三船仙酒家门口布置了岗哨，脸上的神色一个个都是既机灵又稳重，引得附近的人们无不赞叹；喝起酒来也很神秘，几乎和他们捉拿凶犯的手法有异曲同工之妙。不过这个比方也不尽贴切，因为犯人根本没有拿获。

这些官府老爷撤走以后又过了好久，姐姐还是病势沉重，卧床未起。她眼睛出了毛病，明明是一件东西会看成好几件，手边明明没有什么茶杯酒杯，竟会动手去拿茶杯酒杯；记忆力也大有问题；说起话来谁也听不懂。后来虽说有些起色，可以让人扶着下楼了，可是还得随身带着我那块石板，以笔代口，向人传话达意。但

① 弓街：在伦敦沽文园附近，现仍为市中心警察法庭所在地。

是她的拼法马虎得要命（且甭提她的字写得有多坏），乔的读音又随便得出奇，双方打起交道来往往纠缠不清，无奇不有，只得要我去解决。我自己也往往会出错：“药物”错当成“羊肉”，“乔”当成“茶”，“咸肉”当成“面包师”，这种误会还算是最微不足道的呢。

她的脾气倒是大大改好了，耐得住性子了。她的手脚挪动起来变得哆哆嗦嗦，好像犹疑不定的样子，这个毛病不久也就生了根了。后来，她往往每隔两三个月一次，总要用手捧住脑袋，之后便显出一副闷闷忧忧的模样，大有精神失常之态，要过一个星期左右才好。我们不知道该找个怎样的人来侍候她才合适，最后总算机缘凑巧，才丢下一件心事。原来伍甫赛先生的姑奶奶那种养成已久、根深蒂固的生活习惯，现在终于彻底丢掉了，于是我们便把毕蒂请到家里来服侍姐姐。

大约是姐姐重到厨房一个月以后，毕蒂提着她那只斑斑点点、装着她全部家当的小箱子来到了我们家里，成了我们一家人的福星。对乔来说，尤其是福星，因为我这位可爱的老朋友好不可怜，成天看着他那瘦得不成样子的妻子，心都碎了，晚上侍候她时老是回过头来，一双蓝眼睛泪汪汪的，对我说：“匹普，她从前是个长得挺好看的女人呀！”毕蒂一来，就由毕蒂照料姐姐，她十分灵巧解事，好像姐姐从小就让她摸透了性格似的；从此乔的日子才算过得安宁些，不时到三船仙去调剂调剂，裨益身心。只有干警察那一行的人性格特别，他们对于可怜的乔都或多或少有些怀疑（幸亏乔本人一直蒙在鼓里），并且全体一致认为他们还从来没有遇到过像乔这样莫测高深的人。

毕蒂一担任起这项新的职务，就解决了一个我怎么也解不开的难题，立下了第一件功劳。说起这个难题，我不能说没有勉力以赴，可惜毫无成效。事情是这样的：

姐姐一而再、再而三地在石板上写出一个奇形怪状的字母，有点像个“T”字，写完就迫不及待地要我们一定把这个给她找来。我猜不出这究竟是件什么东西，从 Tar（柏油）猜到 Toast（吐司），猜到 Tub（桶），凡是“T”字打头的东西都猜遍了，结果都是枉费心机。后来又想到她这个符号看上去像一把锤子，便朝她耳朵里兴冲冲地喊：“锤子！锤子！”她居然用手捶起桌子来，那神气好像表示我有点说对了。于是我把家里所有的锤子一把又一把都拿到她的跟前，结果还是劳而无功。接着我又想到丁字形的手杖跟她画的那个符号形状十分相像，便到村里去借了一根来，蛮有把握地送到她面前。她一看就把头大摇特摇，弄得我们都吓坏了——她身子已经衰败到这个地步，三摇四摇怕不会把脑袋从脖子上摇下来！

幸亏后来姐姐发觉毕蒂善于体会她的心思，便把那个神秘的符号又重新画在石板上。毕蒂望着这个符号沉思默想，听着我的解释，望着姐姐沉思了一会儿，又望着乔沉思了一会儿（“乔”这个字头一个字母是“J”；石板上总是以“J”字代表乔），然后就奔到打铁间去，乔和我两个人也跟着去了。

毕蒂兴高采烈地嚷道：“有了，准错不了！你们还不明白吗？

她是要找他！”

奥立克！不是他是谁！原来姐姐已经忘记了他的名字，只得画出他的铁锤来做代表。我们向奥立克说明了缘由，要他到厨房里去一次，他慢吞吞放下铁锤，先用胳膊抹了抹脸，然后又撩起围裙来抹上一把，这才磨磨蹭蹭走出打铁间，像流浪汉一般怪模怪样、有气无力地屈着两个膝盖，叫人一看就认出了他。

说老实话，我本以为姐姐要申斥他一顿，结果完全不是这么回事，我不禁大失所望。姐姐反而迫不及待地表示要和他言归于好；一看见终于把他叫来了，就显得十分高兴，还做了个手势叫我们拿酒给他喝。又端详着他的脸色，仿佛一心指望能够从他脸上看出他乐意接受这次款待；总之，想尽了一切办法表示希望与他和解，一举一动之中都流露出学童向严厉的老师低声下气告饶求和的样子。从那天起，姐姐简直没有一天不在石板上画铁锤，奥立克也几乎没有一天不磨磨蹭蹭走进来，倔头倔脑地站在她跟前，好像也跟我一样摸不清是怎么回事。

第十七章

我现在过的是刻板的学徒生活，活动的天地不出村庄和沼地，除了生日那天又去看了一次郝薇香小姐之外，根本就说不上有什么值得一提的事。这次到得那里，依旧是莎拉·朴凯特出来开门，郝薇香小姐也依旧同上次一模一样，谈起艾丝黛拉时尽管话儿说得和上次不尽相同，意思却不外乎那一套。这次拜访只有短短几分钟工夫，临走时她给了我一个畿尼，还叫我明年过生日再去。不妨顺便一提，从此以后这就成了每年的例规了。本来头一次我就不肯收受这个畿尼，谁知不收不行，竟惹得她生起气来，问我是不是嫌少。既然如此，从此我也就不再推却了。

那幢死气沉沉的古老宅子毫无变化：黑沉沉的房间里依旧烛

影昏黄，梳妆台镜子跟前的椅子里依旧坐着那个幽灵似的干瘪人儿。我不由得寻思，在这个神秘的地方，莫不是钟表一停，可使流光不逝？莫不是我和室外的一切都添了年岁，而这里却永远如故？这大宅里从来没有阳光透进来，岂止屋里没有阳光，只要一想到这座大宅，我的脑海里和记忆里又何尝有一线阳光！这座大宅使我惶然，而且有一股魔力，弄得我内心依然暗暗痛恨自己的行当，看不起自己的家庭。

不过，我却微微感到毕蒂已经变得和从前两样了。鞋子已经有了后跟，头发梳得又光亮又整齐，一双手总是干干净净。她并不美——只是普普通通，远不能和艾丝黛拉相比——不过却讨人喜欢，身体健康，脾气又好。到我们家来至多过了一年光景，记得就在她刚刚满服出孝的时候，有一天晚上，我忽然注意到她那双眼睛还很会凝眸沉思，目光是那么美丽又是那么善良。

那时候我正在干一件正经事，即伏案看书，一边看一边摘录，自以为这种双管齐下的办法是力求上进的上策；我抬眼一望，只见毕蒂正在看我读书写字。我放下了笔；毕蒂虽然没有放下手里的针线活儿，却也住了手。

我说："毕蒂，你怎么有这样大的能耐？要不是我太笨，就是你太聪明。"

毕蒂含笑答道："我有什么能耐？我不明白你的意思。"

说到她有能耐嘛，她总揽家务，成绩的确很出色；我倒并不是指她这方面而言，不过，我要说的那另一种能耐却也由此而越发显得难能可贵。

我说：“毕蒂，我学什么，你也跟着学什么，而且从不落在我的后面，你怎么会有这种能耐？”那时候我就已经自以为很有学问了，因为我把每年生日拿到的一个畿尼都花在求知上面，大部分零用钱也积攒下来，用作求知的资本。抚今思昔，深深感到我为这点区区的知识所花的代价实在太大了。

毕蒂说：“我倒是要问你呢，你怎么会有这种能耐的？”

“哪儿的话；谁不看见我每天晚上一跑出打铁间，就腾出手来干这个。可你却从来腾不出一点闲工夫哩，毕蒂。”

毕蒂轻声细气地说：“大概你什么都传染给我了，像传染伤风咳嗽一样。”说完，又继续做她的针线。

我在木头椅子里向后一靠，一面看毕蒂歪着头做针线，一面继续想心思。我觉得她真是个了不起的姑娘。我想起了，毕蒂对我们打铁这一行，不论是行话术语，活计名目，各色工具，也都样样精通。总之，我懂的，毕蒂都懂。若论打铁这门学问，她这个铁匠已经和我不相上下了，甚至还要胜过我呢。

我说：“毕蒂，你真会利用机会，一有机会就绝不白白放过。你没来以前就差没有机会，瞧你现在进步多大啊！”

毕蒂望了我一眼，继续做她的针线。

她一面缝一面说：“可我还是你的第一个老师呢，是不是？”

我诧异地嚷道：“毕蒂！怎么啦！你在哭！”

毕蒂仰起头来，笑吟吟地说：“我没有哭，你想到哪里去了？”

我想到哪里去了？还不是因为看见她一颗亮闪闪的泪珠儿掉在她的针线活儿上？我坐在那儿不吭一声，想起了伍甫赛先生的姑奶奶当初一直丢不掉那种苦恼的生活习惯（换了别人的话真巴不得早一点丢掉呢），毕蒂为了服侍她，吃了多少苦啊！又想起毕蒂当初守着那个寒碜的小铺子和那所又寒碜又吵闹的小夜校，成天还得把那个可怜巴巴、寸步难行的小老太婆搀过来背过去，那种日子才真叫走投无路呢；还想起毕蒂当初即便处于这种逆境之中，她身上的美德，一定早已存在，只是隐而未露，到如今才日益发挥出来；要不然的话，为什么我第一次有了心事，愤愤不平，就自然而然地去求她帮忙呢？毕蒂不声不响地坐着做针线，再也不哭了；我望着她，想着前前后后的这一切，只觉得欠了毕蒂的恩情，报答得不够。我对她也许还是过于拘谨；我其实应当多看承她一些，要和她推心置腹才好（不过当时驰骋遐想，脑子里用的并不是“看承”这两个字）。

前前后后想过一通之后，我说：“是啊，毕蒂，你是我的第一个老师，那时候怎么想得到我们竟会一块儿待在这个厨房里呢。”

毕蒂却慨叹了一声：“哎，可怜的人儿！”她就是这么个忘我的人，一下子又把话头转到了姐姐身上，并且连忙站起身来，去服侍姐姐，把她安顿得更舒适一些，然后才回我的话：“这倒是千真万确！”

我说：“我看，我们还应当像从前那样多谈谈。我也应当像从前那样多向你请教。毕蒂，下星期天，我们到沼地上去自自在在地散散步，好好儿聊聊天吧。”

姐姐片刻也离不得人，幸好那个星期天下午，乔情情愿愿地替毕蒂承担起了照料姐姐的责任，毕蒂和我才得一块儿出去。时值夏季，天清气朗。走出村庄，经过教堂和墓地，来到沼地上，只见河上征帆片片。我又像往日一样触景生情，想起了郝薇香小姐和艾丝黛拉。到了河边，坐在堤岸上，脚下河水潺潺，越发显出四外的静谧。如此大好时机，大好风光，再不向毕蒂倾吐衷曲，更待何时啊。

我先叮嘱毕蒂务必保守秘密，接着就说：“毕蒂，我真想做个上等人啊。”

毕蒂答道：“噢，要是我做你，才不愿意哩！我看做上等人也没什么意思。”

我郑重其事地说：“毕蒂，我要做个上等人，自有我的理由。”

“那只有你自己最清楚，匹普；不过，难道你现在这样倒不快活吗？”

我恼火地嚷道：“毕蒂，我现在这样，一点也不快活。这种行当，这种生活，我真感到厌烦。自从做了学徒，这种行当，这种生活，没有一天讨我喜欢过。你别跟我瞎扯淡了。”

毕蒂从容不迫，扬起眉毛，说：“我跟你瞎扯淡？对不起，我可没有那个意思。我只是希望你过得快活，过得舒坦。”

“那么，好吧，我索性爽爽快快和你说个明白：这样下去，我绝不会过得快活，也绝不可能过得快活——除了痛苦，什么也谈不上——跟你说，毕蒂！我要想过得快活，除非能过上另外一种生活，跟目前完全不一样的生活。”

毕蒂满面愁容，摇着头说：“这要不得！”

其实，我也老是觉得这种想法要不得，我哪一天不在跟自己打那种稀奇少有的肚皮官司，如今听得毕蒂说出了自己的感想也道出了我的心事，我又痛苦又烦恼，差一点落下泪来。我对毕蒂说，她这话说得不错，我自己也知道这种想法太叫人遗憾，不过这又有什么办法呢。

我使劲拔着身旁的小草，一如当年在郝薇香小姐家里一个劲儿地扯自己的头发，踢那酒坊的墙壁，尽情发泄满怀的委屈似的；我说：“我小时候本来很喜欢这个铁匠铺子，我要是能够安心待下去，对这个铁匠铺子的感情只要能有小时候的一半，我的心境肯定就会比现在好得多。那样的话，你，我和乔三个人在一起还有什么不满足的呢；等我满了师，我八成儿会和乔合伙干下去；说不定我长大了还会和你结成终身伴侣，星期天碰上好天气就一块儿在这条河堤上坐坐，跟现在完全不一样。毕蒂，真要那样的话，你不会嫌我不够理想吧？”

毕蒂望着那一艘又一艘出海的大船，叹了口气，回答道：“不会的，我不爱挑肥拣瘦。”她这话并没有称赞我的意思，不过我领会她也并没有什么恶意。

我又随手拔起一把草，拿了一两片草叶放在嘴里咀嚼着，说：“可惜事实恰恰相反，瞧瞧我现在过的是什么日子！既不能称心如意，又不能舒舒坦坦——其实粗俗就粗俗吧，下贱就下贱吧，如果没有人向我说穿，我本来也都无所谓！”

毕蒂突然向我转过脸来，目不转睛地瞧着我，比刚才瞧那些出海的船舶还要全神贯注。

半晌，她才又回过身去，看着海船，问我说：“谁这样编派你，既不符合事实，也不礼貌。这话是谁说的？”

听她这样一说，我倒慌了，因为我一时说顺了嘴，没有考虑到这些话的后果。不过现在要搪塞也搪塞不过去了，只得回答：“说这话的是郝薇香小姐府上一位美丽年轻的姑娘，她长得比谁都美，我对她真爱得没命；我要做个上等人，就是为了她。”做了这番痴痴癫癫的自白以后，就把刚拔起来的那把草一棵一棵扔到河里去，好像自己也打算跟着一跃而下似的。

毕蒂沉吟了片刻，轻声细气地问我：“你要做个上等人，是为了要向她出气呢，还是为了要讨她欢喜？”

我郁郁不乐地答道：“我自己也不知道。”

毕蒂接下去说：“你如果是为了要向她出气，我认为——不过说得对不对还是你自己最清楚——那就最好拿点志气出来，根本别听她那一套。如果为了讨她欢喜，我认为——不过说得对不对还是你自己最清楚——这种人根本就不值得你去讨她欢喜。”

这话同我时常想的完全不谋而合。当时我自己何尝不是一清二楚！可是，即使是超凡入圣的贤达之士，尚且难免要每天犯些莫名其妙的自相矛盾的毛病，我这么一个可怜的、迷了心窍的乡下孩子，又怎能免俗？

我对毕蒂说：“也许你说的全说对了，可我对她还是爱得没命。”

总而言之，说到这里，我便转过身去，脸朝下趴在地上，揪住自己的两边头发，狠狠地扯着。当时我不是不知道自己痰迷心窍，发疯似的爱错了人；我完全清楚，即使揪着自己的头发，把脸蛋儿朝那些鹅卵石上使劲砸下去，那也只怪我这张脸蛋儿罪有应得，谁叫它长在我这个傻子身上呢。

毕蒂真是个最懂事不过的姑娘，一见我这景况，便不再和我理论，却用她那只长年操劳粗糙不堪，然而是那么温柔体贴的手，轻轻把我的一双手从头上一只一只拉下来。接着又抚慰备至地轻轻拍拍我的肩膀，我则用衣袖掩着脸呜呜咽咽哭了一阵——真同当年在酒坊院子里一模一样——我莫名其妙地只觉得像是受了什么人莫大的亏待，又像是天下人都亏待了我，我自己也说不出一个准谱儿来。

毕蒂说：“匹普，有一件事倒叫我高兴，就是，你已经觉得可以对我说真心话了。还有一件事也叫我高兴，就是，你信得过我，知道我会替你保守秘密，永远不会辜负你的信任。如果你的第一个老师现在还配做你的老师（啊呀呀！我这样一个无知无识的人，拜别人做老师还来不及呢，哪里配做你的老师！）——可是如果还配做你老师的话，我现在倒有一堂课要给你上。不过这一课很难学，何况你已经胜过我了，所以现在给你上这一课也没有用了。”于是，毕蒂对我轻轻叹了口气，就从河堤上站起身来，改用一种清新愉快的语调对我说："再散一会儿步呢，还是马上回家？"

我站起来搂住她的脖子，吻了她一下，大声说："毕蒂，以后我永远什么事都告诉你。"

毕蒂说："等你做了上等人，就不会告诉我了。"

"你知道我一辈子也做不上上等人，所以我永远也不会不告诉你。倒不是因为我有什么事要告诉你，因为我知道的事，你都已经知道——这话那天晚上在家里我就和你说过的。"

毕蒂转过脸去，望着帆船，轻轻"唉"了一声，然后又用刚才那种愉快的语调问我："再散一会儿步呢，还是马上回家？"

我告诉毕蒂，不妨再散一会儿步，于是我们便继续散步，这时夏日炎炎的下午已过，黄昏降临，暑气渐消，风光旖旎，撩人遐思，我心里想：置身于这般优美的环境中，融洽自然，有益身心，恐怕终究要胜于待在那间钟停表不走的屋子里，傍着烛光跟艾丝黛拉玩那种"败家当"的牌戏，受尽她的奚落吧？我想，我只有把艾丝黛拉的影子连同那些往事陈迹、幻觉妄想，从心头驱除干净，打定主意专心干活，要不以为苦，反以为乐，坚持不懈，自求多福，这才是上策。继而我又扪心自问：如果现在待在我身边的不是毕蒂，而是艾丝黛拉，我是不是就拿得准，她一定只会叫我伤心，不会叫我快活呢？我不能不承认，这是十拿九准的，于是我便暗暗自语："匹普，你真是个大傻瓜呀！"

我和毕蒂边走边谈，谈得很畅快，毕蒂似乎句句话都说得很有道理。毕蒂从来不会欺负人，也不会喜怒无常变幻莫测，今天是毕蒂，明天又换了个样。她要是使我感到了痛苦，她自己也只会痛苦，绝不会快活；她宁可自己伤心，绝不肯让我伤心。那么，我怎么会反而偏爱艾丝黛拉，而不把毕蒂放在心上呢？

回家的路上，我对毕蒂说："毕蒂，但愿你帮我走上正路。"

毕蒂说："只要我帮得了你的忙就好！"

"要是我能爱上你有多好啊！——我的话说得直爽，你不会见怪吧？我们已经是老朋友啦！"

毕蒂说："哪儿的话，怎么会见怪！别和我见外才是！"

"要是我真能爱上你，那是我的造化哩。"

毕蒂说："可你也知道，你哪儿能呢。"

拿那天黄昏的情形来说，我倒觉得这不是完全不可能的；要是早几个钟头谈起，那就绝无此种可能了。因此我就说，我倒也说不准。谁料毕蒂却说，她可拿得准，而且她这话说得斩钉截铁。我心里明明相信她说得有理，可是听得她把这件事说得这么不留余地，我实在觉得不高兴。

边说边走，不觉来到教堂公墓附近，这里须得走过一段堤坝，还得越过一道水闸。猛不防奥立克老头蹿了出来，谁知道他究竟是从闸门里蹿出来的，还是从灯芯草丛里跳出来的，还是从淤泥里冒出来的（若论他那种死不死活不活的脾性儿，本来就和那黏糊糊的淤泥是一路货色）。

他吼了一声："喂！你们两个上哪儿去？"

"我们能上哪儿去？回家呗。"

他说：“唔，好呀，我要是不送你们回家去，我就是那话儿！”

这一套“那话儿”“那话儿”的骂人经，是他的拿手好戏。这一类字眼儿从他嘴里吐出来，并没有什么确切的含义，跟我理解的不一样，他只不过像捏造自己的姓名一样，信口胡扯，不仅招人讨厌，而且使人觉得他这是有心恶意伤人。我小时候对他总有个想法，觉得他真要伤到我的话，准是拿一把锋利的弯钩，来把我的脑袋摘下。

毕蒂不要他跟我们一起走，轻轻对我说：“别叫他跟上来，我不喜欢这个人。”我也不喜欢他，因此毫不客气地对他说，多谢他的好意，不过不劳相送。他一听这话，便像打响雷似的大笑一声，退了下去，不过还是隔着一段路，磨磨蹭蹭地跟在我们的后面。

姐姐那一次受到谋杀性的袭击，究竟是何缘故，她自己始终无法申述；我想莫非毕蒂疑心奥立克和这事有瓜葛，便问毕蒂为什么不喜欢奥立克。

毕蒂“噢”了一声，回过头去看看那个磨磨蹭蹭跟在我们后边的奥立克，说：“因为我——我怕他是看中了我呢。”

我气不忿地问道：“他向你说过他看中了你吗？”

毕蒂说了声“没有”，又回过头去望了一下，才继续说下去：“说倒从来没有和我说过，可是一看见我就嬉皮笑脸。”

虽说凭着这一点就断定人家爱上了她，此事未免新鲜，也未免稀奇，不过我倒认为她的看法是错不了的。奥立克老头居然敢爱她，这可真把我气坏了——即使身受其辱的不是毕蒂而是我自己，也不过这个气法!

毕蒂心平气和地说:“可是你要知道,这并不碍你的事。”

“你说得对,毕蒂,不碍我的事;可是我不赞成,我反对。”

毕蒂说:“我也不赞成,不过这有什么?碍不了你的事。”

我说:“话是一点不错,可是毕蒂,我应当告诉你,如果你允许他对你嬉皮笑脸,我觉得你就不好了。”

从那天晚上起,我便随时留意奥立克,一看到他有机可乘,要对毕蒂嬉皮笑脸,我就拦到他面前去,挡住他的表演。只是因为姐姐对他忽然产生了好感,所以还让他在乔的铁匠铺里待下去,不然我早就想叫乔把他解雇了。我这番好心其实他完全明白,结果倒是以怨报德,不过这是后话,到后来才知道。

好像嫌我本来的心境还紊乱得不够似的,如今我又多了许多心思,时伏时起,把紊乱的心境弄得更加千倍万倍的复杂。有时候我很清楚毕蒂胜过艾丝黛拉的程度真不可以道里计,也明白我是这样的出身,我要过的这种平凡而清白的自食其力的生活并没有什么丢脸之处,相反倒是很值得自尊,引为幸福。逢到这种时候,我就信心十足,觉得今后我再也不会对亲爱的老朋友乔和铁匠铺冷淡无情了,等我满了师,我就可以和乔合伙,并和毕蒂厮守在一起——不料正想得头头是道,突然之间又痰迷心窍,记起了在郝薇香小姐家里的光景,于是我的神志顿时就像中了一颗毁灭性的飞弹,给搅得心烦意乱。神志一乱,再要定心敛神就费事了;何况,往往我的心思还没有完全定下来,接着又会冷不防心里一动,思及一念,禁不住心曲大乱。这一念不是别的，乃是想到满师以后，说不定郝薇香小姐毕竟还会使我飞黄腾达。

要是我当真做到了满师，到那时我肯定还是这样满心惶惑，迄无稍解。不过我做学徒并没有做到满师，而是提前结束了。详情下文自有交代。

第十八章

我跟乔做学徒的第四年，有一天，正是星期六的晚上，三船仙酒家的炉火跟前围着一群人，在用心听伍甫赛先生读报，我也是其中一个。

报上登着一则轰动一时的凶杀案新闻，伍甫赛先生读得仿佛满头满脸都沾着血污。他对新闻里那些令人毛骨悚然的形容词一个个读得津津有味，他把出庭的每一个见证人都扮演到了。一会儿以受害人的口吻有气无力地呻吟：“我完啦！”一会儿又以凶手的口吻粗声大气地吼叫：“这个仇我非报不可。”一会儿惟妙惟肖地学着我们当地医生的口吻，提出诊断证明；一会儿又扮作听到过格斗声的那个上了年纪的关卡人员，又是哭鼻子又是发抖，吓得瘫作一堆，叫人不由得怀疑这个见证人的头脑是否健全。验尸官被伍甫赛先生演成了雅典的泰门；庭丁则被演成了柯里奥兰努斯[①]。他极其自得其乐，大家都很自得其乐，轻松愉快。就在这种十分惬意的心情下，我们一致认定被告是“蓄意谋杀”。

也一直到这个当口，我才注意到我的对面有位陌生绅士，伏在高背靠椅的椅背上，正在那里冷眼旁观。他脸上露出鄙夷不屑的神情，嚼着自己粗大的食指，把我们的脸一一打量。

伍甫赛先生读完了报纸以后，那个陌生人对他说：“唔！我相信这个案件你该处理得很满意了吧？”

在场的人都吃了一惊，仰起头来看这个陌生人，仿佛他就是那个凶杀犯似的。陌生人却始终用冷淡而挖苦的目光望着大家。

陌生人说：“那你判定被告有罪啰？你就说嘛。说吧说吧！”

伍甫赛先生回答道：“我还没有请教这位先生尊姓大名？不过我认为，被告是有罪的。”大伙儿听得这话，都鼓足勇气，异口同声喃喃而言：“有罪，有罪。”

陌生人说：“我知道你会这么说，我早就知道你一定会这么说。我刚才不就说了吗。不过，我倒有个问题想要请教。不知道阁下了解不了解，根据我们英国的法律，应当认为人人都是清白无辜的，一定要有证据证明——再说一遍，要有证据证明——某人有

① 这两个人物都是莎士比亚同名戏剧中的主角。泰门富贵时宾朋满座，贫贱时遭人白眼，因而厌世隐居；柯里奥兰努斯是一位气势凌人的罗马将军，为一己的私利投敌叛国，卒为敌方所杀。

罪，才可以认为他有罪。”

伍甫赛先生回答道：“阁下，我也是一个英国人，我——”

陌生人冲着他咬着自己的食指说：“说吧说吧！不要回避问题。了解就是了解，不了解就是不了解。究竟了解不了解？”

他站在那里，头侧在一边，身子侧在另一边，摆出一副咄咄逼人的责问架势，伸出食指朝伍甫赛先生一点——好像是特意把他指出来示众似的——点过以后又放在嘴里照咬不误。

他说：“喂！你究竟是了解呢，还是不了解？”

伍甫赛先生答道：“我当然了解。”

“你当然了解。那么你刚才为什么不说呢？”这时伍甫赛先生简直完全受他的摆布，好像该服他管似的，“好吧，我再来请教你一个问题：你可知道这些见证人都还没有经过盘问？”

伍甫赛先生刚刚开口说了一声“我只知道——”，那个陌生人就截断了他的话头。

“什么？你不打算直截了当回答？到底是了解，还是不了解？好吧，我再问你一遍。”说到这里，又伸出食指朝对方一点，“听着。你究竟知道不知道这些见证人都还没有经过盘问？别废话，只要你说一声：知道还是不知道？”

伍甫赛先生答也不是，不答也不是，大伙儿开始不怎么佩服他了。

陌生人说：“回答啊！答不上来我会指点你的。你本来不配我来指点，不过我还是愿意指点指点你。瞧瞧你手里那张报纸吧。报纸上怎么说来着？”

伍甫赛先生朝报纸上瞟了一眼，弄得莫名其妙，只得反问一句：“怎么说来着？”

陌生人极尽讽刺挖苦、故弄玄虚之能事，他继续追逼道：“你刚才念的不就是这张白纸上印着黑字的报纸吗？”

“怎么不是？”

“是就好嘛。那么你再看一看报纸，然后回答我：报纸上是不是说得明明白白，犯人一清二楚地声明，他的几位法律顾问都叫他完全保留辩护权？”

伍甫赛先生申辩道：“这一段现在刚读到。”

“先生，现在刚读到就甭提啦；我可不问你现在读什么。你乐意把主祷文读得倒背如流也不关我的事——要说主祷文嘛，你也许早就背得出，甭等到今天来读了。还是去看看报纸吧。错了，错了，错了，我的朋友——甭去看上栏。你总不见得只有这点见识吧；看底下，看底下。”（大伙儿心想，原来伍甫赛先生还真会打马虎眼呢。）“怎么样？找着了吗？

伍甫赛先生说：“找着了。”

“好，你先仔细读完这一节，然后回答我：那上面是不是说得明明白白，犯人一清二楚地声明，他的几位法律顾问都叫他完全保留辩护权？好，你看是不是这意思？”

伍甫赛先生回答道：“措辞不完全一样。”

那位陌生人刻薄地顶了他一句：“措辞不完全一样！意思是不

是完全一样呢？”

伍甫赛先生说：“一样！”

“好一个一样！”陌生人把右手向见证人——伍甫赛一伸，眼光向满座的人一扫，说道：“现在请诸位评一评吧：这段新闻明明就在这位先生面前，他竟然视而不见，亏他就把一个未经审讯的同胞判定有罪，判过以后亏他还心安理得，能回去睡大觉！”

于是大家都开始怀疑：伍甫赛先生只怕并不是我们原先想象的那种人，他的马脚渐渐露出来了。

陌生人又把食指朝伍甫赛先生使劲一点，继续说道：“诸位可别忘了，就是这种人很可能会给找去做陪审员审理这个案件；就是这种人，担待的是这样人命关天的干系，回到家里骨肉团聚，照样心安理得，睡得着觉——要知道在法庭上他还郑重其事当庭宣誓呢，说是一定要实事求是，为我王陛下审问本案被告，根据人证物证做出公正判决等等，还说如其有违皇天不佑呢！”

大家都深深觉得伍甫赛活该倒霉，谁叫他做得太过了火？他要不是一味逞能，而是适可而止，岂不是好？

那位陌生先生的气派，俨然是一个无可争辩的权威人士，神色之间似乎显出他对于我们每个人的秘密都有所知晓，他若要揭穿谁的秘密，就能叫谁彻底完蛋。他从椅子背后转了出来，走到炉火跟前、两张靠椅之间，站在那儿，左手插在裤袋里，嘴里还咬着右手的食指。

他又扫视了一下我们这一群被他吓得畏畏缩缩的人，说：“根据我得到的情报，我有理由相信，诸位里边有一位是铁匠，名叫约瑟夫——或是乔——葛吉瑞。请问是哪一位？”

乔说：“在下就是。”

陌生人招手叫他过去，乔就走到他的跟前。

陌生人接下去说：“你有个学徒，大家都管他叫匹普，对吗？他来了没有？”

我大声嚷道：“我在这儿！”

陌生人并不认识我，我可认得他，原来他就是我第二次到郝薇香小姐家里去玩儿时在楼梯上遇到的那位先生。他刚才趴在椅子的靠背上时，我就认出他来了；现在他和我面对面站着，一只手搭在我肩上，我便仔仔细细把他的大脑袋、黑皮肤、凹眼睛、又黑又浓的眉毛、大号的表链、满嘴满脸硬邦邦黑乎乎的胡子根，甚至他那只大手上的香皂味，都一一核对无误。

他从从容容打量了我一阵之后，说："我有件私事想和你们两位私下谈谈，一下子又谈不完，我看最好还是到你们家里去谈。至于要谈些什么，我想在这儿还是不要先说；谈过以后，你们愿意不愿意说给你们的亲友听，那就悉听尊便；反正这就与我无关了。"

于是我们三个人就在一片诧异的沉默中走出了三船仙酒家，然后又在一片诧异的沉默中走回家去。一路上，那位陌生人不时对我望上一眼，还不时咬咬自己的食指。到得家门口，乔抢前一步去开了前门迎接客人，似乎表示这是一件了不得的隆重大事。我们在客厅里点起一支蜡烛，便在微弱的烛光下坐下来交谈。

陌生人先在桌子跟前坐定，把蜡烛移到自己面前，看了看笔记本上的几行字，然后放好笔记本，眼睛避开烛光，盯着黑影中的乔和我看了一眼，看清了哪一个是乔，哪一个是我，这才把蜡烛往旁边挪过点儿。

他说："我的名字叫作贾格斯，在伦敦当律师。谁都知道我。我要为你们办一件非同一般的大事，不过先得说明：这件事并不是我想出来的主意。如果当事人事先征求我意见的话，我此刻也不会到这儿来了。可惜事先没有征求我的意见，所以我就来了。我不过是受了人家的委托，要我怎么办我就怎么办。就是这么一回事。"

他坐在那里看不清楚我们，便索性站起来，抬起一条腿，搁在一只椅子的椅背上；就这样，一只脚在椅子上，一只脚在地上，站在那里。

“约瑟夫 · 葛吉瑞，有人要我向你提出，让你和你的这个年轻小学徒解除师徒关系。如果这小伙子要求和你解除师徒合同，为他的前途着想，你该不会反对吧？你如果肯答应，该不会有什么交换条件吧？”

乔睁大眼睛说：“我绝不妨碍匹普的前程，如果我为了这件事讲条件，天理难容！”

贾格斯先生回答道：“你说天理难容虽然表明你一片善心，可是不解决问题。我只是问你有没有什么要求？你究竟有没有什么要求？”

乔一口回绝：“我的回答是：没有。”

我看贾格斯好像瞟了乔一眼，仿佛觉得乔是个傻瓜蛋，否则哪会不存私心。不过当时我又是好奇又是吃惊，紧张得气也透不过来，心里慌张，没有看得真切。

贾格斯先生说：“好极了，你要记住自己的诺言，可不要背转身来就想反悔。”

乔反问了一声：“谁想反悔？”

“我并没有说谁想反悔。你家里养了狗吗？”

“狗倒是养了一条。”

贾格斯闭住眼睛，对乔点点头，好像表示原谅了他的什么过错似的，然后又说："那么请你记住：夸口虽然好，牢靠却更妙[1]。这句话请你记住了，好不好？现在我们再来谈谈这个小伙子的事。我这次来要说的就是：他可以指望得到一大笔遗产。"

乔和我一听这话，吃惊得透不过气来，两人面面相觑。

贾格斯先生伸出指头，横里冲我一指，说道："我受人委托来通知他，他将来可以继承一笔相当可观的财产。这还不算，这笔产业的现主人还要这孩子马上脱离他现在的这个行业，离开此地，去受上等人的教育——总而言之，要把这孩子当作一个要接受遗产的子弟去培养。"

我的梦想实现了；再不是荒唐的幻想，而是清醒的现实了；郝薇香小姐毕竟让我交上大红运了。

律师接下去说："喂，匹普先生，还有几句话，我得给你本人讲。第一，我要声明，委托人要求你永远使用匹普这个名字。我想，让你将来获得一大笔遗产，要你接受这么一个小小的条件，你大概总不会反对吧，不过如果你不愿意，可以趁现在提出来。"

我的心跳得很急，耳朵里嗡嗡直响，好不容易才期期艾艾地回了一声不反对。

---

① 莎士比亚戏剧《亨利五世》第二幕第三场 53—55 行：

别相信任何人：
赌咒值个屁，男人罚誓啥稀奇！
我的心肝，牢靠才是做人的道理。

贾格斯说的"牢靠却更妙"即从"牢靠才是做人的道理"一句演化而来，"夸口虽然好"则是他自己顺口溜出来的。

又：这两句原文是"Brag is a good dog, but that Holdfast is a better"，上下句各包含着一个"狗"字，所以上文贾格斯要先问有没有养狗。

“我晓得你不会反对！第二，我要声明，匹普先生，你这位慷慨的恩主姓甚名谁，本人要严格保守秘密，要等到本人什么时候愿意透露，才会透露。我受权向你说明，当事人希望将来要亲口说给你听。至于这份心愿究竟何时何地可以实现，我不知道，谁也不知道。也许还得过好几年。还有一点要特别和你说明白，你以后跟我来往，绝对不许问起这件事，哪怕是转弯抹角、旁敲侧击地暗示一下此人就是某某也不行。如果你心里有什么怀疑，那也只能在你自己心里怀疑。这条禁忌究竟理由何在，可以不必深究；理由也许十分充足，十分重要，也许不过是想入非非，这都不用你过问。条件都讲清楚了。剩下只有一条，就是要你接受条件，务必遵守；我这都是受了当事人的委托，按照当事人的指示办事，此外再不负其他责任。那个人也就是将来要给你一大笔遗产的人，这件秘密只有那人本人和我知道。再说，你一步登天，交上红运，这样一个条件也并不是什么难以办到的；不过，你要是不愿意，可以趁现在提出来。你说吧。”

于是我又期期艾艾，好不容易才说了一声没有意见。

“我晓得你不会有！现在，匹普先生，条件都谈完了。”虽然他叫我匹普先生，对我也比较友好了些，可是他依旧解除不了那副疑心重重、咄咄逼人的神气，甚至到了现在，他说起话来还是常常闭着眼睛，用手朝我指指点点，神色之间似乎表示，我的种种不良行径他哪一件不知道，只要他一说穿，不怕我不名誉扫地。“接下去我们只要谈谈具体安排的细节就行了。你应当知道，虽然我不止一次使用将来可以继承遗产这种讲法，其实你还不光是将来可以继承遗产。那人已经在我这里存了一笔现款，供你去受适当的教育和维持生活，绰绰有余。你就不妨把我当作你的保护人吧。”他看我要向他表示感谢，就又说：“别，别，我跟你直说，我当差都是收取报酬的，白当差我是不干的。那人考虑到，既然你的身份地位改变了，就得让你好好地受些教育，你应当马上利用这个机会，不要满不在乎，这也毋庸多讲，你自会明白的。”

我说我以前就一直盼望有这么一个机会。

他不客气地说：“你以前盼望什么就甭管了，匹普先生，还是甭扯远了。只要你现在盼望有这么一个机会就行了。你的意思是不是说，你愿意立刻给送到一个合适的老师那里去受教育？是不是这个意思？”

我期期艾艾地说了声：是，是这个意思。

“好的。那么我先来征求一下你自己的意见。注意，我不是认为应当先征求你的意见，我这不过是受人之托。你可听说过有哪一位老师，在你看来比较好些？”

我除了毕蒂和伍甫赛先生的姑奶奶之外，从来没有听说过还有什么老师，于是就回说没有。

贾格斯先生说：“我倒知道有位老师，看来也许适合你的要求。不过请你注意，我并不是向你推荐这个人，因为我是绝不推荐人的。我说的是一位叫马修·朴凯特的先生。”

啊！我马上就明白了这个人是谁。原来是郝薇香小姐的亲戚。

就是卡密拉夫妇谈起过的那位马修。多早晚郝薇香小姐咽了气，穿着新娘礼服停放在那张喜筵桌上，就是这位马修得站在她的头前。

贾格斯先生问道："你知道这个人吗？"说着狡猾地望了我一眼，然后闭着眼睛，等我回答。

我回答说，我听说过这个人。

他说："噢！你听说过这个人！不过问题在于，你觉得这个人怎么样？"

我就回答他——或者还不如说，我就打算回答他：我非常感谢他推荐这位——

他立刻打断我的话，慢吞吞地摇着大脑袋说："不行，年轻的朋友！再想一想！"

我哪里还想得起来，便又说，我非常感谢他推荐这位——

他又连忙打断我的话，大摇其头，又是皱眉又是微笑，说："不行，年轻的朋友，不行，不行，不行；你真有一手，可是不行啊；你还太年轻，休想引我上钩。'推荐'这个词儿用得不对，匹普先生。另外想个词儿吧。"

我连忙改正说，我非常感谢他提到马修·朴凯特先生——

贾格斯先生嚷道："这才差不离！"

我又接着说：我很乐意找那位老师去试一试。

"好极了。你最好找上门去试一试。我会替你想办法，你可以先到伦敦去看看他的儿子。你打算什么时候上伦敦？"

我说（同时瞟了乔一眼，见他一动不动，只顾在一旁看着），大概马上就可以动身吧。

贾格斯先生说："你得先做几件新衣服，可不要工作服。定在下星期的今天动身吧。你做衣服需要钱。要不要我给你留下二十个畿尼？"

他满不在乎地掏出一个长长的钱袋，数了二十个畿尼放在桌上，推到我的面前。到这时候他才把搁在椅子上的腿放下来。他把钱推过来以后，便叉开两条腿坐在椅子上，一面晃着钱袋，一面瞅着乔。

"怎么啦，约瑟夫·葛吉瑞？你好像愣住了？"

乔斩钉截铁地说："是愣住了！"

"你刚才还说过你没有什么要求哩，可还记得？"

乔说："刚才说过。现在还是这么说。将来一辈子都是这么说。"

贾格斯先生晃晃钱袋，说："不过，如果我的当事人委托我送你一笔钱作为补偿，你怎么说呢？"

乔问："补偿我什么？"

"他不替你干活了，因此要补偿你的损失。"

乔温柔得像个女人似的，把手轻轻搭在我肩上。从那以后，我就时常觉得乔这个人强中有柔，简直像个汽锤——有时一锤砸下来可以砸得死人；有时却连个鸡蛋壳儿都不会碰碎。乔说："让匹普放下活儿去过荣华富贵的生活，我是最高兴不过的，我真高兴得不知怎么说才好呢。不过，你要是认为金钱补偿得了这个孩子——补偿得了铁匠铺的损失——补偿得了我这个一直跟我最好的好朋友，那你就错了！”

我的亲乔，我的好乔啊！当初我竟一心一意要离开你，对你真太忘恩负义了，现在我仿佛又看见了当时的你，你那铁匠的强壮的胳膊掩着泪眼，你那宽阔的胸膛剧烈起伏，你的话音也愈来愈低，终至语不成声。我那一片赤诚、多情多义的亲乔好乔呀，我还感觉到你搭在我胳膊上的那只手满含着深情，在嗦嗦发抖，简直就像天使的飒飒作声的翅膀一样，至今令我肃然起敬！

可是我当时却一味劝乔别难过。这都是因为我醉心于未来的好运，身在茫茫大雾之中，迷途失向，哪里还找得着我们一块儿走过的羊肠小道！我只顾恳求乔把心放宽些：既然他说，我们一直是最好的好朋友，那么我说，今后我们也一定永远是最好的好朋友。乔却只顾用那只闲着的手一把一把抹眼泪，恨不得把眼珠子都要挖出来似的，可是再也没说一句话。

贾格斯先生冷眼旁观着这一幕，似乎把乔看作一个乡下白痴，把我看作这白痴的看守人。他看完这一幕，就把那早已不再晃动的钱袋拿在手里掂了掂分量，说：

“喂，约瑟夫·葛吉瑞，我提醒你，现在是你最后的机会了。别跟我半真半假耍手段啦。我受人之托，带了一笔礼来送给你，如果你有意接受，只要你说一声，我马上给你。如果你认为——”说到这里，只见乔突然向他做出种种摩拳擦掌的姿势，简直像个凶狠的拳击师模样，他大吃一惊，连忙把话咽了下去。

乔大声嚷道：“照我看是这么着：如果你是存心到我家里来拿

我当猴儿耍，那你就过来！我看就是这么着：你要是个堂堂男子汉，你就过来！我看就是这么着：我不跟你闹着玩儿，有种的站出来，没种的滚到一边去！”

我把乔拉到一旁，他马上就平了气，只是亲亲切切地跟我说，他可不能让人家在他家里拿他当猴儿耍；借这句话也向有关人士客客气气打了个招呼，表示了规劝之意。贾格斯先生一见乔摩拳擦掌，早就离了座位，退到门口去了。他不想再走进来，就在门口发表了他的告别辞，全文如下：

“唔，匹普先生，你既然就要成为上等人了，我看你还是愈早离开这儿愈好。一准在下星期的今天动身，到时候你会拿到我的印有地址的卡片。到了伦敦，可以在驿站上雇一辆出租马车，直接赶到我那儿。你要明白，这件事我是受人之托，我自己反正什么意见都不发表。人家出了钱叫我来办事，我就照办。这一点你可得明白。你可得明白！”

他说这话时，一直用食指不停地指着我们两个。要不是担心乔会闹出乱子来，他一定还有话要说下去，绝不会撒腿就走。

我顿时想起一件心事，便追到三船仙酒家去，因为他雇的马车就停在那里等他。

“对不起，贾格斯先生！”

他掉过头来说：“啊！怎么啦？”

“贾格斯先生，我想我什么事都应当遵照您的指示，办得妥妥帖帖，因此有件事我想最好还是先向您请教一下。在我动身以前，您看我是不是可以去同附近的熟人话别一番？”

他说：“可以。”不过看他那副神气，仿佛弄不明白我问这话是何用意。

“我的意思不光是同本村的熟人告别，还想到镇上去一趟，行吗？”

他说：“行，可以去。”

我谢过他，就奔回家去，到得家里，只见乔已经锁上前门，走出客厅，坐在厨房里的火炉跟前，双手一边一只搁在膝盖上，两眼目不转睛地瞧着那烧得通红的煤块。我也在火炉跟前坐了下来，一个劲儿地瞅着炉子里的煤块。半晌两人没说一句话。

姐姐还是靠在她那张软椅里，待在火炉一边，毕蒂坐在炉前做针线，毕蒂的旁边是乔，乔的旁边是我，我靠着火炉的另一边，和姐姐面对面。我愈是看着那些烧得通红的煤块，就愈是不忍心对乔看一眼；我愈是沉默下去，就愈是觉得说不出话来。

最后，我才逼出一句话来：“乔，你告诉毕蒂了吗？”

乔回答道：“没有，匹普。还是你自己告诉她吧，匹普。”乔依然望着炉火，紧紧地按住了两个膝盖，仿佛他获得了秘密情报，知道两个膝盖打算要逃走似的。

“我倒觉得还是你告诉她好，乔。”

乔说：“好吧，我说。匹普成了个有钱的上等人啦，愿上帝保佑他！”

毕蒂放下针线瞧着我。乔按住两个膝盖瞧着我。我一双眼睛同时瞧着他们两个。沉默了片刻，他们便都热烈地向我祝贺，可是使我不快的是，这祝贺之中却透出几分伤心的滋味。

我提醒毕蒂（提醒毕蒂也就顺带提醒了乔）要牢牢记住，千万不要去打听，也不要去议论这位成全我交上好运的恩人是谁；我认为他们两个既然是我的朋友，就有义务严格做到这一点。我说，一旦时机成熟，自会真相大白，目前什么也不要说出去，要说也只能说有一位神秘的恩主做了安排，我有指望继承一大宗遗产。毕蒂重新拿起针线，若有所思地朝着炉火点点头，说她一定会多多留神；乔依然按着两个膝盖不放，说："当然，当然，我也会同样留神，匹普。"说完，他们又向我祝贺起来，然后又表示自己是如何如何惊奇，想不到我居然也要做上等人了，这种话可真叫我听了不高兴。

于是毕蒂又不知费了多少心机，设法让我姐姐多少也知道一些情况。我有十足的把握认为毕蒂完全是白费气力。只见姐姐哈哈大笑，一连不知点了多少次头，毕蒂说一声"匹普"，她也跟着说一声"匹普"，毕蒂说一声"财产"，她也跟着说一声"财产"。我看不过是像竞选演说一样人云亦云地乱嚷一阵罢了，有什么意义？她那种昏天黑地的精神状态，我再也想不出更好的比喻来描画了。

我要不是有亲身的体验，本来是说什么也不会相信的：眼看乔和毕蒂又愈来愈心情欢畅了，可是我却一肚子的郁郁不乐。这次交上好运，要说我对此有什么不满，当然不会；很可能是我自己对自己不满，只是当时自己也不十分明白罢了。

总之，我坐在那里，胳膊肘搁在膝盖上，手托着腮帮，怔怔地望着炉火，他们两个则在一边谈论，说是我就要走了，没有了我怎么办，等等，等等。只要一见他们中有谁瞧着我（他们两个老是要对我瞧，尤其是毕蒂），尽管神情异常愉快，我也以为这是他们对我有所猜疑，因此很生气。其实天知道，他们无论在言语上，行动上，都从来没有这种意思。

遇到这种情况，我往往就要站起来走到门口去闲眺，因为从我们家的厨房门口可以望见外边的夜色，在夏天的夜晚，为了通风，厨房门总是开着的。不瞒你说，那天我抬头望着满天星星，我觉得这些星星都不过是些贫苦下贱的星星，因为这些星星照见的无非是些和我朝夕相处的乡野景物。

后来大家坐下来吃乳酪面包加啤酒当晚饭，我说："今天是星期六晚上，再过五天，就是我动身的前夕了！五天光阴是过得很快的！"

乔把嘴唇凑在啤酒杯上，瓮声瓮气地说："是啊，匹普，过得很快的。"

毕蒂说："只是一眨眼的工夫。"

"乔，我在想，下星期一我到镇上去做新衣服，还是关照裁缝做好了就留在铺子里等我去穿，要不就送到潘波趣先生家里去。要是拿回来穿，让村里人张大眼睛盯着我看，怪不好意思的。"

乔把面包连同乳酪放在左手掌心里用心切着，又瞟了一眼我那一份分毫未动的晚餐，似乎想起了当年我们比赛谁吃得快的情景，他说："匹普，胡波夫妇也许想看看你那副上等人的气派呢。伍甫赛先生可能也想看看。三船仙酒家说不定还会当作一件体面事呢。"

"乔，我正是为了不愿意让他们看呀。让他们看见了准会胡闹一气，什么粗俗下流的事儿都闹得出来，那可叫我受不了。"

乔说："啊，匹普，这也说得是。既然你受不了——"

毕蒂坐在那里喂姐姐吃晚饭，听得这么说，也向我问道："那你打算什么时候穿给葛吉瑞先生看，穿给你姐姐和我看呢？你总要穿给我们看看吧？"

我很不愉快地答道："毕蒂，你的头脑也真机灵，我可是甘拜下风了！"

（乔说："她一向机灵。"）

"毕蒂，你何必这样心急呢，刚才我正打算对你们说呢：不定哪一天晚上——很可能就是在我动身的前一天晚上——我会把衣服打个包拿回来给你们看的。"

毕蒂没有再说什么。我算是宽宏大量原谅了她，过一会儿就亲亲热热地向她和乔道了声晚安，上楼去睡觉了。走进自己的小卧室，坐下来打量了好半天，觉得它实在狭小简陋，而我马上就要身价百倍，和它永远分手了。不过，这间小屋子却也叫我想起童年的好多事情，记忆犹新。可是我同时又感到心慌意乱，彷徨不定——究竟是这间小屋子好呢，还是我即将去住的上等套房好？这种彷徨不定的心情我过去也常有的：究竟是铁匠铺好呢，还是郝薇香小姐的庄屋好？毕蒂好呢，还是艾丝黛拉好？

这阁楼顶上成天晒着亮堂堂的太阳，到现在还是暖烘烘的。打开窗户，站在窗口向外面一看，只见乔从楼下黑洞洞的门里慢吞吞走了出来，在外边徘徊了一阵，接着又看见毕蒂走来，把个烟斗递给他，还替他点上了火。乔平常从来不在这样晚的时候抽烟；可见他今天不知为何心里不痛快，需得抽袋烟解解闷儿。

于是，他就站在门口抽起烟来，毕蒂也站在那里，悄悄地和他聊天，我正好就在他们上面，听见他们两个一再怜惜地提到我的名字，就知道是在谈我。他们的话我即使听得清楚，也实在不想再听下去，于是便离开窗口，在床边唯一的一张椅子里坐下，心里又是悲哀，又是诧异——怎么交上好运的头一天晚上，就感到从来没有过的寂寞凄凉呢！

向开着的窗外一望，看见袅袅的轻烟缭绕窗前，那是乔在下面抽烟斗，我把这当作乔对我的祝福——不是来缠我扰我，也不是来撩我逗我，这一片轻烟就是这样弥漫在我们俩共同呼吸的空气里。吹灭了蜡烛，上了床；谁知床也变成了一张很不舒适的床，再也休想像往常那样躺在上面睡得又甜又香了。

第十九章

第二天一大早，我的人生远景便顿改旧观，被晨光照耀得灿烂辉煌，完全变了个样儿。只是一想到还得过六天才得动身，就担心之至，唯恐这六天之内伦敦万一遭到什么意外变故，等我到得那里，或则仅见残垣断壁，或则早已影踪全无，那岂不扫兴！

乔和毕蒂听见我谈起分手在即，就显得分外热情亲切；不过，我不提他们也就不提。吃过早饭，乔从客厅的柜子里拿出师徒合同，我们一块儿把它扔进火里，我感觉到从此自由自在了。解除了束缚，自有一种异乎寻常的感觉，便跟乔上教堂去，心想，要是那位驻堂牧师知道了这一切经过，那么，富人进天堂比骆驼穿针孔还难那一段话[①]，大概也不会再念了吧。

早早地吃过中饭，一个人出去溜达，打算到沼地上去走一遭，做一次最后的告别，从此和它各不相涉。走过教堂门口，禁不住想起那些可怜的人儿逢星期天就得上这个教堂，一辈子就是如此，到最后就默默无闻地长眠在这一大片绿草萋萋的矮土墩里，想到此处，一种高尚的同情之心油然而生（上午做晨祷时我就有过这种心情了）。我许下心愿，总有一天要给他们一点好处；我还大致有了个打算，要请我们全村的人吃一顿饭：烤牛肉，葡萄干布丁，半斤麦酒，表表我的一片善心。

假如说从前一想到我和那个逃犯打过交道，一想到亲眼见过他在这些坟堆里一瘸一拐地行走，我就难免有些羞耻之感，那么，在今天这样一个星期天，来到这里，触景生情，想起了那个衣衫破烂、浑身发抖、戴着脚镣、显然犯了大罪的家伙，我的心情该是多么难说难描啊！好在我有的是聊以自慰的想法：那都是长久以前的事了，那个人早就被押送到天涯海角去了，我何妨当他死了？何况，说不定他也当真死了！

从今一别，再也看不见那潮湿的洼地了，再也看不见那一道又一道的堤坝和闸门了，再也看不见那吃草的牛群了——这些呆头呆脑的畜生，今天似乎也显得恭敬了些，还掉转头来，盯着我这个将来要继承一大笔遗产的人物瞧了个够呢——再见了，我童年时代

① 事见《新约·马太福音》第十九章二十四节。

的乏味的朋友啊，我就要投奔伦敦，平步青云了；到了那儿，便再也不会做铁匠，再也不会与你们为伍了！我兴高采烈地赶到古炮台跟前躺下，心里琢磨着郝薇香小姐究竟是否有意把艾丝黛拉许配给我，想着想着就睡着了。

醒来发现乔正坐在我身边抽烟，不禁大吃一惊。他一看见我睁开眼睛，就笑逐颜开地招呼我：

“匹普，我不愿意放过这最后一次机会，所以跟在你后面来了。”

“乔，你这可叫我太高兴了。”

“谢谢你，匹普。”

我跟他握过手，又说：“亲爱的乔，请你放心，我永远不会忘了你的。”

乔以快慰的口吻说道：“当然，当然，匹普！这我放得了心。真的，真的，老朋友！其实呀，只消心里想开了，也就放心了。可是我心里一时却想不开，因为这个变化实在太突然了，你说是不是？”

不知什么缘故，乔这样放心得下我，倒反而使我不太高兴。我倒宁可他大动感情，或是说句“匹普，你这一下可体面啦！”这一类的话。因此对于乔说的第一点，我没有发表意见，只是谈他的第二点，说是这一次的确事出突然，不过我一直想做上等人，也常常在那里盘算，我要做了上等人，我就打算干些什么。

乔说：“你真常常这么想吗？奇怪！”

我说："乔，现在看来很遗憾，只可惜我们在这儿学习的时候，你的进步未免太少了点，你说是不是？"

乔回答道："唔，我也说不上来。我太笨。我只会干我自己的老本行。我笨到这个地步，一直都觉得是个遗憾，不过你要明白，一年前的今天就是这样，并不是现在看来才特别觉得遗憾！"

我本来的意思是说，等我将来遗产到了手，就能够给乔一些好处，那时候他身份地位升高了，要是文化教养也能够提高一些，岂不是好得多吗？谁知他完全不理解我的意思，因此我想，还不如去说给毕蒂听吧。

回家喝过茶以后，就和毕蒂一同到小巷旁边的小花园里去散步；为了叫她高兴，先和她说了几句开场白，说是永远不会忘记她，然后就提到我有件事要请她帮忙。

我说："毕蒂，也不是什么别的事，希望你尽量抓住机会，要帮着乔有点长进才好。"

毕蒂怔怔地望着我，问道："怎样帮他长进？"

"喏！乔是一个又可亲又善良的人——说实在话，我看打起灯笼来也找不到第二个——可惜他有些方面很欠缺。譬如说，毕蒂，他在读书写字和礼貌规矩方面就很欠缺。"

我一面说，一面望着毕蒂，等我说完了，毕蒂眼睛睁得老大，却没有望我一眼。

毕蒂随手摘下一片黑醋栗的叶子，说："他的礼貌规矩！你是说他的礼貌规矩不行喽？"

“亲爱的毕蒂，在我们这一带当然满行啦——”

毕蒂一个劲儿地瞅着自己手里的黑醋栗叶子，打断了我的话，说：“哦！在这一带满行啦？”

“你听我讲完——我打算等我财产完全到了手，就要抬举抬举他，那时候乔生活在上等社会里，他这种礼貌规矩就要招人怪了。”

毕蒂问道：“你以为他没有自知之明吗？”

她这一问，可真气坏了我（因为我做梦也没有想到她会问出这种话来），我不由得暴躁地说：“你这话是什么意思，毕蒂？”

毕蒂已经把手里那片叶子搓得粉碎（从那次起，我一闻到黑醋栗的气味，就想起那天傍晚在我们小巷旁边小花园里的种种情景），她说：“难道你就没有想到过他也可能有他的自尊心？”

我以鄙夷的口吻，故意加重了语气反问一句：“自尊心？”

毕蒂一双眼睛直盯着我，她摇了摇头，说：“可不是！自尊心有多种多样，各人的自尊心不都是一个样——”

我问：“怎么啦？干吗不说下去？”

毕蒂又接下去说：“各人的自尊心不都是一个样。说不定他有他的自尊心，他干得了他那一行，而且又干得很好，人家都看得起他，谁要叫他扔了那一行，他也许倒不乐意呢。不瞒你说，我看他就是这样，我这句话可能说得太冒昧，因为你对他一定要比我了解得多。”

我说：“唔，毕蒂，听了你这番话，真使我遗憾。想不到你竟有这种想法。毕蒂，你这是嫉妒，心里有气。你看见我交上了好运，心怀不平，情不自禁地就流露出来了。”

毕蒂回答道：“只要你对得起良心，你尽管说吧。只要你良心上过得去，你要说上十遍八遍也由你说吧！”

我用自命正直、盛气凌人的口吻，说：“毕蒂，只要你良心上过得去，你只管发泄吧，你索性在我身上出气出个痛快吧。看到你这样，我很遗憾，这真是——这真是人类的劣根性。我本想请你等我走了以后帮着乔长进，一分一秒的机会都不要放过。现在你既是这样说，我也没有什么要求了。”然后我又重复了一遍：“毕蒂，看到你这样，我实在遗憾到极点。这真是——这真是人类的劣根性。”

可怜的毕蒂回答道：“不管你骂我也好，捧我也好，我还是请你放心：只要我办得到的事，我在这里总会尽力去做。不管你临走时把我看成一个什么样的人，我绝不会因此而就不惦记你。不过，做上等人也不应该瞎冤枉人。”毕蒂说完，便掉过头去。

我又气愤愤地说，这是人类的劣根性（这种说法我用在这里当然不对，不过我认为我这种见解还是不错的，这在后来就得到了证明），接着我就撇下毕蒂，顺着小径走了。毕蒂进屋去了，我走出了小花园，垂头丧气地独自散步，到吃晚饭时才回家；心里又觉得既悲哀，又诧异：怎么我交上好运的第二天晚上竟又像头天晚上一样寂寞凄凉，大不如意呢？

可是晨光一露，我又乐观起来了。我宽恕了毕蒂，这件事彼此都搁过不提。我穿上最讲究的衣服，一大早就到镇上去，估量着赶到那里，街上的店铺已经开门营业。到得特拉白裁缝的铺子里，他还在后面客厅里吃早饭，看见我来了，认为不值得劳他的大驾走出来迎接我，就招呼我走进去。

特拉白先生以熟不拘礼的口吻打了个招呼：“嗨！你好吗？有什么事要我效劳吗？”

特拉白先生已经把他滚热的面包切成了三层羽绒褥垫[①]，正在夹层里涂黄油，涂得密密满满。他是个混得很得法的老鳏夫，打开的窗子外是一座小小的茂盛的花果园，靠壁炉的一边墙壁上装着一只阔绰的铁保险箱，我相信他的成堆成堆的金银一定就是用一只又一只的袋子盛着，放在这保险箱里的。

我说：“特拉白先生，这件事我真不乐意讲，怕你听了当我吹牛；不过嘛，我还是得告诉你：我已经到手一笔可观的财产了。”

特拉白先生顿时变了个人。他已经忘了涂黄油，丢下面包就站起来，用桌布抹了一下手指，大嚷一声：“哎哟哟！”

我漫不在意地从口袋里掏出几个畿尼，望了一眼，说：“我就要上伦敦去见我的监护人，须得做一套时装穿了去。”接着又找补了一句：“我打算先付定洋，给你现款。”生怕他拿不到现款，答应了不做。

---

① 此句脱胎于《奥赛罗》第一幕第三景 230—232 行：

> 威严无上的议员们，暴君的积习
> 早为我把那冷冰冰的钢骨行军床
> 变成了铺着三重羽垫的软榻。

故“三层羽绒褥垫”一般用以状写豪华舒适的生活，这里兼写上好面包的形状。

特拉白先生恭恭敬敬弯下腰来，张开两条胳膊，居然放肆地在我两边手拐上碰了碰，说："亲爱的先生，甭提什么钱不钱吧，叫我怪不好受的。我可以冒昧向你道贺吗？好不好请劳步到店堂里去说话？"

特拉白先生店里雇用的那个小厮是我们那一带最最胆大包天的一个小伙子。刚才我进店时，他正在扫地，干苦差使偏要寻个开心，竟把垃圾都向我身上扫。等我和特拉白先生从里屋出来，他还在那儿打扫，拿着一把扫帚捅遍了所有的大小角落，把一切碍事绊脚的东西都敲打遍了，据我看他简直是在显示他打铁的功夫可以跟古往今来的任何铁匠较量。

特拉白先生铁板着脸说："小声点，你要是再这样，我就敲掉你的脑袋！"又对我说："先生，赏光请坐吧。"于是拿下一匹衣料，飘飘荡荡地铺开在柜台上，然后用手托在下面，亮了亮料子的光泽。他说："这是一种很讨人喜欢的料子，先生，我特意向你郑重推荐，顶呱呱的上好货色。不过我还可以给你多看几种。喂，去把四号给我拿来！"（他这一句话是对小厮说的，还凶神恶煞似的瞪了那小厮一眼，似乎预料到那个小坏蛋把料子搬过来的时候可能会在我身上撞一下，或有其他轻佻的举动，所以先给他一个警告。）

特拉白先生严厉的目光紧紧地盯着小厮，直到小厮把四号料子搬来放在柜台上，站到安全距离之外，这才放心。接着又吩咐小厮去搬五号和八号料子。特拉白先生说："你这个小流氓敢在这儿捣一下蛋，我叫你吃不了兜着走，看你后悔一辈子！"

特拉白先生接着就俯下身子看着四号衣料，摆出一副恭敬而又恳切似的样子向我介绍说，这是一种轻巧的夏季衣料，在贵族和上等人圈子里非常流行，他以后只要一想起有个不同凡响的同乡（如果他能够冒昧和我攀同乡的话）穿过这种衣料，就会觉得面子上很有光彩。特拉白先生介绍过四号衣料以后，又对小厮说："混账东西，还不快去拿五号和八号，难道要我一脚把你踢出店门，自己去拿不成？"

我参照了特拉白先生的意见，选好了一套衣料，又走进客厅去量尺寸。特拉白先生虽然早就晓得我的衣服尺寸，对这个尺寸以前也一直十分满意，可是这一回却抱歉地说："照眼前的情形看来，那个尺寸是不行了，先生，根本不行了。"于是特拉白先生在客厅里替我一边量，一边计算，简直把我当作了一块地产，而他自己就是个最优秀的测量员，为此他真是不辞千辛万苦，我不禁想道：他量一套衣服要费这么大力气，做出再好的锦衣美服只怕也是得不偿失呢。最后总算量好，和我约定星期四晚上把衣服送到潘波趣先生家里去，然后手按着客厅的门锁说："先生，我知道伦敦的上等人大都不肯光顾我们本地的手艺；不过，如蒙不弃同乡之谊，常常来光顾光顾，那就是我的莫大荣幸了。再见，先生，万分感谢。——门！"

他最后一句话是吆喝那个小厮的，意思是叫开门，那小厮却并没有领会这个意思。等到他的主人搓手赔笑把我送出店门，我看见那小厮已经吓得骨软筋酥。我这才第一次毫不含糊地理会到了金钱的威力之大，原来连特拉白的小厮也招架不住，只好认输。

我办好这件大事，又上帽子店、鞋子店、袜子店去，觉得自己简直像胡巴德大妈的那条狗，置办一套配备得请教那么许多铺子[1]。又到驿站上去，预订了星期六早上七点钟开出的马车座位。我也不必每到一处就说我发了一笔大财；可是，只要我一提到这件事，柜台里的那位老板反正就不再望着橱窗外的大街出神了，而会马上把全副注意力都集中到我身上来。一应物品订全之后，我就向潘波趣家而去；到他宝号跟前，见他早已站在门口等我了。

他等我已经等得很不耐烦了。原来他那天一大早坐着马车出去，路过铁匠铺，就听到了我的消息。他在那间表演过《巴恩威尔》的客厅里已经给我准备了茶点；我这样一位尊贵的人物一走进去，他也吩咐伙计“别挡着道儿”[2]！

这时客厅里只剩了潘波趣先生，我，还有茶点。潘波趣先生便握住我的双手，说：“我亲爱的朋友，你交了好运，我真高兴。你理所应得，理所应得！”

这句话说得很得体，我看确实不失为识时务者表明态度的好办法。

潘波趣先生哼着鼻子对我讲了几句羡慕的话以后，便说：“一想起我当初聊尽犬马之劳，成全了你今天的发达，我就深感有幸，

① 胡巴德大妈是莎拉·卡德林·马丁（1768—1826）所作儿歌中的人物。儿歌凡十四首，内容大致是说：胡巴德大妈要给她的狗找根肉骨头，一看食橱里空空如也。为了给她的狗采办各种货物，她一趟又一趟地跑了许多铺子。

② 原文用括号，似系引用剧中的台词。

不胜快慰之至。”

我请求潘波趣先生千万记住，这事不可再提，连口风也露不得。

潘波趣先生说：“我亲爱的年轻朋友，假使你允许我这么称呼你的话——”

我咕哝了一声：“当然可以。”于是潘波趣先生重又抓住我的一双手，他的背心也随着起伏不已，俨如动了真情，只可惜这一起一伏的地方并不是心房，而是远在心房下边的肚皮。他说：“我亲爱的年轻朋友，请你放心，你走了以后，我一定竭尽绵薄，让约瑟夫牢牢记住这件事——约瑟夫！”潘波趣先生这句话是起誓的口吻，怜悯的声调。他又连喊了两声：“约瑟夫啊，约瑟夫！”说完便大摇其头，还用手敲敲脑袋，表示他了解约瑟夫的缺陷何在。

潘波趣先生说：“不过，我亲爱的年轻朋友，你一定饿了吧，你一定累了吧。请坐吧。这一只仔鸡是从蓝野猪饭店买来的，这条舌头是从蓝野猪饭店买来的，这一两件小点心也是从蓝野猪饭店买来的，希望你别看不上眼才好。”潘波趣先生刚坐下去又站起来，说：“我面前的这位官人，在他幸福的童年我不是还逗着他玩儿过吗？我可不可以——我可不可以——？”

他所谓“可不可以”，意思是说，可不可以跟我握握手。我表示可以，他就狂热地和我大握其手，然后重新坐下。

潘波趣先生说：“这里有酒，我们来喝酒吧。让我们向命运女神致谢，但愿她往后挑选起她的宠儿来，都能像这次一样有眼光！”潘波趣先生说到这里又站起来，“有这样一位幸运的官人在我面前，给这样一位幸运的官人举杯敬酒——我实在不能不再请问一声——我可不可以——我可不可以——？”

我说，可以，于是他又跟我握手，拿起酒杯一饮而尽，随即把酒杯底儿朝天一亮。我照样干了一杯，谁知酒一下肚，酒力立即上冲头脑，我看我在喝酒以前即使先来个两脚朝天倒竖蜻蜓，大不了也不过是这样头昏眼花罢了。

潘波趣先生把肝翅[1]和舌头的精华部分都敬给我吃（再也不像当年那样专拣猪身上那些不尴不尬的部位给我吃了），相形之下，他对自己的口腹就一点也不照应了。他还指着盆子里的鸡，感慨系之地说：“啊！鸡呀鸡！当你还是个小雏儿的时候，你哪里想得到自己未来的命运！哪里想得到要在寒舍成为一碗菜肴，给这样一位……你不妨认为这是我的一个毛病吧，”潘波趣先生说到这里，又站起来问我，“我可不可以——我可不可以——？”

点头称可的例行手续，看来已经多余了，所以他说着马上就来跟我握手。他几次三番来这一套，怎么没有被我手里的餐刀割痛了手，我实在想不明白。

他扎扎实实吃了几口，这才接下去说：“还有你的姐姐，她一手带大了你，面子上多有光彩！不过替她想想也可怜，挣到了这份光彩却不能充分领会。可不可以——”

我一看他又要伸过手来，便连忙打断他说：

---

① 肝翅：家禽或野味的右翅，以肝塞在翅下一同烹制。

“让我们为她的健康干杯吧。”

潘波趣先生大嚷一声“这才对啦！”身子随即向后往椅子里一沉，这一阵连赞带叹，早已累得他精疲力竭，接下去他又说：“这才是有情有义，阁下！”（我不知道他这一声“阁下”叫的是谁，不过肯定不是叫我，而屋子里又没有第三个人！）“这才是个心地高尚的人，阁下！总是那么体谅人，那么殷勤待人。”这位奴颜婢膝的潘波趣先生连忙放下他那杯碰也没有碰过的酒，重新站起来说，“在凡夫俗子看来，也许会觉得我唠里唠叨——可是我还想说一遍，可不可以——？”

他和我握过手以后，便重新坐下，为我姐姐干杯，说：“她动不动就发脾气，对她这个错误我们当然绝不能视而不见，不过，她总也是出于一片好心吧。”

大概就在这时候，我注意到他脸上渐渐红起来了，我自己也似乎满头满脸都渍在酒里，火烧火辣。

我对潘波趣先生说，等我的新衣服一做好，打算先送到他家里搁一搁；他一听我这样抬举他，高兴得简直得意忘形。我又向他讲明理由，说我这样做，是为了免得拿到村里去惹人注目；他大为赞成，把我这个打算捧到了天上去。他说，除了他之外，什么人也不值我信任；又说——总而言之还是那句老话，他可不可以？接着，又疼爱备至地问我可还记得小时候跟他一块儿做算术游戏，可还记得大家一起上法院去替我办理拜师手续，总之，无非是要问我可记得他始终是我心心相印的知己，是我最难能可贵的朋友？我喝的酒即使加上十倍，我也不会糊涂到那种地步，我可绝不承认他跟我有过那么好的交情，我的心坎深处也万万容不下这种想法。可是尽管如此，我记得有一点当时还是给他说得动了心：我认为我以前的确对他误解太深，认为他其实倒是个卓有见识、注重实际、心地善良的大好人。

他逐渐把我当作了无话不谈的密友，到后来把自己的买卖也提出来向我请教了。他说，现在倒是有个机会，只要能把店铺门面扩大一下，就可以把粮食和种子这两行合而为一，由他垄断；这种事无论在我们那一带，还是在附近其他地区，都是空前未有的创举。他认为万事俱备，只要增添资本，管保财运亨通。就是这么几个轻巧的字儿："增添资本"。在他（潘波趣）看来，假使谁愿意投资，做一个不出面的股东（所谓不出面的股东，就是说，什么事都可以不用操心，什么时候高兴来就来一趟，或是派个代理人也行，只要查查账目，每年两次把高达百分之五十的盈利装进腰包就是了）——总之，在他看来，这是一位有胆识、有资财的年轻绅士大展宏图的绝好机会，值得考虑。只是不知我意下如何？他很倚重我的意见，不知道我意下如何？我随即发表我的高见："过一阵再说！"我这个意见含义既极深远，态度又极明确，他一听大为感动，就再也不问可不可以跟我握手，而是说非跟我握手不可，于是又跟我握了一次手。

我们把酒都喝光了，潘波趣先生一而再、再而三地保证一定会使约瑟夫够得上水平（我不知道是什么水平），而且要随时为我大力效劳（我不知道效的是什么劳）。还向我表白一番，说是他在别人面前不提我则已，一提起我总是说："那孩子不同于寻常一般的孩子，你瞧着吧，他走起运来也不同于寻常一般的走运。"他这句话我当然是生平第一次听到，可真难为他保密保得这样好，到今天才讲出来。他微笑中透出泪花，对我说，现在想起来真是稀奇，我也说实在稀奇。最后我走到屋外，迷迷糊糊，只觉得今天这阳光照在身上也和往常有些不一样；昏昏欲睡中不辨路径方向，只顾走着走着，不知不觉来到了关卡跟前。

这时忽听得潘波趣先生在背后喊我，我才清醒过来。只见阳光普照的街上，他在老远的那头，向我做出种种富于表情的姿势，叫我站住。我就站住，等他气喘吁吁地赶上来。

他缓过气来以后，就对我说："这可不行啊，我亲爱的朋友，这叫我怎么受得了？如此良辰岂能草草过去，你也得和我亲热亲热才走呀。——我是你的老朋友，一心指望你好，我可不可以？可不可以？"

于是我们又握了一次手，少算也该有百来次了。接着，他又横眉怒目地向一个挡着我道儿的年轻马车夫吆喝了一声，叫他为我让路。最后他又为我做了临别的祝福，站在那里向我频频挥手，一直挥到我拐弯。我走到旷野里，在一排树篱下面睡了好大一会儿才赶回家去。

我要带到伦敦去的行李很少，因为我本来就没有什么衣物，现在身份地位一改变，合用的东西就更是微乎其微了。可是我心里老是无端担心，觉得一分一秒钟也耽搁不得，因此当天下午就动手收拾，而且糊里糊涂把明知第二天一大早还要用的东西也打进了包裹。

这样，星期二，星期三，星期四，一转眼都过去了；星期五早上到潘波趣先生家里去，准备换上了新装，便去拜访郝薇香小姐。潘波趣先生特意把他自己的住房让给我换装，屋里挂了好几条洁净的手巾，无疑是专为这件大事而置备的。不用说，我穿上新衣，有点扫兴。大凡自从人类穿上衣服以来，眼巴巴地等着穿新衣的人，等到新衣上身，都难免有些不尽如意之处。我穿上新衣，在潘波趣先生的那架小小穿衣镜跟前照来照去，为了要看看自己的两条腿，摆出无穷无尽的姿势，结果都是白费力气，这样足足照了半个钟头工夫，才看得比较顺眼一些。凑巧那天是十来英里外一个邻镇上赶早集的日子，所以潘波趣先生不在家。我并没有跟他说定我什么时候走，所以这一来就可以不必再和他握手告别了。我觉得十分称心，于是穿上新装，走出门去；我只是担心让前面那个伙计看见不大好意思，尤其担心自己会像乔穿上节日礼服那样，反而显得尴尬极了。

于是取道后街僻巷，迂回曲折地来到郝薇香小姐家门前，打了门铃——由于手套的指头太长，又是那么硬邦邦的，动作很不方便。莎拉·朴凯特开了门，一看我完全变了样，简直吓得倒退不迭，胡桃壳似的棕色脸蛋也变得黄里发青。

她说：“是你吗？真是你吗？我的天啊！你来有什么事？”

我说："朴凯特小姐，我就要到伦敦去了，想要向郝薇香小姐辞行。"

她锁好门，让我在院子里等着，她要上去先回一声，看看是不是见我，足见我是个不速之客。过了片刻，她回来带我上楼，一路上睁大眼睛尽瞧着我。

郝薇香小姐正拄着她那根丁字头的拐杖，在摆着长桌的那间屋里走动。屋里像从前一样点着蜡烛，她一听见莎拉走进去，就停住脚步，转过脸来。这时候她正走到那块霉烂的结婚蛋糕跟前。

她说："别走，莎拉。怎么啦，匹普？"

我字斟句酌地说："郝薇香小姐，我明天就要上伦敦去了。特地赶来向您辞行，想来总不会见怪吧。"

她说："你可真是衣冠楚楚，一表人才啦，匹普。"一面说一面拿拐杖在我周围挥了几挥，仿佛她就是我的神仙教母，刚刚把我变成另外一个人，这会儿又在我身上施展最后一道画龙点睛的法术。

我喃喃地说："郝薇香小姐，自从上次跟您分别以后，我就交上了这样的好运。对此我实在感激非凡，郝薇香小姐！"

她得意洋洋地望了望又惶惑又眼红的莎拉，说："是啊，是啊！我见过贾格斯先生啦。我都听说啦，匹普。你明天就走吗？"

"是的，郝薇香小姐。"

"是一个有钱人收养了你吗？"

"是的，郝薇香小姐。"

"没有透露姓名？"

“是的，郝薇香小姐。”

“由贾格斯先生做你的监护人？”

“是的，郝薇香小姐。”

在这一问一答之间，她得到了无比的满足；看到莎拉·朴凯特又惊又妒，她真是乐不可支。接下去她又说：“很好！你前程远大，大有可为。要学好——要有出息——要听从贾格斯先生的指点。”她望望我，又望望莎拉，一看到莎拉的那副表情，她那全神贯注的脸上不由得透出了一丝狞笑。郝薇香小姐说：“再见，匹普！——你一辈子都得用匹普这个名字，你是知道的啦。”

“我知道，郝薇香小姐。”

“再见，匹普！”

她向我伸出手来，我屈下一膝，拿起她的手放在嘴上吻了一下。我事先并没有考虑过应当如何和她告别，行这个礼是我灵机一动临时想到的。她望着莎拉·朴凯特，一双非人非鬼的眼睛流露出得意的神色。我就这样辞别了我的神仙教母，见她双手扶着丁字头的拐杖，站在烛光昏暗的屋子中央，旁边就是那块给蛛网封没了的、霉烂的结婚蛋糕。

莎拉·朴凯特领我下楼，简直像送瘟神出门一般。她对我这副打扮怎么也看不顺眼，愈看愈糊涂了。我对她说，“再见，朴凯特小姐，”她却只是睁大了眼睛发呆，似乎神志还没有完全清醒过来，不知道我在说些什么。我出了大门，三步并作两步回到潘波趣先生家里，脱下新衣，换上旧衣，把新衣包好拿回家去——老实说，虽然手上多了一件东西要拿，倒反而觉得自在多了。

六天光阴，本来唯恐过得太慢，现在却已匆匆过去。如今，明天直瞪瞪地瞅着我，我却没有勇气正视明天。六个晚上减少到五个晚上，四个晚上，三个晚上，两个晚上，我也愈来愈觉得跟乔和毕蒂相处不可多得。这最后一个晚上，我为了叫他们喜欢，特地换上新装，富贵雍容，一直和他们坐守到睡觉时分。我们一块儿吃了一顿热腾腾的临别晚餐，少不得加了烤鸡，给餐桌上平添了不少光彩，最后还喝了些甜啤酒。大家情绪都很低沉，尽管装得高高兴兴，其实谁都高兴不起来。

我明天一大早五点钟就得带着小提箱出村去，我事先向乔说明，我不要别人送行。说来惶恐——真是万分惶恐——我之所以要如此，其实无非是因为我觉得，要是乔送我到驿站去的话，我们两人在一起势必显得太不相称。当时我还欺骗自己，自以为如此安排，丝毫也没有这种卑鄙的意念；可是到了这临别前夕，一走进阁楼上的小卧房，我终于不能不承认了，这种动机恐怕是有的，我当时恨不得马上冲下楼去，恳求乔明天早上送我上驿站。然而结果还是没有下楼。

这一夜时睡时醒，老是梦见马车跑错地方，哪儿都跑到了，就是跑不到伦敦；驾车的一会儿是狗，一会儿是猫，一会儿是猪，一会儿是人——就是没有马。整夜乱梦颠倒，迷途失向，醒来已是天光拂晓、百鸟欢歌的时分。下得床来，衣服还没穿齐，就坐在窗口向外面做最后的一次眺望，谁想望着望着又睡着了。

毕蒂一大早就起来忙着为我准备早餐了，我在窗口其实还睡不到一小时，就闻到厨房里炉子的煤烟气息，吓得跳了起来，心里好不着急——只当已是黄昏时候。可是，听得厨房里杯盘叮当，我自己的一切也都已准备就绪，这时反倒好半天没有勇气下楼了。结果还是留在楼上，翻来覆去地把小提箱打开又锁上，把箱子皮带松开又捆好，最后还是毕蒂来喊我，说是时候不早了，我才下了楼。

早饭三口并作两口胡乱吃过，实在是食而不知其味。离了餐桌，显出一副轻松愉快的神气，仿佛临时想起了什么事情似的，说道："好吧！我看我应当走了！"然后我就和姐姐吻别，姐姐还是坐在那张椅子里，笑呵呵的，脑袋只顾摆个不停；我又和毕蒂吻别；最后张开胳膊紧紧搂住乔的脖子。接着便拎起小提箱出了门。走了没几步，忽听得背后一阵步履杂沓之声，回头一看，只见乔拿一只旧鞋朝我扔来，毕蒂也扔过来一只[1]。我停下来向他们挥帽致意，亲爱的老朋友乔把他那条壮健的右臂高举过顶，频频挥动，还嘶哑着嗓子向我嚷了一声"乌拉！"毕蒂撩起围裙掩住了脸。这便是我临别时最后一眼看到的情景。

我迈开大步向前走，心想：这一次离家，倒比原来想象的要好受得多；又想，要是在大街上当着众人的面，让一只旧鞋子从马车后面扔过来，那可太不像话了。我悠闲自在地吹着口哨，把这次离家看得若无其事。但村子里却是一派宁静。薄雾冉冉消散，一片

---

① 英国民间古旧的迷信风俗：扔旧鞋送别，意在祝远行者幸运。

肃穆，仿佛有意要揭开那个花花世界，让我看看；我想到自己在这个小村子里是那样无知而渺小，村外的世界却是那样神秘而广大，顿时不由得叹了一口长气，失声而哭。出了村，就看见那个指路牌，我抚摸着路牌说：“再见了，我的好朋友，亲朋友！”

其实，人大可不必为流泪而感到羞耻，因为眼泪好比甘霖，会涤净那蒙蔽我们心灵的凡尘俗垢。哭了一阵，倒觉得好受了些——增加了抱愧的心情，看清了自己的忘恩负义，暴躁的脾气也平伏了。我何不早一点哭呢？早一点哭，也就可以让乔送我一块儿上驿站了。

这一哭哭得我心都软了，一路悄悄走去，禁不住又扑簌簌流下泪来；后来上了马车，出得镇来，依旧满心苦恼，不断盘算：到前站换马时，要不要下车回去再住一夜，和家里人好好告别一番再走？后来果然换马了，我却还下不了决心，于是又自我安慰说，就是要下车回去，到下一站也不迟。一面这样盘算，一面又会想入非非，只觉得迎面而来的一个过路人长相和乔一模一样；想着想着，心头竟会怦怦狂跳——仿佛乔真会到这儿来似的！

马换了一次又一次，路愈赶愈远，再要回去也来不及了，于是我只得继续往前赶。朝雾早已在一片肃穆中消散净尽，那花花世界就展现在我的面前。

匹普的远大前程第一阶段到此结束

第二十章

从我们镇上到京城，大概是五小时的旅程。刚过晌午，我搭乘的四马驿车就汇入了车水马龙的洪流，各路车马都会聚到伦敦齐普赛[1]伍特街“交叉钥匙”的招牌[2]下。

当时我们英国人都有一种一成不变的成见——谁要是怀疑我们的东西不是天下第一，我们的人不是盖世无双，谁就是大逆不道。我当时固然给偌大一个伦敦吓呆了，然而要不是由于这个成见，说不定也会有些怀疑：难道伦敦不也是道儿又弯，路儿又狭，相当

① 伦敦的一个中心闹市区。

② “交叉钥匙”是旅馆酒店招牌上的标记。伍特街上先前有一家著名的客店，名叫“双颈天鹅”，许多驿车即以该处为起终点。

丑陋，相当肮脏吗?

贾格斯先生早已准时派人给我送来了印着他地址的卡片，地址是在小不列颠街，后面还批明：“一过斯密士广场便是，离驿站甚近。”我雇了一辆马车，那马车夫身穿油腻外套，外套上披了一层又一层斗篷，那数目大概和他的一大把年纪也不差多少了；他把我安顿在马车上以后，便用那架上下车用的、装着铃铛的折叠式梯子，把我遮拦得严严的，仿佛要带我去赶百来里路似的。他费了好大工夫才爬上车头的座位。记得他车座上挂的那张布篷是件陈年古董：原是草绿色的，历经风吹雨打，全是斑斑驳驳的污渍，而且给蛀得七零八落。这辆马车的装备实在奇妙：车外挂着六只大华冠，车后是好大一堆破破烂烂的环啊扣啊什么的，想当年也不知可供多少随侍的跟班攀援之用，攀手下面搁着一张齿耙，以防爱搭白车的家伙一时看得心痒，也来“客串”一下跟班。

我还没来得及好好欣赏一下这辆马车，还没想明白它为什么既像个堆干草的院子，又像个荒货摊，正还在纳罕马的草料袋怎么搁在车厢里边，一看马车夫已经要准备爬下车头，好像马上就要停车了。果然车子一会儿就在一条阴暗的街上一家律师事务所的门前停了下来，但见屋门敞开，门上漆着“贾格斯先生”几个字。

我问马车夫：“多少钱？”

马车夫回答道：“一个先令——要是你不愿意多付的话。”

我自然说我不打算多付。

马车夫说：“那就应当付一个先令，我不想招麻烦。我了解他这个人！”说着就沉下了脸，冲着贾格斯先生的名字把一只眼睛一闭，摇了摇头。

他收起了一个先令的车费，费了好大工夫攀上了车头，赶着车子走了（他的心头似乎也随之一松），于是我便拎着小提箱，走进事务所的大门，问：贾格斯先生在不在？

一位办事员回答道：“他不在，出庭去了。你就是匹普先生吧？”

我表示我就是。

“贾格斯先生临走时吩咐说请你在他房间里等一等。他有一件案子要出庭，说不准多早晚才能回来。不过他的时间很宝贵；照常理来看，他能抽身回来马上就会回来，不会多耽搁的。”

办事员说着，就开了一扇门，引我走进后面一间内室。室内有一位独眼龙先生，穿一套棉绒衣服，裤子只齐膝盖；他正在那里读报，给我们打断了，便用衣袖抹了一下鼻子。

办事员说：“迈克，你到外面去等吧。”

我说我希望不要打扰这位——话没说完，办事员就毫不客气地把这位先生推了出去，又随手拿起那人的皮帽子从后面扔给他，这种无礼的举动我生平还是第一次见识。于是剩下我一个人留在屋里。

贾格斯先生这间屋子只有顶上一扇天窗，没有别的窗子，因此光线极暗；天窗已经经过七修八补，奇形怪状，简直像颗破破碎碎的脑袋，因此从天窗里望出去隔壁几座房子就变得七歪八斜，仿佛是有意怪模怪样地俯下身子来窥探我似的。屋子里并没有我所预料的那么多档案文件；倒有不少我没有预料到的稀奇古怪的物件——例如一把生了锈的旧手枪，一柄套着剑鞘的宝剑，几个奇形怪状的箱子和包裹，靠墙的搁板上还放着两座形状可怕的头像，脸形臃肿得出奇，鼻子都有些抽搐。贾格斯先生自己坐的高背椅是用乌黑的马毛呢做的，四周钉着一排排的铜钉，活像一口棺材；我简直可以想见他靠在这张椅子里，对着当事人咬食指的那副模样。屋子很小，看来他的当事人又都有个脾气，老是要退到墙边靠在墙上，因为屋里的墙壁，特别是贾格斯先生座位对面的那一块，早已被无数的肩膀脊背擦得油腻腻、滑溜溜的。还记得，刚才那位独眼龙，我本无心撵他，他却因为我而被撵了出去，他就是把身子挨在墙上慢吞吞走出去的。

我坐在贾格斯先生座椅对面的那张客椅里，被屋子里这一股阴沉沉的气氛吓住了。我想起了这位办事员也和他东家一般神气，似乎什么人都有把柄抓在他手里似的。我猜不透楼上究竟还有几位办事员，是否一个个也都自以为可以把自己的同胞玩弄于股掌之上，爱加害于谁就能加害于谁。我猜不透屋子里这些奇奇怪怪、乱七八糟的东西究竟是怎样一个来历，怎样会落到这里来的。我猜不透那两座面孔臃肿的头像是不是贾格斯先生的家属；如果他当真倒霉到这步田地，有这样两位奇丑不堪的家属，为什么不把他们的头像安置在自己家里，却放在这块满是灰尘的搁板上，承受烟灰，供苍蝇落脚？当然，我还没有在伦敦过过夏天；也可能是因为屋子里空气闷热，什么东西上面都积着一层厚厚的灰沙，因此我才觉得这样难受吧。总之，我在贾格斯先生那个狭小的房间里一面等着，一面胡猜乱想；后来，贾格斯先生椅子背后高处搁板上的那两座头像，实在叫我受不了了，我便起身走了出去。

我向办事员说，我反正也是等着，还是到外边去随便走走，他劝我不妨拐个弯到斯密士广场去逛逛。我果然来到了斯密士广场：好一个丢人的地方——到处都是污秽、油腻、血腥、泡沫，这些东西似乎都想粘住我[①]。我赶忙拐入一条大街，才算脱了身。一到这条街上，就看见圣保罗教堂黑色的大圆顶在一幢阴森森的石头房子背后向我鼓出了眼睛；据一个看热闹的说，那幢石头房子便是新门监狱。沿着监狱围墙走过去，发现路面都铺着干草，为的是防止过往的车辆发出响声。见了这种情形，再看看四下都站满了人，个个身上酒气冲天，我便断定里面正在进行审判。

正在张目四顾，忽然来了一个肮里肮脏、带着几分酒意的法警，问我想不想进去听一两堂官司；又说，只要我破费半个克朗[②]，他就可以给我一个前座，包我能够把那位头戴假发、身穿法衣的高等法院院长看个一清二楚——他简直把那位威风凛凛的法官大人说得像蜡像陈列馆里的蜡人似的，而且接着马上来个大减价，只要十八个便士便可入内一观。我推说和人家有约会，谢绝了他的兜揽。谁知他还是一片殷勤，带我走进一个院子，指给我看绞架设

① 斯密士广场原先有个大规模的牲口市场，附近并有许多屠宰场。

② 按旧制，半个克朗合两个半先令。

置在什么地方，当众鞭打犯人在什么地方，接着又带我到死囚监门口，凡是罪犯处绞刑，都从那门里出来；为了提高我对那扇凶门的兴趣，他还告诉我说，后天早上八点钟，“有四个人”要从那扇门里提出来，一块儿并排吊上绞架。我听得毛骨悚然，就此对伦敦有了反感，尤其使我反感的是：那位拿大法官当买卖招徕的法警，全身的穿戴（从头上戴的帽子到脚上穿的靴子，连他口袋里的手绢都包括在内），没有一件不发霉。这套服装分明不是他自己的，我看多半是他从刽子手那里廉价买来的。于是我付给他一个先令，总算把他打发走了。

回到事务所一问，贾格斯先生还是没有回来，于是我又出去溜达。这一次先在小不列颠街兜了一圈，又转到巴索落木围场，看见好多人都像我一样在这一带徘徊，等待贾格斯先生。巴索落木围场里有两个形迹诡秘的人在一起踱步，心思重重地一步步踏着铺道上的石缝走，一边还说着话，走到我身边时，其中一个对另一个说：“这件事要办的话，只有贾格斯办得了。”转角上另有三男二女站在一起，其中一个女人用肮脏的围巾捂着脸哭泣，另一个女人一面把自己的围巾围围好，一面安慰她说：“艾梅丽亚，贾格斯会替他想办法的；你还要怎么样呢？”在我闲逛的时候，围场上还来了一个红眼睛、小个儿的犹太人，他把身边的另外一个小个儿犹太人派去干一件什么差事；等那人一走，只见这个性子暴躁的犹太人便在一根路灯杆子下面急得团团打转，好比跳快步舞一般，嘴里还疯疯癫癫地念念有词：“贾格斯，贾格斯，贾格斯！不要金格斯，不要银格斯，我可只要贾格斯！”我亲眼看到自己的监护人这样深得人心，自然感动万分，越发对他钦佩不止。

后来，我透过巴索落木围场的铁门，向小不列颠街那边望去，忽然看见贾格斯先生正从马路对面迎着我走来。所有在场等他的人也都同时看见了他，纷纷奔到他跟前去。贾格斯先生一句话也没和我说，只是把一只手搭在我肩上，和我并排向前走，一面招呼前簇后拥的那些人们。

他首先招呼那两个形迹诡秘的人。

他用食指指着他们说：“现在我没有什么话可以跟你们说了，我要了解的都了解了。至于结果如何，全在两可之间。一开头我就告诉过你们在两可之间。你们向文米克付过费了吗？”

其中一个恭而敬之地说：“老爷，我们今天早上才凑齐了钱。”另一个则在端详贾格斯先生的脸色。

“你们的钱什么时候凑齐的，打哪儿凑齐的，你们的钱凑齐没凑齐，这些我都不问。我只问钱有没有交到文米克手里？”

两人异口同声地说：“交到了，老爷。”

贾格斯先生一面挥手叫他们走开，一面说：“很好；那你们可以走了。我不要再听了！只要你们再多说一句，这件案子我就不过问了。”

其中一个脱下帽子说：“我们想，贾格斯先生——”

贾格斯先生连忙打断他说：“刚叫你们别啰唆！你们想！我会替你们想的；还要你们想什么！需要你们的时候，我自会去找你们；不许你们来找我！好了，我再也不要听了。半句也不要听。”

两人一看贾格斯先生又挥手叫他们走开，面面相觑了一阵，便低声下气地告退，再也没吭一声。

贾格斯先生突然站住，转过身去招呼那两个兜围巾的女人；三个男人早就乖乖地闪在一旁。贾格斯先生说：“现在该你们啦！啊，你不就是艾梅丽亚吗？”

“是的，贾格斯先生。”

贾格斯先生先发制人，说：“你还记得吗？要不是亏了我，你现在就不会在这儿了，也不可能在这儿了！”

两个女人同声嚷道：“那还用说吗，老爷！上帝赐福给您，老爷，我们哪能忘得了！”

贾格斯先生说：“那么，干吗还要上这儿来？”

哭哭啼啼的那个女人哀求道：“还不是为了我的比尔嘛，老爷！”

贾格斯先生说：“好吧，那你听着，我来告诉你！爽爽快快告诉你！你的比尔落在靠得住的好人手里了，你不知道我可知道。你要是再到这里来比尔长比尔短地和我纠缠不休，我就索性拿你的比尔和你做个榜样给别人看看，从此再也不过问他的事了。你向文米克付过费了吗？”

“噢，付过了。一文不少。”

“很好。那你应该办的事都办到了。你要是再啰唆，哪怕再啰唆一句，我就叫文米克还你的钱。”

两个女人一听到这声可怕的吓唬，撒腿就跑。现在人都走光

了，只剩下那个性子急躁的犹太人，他早已拿起贾格斯先生上衣的下摆放在嘴上吻过好多次了。

贾格斯先生用谁听着都受不了的声调说道：“我好像不认识这个人吧？这家伙找我有什么事？”

“我亲爱的贾格斯先生。你不认识亚伯拉罕·拉扎鲁斯的亲兄弟了吗？”

贾格斯先生说：“他是什么人？快放开我的衣服。”

这位乞怜者又吻了一下贾格斯先生上衣的下摆，然后才放手，回答道：“亚伯拉罕·拉扎鲁斯，银钱失窃案的嫌疑犯啊。”

贾格斯先生说：“你来迟了一步，我已经接受对方的委托了。”

那个犹太人急得脸色发白，哭哭啼啼地说：“天上的圣父啊！

贾格斯先生啊！你难道跟亚伯拉罕·拉扎鲁斯作起对来不成！”

贾格斯先生说：“正是这样，用不着多啰唆啦。走开！”

“贾格斯先生！请你等一等！我的表兄刚刚上文米克先生那里接洽去了，他再大的价钱也肯出的。贾格斯先生，请稍等一下！假使能够蒙您赏光，辞掉对方的委托——任何代价都行！——我们不在乎钱！贾格斯先生——贾——”

我的监护人丝毫无动于衷，甩脱了这个苦苦哀求的人，让他在人行道上乱蹦乱跳，好像脚底下踩着火红滚烫的铁板似的。我们一路走去，再也没有遇到别的打扰；来到事务所的前面一间办公室里，办事员和那个穿棉绒衣服、戴皮帽子的人都在场。

办事员离开座位，带着机密的神气走到贾格斯先生跟前说：“迈克来了。”

贾格斯先生“噢”了一声便转过身去，看见迈克正扯着自己脑门当中的一撮头发，好像鸡牛相斗之类荒乎其唐的故事中那头公牛拉着打钟的绳子一般。贾格斯先生问道：“你的那个家伙该今天下午出场，是吧？”

迈克回话的声调完全像个伤风病人：“是的，贾格斯老爷，费了好多麻烦，我算是找到了一个，也许能顶事吧。”

“他打算怎样作证？”

迈克这次是用皮帽子抹了抹鼻子，他说：“唔，贾格斯老爷，一般的话嘛，说啥都可以。”

贾格斯先生突然大发雷霆，用食指指着这个给吓坏了的当事人，说：“什么！我早就警告过你啦，如果你敢在我这儿说这种混账话，我就要拿你做个榜样给别人看看。你这个无法无天的流氓，好大胆子，竟敢跟我说这种话？！”

当事人满面惊惶，可是又莫名其妙，好像自己也不知道究竟闯下了什么大祸。

办事员用胳膊肘碰碰他，低声说道：“傻瓜！你真糊涂！这种话也犯得着当面说穿吗？”

我的监护人铁板着面孔，又对迈克说：“你这个笨蛋，我再问你一次，这是最后一次：你带来的那个人准备怎样作证？”

迈克怔怔地望着我的监护人，仿佛想要从他的脸上学到点儿乖似的，然后才慢吞吞地回答道：“要么就说，他从来不是这样的人；要么就说，那天夜里一整夜都陪着他，没有离开过他一步。”

“注意，听我问你：这个人是什么身份？”

迈克望望自己的帽子，望望地板，望望办事员，甚至还望望我，然后才慌慌张张回答：“我们已经把他打扮得像个——”我的监护人没等他说完，就喝住他：

“什么？你又来了？你又来了？”

（办事员又用胳膊肘碰了他一下，说：“笨蛋！”）

迈克苦苦思索了一阵，顿时脸容开朗起来，说道：

“他是卖馅饼的打扮，样子蛮过得去。很有点儿糕饼师傅的气派。”

我的监护人问道：“他来了吗？”

迈克说："我把他留在拐角上，让他在人家门前的石阶上坐着。"

"去带他从那个窗口跟前走过，让我看看。"

所谓"那个窗口"，指的就是事务所的窗口。我们三个人都走到窗口，隐在纱窗后面，不一会儿就看见那个当事人若无其事地走了过去，还有个高个儿跟他一起走过，那人面露凶相，穿一套尺寸嫌短的白麻布衣服，戴一顶纸帽。这一位看来并无心计的点心店师傅，喝得醉醺醺的，一只眼睛分明给打肿了，尚未完全复原，眼圈还有点发青，不过已经化装过了。

我的监护人以极其厌恶的口吻吩咐办事员："叫他把他的见证人马上带走，问问他把这样一个家伙带来是什么意思。"

接着，我的监护人便带我走进他自己那间屋子；他一面站在那里用餐，从盒子里拿三明治吃，就着酒瓶喝雪莉酒（他吃三明治的那副吃相，与其说是在吃三明治，不如说是在吓唬三明治），一面告诉我说，他已经为我做好种种安排。他要我到巴那尔德旅馆去和朴凯特少爷合住一套房间，他早已给我送去了一张床；我在朴凯特少爷那里住到星期一，到星期一那天就跟朴凯特一块去拜望他的父亲，试试那位老师是否合我的心意。他还把我生活费的数目告诉了我（数目很不小），又从抽屉里拿出一些商人的名片交给我，让我凭着这些名片去取用各种各样的衣服，以及其他种种用品，只要不是超乎常理的就行。我的监护人说："匹普先生，你瞧着吧，你的信用是错不了的。"他那一顿饭吃得很匆忙，那瓶雪莉酒的香味却足足抵得上一桶酒，“不过，我可以用这种办法查核你的账单，假使有一天发现你欠了债，也可以约束约束你。当然，你还是可能会出乱子，不过那就怪不得我了。”

我细细思量了一下贾格斯先生这番鞭策的话，便问他是否可以让我雇一辆马车赶到那边去。他说，我要去的那个地方离这儿很近，用不着雇马车——只要我乐意，文米克先生可以陪我一起去。

我这才知道，所谓文米克，原来就是隔壁屋里那位办事员。文米克先生既然要和我出去一趟，便一拉铃，把楼上另一位办事员请下楼来代管一下。我和我的监护人握过手，便跟着文米克走上大街。街上又聚起了一批人，徘徊不去，文米克从人群中挤出去，冷淡而斩截地说：“告诉你们，你们这是白等；他不会和你们任何人说话了。”于是我们很快就摆脱了这些人，并排向前走去。

第二十一章

文米克和我两个人一路走去，我一双眼睛一直在他身上打量，想在光天化日之下看看清楚他究竟是怎么个人。我看清楚了，他是个不动声色的人，身材矮小，一张四方脸简直像木头做的，脸上的表情似乎是用钝口的凿子凿出来的，可是没有凿好。从有些地方的斧凿痕迹来看，如果木头的质地软一些，凿子锋利一些，这几凿子也许就可以凿成两个酒窝，可是结果只压出了两个印儿。这把凿子还在他鼻子上凿了三四下，想要修饰修饰，可惜没有修光就半途而废了。看他身上的衬衣破到这个地步，我便断定他是个单身汉；看来他还多次遭受过骨肉丧亡之痛，因为他至少戴了四个纪念死者的戒指，除此以外，还别了一根胸针，胸针上画着一位女士，一座坟，坟上插着一枝垂柳，搁着一个骨灰瓮。我还看见他的表链上挂着好多图章戒指，看来他要纪念这么多亡亲故友，可着实沉重啊！一双眼睛炯炯有光，又小又黑又犀利，嘴唇又阔又薄又浑浊。从这些情形看来，我估计他大概有四五十岁年纪。

文米克先生问我："原来你是初次到伦敦？"

我说："初次。"

文米克先生说："我初到这儿的时候也很生疏，现在想起来真可笑！"

"现在总该非常熟悉喽？"

文米克先生说："哦，那还用说，风吹草动一下也知道。"

我问："这是个很坏的地方吗？"这句话与其说是为了打听情况，倒不如说是随口和他搭讪。

"在伦敦会受骗，会被抢，会遭到凶杀。不过世界上哪儿没有人干这样的事呢。"

为了缓和气氛，我就说："那总是因为有怨仇咯。"

文米克先生回答道："噢！我看不见得。世界上哪有这么多怨仇呢。他们只要看到有油水可捞，就要来这一手。"

"那就更糟了。"

文米克先生回答道："你说更糟？我倒觉得反正都是一个样。"

他把帽子戴在后脑勺子上，眼睛直勾勾地望着前面，神态矜持，好像大街上没有一件事物值得他注目。嘴巴像个邮筒口，因此嘴边老是挂着一丝无意识的笑。我直到登上霍本冈以后，才知道他的笑不过是无意识的笑，其实他根本没在笑。

我问文米克先生：“你知道马修·朴凯特先生住在哪儿吗？”

他朝西边晃了晃脑袋，说：“知道。在西郊汉麦尔斯密士。”

“远吗？”

“唔！大概有五英里路。”

“你认识他吗？”

文米克先生以赞许的神气望着我说：“嗬哟，你倒是个地道的审判官哪！是的，我认识他。我认识他！”

他说这几句话时的神态，要不是心里有气、勉强克制住了，就是大有不屑一谈之意，我听了相当郁闷。我斜眼望着他那张木头桩子似的脸，想要看看他的表情里可有一点乐意和我谈谈这个话头的意思，还没看出个眉目来，只听得他说巴那尔德旅馆到了。他这话可并没有冲淡我的郁闷，因为我本来认为，巴那尔德旅馆准是巴那尔德先生开的一家大旅馆，我们镇上的蓝野猪饭店和它相比，不过是个小酒店罢了；谁知这里根本没有巴那尔德这样一个人——巴那尔德若不是个无形的游魂，就是人们的杜撰。这哪里是什么旅馆，不过是几幢破破烂烂肮肮脏脏的房子，胡乱挤在一个腥臭难闻的角落里，给光棍男人们当个俱乐部罢了。

从边门进入这个安乐窝，走过一条通道，便来到一个凄凄凉凉的小院落里，在我看来这简直像一片萧索的坟场。只觉得院子里那阴惨无比的树木，阴惨无比的麻雀，阴惨无比的猫儿，阴惨无比的房子（大约一共有六七幢），都是我从来也没有见过的。一套套房间的窗口，那百叶窗和窗帘之破破烂烂、那花盆之残损不全、那窗玻璃之裂缝累累、那尘封土积的败落相、那因陋就简的寒碜相，真是五光十色、无奇不有；一张、一张又一张的“招租”招贴，在空房间的门口向我瞪眼，好像这几套房间从来没有一个倒霉蛋愿意找上门来做新房客，巴那尔德的鬼魂一看现有的房客都在实行慢性自杀，临终不作祷告，死后就给草草埋葬在沙土底下，于是他本来的复仇之心也逐渐淡薄了。一片污浊的灰尘和煤烟像黑纱似的披覆着巴那尔德创下的这份可怜的产业，这份房产也便在自己的头上撒了灰①，甘心充当垃圾坑，忍受屈辱，以求赎罪。这些是我眼睛看到的；鼻子里隐隐闻到的也都是些腐烂的气味：有干朽的，有腐败的，有在冷落的屋顶上和地窖里悄悄霉烂的（大小耗子，虫子，附近还有几所旧马房呢）；我不但闻到这一股股臭气，还仿佛听见有个声音在哼哼：“巴那尔德什锦板烟香味芬芳，请君一尝。”

承受大遗产的头一步，就是这样的不理想，我真禁不住对着文米克先生发起愣来。谁知他误解了我的意思，说：“看到这样一个幽静的地方，又叫你想起乡村风光了吧。我也一样。”

他领我到一个角落里，登上楼梯（我看这楼梯已经在渐渐解体，快要成为一堆木屑了；总有一天楼上的房客走到门口一望，要下楼也下不了呢）。我们来到了最高一层一套房间的门口。房门上漆着“小朴凯特先生”几个字，信箱上贴着一张字条：“外出即归”。

① 古时人服丧或忏悔，每在脸上抹灰或在头上撒灰，以示哀悼痛悔。

文米克先生解释道："他大概没想到你会来得这么早。你不需要我再奉陪了吧？"

我说："不用了，谢谢你。"

文米克先生说："好在现金由我保管，我们以后大概总会常常见面的。再见。"

"再见。"

我向他伸出手去，文米克先生望望我的手，大概以为我是向他要什么东西。接着又望望我的脸，这才明白了过来，说："当然当然！哦！你平常喜欢和人家握手，是不是？"

他这一问可问得我很狼狈，我心里想，这一定不合乎伦敦的风尚，可我嘴上还是说他猜得对。

文米克先生说："我可不习惯这一套！除非是和人家诀别才握手。当然啦，能够结交上你这样一位朋友，我是非常高兴的。再见！"

他和我握过手就走了。我打开楼梯间的窗子，险些儿丢了自己的脑袋，因为窗上的绳子都朽烂了，窗格往上一拉，就像断头台上的铡刀一样，轰的一声落了下来。幸亏落下得快，我的头才没伸出去。这样总算捡到了一条性命，我于是就只好安分一点，隔着尘土厚积的窗玻璃模模糊糊看了看这旅馆的全貌，然后就无精打采地站在窗前闲望，心想，伦敦可实在给说得太好了。

小朴凯特先生所谓"即归"，跟我心目中的"即归"并不是一回事。我朝着窗外闲望了半小时之久，望得差点儿发了疯，我用指头在窗玻璃的灰尘上划自己的名字，每块玻璃上都划过了几遍，这才听到楼梯上有了脚步声。接着，我眼前就陆续出现了帽子、脑袋、领巾、背心、裤子、长筒鞋；从这身打扮来看，这人的身份地位大概和我不相上下。两边胳肢窝底下各夹着一个纸包，手里还拿着一篮草莓，走得上气不接下气。

他说："你是匹普先生吧？"

我说："你是朴凯特先生吧？"

他嚷道："哎哟哟！真对不起；我只知道正午有一班马车从你们乡下开出，我还以为你搭那班车来。其实呢，我倒是出去为你办事的——当然我不能以此来辩解——因为我想，你从乡下来，也许喜欢饭后吃点水果，所以特地赶到沽文园市场去买了些鲜果。"

不知是何缘故，我只觉得眼珠子快要从眼窝里跳出来了。我答谢他这番好意时语无伦次，我简直怀疑自己莫不是在做梦。

小朴凯特先生说："真要命！这扇房门这么难开！"

他用足了气力开房门，胳肢窝下面又夹着两纸袋东西，水果眼看就要压成果酱了，我于是连忙请他把手里的东西给我来拿。他亲切一笑，把两包东西交给了我，继续使劲开门，仿佛同野兽搏斗一般。房门终于突然一下子给开开了，他的身子踉踉跄跄一个后退，撞在我身上，我又踉踉跄跄一个后退，撞在对面的房门上，彼此都不禁大笑。可是我依然觉得一双眼珠忍不住要从眼窝里跳出来，觉得自己一定是在做梦。

小朴凯特先生说："请进，让我走在头里带路。我这里相当简陋，希望你能够将就住到星期一。我父亲觉得，明天这一天你和我一起过，要比和他一起过来得合适，你也许想上伦敦去逛逛什么的。我当然很乐意陪你去逛逛伦敦。至于我们的茶饭，我估计你不会嫌坏，因为这是由附近一家咖啡馆供应的，而且（我还是索性讲明了的好）根据贾格斯先生的吩咐，这是要由你自己付账的。说到我们的住房，那可就不太妙了，因为我还得靠自己谋生，我父亲没有什么给我，老实说即使他给得起，我也不愿意拿。这一间就是我们的起居室——你瞧，只有这么几张桌椅，以及地毯等等，家里只能腾出这几件东西来给我。至于这些台布、汤匙、调味瓶，我可就不敢掠美了，那都是咖啡馆里给你送来的。这一间就是我的小卧室，有点霉臭味儿，不过巴那尔德旅馆哪儿都有股霉臭味儿。这一间是你的卧室，家具是特地租来的，我相信大概可以顶用了。如果你还需要什么，我可以给你去弄来。屋里倒还幽静，只有我们两个人住，总不至于打架吧。哎呀，真对你不起，这点水果一直累你拿在手里。请你把这两个袋子交给我吧。这可太过意不去啦。”

于是我就面对面站在小朴凯特先生的跟前，把两袋水果交给他——一袋，两袋，这时我突然看见他也像我刚才一样，眼睛里出现了惊奇的神色；他吃惊得向后直退，一面说道：

“我的老天爷！你原来就是那个在花园里东张西望的小子！”

我说：“你原来就是那位白面少年绅士！”

第二十二章

那个白面少年绅士和我在巴那尔德旅馆里彼此默默端详了一阵，双方终于失声笑了出来。他说：“想不到竟是你！”我也说：“想不到竟是你！”彼此又默默端详了一阵，又大笑起来。那白面少年绅士高高兴兴伸出手来说：“得啦！我希望甭再提这件事了。我那次打得你好厉害，你要是不放在心上，那就是宽宏大量了。”

我听了这话，便断定赫伯尔特·朴凯特先生（这就是那位白面少年绅士的姓名）到现在依旧把自己当日的主观意图和客观效果混为一谈。不过我对他还是回答得很客气，双方亲亲热热地握手言欢。

赫伯尔特·朴凯特说：“你那时候还没有交好运吧？”

我说："还没有。"

他表示同意："是嘛。我听说你是最近才交上好运的。那时候我也睁大了眼睛等着交好运呢。"

"真的？"

"真的。郝薇香小姐要我到她家去，想要看看我是不是中她的意。可她怎么看得中我呢——反正，她没有看中我就是了。"

听得他这样说，我觉得为了礼貌起见，应该向他表示这真是出乎我的意料之外。

赫伯尔特大笑道："她的鉴赏力太糟了，不过事实总是事实。是的，她曾经要我上门去让她看一看试一试，那一次如果顺顺利利过了关，也就吃穿不愁了；说不定早就跟艾丝黛拉那个了。"

我突然一本正经问道："什么叫那个？"

原来他一边和我谈话，一边装水果盆子，因此分散了注意力，一时说不出这个词儿来，这会儿虽然依旧忙着装水果盆子，却连忙加以说明："定亲呗。订婚呗。做她的对象呗。反正就是这档子事。"

我问："你怎么受得了这种失望呢？"

他说："啐！我才不稀罕呢。她是个泼辣货。"

"你是说郝薇香小姐？"

"她当然也是，不过我说的是艾丝黛拉。那个小妞儿心又狠，眼睛又生在头顶上，又会使性子，这三件坏处都坏到了家。郝薇香小姐收养她就是为了要找天下所有的男人报仇。"

"她跟郝薇香小姐是什么亲戚？"

他说："什么亲戚都不是，是个养女罢了。"

"她为什么要找天下所有的男人报仇呢？报的是什么仇呢？"

他说："天哪！你真不知道吗，匹普先生？"

我说："不知道。"

"奇怪！这件事说来话长，吃饭的时候再告诉你吧。恕我冒昧，倒要先请教你一个问题。那一天你是怎么到那儿去的？"

我把实情告诉了他，他留心听我说完以后，又禁不住哈哈大笑，还问我那次跟他打过架之后，身上痛不痛？不过，我倒没有问他痛不痛，因为我是百分之百地相信我把他打得很痛。

他接下去说："听说贾格斯先生是你的监护人，是吧？"

"是的。"

"你知道不知道他就是郝薇香小姐的代理人和法律顾问？是郝薇香小姐独一无二的心腹人？"

我觉得他这话会把我引入危险地带。我不加掩饰地流露出局促不安的神气，回答他说，我在郝薇香小姐家里就是在我们打架的那一天见过贾格斯先生一次，此外没有见过第二次；又说，我相信贾格斯先生也绝不会记得他在郝薇香小姐家里见过我。

"承蒙贾格斯先生推荐我父亲做你的老师。他是亲自上门去找我父亲提这件事的。不用说，他是因为和郝薇香小姐有来往，才知道了我父亲的。我父亲是郝薇香小姐的表亲，不过他们之间关系并不亲密，因为我父亲不会奉承人，不肯去巴结她。"

赫伯尔特·朴凯特谈吐直爽，平易可亲，很讨人欢喜。神采謦欵之间使我深深领会到这个人天生不会做阴险卑鄙的事——这样的人我以前没有见过，以后也没有再见过第二个。他的整个风貌，既让我觉得他前途大有可为，可同时也让我感到似乎有个声音在向我悄悄耳语，说他这人一辈子也成不了大事，发不了大财。我也不明白这是怎么搞的。第一次正式相见，还没有坐下来吃饭，就对他有了这个印象，可惜说不出个所以然来。

他依然是个白面少年绅士，虽然精神好，兴致高，其实却是忍着疲劳，勉强撑持，显见得并不是天生的体魄壮健。脸蛋虽然长得并不美，却极其和颜悦色，胜过翩翩美少年。身段虽然也有点不大中看，还像当年挨我不客气的拳头时一样，不过看来似乎永远也不会改变那轻捷的少年体态。他要穿了特拉白裁缝做的乡下时装会不会比我风度好些，我不敢说；可是我敢说，他穿着那身旧衣服，毕竟要比我穿着这身新衣服像样得多。

看他如此健谈，就觉得我若是沉默寡言，未免对他不起，也不像个青年人。于是便把我这次交上好运的简单经过说给他听，还着重说明，我的恩主是谁，贾格斯先生绝不允许我打听。我又对他说，我从小在乡下学铁匠，很不懂得礼貌规矩，他要是看见我有什么地方出洋相，闹笑话，请随时提醒我一声，我一定感激不尽。

他说："非常乐意。不过我看你也用不着我多提醒的。今后我们总会常在一块儿吧，我看我们还是打消一切不必要的拘束。我请你赏个脸，从现在起就用我的教名称呼我，管我叫赫伯尔特，好不好？"

我向他道过谢，说我一定照办，同时告诉他，我的教名叫作斐理普。

他笑吟吟地说："我不喜欢斐理普这个名字。听了这个名字，就叫我想起缀字课本里用来教训人的那种孩子：不是懒得失足跌进池塘，就是胖得抬不起眼皮，看不见东西，再不就是个小气鬼，馅饼舍不得吃，锁在橱里喂老鼠，或者硬是要去掏鸟窝，结果反而让附近的黑熊吞下肚去当了点心。我倒想这样叫你：我们两个彼此很和洽，你又学过打铁——我这样说，你不见怪吧？"

我回答道："不管你怎么说，我都不见怪。不过我还没明白你的意思。"

"我家常就管你叫汉德尔，不知你乐意不乐意？汉德尔谱写过一个迷人的曲子，就叫作《和洽的铁匠》[1]。"

"非常乐意。"

不料他刚叫了我一声"亲爱的汉德尔"，就有人推开房门进来，他转过身去一看，说："饭送来了，我恳求你非得坐主位不可，因为这顿饭是我沾你的光。"

我说什么也不依，结果是他坐了主位，我坐在他对面。这顿饭的排场虽小，滋味倒是挺可口——我当时简直把它当作市长大人的盛宴哩——而且吃饭的环境自由自在，没有大人长辈在场，还有偌大的伦敦围绕在四周，所以越发吃得滋味无穷。岂止如此，宴席

① 汉德尔（1685—1759）：德国音乐家，自1712年起移居英国，为钱祷斯公爵充当钢琴师，爵邸附近有店铺名曰"和洽的铁匠"，因以题曲。

的排场还颇有几分吉卜赛人的浪漫意味，因为我们这顿饭，拿潘波趣先生的话来说，虽是“奢华”的享用（一切都是由咖啡馆供应的），可是起居室里餐桌附近那一块地方却好比是个水草不多的所在，未免因陋就简，使得那个茶房也不得不顺从那种到处流浪的生活习惯，把餐具搁在地板上（弄得他自己常常绊脚），融软的黄油放在圈手椅上，面包放在书架上，乳酪放在煤篓子里，熟鸡放在隔壁卧房里我的床上——晚上上床去睡觉，发觉被褥上沾着好多香菜和油冻。正因为如此，所以这顿饭着实吃得妙趣横生；尤其是茶房不在一旁看我吃的时候，我更是其乐无穷，毫无顾忌。

吃了一阵，我又提醒赫伯尔特说，他刚才答应过的，要把郝薇香小姐的事讲给我听。

他回答道：“不错，我马上兑现。汉德尔，先让我给你说一件正经：在伦敦吃饭按照习惯是不好把餐刀放进嘴里去的——为的是防止意外——把食物送进嘴里应当用叉子，但是叉子也不宜放得太进。这种事本来不值一提，不过既然人家都这样，我们还是随俗一点为好。还有，一般拿汤匙，手捏的地方不能太高，要低一点，这样拿有两个好处，一则送到嘴边方便（说来说去别的都是空的，要送到嘴里才是正经），二则也免得右边的胳膊肘举得太高，像剥牡蛎的姿势，不大雅观。”

他这些友好的建议说得非常轻松风趣，说得两人都笑了起来，我简直连脸也没有红一下。

他接下去说：“现在，再来谈郝薇香小姐的事。你要知道，郝薇香小姐从小是个娇生惯养的孩子。她还抱在怀里的时候，母亲就去世了，父亲对她总是百依百顺。她父亲是你们那一带的乡绅，是开啤酒坊的。我不明白开啤酒坊凭什么就算个了不起的行当；不过，反正烤面包的算不得上等人，酿啤酒的就可以高人几等，世道就是如此。大家也都司空见惯了。”

我问：“不过上等人又不能开酒店，是不是？”

赫伯尔特答道：“绝对不能，但是酒店却可以接纳上等人。总之，郝薇香小姐的爸爸很有钱，很高傲。他的女儿也是这样。”

我冒冒失失问道：“郝薇香小姐是独生女儿吗？”

“别忙，我就要谈到。她并不是独生女儿；她还有个同父异母的弟弟。她父亲后来又偷偷娶了个女人——好像就是他的厨娘。”

我说：“我刚才还以为他当真很高傲呢。”

“我的好心的汉德尔，他的高傲可是不假。他娶第二个妻子所以要偷偷地娶，就是因为他高傲；那女人过些时候就去世了。据我所知，到他第二个妻子去世以后，他才把这件事告诉了他女儿，于是那个儿子就正式成了家庭的一员，住到你所熟悉的那个宅子里去了。孩子成人以后，一味的胡闹，无法无天，不守本分——是个彻头彻尾的坏小子。后来父亲便剥夺了他的继承权，可是临死的时候心又软了，到底还是给了他一笔可观的遗产，只是远远比不上郝薇香小姐那一份丰厚罢了。——你再喝一杯吧，请原谅我又要提醒你一声：在社交场合，干起杯来可不能太认真，不必那么一丝不苟的，杯底朝天翻过来往嘴里倒，酒杯边儿都压到了鼻子上。”

原来我全神贯注听他说故事，专心得过了头，不知不觉又出了洋相。于是我向他又是道谢，又是道歉。他说了声“别客气”，便又言归正传：

“郝薇香小姐既然成了遗产继承人，可想而知，上门来争做娇客的就大有人在了。她那个同父异母的弟弟虽然到手的财产也不少，可是哪里经得起又是归还旧欠，又是恣意挥霍，昏天黑地的，不久就又花了个精光。于是姐弟之间的不睦便超过了当年父子之间的不睦，据人家猜测，他对他姐姐有刻骨的仇恨，总认为父亲生前那样气他恼他，都是姐姐调唆的。现在，我就要讲到这桩故事里最悲惨的一段了——不过对不起，亲爱的汉德尔，我又要打你一个岔：餐巾是不好放在酒杯里的。”

我当时为什么要把餐巾塞到酒杯里去，现在已经完全说不上来了。我只记得自己就这样莫名其妙地小题大做起来，咬紧了牙关，费尽九牛二虎之力把它硬塞进酒杯里去了。于是我又向他又是道谢，又是道歉，他又极其和颜悦色地说，“别客气！别客气！”这才重新言归正传。

“后来又来了一个男人——也许是跑马场上遇到的，也许是跳舞会上相识的，你爱说哪儿都行——反正他来向郝薇香小姐大献殷勤。我没见过那个人（因为这是二十五年前的事了，汉德尔，那时候你我都还没有出世呢），不过听我父亲说，那人长得很不错，对于此道是个好手。可是我父亲一再断然表示，对于这个人，要不是出于无知或私心，谁见了都知道他绝不是个上等人，因为我父亲向来有个信念，他认为自从开天辟地以来，谁要是没有真正的上等人的心地，那也就绝不可能有真正的上等人的仪表。他还说，木料尽管抹上漆，却掩盖不了纹理；漆抹得愈多，纹理反而愈显著。总之，这个男人追求郝薇香小姐追得很紧，口口声声说是忠诚不二地爱她。我相信郝薇香小姐当时大概还没有对谁用过多少情，可是她这情不用则已，一用便如决堤之水，不可收拾，从此便一往情深地爱上了他。不用说，她把那人当作了一个十全十美的意中人。那人处心积虑地施展手法，骗取了她的感情，把大量的钱财弄到了手；还借口他一旦做了她的丈夫，需得独资经营那个啤酒坊，一力撺掇她花巨大的代价收买了她弟弟名下的股份（其实她父亲给她弟弟的那一份是微乎其微的）。那时候你的监护人还没有当上郝薇香小姐的顾问；她自己呢，一来目中无人，二来情迷心窍，谁也劝不动她。她的亲友当中除了我父亲以外，都是些居心不良的穷光蛋；我父亲虽说穷得可以，可不会趋炎附势，也不会妒忌别人。他是她亲友当中唯一有主见的人，当时就提醒她说，她孝敬那个男人孝敬得过了分，简直是让他牵着鼻子走，自己连个退步也不留。于是她马上找了个机会，当着那个男人的面对我父亲大发雷霆，把我父亲赶出了她的家，我父亲从那以后就一直没跟她见过面。”

我想起郝薇香小姐曾经说过：“等我有一天咽了气，停放在这张桌子上，马修终究还得来看我。”我便问赫伯尔特，他父亲对她真是这么深恶痛绝？

他说：“其实倒也不是。不过当初郝薇香小姐曾当着她未婚夫的面，编派我父亲是为了攀她的高枝儿没攀上，没捞到好处，才说出那种话来的；如果我父亲现在再去看她，别说旁人，连我父亲自己，甚至连郝薇香小姐，都会认为她是说中了。现在还是来谈那个男人，讲完算数。结婚的日子定了，结婚礼服置办齐全了，蜜月旅行筹划好了，吃喜酒的请柬发出去了。可是临到结婚那一天，新郎不到，却写了一封信来——”

我马上岔断了他的话，问道：“那封信她是不是在换结婚礼服的当儿收到的？时间是不是八点四十分？”

赫伯尔特点点头，说：“一分一秒也不差。后来她让她家里所有的钟表都停在八点四十分上。这封无情的信一来，一件婚事就此告吹；至于信内还讲了些什么，我就无可奉告了，因为我自己也不知道。后来她生了一场大病，病好以后，就让整座宅子任其荒废，那光景你也亲眼看见了。她从此以后就没有见过天日。”

我思忖了一下，问道：“全部经过就是这样吗？”

“我所知道的就是这样；其实，我知道的这些情形，都是我自己东拼西凑串起来的，因为我父亲能不提总是一字不提，甚至那一次郝薇香小姐邀我去，他也只告诉了我一些实在不可不知的情况，多一句也不肯说。不过有一件事我忘了告诉你。据说，她误托终身的那个男人是跟她那位同父异母的兄弟串通好了，共同演出这台戏的；他们两个人狼狈为奸，到手的好处两人平分。”

我说：“我不明白，为什么他不索性娶了她，把她的全部家产都弄到手呢？”

赫伯尔特说："也许他早就有了妻子，她那位同父异母的弟弟故意设下这样毒辣的圈套，要叫她尝尝这种抱恨终身的滋味。跟你说，到底如何我也不知道。"

我思忖了一下，又问："那两个家伙后来怎样了？"

"不外乎做出更下流、更卑鄙的事来——不过这些勾当也够下流、够卑鄙的了——结果当然没有好下场。"

"他们现在还活着吗？"

"不知道。"

"你刚才说，艾丝黛拉跟郝薇香小姐非亲非故，不过是个养女。是什么时候收养的？"

赫伯尔特耸耸肩，说："自从我听说有郝薇香小姐的那一天起，也就有了艾丝黛拉。详细情形我不清楚。"他说到这里，把话锋一转："汉德尔，你我之间现在完全是开诚相见了。关于郝薇香小姐的事，我知道的你都知道了。"

我回敬了他一句："我知道的你也都知道了。"

"我完全相信你。这样，你我之间也就不会有什么钩心斗角或纠缠不清的事了。至于你如今发达以后，不能不遵守那个条件——就是说你既不能打听，也不能和别人谈起究竟是谁使你发达的——那你大可放心：无论是我，还是我家里的人，都不会闯进你这块禁地，甚至连边儿也不会挨着。"

他这句话的确说绝了，我不禁觉得，哪怕今后要在他父亲家里待上十年八年，也不必担心有人提起这件事了。然而他这话也大有深意，我又不禁觉得，我自己固然完全明白郝薇香小姐是我的恩主，他又何尝不明白。

开头我并没有想到，他是有意把话题扯到这件事情上来，以便消除我们之间的隔阂；现在既然谈开了，双方都轻松愉快得多，我这才明白原来如此。我们谈得很快活，很投机，我顺口问他干的哪一行。他回答道："资本家——航运保险承包商。"后来他大概看见我一双眼睛在屋里上下左右打量，找寻航运和资本的迹象，于是又补充了一句："东西都在城里。"

我一向把城里的航运保险承包商看作有钱有势的了不得的人物，因此一想起在他年轻时代曾经把这个承包商打得仰面朝天倒在地上，打肿了他那有企业家目光的眼睛，打破了他那要担当大任的脑袋，心里就感到不胜惶悚。可是，刚才那个莫名其妙的印象立刻又涌现在我的心头——反正赫伯尔特·朴凯特成不了大器，发不了大财，这样一想便宽了心。

"光是在船舶保险上投资我才不满意呢。我还要买一些可靠的人寿保险公司的股票，挤进董事会去。还要在采矿业里显显身手。不但如此，我一方面还要自己包上几千吨轮船去做生意。"他往椅背上一靠，又接着说，"我要到东印度去做生意，经营丝绸、披肩、香料、染料、药材和贵重木材。这种贸易很有意思。"

我问："利润厚吗？"

他说："厚得吓人！"

于是我又犹豫起来，心想他的前程比我的前程还要远大。

他把两个大拇指插进背心口袋里，说："我还打算到西印度去做食糖、烟草和甜酒生意。还要到锡兰去做生意，特别是做象牙生意。"

我说："那你非得多弄几条船不行喽。"

他说："搞上一个大船队吧。"

他这些经营计划的气魄之宏伟使我大为惊服，我便问他，眼前由他保险的船只，开往什么地方去做生意的居多?

他回答道："我的保险生意还没有开始做，目前还正在观望之中。"

原来还在筹划阶段，在巴那尔德旅馆这种地方进行筹划，这倒还说得过去。于是我又信心十足了："啊——是这样！"

"是这样。我现在在一家商号的账房里，正在观察形势，等待时机。"

我问："账房里有利可图吗？"

他没有回答，却反问我一句："你——你是指账房里的小子说的吗？"

"是啊，我说的就是你。"

他像是仔细把账算了算，算出了有多少结余，然后说道："噢，哪里哪里，我哪里有什么利可图。直接的利益是没有的。就是说，我拿不到一个子儿，还得——还得自己养活自己。"

这样说来，当然摆明着无利可图，于是我摇摇头，意思是说，靠这样的收入，是很难积攒起资金来的。

赫伯尔特·朴凯特说："不过，目前重要的是要好好观望观望。这才是最主要的。你要知道，在账房里做事嘛，随时可以观察形势，等待时机。"

我觉得他这番话的意思很不好懂，难道不在账房间里就不能观察形势，等待时机不成？可是我并没作声，只是尊重他的经验之谈。

赫伯尔特说："等时机一到，你就有办法了。那时你就钻进去，全副精力扑上去，捞上一笔资金，不就成啦！一旦资金捞到手，就万事大吉，只消尽量运用就是喽。"

他这一手和从前在花园里逗我打架的那一招大有异曲同工之妙。他耐得住贫穷，正和那一次打输了还沉得住气一样。我看他正是以当年挨我无数拳头的气度，来承受命运的种种打击。我看得很明白，他身边除了几件最起码的日常用品之外，根本一无所有，因为房里的东西我不问则已，一问则没有一件不是由咖啡馆或别的什么地方特地为我送来的。

可是，他尽管已经满脑子以大财主自居，却丝毫没有一点财主架子，这种毫不骄矜的态度使我由衷感佩。他天生一副令人怡情快意的举止风度，这一来当然更其令人怡情快意，因此我们极为相投。我们晚上一块儿出去逛街，进戏院去看半价戏；第二天一同到西敏寺去做礼拜，下午逛公园；看见那里的马儿，我心想那不知是谁给钉的掌，要是乔钉的有多好。

那个星期天，我只觉得我跟乔和毕蒂分别以来，少算些似乎也有好几个月了。横在我和他们之间的空间距离也助长了这种时间遥远的感觉——故乡的沼地简直像是远在天涯海角。就在上个星期天，我居然还会穿着穿旧的假日衣服到我们古老的教堂去做礼拜，我自己想想也觉得像是不可能的事——无论从地理位置说还是从社会地位说，无论用太阳历算还是用太阴历算，都像是不可能的事。可是，走在伦敦街头，尽管街上熙熙攘攘，十分热闹，入晚以后街灯辉煌，我心头总不免感到郁闷，隐隐觉得良心总在责备我不该把家里那间可怜的旧厨房抛得那么远；在阒无人声的深夜里，巴那尔德旅馆里那个不会看门的家伙，借值夜为名在四下闲荡，脚步声一阵阵落在我心上，显得那么空洞。

星期一早上八点三刻，赫伯尔特到账房间去上班——大概同时也是去观望观望——我送他一块儿去。他到那边去一两个小时就要出来陪我到汉麦尔斯密士去，因此我就在附近等他。星期一早上，那些初露头角的保险承包商分头到各处去钻营，从他们所钻营的那些场所来看，我就觉得这些未来的商界巨子都是由一种蛋孵化出来的，这种蛋像鸵鸟蛋一样，是要在炎热的沙漠里孵化的。赫伯尔特所在的那个账房间，在我看来也并不是什么了不得的瞭望台：它设在一个院落里后楼的三层楼上，处处都显得很邋遢，从窗口望出去，望见的是后面另外一幢房子的三层楼，实在也没有什么可观望的。

我在附近等到正午，就信步走进一家证券交易所去，看见一些毛发蓬松的人坐在航运栏的布告牌下面，我看他们都是些大商贾，却不明白他们为什么一个个都无精打采。赫伯尔特后来赶来了，我们便一块儿到一家著名的饭馆里去吃午饭。说起这家饭馆，当时我十分敬重，可是现在想起来，实在是全欧洲最下流的一家虚有其名的饭馆。当时我就不觉注意到，那里桌布上、餐刀上和茶房衣服上沾着的肉汁，真比牛排里的肉汁还多。不过饭菜的价钱倒还公道（因为油垢没有算钱）。吃过饭，就回到巴那尔德旅馆，我拿了小提箱，和他一块儿雇了马车上汉麦尔斯密士去。下午两三点钟光景到达目的地，步行了没几步路，来到朴凯特先生门前。开门入内，来到一座临河的小花园里，朴凯特先生的孩子们正在这里玩耍。我一眼望去，就觉得朴凯特夫妇的孩子们既不是自己长大的，也不是拉扯大的，而是摔跤摔大的——我希望这不是我匪夷所思，因为这件事与我自己的利益或成见毫不相干。

朴凯特夫人坐在树下一张圆椅上看书，另外有一张椅子搁腿；两个保姆在照料孩子们玩耍。赫伯尔特走过去说："妈，这位就是匹普少爷。"朴凯特夫人就招呼了我，神态庄严而又亲切。

只听得一个保姆对两个孩子喊道："艾理克少爷，洁茵小姐，你们跳来蹦去，当心别给矮树绊倒，要是掉到河里去淹死了，叫我怎么向你们爸爸交代？"

这个保姆同时又从地上拾起了朴凯特夫人的一块手绢，交给她说："太太，你手绢又掉了，这该是第六次啦！"朴凯特夫人笑笑说："谢谢你，芙洛普琛！"一面挪开搁腿的凳子，继续看书。她立刻紧锁眉头，一副专心致志的神气，仿佛已经接连读了一星期书的样子，谁知还读不了五六行，一双眼睛就盯在我身上，说：“你妈妈身体好吧？”她这一句突如其来的问话，可真问住了我，我只得荒乎其唐地回答她说，倘若我还有妈妈的话，相信她的身体一定非常好，一定会非常感谢她的好意，早就会捎信来向她问好了；说到这里，幸亏那个保姆及时走过来救了我的急。

保姆又从地上捡起手绢，嚷道：“哎呀！这该是第七次啦！夫人，您今天下午可怎么啦！”朴凯特夫人随手接过自己这份财物，先是流露出说不出的诧异，倒好像她从来没见过这块手绢似的，接着是莞尔一笑，表示认出了自己的东西，又说了一声：“谢谢你，芙洛普琛。”于是就把我忘了，只管继续看她的书。

我这才有暇来数一数这些孩子。花园里少说也有六个小朴凯特，都处在各个不同的摔大阶段中。六个孩子刚数完，又听到第七个的伤心的啼哭声，仿佛从天外传来。

芙洛普琛显出一副大为诧异的神气，说：“可不是小宝宝醒了吗！快进去看看，密莱斯！”

密莱斯就是那另外一个保姆，她连忙走进屋去，于是娃娃的哭声就渐渐平息了，好像这个口技小演员嘴里给塞了什么东西，就不作声了。朴凯特夫人始终手不释卷，我真想知道她究竟读的是什么书。

我们大概是在等朴凯特先生出来招呼我们吧；总之我们是等在那儿，我因此就得了个机会，看到了这户人家的奇怪的家风：孩子们玩着玩着，只要一跑到朴凯特夫人身边，总是少不了要绊一

跤，跌倒在她身上——夫人总是少不了要惊愕片刻，孩子们则总是少不了要哭上好一会儿。这种不可思议的现象，着实使我纳罕，我倒禁不住想得出了神；后来密莱斯抱着娃娃走来，交给芙洛普琛，芙洛普琛正要交给朴凯特夫人，险些和娃娃一块儿一个倒栽葱跌倒在朴凯特夫人身上，幸亏赫伯尔特和我把她扶住了。

朴凯特夫人这才放下书本，抬了抬眼，说道："天哪！芙洛普琛，怎么一个个尽摔跤！"

芙洛普琛脸红耳赤，回答道："我真要叫天哪，我的夫人！你这里藏着个什么玩意儿啦？"

朴凯特夫人反问道："你说我，芙洛普琛？"

芙洛普琛嚷道："嘿，不是你搁脚的凳子让孩子们绊跤的吗！你把它藏在裙子底下，谁能不给绊倒？给！小宝宝给你，夫人，你把书交给我。”

朴凯特夫人抱过娃娃，放在膝上颠啊摇的，动作显得很外行，别的几个孩子都围拢来玩耍。没过多久，朴凯特夫人就命令保姆带孩子们进去午睡。于是，我第一次登门做客，又有了第二个发现，原来朴凯特家的育儿之道，就是这样摔一阵跤、睡一阵觉。

芙洛普琛和密莱斯活像赶着一群小羊似的，送孩子们进去午睡了。朴凯特先生走出来和我相见，只见他神色迷惘，头已半白，乱发蓬松，好像一遇问题就束手无策的样子；见过了刚才的那些情景，我看到他这副尊容，也就并不觉得十分诧异了。

第二十三章

朴凯特先生说，见到我很高兴，希望我见了他不要扫兴。他脸上露出和他儿子一样的笑容，我补了一句："因为我本来不是什么了不得的人物。"尽管神情迷惘，头发半白，看上去倒蛮年轻，而且仪态潇洒。我说潇洒，指的是他毫无做作之处；那种神思恍惚的举止，颇有几分滑稽的味道；要不是他自知举止之间几近荒唐，看来那真不知要显得多可笑哩。跟我寒暄了这几句，就颇为不安地蹙起两道漂亮的黑眉毛，对他的夫人说："贝琳达，你欢迎过匹普先生了吧？"夫人从书本上抬起眼睛，说了一声"欢迎过了"，就心不在焉地对我一笑，问我要不要喝杯橘花水？她问我这话，和她的前言后语都扯不上一丝半点关系，既没有近因，也没有远由，无非是跟人攀谈时惯用的应酬话，她先前问我的那句话也是如此。

过不了几小时我就听说（在这里不妨先说一说），朴凯特夫人原是某一位已故的蹊跷“爵士”的独生女儿；那位“爵士”异想天开，认为他的先父本来会得到从男爵的封号，只可惜有人完全出于一己的私人恩怨，坚决表示反对——至于这位反对者究竟是谁，即便我当时一清二楚，眼前也想不起来了——不过总不外乎是王上、首相、大法官、坎特伯雷大主教这一类的人——于是他便依据这个荒诞无稽的设想，以贵族后裔自居。据我看他之所以自封为爵士，大概是因为曾经跟随某位王公大人去主持过某幢大厦的奠基大典，为那位王公大人在羊皮纸上起草过一篇糟糕透顶、狗屁不通的演说词，在举行仪式时给那位王公大人递过泥刀或灰浆之类。尽管如此，朴凯特夫人一生下来，他却就吩咐要把她教养成一个非高官显爵不嫁的小姐，还吩咐要留神别让她获得平民老百姓当家度日的知识。

这位贤明的父亲果然把他的这位年轻小姐管教得十分成功，女儿果然出落得十分中看，只可惜十十足足成了个无用的废物。她就这样娇生惯养大了，到了情窦初开的年华，遇上朴凯特先生，那时候朴凯特先生也正当青春年少，拿不定主意是要去攀登上院议长的宝座呢，还是要谋个主教的位置。反正二者必居其一，只是时间迟早的问题，于是他便和朴凯特夫人抓紧时间（从时间过程来看，准是一见钟情，何曾稍思而行），瞒着那位贤明的父亲结了婚。贤明的父亲除了自己的祝福以外，既没有什么可给，也没有什么可以不给，于是僵持了不久，就把他的祝福当作一套妆奁，慷慷慨慨送给了他们，还告诉朴凯特先生说，他娶的这位夫人乃是“稀世之珍，足可配得王家”。朴凯特先生从此便让这位堪配王家的稀世之珍学些为人处世之道，据说对方却无意于此道。尽管如此，一般人对朴凯特夫人的看法，说来很妙，倒是尊敬的怜悯，因为她毕竟没有嫁上高官显爵；对朴凯特先生的看法，说来也很妙，则是宽大的责备，因为他一个官衔爵位也没有捞到手。

朴凯特先生领我走进屋里，把我的住房指给我看：房间倒不错，布置得也很理想，我当私人起坐间用也蛮可以。接着，他又领我到另外两个类似的房间，敲了门，介绍我认识那里面的两个房客，一个叫作蛛穆尔，另一个叫作史塔舵。蛛穆尔是个外貌苍老的青年，骨骼粗大，体态笨重，嘴里吹着口哨。史塔舵的年纪轻些，外貌也没有那么苍老，他正在读书，用手捧住了脑袋，好像脑袋里装载的知识过了量，唯恐会爆炸似的。

朴凯特先生和朴凯特夫人，一望而知都是让别人牵着鼻子走的：我倒不明白这户人家究竟是谁在当家做主，是谁让这两个人住进来的，后来才发觉这户人家的大权无形之中都落在两个女佣手里。倘从省却麻烦这一点着眼，那也未尝不是一种妥便的居家度日的办法；不过这一来可就显得耗费了，因为这两个女佣人觉得自己总得吃好喝好，经常在地下室里请上三朋四友，不然就未免对不起自己。朴凯特夫妇的茶饭，她们固然供奉得相当不错，然而我总觉得，整幢房子里住着最舒服，而且不知要舒服多少倍的所在，倒是那间厨房——只是住在厨房里总还得有保护自己的手段才行，因为，我到那里还不满一个星期，就有一个和这家人素无来往的女邻居，写了封信来给主人，说是她亲眼看见密莱斯打婴儿。朴凯特夫人接到这信，痛哭流涕，伤心万分，说稀奇稀奇真稀奇，做邻居的居然管起别人家的闲事来了。

后来渐渐听说（大都是赫伯尔特告诉我的），朴凯特先生出身于哈罗公学和剑桥大学，在学校里是个出色的学生，年纪轻轻就和朴凯特夫人缔结了良缘，因而妨碍了自己的前程，只得从事于补习老师这个行当。好像磨钝刀似的，倒也把不少天资鲁钝的学生磨炼得成了器——奇怪的是学生们的有钱有势的父兄个个答应日后要帮他另谋高就，可是钝刀一旦离开了磨刀石，父兄们也就无不忘记了自己的诺言——后来，他对这个可怜的行当也干厌了，便来到伦敦。到得伦敦，壮志日渐消沉，便重操“课读”生涯，教了几个没有机会读书或是错过了读书机会的学生，帮一些因故需要温课的学生温习功课，同时又在文学作品的编纂校勘工作上施展自己的才学，靠着这些收入，加上自己名下还有些微薄的进益，勉强维持着我现在所看到的这个家庭。

朴凯特夫妇有一位邻居是个爱拍马屁的寡妇，天生是个高明的应声虫，什么人的见解她都赞成，什么人都能得到她的祝福，她见了人或则报以笑脸，或则一洒同情之泪，都能临机应变，恰到好处。这位女士的名字叫作可意乐夫人，我住进来的那一天，居然蒙她枉驾过来吃饭，真是荣幸之至。她在楼梯上就告诉我说，每逢亲爱的朴凯特先生迫不得已，收下了学生，那可真苦了亲爱的朴凯特夫人。她马上又显出无限亲切的样子，贴心知己似的对我说（其实当时我认识她还不到五分钟），我嘛，当然又当别论，要是那些学生都像我一样，那就完全是另一回事了。

可意乐夫人又说："不过，这位亲爱的朴凯特夫人早年失意（这当然不能怪朴凯特先生），现在也真应该过得阔气些、讲究些才是——"

我怕她说下去会哭，连忙截断她的话："你说得是，夫人。"

"况且她天生一种贵族的气质——"

我出于同样的用意，又岔断了她的话："是啊，夫人。"

可意乐夫人又接下去说："所以，亲爱的朴凯特先生要是不能一心一意地侍候亲爱的朴凯特夫人，那未免太残酷了。"

我心里不由得想道：要是肉铺的老板不能一心一意地侍候亲爱的朴凯特夫人，那才真叫残酷呢。可是我没有露出一点口风，因为我对于待人接物的礼貌必须战战兢兢，随时留神。

吃饭时，我使用刀、叉、羹匙、酒杯和其他种种足以惹祸招灾的食具，都十分小心；一面静听朴凯特夫人和蛛穆尔的谈话，从话中得知蛛穆尔的教名叫作本特里，他居然还是一位从男爵的第二继承人。还得知，刚才我在花园里看见朴凯特夫人读的那本书似乎是一本研究爵位的著作；如果朴凯特夫人的祖父的大名能列进这部书里，她完全知道应当列在哪年哪月哪日的项下。蛛穆尔说话不多，可是尽管罕言寡语（我觉得他是个性子阴沉的人），却一开口便是一派上等人的口气，他把朴凯特太太引为闺阁名媛中的知己。他们说的这些话，除了他们自己和那位拍马屁的邻居可意乐夫人之外，谁都不感兴趣，看来赫伯尔特甚至还听得很难受；要不是一个小厮进来报告家里发生了一件不幸的事，这番话真不知要谈到什么时候。所谓不幸的事，其实不过是厨娘不知把牛肉放在哪儿了。这时朴凯特先生正拿着餐刀在切肉，一听这话，马上放下餐刀餐叉，双手抓住自己乱蓬蓬的头发，似乎要拼命使劲把自己凭空拎起来。拎了一阵没拎起来，方才不吭一声，继续切肉。他这种排忧解恨的表演，着实离奇，我因为是第一次看见，大为惊异，旁人却都不当作一回事；不过，过了不久，我看惯了，也就像别人一样不以为奇了。

可意乐夫人不久便改变话题，开始恭维起我来。我开头听得很高兴，可是她这马屁实在拍得恶俗不堪，马上扫尽了我的兴致。她一面装腔作势说是很想了解了解我家乡和我亲友的情况，一面就扭扭捏捏挨到我跟前来，活像一条舌头开叉的蛇。她偶然也扑到史塔舵那边去（史塔舵跟她不大讲话），或是扑到蛛穆尔那一边去（蛛穆尔和她讲得更少），我倒是羡慕这两个人坐在她对面，少受了多少罪过。

饭后，保姆把孩子们带进来，可意乐夫人便信口赞扬这个眼睛长得好，那个鼻子长得好，另一个腿长得好——这倒不失为给他们开窍的好办法。一共是四个女孩，两个男孩，吃奶的娃娃不知是男是女，至于这娃娃下头的一个，就更不得而知了。带他们进来的是芙洛普琛和密莱斯，这两位女士俨然是两位小小的军官，奉命到什么地方去招募孩儿兵，现在招到了这么几个回来销差；朴凯特夫人望着这些埋没了的华胄贵族，看她的神气，好像她倒早就有意要把这支队伍检阅一下，可就是不知道应该拿他们怎么办。

芙洛普琛说："喂！夫人，把你的叉子交给我，小宝宝给你。别那样抱，小心在桌子底下撞痛了头。"

朴凯特夫人听了这话，便换了个抱法，于是这娃娃的头，没有在桌子下面撞痛，却在桌子上面撞痛了，砰然一声，举座皆惊。

只听得芙洛普琛说："哎哟哟，我的天啊！还是让我来抱吧，夫人。洁茵小姐，你过来逗逗小宝宝，快来呀！"

洁茵小姐自己才不过是个小不点儿的女孩，可是看来早就已经担当重任，得照料别的孩子了；她本来站在我身边，这时连忙走到那娃娃跟前跳来跳去，居然跳得小娃娃破涕为笑，所有的孩子都跟着笑了起来，连朴凯特先生也笑了（在这个短短的时间里他已经两次抓住了头发，使劲想把自己拎起来），大伙都喜笑颜开，乐了一阵。

芙洛普琛托住小娃娃的屁股，叠成个荷兰洋娃娃似的，稳稳当当地放在朴凯特夫人膝盖上，又拿了一副胡桃钳给小娃娃玩，提醒朴凯特夫人要多多留神，说是钳柄碰着小眼睛可不是闹着玩儿的，又厉声吩咐洁茵小姐也要好生看着。两个保姆走到外边，在楼梯上就和刚才侍候大家吃饭的那个小厮大打出手；那小厮本来是个放荡的家伙，分明在赌台上混惯了，哪里还有个小厮的样子？

朴凯特夫人只顾和蛛穆尔讨论两个从男爵爵位，吃着糖酒浸橘子，完全忘了自己怀里的娃娃，任其拿着那把胡桃钳做出种种吓死人的举动——我看着这光景，心里很是不安。后来还是洁茵看见那小脑袋已经岌岌可危，便轻手轻脚离开了座位，走过来做了许多小花样，把那件危险的武器哄了过来。大概正在这当儿，朴凯特夫人的橘子也吃完了，她一见很不以为然，对洁茵说：

“你这没规没矩的孩子，好大的胆子！还不马上回去坐着！”

小姑娘大着舌头说：“亲爱的妈咪，小宝宝险些把眼睛也挖出来了呢。”

朴凯特夫人喝道：“你好大胆子，敢顶撞我！还不马上回到自己座位上去坐着！”

朴凯特夫人为了维护自己的尊严，竟然施出这种高压手段来，实在使我难以自安，仿佛这件麻烦都是我多事而引起的。

朴凯特先生在餐桌的另一头规劝道：“贝琳达，你怎么这样蛮不讲理？洁茵还不是为了免得伤着了小宝贝？”

朴凯特夫人说：“我不允许任何人来管我的事。我感到奇怪，马修，你竟会当众编派我的不是。”

朴凯特先生又伤心又气愤地嚷道：“我的天啊！难道眼看着小娃娃在胡桃钳下送命，也不许人救吗？”

朴凯特夫人朝那个得罪了她的无辜的小姑娘威风凛凛地瞥了一眼，说：“我可不允许洁茵来管我的事！我想我还没忘了我的先祖父是什么地位的人。哼，洁茵！”

朴凯特先生又用双手抓住头发，这一次可是当真把自己从椅子里拎起了两三寸。他无可奈何，只得仰天长叹："请听听！宁可让娃娃给胡桃钳敲死，也不能碰一下人家什么先祖父的地位！"说完，坐下来不吭一声。

掀起这场风波时，大伙都两眼望着台布，十分尴尬。既而风波暂息，可是那个天真无邪、不服管束的小娃娃却对着小洁茵跳跳蹦蹦、咿咿呀呀地闹个没完，据我看，在这一家人里面（不算佣人），这娃娃恐怕只认识洁茵一个人呢。

朴凯特夫人说："蛛穆尔先生，请你拉铃叫芙洛普琛来一下好不好？洁茵，你这个没规没矩的小丫头，还不赶快去睡觉！噢，小宝贝，妈带你一块儿去睡。"

小娃娃一片赤诚，不会做假，用尽力气挣扎反抗。只见小身体一拱，挣出了朴凯特夫人的怀抱，可是拱得不对头，小脸蛋没有露出来，倒是露出一双绒线鞋和两个有小圆窝儿的脚踝，结果尽管大造其反，还是死拉活扯给带了出去。后来小家伙总算还是如愿以偿，不到几分钟光景，我就从窗口里看见小洁茵在照料这娃娃了。

那另外五个孩子，因为芙洛普琛自己有事不能分身，又没有别人来管他们，所以依旧留在餐桌上。我得此机会，才弄明白了他们和朴凯特先生的关系——容我试举一例，以见一斑。朴凯特先生这时候的脸色比平常更显得迷惘了，他头发蓬乱，怔怔地望了孩子们好半晌，似乎自己也摸不着头脑：这些孩子怎么会在这座房子里吃住的，造化怎么不把他们分配到别的人家去呢？然后他像个传教士一般冷冷淡淡向孩子们问这问那——譬如问问小乔的衣服褶边上怎么会有个洞，小乔回答说，“爸爸，芙洛普琛一有空就会补的；”问问小范妮怎么会生“虾眼”的，小范妮说，“爸爸，等密莱斯记起来了她会给我敷药的。”接着，他动了亲子之情，给了他们一人一个先令，叫他们出去玩；孩子们一走，他又用足气力抓住头发把自己往上拎了一阵，那一团永远理不清的乱麻，也就抛在脑后了。

傍晚，河上有人划船。蛛穆尔和史塔舵每人雇了一条小船，我决定也驾一叶轻舟赶过他们。凡是乡下孩子拿手的游戏，我十有八九都十分内行，不过在别的河上划船倒还不算什么，在泰晤士河上划船，则自知风度不够优雅，恰巧有一位得过划船竞赛奖的船夫在我们那个埠头跟前兜客，我的两位新伙伴便立即介绍我向他学习。这位富有实际经验的权威人士劈头就说，我生就一条打铁师傅的好胳膊，我一听不禁大为发慌。如果他知道这句恭维话险些儿使他少收了一个徒弟，我想他大概也就不会说了。

晚上回到家里，每人一盘晚餐；回想起来，当时要不是家里发生了一件不愉快的事，这顿晚饭一定吃得皆大欢喜。原来朴凯特先生正在高兴头上，一个女佣走进来说：“先生，我想跟您说句话儿，不知道您乐意不乐意。”

不料这又触犯了朴凯特夫人的尊严，她说：“想跟你老爷说话？你想到哪里去了？去跟芙洛普琛说吧。否则就改天跟我说。”

女佣回道：“请原谅，夫人，我现在就要说，而且要说给老爷本人听。”

于是朴凯特先生就走了出去，我们只好自己尽量找点消遣，等他回来。

朴凯特先生回来时满脸愁容，一副束手无策的样子。他说："这可太不像话了，贝琳达！厨娘醉得不省人事，躺在厨房的地板上，藏了一大块新鲜黄油在橱里，准备拿出去卖了装腰包！"

朴凯特夫人立即显得满脸和顺，说："准是索菲雅那个臭丫头干的好事！"

朴凯特先生问道："你这话什么意思，贝琳达？"

朴凯特夫人说："索菲雅不是已经向你招供了吗。她刚才走进来要跟你说话，我不是亲眼看见，亲耳听见的吗？"

朴凯特先生答道："贝琳达，刚才她明明是带我下楼，让我去看看那个厨娘和那块黄油呀！"

朴凯特夫人说："马修，她做了坏事，你还要为她辩白？"

朴凯特先生只得闷闷不乐地叹息一声。

朴凯特夫人又说："我是我祖父的嫡嫡亲亲的孙女，难道在这个家里就不当我一回事？何况厨娘一向是个有体统的好女人，她上门来找活干的那一天就真心真意地说，据她看，我命中注定应当做个公爵夫人。"

朴凯特先生原是站在一张沙发跟前，一听这话，不由得颓然坐在沙发上，一副模样活像个奄奄一息的格斗士。后来我一看已经到了该安歇的时候，便向他告辞，只听他瓮声瓮气地说了一声："明天见，匹普先生。"可是身子纹丝不动，照旧还是那副模样。

第二十四章

隔了两三天，我在自己房间里已经安顿停当，到伦敦也已经来回跑过几次，一切必要的用品都已经叫各个特约商行送来了，这时朴凯特先生才和我做了一次长谈。他对于我未来的前途比我自己了解得还清楚，因为他谈到贾格斯先生和他说过，我的深造并非为了就业，只要我的学问能够“及得上”一般富家子弟，同我未来的地位大致相称，也就蛮可以了。我没有什么相反的意见可提，自然就默默同意了。

他建议我先到伦敦某几个地方去见识见识，获得一点我所欠缺的入门知识，一切课程都可以由他负责给我讲解和指点。他相信，只要帮助得法，我不致会遇到什么不可逾越的困难，估计不消多久，我就能够毋须别人教导，只要他一个人指点就可以了。除了这些以外，他还说了好多大意类似的话，总之全然和我开诚相见，谈吐也很美妙；我可以毫不犹豫地说，既然他对我履行义务始终是这样一片热心、毫不苟且，我对他履行义务也就不能不同样一片热心、毫不苟且。如果他做老师的先表示冷淡，我做学生的毫无疑问也会拿冷淡的态度来回敬他；他既然做到我无言可说，我们师生之间自然就彼此尊重，各不相负。自从建立师生关系以来，我从来也不觉得他有什么滑稽可笑，只觉得他处处庄严、正直、善良。

这几点谈妥以后，我就积极进行，认真进修起来，却又想到假使能在巴那尔德旅馆里保留一间卧室，既可以适当调剂生活，也便于向赫伯尔特学点礼貌规矩。朴凯特先生不反对我这种安排，只是再三叮嘱务必先请示我的监护人，再做处置。我觉得他想得这般周到，无非是因为我这番打算，也可以使赫伯尔特节省一些开支，于是我赶到小不列颠街，把我的打算告诉贾格斯先生。

我对贾格斯先生说：“替我租的那套家具要是能够让我买下来，另外再给我添置一两件小玩意，我住在那边就蛮舒服了。”

贾格斯先生冷笑一声，说：“尽管买吧！我早就告诉过你，你的开销会愈来愈大。没说错吧！你要多少钱？”

我说不知道要多少。

贾格斯先生顶了我一句：“得啦！要多少？五十镑行不行？”

“哦，不用这么多。”

贾格斯先生说：“五镑行不行？”

这真是从天上掉到地下，弄得我狼狈万状，只得说："哦！再多一点。"

贾格斯先生反问我道："啊，再多一点！多多少呢？"说着，双手插在裤袋里，头侧在一边，眼睛望着我背后的墙壁，等着看我的动静。

我吞吞吐吐地说："准确数目倒很难说。"

贾格斯先生说："得啦！你就说说看吧。两个五镑够不够？三个五镑够不够？四个五镑够不够？"

我说，四个五镑足够了。

贾格斯先生皱眉道："四个五镑足够了吗？那么，你算算四个五镑是多少呢？"

"我算算是多少！"

贾格斯先生说："唔！多少？"

我笑着说："你算出来总是二十镑吧？"

贾格斯先生听出了文章，不以为然地一仰头，说："我的朋友，别管我算出来是多少，我只要知道你算出来是多少？"

"当然是二十镑啦。"

贾格斯先生开了他办公室的门，喊道："文米克，要匹普先生出一张收据，付给他二十镑。"

这种异乎寻常的办事方式给我留下了异乎寻常的印象，自然不是愉快的印象。贾格斯先生是从来不笑的；不过他脚上穿了一双又大又亮、吱嘎作响的皮鞋，当他两腿并排站在那里，耷拉着大脑袋，紧皱着眉头等别人回答时，有时候会踩得皮鞋吱嘎一响，倒仿佛是皮鞋发出了怀疑的冷笑。现在他正好走出去了，我看文米克倒很机灵健谈，于是就对文米克说，我简直不明白贾格斯先生刚才的态度是什么意思。

文米克答道："你把数目回答他，他就高兴了，他并不是真的要你算一算。"文米克见我神情诧异，便"唉呀"一声，接下去说："并不是他个性如此，这是职业习惯——完全是职业习惯。"

文米克伏在桌上吃着一种又干又硬的饼干当点心，嚼得嘎吱嘎吱直响；不住地把饼干扔到嘴里，好像把一封封信投进邮筒口一样。

文米克说："我始终觉得他似乎布好了一个捕人的陷阱，自己监守在一旁。趁你一个不留神，咔嗒一响，就被他逮住了！"

我心里想设置捕人的陷阱不合于为人处世的厚道，可是我嘴上只是说，贾格斯先生大概手段很高明吧？

文米克说："像澳洲一样高深莫测。"说着便用笔尖指指办公室的地板，表示假如用个比喻形容一下，澳洲正好是在地球的另一边。他提起笔来，又补充了一句："如果还有什么东西比澳洲更高深莫测，那除非就是他。"

接着，我又说到贾格斯先生的生意大概很不错吧，文米克说："呱——呱——叫！"我又问事务所里办事员多不多，他回答道：

"我们用不着很多办事员，因为贾格斯只有一个，人家又不愿意和他打隔手的交道。我们一共是四个人。你想不想去看看他们？

说实在的，你已经不是外人啦。”

我接受了他的邀请。文米克先生把饼干都扔进邮筒口以后，就伸手探进外衣领口，像掏出一条铁辫子一样，取出了挂在背上的钥匙，开了保险箱，从一个放现款的匣子里拿了钱交给我，然后跟我一起上楼。房子又暗又破旧，那些在贾格斯先生办公室墙壁上留下了油腻腻的肩膀印的人，看来在这座楼梯上跑上跑下也跑了多年，所以把座楼梯也擦得亮光光的了。二楼前间有个办事员，模样儿既像个小客栈老板，又像个捕鼠师傅，骨骼巨大，脸色苍白，满脸浮肿；他正忙着接待三四个衣着寒碜的人，看他的态度很不礼貌，其实，凡是找上门来惠顾贾格斯先生生意的人，看来没有一个不受到这种接待的。走出来，文米克说："他在搜集证据，准备上'老寨子'用[①]。"在三楼前间的是一位身材矮小、有气无力、像条猎狗模样的办事员，披着一头长发（他大概从做小狗的时候起就忘了剪毛），也在那里接待一个眼睛不大好的男人。文米克先生告诉我，那个当事人是个专铸假币的，他那口坩埚成年累月烧得滚开，我要是有什么东西请他铸造，他没有不答应的道理——只见他身上汗下如雨，仿佛正在自己身上试验自己的手艺。后间另有一人，肩膀高耸，准是有面部神经痛，所以用一块肮脏的法兰绒裹着脸，他穿一身好像涂过蜡的黑衣服，正在埋头誊写另外两位办事员起草的稿件，以备贾格斯先生应用。

① "老寨子"指伦敦中央刑事法庭。意谓搜集证据，准备开庭时辩护用。

整个事务所的情形就是如此。下得楼来，文米克带我到我的监护人房间里，说："这里你已经看过了。"

一眼又看见那两座恶眼斜瞪的讨厌头像，我说："请问这两座头像是什么人？"

文米克先生爬上椅子，掸了掸灰尘，把两座可怕的头像拿了下来，说："这两个人吗？这两个人大名鼎鼎。是我们两个出名的当事人，给我们带来了无限的荣誉。这个家伙（哎呀，你这个老流氓，准是晚上跑下来向墨水瓶里探头探脑，把墨水溅到眉毛上去啦！）谋杀了他的东家，结果却没有让人找到尸体，可见他布置得确实不坏。"

我问道："这头像像他吗？"听说是这么个残忍的家伙，我吓得往后直退，文米克却在它眉毛上吐了一口口水，又用衣袖擦了一擦。

文米克说："像他？要知道，这是他不折不扣的原形。这座头像是在新门监狱铸的，从绞刑架上一放下来就拓下了这个脸形。你这个老滑头，你对我特别有好感是不是？"为了解释"老滑头"这一声亲热的称呼，他摸摸胸口那枚画着女人、垂柳、枯坟、坟上放着骨灰瓮的胸针，说："还特地定做了这个送给我呢！"

我问："这位女士也有点来历？"

文米克答道："没有，那不过是他设计的一件小玩意儿罢了。（你也喜欢弄些小玩意儿，是不是？）那倒没有什么来历，匹普先生，这件案子根本牵涉不到女人身上去，要牵涉也只牵涉到一个——可也不是这样一个苗条优雅的女人，她也绝不会守着这只骨灰瓮——除非瓮里装的是酒。”文米克的注意力就此转移到了这枚胸针上去，于是他就放下头像，用手绢擦起胸针来。

我问：“另外那个家伙也是遭到同样下场的吗？他的神态和刚才那个一样呢。”

文米克说：“你说得对，地地道道就是那种神态。好像一边鼻孔里塞了一撮马鬃和一个小小的鱼钩似的。不错，他的下场也一样；老实说，在我们这儿这种下场是十分自然的。这个浪荡子啊，他假造遗嘱，谁被他假立了遗嘱，只怕还得给他送命呢。”说到这里文米克先生又向头像说起话来：“不过你毕竟是个有君子风度的汉子，你说你还会写希腊文哩。嘿，你多会吹牛！你真是个撒谎大王！我从来没见到过像你这样的撒谎大王！”文米克摸了摸手上最大的一颗悼亡戒，说：“临死前一天还叫人买了这个戒指来送给我呢。”说完把他的这位亡友放回到架子上。

他放好另一座头像，爬下了椅子。我不禁想到，莫非他这些宝贝的来源都是如此？既然他谈到这件事并没半点赧颜愧色，我就趁他站在我面前拍拍手上灰尘的时候，不揣冒昧，大胆向他探问起来。

他回答道：“噢，是啊！都是这样送来的。这个送了那个送，就是这么回事。送来我总是收下。都是珍品嘛。而且总是财产。也许值不了多少钱，不过毕竟是财产，而且是动产。在你这样一个前程似锦的人看来，这算不了什么；可是对我来说，我的处世方针永远是：多捞动产。”

我对他这种高见表示敬佩，他以友好的态度继续往下说：

“你几时有空，若蒙不弃，能够光临沃伍尔斯，在我那里过夜，那就是我的荣幸了。我也没有多少好东西向你夸耀，不过有两三件珍玩也许你会乐意看看；还有个小花园，一座凉亭，我自己倒是满得意的。”

我说，非常乐意领情。

他说：“谢谢。那么一言为定，你什么时候方便，就请赏光。贾格斯先生请你吃过饭没有？”

“还没有。”

文米克说：“那好，他会请你喝葡萄酒，很好的葡萄酒。我就请你喝潘趣酒，不坏的潘趣酒。还有件事应当告诉你——你多早晚到贾格斯先生家里去吃饭，不妨留意一下他那位管家妇。”

“难道有什么稀奇的地方？”

文米克说：“唔，那是一头驯服了的野兽。你看了也许会说，并不怎么稀奇。但我的回答是，稀奇不稀奇，那要看这头野兽本来野蛮到什么程度，是花了多大的功夫才驯服的。你看了以后，包你不会小看贾格斯先生的本领。你不妨留神看一看。”

他这个预告引起了我极大的兴趣和好奇，我说，我一定留神看一看。我和他告别时，他问我是否愿意花几分钟时间去看看贾格斯先生“办理公事”？

由于种种原因，尤其是因为我弄不明白贾格斯先生在办理什么公事，所以我就回答说我愿意。我们赶到城里，来到一个挤满了人的违警罪法庭上，只见那位生前特别喜爱胸针的死者的一个血亲（这不是一般的所谓血亲，而是说在杀人流血这一点上他们彼此关系很亲）正站在法庭上听候审判，嘴里很不自在地嚼着一些什么东西；我的监护人正在对一个女人进行询问，或者盘问——我不知道到底应当怎么说——弄得她和全体法官以至于每一个人都诚惶诚恐。不论是谁，不管你地位有多高，只要说一句他不入耳的话，他立即吩咐把这个人的话“记下来”；谁要是不招供，他就说：“我自有办法从你肚子里把口供掏出来！”谁要是招供了，他就说：“你还逃得出我的手掌！”只消他咬一下食指，法官们就瑟瑟发抖。不论是做贼的，捉贼的，都战战兢兢地竖起了耳朵听着他的每一句话，只要他有一根眉毛朝着他们一耸，他们就会吓得打个寒噤。我实在弄不明白他究竟是在为哪一方辩护，只觉得似乎满法庭的人都受到了他的折磨。我只知道，当我踮起脚尖儿溜出来的时候，他并没有站在法官那一边，因为我听见他在指责那位主持审判的老法官，说是凭老法官那天的行为举止，根本不配代表大英帝国的王法坐在主审官的席位上，气得老法官的一双脚在桌子底下直抽搐。

第二十五章

本特里·蛛穆尔是个阴沉沉的人，甚至对待一本书也没有好脸色，好像著书人得罪了他似的；对待人，自然更不会和善到哪里去。他身个儿长得笨，动作笨，脑子笨——连脸上表情也很迟钝，一条不灵便的大舌头在他嘴里懒洋洋打起转来，就像他本人在屋子里懒洋洋打转一样——而且他为人懒惰，自大，小气，寡言，多疑。出身于桑麦塞州的富贵人家，从小就让父母养成了这一副德性，等他成了年，才发现他是个草包。本特里·蛛穆尔来到朴凯特先生家里的时候，论个子，比朴凯特先生要高出一头，论脑子，则比谁都要矮上半截。

再说史塔舵，从小被软心肠的母亲宠坏了，到了应该上学的年龄还待在家里不上学，不过儿子倒是非常热爱母亲，说不尽地崇拜母亲。他五官秀巧得像女人，赫伯尔特对我说得好：“你尽管没有见过他母亲，可是一看就知道，他长得和他母亲一模一样。”不用说，我对他自然要比对蛛穆尔有好感得多。我们傍晚划船才划了没几天，我们两条船就结了伴，天天一块儿并排划回家去，一路上谈天说地，而本特里·蛛穆尔却独自落在后边，傍着高耸的河堤，出没在灯心草丛中。蛛穆尔简直像一头不安分的两栖动物，即便在水流迅速、大可顺流而下的时候，也老是要悄悄靠到岸边去；我总觉得，我们的两条船是在中流，划碎了一河夕照或月光前进，他则是躲在暗处，避开了江流，在我们后面赶来。

赫伯尔特成了我知己的伙伴和朋友。我让他和我共同使用我的小船，他因此常常到汉麦尔斯密士去；他的套间也供我共同使用，我也因此常常到伦敦去。我们还经常不分日夜地在这两个地方之间步行往返。我到现在还对这条路有感情（虽然现在走起来已不如当年那么愉快），那都是青春正富、前程方远、对什么事都感到新鲜的时代建立起的感情啊。

我在朴凯特先生家里住了一两个月光景，有一天卡密拉夫妇来了。卡密拉夫人是朴凯特先生的妹妹。我从前在郝薇香小姐家里见过的那位娇吉安娜也来了。她是朴凯特先生的表妹，是个患消化不良症的单身妇女，把自己的固执不化叫作信教虔诚，把肝火上升叫作厚爱深情。这几个人由于贪婪成性，结果又事与愿违，因此对我恨之入骨。不用说，如今见我发了迹，一个个巴结我都巴结到了无耻之尤的地步。至于朴凯特先生，他们把他看作一个不知自身利益的大孩子，所以我上次听到，他们对他倒还能安然相容。朴凯特夫人呢，他们可就不放在眼里了，不过他们倒也承认这位可怜的人儿确是饱尝了失意之苦，这无非是因为同病相怜，从她身上可以依稀照见他们自己的影子。

我的生活环境和读书环境大抵如此。不久我就养成了奢华的习惯，花费之大，要是在三两个月以前我会觉得简直荒乎其唐；不过，好也罢歹也罢，读书我倒是坚持不懈。其实这也算不上什么了不起的事，不过是我有自知之明，了解自己教养不足而已。在朴凯特先生和赫伯尔特的指点之下，我进步很快；他们经常总有一个在我身边，给我以必要的诱掖，为我扫除前进途中的障碍，我如果再没有长足的进步，岂不成了和蛛穆尔一样的大傻瓜吗？

我跟文米克先生几个星期没有见面，便写了封信给他，约好在某一天晚上到他家里去做客。他回信表示非常欢迎，约定晚上六点钟在事务所等我。到得事务所，恰巧钟敲六点，只见他正把保险箱的钥匙揣到脖子后面去。

他说："你可有意思步行到沃伍尔斯？"

我说："好，只要你赞成。"

文米克答道："十分赞成，因为我两条腿成天塞在办公桌子下面，能够舒展舒展是再乐意不过的了。匹普先生，我把晚餐的内容告诉你吧。自己家里做的焖牛肉，小饭馆里买来的烤鸡。烤鸡估计很嫩，因为那家小饭馆的老板前几天在我们经手的案子里当过陪审员，我们没有为难他。我去买鸡的时候，当面提醒过他这件事，对他说：‘给我们拣一只好一点的，老乡，要知道，当时我们真要在法庭上留难你一两天的话，完全可以留难你。’他说：‘我来拣只最好的奉送吧。’他要奉送，我自然让他奉送。说到头来，那毕竟是件财产，又是件动产。你大概不会讨厌老爹爹吧？”

我以为他还在说那只烤鸡，后来听他说到“因为我家里有位老爹爹”，这才明白过来，连忙说了几句得体的客气话。

我们一路走去，他又问我：“原来你还没有到贾格斯先生家里去吃过饭？”

“还没有。”

“今天下午他听说你要上我家去，顺便提了一声。看来他明天就会请你。还要请你的几位好朋友。一共有三位，是不是？”

虽然我从来不把蛛穆尔当作亲密的朋友，我还是答应了一声“是”。

“唔，他打算把你们一伙都请来。”我觉得他这个“伙”字用得很不客气。他又说：“不论他给你们吃什么，反正总是上好的货色。花色多不了，却都是呱呱叫的上品。他家里还有件古怪事，”文米克顿了一下又说，我还以为他要接下去谈论上次提起的那个管家妇呢，可是他却接着说：“他家里晚上从来不关一扇门，一扇窗。”

“难道从来没有人来偷他的东西？”

文米克答道：“就是这句话！他公开对人说：‘我倒要看看谁敢来偷我的东西。’我的天啊，我在我们前面办公室里，听见他对那些宿贼惯窃少说也讲过上百次：‘你们都知道我住的地方；我家里从来不关门窗；干吗不来找我做笔买卖呢？来吧；请来试一试好不好？’可是，阁下，说什么也没有一个敢去试一试。”

我说：“他们怕他怕到这个地步吗？”

文米克说：“怕他？你说得对，他们是怕他。不过也因为他太会耍花招。他用话激他们，其中就有花招。他家里连银子都没有，阁下。连一只银汤匙都没有，全是白铜的。”

我说：“这么说，他们就是动手也捞不到什么好处喽——”

文米克打断了我的话，说：“啊！可他得的好处就大啦，他们心里都有数的。他会要他们的性命，要他们几十条性命。只要能到手的他什么都要捞到手。只要他存心去捞，就没有什么捞不到手的。”

我正在暗暗佩服我的监护人了不起，只听得文米克又说：

“至于他家里看不到银子，那不过表明他天生胸有城府。江河天生有深处，他也天生有城府。瞧瞧他的表链吧。那才是货真价实的金表链呢。”

我说：“那根表链的确很结实。”

文米克重复道：“结实？不假。表也是真金的弹簧自鸣表，至至少少要值一百镑。匹普先生，伦敦有七百来个窃贼了解这只表里里外外的全部底细；谁要是哄他们去碰一下这条表链，他们无论男女老少，只要一见表链上一个小小的环儿，准保没有一个人认不出来，准保没有一个人不是像捏着烧红的火炭似的，扔开也来不及。”

我和文米克一路走一路谈，开头谈的就是这类事情，后来又随便扯些家常，不知不觉把时间和路程都打发了过去，一转眼，文米克先生说沃伍尔斯区到了。

只见这地方全是些黑沉沉的小巷、水沟和小花园，看起来幽静得有点近乎冷清。文米克的住宅是座小木屋，坐落在一个小花园中央，屋顶的造型和漆色，好像一座架了炮的炮台。

文米克说：“这是我自己的作品，样子还不错吧？”

我满口称赞。这样小的房子，我生平还是第一次见识；那种哥特式的窗户真是奇形怪状到极点（绝大多数可是装门面的），一扇哥特式的门矮到简直走都走不进去。

文米克说：“你瞧，那儿还竖着一根地地道道的旗杆，每逢星期天我就把一面地地道道的旗子升上去。你再瞧瞧这儿。这座吊桥，我一走过去就这样随手吊起，于是里外就不通了。”

他说的吊桥，其实是块木板，架在一道四英尺来宽、二英尺来深的沟上。不过，看他扯起吊桥、拴好绳子时的那种得意洋洋的神气，倒是怪有意思的——他这个当儿的笑，才是心里乐滋滋的笑，不是那种刻板的笑脸了。

文米克说：“每天晚上，格林威治时间九点整，我们就放炮。你瞧，那边就是炮台！待会儿放起来，你就会说这尊响炮厉害了。”

他所说的大炮，架设在一座铁格子的炮台形状的建筑物上。为了遮蔽风雨，上面用油布做了一个巧妙的小玩意儿，像一把伞一样。

文米克说：“还有，在那后面，人家看不见的地方——不让人看见，是为了不致有碍城堡的观瞻——因为我有个原则：想到要做一件事，就一定要做到，而且要做得彻底——不知尊见以为如何——”

我说，所见极是。

于是他继续说下去：“在那后面，养着一头猪，还有鸡鸭和兔子；你知道，我还搭了个小瓜棚种黄瓜；等会儿吃晚饭，你可以尝尝我们的色拉有多好。所以说，阁下，”文米克先生说到这里又笑了起来，不过随即又一本正经地摇了摇头，“这个小地方万一被包围了，在粮食方面倒是可以不愁，要支持多久就可以支持多久。”

接着，他就领我向十来码外的一座亭子走去，虽说距离不远，可是循着七弯八曲、巧妙设计的小路走过去，倒也走了好一会儿。到这个幽静的所在一看，酒杯已经摆好。亭子筑在一个聊为点缀的假湖边上，潘趣酒放在湖里冰着。小湖呈圆形（中央有个小岛，湖里有酒，当然也就少不了这一盘色拉了），湖心有喷泉装置，是由一座小风车改装的，转动风车，取出那管子里的软木塞，泉水迸出，刚好可以溅湿你的手背。

文米克听见我称赞他，便答道：“我自己做工程师，做木匠，做铅管匠，做园艺匠，样样都自己干。跟你说，干这种玩意儿可有意思了：一可以荡涤从新门监狱里沾来的蛛丝尘垢，二可以让老人家高兴高兴。我这就把你介绍给老人家，好不好？你不会见怪吧？”

我说非常乐意，于是一同进入城堡。只见一个年迈龙钟的老人，穿一件法兰绒上装，坐在火炉边上：衣着洁净，精神矍铄，安

然自得，保养得也很好，可惜耳朵聋得厉害。

文米克对他说："喂，老爹爹，您可好？"说着就半认真半打趣地和他握手。

老人答道："好极了，约翰，好极了！"

文米克又说："老爹爹，这位是匹普先生，您要听得见他的名字多好。"又对我说："匹普先生，您对他点点头吧，他喜欢人家对他点头。请您赶快对他点点头！"

于是我使劲向老人点头，老人大声说："先生，我儿子的这个住宅可真是个好地方呀。真是个名胜所在，先生。这块地方，还有这些美妙的玩意儿，到我儿子身后，应当由国家来经管，让大家来欣赏欣赏。"

文米克那张刻板的脸当真漾出了笑意，他端详着老人，说道："老爹爹，这块地方叫您得意得了不得，是不是？我来给您点个头，"——说着使劲点了个头；"再给您点个头，"——这下点得更使劲了；"您喜欢人家给您点头，是不是？"又对我说："匹普先生，您若是不厌烦，可不可以再给他点个头？我知道陌生人会感到厌烦的。可您真想不到他见了有多喜欢。"

我给老人连点了好几个头，老人好不高兴。他抖了抖精神去给鸡鸭添饲料了，我和文米克便来到凉亭，坐下喝潘趣酒；文米克一面抽烟斗，一面告诉我说，他花了好多年心血，才把这份家业经营得像现在这样尽善尽美。

"房产是你自己的吗，文米克先生？"

文米克说："那还用说！我是一点一滴攒积起来的。皇天昭鉴，这成了我的世袭领地啦！"

"真的吗？我看贾格斯先生见了也会赞赏的。"

文米克说："他哪里见过！听也没听说过这个地方。他也没见过老人家。听也没听说过老人家。没有的事；事务所是事务所，私生活是私生活。我进了事务所，就把这个城堡扔到脑后；进了城堡，就把事务所扔到脑后。要是您不见怪，还得请您多多体谅，照我这样办才好。在我上班的时候，我不愿意谈到我的城堡。"

我自然得向他保证，一定尊重他的要求。潘趣酒很可口，我们边喝边谈，到九点钟光景，文米克放下烟斗，说："就要放炮了，这是老人家最快意的事。"

返回城堡，只见老人家眼里带着期待的神色，正在那里烧一根拨火棍，为这个每夜的盛典做准备。文米克手里拿着表，只等时刻一到，就从老人家手里接过那根烧得通红的拨火棍，赶到炮台上去。时刻到了，他拿着拨火棍走出去，顷刻之间，只听得轰隆一响，震得这座本来就不稳的木头笼子似的小屋晃个不停，似乎非要坍倒不可，酒杯茶杯也都震得叮当乱响。老人家要不是两手紧紧抱牢椅子扶手，我看早就被掀翻在地上了，只听得他兴高采烈地喊道："炮响了！我听见的！"我只顾朝着这位老先生点头，不是我夸大其词，点到后来，我就两眼发黑，连他的人影子都看不见了。

文米克利用晚餐以前的空隙时间，让我见识见识他收藏的珍玩。多半是些与犯罪案件有关的东西，包括著名文件伪造案里用过的笔，一两把大有来历的剃刀，几绺头发，死因临刑前所写的几份口供底稿，文米克先生特别看重这些底稿，用他自己的话说，这是因为“他们这些人没有一个说真话的，阁下”。这些东西因为同其他玩意儿杂陈在一起，所以倒也并不刺眼；摆在一起的还有各式各样的瓷器和玻璃小玩意儿，本博物馆主人自制的各种精致小品，以及老人家亲手雕刻的几个装烟塞子①。形形色色，全部陈列在我进城堡时先到的那间屋里；这间屋子除作为日常的起坐间以外，还兼做厨房。我说它兼做厨房，是因为看见炉架上搁着一口锅，壁炉上方有一个用来挂烤叉的小铜钉，才这样判断的。

有一位整整洁洁的小姑娘在这里侍候我们，她白天是专门服侍老人家的。等她端上了晚餐以后，就放下吊桥，让她走出城堡回家过夜。晚餐好极了；虽然城堡里老是有一股木头的干枯味儿，闻起来很像变质的硬壳果，而且猪又关在附近，但我对于这种种款待还是无不衷心感到满意。我睡在塔楼上一间小小的卧室里，那也是完美无瑕的，只不过我的身体跟那根旗杆之间只隔着一层薄薄的天花板，弄得我好像整夜都把那根杆子顶在头上睡觉。

文米克第二天一大早就起床了，我仿佛听见他替我刷了鞋子。然后他就去整理园圃，我从卧室的哥特式小窗口里看见他装出一副要老人家帮他干活的模样，恭恭敬敬地向老人家直点头。我们的早餐和晚餐一样可口，八点半我们动身回小不列颠街。一路上，文米

① 抽烟斗时用以将烟丝压实的小玩意儿。

克愈走愈变得冷淡而刻板，嘴唇又渐渐抿得像个邮筒口。到得事务所，他从外套领子里一掏出钥匙，便好像把沃伍尔斯的产业完全忘了；那城堡、吊桥、凉亭、小湖、喷泉，还有那位老人家，似乎一股脑儿都被昨天夜里那一炮炸得灰飞烟灭了。

第二十六章

文米克果然没有说错，我马上就有了机会到我的监护人家里去做客，得以拿他的住所和他的账房兼秘书的住所做了一番比较。那天从沃伍尔斯来到事务所，只见我的监护人正在自己办公室里用香皂洗手，他连忙把我叫过去，当面邀请我带几个朋友去做客，当真都让文米克说中了。他同我约定："一不用客套，二不用穿礼服，就定在明天吧。"我问他住在什么地方（因为我根本不知道他的住址），他回答道："先到这儿来，我带你们一起去。"如今想来这一定是因为：凡是几近招供的话，他是绝不肯说的。顺便也说一下，贾格斯先生简直像个外科医生或牙科医生，当事人一走，他就要洗手。他办公室里另有一个小间，就是专备洗手用的，那里面弥漫着一股香皂气味，很像个香料铺子。盥洗间的门里面有一块特大毛巾挂在滚筒上，他每次从违警罪法庭上回来，或是打发走了一个当事人，都非得洗手不可，洗过之后，就在这块大毛巾上翻来覆去擦个没完，把整条毛巾都擦遍了。第二天下午六点钟，我带了朋友到得那里，只见他一头钻在盥洗间里，非但在洗手，而且还在洗脸、漱口，可见他是刚刚了却了一桩非同寻常的肮脏案件。盥洗完毕，又把那条挂在滚筒上的大毛巾擦了个遍，擦过之后还不算数，又拿出一把小刀来剔指甲，免得这件案子还在指甲缝里藏垢纳污，最后才穿上外衣。

我们一到街上，又像往常一样看见好些人鬼头鬼脑地在走动，一望而知都有事儿急于要找他谈；多亏那股香皂气味像一轮荣光似的缭绕着他全身，咄咄逼人，那些人眼看当天已无缘得近，只得断了这个念头。我们一路朝西走去，大街上的人群中常常有人认得他；遇到这种场合，他就扯开嗓门和我说话；用不到看别的，只要听他扯大嗓门，就知道他一定认出了谁，或者看到有谁认出了他。

他带领我们走到素荷区[①]吉拉德街，来到大街南面的一幢别有风味的房子跟前——房子气派宏伟，只是油漆剥落，光景凄然，窗户也很肮脏。他取出钥匙开了门，大家跟着走进去，走进一间石头砌成的过厅，里面空无一物，阴森森的，看来平时绝少有人。登上深褐色的楼梯，来到二楼，一共是三间深褐色的屋子。墙壁上镶着

① 素荷区，伦敦中部一区，其地多外国人经营的餐馆。

嵌板，嵌板上都镂刻着一圈圈环状的华饰，当贾格斯先生站在这些圈圈跟前迎接我们时，我觉得这些圈圈分明像是某一种圈圈[1]。

晚饭摆在最讲究的一间屋子里；另外两间，一间是盥洗间，一间是卧室。他告诉我们，整幢房子都是他的，可是难得充分利用，平常只用我们看到的这几间。菜肴很不错——桌上当然没有一件是银器——主人的座位旁边放着一个庞大的旋转碗碟架，架上还放着各种各样的酒，还有四盆餐后吃的水果。我暗暗留心，发现他总爱把东西都放在自己手边，样样都要亲自分配。

房间里有一橱书；我看看书脊，都是些关于证据、刑法、罪犯传记、案例、法令之类的著述。家具都是坚固耐用的上品，和他的表链一样。不过看来每一件东西都能各尽其用，没有一件是纯粹为了装点门面的。墙角里有一张小公事桌，桌上有一盏罩灯，由此可见，他一回到家里就可以把家庭变成事务所，晚上推出公事桌来就能干活。

贾格斯先生一路上都和我走在一起，因此并没有留意和我同来的三位朋友，所以现在拉铃叫过女佣以后，他就站在炉边地毯上对他们仔细打量。万万想不到，他立即对蛛穆尔感到了兴趣，纵然不是只对他一个人感到兴趣，至少主要的兴趣都集中在他身上。

他把一只大手搭在我肩上，推着我走到窗口，对我说："你这几位朋友我还分辨不清。那只蜘蛛是谁？"

---

① 意谓绞索。

我说："什么蜘蛛？"

"就是那个满脸疙瘩、叉手叉脚、老大不高兴的家伙。"

我回答道："那是本特里·蛛穆尔，眉清目秀的那一个叫作史塔舵。"

他根本不理会"眉清目秀的那一个"，只是说："他叫本特里·蛛穆尔吗？那个家伙长得真有意思。"

他立即和蛛穆尔攀谈起来，尽管蛛穆尔的答话阴阳怪气，爱理不理，他可并不就此罢休，反而兴致更好，一个劲儿逼着蛛穆尔不说话也得说话。我正望着他们两个，管家妇走了进来，手里端着第一道菜，从我和他们两个人之间走过去。

我看这妇人大约四十岁光景，不过也许是我估计得低了一些。个子相当高，体态轻柔灵巧，面色极其苍白，一双大眼睛黯无神采，飘拂的长发十分浓密。嘴唇张得很开，似乎喘不过气来似的；脸上的表情很古怪，显得慌忙不安，我不知道她有没有心脏病；不过我前几天晚上倒是上戏院去看过《麦克佩斯》[1]这出戏，觉得她这张脸仿佛被热气熏坏了，活像我在舞台上见到的从女巫釜子里冒出来的那些脸蛋。

她把菜放在桌上，用一个手指轻轻碰了一下我的监护人的胳膊，提醒他饭菜已经摆好，便马上出去了。我们围着一张圆桌坐下，我的监护人让蛛穆尔和史塔舵分坐在他的两旁。管家妇端上来的第

---

① 《麦克佩斯》，莎士比亚的悲剧。下文所描写的一段情景见该剧第四幕第一场。

一道菜是其味绝佳的鱼，接着我们又吃了一道同样可口的羊肉，第三道是野味，也毫不逊色。辣酱油，酒，凡是需要的一切作料（一切都是上品），都由主人从旋转碗碟架上拿下来递给我们，依次兜过一圈以后，一定要放回原处。每上一道菜，他就发给我们一套干净盆子和刀叉，把用过的一套放进他椅子旁边的两只篓子里。除了这个管家妇上菜以外，席上再没有别人侍候。每一道菜都由这妇人端上来；我每次看到她，总觉得她那张脸像是从女巫釜子里冒出来的。几年以后，在一间黑暗的屋子里，我用一碗烧酒点了火用来照过另外一个女人的脸，当时我就觉得那副形容和这个女人像得可怕——其实她们的长相并不相像，相像的只有那一头飘垂的秀发。

我特别留意这个管家妇，一来因为她的面容特别引人注目，二来因为文米克事先有过嘱咐。我看出她每次走进来，一双眼睛老是盯着我的监护人；菜一放在他面前，一双手就想缩回去可又不敢缩回去，似乎唯恐一转身就会被主人叫回去，希望他有话趁现在就吩咐。再看看我那监护人的神态，便看出他也并不是没有觉察这个光景，他就是要故意留难留难她。

这顿饭吃得很愉快。我那监护人虽然看来只是听人家谈什么他也谈什么，很少自动提供谈资，可是我知道他是极力要让我们每个人暴露自己身上最大的弱点。拿我来说吧，我不知不觉地就开了口，一开口就忘乎所以地显出了追求奢华靡费的脾性，处处以赫伯尔特的恩人自居，拼命夸耀自己的远大前程。我们个个都是这副德性，特别是蛛穆尔格外与众不同：头一道鱼还没有吃完，他那种对人冷嘲热讽好疑多忌的脾气，早已给追逼得暴露无遗。

后来到吃乳酪时，话锋忽然转到划船上去，大家都拿话挖苦蛛穆尔，说他晚上老是像一只两栖动物似的，慢吞吞地跟在我们后面。蛛穆尔一听这话，连忙告诉我们的东道主说，他宁可跟我们离开一些，也不要跟我们在一起划；说到划船技巧，他比我们的师父还高明；说到气力，他可以像筛糠皮一般把我们一个个摔得老远。我那监护人不知暗暗施了什么法术，撩得他火冒三丈，差一点就要为这件小事动起武来。只见蛛穆尔把衣袖往上一捋，伸出一条胳膊，让我们看看他的肌肉有多么发达，于是大伙都跟着捋衣袖，亮胳膊，说来好不滑稽。

这时候管家妇正在收拾餐桌，我那监护人靠在椅子里，脸背着她，并不理会，他只顾咬着自己的食指，兴致勃勃地望着蛛穆尔，叫我实在觉得捉摸不透。不想他突然伸出一只粗大的手，趁管家妇的手还在桌上，啪的一声就扑了下去，好似猫儿逮住了一只老鼠，动作极其突然，又极其麻利，大家立刻都停止了可笑的争论。

贾格斯先生说了：“你们如果要讲气力，我倒要请你们来见识见识一只手腕。茉莉，把你的手腕伸出来让大家看看。”

茉莉被逮住的一只手依旧给压在桌上，另一只手早已藏到背后去了。她两眼哀求似的直盯着贾格斯先生，低声说道：“老爷，别这样。”

贾格斯先生心硬如铁，丝毫不为所动，说道：“我要请你们来见识见识一只手腕。茉莉，让大家见识见识吧。”

她又低声央求："老爷，求求你！"

贾格斯先生看也不看她一眼，只顾死死地直瞪着屋子的另一头，一面说："茉莉，两只手腕都伸出来让大家看看。快！伸出来！"

于是他放开手，把茉莉的手腕翻过来放在桌上。茉莉把藏在背后的一只手也伸到前面来，两只手并排放在一起。后伸出来的那一只手破相破得厉害：深入皮肉的伤痕，一道叠着一道。她一伸出双手，便不再瞧着贾格斯先生，却警惕地把我们其余几个顺次打量了一遍。

贾格斯先生用食指冷冷地指着那手腕上结实的肌肉，说道："力气全在这上面。这个女人的腕力，连男人家也不大会有。不说别的，单说这双手抓起人来，可就够瞧的。我见过的手也算得多了，可是说到腕力，男人也罢女人也罢，我还没见过有谁的手能比得过这一双。"

贾格斯先生以从容自如的鉴赏家风度说这番话时，茉莉一直还在对我们几个一一依次打量。贾格斯先生的话一说完，茉莉的眼光又落到了他的身上。贾格斯先生向她微微点了点头说："茉莉，这就行啦。你已经让大家欣赏过，可以走了。"她这才缩回双手，走出房去。贾格斯先生从碗碟架上取下酒来，先在自己杯里斟满，然后挨次斟了一巡。

他说："诸位，九点半钟我们一定要散场。如此良辰务必请诸位不要等闲虚度。今天与诸位见面，我很高兴，蛛穆尔先生，我敬你一杯。”

他特别敬蛛穆尔一杯的用意如果是为了进一步叫蛛穆尔出洋相，那实在做得百分之百的成功。蛛穆尔果然板起脸来，意气不可一世，气呼呼地表示看不起我们其他几个，而且态度愈来愈无礼，终于使人觉得忍无可忍。他这一步步的变化，贾格斯先生始终津津有味地看在眼里。蛛穆尔实际上成了贾格斯先生佐酒的妙品。

我们都还孩子气，不懂得谨慎持重，酒大概喝得太多了些，话自然也说得太多了些，因此一听见蛛穆尔说出一些粗俗不堪、冷嘲热讽的话，指责我们花钱花得太随便，我们都大动肝火。我再也顾不得慎重，竟然意气用事，当面顶撞他说，他有脸说出这种话来，好不害臊，没几天以前，他还当着我的面向史塔舵借过钱呢。

蛛穆尔马上驳斥道：“那有什么！难道我不还他不成！”

我说：“我并不是说你不还他，我只是认为你就应当免开尊口，别过问我们怎么花钱。”

蛛穆尔又反唇相讥：“你认为！喔唷，老天乖乖！”

我把面孔一板，继续说道：“我看，要是我们缺钱花，恐怕你就不会借钱给我们了。”

蛛穆尔说：“你这话算说对了，你们休想从我手里借到一个子儿。谁也休想从我手里借到一个子儿。”

“我看，既是如此，向人借钱也未免太不知趣了！”

蛛穆尔又说：“你看！喔唷，老天乖乖！”

这可把我气坏了。况且他如此冥顽不灵，我说的话竟一点不起作用，所以我越发气上加气。我再也不顾赫伯尔特的拦阻，说道：

“哼，蛛穆尔先生，既然谈到这件事，我倒要奉告，你借那笔钱的时候赫伯尔特和我是怎么想的。”

蛛穆尔恨恨地说：“你和赫伯尔特爱怎么想就怎么想，与我何干！”我记得他不光是说了这句话，好像还低声骂我们活该进地狱，不得好死。

我说：“不过，不管与你相干不相干，我还是要说给你听。告诉你，当时你得意非凡地把钱揣进了口袋，我们都说，你看他软弱可欺，竟会借钱给你，你那肚子里还在好笑呢。”

蛛穆尔放声大笑，他双手插在裤袋里，滚圆的肩膀耸得好高，坐在那里笑我们；他显然表示我说的完全合乎事实，他的确把我们大伙都看作笨驴。

这时候，史塔舵也不得不出来说话了，不过话说得要比我委婉得多，只是劝他稍微把态度放得好一些。史塔舵是个活泼机智的青年，蛛穆尔却适得其反，因此一向对史塔舵怀恨在心，把他看作眼中钉。尽管蛛穆尔反唇相讥，出言粗鄙，史塔舵却只是随便说些打趣的话儿，引得我们哄堂大笑，把话头岔了开去。不料史塔舵这出色的一招，却使蛛穆尔气恨无比，只见他既不恫吓，也不吭声，先从裤袋里伸出双手，两个圆滚滚的肩膀向下面一耷拉，然后一声怒骂，随手拿起一个大酒杯，要不是我们的东道主眼尖手快，一见他举杯要掷就马上抢过的话，那酒杯早就砸到他冤家对头的脑袋上去了。

贾格斯先生从容不迫地放下酒杯，掏出他那只拴着粗表链的弹簧自鸣表，说："诸位，实在遗憾，九点半到了。"

大家听了他这句暗示，都起身告辞。还没有走到大门口，史塔舵就像没事人儿一样，高高兴兴地管蛛穆尔叫起"老朋友"来。可是这位老朋友非但不搭理，甚至还不愿意和他同道回到汉麦尔斯密士去；我和赫伯尔特留在城里过夜，只见他们两个在街上各走一边，史塔舵走在前头，蛛穆尔却落在后面，躲在屋影里，简直就和划船时一模一样。

这时贾格斯先生住宅的大门还没关上，我请赫伯尔特在门口等一等，我要回去和我的监护人说句话儿。上得楼来，只见他正在盥洗室里，身边放满了各色各样的靴子，洗手正洗得起劲，显然是要把我们的气味都给洗掉。

我对他说，没想到今天竟发生了这种不愉快的事，为此我特地赶回来向他道个歉，希望他不要过分责备我才好。

他一面洗脸，一面透过淅淅沥沥的肥皂沫对我说："啐！那有什么，匹普！我倒喜欢那个蜘蛛。"

说着他就向我转过身来，又是摇头，又是擤鼻子，又是用毛巾擦脸。

我说："你喜欢他，我很高兴，先生。……不过我可不喜欢他。"

我的监护人大为赞同："这才对，这才对，别跟他多啰唆。尽量和他疏远些。不过我倒喜欢那个家伙，匹普；说起来他倒是个实心人。哼，我要是个算命先生的话——"

他从毛巾后面探出头来，和我正好打了个照面。

他马上又把毛巾弄得像朵花彩似的重新捂在脸上，一面往两边耳朵上擦去，一面说："可惜我不是个算命先生。我是干什么的，你总该知道吧？再见，匹普！"

"再见，先生。"

大约过了一个月，蜘蛛和朴凯特先生租约期满未续，从此他便搬回自己的老窝去了；除了朴凯特夫人以外，大家都快慰非凡。

第二十七章

亲爱的匹普先生：

葛吉瑞先生要求我写这封信通知你：他就要和伍甫赛先生一同到伦敦去，假如你方便，能让他来看看你，那就太好了。他准备星期二上午九点到巴那尔德旅馆来看你，到时如有未便，请你留言说明。你那可怜的姐姐，现在还和你临走的时候差不多。我们每天晚上都在厨房里谈起你，猜你在说些什么，做些什么。假如你认为我们太放肆，就请你看在我们往日的友情分上，多多原谅。不多及，亲爱的匹普先生。

永远感激你、热爱你的仆人毕蒂

他还特别关照我写上“多开心啊”这几个字，他说你一看就会明白是什么意思。我完全相信，你现在尽管做了上等人，一定还会乐意和他相见，因为你一向心地好，而他又是个大大的好人。我把这封信都读给他听了，只有最后一句没有读，他特别关照我把“多开心啊”再写一遍。——又及。

邮局给我送来这封信，已经是星期一早上，因此信上约定的会面日期就是下一天。且让我从实招认当时我是以怎样的心情等待乔的光临的。

虽然我和他情深谊厚，可是听说他要来，我却并不快意；非但不快意，还相当心烦，感到有些羞愧，尤其念念不忘的是彼此的身份悬殊。要是给他几个钱就能叫他不来，我宁可给钱。好在他是到巴那尔德旅馆来找我，而不是到汉麦尔斯密士去找我，因此不会撞见本特里·蛛穆尔，这倒使我放了心。我倒不是顾忌赫伯尔特父子看见乔，因为我尊敬他们；可是一想到蛛穆尔万一会看见乔，就如芒刺在背，因为我瞧不起蛛穆尔。我们为人一世，往往就会这样，为了防范自己最看不起的人，结果干出了最最卑鄙恶劣的行径。

我早已着手装饰卧室，我不装饰则已，一装饰就要追求一种很不必要也很不相称的气派，而要对付巴那尔德旅馆那样一个地方，又着实花钱。现在这套住宅和我初来时相比，已经大为改观；说来真是荣幸，我在附近一家家具店里的欠账已经在账册上独占鳌头，足足占了好几页了。近来我的气派更是愈来愈大，大有一日千里之势，我甚至还雇了个小厮，让他穿上高筒皮靴，说起来是我雇他，其实我是天天受他的节制和奴役。因为自从我一手点化了这个小妖怪（他本是我的洗衣妇家里的一堆废物），给他穿上蓝外套，鲜黄色背心，结上白领结，穿上奶油色马裤和上面说过的那种高筒靴以后，总得找那么一点活儿给他干，还得弄那么许多东西给他吃；他简直像个幽灵似的，每天纠缠得我神魂不安，要我满足他这两个要求。

我吩咐这个淘气鬼星期二上午八点钟在穿堂里站岗（穿堂两英尺见方，铺地毯时记过账，所以知道），赫伯尔特提了几样早点的名目，认为这几道早点一定配乔的口味。我虽然由衷感谢他这样关注，想得周到，可是肚子里却多少憋着股气，心想：要是乔这回是来看他，他就未必这样起劲了吧。

总之，星期一晚上我就进城去张罗，准备迎接乔，第二天起了一个大早，把起坐间和餐桌安排得极其堂皇富丽。可惜一大早就下起毛毛雨来，向窗外看去，整座巴那尔德旅馆都在淌泪，泪水中夹着煤烟，简直像一个扫烟囱的大汉在伤心哭泣——这个景象，哪怕请了天使来也遮盖不过去。

时间愈来愈迫近了，要不是淘气鬼奉命守在穿堂里，我早就想临阵脱逃了。不久，就听到乔上楼来了。那样粗手笨脚地摸上楼来，一听就知道是乔，因为他那双会客鞋子总是嫌大，何况他每上一层楼，总要花上好半天念出门上标着的名姓。后来他站住在我们门外，我先听见他用手指摸摸漆在门上的我的名字，后来从钥匙孔里又清清楚楚听见他吸了口气。最后，他轻轻敲了一下门，裴裴儿

（这就是那淘气鬼的诨名）一声通报："葛吉瑞先生到！"我倒急了，他怎么在门口的鞋擦上老擦个没完，再擦下去我得跑出去把他拉进来了；正想着，他倒进来了。

"乔，你好吗，乔？"

"匹普，你好吗，匹普？"

他那善良而纯朴的脸上神采奕奕，他把帽子往我们当中的地板上一放，立即抓住我的一双手，一起一落地晃个没完，简直把我当作了一架新出品的水泵。

"见到你真高兴，乔。把你的帽子交给我。"

乔小心翼翼地双手捧起帽子，却好似捧了一窝鸟蛋，怎么也不肯让这笔财产离手，一直拿在手里站着和我说话儿，真是别扭极了。

乔说："你长得高多了，胖多了，十足是个上等人了。""上等人"这个词儿他是想了好半晌才想出来的。又说："你一定能替王上和国家争光。"

"乔，你的气色也好极了。"

乔说："托上帝的福，倒是不坏。你姐姐也跟以前差不多，并没有怎么样。毕蒂总还是那么结实，那么利落。所有的亲友们虽没有好到哪里去，也没有坏到哪里去。只有伍甫赛走背运。"

说这话时，乔一双眼睛始终滴溜溜地在屋子里转来转去，在我睡衣的花饰图案上转来转去（双手还小心翼翼地捧着那个鸟窝）。

"他走了背运吗，乔？"

乔放低了声音说："就是啊。他脱离了教堂，去演戏了。就是为了演戏，和我一块儿到伦敦来了。"乔说到这里，把鸟窝在左边胳肢窝下面一夹，右手探进窝里去掏鸟蛋，一面又继续说道："他还想叫我把这个带给你看看哩，不知道你可见怪？"

我从乔手里接过那玩意儿一看，原来是京城一家小戏院的一张被团皱了的海报。海报上说，该院于本星期"礼聘著名地方业余艺人首次来京献演我国诗圣最伟大的悲剧[①]，该艺人素与罗西乌斯[②]齐誉，演技卓绝，在当地戏剧界轰动一时。"

我问："你看过他的表演吗，乔？"

乔严肃认真地说："我看过。"

"真的轰动一时吗？"

乔说："哦，是这样，橘子皮是扔了不少。特别是演到遇鬼那一场[③]。不过，你倒说说看，先生，人家在同鬼魂说话，你老是'阿门''阿门'地乱打岔，这叫人家有心绪把戏文演下去么？"乔压低了嗓子，议论风生而又感情充沛地说下去："就算人家不幸而在教堂里干过事，你也不应当为了这个缘故，在这种节骨眼儿上去跟他捣乱啊。照我看是这么着，如果亲生父亲的鬼魂还不让好生招待，那还能去招待谁呢，先生？还有，他戴的那顶孝帽小得真不像话，

① 指莎士比亚的《哈姆雷特》。

② 罗西乌斯，罗马家喻户晓的喜剧演员（卒于公元62年）。这张海报用往古喜剧演员的名字极言当时悲剧演员的盛誉，显然是作者有意讽刺戏院老板唯利是图、信口雌黄的恶劣广告作风。

③《哈姆雷特》第一幕第一场。

几根黑羽毛一插，帽子眼看就得掉下来，可是也真难为他，居然把帽子戴得牢牢的。”

乔的脸上忽然显出好像见了鬼似的神气，我明白是赫伯尔特进屋里来了。于是我为乔和赫伯尔特做了介绍，赫伯尔特伸出手来和乔握手，谁想乔却把手缩了回去，死死地抓牢鸟窝不放。

乔只是对他说：“小的向先生请安，希望先生和匹普——”说到这里，淘气鬼端了些吐司来放在桌上，乔的目光立刻落在他身上，显然打算把这位少年也一并包括进去，我向他皱皱眉头，他才缩了回去，可是这一来却弄得他更窘了，“我的意思是说，你们两位先生，住在这样一个局促的地方，身梯（体）还好吧？也许在伦敦人看来，这个旅馆算是很不错了，论名声，我相信也是第一流的，”他把心坎里的话都掏了出来，“可是我呀，你哪怕叫我在这里养猪，我也不乐意——我看这里养起猪来不但养不肥，肉味也不会美。”

乔就这样把我们住宅的优点夸奖了一通，从中也可以听出，他现在已经动不动就要叫我一声“先生”了；说完之后，我就请他用早餐，他在室内东张西望，想要找个合适的地方放帽子，好像虽然天生万物，可是却没有几件器物能够让他安顿这顶帽子似的，最后他总算在壁炉架子的一个尖角上把帽子安置好，只是搁在那里动不动就要掉下地来。

吃早饭通常都由赫伯尔特坐在主位，他问乔：“葛吉瑞先生，你是喝茶呢，还是喝咖啡？”

乔从头到脚都是老大的不自在，说："谢谢，先生，我喝什么都行，随您的便吧。"

"喝咖啡好不好？"

这个提议显然使乔很扫兴，他回答道："谢谢，先生，既然你是一片诚心请我喝咖啡，我怎么好违背你的意思呢。不过，你不觉得咖啡喝了太热吗？"

赫伯尔特说："那么就喝茶吧。"说着，就倒茶。

这时候乔的帽子却从壁炉架上掉了下来，他连忙离开座位，走过去拾起来分毫不差地放在原处，好像有意要让它马上又落下来，否则就不合乎良好教养的最高准则似的。

"葛吉瑞先生，你什么时候进城的？"

乔用手扪着嘴咳了一阵嗽，仿佛他到伦敦已经很久，连百日咳都已经染上了；咳完之后才说："是昨天下午来的吧？不，我说错了。哦，没说错。没有错。是昨天下午来的。"（一副神气显得又高明、又宽慰，而且公允之态可掬。）

"在伦敦观光过没有？"

乔说："哦，观光过了，先生，我和伍甫赛一来就去看过鞋油厂[①]。不过我们觉得那座厂实在及不上店铺门口那些红色广告上画的。"乔又做了一句解释："照我看是这么着，广告上画得太气派宏——宏——伟了。"

---

① 作者童年时代曾在鞋油厂做过工，鞋油厂设在一座破旧败落的楼房内，阴暗污秽，老鼠成群，作者对此感触殊深，故借乔之口说了下面这几句话。

“气派宏伟”这个词儿被他念得这样有声有色，倒真使我想起我见过的宏伟建筑来了。我深信他本来还要尽量拖长这个词儿的音调，好像唱歌唱到煞尾一样[①]，偏巧这时他的帽子又快掉下来了，他不免分了心。说真的，这顶帽子非得他时时刻刻留神不可，非得眼快手快，拿出板球场上守门员的身手来对付不可。他表演得极其出色，技巧高明到极点；或则一落下来就冲过去干净利落地接住；或则来个中途拦截，一把托起，连捧带送地在屋子里兜上一大圈，把墙壁上的花纸都撞遍了，这才放心扑上去；最后一次他把帽子掉进了倒茶脚的水盆里，水花四溅，我只好顾不得唐突，在水盆里一把抓住。

至于他的衬衣领，上衣领，那实在叫人大惑不解——两个都是猜不透的谜。为什么一个人要让自己的脖子受了那么大的罪，才算是衣冠楚楚呢？为什么他一定要穿上这套节日礼服受受罪，才算是干净了呢？此后，乔忽而陷入了莫名其妙的神思恍惚的状态，举起了叉子却忘了往嘴里送；忽而一双眼睛盯住了毫不相干的东西；忽而咳嗽咳得好不难熬；忽而身子离开桌子一大截，吃下肚去的东西少，落在地上的东西多，却还只做没有掉东西的样子；幸而谢天谢地，赫伯尔特不久就告辞进城去了。

事情弄到这个地步，其实都是我的错；我如果对乔随和些，乔也会对我随和些。可惜我既不识好歹，又不知体谅，因此迷住了

① 乔读音不准，把 Architectural（原意为“建筑上的”，此处有“气派宏伟”之意）拖长念成 architectooralooral。

心窍，反而对他不耐烦，对他发脾气，而乔待我却依然是一片至诚，这真弄得我无地自容。

只听得乔说："现在只有我们两个了，先生——"

我生气地岔断了他的话，说："乔，你怎么好叫我先生呢？"

乔望了我一眼，似乎隐隐含有些责备的神气。尽管他的领带和衣领是十足的可笑，可是从他的眼光中我却看到了一种尊严。

乔接下去说："现在只剩下我们两个了，我不想多耽搁，也不能多耽搁，现在我就来最后谈一谈——其实我还没有谈过什么呢——我来谈一谈我是怎样会有幸来拜访你的。"他像往常一样开门见山地说："老实说，要不是我一心只想为你效劳，我也不会叨光在上等人公馆里和上等人同席吃饭的。"

我再也不愿意看他那种眼色，因此，尽管他用这种口吻说话，我也没有吭声。

乔继续说下去："好吧，先生，事情是这样的：有一天晚上我在三船仙酒家，匹普"——他深情流露，就叫我匹普；表示客气，就叫我先生——"潘波趣先生赶着他那辆马车来了。"乔说到这里，忽然转到另一个话题上去了："就是那个家伙，有时候真叫我恼火透了，他镇南镇北到处见人就吹，说你童年的伙伴是他，说是你自己也把他看作小时候一块玩儿的好朋友。"

"胡说。你才是我童年的伙伴，乔。"

乔把头微微一仰，说："这还有假，匹普，只是现在这也无所谓了，先生。我说，匹普，就是这个家伙，他声势汹汹地赶到三船仙酒家来找我（要知道，我们干活的上那儿去抽斗烟喝杯酒，调剂调剂，可也不是什么坏事呀，先生，只要别喝得太多就是），他跑来跟我说：'约瑟夫，郝薇香小姐要你去谈谈。'"

"是郝薇香小姐吗，乔？"

"潘波趣是这样说的：'她要你去谈谈。'"说完乔就坐在那里，眼睛只顾望着天花板。

"是吗，乔？请说下去。"

乔拿眼睛瞄着我，好像我和他隔得多远似的，他说："先生，第二天，我打扮了一下，就去看霭小姐。"

"哪一位霭小姐，乔？就是郝薇香小姐吗？"

乔一本正经，丝毫不苟，好似立遗嘱一般说："先生，我说的是霭小姐，也叫郝薇香小姐。她跟我说：'葛吉瑞先生，你跟匹普先生通信吗？'我收到过你一封信，因此倒有资格说了声'正是'。当年我娶你姐姐的时候，（先生，我说了声'愿意'；如今回答你朋友问话的时候，匹普，我说了声'正是'。）她说，'那就请你告诉他一声，艾丝黛拉回来了，很乐意见见他。'"

我眼睛望着乔，只觉得自己脸上烫得像火烧。我看我当时脸上发烫恐怕暗暗还有个原因，就是因为心里感到内疚：要是早知道乔这次为此而来，我就不会对他这样冷淡了。

乔继续说下去："我回到家里，叫毕蒂把这件事写信告诉你，她不大赞成。毕蒂说，'我知道，这种事儿他是喜欢你当面告诉他的，反正现在是假期，你要去看看他，就去吧！'我的话讲完了，先生。”乔说着，就从椅子里站起来：“匹普，祝你永远健康，永远得意，永远步步高升。”

“你现在就走了吗，乔？”

乔说：“是的，我就走。”

“你总还要回来吃饭吧，乔？”

乔说：“不，我不来了。”

我们的目光遇在一起。他向我伸出手来时，那高尚的心胸中早已没有“先生”两字了。

“匹普，亲爱的老朋友，世界嘛，可以这么说吧，本来就是由许许多多零件配合起来的。这个人做铁匠，那个人做银匠，还有人做金匠，又有人做铜匠。难免有一天要各走各的路，到了时候分手是回避不了的事。今天，我们之间要是有什么不对劲，错都在我的身上。你和我两个人在伦敦坐不到一块儿，在哪儿都坐不到一块儿，除非到了家里，大家就成了自己人，彼此都了解。以后你再也不会看到我穿这身衣服了，倒不是因为我自尊心强，而是因为我要自在。我穿了这身衣服就不自在。我走出了打铁间，走出了厨房，离开了沼地，就不自在。你只要一想起我一身铁匠打扮，手里拿着铁锤，甚至拿着烟斗，你就绝不会这样看我不顺眼了。假如你还愿意来看看我，你只要从打铁间的窗口探进头来，看见乔铁匠围着烧焦的旧围裙，站在那个旧铁砧旁边干他的老本行，你也绝不会这样看我不顺眼了。我尽管极笨，可是打铁打了这些年了，这几句话毕竟总还可以说吧。愿上帝保佑你，亲爱的老朋友匹普，愿上帝保佑你！”

我果然没有想错，乔为人虽然质朴，却自有一种尊严。他说这一番话时，那一身别扭的衣服丝毫也掩盖不住他这份尊严，哪怕将来进了天国，他那副尊严的气概也绝不会胜过此时。他在我额上轻轻摸了一下就走了。等我神志清醒过来，我就连忙追出去，在附近几条街上到处找他，可是他已经去远了。

第二十八章

不消说得，第二天我总得到我们镇上去一趟；开头，出于一时的忏悔心情，觉得既然去了，也不消说得，总得住在乔的家里。可是，定好了第二天的马车座位，到朴凯特先生家里去了一趟回来之后，我在住宿问题上就有点主意不定了，我开始为自己编造种种理由和借口，要住在蓝野猪饭店。住在乔家里会给他们添麻烦啦；我是个不速之客，床铺没有准备好啦；不能住得离郝薇香小姐家太远，她爱挑剔，别惹得她不高兴啦。世界上形形色色的骗子，比起自骗自的人来，实在算不上一回事，我就是编造了这些借口来欺骗我自己的。你说奇怪不奇怪！假使我天真无知，把别人伪造的赝币当作真币收受下来，这倒也不足为怪；怪就怪在明明是自己伪造的赝币，却明知故犯，把它当作了顶呱呱的真币！要是我受了一个陌生人的骗倒也罢了，他至多向我大献殷勤，借口为我的安全着想，替我把钞票用纸包好，趁此来一个调包，把钞票换成一堆废纸塞给我；可是他这一招比起我来，算得什么呢——我是把我自己的一堆废纸用纸包好，冒充钞票塞给我自己的！

既决定了住蓝野猪饭店，我又考虑是否带淘气鬼一起去，一时委绝不下，弄得心烦意乱。一方面很想带了这个豪华的跟班一同去，让他在蓝野猪饭店系马院子的拱道上当众夸耀夸耀他的高筒皮靴，让他冷不防出现在特拉白的裁缝铺子里，叫那个调皮捣蛋的小厮吓个半死。可是另一方面又怕特拉白的小厮会巴结上他，同他一热乎，把我的底细说给他听；再说，我知道那个小厮撒起野来可以无法无天、不顾死活，谁能保得定他不会把我的跟班轰到大街上去呢。何况我的女恩主听到我带了这么个人去，也许会不赞成。左思右想，决定还是不带他去。

时值冬令，我乘的又是下午一班马车，要天黑以后两三个钟头才能到达目的地。马车从“交叉钥匙”开出的时间是下午两点。我提前一刻钟赶到开车地点，由淘气鬼侍候我到站，所谓侍候，其实不过是说说而已，他只要能推托，何尝肯侍候我！

当年驿站上的马车，照例都要带几个押送到水牢船上去的囚犯。我以前时常听人说起这种车顶乘客，我也不止一次亲眼见过这些囚犯坐在车顶上，晃荡着两条铁镣银铛的腿，在大路上疾驰而过；因此，这一次赫伯尔特赶到驿站院子里来送我，说起有两个囚犯要和我同车，我听了也并不觉得惊异。只是一听到囚犯这两个字，我总是免不了要浑身打颤，尽管其中的缘故如今早已化为往事陈迹。

赫伯尔特说：“汉德尔，跟他们同车，你不在乎吧？”

“当然不在乎！”

“我看你好像不喜欢他们，是吗？”

“我不能言不由衷，说我喜欢他们，我想你也不会太喜欢吧。不过我倒并不在乎。”

赫伯尔特说：“瞧！他们从小酒店里走出来了。好一副下流堕落的样子！”

照我看，那两个犯人一定是请他们的公差去喝酒来着，因为和他们一起还有个看守，三个人从酒店里出来，都在用手抹嘴唇。两个犯人共戴一副手铐，腿上都上了脚镣——那脚镣的样式我很熟悉。他们的服装我也很熟悉。看守带着两支手枪，胳膊下面夹着一根大头棒，不过倒是很体谅那两个犯人，就让他们站在旁边同他一起看车夫套车；瞧他那副神气，好似这两个囚犯是一件暂时还不正式展出的有趣的展品，他自己则是展览馆的馆长。其中有一个囚犯长得高些，胖些，可是分配给他的一套衣服倒反而小些，神秘莫测的世道往往就是如此，对犯人和自由人都是一个样。他的胳膊和大腿活像肥大的长形针插，一套衣服绷紧在身上实在荒唐可笑；我一眼就认出了他那只半开半闭的眼睛——原来他就是一个星期六的晚上我在三船仙酒家看见的、坐在高背靠椅上用无形手枪打我的那个家伙！

一望而知，他还没有认出我，好似和我素昧平生，只是远远地看着我，打量着我的表链，然后随便吐了一口唾沫，和另一个囚犯讲了几句什么话儿，两人同声大笑，接着合铐的手铐当啷一响，两人又都转过身去，眼望着别处了。他们背上都标着斗大的号码，把两个人弄得好像两扇临街的大门；身上长着疥癣，皮肤粗糙难看，无异畜生；为了遮羞，戴着脚镣的大腿上还扎了手绢；在场的人，都眼睛望着他们，却又避之唯恐不及；总之，赫伯尔特一句话说尽了：这两个囚犯已经堕落到令人不堪寓目的地步。

谁料更糟的还在后头。原来车顶的后座被一家从伦敦外迁的人家坐满了，两个犯人没有了插足的余地，只得安置在车夫背后的前座上。恰巧一位性如烈火的绅士订的是前座的第四个位子，这位绅士顿时大发雷霆，说这是一种违约行为，怎么能让他和这两个恶棍无赖坐在一起，实在是卑鄙、毒辣、下流、无耻，什么话都一齐骂出来了。这时马车已经套好，车夫已经等得不耐烦了，全体乘客都纷纷准备上车了，那两个犯人也跟着押送的看守来了，还带来了犯人身上特有的一股稀奇古怪的面包泡汤的气味、粗呢的气味、搓绳的麻丝气味和炉石的气味。

押送的看守向那位发脾气的旅客恳求道："请你不必过分介意，先生，我坐在你身边好了。让他们两个靠边上坐。他们不会碍你的事，先生。你只当没有这两个人就是了。"

只听得我认出的那个囚犯咆哮道："别怨我。我本来不想去。

我真想留下来。要依我的话，谁来替我都行。”

那另一个也粗声大气地说：“替我也行。要是能由我做主，我绝不愿意带累各位。”说着，两人都呵呵大笑，笑完又剥硬壳果吃，果壳随地乱吐。——说老实话，我要是处在他们的地位，被人这般轻贱，也只有这样做。

最后，大家一致认为对那个大发雷霆的绅士爱莫能助，他要么自认晦气将就同行，要么干脆别搭这班车。于是他只得入了座，嘴里还在怨天尤人；押送的看守在他身边坐好，两个犯人花了好大的力气才也攀了上来。我认出的那个犯人坐在我后面，呼出的气息都喷在我头发上。

马车出发时，赫伯尔特大声和我告别：“再见啦，汉德尔！”我心想：真是天大的幸运，他想出了这个名字来叫我，没有叫我匹普。

那个囚犯呼出的热气落在我身上，别提有多厉害了，岂止我的脖子，连我整条脊梁都感觉到他那股气息。只觉得好似骨髓里沾上了一种钻孔入缝的烈性酸液，弄得我牙根发酸。他呼出的气似乎比别人都多，呼气的声音也比别人都大；我为了招架，尽量蜷起身子，因此只觉得自己一边的肩膀愈拱愈高。

天气冷得怕人，两个囚犯骂冷不迭。行不多远，大伙儿都意兴索然；习惯成自然，中间驿站一过，大家就不吭一声，哆哆嗦嗦打起瞌睡来。我心里正在盘算，要不要在和这个囚犯分手之前，把他上次的那两镑钱还给他，应该怎样还最妥善，想着想着就睡着了。后来身子不觉猛地向前一冲，仿佛要跳进马群里去似的，心里一惊，就此醒了过来，于是我重又寻思起这个问题来。

可是实际上我这个瞌睡一定打了很久。天早已断黑，在那明灭闪烁、光影斑驳的车灯之下虽然什么也辨别不出，可是凭着迎面吹来的那一阵潮湿的冷风，我已经嗅出了沼地的气息。那两个囚犯为了想要暖和暖和身子，瑟瑟缩缩尽往前面挨，越发挨到我身边来，简直拿我当作了屏风。我醒来以后听见他们谈起的第一件事，就是我心里念叨的那话儿——“两张一镑的钞票。”

只听得我从未见过的那个囚犯说：“他怎么到手的？”

那一个答道：“我怎么知道？也不知他藏在什么好地方。估计总是朋友送给他的吧。”

另一个狠狠地骂了一声冷，接着又说：“我这会子要有了就好了。”

“要有了什么？两镑钱，还是朋友？”

“两镑钱。朋友我全都可以出卖，只要一镑钱成交就是顶呱呱的好买卖。怎么？他就说了这几句话——？”

我认识的那个囚犯又说：“他就说了这几句话。他是在船坞里一堆木料的后面托给我的，那总共不过是半分钟的事。他说：‘你就要释放了！’不错，那时我是要释放了。他问我愿不愿意替他找到那个给他吃饭、又替他保守秘密的小子，把这两镑钱交给他。我答应了。也都照办了。”

另一个埋怨他：“你真是个大傻瓜！我要是做你，我就孝敬了老子，拿去喝酒吃肉啦。那人八成是个雏儿。你不是说他根本不认识你吗？”

“认识个鸟！我们是两伙，押在两条水牢船上。他因为越狱逃跑，重新受审，判了无期徒刑。”

“在这一带地方干苦差——说真个的——你就干过那么一次吗？”

“就干过那么一次。”

“这个地方你觉得怎么样？”

“糟糕透顶。泥泞，大雾，沼地，加上苦工；苦工，沼地，大雾，加上泥泞。”

他们两个都用了深恶痛绝的语言咒骂这个地方，直骂到骂尽骂绝，无话可骂，方才住口。

我偷听了他们这番话之后，真恨不得下车去找个僻静黑暗的去处躲藏起来，好在我相信那个人并没有把我认出来。老实说，我非但长大了，变了样了，而且衣着不同了，气派也两样了，除非鬼使神差，否则他是决计认不出我的。不过，既然能同乘一辆马车，不能说不巧；能有一次巧事，难保没有第二次巧合，我只怕什么时候有人叫我一声，让他听见了我的名字，那就糟了！因此我决定一到镇口就下车，趁早跟他分手。这一条妙计进行得倒也顺利。我的小提箱就在自己脚下搁行李的地方，没费多大手脚就取了出来；到得街口第一盏路灯跟前，我先扔下小提箱，人也跟着跳下。两个囚犯继续随车赶路，我知道他们该在什么地方下车，然后给悄悄地押到河边去。我幻想联翩，仿佛看到一群囚犯划着一条小船在溅满黏泥的埠头上等候他们——仿佛重又听见了那骂狗似的粗声吆喝："你们还不给我快划！"——仿佛重又看见了那艘罪孽深重的"挪亚方舟"停在黑沉沉的河上。

那时即使问我，我也说不出自己究竟怕些什么，因为我的恐惧完全是无可名状的，难以捉摸的，反正只觉得心头压着一重莫大的恐惧。一路走到旅馆，始终心惊胆战，浑身发抖，这绝不仅仅是因为怕人家认出我来，叫我丢脸难受。今天想来，我相信这种恐惧其实也说不出个所以然来，不过是一时触景生情，童年的恐怖重又死灰复燃而已。

蓝野猪饭店的餐厅里阒无一人，直到我叫了晚饭、开始用膳时，茶房才认出我来。他一面表示歉意，请我原谅他健忘，一面问我要不要派个小厮去把潘波趣先生请来。

我说："不必，完全不必。"

茶房似乎很惊异（原来这茶房不是别人，正是我当上学徒那一天在这里吃饭时，向我们转达楼下客商严重抗议的那一位[①]），他找个机会就把一张又脏又旧的当地报纸塞在我手边，我拿起一看，读到一段妙文：

据悉，本地某铁匠铺一青年学徒近日否极泰来，平步青

① 见第十三章。

云。本报爰就其事报道一二，读者诸君当必乐闻也。（寄语本镇诗人驼比，诗人固尚未名震八方，然本报常得刊其华章，今有妙题若此，何不挥其生花妙笔，赋制佳篇耶？）闻该学徒髫龄时之恩主兼友好系一颇著声誉之人物，与粮食种子业不无瓜葛，宝号距大街亦未及百里之遥，其店宇之宽敞，设备之齐全，尤为脍炙人口。此公盖即该少年得志者之恩公，吾人闻之，孰能无动于衷？盖提携后进，为之缔造锦绣前程，固云德在一人，然我全镇乡邻亦与有荣焉。我镇或有深思君子，明眸佳人，欲深究享此洪福者果何人欤？吾人深信，金廷·马齐斯固亦铁匠出身者也[1]。诸君明鉴，何庸赘述！

我根据大量的经验，如今可以肯定地说：我当初飞黄腾达之时，即使跑到北极，也会有人（不定是原始的爱斯基摩人还是文明人）来告诉我说，我早年的恩公和我锦绣前程的缔造者非别，乃潘波趣是也。

---

① 金廷·马齐斯（1466—1530）：法兰德斯画家，据说曾做过铁匠。

第二十九章

第二天一大早我就起床外出了。到郝薇香小姐家里去还太早，便到镇外闲逛——向郝薇香小姐住的那一头走，而不是向乔住的那一头走，乔那里明天去也不迟。一路上想着我的女恩主，脑海里描摹着她为我安排的种种灿烂的前景。

艾丝黛拉是她的养女，如今我也等于成了她的养子，她一定是有意要成全我们两个的好事。她要让我重修荒芜的宅邸，把阳光引进黑暗的房间，重新开动钟表，烧旺壁炉，扫尽蛛网，灭绝虫鼠——总而言之，要我学那传奇故事里的青年骑士，做出一番光辉的事业，最后和公主成亲。走过那幢宅子跟前，我停步张望了一番。但见红砖墙显出一派萧索的气象，窗户一一封闭，刚健苍郁的藤蔓一直爬上了烟囱管，大枝粗筋，一如老人筋肉结实的胳膊；这一切，构成了一个引人入胜、令人神往的神秘王国，而我就是闯进王国的英雄。艾丝黛拉是这个王国的光明，不消说也是这个王国的中心。不过话说回来，尽管她迷得我好似着了魔，叫我把幻想和希望都寄托在她身上，尽管她对我幼年的生活和性格影响之大，可谓无所不至，可是我对于她却从不过誉，哪怕在这个想入非非的早晨也不例外。这一点我特地要在这里说一说，因为这是一根线索，顺着这根线索摸去，方可明白我是怎样走进我那个迷魂阵的。照我的亲身经历来看，人们对所谓恋人的那一套传统的看法，未必一定切合实际。说句出自肺腑的真心话，我之所以会对艾丝黛拉产生爱恋，只是因为我见了她就不容我不爱。一旦爱上就撂不开了。晨昏朝暮我也常常感到悲哀，因为我明知爱上她是违背理性，是水中捞月，是自寻烦恼，是痴心妄想，是拿幸福孤注一掷，是硬着头皮准备碰尽钉子。可是一旦爱上就撂不开了。我并不因为心里明白而就不爱她，也并不因此而就有所克制，我照样把她奉为尽善尽美的人间天仙，完全拜倒在她的脚下。

我算准了时间，散步结束，来到门前，正好是往常到此的时刻。瑟瑟缩缩地伸出手去打过了铃，立即背转身去，透一口气，定一定心。听得里边有人开了边门，一步一步从院子里走过来，继而大门上生锈的合页咿哑一响，大门也开了，可是我都装作没听见。

一直到有人在我肩上拍了一下，我才吃了一惊，转过身来。这时我又吃了一惊，不过这一惊倒是难怪的，因为我看见一个穿深灰色衣服的男人站在我面前。万万想不到郝薇香小姐家里看门的竟会是这个人。

“奥立克！”

“啊，少爷，不光你变啦，大家都变啦。快进来，快进来。大门老开着是违犯主人命令的。”

我一走进去，他就关门上锁，抽出钥匙，一个劲儿领我往里走，走了没几步，又掉过头来对我说：“你看！我现在到这儿来了！”

“你怎么来的？”

他没好气地说：“两条腿走来的呗。行李用推车一块儿推来的呗。”

“你就在这儿一直待下去啦？”

“不是直的，难道还是斜（邪）的？总不见得我来干邪门儿吧，少爷。”

他这句话我是不大相信。我细细地琢磨着他这句带刺的话，他却慢慢地从铺道上抬起那死沉沉的目光，由脚尖而两腿，由两腿而胳膊，一直打量到我的脸上。

我说：“那么你已经不在铁匠铺干活喽？”

奥立克气鼓鼓地向四下扫视了一眼，答道：“你看这儿像个铁匠铺吗？你说呢，这儿像个铁匠铺吗？”

我问他，离开葛吉瑞的铁匠铺有多久了？

他答道：“在这儿天天都是一个样，我也没有计算过时日，说不上来。反正你走了以后过些时我就来了。”

“这不用你说，我也知道，奥立克。”

他冷冷地说：“那当然！有学问了嘛。”

这时我们已走进室内；一进边门有间屋子，有一扇小窗临着院子，他就住在那里。屋子很小，颇像巴黎的看门人住的那种小屋。墙上挂着一些钥匙，他把大门钥匙在那里挂好；靠里边另有小半间，像是个壁凹，放着一张床铺，被褥都是七拼八补的。整个房间显得又邋遢，又局促，又沉闷，像一头人形睡鼠栖身的笼子；他在窗边一角的阴影里，看去是那么黝黑、笨重，倒也真像是住在这个笼子里的人形睡鼠——其实他也确是一头人形睡鼠。

我说：“我倒从来没见过这个房间，不过这儿以前一向没有看门人。”

他说：“本来是没有，后来有人说啦，这么大一座宅子没个人守卫，来往经过的囚犯和不三不四的杂人又多，说是太危险，于是有人荐我到这里来，认为我对付个把人是不在话下，我也就干上了。这可比拉风箱和打铁省力。”

我忽然看见壁炉架的顶上挂着一支枪，包铜的枪托，奥立克跟着我的目光望去，说：“那玩意儿装了子弹呢，一点不假。”

我不想跟他多谈，便说：“好吧，你看我现在可以上楼去见郝薇香小姐了吗？”

他伸了伸懒腰，又抖了抖身子，没好气地说：“我要是知道，就不得好死！这可没有关照过我，少爷。我在这儿给你用锤子敲一下钟，你沿着过道一直走过去，自会有人来招呼你的。”

“她大概知道我要来吧？”

他说：“我要是知道，两辈子不得好死！”

于是，我便走进当初穿着笨重的皮鞋走过的那条长长的过道，他随即就敲起钟来。钟声余音未绝，我就在过道的尽头看到了莎拉·朴凯特。大概是由于我的缘故吧，如今她的脸色已变成黄中泛青了。

她说：“哦哟哟！原来是你！匹普先生！”

“是呀，朴凯特小姐。我很高兴告诉你，朴凯特先生一家大小身体都很健康。”

莎拉扫兴地摇着头说：“他们懂事些了吗？身体健康还在其次，要懂事些才是正经。唉，马修呀马修！先生，你认得路吧？”

路总算认得，因为在这儿摸黑上楼也不知走过多少次了。这一次上楼，脚上穿的皮鞋比从前轻巧多了，到得郝薇香小姐房间门口，照例敲敲门。立即听到她在里面说：“这是匹普敲门呢。进来，匹普！”

郝薇香小姐依旧坐在梳妆台旁的那张椅子里，穿的还是那套衣服，双手交叠扶着拐杖，下巴搁在手上，眼睛望着壁炉。坐在她身旁的是一位我从来没有见过的仪态优雅的女郎，手里拿着那只从没穿过的白鞋，低着头正在端详。

郝薇香小姐既没抬起头来，也没掉过头来，却喃喃地继续说道：“进来，匹普！进来，匹普！你过得好不好，匹普？要不要把我当个女王似的吻吻我的手，呃？——怎么样？”

她突然抬起眼来对我看看，头也没抬，只是抬了一下眼皮。她揶揄中透着冷酷，又重新问了一遍：

“怎么样？”

我一时有点张皇失措，便说：“我接到了口信，郝薇香小姐，承您好意，要我来看看您，所以我一得到信息就赶来了。”

“怎么样？”

我从来没有见过的那位女郎这时也抬起眼来，狡黠地望着我，这时我才看出，原来这正是艾丝黛拉的眼睛。她的变化太大了，比从前越发妩媚了，越发富于少女的风姿了，总之她一切都有了出色的长进，具备了种种令人艳羡的品格，相形之下，我就一无长进可言。我望着她，禁不住心往神驰，只觉得自己身不由主地又变成了那个粗俗下贱的小子。啊，我只觉得和她天悬地隔，我只觉得她是个高不可攀的天仙！

她向我伸出手来。我结结巴巴讲了几句，意思无非是说和她久别重逢，好不高兴，又说这一天我已经盼望很久很久了。

郝薇香小姐又露出了那副贪婪的神气，问我说：“匹普，你觉得她变化大吗？”又用拐杖敲敲她俩当中的一张椅子，示意让我坐下。

“郝薇香小姐，我刚进来，乍一见这副容貌和身材，觉得一点也不像艾丝黛拉；现在再一看，觉得怪像的，毕竟还是原来的那个——”

郝薇香小姐连忙打断我的话，说道："怎么？还是原来的那个艾丝黛拉？可她原来又骄傲，又爱欺负人，你要躲开她，要逃走。你还记得吗？"

我慌忙说，那已经是陈年旧事了，那时候我还不懂事呢；还说了几句诸如此类的话。艾丝黛拉安然自若，面露微笑，说是论当年的事儿，当然道理都在我这一边，只怪她性子不好。

郝薇香小姐问她："他变了吗？"

艾丝黛拉望着我说："变得很多。"

郝薇香小姐又抚弄着艾丝黛拉的头发，问道："不那么粗俗下贱了吗？"

艾丝黛拉哈哈大笑，望望手里的鞋子，又笑了起来，接着又望了望我，把鞋子放下。她至今还把我当小孩子看待，却又一味地撩拨我。

我们坐在这个依稀若梦的房间里，当年使我心惑神迷的那种种奇怪的气氛，依然笼罩在周围。我得悉她刚从法国回来，马上就要去伦敦。虽然她的骄傲和任性仍旧不减当年，可是，如今她的骄傲和任性已只是为了要衬托自己的美貌，因此，离开她的美貌而要谈她的骄傲与任性是办不到的，也是谈不上的——至少我看是如此。老实说，见了她，我怎能不想起我童年时代平地起了波澜、一味痴心妄想、巴不得发财、巴不得做上等人？——见了她，我怎能不想起我做过种种非分之想，从此而看不起家，看不起乔？——见了她，我怎能不想起我时常由情生幻，在熊熊的炉火里会看见她的脸蛋儿，在铁砧上打铁会打出她的脸蛋儿，在沉沉的夜幕上也会出现她的脸蛋儿，仿佛在铁匠铺的木窗外往里一张，转眼即逝？总而言之统而言之，她始终留在我灵魂最深的深处，甩不开撇不开，以往如此，至今还是如此。

后来我们说定，我在她们那里盘桓一天，晚上回旅馆，明天回伦敦。说了半晌话儿，郝薇香小姐打发我们两个到荒芜的花园里去散步，还吩咐我等散步回来再像往日一样，用车子推着她活动活动。

于是艾丝黛拉和我两个人过了一扇门走进花园，当年我正是信步走进这扇门去，撞见了那个白面少年绅士，也就是今日的赫伯尔特。我兴奋得连内心也在哆嗦，恨不得拜倒在艾丝黛拉的脚下，艾丝黛拉却矜然自若，绝不想拜倒在我的脚下。快到当年我和赫伯尔特打架的地方时，她歇下来说：

“小时候我真是个古怪的东西，那天你们两个打架，我就躲在一旁看着；不但看了，而且看得高兴极了。”

“那一次你还给了我重赏呢。”

她显出一副早已淡忘的神态，漫不经心地答道：“真有这回事吗？我记不起来了，只记得我非常讨厌你那位对手，因为他们把他带到这里来和我纠缠不休，我很生气。”

“他现在和我是好朋友了。”

“是吗？我好像记得你拜了他父亲做老师，是不是？”

“是的。”

我这一声“是的”，回答得很勉强，因为这完全像一个小孩子的口吻——她把我当小孩子看待，难道还不够我受吗？

艾丝黛拉说：“你既然交了好运，有了大好前程，你结交的朋友当然也两样喽。”

我答道：“这是人之常情。”

她一副傲然的口气，接口说：“也是势所必然。从前配和你做朋友的，现在你不能再去和他们做朋友啦。”

凭良心说，我到得这里以后，是否还有一丝半点兴致去看乔，实在很成问题；即使还剩得有一丝半点兴致，听了她这句话，也都一阵风吹得不见影儿了。

艾丝黛拉说：“那时候你还不知道马上就要交好运吧？”说着，轻轻一挥手，表示她说的是我们打架的那时候。

“半点儿也不知道。”

她走在我身边，完全是一副圆熟老练、高我一等的神气；我走在她身边，却是稚气十足，惟恭惟谨；相形之下，我怎能没有天悬地隔之感！好在我能自我解嘲，认为这也怪不得别人——谁叫我被郝薇香小姐挑中了，要我做她的佳侣呢！——要不是这样想，可不把我气苦了？

花园里荆蔓丛生，行走不便，只得兜了两三个圈子便往外头走，来到酒坊院子里。我一本正经地指给她看，头一天我来到这里，看见她在什么地方踩着酒桶走；她漫不经心地冷眼望了一下，说道：“是吗？”我又提醒她，当时她是从什么地方出来递酒肉给我的，她说：“不记得了。”我说：“你可记得你还叫我哭了一场呢？”她还是说“不记得”，摇了摇头，只顾四下闲望。说实在话，她那一声声不记得，她那种种漫不经心的样子，又气得我在心里暗暗哭了——而且哭得比哪一次都伤心。

绝色佳人有时也会稍示亲昵，艾丝黛拉这时候便摆出这种姿态对我说：“你应当知道，记性记性，离不了心，我却没有心。”

我勉强胡诌了几句，反正我的意思是说，对不起，我不是傻瓜，我不信有这种事，这般的美人儿哪能没有心呢。

艾丝黛拉说：“哦，肉做的心是有的，刀刺得进，子弹打得穿，这没有问题；如果我的心停止了跳动，我当然也活不了了。不过你知道我并不是这个意思。我是说，我心里没有柔情，没有同情——没有感情——没有这些无聊的东西。”

她站着一动不动，只顾睁着眼睛细细瞧我，我从这副姿态里究竟看到了什么，竟使我印象这样深刻呢？是不是因为有哪点儿像郝薇香小姐呢？不是。她的某些神情举止固然和郝薇香小姐有一点相似的味道——凡是和成人朝夕相处而不与外界接触的孩子，往往与成人有这种相似之处；到了成年，尽管和成人面貌迥异，表情上还是会偶尔流露出这种相似。但是要说艾丝黛拉就像郝薇香小姐，那还谈不上。我重又望了她一眼，她虽然依旧望着我，可是我的联想却都消失了。

我究竟看到了什么呢？

艾丝黛拉虽然没有皱眉蹙额（因为她额上并没有皱纹），却沉下了脸，说道：“我说的可是正经话。如果我们今后要经常相处下去，我劝你还是先相信我这句话。”我正要开口，她立即气势凌人地喝住我：“听我说完！我对什么人都没有用过感情。我心里压根儿没有什么感情不感情的。”

转眼来到了荒废已久的酒坊，她指着我初来那天看见她登上过的高处的长廊，对我说，她还记得有一次上去，看见我在底下吓得发呆。我的眼睛随着她洁白的手望去，脑子里不由得又闪过了那个捉摸不住的、隐隐约约的联想。我不禁吃了一惊；谁想这一下竟引得她把手搭到我肩膀上来了。于是那幽灵似的联想一下子又消逝得无影无踪了。

我究竟看到了什么呢？

艾丝黛拉问道：“怎么啦？你又吓起来啦？”

我故意岔开话题，答道：“我要是相信了你刚才说的那番话，我哪儿能不吓呢。”

“那么说，你并不相信我的话喽？很好。我好歹总算说明在先了。郝薇香小姐等着你马上去干那份老差使呢，不过我看这份老差使，还有那些陈年古董，也真可以搁起来了。我们在花园里再兜个圈子吧，兜一圈再回去。过来！今天我要待你狠心一些，可不许哭啊；我让你做我的跟班，过来让我扶着。”

她那身漂亮衣服下摆拖在地上，现在她一手撩起衣角，一手轻轻搭在我肩上，和我一块儿溜达。我们又接连兜了两三个圈子——尽管这是个颓败的园子，我却觉得满园芳菲。纵使那旧墙的缝里长的不是青一簇黄一簇的野草，而是稀世罕有的名花，也不如此时此刻使我终生难忘。

论年龄，我们并不是相去悬殊，难以相配；看上去固然她比我大些，其实两人年纪也几乎不相上下；可是，正当我满心欢喜，满以为我们的女恩主已决意要替我们撮合的时候，她那丰姿，她那仪态，却处处透出一种高不可攀的神气，又来把我苦苦折磨。我这个苦命的孩子啊！

后来回到屋里，出乎意外地听说我的监护人已经因事来看过郝薇香小姐，而且还要回来吃午饭。摆着霉烂的宴席的那间屋子里，已经在我们出外散步时点起了阴惨惨的陈年古董的枝形吊灯，郝薇香小姐正坐在那张推椅上等我。

我们又像过去一样绕着这席已化为垃圾的喜筵慢慢走动，好似要把这张椅子推回到当年。屋内阴森森的，那个僵尸一般的人躺在椅子里，两眼盯着艾丝黛拉，这反而越发显出艾丝黛拉的艳丽绝伦，也越发使我着了迷。

逝水光阴，不觉快到饭时，艾丝黛拉要去梳洗更衣。推椅推到长桌中央那儿停住，郝薇香小姐从椅子里伸出一条干瘪的胳膊，捏起一个拳头搁在发黄的桌布上。艾丝黛拉走到门口回头一望，郝薇香小姐就用那只手对她飞了一个吻，那热情的模样真像恨不得一口吞了她似的，自有一种说不出的可怕。

艾丝黛拉出去之后，只剩下我们两个。郝薇香小姐转过脸来轻轻对我说：

“你看她的相貌、风度、体态，有多美？你为她倾倒吗？”

“见了她谁能不倾倒，郝薇香小姐。”

她搂住我的脖子，把我的脑袋搂到她面前，说道：“快去爱她，爱她，爱她！她待你好不好啊？”

我还没来得及回答（其实这个难题我凭什么也答不上来），她又说：“快去爱她，爱她，爱她。她待你好也爱她。她伤你的心也爱她。哪怕她揉得你心碎——你年纪大了，坚强了，你就不轻易心碎了——可是哪怕心碎，也要爱她，爱她，爱她！”

她这番话说得热情横溢，急不可耐，我生平还是头一次见到她这样说话。她说得激动时，我直觉得她搂住我脖子的那条瘦胳膊上的肌肉也鼓胀了起来。

“听我说，匹普，我收养她，就是为了叫人爱她。我抚养她，教育她，就是为了叫人爱她。我把她栽培成这样一个好姑娘，就是为了要让人爱她。你快快爱她吧！”

她把个“爱”字说个不住口，毫无疑问，这是她的心里话；不过这个“爱”字从她口里一遍又一遍吐出来，等于是一声声诅咒，如果她说的不是“爱”字，而是“仇恨”“绝望”“报复”“惨死”之类的字眼，听起来也绝不会这样刻毒。

她继续用那种迫不及待的、热情洋溢的耳语对我说：“我可以告诉你，真正的爱究竟是什么。无非是盲目的忠诚，死心塌地的低首下心，绝对的唯命是从，无非是不顾自己，不顾一切，无言不听，无事不信，无非是把你整个的心儿肝儿魂儿灵儿都交给你的冤家去割去宰——像我这样！”

说到这里，她疯了似的狂叫一声，吓得我连忙抱住她的腰。原来，她裹着那身尸衣，从椅子上站了起来，朝空乱扑，好像恨不得要往墙上撞去，撞个一命呜呼似的。

这一幕转瞬之间就过去了。我刚刚扶得她在椅子里坐定，忽然闻到一股熟悉的气味，转过脸去一看，只见我的监护人已在屋里。

他经常随身带一块华丽的绸手绢（这我大概还没提起过），大得十分显眼，这对于他执行自己的职务有莫大的功用。我亲眼见过他当着当事人或见证人的面，一本正经摊开手绢，做出就要擤鼻子的模样，可是却又临时住了手，似乎表示他知道这位当事人或见证人马上就要招供了，连擤个鼻子也来不及了，于是当事人或见证人自然吓得连忙供出了实情。这会子我看见他双手正拿着那块意味深长的手绢，眼睛望着我们两个。我和他对瞅了一眼，他拿着手绢停了半晌，不做一声，可是那意思分明是说：“原来是你？想不到！”然后方才拿手绢正经当手绢用，一副架势真是不同凡响。

郝薇香小姐是和我同时看见他的，见了他很害怕——哪一个见了他不害怕！郝薇香小姐强自镇定，期期艾艾地说，他总是那么准时。

贾格斯先生一面走到我们身边，一面说：“总是那么准时。（你好吗，匹普？郝薇香小姐，我推着你走一阵好不好？兜一圈如何？）你也来啦，匹普？”

我告诉他我是几时到的，还告诉他是郝薇香小姐要我来看看艾丝黛拉。他听了我的话，说道："唉！好一位漂亮的年轻小姐！"接着他就用一只大手推着郝薇香小姐的椅子，把另一只大手插在裤袋里，仿佛那裤袋里装满了秘密似的。

一停下来，他就问我："唔，匹普！你以前跟艾丝黛拉常常见面吗？勤到什么程度？"

"勤到什么程度？"

"是啊！你见过她多少次？有一万次吗？"

"哦！当然没有这么多。"

"两次有吗？"

幸亏郝薇香小姐插进来搭救了我，她说："贾格斯，不要缠住我的匹普了，你和他一起去吃饭吧。"

贾格斯遵命和我一同摸黑下楼。我们到铺石院子后边那套独立的住宅里去吃饭，路上他问我是不是常常亲眼看见郝薇香小姐进饮食；他照例总是这样，忽而上天、忽而下地，一会儿问可有一百次，一会儿又问可曾见过一回。

我寻思了一下，对他说："一回也没见过。"

他苦笑了一下，挖苦地说："匹普，你一回也别想见到。自从她过上现在这样的生活，从来不肯让人家看见她吃喝。到了晚上，她才到处走动走动，拿到点什么就吃点什么。"

我说："恕我冒昧，先生，我可不可以问您一个问题？"

他说："你可以问，我也可以拒绝回答。你问吧。"

"艾丝黛拉是姓郝薇香呢，还是姓——？"我说不下去了。

他说："还是姓什么？"

"是姓郝薇香吗？"

"是姓郝薇香。"

边走边谈，早已来到餐桌跟前，艾丝黛拉和莎拉·朴凯特已经在等我们了。贾格斯先生坐了主位，艾丝黛拉坐在他对面，我同那位脸色黄中泛青的朋友对座，我们吃了一顿丰盛的饭，有个女佣侍候我们，这人我以前进进出出从没见过；其实，据我现在所知，她一向就在这幢神秘的宅子里。饭后，女佣拿出一瓶上好的陈年葡萄酒放在我的监护人面前（他显然是吃惯了这种酒的），两位女眷遂起身告辞。

在郝薇香小姐家里贾格斯先生始终寡言少语，我从来没见过谁像他这般矜持，哪怕他自己在别的场合也从来不是这样。他吃饭时目不旁视，几乎看也不看艾丝黛拉一眼。艾丝黛拉和他说话时，他静静地听着，必要时也给以回答，可从来不见他向艾丝黛拉望一眼。倒是艾丝黛拉常常望着他，那目光即使不算含着怀疑，至少也应该说带着关切和好奇，可是他却只作不知，脸上丝毫不露形迹。席间同我言谈之中，他老是不断提到我未来的遗产，不动声色地借此逗着莎拉·朴凯特取乐，直把她撩拨得脸上黄处更黄，青处更青；可是他又只作不知，反而装得好像因为我心地单纯，经他一问，无心说出这些有心话来——说实在的，真不知他有什么神通，他也的确能把我心里的话都勾出来。

剩下他和我两个人在一起时，他那神气俨然是掌握了什么重要内幕新闻，暂且不可泄漏天机似的，这实在叫我受不了。手头没有别的东西，他便拿起一杯酒来反复鉴赏不已。先把酒杯凑在烛光前照一照，喝一口尝尝，在嘴里辨了两辨，一口吞下，然后又举起酒杯端详一会，闻一闻，尝一尝，一饮而尽，一杯喝完再满一杯，重新细细鉴赏，这样一遍遍的弄得我神经大为紧张，好像这酒里有我的把柄，生怕让他抓住似的[1]。我几次三番忍不住想要和他说话；谁知他一看出我要向他发问，就拿眼睛望着我，手里端着酒杯，嘴里含着一口酒辨来辨去，似乎要我注意，问他也是白问，因为他的嘴没有空回答。

看来朴凯特小姐已经存心不要见我，生怕看见了我就有气得发疯的危险，一发疯也许就会扯下头上的帽子（那帽子的式样真吓人，简直像个布拖把），把头发撒得满地都是（因为她的头发肯定没有在她的头上生根）。后来我们回到郝薇香小姐房间里，她果然没有在场。我们四个人坐下来打惠斯特。牌打到中途休息时，郝薇香小姐忽发奇想，从梳妆台上拿起几颗最美丽的宝石别在艾丝黛拉的头上、胸口和手臂上；这一来，只见连我的监护人也情不自禁地从他的浓眉下瞅了艾丝黛拉一眼；一见艾丝黛拉那珠围翠绕、光艳照人的美妙姿影，他还微微抬了抬眼皮。

我不谈他如何刁钻促狭，先是扣住我们的王牌，到后来又尽出小牌，结果弄得我们的“老 K”和“王后”完全英雄无用武之

① 这显然是暗示匹普小时候因偷酒给逃犯喝，害得潘波趣喝柏油水一事。见第四章。

地；也不谈我的感触之深，因为我只觉得他简直把我们三个人看作三个不经一猜、味同嚼蜡的谜语，似乎谜底他早已了然在胸。我难受就难受在我对艾丝黛拉情意绵绵，他却冷冰冰地在你面前，这一冷一热真如冰炭不能相容。我知道，和他谈论艾丝黛拉是我绝对受不了的，听他对着艾丝黛拉把皮鞋踩得吱嘎作响是我绝对受不了的，看他向艾丝黛拉告辞之后就去洗手也是我绝对受不了的，不过这些都还不是问题的所在；问题在于，我正对艾丝黛拉无限心醉，而他偏偏近在咫尺，我正对艾丝黛拉一往情深，而他偏偏就在一室之内——这才真叫苦呢。

牌打到九点钟；散场时，我和艾丝黛拉讲妥，她多早晚到伦敦去，一定事先通知我，我好到驿站上去接她；讲过之后就和她握手告别。

我的监护人也在蓝野猪饭店投宿，就住在我隔壁一个房间。深夜，我耳中还回响着郝薇香小姐那一声声"爱她，爱她，爱她！"我把这句话改成我的口气，对着枕头一遍遍地说："我爱她，我爱她，我爱她！"念叨了何止百遍。我不禁涌起了一阵感激之情——艾丝黛拉居然会许给我这样一个铁匠铺学徒出身的人！我又想，只怕艾丝黛拉本人眼前对这件姻缘还没有像我一样欢天喜地、感激不尽，若是这样，她什么时候才会属意于我呢？我该什么时候去打动她胸膛里那颗沉睡着的、毫未动情的心呢？

我的天啊！我把这种感情看得多么崇高伟大！可是我就没有想到这次我对乔避而不见是多么卑劣可耻。我知道艾丝黛拉一定看不起乔。前一天乔曾使我感动得流泪，谁想泪水竟会干得这么快！——上帝饶恕我吧！我的泪水竟会干得这么快！

第三十章

第二天早上，我在蓝野猪饭店趁梳洗的时候把问题仔细考虑了一下，终于拿定了主张，告诉我的监护人说，我看让奥立克在郝薇香小姐家里承担这样的重任，恐怕是不得其人。我那监护人对这种问题本来就有他自己的一套看法，他说："匹普，那还用说，当然是不得其人，因为受人重托的人，从来都是不得其人的。"看来他听说奥立克担当这个位置也是不得其人，并非例外，反而觉得非常高兴。我便就我所知，把奥立克的为人行事讲给他听，他听得很满意。我说完之后，他说："很好，匹普。我马上就去把这位仁兄打发走。"我见他这样说干就干，倒吃了一惊，主张不妨迟一步再说，甚至还向他暗示：这位仁兄恐怕不容易对付。我的监护人却信心十足，他又使出了那套手绢功夫，说道："没有的事，容易对付。我倒要领教领教他怎么和我理论。"

我们决定乘中午一班马车一同回伦敦去，我因为担心潘波趣随时会赶来，一顿早饭吃得提心吊胆，杯子拿在手里都打起颤来，于是我便对他说，既是他要出去办点事，我也想借此机会出去散散步，我沿着去伦敦的大路走，请他关照马车夫一声，车子赶上了我，别忘了招呼我上车。于是我一吃完早饭就逃出蓝野猪饭店。兜了好几里路的一个大圈子，绕到潘波趣宅子后面的旷野里，再又拐入大街，甩脱了那个陷人坑，才算稍稍放了心。

再度来到这个静悄悄的古老镇市上，真是兴味无穷；走来走去，到处有人冷不防认出我来，瞪着眼睛看我走远，这种味道倒也不错。有一两个商人甚至还冲出铺子奔上大街，特意赶到我的前面去，走上没几步又转身往回走，装作忘了什么东西要赶回去拿似的，趁此机会和我打个照面。在这种场合，我也弄不明白究竟是他们做作得不像话，还是我做作得不像话——他们只装作事出无心，我只装作毫未觉察。然而我毕竟是个引人注目的人物，起初我觉得这也未始不可，可是命运存心和我刁难，竟让我撞上了特拉白裁缝的那个十恶不赦的小厮。

原来我沿街走去，随意观望，到得一个地方，举目望去，只见特拉白的小厮正一路走来，手里拿着一个空的蓝布袋在自己身上拍拍打打的。我心里盘算，最好是放得从容自若，装作无意中看见他的样子，那倒可能使他不会生出坏念头来；主意既定，就摆出这副表情走上前去，起初倒也顺利，不料正在我暗自庆幸之际，特拉白的那个小厮忽然两个膝盖磕碰在一起，头发直竖，帽子跌落在地上，四肢抖得好生厉害，他踉踉跄跄走到大路上，见人就嚷：“快扶我一把啊！吓死我啦！”装得仿佛是我这副雍容华贵的气派吓得他魂不附体，捶胸跌足，悔恨莫及。我走过他身边时，只见他哆嗦得满嘴牙齿震天价格格直响，匍匐在尘埃中，极尽卑躬屈节之能事。

这件事使我大为难堪，可是厉害的还在后头。走不到两百码路，又看见特拉白的小厮走过来了，我真是说不出的惊骇，诧异，气愤。他是拐过一个尖角过来的，蓝布袋搭在肩上，眼睛里透出了诚实和勤奋的光芒，步伐活泼愉快，看来正一个劲儿地向特拉白的铺子跑去。他一看见我，似乎猛地吓了一跳，于是又像痰迷心窍一样，不过这一次的动作是回旋式的——踉踉跄跄绕着我尽兜圈子，两个膝盖磕碰得更加厉害，双手高高举起，仿佛吁求上天来搭救他。他这样活受罪，却有一群看热闹的拼命欢呼喝彩，弄得我大为狼狈。

我只管向前走去，还没走到邮政局，又看见特拉白的小厮绕到一条小胡同里，飞一般地奔来。这一回他完全变了样子，把蓝布袋往身上一披，像我穿大衣一样，大摇大摆地在对面人行道上向我迎面走来，后面跟着一群欢天喜地的年轻伙伴，他不时把手一挥，对他们呼喊：“不认识你！不认识你！”特拉白的小厮对我发泄了多少愤恨和怨毒，实在非言语所能表明——一走到我面前，便把衬衫领子拉得高高的，一手拧着自己的鬓毛，一手撑腰，脸上挂着千奇百怪的假笑，扭动着胳膊和腰肢，从我面前招摇而过，还拉长了调子向后面一批伙伴喊道："不认识你，不认识你，孙子王八蛋认识你！"他马上又想出了新鲜花样侮辱我——跟在我后面一边儿撵，一边儿叽叽嘎嘎地乱叫嚷，那叫嚷声简直就像我学打铁时听惯了的一只公鸡斗得大败而归，咯咯乱啼；他把我撵过了桥才算罢休，我就这样丢尽了脸，走出了这座市镇，被撵到旷野里来了。

那一次我除非是当场宰了特拉白的那个小厮，否则便只能逆来顺受；即使现在想来，我也实在想不出另外还有什么别的办法。我要是当街和他打架，或者给他一点小小的惩罚，而不能叫他去见阎王，那就非但无济于事，反而有失体统。何况这个孩子，谁也奈何他不得；他好比是一条刀枪不入、能躲会闪的蛇，被捕蛇者逼得进退无路，就往捕蛇者裤裆里一窜，重又冲了出去，还要呼啸一声笑人无用。不过，第二天我还是写了封信给特拉白先生，说：维护社会公益责莫大焉，台端见不及此，竟而雇用不良小厮一名，致使我体面人士皆深恶痛绝，匹普先生有鉴于是，自今而后不得不与台端断绝一切生意往来。

贾格斯先生搭乘的马车及时赶到，我就登上车座，一路平安到达伦敦，虽属平安，却并非无恙，因为我的心已经不翼而飞。一到伦敦就买了一些鳕鱼和一桶牡蛎捎给乔，以示赎罪之意（弥补我没有登门拜访的过错），然后就径回巴那尔德旅馆。

只见赫伯尔特正在吃冷肉，他见我回来，高兴非凡。我打发淘气鬼到咖啡馆去再叫一客晚饭，心里盘算非得当晚就向我这位莫逆之交一吐衷肠不可。既要和赫伯尔特谈知心话，让淘气鬼留在穿堂里是不行的（所谓穿堂，只是一壁之隔，从钥匙洞里听房里人讲话一清二楚），于是我就打发他去看戏。我经常总是逼得没法，只好想些不三不四的歪点子，好歹得让他有些活儿可干，足证这小子早已反仆为主，我倒完全成了他的奴隶了。有时候实在万般无奈，只好出个下策，派他到海德公园广场去看看几点钟了。

吃过晚饭，我们各自安坐，把脚搁在壁炉栅栏上取暖，这时我对赫伯尔特说："亲爱的赫伯尔特，我有句体己话儿要跟你讲。"

他回答道："亲爱的汉德尔，蒙你并不见外，我绝不辜负你的信任。"

我说："赫伯尔特，这件事是关系到我和另外一个人的。"

赫伯尔特跷起大腿，头侧在一边，眼睛望着炉火，茫然望了半晌，没有听见我讲下去，便转过头来看了看我。

我把手放在他膝盖上，说："赫伯尔特，我爱艾丝黛拉——我真爱煞了艾丝黛拉。"

赫伯尔特听了这话，非但没有发愣，反而像是早在意料中似的，从容自在地答道："是啊！怎么样呢？"

"哎呀，赫伯尔特。你就回答我这么一句话？'怎么样？'"

赫伯尔特说："我的意思是问你下文如何？这件事我哪有不知道的。"

我说："你怎么知道的？"

"怎么知道的？汉德尔！还不是你告诉我的！"

“我从来没有告诉过你呀。”

“还说没告诉我呢！譬如你去理发，尽管你一句话不说，我长了眼睛当然看得出来。我自从认识你以来，就知道你一直挺爱她。你头一天到这儿，非但带来了你的手提箱，连你对她的感情也一块儿带来了。还说没告诉我呢！嘿，你其实随时随地都在告诉我。那天你给我讲你自己的身世，你就分明告诉了我，你第一次看见她就爱上了她，那时候你还小得很呢。”

我觉得他这种见解倒是新鲜有趣，便说：“那好吧，我告诉你，我爱她多少年如一日。现在她从国外回来了，出落得秀丽娴雅，绝世少有。我昨天就见到了她。我以前固然爱她，可现在更加倍爱她了。”

赫伯尔特说：“你真是个幸运儿，汉德尔，你已经被挑中了，她是许配给你的了。这话也不至于触犯你的忌讳，咱们说说无妨：此事早已毋庸置疑，你我心照不宣就是。我只是问你，你了解不了解艾丝黛拉本人在爱情问题上如何看法？”

我闷闷不乐地摇摇头说：“噢！她和我还隔着十万八千里呢！”

“要有耐心，亲爱的汉德尔，要多下功夫，多下功夫。你还有什么话要说吧？”

我回答道：“我不好意思说出口；不过，既然有了这个想法，还是说出来的好。你说我是个幸运儿，当然说的是。我昨天还是个铁匠的学徒，今天却成了——应该说是什么样的人呢？”

赫伯尔特在我背上拍了一下，笑着说：“如果你要个现成的名称，我就叫你好家伙，你这个好家伙——说你急躁吧，你又犹疑；说你大胆吧，你又腼腆；说你不尚空谈吧，你偏又耽于梦想；总之，矛盾百出，稀奇少有。”

我一时没接腔，心里在寻思我这个人的性格是不是当真像他说得这样复杂。总的说来，我是不承认他这个分析的，不过我认为这也不值一驳。

我接下去说：“赫伯尔特，我问你，我现在应该算个什么样的人，其实我心里是有我的想法的。你不是说我很幸运吗？我也知道我今天平步青云，并不是自己挣来的，而完全是靠了机缘；这的确应该说很幸运。不过，我一想到艾丝黛拉——”

（赫伯尔特眼睛望着炉火，打断了我的话，说：“你呀，天天想，时时想，刻刻想！”不过我觉得他这话是好意的，是同情我的。）

“亲爱的赫伯尔特，我一想到艾丝黛拉，总有一种身不由己、把握不定之感，总觉得连万分之一的侥幸也未必会有，我真不知道和你从何谈起。咱们可别犯了那个忌讳，不过我还是可以这么说吧：我的一切前程，全取决于一个人（可不能提名道姓）待我是否始终如一。就是往好里想吧，这个前程到底如何，毕竟也还是模模糊糊，实在捉摸不定，令人怏怏！”我这几句话，把心里的疑虑一吐无余，这份疑虑本来一直或多或少压在我的心头，不过压得这样沉重则分明是昨天才开始的事。

赫伯尔特还是那样快活开朗，他回答说：“喂，汉德尔，在我看来，我们无非是因为情场失意，所以对于别人的厚赐也就拿了放大镜去挑剔了。我看，也正因为我们一意挑剔，所以其中有个莫大的优点，我们反而倒没有看见。你跟我说过，你的监护人贾格斯先生一开头就告诉你，你能够得到的还不光是遗产，是不是？即使他没有跟你说过这话——不过说不说的确出入很大——你不想想，伦敦虽大，像贾格斯先生这样的精明人能有几个？他要是没有把握，肯和你建立这种监护人和被监护人的关系吗？”

我说这个理由过硬，我无可否认。不过口气之间好像只是因为事实俱在，不容强词夺理（一般人遇到这些事儿，往往如此），心里仿佛倒想要否认才好似的！

赫伯尔特说：“我说岂止是过硬，依我看再过硬的理由你也想不出来；至于其他问题，你应当耐心等你的监护人跟你说明白，而你的监护人又得等他的当事人给他指示。转眼你就是二十一岁了，那时候你也许能够多了解一些详情。反正过一天近一天，到时候自然真相大白。”

我由衷地佩服他这种乐观的为人处世之道，说道：“好一副乐天的性格！”

赫伯尔特说：“我怎么会没有这种性格呢，因为除此以外，我就一无所有了。索性告诉你吧，刚才我说的那番话，并不是出于我自己的高见，而是我父亲的高见。他谈起过你，我只听到末了的一句结论：‘这件事千稳百妥，否则贾格斯先生绝不会过问。’现在先别谈论我们父子的长短。你既然给我说了知心话，我也得给你说知心话，我这会儿可要说几句很不中听的话了——你一定会恨死我的。”

我说：“你办不到。”

他说：“嘿！我一定办到！一，二，三，我说啦。”他口气虽然这样轻松，态度却是十分认真。“汉德尔，我的好伙伴，我们烤了这半天火，说了这半天话，我心里却一直在想：艾丝黛拉嘛，如果你的监护人从来没有提起过她，她就绝不会是你接受遗产的一个附带条件。根据你向我谈的情形来判断，我看贾格斯先生直接也好，间接也好，都从来没有提起过她，是不是？譬如说吧，贾格斯先生恐怕也没有露过什么口风，说你的恩主对于你的婚姻有什么主张吧？”

“的确没有。”

“汉德尔，我以人格担保，我丝毫不带一点酸葡萄的味道！你既然和她并无纠葛，难道就不能趁早撒手吗？——我有言在先，我这话是很不中听的。”

我背过脸去，一阵伤感像旧日刮过沼地的迅疾猛烈的海风，扑向我的心头——想当年我一大早离开铁匠铺子，在冉冉消散、一片肃穆的晨雾中抚摸着村口指路牌的那一阵子，使我伤心落泪的也正是这种情绪。我们半晌没作声。

赫伯尔特全不理会这一阵沉默，还是接着上面的话头继续说下去：“是的。不过，亲爱的汉德尔，先天的禀性和后天的环境使你成了一个富有浪漫气息的小伙子，这种念头在你心目中已经根深蒂固，问题严重就严重在这里。你且想一想她是怎样教养大的吧，想一想郝薇香小姐吧。你想一想，她自己是个什么样的人（现在你可恨透我这个讨厌的家伙了吧）。这样下去，只怕会造成不幸的后果。”

我依旧背转着脸儿，说道：“我知道，赫伯尔特，可是我身不由主。”

“你当真撒不开手？”

“是啊。我办不到！”

“你不能试一试吗，汉德尔？”

“不行。办不到！”

赫伯尔特站了起来，伶俐地抖了抖身子，仿佛才睡醒似的，又拨了拨炉火，说道：“噢！那么我就不说这种不中听的话了吧！”

他在房间里走了一圈，拉好窗帘，放好椅子，整理好杂乱无章的书籍什物，朝穿堂里望望，信箱里张张，关上房门，然后回到壁炉跟前，依然在椅子里坐下，两条胳膊搂着一条左腿，说道：

“汉德尔，我想说一两句有关我们父子的话。我父亲那边的家务真弄得不太高明，这也用不着我做儿子的来说了。”

我为了不愿使他败兴，便说：“哪里，你们哪一天愁吃缺穿呢，赫伯尔特。”

“哦哟哟，你倒说得不错啊！大概只有扫垃圾的会赞不绝口，后街上摆旧货摊的会赞不绝口。汉德尔，正经事说正经话，情况如何，你也和我一样一清二楚。我想，我父亲当年大概还不至于这般心灰意懒，不过，即使有过这么一天，那也早已是过去的事了。我想请教你一个问题，不知在你们家乡一带有没有这样的现象，就是，但凡父母不是佳偶，生下的儿女总是特别急于要结婚？”

这个稀奇古怪的问题可把我难住了，我只得反问他一句：“真有这种事吗？”

赫伯尔特说：“我不知道，所以才问你。我们家里无疑就是如此。我那可怜的大妹妹夏绿蒂不到十四岁就死了，她就是个显著的例子（小洁茵现在也是一样）。夏绿蒂一直巴不得早早结婚成家，她一定是朝思暮想，终日向往着家庭幸福，可怜就这样度过了短促的一生。小艾理克乳臭未干也在西郊植物园看中了一位小可人儿，打算和她订定终身。我看，除了那个吃奶的娃娃，我们个个都订了婚了。”

我说：“那么你也订了婚喽？”

赫伯尔特说：“我也订了，不过这是个秘密。”

我说保证替他保守秘密，只求他赏个脸，把其中的详情细节告诉我。他刚才谈起我的弱点，说得入情入理，感人肺腑，我倒要看看他自己坚强到什么地步。

我说：“可否请教她的芳名？”

赫伯尔特说：“她叫克拉辣。”

“住在伦敦吗？”

赫伯尔特一谈起这个有趣的话题，便沮丧得出奇，怯懦得出奇，他说：“住在伦敦。也许我应当提一提，用我妈妈那种无聊透顶的门第观念衡量起来，她的出身是很低下的。她爸爸本来在客船上管伙食，大概是个事务长之类。”

我说：“现在干什么？”

赫伯尔特答道：“现在有病。”

“怎么过活呢——？”

赫伯尔特说：“关在二楼。”这话实在是答非所问，因为我的意思是问他靠什么度日。赫伯尔特又说：“我从来没跟她见过面，因为自从我认识克拉辣以来，她一直关在楼上屋里足不出户。不过我倒常常听见她的声音。她常常大吵大闹，吼啊叫啊，还用一件吓人的家伙尽敲地板。”说到这里，他望望我，纵情大笑起来——这时他又恢复了平日那种活泼的神态。

我说：“你不想见见她吗？”

赫伯尔特回答道：“哪里，我一直都想见见她，因为我一听到她的声音，就觉得她好像快要蹬破楼板掉下来了。谁知道这几根横梁还能支持多久呢。”

他又纵情大笑起来，可是这回笑罢，他又显出了那副怯懦的样子，说，一旦有了资本，就打算跟这位年轻小姐结婚。接着他又找补了一句，话虽是至理名言，然而总不免令人泄气：“不过你也知道，一个人还在观望形势等待时机的时候，哪里谈得上结婚呢。”

于是我们都默默地望着炉火；我心想，要获得这样一笔资本真是谈何容易，想着想着就把手插进了衣袋。一边的口袋里有一张折拢的纸，倒引起了我的注意，我摸出来摊开一看，原来是乔那天给我的海报，介绍的是那个与罗西乌斯齐名的地方业余演员。我不由得嚷道："我的老天爷呀，正是今夜上演！"

这一来，我们马上改变了话题，立刻决定去看戏。我向赫伯尔特做了种种保证，管它办得到也好办不到也好，答应一定帮助他成就这件姻缘；赫伯尔特也对我说，他的未婚妻早已久闻我的大名，请我多早晚会同她见见面。双方如此赤诚相见，少不得又热烈握手庆贺一番，然后就吹灭了蜡烛，在炉子里添了煤，锁上了门，一同出发去探访伍甫赛先生和丹麦王国去了[1]。

---

① 意即去看伍甫赛主演的《哈姆雷特》，哈姆雷特系丹麦王子，故云。

第三十一章

我们到达丹麦，看见一张菜桌上摆着两只圈手椅，国王和王后高高地坐在那里，视朝听政[①]。丹麦的满朝公卿贵族都列班参见；其中有个饰贵族的还是个小伙子，脚上却穿着他那巨人似的祖先传下的一双硕大无朋的软皮靴子，那个扮演道貌岸然的贵族的[②]也是满面污垢，好像是个到了晚年始得荣显的平民；去丹麦骑士[③]一角的，头上插着梳子、脚上穿的是白色长丝袜，看上去哪里像个骑士，简直像个女人。我那位有表演天才的同乡，两条胳膊抱在胸前，

① 这是一个水平极低的剧团，一切因陋就简，因此用厨房里的菜桌和普通椅子当作御座来使用，整个《哈姆雷特》的演出也被滑稽化了。

② 应是御前大臣波乐纽斯。

③ 应是波乐纽斯之子莱厄替斯。

抑郁地站在一旁，我看他那前额和鬓发也真应该化装得稍微像点儿话才好[1]。

随着剧情的开展，稀奇古怪的事儿层出不穷。看那位先王[2]的模样，似乎非但临死时害了咳嗽病，而且还把咳嗽病带进了坟墓，现在又带回到阳间。国王的幽灵还从阴曹地府带来了一个脚本，卷在统帅棍上，看他的样子似乎不时在翻阅，而且似乎愈急就愈翻不到他要翻的地方，人们只有看了他这个动作，才会想到扮演这角色的毕竟还是个活人。我看多半是为了这个原因，楼座上的观众才奉劝这位幽灵“翻过去，翻过去！”——人家一番好意却惹得他大为生气。这个尊严的亡魂还有一件事也大可一提，那就是，虽然他每次登场，一副神气总像是已经巡游半夜、云行万里的样子，其实人们都明明看见他是从紧隔壁一堵墙后面钻出来的。因此，这个鬼魂非但不能使人害怕，反叫人觉得好笑。那位丹麦王后是位丰满的妇人；固然从历史事实来看，她脸皮厚得像铜皮，不过观众认为她身上的铜也未免太多了点——下巴颏儿下面缚着一根宽铜带连在王冠上（看模样，她似乎正患着了不得的牙痛病），腰上也缚着一条铜带，两边胳膊上又各缚着一条铜带，因此大家老实不客气管她叫“铜鼓”[3]。穿着祖传特大皮靴的那个饰贵族的小伙子真是变化有术，简直说变就变，忽而扮演精明的水手，忽而扮演江湖戏子，忽

① 伍甫赛扮演的应是哈姆雷特。可参阅二十七章乔看过他演出后所发表的观感。

② 先王即哈姆雷特之父王，以鬼魂姿态出现。

③ 揆诸常理，王后应当遍体通身都是金饰，今观众如此云云，足见这个剧团的服饰道具实在不像话。

而扮演掘墓人，忽而又扮演教士，忽而又扮演宫廷比剑时的第一号要人[①]，全凭他经验丰富的眼睛和明察秋毫的目力，来裁定那最细微最难察的一刺一劈。后来观众渐渐对他不耐烦起来，尤其是看见他扮演教士出场，拒绝为死者祷告的那个场面[②]，简直动了公愤，台下竟拿硬壳果扔他。莪菲莉娅也倒霉，她发疯一场的音乐伴奏慢得出奇，等她卸下白纱围巾，折好埋入地下[③]，顶层楼座第一排有个男观众早已按捺不住，他本来一直把鼻子贴在面前冰凉的铁栏杆上，镇住满腔的怒火，这时忽然大喝一声："小娃娃都睡了，也该吃晚饭啦！"这一声喝，少说也是大煞风景。

笑话一个接着一个，轮到我那位不幸的同乡出场时，观众便只顾拿他开玩笑了。每当那位犹豫不决的王子发问陈疑，观众总是替他帮腔。譬如说，他念到"要做到胸怀磊落，究竟是应该承当……还是应该……"那一段独白时[④]，就有人大叫应该承当，有人嚷嚷

---

① 当指在哈姆雷特与莱厄替斯比剑时担任裁判员的奥思瑞克。

② 按指《哈姆雷特》第五幕第一场第215行以下数行，教士出场，对莪菲莉娅的死因表示怀疑，因而拒绝为她祷告、唱安魂曲。

③ 指四幕五场莪菲莉娅闻其父噩耗而疯狂一场，一些象征性的动作都是为了悼念亡父。

④ 这是哈姆雷特在三幕一场那段著名的独白，开头几行是：

活下去呢还是死？——这就是问题的症结；
要做到胸怀磊落，究竟是应该
承当那暴戾命运的明枪暗箭，
还是应该持戈举矛，去堵截
那无边的苦海，以牙还牙，歼灭了这苦恼？
死亡不过是长眠——一了百了；
既然步入了长眠就再也不会
肝肠断碎，那血肉之躯挣不脱的
百千种疾痛从此也同归于尽，
那岂不是我们求之不得的圆满功德？
死亡不过是长眠——可是长眠了
也许还会做梦，这倒是个难题！

不应该承当，另有人介乎两可之间，说“掷铜钱决定吧”，于是千嘴百舌简直开起辩论会来。当他问起像他“这样一个上不沾天、下不着地的家伙，究竟应该如何是好”时[①]，观众便扯开嗓门，为他呐喊助兴：“对啊，对啊！”当他扮作长袜脱落之状上场时（按照演出习惯，就在袜筒顶部整整齐齐地打个褶儿，一般大概都用熨斗烫成此式，以示长袜脱落之意），顶层楼座上的观众立即沸沸扬扬谈论他那条腿如何“苍白”，莫非是给鬼魂吓成那个样子的。当他接过八孔笛时[②]（其实好像就是刚才乐队里使用的一支小黑笛[③]，从门口塞出来的），观众都异口同声地要求他演奏《不列颠王统无疆》[④]。当他叫戏子别让手儿像拉锯似的“在空中乱摆乱舞”时[⑤]，那个满腔怒火按捺不住的男观众便说：“你也别吹什么鸟牛；我看你比他还不如！”我还得伤心地补充一句，逢到这类场合，观众无不对伍甫赛先生报以哄堂大笑。

---

① 语见三幕一场125—133行，这是哈姆雷特对莪菲莉娅抒发的一大段怅伤之感：“……我也算得上光明磊落的了，可还是免不了内疚重重，不能自安，恨不得我母亲当年还是没生下我来的好。我傲骨天生，报仇心切，志大心高，那转不完的愤世嫉俗的念头简直叫我的思想应接不暇，叫我的想象无从分辨其中的形形色色，更何况哪来这么些时间把这些个念头一一付诸行动。像我这样一个上不沾天、下不着地的家伙，究竟应该如何是好？——”

② 哈姆雷特接过笛子的情节详见三幕二场308行，这时戏中戏《捕鼠机》正在演出，“众伶人持笛重上”，哈姆雷特嚷道：“啊，笛子来了，给我一根！……”此处的笛子应为八孔直笛，与普通笛子不同。

③ 似指同幕同场戏中哑剧部分曾使用过。

④《不列颠王统无疆》：T.A. 阿尔涅于1740年8月谱写的一支歌曲，作词者为汤姆生与马勒特；1746年汉德尔曾以此主题谱为“圣乐”。与《哈姆雷特》完全无干。

⑤ 语出三幕二场开头四行：“我求求你们读这段台词，千万要像我刚才读给你们听的那样，轻悄悄溜着舌尖儿吐出来；如果你们脱不了一般的戏子气派，大吼大嚷，那我要你们有什么用？还不如请那宣读公告的差人来胡嘶乱嚷！也别让手儿像拉锯似的在空中乱摆乱舞，而是要轻摇慢荡……”

不过他最大的活受罪还是在墓地一场；墓地像一座原始森林，一边像是属于教会的一个小小的洗衣作，另一边是一扇栅门。伍甫赛先生穿一件肥大的黑斗篷，他在栅门口一出现，观众立即好意警告掘墓人：“留神啊，殡仪馆老板来啦，查看你的活儿来啦！”我想，在一个堂堂的立宪国家里，谁都懂得，伍甫赛先生对着骷髅发了一通议论、把骷髅扔回原处[1]之后是不能不从胸口掏出一块白餐巾来掸掸手指上的灰尘的，可是就连这样一个无可非难也不可省却的动作，观众看了也不肯放过，要叫上一声：“嗨，跑堂的！”准备下葬的尸体[2]一运到（舞台上用以代表灵柩的是一只空无一物的黑箱子，箱盖都盖不拢），观众见了，顿时全场欢跃，特别是看出了抬棺材的人当中又有那个小伙子，这就更其乐不可支了。伍甫赛先生紧挨着乐队与坟墓[3]和莱厄替斯决斗，观众的笑乐之声也始终围着他转，此后一直到他把国王刺得翻下那菜桌，倒在地上，一直到他自己也两脚渐僵、慢慢死去，满场的笑乐之声迄未稍衰。

先头我们也做了些微弱的努力为伍甫赛先生鼓掌喝彩，可惜人少力薄，想坚持也坚持不下去。只得坐在那儿，心里尽管对他万分同情，可是自己也笑得合不拢嘴。我简直时时刻刻都要忍俊不禁，因为这整个戏着实演得太滑稽了；然而我心坎深处总隐隐有这样一种感想：觉得伍甫赛先生的台词念得倒也确有不俗之处——倒不是

---

① 取骷髅、扔骷髅，见第五幕第一场第 80 行以下。

② 莪菲莉娅的灵柩出现，见第五幕第一场 236 行以下。

③ “紧挨着乐队与坟墓”，足见舞台空间之局促与布景之草率。

因为他和我是老相识才这么说，因为他念得那么缓慢，那么沉郁，声音忽而高如峻峰插天，忽而低如陡坡接地，反正是任何人在任何正常的生死处境中都绝不会以这种声调来表白自己的任何心情的。悲剧演完之后，趁着观众正在向他乱嘘瞎喊的当儿，我对赫伯尔特说："趁早走吧，免得碰见他。"

我们三步并作两步往楼下走，谁想还是走得不够快。大门口站着一个貌似犹太人的汉子，两抹眉毛浓得简直世间少有；我们一路走去，老远我就看见了他，等我们走到他跟前，他便向我们招呼道：

"请问二位莫非就是匹普先生和他的朋友？"

匹普先生和他的朋友只好直认不讳。

那人说："沃尔登加弗尔先生想要劳驾二位赏光和他见见面。"

我说："哪一位沃尔登加弗尔？"赫伯尔特凑在我耳边轻轻地说："恐怕就是伍甫赛。"

我说："哦，行啊！相烦引路。"

"劳步劳步。"走进一条僻静小巷，他转过身来问道："二位觉得他的扮相如何？——是我替他化妆的。"

我简直说不出他的扮相如何，只记得他像个身戴重孝的人，脖子上加上一条蓝缎带，蓝缎上有一个大大的丹麦王徽——记不得是太阳还是星星，看上去活像在什么稀奇古怪的保险公司保过险似的。不过当时我还是称赞了那位演员扮得很不错。

我们的这位引路人说："他[1]来到墓地的时候，把斗篷一亮，真帅极了！可是我从边厢看去，觉得他在王后寝宫里看见鬼魂出现的当儿[2]，那双长筒袜似乎亮得还不大够。"

我客客气气表示同意，三人一同跨进一扇肮脏的小弹簧门，来到一间闷热的、木板货箱似的屋子里，只见伍甫赛先生正在这儿卸下全身丹麦王子的戏装。这间屋子也实在狭小，我们只好把房门（或者不如说是木箱盖）顶住，让它大开着，我们一个趴在另一个的肩头上看他卸妆。

伍甫赛先生说："你们两位先生肯赏光，我很荣幸。匹普先生，希望您原谅我的冒昧邀请。只因为一来我有幸早就认识您，二来戏剧本是大富大贵之人雅赏之事，这是大家一向公认的。"

这时沃尔登加弗尔先生正在使劲卸下他那身王子的丧服，弄得汗流浃背。

只听得那位长筒袜的主人说："沃尔登加弗尔先生，快把长筒袜剥下来，再不脱不可要绷破啦。绷破一双袜，就是三十五个先令。从来演莎士比亚的戏，还不曾用过这样的好袜呢。你坐在椅子里别动，我来替你脱吧。"

他说过这话，就蹲下身来，动手剥这个可怜虫。刚剥下一只，可怜虫就连人带椅子往后倒去，幸亏后面没有一点儿空隙，他要倒也倒不下去。

---

① 指剧中人物哈姆雷特。

② 见第三幕第四场 102 行。

HAMLET!

对这个戏，我直到此刻，还始终不敢置一词。可是这当儿沃尔登加弗尔先生却志得意满地抬起头来望着我们，说道：

“二位在台前观看，觉得如何？”

赫伯尔特在后面说（同时用手指在我身上戳了一下）：“妙极了。”于是我也跟着他说了一声“妙极了”。

沃尔登加弗尔即使没有摆出十足的架子、至少也摆着八成的架子说道：“二位觉得我这个角色演得如何？”

赫伯尔特在我身后说（又用手指戳了我一下）：“气魄宏大，细致入微。”于是我也大着胆子，当作自己的创见一般，非得一吐为快不可似的，说道：“气魄宏大，细致入微。”

沃尔登加弗尔先生尽管身子紧贴在墙壁上，两手抓着椅座子，却神气十足地说：“多蒙二位赞赏，不胜快慰。”

蹲在地上的那个人却说：“沃尔登加弗尔先生，我倒有个看法，我认为你的表演有个欠妥之处。我倒不怕有哪一位同我意见相左，我还是要说我的，你听我说吧！我认为你演的哈姆雷特缺点就在老是把两条腿撇过去，侧面朝着台下。上次我替别人化妆哈姆雷特，那人排演时也老是犯这个毛病，于是我就叫他在两边脚胫骨上各贴一大块红封纸，那次彩排（那已经是最后一次彩排了），不瞒老兄说，我便坐到正厅后排去，一看见他侧面朝着台下，我就嚷：‘红纸块看不见啦！’晚上他正式上演，果然出色！”

沃尔登加弗尔先生对我莞尔一笑，好像是说：“这个混饭吃的家伙为人还忠心——这种混话我不跟他计较！”然后他大声说道：

“对于这里的观众来说，我的表演似乎过于典雅了些，过于含蓄了些，不过观众的欣赏水平一定会提高，一定会提高。”

赫伯尔特和我异口同声地说：“啊，那当然，那当然。”

沃尔登加弗尔先生说：“二位有没有注意到，剧场楼座里有个人在葬礼上尽起哄——我的意思是说，在葬礼那一场他尽起哄。”

我们只好随声附和说，好像看到是有这样一个人。我还说，“他一定是喝醉了。”

伍甫赛先生说：“哪里哪里，先生，哪里是喝醉了。他主子才不会让他喝醉呢，先生。哪里肯让他喝醉。”

我说：“你认识他的主子吗？”

伍甫赛先生闭上眼睛又睁开眼睛，两个动作都是那么一丝不苟，缓缓悠悠。他说：“两位先生一定看到一个不学无术、乱嚷乱叫的蠢家伙吧，他的嗓子像破锣，一脸卑鄙下流、阴险狠毒的神气，不能说他表演，只能说他去了丹麦国王克劳迪斯这个‘rôle’（请允许我用了这个法国字眼）。他就是那个人的主子，先生。我们这一行就是这种样子！”

我不敢说伍甫赛先生真要到了穷途末路，我会不会更可怜他，不过凭着他现在这副样子，就已经使我觉得他够可怜的了。因此，一见他转过身去系背带（他这样一转身竟把我们都挤到门外去了），我连忙趁机问赫伯尔特好不好带他到我们家里去吃晚饭？赫伯尔特说，这样也算对他略表心意，于是我便邀请他；他穿好衣服，把衣领高高拉起，一直遮到眼睛边上，跟我们一起来到巴那尔德旅馆。

我们竭诚款待他，他一直谈到下半夜两点钟才走，都是回顾他自己既往的成绩，展望未来的抱负。至于他的成绩抱负云云究竟是些什么，我都已经忘了，只是笼笼统统记得，他的舞台生涯将以振兴戏剧始，将以毁灭戏剧终，因为只要他一死，整个戏剧事业就要彻底完蛋，绝难幸免，也绝难挽回。

最后，我伤心地上床睡觉，伤心地想起艾丝黛拉，而且做了一个伤心的梦，梦见我未来的遗产被一笔勾销了，非得跟赫伯尔特的克拉辣结婚不可，否则就得由我扮演哈姆雷特，由郝薇香小姐扮演鬼魂，演给两万观众看，而我却连二十个字的台词都背不上来。

第三十二章

有一天，我正在跟朴凯特先生读书，邮局送来一封信。一看信封，就紧张得心头乱跳。尽管信封上的笔迹是我从来没有见过的，不过我一猜就猜出了这是谁的手笔。信笺上不落上款，既没有“亲爱的匹普先生”，也没有“亲爱的匹普”或是“亲爱的先生”，什么“亲爱的”都没有，只是写道：

后天我搭中午班马车来伦敦。我想，我们有约在先，由你来接我，是不是？总之，郝薇香小姐有此印象，因此我遵命写信通知你。她向你问好。——艾丝黛拉上。

恭逢这般的吉日良辰，如果时间许可，我一定非添置几套新衣服不可；可惜时间不许可，只得以现有的几套将就将就。顿时之间，我连茶饭也不想吃了。盼不到那一天，心神固然没有片刻的安宁；盼到了那一天，还是心神不宁，而且只有心神不宁得更厉害：马车还没有从我们镇上的蓝野猪饭店出发，我就在齐普赛区伍德街的驿站附近打转了。我明知为时过早，还是隔不上五分钟就要去看一趟，否则就放心不下；这样失魂落魄的才守候了半个小时（算起来有四五个小时可等呢），忽然看见文米克迎面走来。

他向我招呼："喂，匹普先生，你好吗？真没想到你也会逛到这一带来。"

我回说有位朋友乘马车到伦敦来，特地赶来迎接；又问起他的城堡和老人家近况如何。

文米克说："棒极了，谢谢你的关注。老人家尤其好，硬朗极了。到今年生日就是整整八十二岁了。我打算为他放八十二炮，一只要四邻没有意见，二只要我那门炮支得住。不过这是后话，伦敦可不是谈这种事情的地方。你猜我上哪儿去？"

我看他是往事务所那头走，便说："到事务所去呗。"

文米克回答道："差不离。我到新门监狱去。我们现在正在处理一件银行盗窃案。我一路来已经看了一下现场，现在要去跟我们的当事人谈一谈。"

我问："你们的当事人就是盗窃犯吗？"

文米克冷冰冰地回答道："哪儿的话，你扯到哪里去了！只不过是有人控告他盗窃而已。控告得他，也就控告得你我。你知道，说不定哪一天你我也会受到这种控告的。”

我断然说：“不过眼前你我并没有受到控告。”

文米克用食指碰碰我胸口，说：“哦哟！你倒是个有心人，匹普先生！愿意到新门监狱去观光观光吗？有空吗？”

我正愁消磨不了这许多时间呢，这个建议倒是正中下怀，尽管我心底深处是想在驿站上守候的，无奈二者不可兼得。我就咕哝了一声，说让我先到驿站办公室去打听一下时间是否来得及。进去一打听，站上的办事人员极不耐烦地告诉我说，马车最早也要到几时几刻才能开到，而且把时刻说得极其精确——其实我事先早已了解，绝不比他含糊。走出来回了文米克先生的话，又故意看看表，装模作样地表示十分吃惊，说是没料到时间还这么早，这才接受了他的建议。

没过几分钟工夫，来到新门监狱，跨进门房，只见光秃秃的墙上挂着一副副的镣铐，还写着各项监狱规则，杂然纷陈。然后由门房进入监狱内部。当时的监狱管得实在松懈；采取过火的纠正措施还是远在以后的事——大凡官府办了错事，必定矫枉过正，这也往往就是对这种错误的最有力最持久的惩罚。在当时，重罪犯并不禁锢，饮食条件比士兵还好（更不必说贫民了），因此，囚犯们为了某种情有可原的要求（譬如要求改进汤水的滋味）而纵火焚烧监狱，这类事情还不大有。文米克带我进去时，正是探监的时间；啤酒店的跑堂正在到处兜售啤酒；犯人们在那围着铁栅的院子里买酒，和朋友聊天；好一片霉臭、丑恶、混乱的景象，真叫人看了寒心。

我觉得文米克在那些犯人中间走动，活像一个园丁在花木丛中走动一样。我这种想法不是没有原因的：我看他一见到隔夜抽出的一支新芽就说："怎么啦，汤姆船长？你也在这里？哎哟哟，这真是！"继而转过脸来又招呼别人："水塘后面那一位不是黑炭比尔吗？嘿，两个月不见你啦，你过得好吗？"他又以同样的姿态站在铁栅跟前，听那些犯人心急慌忙地低声跟他说话，一个一个地听过来，他自己那张邮筒口似的嘴却纹丝不动，只是一边听一边拿眼睛瞧着他们，似乎要仔细看看这些犯人自从上次见面以来，有了多少长进，下一次提审时，是否有希望以花繁叶茂的姿态出现在法庭上。

文米克人头很熟，我发现他原是替贾格斯先生做交际联络工作的，不过，他身上也缭绕着贾格斯先生的那种气息，因此，你要接近他是可以，却不能超过一定的限度。凡是他的当事人和他打招呼，他一律都是点点头，双手在头上稍稍端一端帽子，然后抿紧了他那邮筒口似的嘴，把双手插进了衣袋。有一两个人付律师费有困难，文米克先生看见人家拿出的钱不足数，他便避之唯恐不及，说："这可不行啊，老兄。我不过是个小伙计。这个数目我不能拿。别这样为难我这个小伙计啦。如果你当真拿不出那个数目，你最好还是另找一位大律师；你也知道，大律师嘛有的是，你这笔钱请这一个不够也许请那一个够；我以一个小伙计的身份，劝你还是这样办。白费劲儿的事情还是少做。何苦呢？下一个是谁？”

我们就这样在文米克培养花木的温室[1]里一路走过去，后来他掉过头来对我说：“等会儿有个人和我握手，你留意。”其实不用他事先关照我也会留意，因为截至目前，还不曾见他和任何人握过手。

话音刚落，就有一个身材魁伟、腰肢挺拔的人（我此刻执笔之际，此人仿佛还在眼前）来到铁栅栏的一个角落里。他穿一件破旧不堪的橄榄绿的礼服大衣，红通通的皮肤上泛出一种特有的苍白，一双眼睛看东西的时候老是骨碌碌东溜西瞅，他一看见文米克就把手伸到帽檐上，半认真半打趣地行了个军礼。只见他帽子上沾着一层肉冻似的厚厚的油脂。

文米克说：“上校，敬礼！你好吗，上校？”

“好，文米克先生。”

“能办的我们都办了，只是证据太充足了，我们很难对付，上校。”

“是啊，证据太充足了，先生——不过我不在乎。”

文米克冷淡地说：“是啊，是啊，你是不会在乎的。”然后扭过头来对我说：“这一位原在皇家部队里服役，属于正规军的编制，花了钱才退伍下来的。”

我说：“真的？”那人立即望了望我，又望了望我的脑后，还

① 指监狱。

望了望我的上下左右，然后用手扪着嘴笑。

他对文米克说："我看星期一总可以了结了吧，先生？"

我的朋友答道："也许会，不过还说不准。"

那人从铁栅栏缝里伸出一只手来，说道："文米克先生，我很高兴有这个机会和你告别。"

文米克一面和他握手，一面说："谢谢你，我也同样高兴，上校。"

那人却拉住了他的手不放，说："文米克先生，我失风的时候身上抄去的东西要不是假货的话，我早就请你赏脸，让你手上多戴一个戒指了——也好报答你对我的一片关注。"

文米克说："你的好意我十分领情，顺便向你提一声，听说你是个了不起的养鸽专家。"那人抬头望望天空。文米克接下去说："据说你养了一种顶呱呱的翻云鸽。既是你今后用不着了，可否托个便人带一对来送给我？"

"一定，先生。"

文米克说："好极了，我一定小心饲养。下午好，上校。再见！"两人又握起手来。握完手我们就走开了，文米克告诉我说："他是个伪造货币的，功夫非常到家。今天已经定案，星期一非处死刑不可。可是你知道，就眼前来说，两只鸽子反正还是一笔动产。"说着，他又回头一望，对他那株枯死的花木[①]点了点头。然

① 即上述已定死刑的伪币制造者。

后他就一路往外走，一路向四周打量，仿佛在考虑应当重新拿一盆什么样的盆景去补充那枯死的一株才好。

经过门房走出监狱时，我发现我的监护人不仅在犯人眼中是个了不得的人，连看守们也认为他很了不得。原来我们来到门房的那两道钉了大钉、装了尖刺的大门之间，就被那看守人缠住了，他小心地锁上一道门，却不忙于打开另一道门，只顾问文米克："嘿，文米克先生，贾格斯先生对于河滨的那件谋杀案打算怎么办啊？是打算办成过失杀人罪呢，还是打算办成什么别的？"

文米克答道："你为什么不去问他本人？"

看守说："啊，说得是，说得是！"

文米克拉长了邮筒口似的嘴唇，转过脸来向我表白："匹普先生，他们这些人，就是这副样子。我不过是个伙计，他们就没轻没重地向我问这问那；可从来没见过他们向我的大东家问过一句。"

那个看守听了文米克这番幽默，不禁咧嘴一笑，又问他："这位少年是你们事务所的练习生呢还是徒弟？"

文米克嚷道："你瞧他又来啦！我可没有说错吧！头一个问题还没了结，又向我这个当伙计的问第二个了！你说，匹普先生是我们的学徒又怎么样呢？"

看守又咧嘴一笑，说："那他就知道贾格斯先生是怎么个人了。"

文米克先生一面嚷着"嘀唷"，一面突然诙谐地打了那看守一拳，说道："你和我东家打起交道来，可就呆得像你的钥匙一样，一句话也不会说了，你说说是不是。赶快放我们出去吧，老狐狸，否则我就叫他告你一状，就告你一个胡乱拘禁好人。”

看守呵呵大笑，才算和我们告别。我们下了石阶，走上大街，只见他还站在那里，从栅门的尖刺上探出身子来对我们笑着。

文米克拉住我的胳膊，显出格外知己的样子，一本正经地凑在我耳边说：“告诉你，匹普先生，我认为贾格斯先生最拿手的本事就是搭架子，让人家觉得高不可攀。他始终是那样高不可攀。这种一贯的高不可攀也是和他广大的神通分不开的。那位上校就不敢和他告别，那个看守也不敢向他当面打听一件案子打算怎么办。他高不可攀，可又不能不和人打交道，于是就安插一个伙计来做居间人——你明白吗？——结果还是把他们完全抓在掌握之中。”

我那监护人的精明手腕，真使我不胜惊异，说起来这并非自今日始。说良心话，我倒巴不得有个能力逊色些的人来做我的监护人，说起来这也并非自今日始。

文米克先生和我在小不列颠街的事务所门口分手。门口照常有不少人逡巡徘徊，都是在那里等贾格斯先生，求他替他们办事的。我回到驿站所在的那条街上继续守望，马车到站还得三个钟头，只得以遐想来打发这一段漫长的光阴。我想：事情也真稀奇——监狱和罪犯怎么老是像一团乌烟瘴气似的围住了我；童年时一个冬天的傍晚在故乡荒寂的沼地上第一次遇到了这种事，后来居然又碰见两次，仿佛是一个褪了色但并没有消失的污渍似的，一下子又冒了出来；如今我交了好运，出了头，发了迹，可它依旧和我形影相随，只是情境两样罢了。想着想着，又想起了年轻貌美的艾丝黛拉就要向我迎面而来，好一个矜持而高雅的人儿呀！拿监狱和她两相对照，我不禁愈想愈恨。要是这一回没遇见文米克有多好，就是遇见了他，要是没有答应跟他一块儿去有多好！一年三百六十日，何苦偏偏在今天到新门监狱去吸进那一股浊气，去沾污身上的衣服呢！我一面徘徊，一面跺去沾在脚上的尘土，掸去沾在身上的灰沙，呼出那沾在肺里的臭气。一想起我今天赶来迎接的是谁，越发觉得自己遍体通身都是龌龊，反而倒嫌马车来得太快了；我从文米克先生培养花木的暖房里沾来的那种污秽的感觉还没有消除，艾丝黛拉已从车窗口露出脸来，在频频向我挥手了。

刹那之间又是那个莫可名状的黑影，一闪而过，那究竟是个什么影子呢？

第三十三章

艾丝黛拉身穿镶毛皮的旅行装，出落得从来没有过的娴雅秀丽，连我都觉得如此。她还处处留神自己的仪态举止，着意要引我倾倒，这也是从来没有过的。我看她这番变化明明是郝薇香小姐授意的。

我们一走进旅馆的院子，她就把随身带来的行李指给我看；等到行李都收拾在一起，我才想起我还不知道她这次究竟要上哪儿去呢，因为这时我整个的心都在她身上，早已把什么都忘了。

她告诉我："我要到雷溪芒[1]去。要知道，有两个雷溪芒，一

① 雷溪芒：伦敦城郊一座风景幽美的镇市，有著名的大草地、山峦、拱桥；并有亨利七世所建的皇宫。

个在苏瑞区，还有一个在约克郡，我要去的是苏瑞区的雷溪芒，离这里十英里路。我得雇一辆马车，让你送我去。我的钱袋交给你，车费就让你从这里面拿。喂，这钱袋你非得拿着不可！你我两个都不能自作主张，只能遵命办事。无论是你是我，都不能由着自己别出心裁。”

她把钱袋交到我手里时，望了我一眼，我巴不得能从她这番话里听出些深意来。她说这番话时虽然含着鄙薄的意味，可并没有生气。

“艾丝黛拉，马车还得去叫起来。你不在这儿休息一会儿再走吗？”

“对，我得在这儿休息一会儿，喝点茶，你得在这儿陪陪我。”

她挽着我的胳膊，意态之间仿佛也是出于不得已。一个茶房正睁大了眼睛看着那辆刚刚开到的大驿车，好像一辈子也没见过这种东西似的。我叫他给我们找一个清静的地方。他听得吩咐，便从什么地方拿出一条餐巾，领着我们上楼，仿佛那是神话中的引路魔绳，没有它就上不了楼似的；我们被带到楼上一间黑洞洞的小屋里。屋里装着一面截头去尾的小镜子（可是装在这样大小的一个房间里还是一件大累赘），还放着一个作料瓶，一双不知是谁穿的木屐。我不满意这个地方，他便领我们走进另一间屋子，里面放着一张可容三十个人吃饭的饭桌，壁炉里足足有一蒲式耳[1]的煤灰，

---

① 一蒲式耳约合三十六公升。

煤灰下面是一张烧焦了的抄本纸。茶房望了一下这一堆烧剩的余烬，摇摇头，便来听我点菜叫饭，一听不过是“给小姐弄点茶来”，不由得十分扫兴，走了出去。

屋子里弥漫着一股浓烈的马厩气味，夹杂着一股原汤老汁的气味，我到今天还相信，谁闻到这股味道都会疑心：这家旅馆莫不是因为驿车部门的生意不好，于是老板就陆续把马匹宰掉，熬成马肉汤，拿到饮食部来卖。话虽如此，只要有艾丝黛拉在这里，这间屋子对于我也就是一切的一切了。我觉得，只要有她相伴，叫我在这里过一辈子也是幸福的。（其实，当时我在那里却一点也不幸福，而且我自己也明明知道。）

我问艾丝黛拉：“你到雷溪芒去找谁？”

她说：“去找一位贵妇人，跟着她去过豪华的生活。她有办法——她说她有办法——带我去经经世面，介绍我进社交界，让我多见识几个人，也让人见识见识我。”

“我看你大概也很乐意换换环境，多博得几个人的倾倒吧？”

“对，很可能。”

我听她回答得漫不经心，便又说：“你听你，讲自己的事像讲别人的事一样。”

艾丝黛拉笑吟吟、喜滋滋地说：“你在什么地方听见我讲起过别人？得啦，得啦，你可休想教训我，我爱怎么说就怎么说。我倒要问问你：你和朴凯特先生相处得怎么样？”

“我住在那边很愉快；反正——”话到嘴边又咽了下去，看来我又要错过这次机会了。

艾丝黛拉问道："反正什么？""反正没有你在一起，再愉快也愉快不到哪里去。"

艾丝黛拉完全无动于衷，说道："你这个傻孩子，说这些废话干什么？我看，你那位朋友马修先生，比他们那一家子人都要好些吧？"

"的确要好得多。他从不和人作对——"

艾丝黛拉连忙打断我的话，说道："但愿也不要和自己作对才好。专和自己作对的人我讨厌。不过听说他倒真是不打自己小算盘的，从来不为一些小事去嫉妒人，抱怨人，是不是？"

"千真万确，就是这样。"

艾丝黛拉对我点点头，神情庄重，却又带着挖苦的意味。她说："可是他们那一家子人除了他以外，就未必都是这样了，他们老是和郝薇香小姐纠缠不清，搬嘴弄舌，讨好巴结，尽说你的坏话。一个个都在监视你，造你的谣，写信来告你的状（有时候写的还是匿名信），他们这一辈子被你气苦了，全副心思都用在你身上。那些人恨你恨到什么地步，你是想也想不到的。"

"他们总不见得就能陷害我吧？"

艾丝黛拉忽然笑了起来，却并没有回答。我十分纳罕，只得大惑不解地望着她。等她笑完了（她这一笑可并不是干巴巴无精打采的笑，而是真正快意的笑），我才腼腼腆腆地对她说：

"他们真要陷害了我，你总不见得会幸灾乐祸吧？"

艾丝黛拉说："那还用说，你尽管放心。老实告诉你吧：我正是笑他们陷害不了你。唉，那些人和郝薇香小姐纠缠不休，结果只落得自讨苦吃！"说罢，又大笑起来；虽然她向我说明了笑的原因，我心里还是非常纳闷——固然相信这笑声是出自由衷，可是总觉得这件事情也不至于就这样好笑。看来此中一定大有深意，可惜我一下子还摸不透底蕴；她看出了我的心思，马上为我做了解答。

艾丝黛拉说："连你也不见得一下子就能明白，我看到那些人碰了钉子，我是多么得意；我看到那些人闹得笑话百出，我心里觉得多么好笑。因为你不是从小在那座古怪的宅子里长大的，我却是。他们看准了你无依无靠，看准了你不得不忍着点儿，因此他们存心陷害你，表面上却装着可怜你，同情你，说尽了甜言蜜语，而你呢，本来就不精明，又没有利用这个机会把脑子磨炼得精明些，我却是受了磨炼过来的。你也并没有把你那双幼稚的眼睛睁得大些，看清楚那个女骗子[1]明明是心里无牵无挂，偏要说什么半夜里也会急得睡不着；我却看得清清楚楚。"

艾丝黛拉说到这儿，再也不当作笑谈；她提起这些旧事，也并非无关痛痒，却是有感而发。我宁可抛却哪怕是金山银山似的未来遗产，也不愿意做出坏事来，看她这副脸色。

艾丝黛拉说："有两点我可以告诉你：第一，尽管俗语说得好，滴水可以穿石，但是你大可放心，这些人哪怕花上一百年工

① 女骗子指卡密拉。

夫，不论大事小事，任何方面都破坏不了你和郝薇香小姐的关系。第二，就是因为有了你，他们奔忙钻营的卑鄙勾当都成了白费，我为此感激你。这话我可以向你发誓。”

说完就笑嘻嘻地把手伸到我面前（因为她满脸的愁思一转瞬便消失了），我握住那只手，拿到唇边吻了一下。

艾丝黛拉说：“你这个可笑的孩子，我提醒过你的话，你当作耳边风吗？[①]难道你现在吻我的手，和当年我让你吻我的脸蛋也是一个意思？”

我说：“请问是什么意思？”

“让我想一想。大概是表示你看不起那些马屁精和阴谋家吧。”

“如果我承认是这样，你能让我再吻吻你的脸蛋吗？”

“你在吻我的手以前，早就该问这话啦。不过，既是你喜欢，我可以允许。”

我俯下身去，她那脸蛋却像雕像一样无动于衷。我的嘴唇刚一碰着，她就把脸蛋闪开了，说道：“劳驾你叫他们拿茶来让我喝了，你好送我到雷溪芒去。”

她说这话时，又是用的原先那种语调，就是说，我们的交往好像不过是出于别人的强迫，我们自己好像只是做了别人的傀儡——我因此很伤心；可是要说伤心，我和她历来交往，就没有一件事不叫我伤心的。不论她用什么样的语调和我说话，我都不能信

① 参见第二十九章艾丝黛拉和匹普在郝薇香小姐的荒凉花园里的一段对话，艾丝黛拉曾提醒匹普说，她是“没有心的”。

以为真，也不能寄以希望；可是，尽管如此，我还是始终没有泄气。这话我何必一次一次地唠叨呢？反正我一贯都是如此。

我打铃叫茶，茶房再次出现，手里依旧拿着那条魔绳似的餐巾，先后搬来不下五六十件茶具餐具，偏偏就是不见茶的影子。他端来一大盘茶杯、茶托、盆子、刀叉（包括大切刀）、汤匙（各样花色齐备）、盐瓶，还有一块用坚固的铁盖小心盖严的小松饼；还有一小块融软的奶油，垫着好多香菜，活像躺在蒲草箱里的摩西[①]；除了一只顶上撒了粉的白生生的大面包以外，另外又有两块三角形的面包片，上面还留着烤箱铁架子的烙印；最后，那茶房好容易才拿来一把大肚子的家常茶壶，一摇一晃走进来，满脸神色显得疲累不堪。他把款待我们的这份差事张罗到这个阶段，又出去了好大半天，总算拿来一只式样考究的小盒子，盒子里的茶叶足足有小树枝那么大。我连忙用开水泡茶，又从这些五花八门的器皿之中，随手拿了一只不知做什么用的杯子，倒了杯茶递到艾丝黛拉面前。

喝过茶，付过账，既赏了小费给茶房，也没有亏待马夫，又犒赏了女招待——总之，这一笔厚赏弄得旅馆上下人人都觉得下了面子，愤愤不平，同时艾丝黛拉的钱袋也顿时减轻了好多重量——我们这才上了马车，驱驰而去。马车拐入齐普赛，叮叮当当地经过新门街，不久就来到那高高的围墙下面，见了这道围墙我就害臊。

① 《旧约·出埃及记》第二章一至三节记摩西出生时情况：“有一个利未家的人，娶了一个利未女子为妻。那女人怀孕，生一个儿子，见他俊美，就藏了他三个月。后来不能再藏，就取了一个蒲草箱，抹上石漆和石油，将孩子放在里头，把箱子搁在河边的芦荻中。”

艾丝黛拉问道："这儿是什么地方？"

我自欺欺人，只装没有一下子认出来，过了一会儿才如实告诉了她。她望望那个地方，把头又缩了进来，咕哝了一声："都是些坏蛋！"一听这话，我当然无论如何也不肯把刚才到这儿来过的事告诉她了。

我巧妙地把话题转到别人身上，顺口说道："可是人家都说，贾格斯先生知道这个阴惨惨的地方的许多秘密，比伦敦任何人都要知道得多。"

艾丝黛拉低声说："我看他对于任何地方的秘密都要比别人熟悉。"

"这样说，你是和他打交道打惯了，常常见到他的喽？"

"我自从懂事起，就一直见到他，至于隔多少日子见一次，却没有一定。不过我到现在还是一点也不了解他，简直还同小时候刚会说话那会儿一个样。你觉得他这个人怎么样？和他相处得好吗？"

我说："习惯了他那种对什么人都信不过的作风，倒是和他相处得满不错。"

"和他交情深吗？"

"到他家里去吃过一顿饭。"

艾丝黛拉打了个寒颤，说道："我相信他家里一定是个稀奇古怪的地方。"

"确实是个稀奇古怪的地方。"

本来，即使和艾丝黛拉谈论我的监护人，也应当出言谨慎才是，可是我只顾一个劲儿说下去，险些儿把那一次在吉拉德街吃饭的详细情形都说出来了，幸亏突然遇见一片炫目刺眼的煤气灯光，我的话头才算煞住。顿时之间，似乎到处都是一片雪亮，我只觉得心头涌起了一种说不出的感觉，只觉得这种感觉以前也经历过；走出这块地方好半晌，我还觉得眼花缭乱，好似遇见了闪电一般。

于是我们又换了话题，谈的大都是我们眼前走的这条驿道，谈谈驿道这一边是伦敦的什么地方，驿道那一边又是伦敦的什么地方。只听得她说，她对于伦敦这座大城市几乎一无所知，因为她从小没有离开过郝薇香小姐的身边，后来到法国去，也只是来回两次从这儿匆匆经过而已。我问她，她现在住在伦敦，是否也要受我的监护人监督？她二话没有，只是很不客气地回答了一声："对不起，受不了！"

我不是看不出她存心想挑逗我；有意要引我倾倒；只要打动得了我的心，哪怕要她多费些心血，她也是乐意的。可惜我并没有因此而觉得宽慰，因为即使她出言吐语之间没有流露出她和我交往是出于别人的安排，我也感觉得到她之所以要把我的一颗心紧紧地捏在手里，完全是出于她一己的任性，并不是因为她动了真情，不忍把我这颗心掐碎扔了。

马车经过汉麦尔斯密士，我把马修·朴凯特先生的住宅指给她看，并且告诉她，那儿离雷溪芒不远，希望今后我能到雷溪芒去看她。

"那还用说！你应当来看我，什么时候方便就什么时候来；我会把你的名姓告诉那家人家，其实先前早已提起过你了。”

我问，她要去寄住的那家人家，人多不多？

“人不多，只有母女两个。娘是个很有社会地位的贵妇人；不过，有机会增加一点收入，她也并不反对。”

“我很纳罕，你刚从国外回来，郝薇香小姐居然舍得马上又和你分手。”

艾丝黛拉似乎很疲累似的叹息了一声，说道：“匹普，这是郝薇香小姐栽培我的计划之一。我离开了她以后，自然得常常写信给她，还要定期去看她，向她报告，我——还有我那些珠宝，过得好不好，因为那些珠宝现在几乎全部归我所有了。”

这还是她第一次对我直呼其名。她当然是因为知道我看重这一声亲昵的称呼，才有意这样叫我的。

转瞬就到了雷溪芒，看见大草地上有一幢庄严静穆的古老宅第，那就是我们的目的地。想当年此处乃是皇宫所在，每当朝觐之期，宫女如云，彩裙缤纷，粉白黛绿，俏斑[①]争妍；男士们身披锦绣，长袜过膝，衣光剑影，交相辉映。屋前的几棵古树至今依然修剪得端端正正、装腔作势，令人觉得昔日的箍托肥裙、朝臣假发，遗风依稀犹在。可是这几棵树和它们死去的伙伴也只是咫尺之隔，眼见得就要加入那个巨大的行列，寂然而终。

月光下响起一阵庄严而苍老的铃声（我想这门铃在它当年志

① “俏斑”是十八、十九世纪贵族妇女贴在脸上用以增加“美观”或掩饰疤痕的一种小绸片。

得意满的日子里，一定不时在向宅内通报：绿裙飘飘的王妃到，身佩钻石柄宝剑的官人到，穿红后跟蓝宝鞋的夫人到），两个穿鲜红色服装的侍女随着铃声飘然而出，来迎接艾丝黛拉。顷刻之间，那个门洞子就吞噬了她的箱笼行李，她向我一笑，和我握了手，道过晚安，也就被那个门洞子吞噬了。我依旧站在那儿呆呆地望着那座宅第，心里明明知道和她在一起从来没有幸福，只有苦恼，却还是一心想着，假如能和她一起住在这里，该有多么幸福啊！

我上了马车，赶回汉麦尔斯密士去。上车时很伤心，下车时更伤心。一到我们的家门口就看见小洁茵·朴凯特参加小型跳舞会回来，由她的小情人护送着；那位小情人尽管要受芙洛普琛的节制，却使我十分羡慕。

朴凯特先生出外讲学去了，因为他讲的家政学甚得人心，他撰写的关于管理孩子和仆佣的论文，大家一致认为是这门学科中最优秀的教科书。朴凯特夫人倒是在家里，正遇上了一件小小的麻烦事：原来密莱斯不告而外出（她有一个亲戚在近卫步兵团里），朴凯特夫人为了免得娃娃哭闹，把一个针盒子给娃娃玩，结果针盒子里的针短少了好多；这么一个娇嫩的小宝贝，就算给他打针治病吧，打这么多针也要受不住，若是当内服药吃下去，那就更不用说了。

朴凯特先生会替人出主意是有名的，主意出得不仅极为高明，且又切实可行，他还能洞察事理人情，妥加判断，这些确实都是名不虚传，因此我很想把我的伤心事向他倾诉一番，听听他的高见。

可是抬头看时，朴凯特夫人已经把娃娃送上了床，让床铺作为医治病痛的神方灵药，她自己却坐在那里阅读那本缙绅录，于是我转念一想：算了吧，不讲了，我不讲了。

第三十四章

我既然已经逐渐以未来的遗产继承人自居，不知不觉中也就开始注意到这未来的遗产对我自己的影响，对我周围人的影响。我自己性格上所受的影响，我是尽量掩饰，不肯承认的，其实心里却很明白我受到的不见得都是好影响。那一次对待乔的薄情行为，长年累月使我心神不安。对于毕蒂，也觉得良心上过不去。半夜醒来（也像卡密拉一样了），我只觉得心情腻烦，老是想着，若是这一辈子没见过郝薇香小姐的面，安心伴着乔，守住那间正大光明的古老打铁间长大成人，那我的日子一定要比现在过得幸福，过得快活。也不知有多少个傍晚，孤单单一个人望着壁炉，就不禁觉得，世间的炉火再好，也比不上打铁间的那一炉火，比不上老家厨房里的那一炉火。

可是我这种心烦意乱、神魂不安的情绪，却又和艾丝黛拉有千丝万缕的关系，因此我也实在弄不明白，我落到这般境地，自己究竟应该负多少责任。换句话说，纵使我没有这笔未来的遗产，只要我对艾丝黛拉仍然朝思暮想，我也未必就能心安理得地说我一定会比现在好到哪里去。至于要我估量我现在的身份地位对别人的影响，那倒不必这般煞费踌躇，一眼就可以看出（尽管也许看得十分模糊）这对任何人都没有好处可言，尤其于赫伯尔特十分不利。他原是个生性随和的人，可是受到我浪费习气的熏染，明明花不起钱也胡用乱花起来，他纯朴的生活习惯受到了腐蚀，弄得忧惭交集，心里不得安宁。至于在不知不觉中影响了朴凯特家的其他亲属[1]，弄得他们使出种种并不高明的鬼蜮伎俩来，我倒并不引为悔恨，因为这些人天生的小鼻子小眼睛，即使我没有去触发他们的天性，任何人都能撩拨得他们随时发作。只有赫伯尔特情况不同，我常常为他感到内疚，觉得在他的陈设简陋的住宅里塞满了那么多不调和的家具，还要雇个穿黄坎肩的淘气鬼来供他使唤，实在是害了他。

这样下去，我自然只有每况愈下，由贪图小舒服进而贪图大舒服，难免欠下了一身的债。什么事只要我开个头，赫伯尔特没有不照办的，而且学我的样子学得非常快。史塔舵建议我们申请加入

① 指莎拉·朴凯特等人。

林鸟俱乐部。这个团体无非是让会员们每隔两星期聚会一次，大吃大喝一顿，吃饱喝够就天翻地覆地相互吵闹一通，让六七个堂倌也喝得烂醉如泥，睡在楼梯上，除此以外，我实在看不出还有什么别的目的。我只记得，他们每次聚会，总要闹到这样才算尽兴，他们例行的祝酒词第一句总是："诸位先生，愿林鸟俱乐部会员一如既往，永远以增进友谊为重！"根据赫伯尔特和我的理解，这所谓增进友谊，指的也无非就是这一套罢了。

那些鸟儿们[①]花起钱来着实荒唐（我们宴会的地点是在沽文园的一家饭馆里），我有幸正式进入那座"林子"时遇到的第一只鸟儿就是本特里·蛛穆尔，那一阵他总是赶着一辆自备马车在街上乱冲瞎撞，也不知撞坏了街角上多少路灯杆。有时候竟会一头翻出车幔，从马车里摔将出来；有一次我看见他车到"林子"门口，就这样身不由主地翻出车来，好似卸下一篓煤似的。不过这是后话，我未免言之过早，当时我还不是一只鸟儿，根据这个团体的神圣规章，不到成年是不能加入的。

却说我自恃经济来源充裕，心里倒很乐意承担赫伯尔特的种种费用，可是鉴于赫伯尔特很有自尊心，因此不便向他提起。于是他处处陷入困境，只得继续观望形势等待时机。后来我们两个渐渐养成一种习惯，总要厮守到深夜才睡，于是我渐渐注意到，吃早饭的时候他的眼神总是很沮丧；近中午时神气便较为乐观；到吃晚饭

---

① "鸟儿"指林鸟俱乐部会员。

时又是垂头丧气；吃过了晚饭，他似乎远远看见了一笔资金的影子，好像看得还相当清楚；到午夜时，这笔资金差不多已经唾手可得了；可是到深夜两点钟，他又变得沮丧万分，竟而说什么想要买支来福枪到美洲去驯养野牛挣钱发财了[①]。

通常我每个星期大约有一半时间住在汉麦尔斯密士。住在汉麦尔斯密士，就常常要到雷溪芒去看艾丝黛拉，这事且待以后专门细说。只要我在汉麦尔斯密士，赫伯尔特也常常会赶来。照我看，他爸爸那时候也看得出赫伯尔特所观望等待的机会还未见踪影。不过，反正他们这一家子人都是摔跤摔大的，赫伯尔特在人生舞台上也好歹总会摔出个名堂来。朴凯特先生近来又添了白发；逢到心绪缭乱，拉着自己的头发想要离开地面的次数也就更多了。朴凯特夫人呢，依旧看不完的缙绅录，依旧一张脚凳绊得几个儿女东跌西摔，依旧老是把手绢掉在地上，依旧向我们大谈她的祖父如何如何；小娃娃不碍她的眼则已，一碍她的眼就要被扔上床去睡觉，认为上床睡觉才是生长发育之道。

现在既是要概括交代一下我这一个时期的生活情况，好把我的经历继续说下去，那最好的办法就莫过于把我们在巴那尔德旅馆的日常生活方式和生活习惯比较完整地讲一讲。

我们花起钱来总是有多少花多少，而人家给我们的享受却得听他们高兴，能够少给便尽量少给。日常生活没有一天不是活受罪，

---

① 美洲盛产野牛。关于“驯养野牛”云云，可参看里维拉著、吴岩译《草原林莽恶旋风》有关章节。

不受大罪也得受小罪；我们的相识，处境也大都一样。我们嘴上都讲得好听，说我们经常过得很快活，而骨子里却是从来没有快活过一天。我深信，这种情形其实是相当普遍的。

赫伯尔特每天上午照例都要到城里去观望形势等待时机，而他的神气却总像是要去干一件什么新鲜事儿似的。我常常到他那间阴暗的后房去看他，只见和他做伴的总是一瓶墨水、一个挂帽钉、一个煤箱、一个麻线团、一本年鉴、一套桌椅和一把尺；据我记忆所及，除了观望等待之外，也从来没有见过他还有什么别的正经可干。如果我们人人都能像赫伯尔特这样忠诚不渝地去履行自己的职守，那我们也就可以生活在一个道义之邦了。我这位可怜的朋友根本无事可做，只是每天下午准时“上劳埃德协会[①]去一趟”——我想，这也无非是例行公事，去看看他的大老板罢了。总是去了又回来，从来没见他到劳埃德协会去弄出个什么名堂来。一旦想到情势危急，非得去找个机会不可，他就趁个交易繁忙的时刻到交易所去一次，在那个巨商豪富云集的所在走进走出，那副姿势就像在跳一种忧郁的乡村舞似的。有一次赫伯尔特也是出去为这类事情奔忙，回来吃晚饭的时候对我说：“汉德尔，我发现了一条真理——机会不会上门来找人，只有人去找机会——所以我就经常去找找。”

假若我们彼此不是这样情投意合，我看每天早上就非得相互抱怨不可。原来那一阵我懊丧万分，见了那几间屋子就说不出的气

① 劳埃德协会是商人、船主和保险公司老板合办的一个协会组织，其目的是交换商业情报。

恼，见了淘气鬼身上那套号衣就生气，尤其在早上，一见那套号衣就格外觉得自己排场太大，钱花得太冤枉。我们负债愈来愈多，每天一顿早饭也愈来愈变得有名无实。有一次正在早饭时分，有人来信威胁我们说，要是再不付钱给他，他就要到法院里去告我了。这件事要是让我故乡那份报纸知道了，说不定又会报道“此案与珠宝不无瓜葛”[1]。这时候恰巧淘气鬼竟然胆敢只拿出一个面包来给我们当早餐，我一气之下，便不顾一切，抓住他的蓝领子，把他狠命直摇，摇得他两脚悬空摆荡起来，简直像个穿了长筒靴的丘比特[2]。

每隔一阵子——不过隔多少时候并没有一定，这要看我们心境好坏而定——我总会像发现了新大陆似的，对赫伯尔特说：

“亲爱的赫伯尔特，我们的日子真是每况愈下啦。”

赫伯尔特总是诚诚恳恳回答我：“亲爱的汉德尔，不瞒你说，我也正想讲这句话，这真是和你不谋而合，巧极了。”

我回答道：“那么，赫伯尔特，让我们来盘算盘算吧。”

一讲好要盘算盘算，顿时就感到心安理得了。我总认为这才是正经，这才是正视现实的办法，这才是打蛇打在七寸上。我知道赫伯尔特也是这样想的。

逢到这种场合，我们总是要特地叫些不寻常的菜来饱餐一顿，

① 第二十八章讲到潘波趣明明是经营粮食种子的，那家地方小报却要舞文弄墨地说成“与粮食种子业不无瓜葛”，所以，此处的“与珠宝不无瓜葛”，意即此案涉及拖欠珠宝商债务之类。

② 丘比特，神话中的爱神，是个身有双翅、手持弓箭的男孩。

还要来一瓶不同凡响的好酒，以便打足了精神，好好地干上一番。吃过晚饭，就搬出一大捆笔，一大瓶墨水，一大沓写字纸和吸水纸。因为，文具一多，心里自会觉得踏实。

于是我拿起一张纸，在上端整整齐齐写上题目，名之曰“匹普债务备忘录”，又小心翼翼地注上“于巴那尔德旅馆”和“年月日”等字样。赫伯尔特也在一张纸上同样丝毫不苟地写上“赫伯尔特债务备忘录”。

我们就各自翻阅身边一大堆乱七八糟的账单；有的本来是乱扔在抽屉里的，有的因为在口袋里放得太久已经磨出大洞小眼，有的用来点过蜡烛，已经烧去了半截，有的已经在镜子后边塞了好几个星期——总之，没有一张完整像样的。一听到钢笔落在纸上的声音，我们都大为振奋，有时候我简直分不出这种精神还债的把戏和真正拿钱还债有什么两样。似乎，还了债固然功德无量，这样干一下也是除罪消灾。

写了不大一会儿工夫，我就问赫伯尔特结算下来情况如何。他一看累计数字，八成儿就会懊丧得把头皮抓个不停。

赫伯尔特总会说：“汉德尔，愈算愈没个完，谁骗你就不是人，真的愈算愈没个完。”

我总是一面手不停挥地写下去，一面不以为然地说：“沉住气，赫伯尔特。可别打退堂鼓。得把自己的事儿好好地想一想。不要害怕，坚持下去就能成功。”

“汉德尔，我何尝不想坚持下去，可是见了这种事情我先就害怕了。”

不过我这种坚决的态度还是很起作用的，于是赫伯尔特只得再计算下去。没算多久，他又住了手，不是借口柯柏公司的账单没有找到，就是借口骆柏公司或诺柏公司的账单没找到，总之是寻找托辞，敷衍搪塞。

“那么，赫伯尔特，你就约莫估计估计吧，估计出一个大概的数字写下来。”

于是我的朋友对我佩服得五体投地，回答道：“你这个家伙真有办法！你的办事能力实在高明。”

这话深得吾心。遇到这种场合，我便以第一流的办事能手自许——自以为在我身上，敏捷、果断、干练、精明、冷静，种种优点应有尽有。全部债务开列成表以后，我又把每一笔账和账单核对一遍，每核一笔就做一个记号，核过一笔就自我赞许一番，心里说不尽的舒畅。全部核对完毕，把账单折叠得整整齐齐，在每一张的背面摘个事由，然后有条不紊地束成一捆。自己做好之后，又帮着赫伯尔特做一遍（他虚怀若谷，一再表示我在行政管理方面的才能远非他所能企及），这样，才觉得他的事总算理出了一个头绪。

说起我的办事习惯，还有一个出色的特点，拿我自己的话来说，那就是“宽打宽算”。譬如说，假使赫伯尔特的债务是一百六十四镑四先令二便士，我就说：“打宽一点，算它两百镑吧。”再如，如果我自己的债务四倍于这个数目，我也打宽一点，算它七百镑。这种宽打宽算的办法，当年我曾看作是一种了不得的聪明。如今回溯往事，便无法否认这种花样实在是有百弊而无一利。因为旧债未了，新债接踵而来，宽打宽算的部分马上给填满补足了，有时候这种宽打宽算倒会使我们觉得尚有活动余地，反正偿付得起，于是益发不可收拾，只好重新再来一次宽打宽算。

我们两个把账目结清以后，屋里便呈现出一派安详的气氛，一派闲适的气氛，一派清净宁静的气氛，使我一时间真把自己看得伟大无比。我出了那么多力，又拿得出办法，赫伯尔特又口口声声恭维我，我心里觉得舒服极了，于是就坐在椅子里，看看面前桌上赫伯尔特那一卷捆得匀匀称称的账单，还有我自己那一卷，和那么许多文具放在一起，简直觉得好像开了个银行一样，哪里还像个平民老百姓。

遇到这种隆重场合，我们总是关上外边一道门，免得有人进来打搅。一天晚上，盘算完毕，我正处在这种心情平静，一无挂碍的境界中，忽然听得有一封信从外面门缝里投了进来，落在地板上。赫伯尔特走出去拿进来递给我说："是你的信，汉德尔，希望不要出什么事才好。"因为他看到封口上封着厚厚一层黑色的火漆，信封边上有一道黑框。

寄信地址写的是特拉白裁缝公司，信的内容很简单，称呼我为匹普先生阁下，接下去是：敬启者：乔·葛吉瑞夫人于星期一下午六点二十分谢世，订于下星期一下午三时安葬，谨候光降。

第三十五章

我在人生道路上遇到掘坟墓，这还是第一次；平平坦坦的地面上掘出那么一个坟坑，着实叫我纳罕。姐姐生前坐在厨房里火炉边上的音容笑貌，无日无夜不出现在我眼前。我简直不能想象，如今没有了她，这厨房还能成其为厨房。虽说近来我简直不大想起她，可是现在却老是有一种极奇怪的念头——不是觉得她在大街上向我迎面走来，就是觉得她好像马上就要来敲我的房门。她从来没进过我的屋子，我却马上觉得屋子里茫茫然缭绕着一股死亡的气息，好像老是听到她的声音，看到她的面貌身影，仿佛她依旧活在人间，一向是我屋里的常客。

不管我这辈子有没有交上好运，回想起姐姐我是绝不会有什么深厚的感情的。可是尽管没有太多的感情，我毕竟还是感到不胜震悼。哀悼之余（也可能是因为一向对她缺乏感情而思有所弥补吧），我不由得对那个暗地里下毒手袭击了她，害苦了她的凶手怒不可遏；当时要是有足够的证据证实这个凶手就是奥立克或是其他任何人，我看我早就要找他报仇，和他拼个你死我活了。

我立即写了复信去慰问乔，说我一定准时前去送殡；这以后的几天光阴就是在上述的那种奇怪心情中度过的。临走的那一天，我一大早就启程，在蓝野猪饭店下了车，时间还很充裕，可以慢慢步行到铁匠铺。

又到了骄阳当空的夏季，一路走去，小时候孤苦凄凉、备受姐姐虐待的情景，又历历浮现目前。不过这些前尘往事，今天重新勾上心头，却别有一种柔和滋味，连那根抓痒棍打在身上，回想起来似乎也不是那么痛了。因为，地里的大豆和苜蓿窸窣作声，都在向我的心房喁喁细语，告诉我总有那么一天，别人也会在这满天阳光之下缓步行来，想起我当年的行径，到那时，但愿他们的心肠也会软下来，不要对我记什么恨才好。

终于老家在望，只见特拉白公司正在那里替我们负责料理丧事。大门口站着两个身穿丧服、怪模怪样的守门人，每人手里都装腔作势地拿着一根裹着黑纱的拐杖，仿佛是件什么能叫人宽怀节哀的东西似的。我一看，其中一个原是蓝野猪饭店里的马车夫，只因为一天上午一对青年夫妇在教堂里行过婚礼，搭乘他驾驶的马车回去，他恰巧喝醉了酒，骑在马上坐不稳，不得不用两条胳膊抱住马脖子乱走乱闯，结果把一对新婚夫妇掀翻在锯木坑里，因此被饭店解雇了。村里所有的儿童和大多数妇女看到这两个穿丧服的看门人，又看到我们家里和铁匠铺门窗紧闭，都觉得好看极了。我来到门前，两个穿丧服的守门人之一（也就是原来的马车夫）便敲了敲门——那意思仿佛是说，我过于哀毁，落得这般气息奄奄，哪里还敲得动门，所以他来为我代劳。

另外一个守门人（他本是个木匠，有一次跟人家打赌，一口气吃下过两只肥鹅）开了门，引我进入那间讲究的客厅。只见特拉白先生占用了客厅里最好的一张桌子，把所有的活动板都装上了[①]，又铺上黑布，别上大量黑色的别针，俨然布置成一个丧服市场的模样。我进去时，他刚替一个什么人的帽子裹好黑布，裹得活像个非洲婴孩一样；一看见我，就伸出手来要我的帽子。我误解了他这个动作的用意，况且看到这种场面也不知如何是好，便和他备极亲热地握起手来。

可怜的老朋友乔孤零零一个人坐在屋子的上首，身上裹着一件小小的黑斗篷，下巴底下打了一个大蝴蝶结——这个丧事主持人的座位显然是由特拉白安排的。我俯下身去对他说："你好吗，亲爱的乔？"他说："匹普，老朋友，你是了解她的，她本来是个长得挺好看的——"说到这里，便拉住我的手，再也说不下去了。

毕蒂穿一身黑丧服，显得又齐整又文静，轻手悄脚，奔东走

① 西方人的餐桌（即所谓"大菜桌"）桌面是活动的，可视临时需要将桌面中央的活动板装上或抽下，因而桌面可长可短。

西，是个得力的帮手。我向毕蒂寒暄了几句，觉得现在不是说话的时候，便坐在乔身边，心里纳闷儿：它——她——我姐姐的遗体——现在究竟停放在什么地方呢？客厅里荡漾着一阵淡淡的甜食的气味，我就举目四望，想要找出那张放着糕点款待来宾的桌子，好容易等到眼睛习惯了屋里的阴暗光线，才看见有张桌子上放着一只切开的葡萄干蛋糕，还有几只切开的橘子，一盘三明治，一盘饼干，此外还有两个大酒瓶——我很明白这两个酒瓶在我们家里一向只是用来装点装点门面的，从来不曾看见使用过，而这一回却是一个瓶里盛着葡萄酒，另一个瓶里装着雪莉酒。我走到这张桌子旁边站定，才看见了那位卑躬屈节的潘波趣，穿一件黑外套，帽子上缀着一根长达数码的帽带，一会儿把糕点往口里塞，一会儿做出种种谄媚举动，引我注意。一看见他自己这种举动有了效验，便立即走到我跟前（满嘴都是酒味和糕饼屑气味），低声说："可以吗，亲爱的先生？"说着就和我握起手来。接着我又看见了胡波夫妇；胡波太太在墙角里哀戚得泣不成声，做得倒也很像样子，我们这些人都是要执绋相送的，所以特拉白先生就依次替我们一个个披黑戴孝，把我们打扮得奇形怪状。

我们遵照特拉白先生的吩咐，两个一排，在客厅里"成列"（真像要跳什么死亡之舞似的），乔轻声对我说："我的意思是这么着，匹普，我的意思是这么着，先生，我本来打算，只消三五个愿意帮忙的热心亲友帮衬我把她送到教堂公墓去就行了，没想到有人说了，这样马马虎虎，准会惹得左邻右舍都看不起，说我草草了事。”

就在这个当口，特拉白先生打起一种照章行事的低沉的调子，嚷道：“大家拿好手绢！——大家拿好手绢！我们要准备出发了！”

于是大家好似鼻子都一齐流了血，纷纷掏出手绢来掩着脸，两个一排，鱼贯而出：乔和我一排，毕蒂和潘波趣一排，胡波夫妇一排。我那可怜的姐姐的遗体早已由厨房门里扛了出去；根据殡葬仪式，六个抬棺材的须得统统给罩在一个黑天鹅绒镶白边的棺罩下边，弄得眼睛既看不见，气也透不过来。棺材连同棺罩下面的六个人，活像一个瞎眼妖怪，长了十二条人腿，在那两个穿丧服的守门人（就是马车夫和他的伙伴）引导之下，一步一移，瞎走乱撞。

邻居们非常称许这种安排；从村里经过，大伙无比赞赏，常常有年轻力壮的村民四处奔闯，挡住了我们的去路，或者抢占了有利的地形，等在那里看我们经过。碰到这种时候，有些劲头十足的家伙一看见我们出现在他们守候的拐角上，便会兴奋得大声叫喊：“他们向这边来啦！”“他们到这边来啦！”只差没有对我们喝彩。一路上，潘波趣这个卑鄙的家伙真叫我讨厌：他走在我后面，老是肉麻地向我献殷勤，一会儿替我整理整理飘拂的帽带，一会儿替我把外套抚抚平。还有件事也弄得我心神不宁，那就是胡波夫妇自鸣得意得未免过了分——这种人的自负和虚荣心理已经到了无以复加的地步，参加了这么个排场的送殡行列，就自以为了不得了。

走了一阵，那一大片沼泽地便清清楚楚呈现在我们眼前，又见远处的河上露出点点船帆。大家走进教堂公墓，停在我那从未见

过面的父母（本教区已故居民斐理普·匹瑞普暨夫人乔治安娜）的墓旁。我那姐姐就在那里悄悄下了土，百灵鸟在新冢的上空啁啾歌唱，清风在新冢上筛落下云朵和树木的美丽影子。

此时那位庸俗不堪的潘波趣举止如何，我只消说一句就够了，那就是，他的一言一行完全不是为了死者，而是为了我；在牧师读到《圣经》上那几段高尚的祷告词时，谁都会想到“人生在世，生不带来，死不带去，韶光易逝兮如影旋灭，浮生苦短兮孰能久羁”[①]这一类念头上去，可是我却听到他居然大咳其嗽，仿佛表示，世间之事也未必尽然，譬如有位少年就出人意料地继承了一大笔遗产。回到家里，他居然老脸厚皮跟我说什么，要是我的姐姐能够明白我为她挣到这么大的光彩，那该有多好，并且还暗示说，只要能挣到这样的光彩，姐姐是死也甘心的。说完以后，就把剩下的雪莉酒全喝了，胡波先生也喝起葡萄酒来，两个人边喝边谈（事后我才明白这原是做丧事的惯例），听他们说话的腔调，仿佛他们都是和死者截然不同的另一种人，是谁人不知哪人不晓的老而不死的贼。最后他总算和胡波夫妇一块儿走了——我敢说他一定是到三船仙酒家去做长夜之饮，去逢人吹嘘他是我的锦绣前程的缔造者，是我早年的恩公。

他们走了之后，特拉白和他的伙计们（只是没有看见他那个小厮，我找来找去没有找到）也收拾起他们的道具走了，这时屋子

① 此语脱胎于《新约·提摩太前书》第六章第七节及《旧约·约伯记》第十四章第二节。

里的空气才洁净一些。没过多久，毕蒂、乔和我便一起坐下来吃一顿冷餐，但这一次却是在那间讲究的客厅里吃的，而不是在那老地方厨房里。乔使用刀、叉、盐瓶等等一应餐具，都万分当心，因而我们彼此都非常拘束。吃过晚饭，我让他点上一斗烟，陪他在打铁间内外逛了半晌，和他一起在门口大石墩上坐下，这时我们才彼此随便一些。我发现出殡回来以后，乔换上了一套介于工作服和假日大礼服之间的衣服，穿着这套衣服，这位可爱的伙伴就显得自然了些，恢复了他的本来面目。

我问他今夜能不能让我睡在我往日睡惯的那个小房间里，他听了这话很高兴，我也很高兴，因为我觉得我能提出这样一个要求，就已经是一件很了不起的事了。暮影四合之际，我找了一个机会，和毕蒂到花园里去小谈片刻。

我说："毕蒂，我想，出了这样的伤心事，你应当早些写信告诉我才是。"

毕蒂说："你是这样想的吗，匹普先生？我要是这样想，早就写了。"

"毕蒂，我说我认为你应当早点写信给我，这话可并没有什么恶意呀。"

"是吗，匹普先生？"

她十分沉静，一言一行都有条不紊，又善良又惹人喜爱，因此，我也真不忍心再惹她哭一场。她在我身旁走着，我望了望她那双沮丧的眼睛，心想这个题目就不必再谈下去了。

“亲爱的毕蒂，我想，你在这儿恐怕很难再待下去了吧？”

毕蒂含着歉意，却又沉着而自信地说：“噢！我不能再待下去了，匹普先生。我已经向胡波太太说过，明天就到她那儿去。我希望我能够和她一块儿顺便照料照料葛吉瑞先生，让他安定下来再说。”

“你打算怎么过活呢，毕蒂，如果你需要一点款——”

毕蒂一时飞红了脸，她马上截断了我的话，说道：“问我打算怎么过活吗？你听我说，匹普先生：这儿有座新学校快要造好了，我想设法去找个女教师的位置。乡邻们都可以出力推荐我，我自己也一定能勤勤恳恳，耐心工作，边教边学。你要知道，匹普先生，”毕蒂说到这里，抬起眼睛来对我一笑，才接下去说，“新学校可不像老学校啊，好在我来了以后就从你那里学到了不少东西，而且也有了时间求长进。”

“毕蒂，我看你在任何环境中都会不断求长进的。”

毕蒂唧唧哝哝地说：“只怕我的劣根性改不好。”

她这句话与其说是责备自己，毋宁说是情不自禁地道出了一件心事。我心里想，好吧，这个题目也不必再谈下去了。于是又和毕蒂并肩走了一阵，默默地尽望着她那一双沮丧的眼睛。

“毕蒂，我姐姐究竟是怎么死的，详细经过还没听见说起过呢。”

“没什么可谈的，这个可怜的人儿，这次一连迷迷糊糊了四天（其实近来她的病情倒并没有恶化，反而有了些起色），一天傍晚吃茶的时候，她神志清醒了，清清楚楚喊了一声‘乔’。她已经有好久没有说过一句话了，因此我就马上到打铁间去把葛吉瑞先生找来。她向我做个手势，表示要乔坐在她身边，要我把她的两条胳膊扶起来抱住乔的脖子。我照着她的意思办了，她就把头搁在乔的肩膀上，十分心满意足。一会儿她又叫了一声‘乔’，还对他说了一声‘原谅我吧’，接着又喊了一声‘匹普’，以后就一直没抬起头来。过了一个钟头，我们发现她没有气了，才把她抬到床上去。”

毕蒂说到这里，禁不住号啕大哭起来；那暮色苍茫中的花园、小巷，天上陆续出现的星星，都在我模糊的泪眼面前消失了。

“那件事[1]一点线索也没有发现吗，毕蒂？”

“没有。”

“你知道奥立克目前的情况吗？”

“从他衣服上的那层颜色来看，我想他多半是在石灰窑里干活。”

“这么说你看到过他喽？——你干吗尽瞧着小巷口那棵黑乎乎的树呢？”

“因为你姐姐死的那天晚上，我看见他就站在那棵树的跟前。”

“以后就没见过他吗，毕蒂？”

毕蒂说：“见过，我们进来散步，我还看见他一直在那儿。”我正要拔脚奔出去，她连忙挽住我的胳膊说：“他这都是白费心机，你知道我不会骗你的；他现在不在那儿了，才走不久。”

---

① 指乔大嫂横遭袭击。

一听说那个恶棍还在追求她，我胸中那一股无名怒火重又燃烧起来，我对这个家伙的仇恨真是不共戴天。我把此时的心情照实告诉了毕蒂，还向她表白，我这一辈子不论要花多少钱，费多大气力，不把这个恶棍撵出本乡就绝不罢休。可是毕蒂却循循善诱，使我的火气渐渐消了。她又谈起乔如何喜欢我，说乔从来什么也不埋怨（她没有明说乔并不埋怨我，她也用不到这么说，她的意思我早就明白了），说他手艺高，心地好，又不多说话，一心一意只知尽到他的人生天职。

我说："这倒是实在的，乔的好处真是说也说不完。毕蒂，这些事我们以后得多谈谈，今后我一定要常常到这儿来。我不能把可怜的乔丢下不管，把他一个人撇在这儿。"

毕蒂不置一词。

"毕蒂，我说的话你听见吗？"

"听见了，匹普先生。"

"你叫我匹普先生，我听来真不是滋味，这且不去说它；毕蒂，我只想问你，你对我爱理不理是什么意思？"

毕蒂怯生生地反问一句："我什么意思？"

我摆出一副理直气壮的样子，说："毕蒂，我一定要问个明白，你这是什么意思？"

毕蒂又反问道："什么意思？"

我反唇相讥，说道："别学我的腔，你从前并没有学腔的毛病，毕蒂。"

毕蒂说："从前不学腔！噢，匹普先生！还提从前哩！"

好吧，我看这个问题也不宜再谈下去了。于是在花园里默默地又走了一圈以后，我重新再把话儿扯到正题上去。

我说："毕蒂，我刚才说，以后我要常常到这里来看看乔，你听了我这话，一言不发。毕蒂，我求你行行好，给我说说明白，你这究竟是为了什么。"

毕蒂在花园小径上停下来，在星光下以清澈而诚恳的眼光望着我，问道："那么说，你准能常常来看他喽？"

听了毕蒂这话，我只好死了心，不再跟她多争了，我说："天哪！这实在是人类的一大劣根性！请你别说了吧，毕蒂。你这话太使我吃惊。"

因此，到吃夜点心时，我就凭着这个驳不倒的理由，和毕蒂疏远起来；后来我上楼到我往日的小卧室去睡觉的时候，也是用一种冠冕堂皇的气派和她告别的，而且我心里嘀嘀咕咕，自以为经过了白天到教堂公墓去送殡下葬的那一幕，也就难怪我摆出这种气派。这一夜怎么也睡不好，一个钟头要醒四次，每次醒来都要想到毕蒂对我如何薄情，使我如何伤心，把我冤枉得多么厉害！

我是第二天一大早就得走的。一大早，我就出了门，人不知鬼不觉地来到打铁间的木窗前朝里张望。我站在窗前望了好几分钟，乔早已在干活了，满面红光，显得又健康又壮实，看来在他的人生道路上似乎总有一轮辉煌的红日迎候着他，现在他脸上正沐着朝辉呢。

“再见，亲爱的乔！——你不用擦手！——看在上帝面上，不要擦掉，把你的手伸给我！——我一定很快就来看你，我一定常常来看你。”

乔说：“你可要尽快地来啊，先生；你可要多多地来啊，匹普！”

这时候毕蒂手里拿着一杯鲜牛奶和一块面包，正站在厨房门口等我。我就伸手向她告辞，一面说：“毕蒂，我一点也不生气，只是觉得很难过。”

毕蒂不胜凄怆地向我恳求道：“别难过了。要是我有什么地方对不起你，难过的应该是我。”

走出家门，又是晨雾消散的时候。我觉得晨雾似乎在向我透露消息，如果晨雾的意思是说我从此一去不复返了，是说毕蒂对我的看法完全正确，那么，我只好承认，晨雾透露的消息也完全是正确的。

第三十六章

赫伯尔特和我的日子愈过愈不济了——尽管清理账目啊，宽打宽算啊，诸如此类了不起的名堂搞了不少，债务还是愈欠愈多；荏苒光阴，它的脚步是一向不等人的，转眼之间我成年了——果然如赫伯尔特所料，成了年自己还不知不觉呢。

赫伯尔特比我早八个月成年。他成了年也不过就是成了年而已，并没有什么了不得的，所以在巴那尔德旅馆里并不曾引起什么轰动。我却不一样：我的二十一岁生日，我们两个早就在日盼夜望了，我们为这个日子也不知做了多少设想和预测，相信到了这个吉日良辰，我的监护人总少不得要把谜底儿揭出来。

我早就在小不列颠街有意把我自己的生日巧妙地透露了出去。

生日前一天接到文米克的一份正式通知，告诉我说，倘若我愿意在那个吉日下午五时往访贾格斯先生，他很乐于接待我。这一来我们越发相信大有苗头，我就怀着一颗怦怦乱跳的心，分秒不差地到了监护人的事务所，真算得上一个遵守时刻的模范。

走进外边的办公室，文米克就向我道贺，无意中还用手里一张折叠起来的薄纸擦了擦鼻翼，我看到那张薄纸的模样儿，心里挺喜欢，可惜对此他半个字儿也不提，只是努努嘴，叫我到监护人的房间里去。那是十一月天气，我那监护人正站在壁炉跟前，背靠在壁炉架上，双手抄在上衣的燕尾摆里面。

他说："好啊，匹普，从今天起，我应当叫你匹普先生了。恭喜恭喜，匹普先生。"

他和我握了手（他和人家握手，时间总是短得出奇），我向他道了谢。

我的监护人说："坐吧，匹普先生。"

我告了坐，他却依旧老样子站在那儿，低头望着自己的皮鞋，这一来弄得我很不自在，不由得想起了当年被那个逃犯按住在墓碑上的滋味。搁板上那两个可怕的头像离他不远，看他们脸上的表情，仿佛傻乎乎地拼命想要听我们的谈话，以致都得了歪嘴风似的。

我的监护人把我当作证人席上的见证人似的，对我说："喂，年轻的朋友，我有一两句话要跟你说。"

"请说吧，先生。"

贾格斯先生先是冲出了身子望着地面，接着又仰起头来望着天花板，说道：“你猜猜看，你猜猜你一年的生活费用是多少？”

“生活费用是多少，先生？”

贾格斯先生依旧望着天花板，重新说了一遍：“生活费用是——多——少？”说完，便扫视了一下这整个屋子，手里拿着手绢，正要放到鼻子上去，忽而又在中途停了下来。

我平日三天两天结账理财，结果反而弄得对于自己的经济情况一点也摸不着头脑。无可奈何，只得承认回答不了这个问题。这句答话似乎正中贾格斯先生的下怀，他说：“我早就料到了！”说着还满意地擤了擤鼻子。

贾格斯先生又说：“我的朋友，我已经问了你一个问题了。你有什么话要问我吗？”

“我要是能够问您几个问题，那当然是莫大的快事，先生；不过，我忘不了您的戒律。”

贾格斯先生说：“你且先问一个试试看。”

“今天您能让我知道我恩人是谁了吗？”

“不能。问别的吧。”

“这个秘密很快就可以让我知道了吗？”

贾格斯先生说：“暂且不谈这个，再问别的。”

我朝四下里看看，觉得有个问题再也无法回避，便问道：“我——能——得到什么生日礼物吗？”贾格斯先生一听这话，便扬扬得意地说：“我早就料到我们要谈到这个问题！”连忙叫文米克把那张纸儿拿进来。文米克拿了进来，交给他便出去了。

贾格斯先生说："现在，匹普先生，请你注意。你在这里提款提得很随便；你的名字经常在文米克的现金账上出现。不过你一定还是欠了债，是吧？"

"恐怕是欠了，先生。"

贾格斯先生说："欠了就应该干干脆脆说欠了。是欠了吧？"

"欠了，先生。"

"我不问你欠了多少，因为你自己也不知道；你即使知道，也不会老老实实告诉我，你一定会少报的。"贾格斯先生看见我想要分辩，连忙挥挥食指拦住了我，高声说道："得啦，得啦，我的朋友，你大概以为自己还不至于如此吧，其实你肯定就是如此。说句不怕你见怪的话，我比你可要晓事得多。喏，把这张纸拿在手里。拿好了吗？很好。请你摊开来看一看，告诉我是件什么玩意儿。"

我说："这是一张五百镑的钞票。"

贾格斯先生重复了一遍："这是一张五百镑的钞票。这么一笔款子，也不算小了吧。你说是不是呢？"

"那还有什么说的呢。"

贾格斯先生说："嘿！我要你直截了当地回答是不是这样！"

"当然是这样。"

"这笔数目，你认为当然不算小了。那么，匹普，这笔不小的款子就是你的了。这是给你的生日礼物，也就是你承继遗产的开端。你每年的生活费也就以这样一个不小的数目为度，你得凭着这样一笔数目过日子，不能再多；要想再多，那只有等你的恩主亲自出面。这就是说，今后你银钱方面的事完全由你自己做主，每个季度向文米克领一百二十五镑，就这样一直过下去，将来有一天你和当事人直接打了交道，就毋须我再来居间代理了。我早就告诉过你，我不过是个代理人，拿了别人的钱，遵照别人的意思办事。尽管我认为当事人的意思并不高明，可是人家出了钱并不是来请我评论他这种做法的好坏的。”

我刚一开口，要向我慷慨大度的恩人表示感谢，贾格斯先生马上拦住了我。他冷冷地说：“匹普，人家出了钱并不是来请我替你传话的。”说完，他就撩起了上衣的燕尾摆，也收起了这个话题，站在那里对着自己的皮鞋皱眉蹙额，好像这双皮鞋和他有什么过不去似的。

歇了片刻，我婉转说道：

“贾格斯先生，刚才我问您一个问题，您叫我暂时别问。如果我现在再问您一遍，您不会见怪吧？”

他说：“你打算问什么？”

我并不是不知道，我若不把问题说明，他是绝不会递话给我说的；可是要我把那个问题当作一个崭新的问题重说一遍，却又没胆量。迟疑了半晌，我才说：“贾格斯先生，请问我的恩主，也就是您刚才提到的那位当事人，是不是马上就会——”说到这里，我不便再说下去，只得不响了。

贾格斯先生问道：“马上就会怎样？你看，这样半吞半吐，谁知道你要问什么呀。”

为了把意思说得准确些，我考虑了一下，又说："是不是马上就会到伦敦来？或者叫我到什么地方去？"

贾格斯先生破天荒第一次用他那双深陷在眼窝里的深色眼睛盯住了我，答道："你要提到这个问题，那我们应当回顾一下那天晚上在你们村子里你我第一次见面的情形。当时我跟你说什么来着，匹普？"

"贾格斯先生，您说，那个人也许要过几年才能露面。"

贾格斯先生说："正是这样，这就是我的回答。"

我们彼此瞪着眼望了好一阵，我急于想要从他那里打听出一点消息来，紧张得只觉得自己连呼吸也急促了。不但自己感到呼吸急促，分明连他都已经看出来了，这样一来，我就觉得越发没有希望从他那里打听出什么名堂来了。

"您认为还得过几年吗，贾格斯先生？"

贾格斯先生摇摇头——并非表示他的回答是否定的，而是表示这样的问题休想要他回答。我抬起眼来偶然一望，看见那两个歪嘴斜脸的头像好像始终在屏气凝神静听，早已听得憋不住，快要打喷嚏了。

贾格斯先生用温暖的手背擦着腿肚子取暖，说："好吧！我不妨坦白告诉你，我的朋友匹普：这个问题是不能问我的。我只消告诉你，这个问题会影响到我，你心里该明白点儿了吧。好吧！我索性再对你把话说得透一些，索性再来补充几句。"

他一个劲儿把身子弯下去，皱眉蹙额地望着自己的皮鞋，趁着这片刻的间歇还擦了擦腿肚子。

一会儿，贾格斯先生挺直了身子说：“那个人一出面，你就直接和那个人打交道了。那个人一出面，我和这件事的关系就从此结束了。那个人一出面，我对这件事就不必再过问了。我要说的就是这些。”

两个人相对望了好半晌，最后我才移开视线，低头望着地板，默然沉思。从他刚才那一番话来看，我认为这无非是因为郝薇香小姐信不过他，没有向他说明有意要把艾丝黛拉许配给我——郝薇香小姐瞒着他这件事，或则事出有因，或则并无缘故，可是贾格斯先生却就此怀恨在心，大吃干醋；要不就是他根本反对这项安排，因此不愿意插手。后来我再抬眼一看，发现他始终目光灼灼地在那里望着我，到这会子还望着我。

我说：“先生，既然您的话已经说到底了，我也没什么可说的了。”

他点头表示同意，掏出那只叫盗贼胆寒的表来看了一下，问我打算到哪里去吃饭。我回答说，回家去和赫伯尔特一起吃，又卖了个嘴边人情，请他赏光到我们那里去吃饭，他立即接受了我的邀请。不过他一定要和我一同步行回家，免得我为他多破费，还要我等他先写好一两封信，当然还得洗洗手。于是我说，我到外屋去和文米克谈谈。

其实，我要去找文米克，是因为这五百镑钱一拿到手，平日常常想起的一个念头又涌上了心头，我觉得去找他谈谈，央他替我出出主意，倒很合适。

文米克这时早已锁好保险箱，准备回家了。他已经离开了座位，把办公室里用的一对油腻腻的蜡烛拿到门口，和烛花剪刀一起放在一块石板上，准备剪灭。火炉里的火也已封没，帽子和大衣已拿来放在手边，现在他正用保险箱钥匙拍打着自己的胸口，仿佛在做一种工余的健身操。

我说："文米克先生，我要请教你一件事。我想替一个朋友效点劳。"

文米克抿紧了他那邮筒口似的嘴，摇摇头，好像是说，他坚决反对为人这么婆婆妈妈的，照他看来，这是一种致命的弱点。

我接下去说："我这位朋友，想要在商界谋个发展，可惜没有本钱，很难动手，有点泄气。现在我打算多少帮他个忙，让他动起手来。"

文米克用一种比那锯木屑还要枯燥乏味的声调答道："拿你的钱投进去吗？"

"把一部分钱投进去。"我想起了家里那大捆大捆包扎得齐齐整整的账单，心里很不安，所以添了这几个字，"把一部分钱投下去，说不定还要把未来的遗产预先投一部分进去。"

文米克说："匹普先生，假使你高兴的话，我把这一带有几座桥扳着指头数给你听听。从这里起，数到彻尔西区为止。你听着：第一座，伦敦桥；第二座，索斯沃桥；第三座，黑僧桥；第四座，滑铁卢桥；第五座，西敏寺桥；第六座，沃克斯霍桥。一共有六座桥，听你挑选。”他把保险箱钥匙柄放在掌心，念一座桥名就扳一个手指。

我说：“我不懂你的意思。”

文米克回答道：“匹普先生，你可以任意选一座桥，到那座桥上去走一趟，站在桥当中拱顶上，把你的钱投进泰晤士河去，结果如何，你自己明白。拿钱去帮朋友的忙，结果如何，你自己也明白——只有比丢下水去更不愉快，更没好处。”

说完这话，他的邮筒口张得老大，几乎可以投入一张报纸。

我说：“你这话实在扫了我的兴头。”

文米克说：“本来就是这么回事嘛。”

我不免有点气愤愤地问他：“那么，你的意思是说，一个人万万不能——”

文米克接口说：“——把动产投在朋友身上？当然万万不能啦。除非你要扔掉这个朋友——那也应当考虑一下，为了扔掉这个朋友，值得你花上多少动产。”

我说：“文米克先生，你这种见解是经过深思熟虑的吗？”

他答道：“这就是我在这个事务所里经过深思熟虑之后的见解。”

我听出他这话似乎拖着一个尾巴，便向他追问道：“啊！那么你在沃伍尔斯也抱着这样的见解吗？”

他正色回答道：“匹普先生，沃伍尔斯是沃伍尔斯，事务所是事务所。正好比我那老人家是一种人，贾格斯先生又是一种人。二者不能混为一谈。我在沃伍尔斯有沃伍尔斯的见解；在事务所里就只能抱着事务所的见解。”

我心里这才算放下一块石头，说道：“很好，那我就到沃伍尔斯去拜访你，我准定去！”

他答道：“匹普先生，你以我私人朋友的名义来访问，我一定欢迎你。”

我们都知道我那监护人的耳朵比谁都尖，所以我们谈话的声音很低。一看他已经在房门口用毛巾擦手，文米克便穿上大衣，走到一旁去剪熄了蜡烛。三个人一同出门，走到大门口石阶跟前，文米克转身回家，贾格斯先生和我一块儿赶我们的路。

那天晚上我不禁一再默默感叹：要是贾格斯先生在他吉拉德街的住宅里也有这么一位老父亲，或是有一尊响炮，有件什么玩意儿，有个什么人，让他眉开眼笑一下，那有多好啊。我二十一岁生日这一天，自忖虽已成年，却还要受他的严密监护，生活在一个疑云重重的天地里，未免不大值得，因此心里颇不舒畅。贾格斯先生比文米克知识要丰富一千倍，人要聪明一千倍，可是我这顿饭如果请的是文米克，心里倒反而要乐意一千倍。那天晚上他不光是弄得我一个人郁郁寡欢；他一走，赫伯尔特就直勾勾地望着炉火，说他一定是犯了什么十恶不赦的大罪，可自己一点也记不起来了，只觉得心里闷闷不乐，负疚重重。

第三十七章

我认为要听取文米克先生在沃伍尔斯的高见如何，最好的日子莫过于星期天，因此就在下一个星期天下午，专诚造访他那座城堡。到得雉堞跟前，只见城上国旗飘扬，吊桥高悬。不过这种城防森严、如临大敌的气概并未使我望而却步；我在门口打了铃，老人家以极其和好的态度把我让了进去。

老人把吊桥拉起拴好之后，说道："先生，我的儿子早就料到您可能会来，临走时留下话儿，说他下午出去溜达溜达就回来。他散步是很有规律的，真不愧为我的儿子。他做事件件都很有规律，真不愧为我的儿子。"

我学着文米克平日的样子，不住地向他点头，然后和他一同进屋，在炉边坐下。

老人一面伸手烤火，一面嘁嘁喳喳说："你是在我儿子的事务所里跟他认识的吧，先生？"我点点头。"哈哈哈！我听说我儿子干他那门行业还是个顶呱呱的能手呢——是不是，先生？"我使劲点头。"可不是！人家都是这么跟我说的。他是吃法律饭的，是不是？"我点头点得更起劲了。老人又说："这样一看，我这个儿子就更了不起喽，因为他本来不是学法律的，而是箍酒桶的。"

我出于一时的好奇，想要探听一下老人对于贾格斯先生的声名是否也有所知晓，便对他大声喊出贾格斯的名字。这一喊，倒弄得我自己手足无措了，原来他哈哈大笑一阵，精神奕奕地回答道："当然不是。你说得对。"直到如今，我还是稀里糊涂，不明白他这话到底是什么意思，也不明白他认为我跟他开了个什么玩笑。

我总不能老是坐在那里只顾向他点头，总还得想点别的办法叫他高兴高兴才是，于是便扯直了嗓门，问他自己从前可也是干箍酒桶这个行当的。我用足气力把这个词儿嚷了一遍又一遍，一边嚷一边拍他的胸口，意思是表明我这个词儿是指他而言的，最后总算叫他弄明白了我的意思。

老人说："我不是干这个的，我是管仓库的。管仓库，先在那边（看他的手势，似乎指的是烟囱那儿，不过我认为他其实说的是利物浦），后来就在这儿伦敦城里做。可惜得了病——耳朵聋了，先生——"

我打了个手势，表示极其惊异。

“——是的，我耳朵聋了；我这个病一上身，我儿子就改了行，吃上了法律饭，由他抚养我，一点一滴攒积起了这份又风雅又气派的产业。不过，”老人说到这里，又纵情大笑一阵，才继续说下去，“至于你说的那件事，不瞒你说，当然不是；你说得对。”

我觉得相当奇怪：我本无意打趣他，他倒当作我向他打趣，引得他这般高兴；倘使我真正用尽心机，存心跟他打趣，恐怕他倒不一定会这样高兴呢；正在琢磨之际，只听得烟囱旁边的墙上突然咔嗒一响，我大吃一惊，看时，只见墙上像个鬼精灵似的霍地露出一块小木片，上有“约翰”二字。老人跟着我的眼睛望去，得意非凡地嚷道：“我儿子回来了！”于是我们一同走出去放吊桥。

文米克隔着城壕向我挥手致意的那个场面，花了钱也没处去看，因为我们其实大可隔着城壕轻轻易易地握手言欢，何劳挥手致意。老人家特别喜欢弄这座吊桥，因此我索性静立一旁，不去插手帮忙。文米克到得城壕里边，便向我介绍和他同来的一位史琪芬小姐。

史琪芬小姐的尊容活像个木头人，而且和她的护送人一样，似乎也是专替邮局收信的。她大概比文米克小两三岁，根据我的判断，手里一定有相当数量的动产。她的外衣，不论胸前背后，都剪裁得很特别，使她的体形看去很像小孩玩的纸鸢；我倒认为，她的橘黄袍子似乎黄得未免太显眼了些，绿手套又似乎绿得未免太刺目了些。不过看来她的为人倒是不坏，对老人家非常敬重。不久我就发现她原是这座城堡中的常客，因为我们一进屋，我就称赞文米克向老人家通报本人驾到的那种办法真是独出心裁，文米克却叫我注意一下烟囱另一边的墙上，说完他就离座而去。顷刻之间只听得又是咔嗒一响，又有一扇小门洞子开了，木片上露出“史琪芬小姐”的字样；接着，史琪芬小姐那一扇关了，约翰那一扇又开了；最后是史琪芬小姐那一扇和约翰那一扇同时开了又同时关了。文米克操作完了这些巧妙机关回来，我向他表示，他的匠心使我非常钦佩，他说：“你知道，对老人家说来，这玩意儿既有趣，又实用。说真的，先生，有一点不是我夸口，就是来到这城堡门口的人，谁都不知道这个机关装在哪儿，只有老人家、史琪芬小姐和我三个人知道秘密！”

史琪芬小姐还说：“这是文米克先生自己想出来，自己动手做的。”

趁史琪芬小姐在脱帽子的当儿（至于她那副绿手套，晚上却始终戴在手上，显然是为了提醒文米克家有外客），文米克就邀请我和他一起去巡视一下他的产业，欣赏一下那座小岛的冬景。我想，他这一着，无非是为了让我有个机会听取他在沃伍尔斯的高见，所以一走出城堡，我就抓住这个机会不放。

我事先经过仔细考虑，这次便像谈一件从没提起过的新鲜事儿似的，和他谈起我那个问题来。我向文米克说明我如何为赫伯尔特担忧着急，又告诉他我们第一次如何邂逅，如何斗拳。又略略说了一说赫伯尔特的家境，他本人的性格，说起他自己别无生计，只靠他父亲给他的一点点不定数、不定期的贴补过日子。又提到我初来伦敦，粗野无知，幸亏和他相处，得到他不少指点，还坦率承认我怕我倒是亏待了他，要没有我和我未来的遗产害了他，他的处境也不至于如此。我把幕后人郝薇香小姐远远搁在一边，绝口不提，不过还是隐约提到，可能是由于我的竞争，影响了他的前程，又说他为人豁达大度，绝不会对我怀有任何卑鄙的猜忌报复心理，绝不会搞什么阴谋诡计。我对文米克说，为了这种种理由，加以他又是我少年时代的伴侣和朋友，我对他感情深厚，所以我希望我的幸运能让他沾到一点光，早知文米克先生阅历丰富，通达人事，特地前来请教，应当用怎样一种最妥善的办法，以我现有的资力帮助赫伯尔特获得一点收入——譬如一年一百镑，给他打打气，让他心里也有个指望——以后再逐步给他买一些小小的股份什么的。最后，我还请求文米克要了解我的苦心——我帮赫伯尔特的忙一定要悄悄进行，不能让他知道，也不能让他起疑；这件事除了他文米克，我再也找不出第二个人可以讨教。讲完，我又按着他的肩膀，说："我不能不把心里话告诉你，虽说我明知会给你添麻烦，可是这只能怪你自己，谁叫你带我到这儿来呢。"

文米克略略沉默了一下，忽然像吃了一惊似的，说道："匹普先生，要知道，有句话我非得向你说明白不可。你这是好心得出了格。"

"那你是要成全我的这一片好心喽。"

文米克大摇其头，答道："哎哟！这可不是我干的买卖。"

我说："好在这也不是你做买卖的地方。"

他回答道："你这样说就对了。这才是说在点子上。匹普先生，让我来戴上深思熟虑的帽子[①]，我想，你打算办的那些事儿，不妨按部就班慢慢地来。史琪芬（他指的是史琪芬小姐的哥哥）是位会计师，而且是位行商代理人，多早晚我去看看他，把你的事和他商量商量再说吧。"

"那就太感谢你了。"

他说："你不必谢我，倒是我应当谢你，因为我们现在虽然完全是以私人朋友的关系谈话，不过我觉得还是可以提一下，就是我这个人遍身都是从新门监狱沾来的蛛网尘垢，这么一来，总算可以拂去一些尘垢。"

继续谈了不多一会儿，就回进城堡，看见史琪芬小姐正在沏茶；老人家负责烘制吐司，这位妙不可言的老人干得专心致志，目不转睛，只怕连眼睛都要被融化了。我们的这一顿晚饭，可不是那种虚有其表的空头宴席，而是准备结结实实、饱饱足足地吃上一顿。老人家烘制的奶油吐司，堆得像干草垛子那么一大堆，盛在那只挂在顶层横档上的铁架里，嗞喇嗞喇直响，那个垛子简直高得叫我看不见他的人。史琪芬小姐沏了好大一壶茶，连屋后那只猪也闻到了香味，按捺不住，一再表示想来参加这次盛宴。

国旗已经降下，炮已经准时放过，我觉得此身如在安乐窝中，好似那条城壕足有三丈来宽、三丈来深，把我与沃伍尔斯的外界天

① 语出弗莱切尔（1579—1625）戏剧《忠臣》二幕一场，意即：让我来好好考虑一下。

地隔绝了。城堡中一片静谧，声息全无，只有“约翰”和“史琪芬小姐”那两扇小木门，时开时合，好像得了什么抽筋的毛病，很刺激我的神经，弄得我很不好受，后来才渐渐习惯了。看见史琪芬小姐做事井然有序，便推想她一定是每星期天晚上都在这儿沏茶的；又见她别着一支古色古香的胸针，上面画着一个直鼻梁、不十分中看的女人的侧影和一弯新月，便不由得猜想，这恐怕是文米克给她的一笔动产吧。

我们把吐司全部吃光，茶也喝得不比吐司少，人人都吃得暖烘烘、油腻腻的，看着煞是有趣。特别是老人家，很像野蛮部落里一个收拾得干干净净、刚刚搽过油的老酋长。休息了一会儿，史琪芬小姐就动手洗茶具（看来那位小使女每逢星期天下午都要回家去骨肉团聚，故而未见），那副漫不经心的样子，好似贵妇人找个消遣一般，所以谁也不觉得有失体面。不久，她又重新戴上手套，大家围炉而坐，文米克说：“请老爹爹给我们读报吧。”

文米克趁老人家取眼镜时，向我说明，这不过是一向的习惯，因为这位老先生最得意的事莫过于朗读新闻。他说：“我也不向你告罪了，因为老爹爹消遣作乐的办法并不多——是不是，老爹爹？”

老人看见儿子是在对他说话，马上答道：“好极了，约翰，好极了！”

文米克说：“你只要看见他眼睛一离开报纸，就对他点一点头，他就会快活得好像做了国王一般。老爹爹，我们都聚精会神等着听你读呢。”

老人兴高采烈地说："好极了，约翰，好极了！"他那种手忙脚乱，乐不可支的模样，着实十分有趣。

听着老人家读报，我不由得想起了当年在伍甫赛先生姑奶奶夜校里上课的情形，所不同的是，老人的声音仿佛是透过钥匙洞传过来的，自然滑稽突梯，别有风味。老人需得把蜡烛凑在跟前，因此常常差点儿不是把头发撞进火里，就是把报纸撞进火里，人们必须小心防范，如看守火药库一般。文米克虽然战战兢兢，毫不懈怠，举止却十分文雅。因此老人家自顾读下去，虽然受到儿子多次搭救，却丝毫未曾觉察。只要他目光一落到我们身上，大家就都表示出莫大的兴趣和惊讶，并且连连点头，直要点到他继续读下去才罢。

文米克先生和史琪芬小姐并排而坐，我则坐在一个阴暗的墙角里，我看见文米克先生的嘴唇消消停停、不慌不忙地愈拉愈长，禁不住联想到他恐怕正在消消停停、不慌不忙地偷偷伸出一条胳膊去搂住史琪芬小姐的腰肢呢。不久果然看见他的手出现在史琪芬小姐的另一边的腰眼里；谁料史琪芬小姐丝毫不落痕迹，就用那只戴绿手套的手制止了他的轻举妄动，像解下一条腰带似的轻轻挪开了他那条胳膊，把它搁在面前的餐桌上，举止极为从容。史琪芬小姐做这番手脚时十分镇静自若，实在是我生平仅见的胜景奇观；如果这个动作可以看作是一个漫不经心的动作，那我认为史琪芬小姐这种举动已经完全像机器一样自动化了。

过一会儿，我看到文米克那条胳膊又渐渐不安于位了，后来竟渐渐不知去向了。没多久，他的嘴又张得合不拢来了。我一时好生不安，紧张得简直有点受不了，幸而很快就看见他的手又重新出现在史琪芬小姐的那一边的腰上。史琪芬小姐马上像个不动声色的拳击家一样，不落痕迹地制服了他，她还像刚才一样，只当是脱下一根腰带什么的，拿来放在桌上。如果把这张桌子比作修身进德之路，那我便有理由说：在老人家的整个读报过程中，文米克的胳膊一再误入歧途，他之所以能迷途知返重归正道，完全是亏了史琪芬小姐的时时提醒。

老人家读着读着，不觉悠悠忽忽睡着了。于是，文米克便拿出一把小茶炊，一盘杯子，一个黑瓶——那瓷顶的瓶塞上还画着一个红光满面、和善可亲的高僧。大家就用这些茶具喝起热茶来，老人家不久就也醒来参加。饮料由史琪芬小姐调制，我看见她和文米克合用一个杯子。我当然不是傻瓜，我想今夜与其由我送史琪芬小姐回府，不如我相机先走。我说走就走，热情地辞别了老人家，就回去了。这一个晚上真过得愉快极了。

没过一星期，收到文米克从沃伍尔斯寄出的一封信，信上说，关于我们那件以私人朋友关系相托的事，似已略有进展，如果我愿意为这事再去看他一次，他将十分高兴。于是我又到沃伍尔斯登门拜访，并且去了多次，在城里也约他会过几次面，可是在小不列颠街的事务所里或就近一带却和他绝口不谈这问题。结果是这样：我们找到了一位高尚的青年商人，他是个航运经纪人，开业并不久，需要有个伶俐的助手，也需要资金，等将来有了一定的营业收入，就可以正式合伙。于是我以赫伯尔特的名义和他签订了秘密协议，从五百镑款子里拿出一半来先付给他，并且约定今后陆续付给他几笔款子：有的到一定日期便从我的收入中拨付，有的要等我财产到手后才能付给。这项交涉是由史琪芬小姐的哥哥主持办理的。文米克自始至终参与其事，可从来没有出过面。

事情办得十分巧妙，赫伯尔特做梦也没想到我在这里面插了一手。我一辈子也不会忘记，有一天下午他满面红光赶回家来，当作一件了不得的新闻似的告诉我说，他遇到一位叫克拉瑞柯的（就是那位青年商人），那人对他特别有好感，因此他深信他的机会终于来到了。他的希望一天比一天增长，脸色一天比一天快活，对我这个朋友一定也一天比一天觉得情深谊重，因为我一见他那么高兴，怎么也按捺不住我喜悦的眼泪。

终于这件事完全办理妥帖了，赫伯尔特进入克拉瑞柯公司的那一天，他和我谈了整整一个晚上，这一次的成功叫他愉快极了，兴奋极了。我上床睡觉时，一想到我要继承的遗产毕竟给别人带来了些好处，禁不住痛痛快快大哭了一场。

我平生的一件大事，我一生的转折点，现在已经展现在我眼前。不过，在着手叙述这件大事，讲明此事引起的一切变化以前，先要专门辟一章来谈谈艾丝黛拉。这样一个朝朝暮暮盘踞着我心灵的题目，专门辟一章来谈谈，是绝不多余的。

第三十八章

将来到我死了以后，如果雷溪芒草地附近那座沉静而古老的宅第里经常有鬼魂萦绕出没，那鬼魂一定就是我了。唉！想当年艾丝黛拉住在那里的时期，我那个神不守舍的魂灵简直是无分昼夜地在那儿流连忘返。尽管我的躯壳是在原地，可是我那个魂灵却老是绕着那座宅第徘徊，徘徊，一直不停地徘徊。

艾丝黛拉寄居的那家人家的主妇，名叫白兰莉夫人，是个寡妇，有个女儿比艾丝黛拉大了好几岁。从外表看，倒是娘显得年轻，女儿见老；肤色也是娘红润，女儿枯黄；娘生得轻佻谑浪，女儿却古板得像个修女。母女俩都有所谓很高的社会地位，上门来看她们的客人以及她们出去拜访的客人，都是多得不可胜数。艾丝黛拉和她们母女之间纵然不是毫无感情，至少感情也极其淡薄，只是彼此心里明白，艾丝黛拉少不了她们，她们也少不了艾丝黛拉。白兰莉夫人在没有过退隐生活以前，和郝薇香小姐是朋友。

我每次进白兰莉夫人家的门，出白兰莉夫人家的门，艾丝黛拉总要用尽心机让我受尽种种大大小小的折磨。由于我和她的关系使然，我对她熟不拘礼，却又不能讨她欢喜，因此弄得我心烦意乱。她不但利用我去戏弄爱慕她的男性，还利用我和她之间熟不拘礼的关系，把我对她的一片痴情经常恣意糟蹋。我尽管和她无比亲近，却总觉得只能望洋兴叹——我看，哪怕我是她的秘书，是她的管家，是她的同父异母或同母异父兄弟，是她的穷亲戚，以至是她未婚夫的弟弟，也不至于会这样苦恼。我们彼此直呼其名，这虽是我的一种特权，可是在眼前的情况下，却反而加重了我的痛苦；她的其他情人听了固然可能会发狂，其实当时我自己倒是的的确确差点儿发了狂。

爱慕她的人多得不可胜数。可能是出于嫉妒吧，我只要看见有谁接近她，就会认为是爱上了她；不过，即使不算这些，爱她的人还是多得数不清。

我常常到雷溪芒去看她，在城里也常常听到她的消息，还常常带着她和白兰莉母女到河上去划船。无论郊游，过节，看戏，听歌剧，听音乐，跳舞，总之，一切游乐的场合，只要有她在，我都要紧追不舍，结果都是自寻烦恼。和她在一起，我没有快活过一个钟头，可是我一天二十四小时却无时无刻不在心里念叨，能和她待上一辈子，该有多快活啊。

在我们这一段交往的过程中（我当时觉得这个过程相当长，看了下文便知），她总是经常要流露出那种口吻，似乎我们的交往是别人硬加在我们头上的。有时候，她的这种口吻，还有她用惯的其他种种口吻，也会遽尔戛然而止，似乎对我动了怜悯之心。

比如一天傍晚，窗外暮色渐浓，我们在雷溪芒那幢宅子里的一扇窗前各自坐着，她便这样突然抛开了自己惯常的口吻，对我说："匹普，匹普，对你的警告你真的一点也不听听吗？"

"什么警告？"

"小心我。"

"艾丝黛拉，你的意思是说，要我小心别被你迷住吗？"

"还亏你说呢！假使你还不明白我的意思，你也算是白长了两只眼睛。"

我本打算说，普天之下谁不知道爱情都是不长眼睛的，可是我毕竟没有说出口，因为我始终受着一种情绪的牵制，觉得既然她知道自己的婚姻要由郝薇香小姐做主，我假使一味逼她，岂不是太不厚道了吗？（说起来，这方面给我造成的痛苦也真不小啊！）我老是担心，她心比天高，既然知道了个中的情由，对我就十分不利，她要是存心反抗，苦的就是我了。

我只得说："不管怎么说吧，眼前我可没有接到你什么警告啊，因为这一次反正是你写信叫我来的。"

艾丝黛拉脸上露出满不在乎的冷笑，说："这倒是老实话。"

看到她这种冷笑，我总是感到心寒。

她望望窗外的暮色，接下去说：

“过天我就得回沙堤斯庄屋去看看郝薇香小姐了。来回都由你伴送，不知你可愿意？她希望我不要单身一人出门，又不愿意我把女佣带去，因为她神经过敏，生怕那些下人闲言闲语。你能陪我去吗？”

“你真问得出来，艾丝黛拉！”

“这样说，你能陪我去喽？假使你方便的话，日期就是后天。我把钱袋交给你，一切费用都托你代为取付。劳驾你一趟的条件就是如此，明白吗？”

我说：“遵命。”

这次要我陪她回家，事先就只是这样关照了我一声，以后几次也都是如此。郝薇香小姐从来没有写过一封信给我，我连她的手迹都无幸得见。隔了一天，我们一块儿去看郝薇香小姐，郝薇香小姐依旧坐在我第一次看见她的那间屋子里；不消说得，沙堤斯庄屋里没有一点变动。

她把艾丝黛拉疼得什么似的，甚至比我上一次看见她们在一起时还要可怕；我特意又用了“可怕”这两个字眼儿[1]，绝不是没有缘由的：因为她那火热的眼色，拥抱艾丝黛拉时的那股劲头，着实叫人觉得有些可怕。艾丝黛拉的美貌，艾丝黛拉的谈吐，艾丝黛

① 第二十九章有关郝薇香疼爱艾丝黛拉的一段描写中用过“可怕”两字。

拉的一举一动，都叫她无限心醉；她坐在那里一面望着艾丝黛拉，一面咬着自己发抖的手指，仿佛恨不得把这个亲手培养的尤物吞下肚去一般。

后来她又把目光从艾丝黛拉身上移到我身上，那目光犹若火炬，一直照到我心里，窥察着我心灵上的创口。她这次也不避艾丝黛拉，就用那种巫婆似的急不可耐的口气，又问我那句话："匹普，她待你好不好啊？她待你好不好啊？"晚上我们坐在她那个闪烁明灭的火炉旁边时，她的样子真是可怕到了极点：她把艾丝黛拉的手在胳膊下面一夹，紧紧地抓在自己的手里，然后就重新提起艾丝黛拉平日信里所说的话题，逼着艾丝黛拉一一报出她已经迷住了哪些男人，姓甚名谁，身份如何。郝薇香小姐在细细玩味这张名单时，那种专心致志的劲儿，只有受尽了创伤、丧失了理性的人才会有。她另一只手还扶着拐杖，下巴支在拐杖上，一双病态的明亮的眼睛不住地瞪着我，真像个鬼魂。

这情景虽然使我难堪，深感寄人篱下不是滋味，甚至感到丢脸，但是我倒从中看出了，郝薇香小姐是有意让艾丝黛拉替她向男人报仇，非等她报够了仇，称了心，是绝不会把艾丝黛拉嫁给我的。我也从中看出了，郝薇香小姐所以先把艾丝黛拉许给我原因何在。她把艾丝黛拉放出去招蜂惹蝶，去折磨男人，去糟害男人，其居心之恶毒，正在于经她这样一安排，追求艾丝黛拉的男人对艾丝黛拉就势必永远是可望而不可即，谁要是押这个赌注，谁就必定输得精光。我还从中看出了，虽然这块为众人所竞逐的瑰宝早已内定给我，我却也先得承受这些丧心病狂、匪夷所思的折磨。我还从中看出了，我的好事之所以一再迁延，我的前监护人[1]之所以绝口不提他曾正式与闻这项内定的计划，都不是没有原因的。总之，我算是看清了此时此地所见到的郝薇香小姐，也看清了一向所见惯的郝薇香小姐；我算是看清了她终年深居不见天日的这座阴暗污浊的宅子原来是一个十足的幽灵。

屋子里点的那些蜡烛，都插在贴墙的烛台上。蜡烛离地面很高，室内难得更换空气，这种人为的光亮也总是死气沉沉，一成不变。我扭头看看这些蜡烛，看看那淡淡的烛影，那不走的钟，那胡乱扔在桌上和地板上的早已成为明日黄花的新娘服饰，看看那个可怕的女人，那在炉火映照下投射在天花板和墙壁上的鬼一样的巨大的身影，总之，看到一切的一切，都可以进一步证实我这种解释，我这种愈想愈不敢相信的解释。我从这间屋子想到楼梯平台对面那间摆开了长桌的大房间，一想到长桌中央那件装饰品上一团团挂下来的蛛丝，桌布上那些爬来爬去的蜘蛛，护壁板后面兴兴头头地大肆活动的耗子，地板上那些摸来摸去爬爬停停的甲虫，我就觉得我这种解释处处都找得到证据。

就在这一次回家时，艾丝黛拉和郝薇香小姐顶了嘴。这是我第一次看见她们两个发生龃龉。

上文已经说过，我们三个人围炉而坐，当时郝薇香小姐仍然

---

① 因为匹普现在已经成年，故云“前监护人”。

夹着艾丝黛拉的胳膊，握着艾丝黛拉的手，艾丝黛拉却渐渐想要挣开了。这个自尊的姑娘，其实早已不止一次流露出受不了的神气，她对于郝薇香小姐这种过于热烈的感情，与其说是乐意接受或是有什么共鸣，倒不如说是勉强容忍。

郝薇香小姐一双眼睛顿时像闪电一样射在她身上，喝道："怎么！你讨厌我了吗？"

艾丝黛拉一面抽出胳膊，一面回答道："只是有些讨厌我自己罢了。"说着，就走到大壁炉架跟前，站在那里低头看着炉火。

郝薇香小姐气得直拿拐杖敲地板，大声嚷道："你给我说实话，你这个忘恩负义的东西！你居然讨厌起我来啦。"

艾丝黛拉不动声色地望了她一眼，便又低下头去看着炉火。尽管对方如此蛮横暴躁，简直有点凶狠，艾丝黛拉的娉婷的身姿和美丽的脸蛋却显得那么沉着而冷漠。

郝薇香小姐大声叱道："你这个木石不如的东西！你的心是冰块做的！"

艾丝黛拉依旧无动于衷，斜倚在壁炉架上动也不动，只是转了一下眼珠，说："什么？您骂我的心是冰块做的？您是骂我啊？"

郝薇香小姐毫不留情地反问道："你的心还不冷酷吗？"

艾丝黛拉说："您自己有数，我是您一手教出来的。您用不着夸我，也用不着骂我；用不着赞我好，也用不着嫌我歹；总之，我的一切还不都得由您担待。"

郝薇香小姐越发伤心地嚷道："你瞧她，瞧她啊！你瞧她，心肠这么狠，无情无义，连养育了自己的家也不放在眼里了！可怜我那时候正在心碎肠断、鲜血淋漓的当口，我就把她领了来，抱在我这不幸的怀抱里，疼得什么似的把她疼了这么多年！”

艾丝黛拉说：“当初领养我，跟我可没关系。那时候我就算已经会走路能说话，也顶多不过是这么个小孩子罢了。可您还要我的什么呢？您待我是非常好的，我的一切都得之于您。您还要我的什么呢？”

对方回答道：“爱！”

“我已经给了您。”

郝薇香小姐说：“没有。”

艾丝黛拉依旧保持着安详自在的风度，绝不像对方那样粗声大气，绝不像对方那样时而勃然大怒、时而柔情脉脉，只是含讥带讽地说：“寄妈，我已经说过，我的一切都得之于您。我的一切，毫无保留地听您处置。您给我的一切，可以由您任意拿回去。除此以外，我就什么也没有了。您没有给我的东西，现在却要我给您，我尽管想报答您的恩典，尽到我的责任，可也办不到啊。”

郝薇香小姐凶狠狠地把目光转到我身上，嚷道：“难道我还没有给过她爱！难道我还没有给过她火一般的爱？我爱她一向爱到吃醋的地步，爱到心疼的地步！亏她有脸向我说出这种话来！让她把我当疯子好了！让她把我当疯子好了！”

艾丝黛拉答道：“为什么我要把您当疯子？别人倒也罢了，我怎么会把您当疯子？您的处心积虑，世界上还有谁知道得比我清楚？您那样心心念念记着过去，还有谁知道得比我清楚？我从小就坐在这炉边，坐在至今还在您身旁的这张小凳子上，受您的教育，一抬头就看得到您的脸，那时候我看见您的脸还觉得古怪，觉得害怕呢！”

郝薇香小姐呻唤道：“可是早就忘得精光了！从前的事早就忘得精光了！”

艾丝黛拉反驳道：“怎么忘得了，怎么忘得了！一点一滴都当作宝贝似的藏在我的记忆里呢。您几时看到过我违背了您的教训？您几时看到过我忘记了您的指点？”艾丝黛拉用手摸一摸自己的胸口，又继续说下去：“凡是您不容许的东西，您几时看到我这心里有过？您自己说句公道话吧。”

郝薇香小姐一面用双手撩开散乱的白发，一面呻唤道：“太傲慢了，太傲慢了！”

艾丝黛拉答道：“是谁教我傲慢的？我把这一课学到了家的时候，又是谁夸奖我的？”

郝薇香小姐依然撩着头发，又呻唤道：“真狠心，真狠心！”

艾丝黛拉答道：“是谁教我狠心的？我把这一课学到了家的时候，又是谁夸奖我的？”

郝薇香小姐把双手一摊，尖声锐气地嚷道：“难道教你对我要傲慢、发狠心不成？艾丝黛拉呀，艾丝黛拉，我的艾丝黛拉，你竟然对我要傲慢、发狠心！”

艾丝黛拉有点惊异但仍不失镇定，对她瞅了半晌，此外并没有一点不安的样子；半晌过后，重又低下头去望着炉火。

沉默了一阵以后，艾丝黛拉抬起眼来说道："我们分别了这些时候，我来看您，您竟这样蛮不讲理，我实在不明白究竟是为了什么缘故。我从来没有忘记过您所受的委屈以及造成这些委屈的原因。我从来不曾辜负过您和您给我的教训。我觉得我也从来没有什么可以算是软弱的表现！"

郝薇香小姐大声嚷道："报答我的爱难道也算是软弱的表现吗？噢，我明白了，我明白了，在她看来这就叫软弱的表现！"

艾丝黛拉又显出了那种惊异而又不失镇定的神情，过了片刻，方才若有所思地说："事情的来由，我现在倒好像渐渐有点明白了。比方说，您的寄女完全是由您关在这几间黑房里养大的，您从来不让她知道世界上还有阳光这么回事，她也从来不曾在阳光下见过您的脸容——比方说，开头您一直这样办，可是后来为了某种目的，您又要她去接触阳光，要她见识阳光下的一切，比方是这样，您会失望，您会生气吗？"

郝薇香小姐双手托住脑袋，坐在那里哼哼唧唧，身子在椅子上摇来晃去，只是不答言。

艾丝黛拉说："再打个比方——这个比方更近乎事实——比方说，从您寄女懂事的时候起，您就不遗余力地教训她说，世界上有阳光这么回事，但阳光天生是她的冤家对头，是她命里的灾星，因此她非得时时刻刻仇视阳光不可，因为阳光已经摧毁了您的一生，她要是再不当心，也非得被它摧毁不可——比方说，开头您一直这样办，可是后来为了某种目的，您又要她见了阳光马上喜欢，她当然办不到，比方是这样，您会失望，您会生气吗？”

郝薇香小姐坐在那里静听（应该说似乎是坐在那里静听，因为我看不见她的脸），不过她还是不答言。

艾丝黛拉说：“所以，您把我教养成了个什么样的人，就应当把我当个什么样的人看待。成功了几分，失败了几分，都不能算在我账上；反正，成功的失败的都加在一起，就成了我现在这么个人。”

这时郝薇香小姐已经坐倒在地上，那狼藉遍地、干瘪憔悴的新婚服饰把她团团围在当中，我简直不知道她是怎样落到这步田地的。我立即利用这个机会（我一直都在寻找这样一个机会），做个手势请艾丝黛拉小心照拂她，自己就溜到屋外去了。我临走时，艾丝黛拉依旧和先前一模一样倚着壁炉架站着。郝薇香小姐满头灰白的长发飘散在地板上，和当年做新嫁娘时的那些残装剩饰混在一起，实在难看得够瞧的。

我怀着抑郁的心情，在星光下溜达了一个多小时，庭院、酒坊、荒芜的花园，到处都走到了。最后壮壮胆子返回屋里，看见艾丝黛拉坐在郝薇香小姐的膝下，正在缝补一件已经破旧得快要成为碎布片的新婚衣服；从此以后，我每次在教堂里见到墙上挂着那些年深月久、破烂褪色的横幅，就老是要想起这一件玩意儿。后来我和艾丝黛拉又像往日一样打起牌来，不过我们打牌的技巧都比往日高明了，而且现在是用法国式的打法。一个黄昏就这样打发了过去，后来我也就去睡了。

我睡在院子对面那座独立的房子里。在沙堤斯庄屋过夜，我还是生平第一次，无论如何睡不着。仿佛有千百个郝薇香小姐纠缠着我。枕头这边是她，枕头那边还是她；床头是她，床脚边还是她；盥洗室半开的门后是她，盥洗室里边还是她；楼上的一间屋子里是她，楼下的一间屋子里还是她——没有一个地方没有她。这漫漫长夜啊，它的脚步慢得像爬行，挨到两点钟光景，觉得这地方实在躺不下去，非得起来不可。于是披衣而起，走出门去，来到院子对面长长的石头过道里，打算绕到外边院子里去走动走动，散散心。谁知道一进过道，就看见郝薇香小姐像个游魂一般正在过道里走，一面还在低声哭泣。我立即吹灭蜡烛，远远跟在她后面，看她上了楼梯。她手里拿着一枝没有烛盘的蜡烛，大概是从她房里贴墙的烛台上取下来的，在烛光下她的样子十足像一个鬼怪。我站在楼梯下边，虽然没看见她开门，却闻到饭厅里的一股霉味，听见她在里面走动了一阵便返回卧室，在卧室里待了一会重新又进了饭厅，哭泣之声一刻也没有断过。过了一阵，我打算摸黑走出去，或者回自己的卧室也行，可是哪里办得到，直到曙光透进来，才辨别出方向。总之，这一阵工夫，我只要一走到楼梯下面，就听见她的脚步声，看见她的烛光在楼上移动，还听见她那无休无止的轻声哭泣。

第二天辞别时，郝薇香小姐和艾丝黛拉再没有发生龃龉，而且从那次以后，再没有在我陪艾丝黛拉回去时发生过龃龉；据我记得，此后我又陪她回去过四次。要说郝薇香小姐对艾丝黛拉的态度有什么改变，我看也无非是态度上似乎略略有了些顾忌，她的老样子还是始终没有改。

写到我生命史上的这一页，不提一提本特里·蛛穆尔的大名，是没法把这一页翻过去的；不然我才不想提他呢。

且说有一次，林鸟俱乐部举行大会，彼此照例正在吵吵嚷嚷，各不相下，美其名曰促进友情之际，忽然主持人叫大家肃静，因为蛛穆尔先生要为一位小姐祝酒。原来根据俱乐部堂堂的章程规定，这一次轮到这个畜生举行这项仪式。酒瓶顺次传下去，我觉得他好像恶狠狠地瞪了我一眼；不过，我跟他早已不和，这也不足为奇。使我又气愤又吃惊的是，他竟然要大家陪他一起为艾丝黛拉干杯！

我问："谁家的艾丝黛拉？"

蛛穆尔含讥带讽地说："你管不着！"

我又问："住在哪儿的艾丝黛拉？你得说明白了。"作为林鸟俱乐部的一名成员，按规矩他是有这个义务的。

蛛穆尔故意不理睬我，他对大家说："各位，她住在雷溪芒，是个盖世无双的美人儿。"

我悄悄对赫伯尔特说，这个卑鄙下流的白痴，他懂得什么盖世无双的美人儿！

祝酒之后，坐在他对面的赫伯尔特说道："这位小姐我认识。"

蛛穆尔说："是吗？"

我气得脸红耳赤地找补了一句："我也认识。"

蛛穆尔说："是吗？喔，天哪天哪！"

这头蠢驴就这么哼了一声，他再也做不出别的回答了（要嘛就是拿杯儿碟儿掷过来），可是他这一句话就已经气得我要命，总觉得话里含讥带刺，我便连忙从座位上站起来说，这位可尊敬的“鸟儿”居然飞入“林”来（我们经常把俱乐部的聚会说成“飞鸟投林”，这种雅洁的出言吐语简直像议会里开会一般）——要为一位素昧平生的小姐干杯，这种行径我不能不认为太冒昧。蛛穆尔先生一听这话，就跳了起来，责问我这话是什么意思？我索性给了他一个决绝的回答，说是他如果要决斗，我一定奉陪。

在一个基督教国家中，事情到了这步田地，当事双方是否还可以不流血而照常相处呢，在这个问题上“林鸟”们的意见是极不一致的。争论十分热烈，当场至少就有六位可尊敬的会员对另外六位会员表示，如果对方要决斗，他们一定奉陪。不过最后还是做出决定（事关荣誉，林鸟俱乐部就要做出判决）：只要蛛穆尔先生拿得出一星半点的证据，证明他有幸认识那位小姐，匹普先生就应以无愧于上等人和“林鸟”的风度向他道歉，承认自己“一时失察，率尔动怒，殊属孟浪”等等。当下还规定，证据第二天就要拿出来（唯恐迁延时日，我们的荣誉感会冷却下来）；第二天蛛穆尔果然拿来了一张艾丝黛拉亲笔写的字条，措辞很客气，声称她有幸和他跳过好几次舞。这一来我自然毫无办法，只得向他道歉，承认自己“一时失察，率尔动怒，殊属孟浪”等等，并且把自己先前打算决斗的想法完全斥为无稽之谈。然后蛛穆尔和我就坐在那里相互嗤之以鼻，足足相持了一小时，林鸟俱乐部的其他成员也不分青红皂白地胡乱争论了一小时，最后宣布，说是会友友情又大有增进，进展实属神速云云。

这件事我现在说来轻易，可是在当时来说，却绝不是件轻易受得了的事。当时一想到艾丝黛拉竟会垂青于这样一个卑鄙、笨拙、乖戾、远在中人之下的蠢材，我心里实在感到说不出的痛苦。直到如今，我依然认为，当时我所以一想到她对那条畜生屈身俯就便痛苦得受不了，完全是出于我对她的一片纯洁、豪爽、无私的热爱。毫无疑问，无论她垂青于何人，我都会伤心，不过，要是她属意的对象是个高尚些的人物，我的痛苦也不会那么难受，那么刺心。

我要查明蛛穆尔和艾丝黛拉的事原是再容易不过的，果然一下子就让我查明白了：蛛穆尔早已对她追求得很紧了，她竟也听任他追。过不多久，蛛穆尔对她更是达到了时时刻刻紧追不舍的地步，以致他和我两个人每天都要不期而遇。他坚持不懈，用的是死钉死追的手段，艾丝黛拉则索性把他攥在掌心里恣意捉弄——对他热一阵冷一阵，忽而对他近似殷勤，忽而又公然表示鄙薄，忽而和他相知很深，忽而又连他是何许人都记不得了。

贾格斯先生管他叫“蜘蛛”，着实没有叫错——他的确不愧为蜘蛛的同类，经常极其耐心地伏在一旁，伺机而动。除此以外，他对于自己的金钱财产和高贵出身，简直像个傻瓜蛋似的迷信得入了魔。这两个条件有时候倒也对他很有用处——可以用来代替爱情的专一。这只蜘蛛就是这样对艾丝黛拉虎视眈眈，死盯不放，把许多斑斓明媚的蜂蝶都吓跑了。他老是在那里吐丝结网，只要时机一到，他就扑上来了。

有一次在雷溪芒开舞会（当时有个风气，到处都举行舞会），满屋丽姝与艾丝黛拉相形之下，都黯然失色；艾丝黛拉到哪里，这个胡冲乱撞的蛛穆尔就跟到哪里；艾丝黛拉竟也那样纵容他，我因此拿定主意非得去找艾丝黛拉谈一下蛛穆尔的事不可。后来看见她独自一人坐在一簇鲜花丛中，只等白兰莉夫人来带她回家，我觉得这是个机会。我马上走到她跟前，因为在这种场合下，她们两个人来来去去，几乎都是由我伴送的。

“你累了吗，艾丝黛拉？”

“够累的，匹普。”

“也难怪。”

“累又有啥办法，我还得写封信给沙堤斯庄屋，才能睡觉呢。”

我说：“是报告今夜的胜利吗？可惜战绩不佳呀，艾丝黛拉。”

“你这话是什么意思？什么胜利不胜利的，我不知道。”

我说：“艾丝黛拉，看看那边墙角里的那个家伙，他老是在朝咱们这儿瞧呢。”

艾丝黛拉并没有拿眼睛去看他，反而望着我，答道：“我看他干吗？请问，‘那边墙角里的那个家伙’，有什么值得我一看的？”

我说：“可不是，这话我正想要问你呢。那家伙今天晚上一直在你身边团团转。”

艾丝黛拉拿眼睛朝他一溜，回答道：“飞蛾和各种各样丑陋的昆虫，一看见亮堂堂的蜡烛就要来团团转。你叫蜡烛有什么办法？”

我答道：“蜡烛没办法，难道艾丝黛拉也拿不出办法吗？”

停了片刻，她才笑着说：“嗯！办法也许有吧。就算是有吧。你爱怎么说都行。”

“可是，艾丝黛拉，我求求你务必听我一句话。像蛛穆尔这种为大家所不齿的人，你居然也会趁他的兴，我看着实在难受。你要知道，人家都是看不起他的呀。”

艾丝黛拉说：“还有呢？”

“你知道，这个人不但外貌丑陋，肚子里也是一包草。是个脾气粗暴、成天绷着脸的低能的大笨蛋！”

艾丝黛拉说：“还有呢？”

“他除了有几个钱，还有他那些混蛋祖宗的一本糊涂家谱以外，简直一无可取，你知道不知道？”

艾丝黛拉又说了一声“还有呢？”每说一次，那双美丽的眼睛就睁大一些。

老是“还有呢”三个字，可真不是滋味；叫她多说一个字都办不到，于是想出了个打开局面的办法——把她这句话接过来，加重了语气对她说道：“还有呢！要知道我伤心也就伤心在这里。”

假使我能够断定她垂青于蛛穆尔不过是故意要伤伤我的心，那我心里倒反而会宽舒得多；可是她依旧像往常一样，完全把我置之度外，因此我绝不能作如是想。

艾丝黛拉在室内扫视了一眼，说道：“匹普，别傻了，事情影响不到你。有些人可能会受到影响，那恐怕也是没法可想的。这种事不值得多谈。”

我说：“不，倒是很值得谈谈，要是哪一天我听见人家说，‘艾丝黛拉怎么竟会看中了一个乡巴佬，一个下流透顶的家伙，白白糟蹋了自己的仙姿丽质！’那叫我怎么受得了。”

艾丝黛拉说：“只要我受得了就行。”

“哎哟！别太骄傲了，艾丝黛拉！别太顽固不化！”

艾丝黛拉双手一摊，说：“刚才你还在责备我曲意俯就一个乡巴佬，这会子又责备我太骄傲，责备我顽固不化了！”

我迫不及待地说：“我难道冤枉了你？今天晚上我明明看见你向他使眼色，赔笑脸，你可从来不曾这样对待过——我。”

艾丝黛拉突然转过脸来瞧着我，纵然不是对我怒目而视，至少也是满面严肃、目不转睛地瞧着我，她说：“你是要我欺骗你，引你入彀喽？”

“难道你这是存心要欺骗他，引他入彀，艾丝黛拉？”

“对！岂止是他——除你而外，对谁不是这样！白兰莉夫人来了。我不和你多谈了。”

现在，我始终耿耿于怀，而且常常为之痛苦不已的这一段事，已经花了一个专章的篇幅交代过了，接下去我就可以放手叙述另一件事，这件事的来历还要久，其实远在我知道世界上有艾丝黛拉以前，远在她童稚的智慧受到郝薇香小姐的魔掌的戕害以前，就已经种下了根苗。

东方有个故事，说的是有个苏丹王打算于征战得胜之后，用一块极大的石板砸碎敌国君主的宝座。于是慢慢地先在石圹里采凿好石板，又在岩石丛中慢慢地掘出一条坑道，以便能用粗绳穿入坑道兜住石板，然后再把石板慢慢地吊起来架上屋顶，又把绳子一头兜住石板，另一头慢慢地穿过几里长的坑道，拴在一个大铁环上。费尽了九牛二虎之力，准备工作始告就绪；到了时候，深更半夜把苏丹王叫醒，把早就磨快专备此刻砍绳之用的利斧交到他手里，他举斧一砍，绳索断裂，于是石板就把那屋顶砸烂了。我的情形也是如此；砸烂屋顶的一切准备工作，远的，近的，都已安排就绪，只等举斧一击，我那个要塞的屋顶便要坍下来压在我的头上了。

第三十九章

我已经二十三岁。二十三岁的生日已经过了一星期，关于我继承遗产的问题却还没有一点新的消息可以驱散我的疑云。我们搬出巴那尔德旅馆、住到寺区[①]来，已经一年了。住宅坐落在花园坊，临近河滨。

朴凯特先生早已和我解除师生关系，不过彼此依旧相处得极好。我尽管不能安心务任何正业（我看这多半是由于我的经济情况还很不稳定，也尚未完全明朗的缘故吧），不过却喜爱读书，每

---

① 寺区：位于泰晤士河之滨，以古建筑、草地、庭苑、花木见胜。颇有古代大学城的风光，分为外寺、中寺、内寺。花园原与河床毗连，自维多利亚时代始隔以河堤，下文所谓“寺区这一带的景况，目前较之当时已大有改观”，即指此而言。

天都要读好几个小时书。赫伯尔特的那件事仍在顺利进行之中；至于我自己的境况，则早已在前一章的末尾说得明明白白。

赫伯尔特到马赛办商务去了。剩下我一个人，孤零零的，实在觉得沉闷。心里既抑郁又焦灼，老是盼望着下一天或是下一个星期我的生命史上就会出现云散天清的局面，却又老是失望；想起那位老朋友满面欢愉、与我一唱一和的情景，就不免怀人千里，黯然神伤。

天气坏极了，成天风风雨雨，雨雨风风，条条大街上都是泥泞，除了泥泞还是泥泞。日复一日从东边天空里压过来大片厚厚的云层，罩住了伦敦，连绵不断，仿佛那东边天空里藏着刮不完的风、散不尽的云似的。风势凶猛极了，揭去了城里高楼大厦屋顶上的铅皮，连根拔起了乡村里的树木，刮得风车的叶片都不翼而飞。从海滨一带不断传来翻船死人的噩耗。一阵阵狂风，还夹着瓢泼大雨。这一天，正是风雨最大的一天，晚上，我坐在家里读书。

说到寺区这一带的景况，目前较之当时已大有改观，既不若当时凄凄冷冷，也没有再被河水淹没的危险。当时可还不是这样。我们住的是临河一幢房子的顶层，那天晚上河上狂风怒号，连房子都震动了，好似遭到了炮击或是海涛的拍打。后来狂风又带来了骤雨，忽喇喇打在玻璃窗上，抬眼看时，窗子都在摇晃，恍若置身在一座风雨飘摇的灯塔中一般。有时候，壁炉里的烟会从烟囱里倒灌进来，似乎受不住屋外风雨的侵凌。我打开门，望望楼下，楼梯上的灯已经扑灭；我手搭凉篷，透过漆黑的玻璃窗朝外一望（在这种风侵雨虐的夜晚，休说开窗，连一丝缝儿也露不得），只见院子里的灯也扑灭了，桥上和岸边的灯也都在瑟瑟打抖，狂风从驳船上的炉子里刮起一阵阵火星，有若一阵阵火雨。

我把表放在面前的桌上，打算读到十一点就合上书本睡觉。待到合书时，圣保罗教堂的钟，以及城里其他教堂的钟都纷纷报点——有的一马当先，有的同声相应，有的姗姗来迟。怎奈狂风肆虐，钟声喑哑破碎得离奇。耳里听着，心里想着：这风怎么也饶不过钟声，把它撕得这样七零八碎？正在这时，忽然听得楼梯上有个脚步声。

我顿时神经紧张，吓了一跳，心想，莫非姐姐的幽灵来了——这种愚昧的想头一闪即逝，可以不去说它。我重又凝神静听，只听那脚步声踉踉跄跄愈走愈近。于是我想起楼梯上的灯已经扑灭，便拿了台灯走出房间，来到楼梯口。一点声息也没有，显然楼下那人一看见我的灯光就站住了。

我朝着楼下喊了一声："下面有人吗？"

黑魆魆的楼下有人回道："有人。"

"你要到几楼？"

"顶楼。找匹普先生。"

"我就是。——没出什么事吧？"

那人答道："没出什么事。"说着就走上楼来。

我把台灯端到楼梯栏杆外面，那人慢慢地就进了光圈。我这盏灯原是一盏用来看书的罩灯，照明的范围极其有限，因此他在光圈里不过是一刹那工夫，转眼就又出了光圈。就在他步入光圈的那一刹那间，我看到他仰起了那张陌生的脸望着我，一看见我就显得又感动又快慰，简直弄得我莫名其妙。

他走近一步，我也把灯挪前一步，这样渐渐看明白了，这人的衣着虽然质地考究，却弄得非常马虎，很像个航海家；蓄着一头斑白的长发，年纪在六十上下；肌肉发达，十分壮实，脸膛晒得很黑，一副饱经风霜的老练样子。他走上楼梯的最后一两级，我们两个人便都进入了光圈之中，只见他伸出双手来想要拥抱我，这一下可真把我吓愣了。

我问他："请问你有什么事？"

"我有什么事？"他停了片刻，才接下去说，"啊！那也好。如果你同意的话，我就来说一说我来有什么事。"

"你要进来吗？"

他答道："是啊，我要进来，少爷。"

我问他这句话问得很不客气，因为我看见他脸上始终挂着那种好像早就认识我似的、喜洋洋的神气，心里就觉得生气。我生气就生气在他神气之间似乎有那么一种意思，好像我也应该跟他一块儿高兴似的。不过我还是带他走进屋里，把台灯放回桌上，尽量放出彬彬有礼的样子，要求他说明来意。

他环顾了一下室内的陈设，神态极其古怪——又似惊又似喜，仿佛室内这些东西他非但赞叹，而且也有他的一份——接着便脱下他那件乱皱皱的外套，摘下了帽子。我这才看见他的头顶又皱又秃，只是两侧长着一圈斑白的长发。可是从他身上实在看不出一点线索，不知他究竟是何来意。倒是才一转眼，我看见他又伸出手来想要拥抱我了。

我有点怀疑他莫非是个疯子，就说：“你这是什么意思？”

他本来望着我，一听就垂下眼去，拿右手慢慢地擦了擦自己的脑袋，用粗哑而哽咽的声音说：“盼了那么久，那么路远跳跳(迢迢)地赶来，这样相待，真叫人失望啊。不过这也不能怪你——不能怪你也不能怪我。歇口气我就说给你听。对不起，让我先歇口气。”

他在壁炉前面的一张椅子里坐下，用那双青筋暴起的黑黝黝的大手捂着前额。这时我把他仔细打量了一下，不觉倒退了两步，不过还是认不出他。

他回头望了一下，说：“这儿没有外人吧？”

我说：“我和你素昧平生，你这么深更半夜赶到我屋里来，问出这种问题，是什么缘故？”

他对我摇摇头，神态从容而又充满深情，把我弄得糊涂极了，也恼火极了。他说：“看你的样子多么神气啊。你长得这么大了，长得这么神气，真叫我看了高兴！可你别来逮我。否则你以后会后悔的。”

他看穿了我的心事。不过其实我也不会动手了，因为我认出他来了！尽管我那时还记不起他的五官相貌，我还是认出他来了！原来他就是当年和我打过交道的那个逃犯！即使这狂风骤雨吹散冲净了那睽隔如许的漫漫岁月，吹散冲净了这些年来的世事沧桑，让时光倒流，让我们回到我们第一次见面的教堂公墓里，一高一矮，相对而视，也不会像他现在坐在壁炉前的椅子里这样，叫我认得如此真切！他不必从口袋里掏出把锉子来给我看；不必把脖子上的围巾取下来扎在头上；不必用两条胳膊紧紧抱住自己的身子，浑身哆嗦地在房间里走来走去，还回头望望，让我辨认。虽说我一分钟以前做梦也没料到就是他，可是这会子，用不到他给我这种种提示，我就认出他来了。

他又向我走来，重又伸出双手。我不知如何是好（因为我一惊之下，心里顿时发了慌），只好很不乐意地向他伸出手去。他喜不自胜地抓住我的双手，拿到唇边吻过以后，还是抓着不放。

他说："我的孩子，你当年的行为真是高贵。高贵的匹普呀！我一直没有忘记过这件事！"

我看见他神态又变了，似乎又想拥抱我了，便用手顶在他胸口，把他推开。

我说："住手！站开些！假使你是感激我小时候帮过你的忙，那你只要已经改过自新，重新做人，也就是了。如果你是为了向我道谢而来，其实大可不必。不过，你既然找到了我，总不能辜负你来找我的这一番好意，拒你于千里之外，只是你务必要明白——我——"

只见他用十分奇特的眼光尽盯着我瞧，我看得出了神，话到嘴边也说不下去了。

我们相对无言，过了一会儿，他说："你刚才叫我务必要明白，究竟要我明白什么呢？”

“早年我和你打那一次交道，不过是机缘凑巧，如今情况不同了，我绝不再想打那种交道了。我相信你已经悔了过，重新走上了正路，我心里很高兴。我能够当面向你表明这番心意，心里也很高兴。你认为我还当得一谢，跑来向我道谢，这也使我非常快活。不过我和你毕竟走的是两条路。你身上淋湿了，看样子怪累的，要不要喝杯酒再走？”

这时候他已把围巾宽宽松松重新围到脖子上，站在那里目光炯炯地打量着我，嘴里咬着一大截围巾梢儿。他说：“好吧，多谢你，我就喝杯酒再走。”说这话时，嘴里依旧咬着围巾梢儿，依旧目光炯炯地望着我。

靠墙的桌子上有个托盘，放着酒瓶酒杯。我就把托盘拿过来放在壁炉近旁的桌子上，问他要喝什么酒。他不看一眼，也不吭一声，随手指了一瓶，于是我就给他调制了一杯热乎乎的兑水朗姆。调酒时虽然竭力想稳住自己，不让手儿哆嗦，可是他颓然躺在椅子里，嘴里还咬着脖子上拖下来的围巾梢儿（显然已经忘记吐出来了），眼睛尽瞅着我，于是我这只手也就很难控制得住了。我调好了酒送到他面前，只见他眼眶里噙满了泪水，我不由得大为惊奇。

我始终站在那里，没有坐下来过，为的是毫不客气地向他表示，希望他快走。可是一见他难受得这个样子，我也心软了，觉得过意不去。我连忙给自己也倒了一杯酒，拖过一张椅子，在桌旁坐下，对他说：“我刚才的话，希望你不要介意才好。我不是有意要对你不客气；我要是说得不好，也请你原谅。我祝你健康，快乐！”

我把酒杯举到唇边，他一张嘴，围巾梢儿从嘴里落了下来，他惊异地对围巾瞟了一眼，又向我伸出手来。我把手伸给了他，他这才一面喝酒，一面用衣袖抹抹眼睛和前额。

我问他：“你怎么过日子啊？”

他说：“我在遥远的国外给人放过羊，自己也饲养过牲口，还干过好些其他行当，离这儿千里跳跳（迢迢），隔着风大浪大的海洋。”

“你大概经营得很不错吧？”

“经营得好极了。跟我一起出去的人，也有混得很不错的，可没有一个比得上我。我好得出了名啦。”

“我听了真高兴。”

“亲爱的孩子，我正巴不得听到你这句话。”

我既没有捉摸他这句话的含意，也没留意他这句话的语调，却马上把话儿岔开了，因为我临时想起了一件事情。

我问他：“你曾经派过一个人来看我；他替你办了那件事以后，你还见过他吗？”

“再也没有见过。也不可能见到他。”

“那人倒是有信用，当真来看了我，给了我两张一镑的钞票。你知道，那时候我还是个穷孩子；对一个穷孩子来说，两镑钱就算得上一笔小小的财产了。不过我也跟你一样，从那以后就过得很不错，这笔钱我现在就还给你，请你务必收下。你可以拿去再接济别的苦孩子。”说着，我就掏出了钱袋。

他看着我把钱袋放在桌上打开，看着我抽出两张一镑的钞票。两张崭新洁净的钞票，我摊平了送到他面前。他还是那样看着我，随手就把两张钞票叠在一起，对直一折，卷成一卷，放在灯火上烧着了，纸灰飘飘荡荡落在托盘里。

他先是一笑，笑得简直像在皱眉，继而又皱了皱眉，那样子却又像在笑，然后才说道：“请恕我冒昧，请教你一个问题：你我自从在那一片又荒又冷的沼地上分手以后，你的日子是怎样好起来的？”

“怎样好起来的？”

“就是这句话！”

他举杯一饮而尽，起身走到壁炉旁边，站在那里，把一只黑黝黝的大手搭在壁炉架上，提起一只脚来搁在炉栅上烘烘干、取取暖，湿淋淋的鞋子上立即冒出了热气；可是他既不望着鞋子，也不望着壁炉，只是一个劲儿地望着我。我到现在才真的发抖了。

我张开两瓣嘴唇，想说却又说不出口，后来终于硬着头皮告诉他（不过口齿还是不大清楚），说是有人看中了我，要让我继承一笔产业。

他说：“请允许我这个小毛虫似的人物再问一声：是怎样一笔产业？”

我期期艾艾地答道：“我自己也不知道。”

“请允许我这个小毛虫似的人物再问一声：是什么人的产

业？”

我又期期艾艾地答道：“我自己也不知道。”

那个逃犯又说：“可不可以让我来猜一猜，你成年以来每年的收入是多少？我猜第一位数字，是不是五？”

一听这话，我的心房顿时跳动得像个乱敲瞎打的铁锤一般，我连忙从椅子上站起来，扶住椅背，发了狂似的拿眼睛瞅着他。

他接下去说：“还有个监护人：你未成年以前，少不了有个监护人什么的。八成儿是个律师吧。我猜那位律师的名字，第一个字是不是‘贾’字？”

他这句话无异亮起一道闪电，一下子使我看清了自己的实际处境；随之而来的失望、危险、坍台丢脸、形形色色的后果，一如地崩山摧，劈头盖脸而来，压得我好容易才喘过一口气来。他接下去又说：“假定说吧，有这么个人，他聘请那位律师做你的监护人，那位律师的名字第一个字是贾，叫作贾格斯——假定说吧，这个人如今远涉重洋来到朴次茅斯，上了岸想要来看看你。你刚才说，‘你既然找到了我。’那么，我是怎么找到你的呢？告诉你，我在朴次茅斯写了信给伦敦的一个人，打听你的详细地址。那个人的名字吗？喏，叫文米克。”

事到如今，哪怕要了我的命，我也说不出一句话来了。我只有呆呆地站着，一只手扶着椅背，一只手按着透不过气的胸口，如痴如狂地望着他，到后来只觉得天旋地转，赶紧一把抓住了椅子。他连忙把我扶住，搀到沙发上，让我在靠垫上靠好，他自己则屈下一膝跪在我面前，和我脸贴着脸——就是我如今已记得一清二楚的那张脸，我见了就不寒而栗的那张脸。

“是啊，匹普，好孩子，是我一手把你培养成上等人的！是我一手培养的啊！不瞒你说，那一次我就发了誓：今后我只要挣得一个畿尼，我就把那个畿尼给你！后来我又发誓：只要我走了运，发了财，我就非得让你发财不可。我苦吃苦用，为的是让你过得顺心；我苦苦干活，就是为了让你不必干活。这算得什么，好孩子？我告诉你这些，难道是为了要你感激我不成？一点儿没有这种意思。我告诉你这些，只不过要让你知道：当年蒙你救了命的那条粪土不如的丧家狗，现在也抬起头来了，还造就了一位上等人呢——匹普，这位上等人就是你啊！”

我对这个人的厌恶，对他的害怕，对他避之唯恐不及，已经到了无以复加的地步——哪怕他是只可怕的野兽，也至多不过如此了。

“听我说，匹普。我就是你的第二个父亲，你就是我的儿子——比我的亲生儿子还要亲。我积攒下钱来，就是为了给你花。开头，人家雇我去放羊，住在一个孤零零的小棚子里，成天只看见羊儿的脸，什么人的脸也看不见，后来我几乎都忘了男人的脸和女人的脸是什么样子的，可是我却老是看见你的脸。我在那个小棚子里吃饭的时候，常常会放下餐刀，自言自语说：‘那孩子又来了，他在瞧我吃饭喝酒呢！’我常常会清清楚楚地看见你出现在我眼前，就像当年在大雾弥漫的沼地上见到你一样。我每次见到你，总要说——而且总要走到门外，对着上天说：‘等我满了期，有了钱，我一定要把那个孩子培养成一个上等人！我要是办不到，上帝打死我吧！’我果然办到了。嘿，瞧你，好孩子！瞧你这儿的住宅，给王爷也住得！王爷？王爷算什么！拿你的钱去和王爷们比比看，包你胜过他们！”

他说得既热烈又得意，好在他总算知道我已经吓得快要晕过去了，所以并没有怪我不领他的情，这样我也总算松了一口气。

他从我口袋里掏出我的表，又拉起我的手来看我手上的戒指，我却好像碰到了一条毒蛇似的，忙不迭地向后退缩；他说：“这是一只金表，美极了，我看这才是上等人戴的表！这是颗钻戒，四周还嵌了红宝石，我看这才是上等人戴的戒指！瞧瞧你的衬衫，又考究又漂亮！瞧瞧你的衣服，上哪儿去买更好的！”他又向室内扫视了一周，说道：“瞧你的书，架子上堆得那么高，足有几百本！你都读过吧？我刚才进来就看见你在读。哈！哈！哈！你应当读给我听听呀，好孩子！哪怕这些书都是用外国文写的，我听不懂，可是听听也会一样感到得意的。”

他又拿起我的一双手，放到唇边去吻，我全身的血都凉了。

他用衣袖又抹了抹眼睛和前额，喉咙里又发出了我始终忘不了的那种咯嗒咯嗒的音响[①]，说道：“匹普，你别忙着和我说话。”他说得这样郑重其事，反而越发使我觉得可怕。他说：“你最好先

① 见第三章及第五章。

定下心来，不要说话，好孩子。你可不是像我这样日盼夜盼、盼着这样一天的。你不比我，你心上没有准备。你做梦也没想到会是我培养你的吧？”

我答道：“没想到，没想到，没想到，万万没想到！”

“那么，现在你可明白是我啦，都是我一个人啦。除了我自己和贾格斯先生以外，没有第三个人过问。”

我问：“一个人也没有吗？”

他惊奇地瞟了我一眼，说道：“没有，会有谁呢？好孩子，你长得有多俊！有没有找到什么媚眼儿，呃？有没有看中什么媚眼儿啊？”

噢，艾丝黛拉啊，艾丝黛拉！

“好孩子，什么样的媚眼儿也好，只要拿钱买得到的，包你准能到手。倒不是说，像你这样一个上等人，又是这样一表人才，看中了什么妞儿，自己还会拿不出办法来赢得她们的心，不过要有钱替你撑腰！还是先让我把刚才没说完的话说完，好孩子。刚才说到人家雇我在那个小棚子里看羊，我得了笔钱，是东家临死时给我的（他本来也是和我一样出身的人），等到期满之后，我便自己去谋出路。我干什么，都是为了你。不论干什么，我总是说，‘我要不是为了他干，上帝让我不得好死！’事情干得顺利极了。我刚才告诉过你，我因此出了名。我东家留给我的钱，以及我自己头几年挣的钱，统统捎回国来交给贾格斯先生——全部给你用——他就根据我信上的要求，第一次上门去找你。”

唉，他要是一辈子不来找我有多好！我宁可他当年没有来找我，让我一辈子守在那打铁间里，纵然日子过得很不如意，可也总比现在快活！

“好孩子，你听我说，从那个时候起，我只要暗暗想到我是在培养一个上等人，心里就觉得出了一口气。有时我在街上散步，那些移民们骑着骏马从我身旁扬长而过，扬起的尘土撒得我满身都是，你猜我怎么说？我自言自语说：‘我正在培养一位了不得的上等人，你们休想比得上！’一听到他们当中有人议论我：‘这个家伙尽管交了好运，可是几年前还是个囚犯，现在也不过是个无知无识的大老粗。’你猜我怎么说？我心里暗暗说道：‘我虽然不是上等人，也没有一丝半点儿学问，可是我却拿得出一个有学问的人来。你们一个个都拿得出牲畜田地，可你们哪一个家里拿得出一个有教养的伦敦绅士？’就是这样，我撑持着过了过来。就是这样，我算是一直存着个指望，想总有一天可以回国看看我的孩子，让他知道我就是他的亲人。”

他把一只手搭在我肩上。我一想到这只手上说不定染着鲜血，就吓得发抖。

“匹普，要离开那个地方赶回来可真不容易啊，担着多大的风险啊。可是我并不泄气，愈是困难就愈是坚持，因为我早就拿定了主意，铁了心。最后我终于成功了。好孩子，我成功啦！”

我虽然想集中心思，可是脑子早已不听使唤了。只觉得自己与其说在听他说话，还不如说一直在听那风啸雨吼；即使到了此刻，风雨仍然喧嚣不绝，他则早已沉默不语，可是我依旧分辨不出哪是风雨声，哪是他的说话声。

过了一会儿，他问道："你打算把我安顿在什么地方？总得替我找个地方安顿下来呀，好孩子。"

我说："你是说睡觉吗？"

他答道："对。要睡个足，睡个畅。因为我在海上风吹浪打，一连颠簸了好几个月，疲倦极了。"

我从沙发上站起来说："和我同住的一位朋友没在家，你只好住在他房里。"

"他明天不会回来吧？"

我虽然使尽了劲，说出话来却依然像不用脑子一样："明天不会回来。"

他压低了嗓子，以严肃的神气用他那长长的手指抵着我的胸口，说："喂，好孩子，一定要小心啊。"

"你这话是什么意思？小心？"

"一个不留神就得死，不骗你！"

"为什么就得死？"

"我本来判的是终身放逐。回来就得处死。近几年来，逃回来的人太多，我如果被逮住，非得给绞死不可。"

这还不够我受么！这个可怜的人儿，连年来一直把他可怜的钱供给我使用，好似在我身上戴上了一副副金镣银铐，如今又冒着生命危险赶回来看我，把他的一条命都托付给了我！当时我如果不是厌恶他，而是热爱他，不是对他抱着极大的反感，见了他就吓得要逃，而是怀着极大的钦佩敬爱之情，去跟他亲近，那是肯定只有好处，绝不会有坏处的，因为那样一来，我自然而然就会掏出真心来保护他的安全了。

我当时想到的第一件事就是放下百叶窗，免得室内的灯光叫外面看见，然后又把各处的门关紧锁牢。我关门的时候，他正站在桌旁喝朗姆酒，吃饼干；看见他这副吃相，当年的逃犯在沼地上吃东西的情景，便又历历如在目前。我还只当他马上就要弯下身去锉开他的脚镣呢。

我走进赫伯尔特的卧室，关好门窗，堵塞了这间屋子到楼梯的一切通道，此后上楼下楼就都得经过我们刚才谈话的那间屋子。安排好以后，我问他是不是想安歇了。他说他想睡了，要我把我的"上等人的衬衣"拿一件给他，明天早上好换。我拿出一件替他放在床前，于是他又握住我的双手，和我道晚安，弄得我全身的血液又都冰凉了。

总算暂时摆脱了他，可是我自己也糊里糊涂，不知是怎么脱身的。我回到刚才说话的那间屋里重新添了火，在壁炉跟前坐下，哪里还敢去睡觉呢。独自一人坐了一个多钟头，脑子还是稀里糊涂，不听使唤；后来好容易定下心来，仔细一想，才完全明白我搭乘的这条命运之船已经触礁撞毁，我这一辈子算是完了。

原来郝薇香小姐对我的厚意，不过是我自己的一场春梦；她并没把艾丝黛拉许给我；我在沙堤斯庄屋里，只是白白地被人当作了工具，人家无非是利用我去刺刺那些贪婪的亲戚，在一时无人可以折磨的时候，利用我这个只能唯命是从的木头人儿，来试试自己的手段——一开始我想到这些，感到痛心。但是最使我刺心彻骨的痛苦却莫过于为了这个逃犯，我竟然抛弃了乔；我不知道这个逃犯犯的是什么罪，只知道他随时可能从我这套房间里被逮走，给绞死在“老寨子”的门口[①]。

如今，纵有天大的理由，我也再回不到乔那里去了，再回不到毕蒂那里去了，原因很简单：我自己知道干了丑事，对不起他们，即使拿得出什么可以回去的理由，也觉得没脸。世界上再圣明的贤人，也无法给我以他们的纯朴忠诚所能给我的安慰。可是要挽回我已经犯下的过错，那已是休想，休想，再也休想！

外面的每一阵狂风骤雨，仿佛都夹着追捕者的声音。我敢发誓，有两次我确确实实听到外面有人敲门，还夹着嘁嘁喳喳的细语声。心头压着这重重的恐惧，我也不知是想入非非呢，还是真的记起来了，我似乎觉得在这个人没来之前，我就已经见到了种种神秘的预兆。前几个星期，我就在街上遇到过好多和他面貌相似的人。他漂洋过海，离我愈近，和他面貌相似的人也愈多。我想，莫不是他那邪恶的魂灵用什么法儿打发这些信使先来向我的魂灵报信，而如今，他终于信守诺言，在这个风雨交加之夜赶到我这儿来了。

种种遐想纷至沓来，后来又浮起另一个想法——想起童年时

① “老寨子”即伦敦中央刑事法庭，已见前注。因其地与新门监狱相邻，故云。

代亲眼看见他是个不顾死活的凶狠汉子，亲耳听见那另一个逃犯一再数说他想要杀害自己，还亲眼看见他在水沟里和那另一个逃犯扭打，厉害得像野兽一样。这样回忆着回忆着，似乎看见壁炉的火光里隐隐约约出现了一个可怕的影子——在这样一个风雨肆虐、更深人静的夜里，和这样一个人住在一起，恐怕不大安全吧。那可怕的影子不断扩大，终于笼罩了整个房间，我再也坐不住了，只好拿起一支蜡烛，到隔壁屋里去瞧瞧我那个要命的包袱。

他头上扎着一块手绢，睡梦中的脸相铁板而阴沉。睡得很熟，也很安静，只是枕头上搁着一把手枪。我这才放了心，悄悄地把房门上的钥匙拔出来插在外边，反锁了门，才在炉边重新坐下。我慢慢睡着了，不知不觉从椅子上滑了下来，躺在地板上。梦中怎样也摆不脱我那苦恼的感觉；醒来时，东面教堂的钟正报五点，蜡烛点完了，炉火熄灭了，漆一般的夜色在凄风苦雨中显得更黑了。

匹普的远大前程第二阶段到此结束

第四十章

我一醒过来，马上就想到非得采取预防措施，尽我所能来保护我这位可怕的不速之客不可；也幸而这样，才算把别的种种心事都一股脑儿抛到九霄云外去了。

把他藏在家里，显然是不行的。一则办不到，二则这种做法反而难免要引起别人怀疑。我那个淘气鬼固然早就解雇了，却又雇用了一个眼睛红肿的老婆子，老婆子还带了个挺活灵的邋遢姑娘做下手，据她说，是她自己的侄女；要想锁住一间屋子瞒住她们两个，不让她们过问，那反而只有引起她们的好奇心，叫她们添油加酱张扬出去。这两个女人眼睛都不好，我早就认定这准是因为她们长年累月凑着人家钥匙孔张望的缘故；不需要她们干活的时候，她们却偏偏老待在跟前——其实这两个女人除了会东偷西摸以外，也只有这一点算是拿得准的。为了不让这些人疑神疑鬼，我决定当天上午索性向她们宣布，就说想不到我的伯父突然从乡下出来了。

我就这样打定了主意。当时我正在暗中摸索，想点个亮儿。摸来摸去摸不着，便想到邻近栅门口的守夜人那里去，请他带着灯笼来照一照。于是我就摸黑下楼，不防在楼梯上给什么东西绊了一下——其实这并不是什么东西，而是一个人蹲在墙角里。

我问那人在这里干什么，那人不吭一声，悄悄溜开了。我连奔带跑赶到守夜人的小屋里，再三央求他马上跟我去走一趟，路上把刚才那件怪事告诉了他。风势依旧很猛，我们生怕一不小心会把灯笼吹灭，所以也顾不上把楼梯上那几盏早已熄灭的路灯重新点亮，不过我们还是把整座楼梯从下到上仔细检查遍了，并没有发现什么人。我于是想到：莫非这个人溜进了我的房间不成？因此，我先就着守夜人的灯笼把蜡烛点着了，然后叫他守在房门口，我自己进屋去仔细检查了一遍，连那可怕的不速之客所睡的屋里也检查到了。屋里阒寂无声，哪里会有什么人闯进来呢。

我不由得心焦起来：这么说一定有暗探闯到这楼上来过，不早不晚偏偏在这天晚上！我递了一杯酒给守夜人，顺便就问他那个栅门里晚上有没有进来过什么宴罢晚归的人？我心想也许可以从他嘴里探听出什么情况，给我提供一个满意的解释。他回答说有，这天晚上先后进来过三个人。一个住在泉水坊，另外两个住在巷子里，他亲眼看见他们回自己家去的。同我合住这幢房子的目前只有一位房客，他已经到乡下去了好几个星期，那天晚上肯定没有回来，因为我们上楼时看见他的房门上还自己贴着封条。

守夜人喝完了酒，把酒杯递还给我，说道：“先生，今天晚上天气这么坏，从我那栅门进来的人少极了。除了我刚才说过的那三位先生之外，十一点钟光景有个陌生人来找过你，后来我就记不起有什么人来过。”

我含含混混说：“是啊，那是我伯父来了。”

“你见到他了吗，先生？”

“见到了。见到了。”

“和他一起来的那个人也见到了吗？”

我接口道：“还有个人和他一起来？”

守夜人答道：“我还以为那个人是和他一起的呢。你伯父停下来向我打听你住在哪儿，那个人也停了下来；你伯父往这边来，那个人也往这边来。”

“是个什么样的人？”

守夜人说没有看仔细，看模样像是个工人；据他记得，那人穿一身灰褐色的衣服，外面罩一件黑外套。守夜人没有把这件事看得像我心目中这样严重，这也是很自然的，我重视这件事自有我的特殊理由。

事已至此，再也用不着多问，我便赶紧把他打发走了。他一走，我把两方面的情况凑在一起想了一下，心里感到大为不安。这两个情况本来可以各不相涉，很容易分别解释明白的——比如说，有个什么人在亲友家或自己家吃得酒醉饭饱，他并没有在这个守夜人看管的栅门附近经过，而又走错了路，误走到我的楼梯上，在楼梯上睡着了，而我这位不知姓名的不速之客则可能是请了一个人来替他领路，等等；可是两个情况凑在一块儿，对我这样一个在几小时前刚经历了巨大变故的人来说，自然容易滋生疑虑，因此总觉得情况不妙。

我生起了火，炉火在暧昧的晨曦中暗淡无光，我在炉旁晃悠悠打起瞌睡来。醒时钟敲六点，却好似已经睡了整整一夜。一看还得过一个半钟头才得天亮，不禁又打起瞌睡来；这一回却是时时惊醒，忽而听见有人在我耳边絮絮叨叨尽说些没要紧的话，忽而又听得壁炉管子里风声如雷；最后呼呼大睡，一直睡到天光大亮方才猛然惊醒。

从昨夜直到现在，我始终还没有能够好好考虑一下自己的处境，眼前也还是无从考虑，因为我的心思想不到这上头来。我不但心灰意冷，痛苦万状，而且这心绪好似一团乱麻。要我为自己的前途做出任何打算，无异于瞎子摸象，不着边际。打开百叶窗朝外一看，只见风狂雨骤，晨光下一切都呈现出一片湿漉漉的铅灰色。我忽而从这间屋子踱到那间屋子，忽而又哆哆嗦嗦地在壁炉跟前坐下，等着洗衣妇上门。总之，这当儿我只想到自己是多么苦恼，却不知道为什么苦恼，也不知道苦恼已有多久，更不知道我这种想法是星期几有的，甚至都弄不明白这个苦恼的“我”究竟是什么人。

后来那个老妇人和她的侄女儿终于来了（侄女儿一头乱蓬蓬

的头发，手里拿着一把肮脏的扫帚，叫人简直分辨不出哪是她的头，哪是她的扫帚），一看见我坐在壁炉旁边，果然大为诧异。我告诉她们说，我的伯父昨天晚上从乡下来了，现在还熟睡未醒，早餐需要预备得讲究一点。然后就去盥洗更衣，让她们两个乒乒乓乓为我收拾家具，弄得满屋子全是灰尘；盥洗更衣完后，我就昏昏沉沉、恍恍惚惚地重新在壁炉跟前坐下，等他出来吃早饭。

不一会儿，他打开房门出来了。我实在看不惯他那副模样，觉得他白天里比晚上更难看。

他一坐上餐桌，我就低声对他说："还没向你请教过尊姓大名呢。我已经告诉人家，就说你是我的伯父。"

"好极了，孩子！就叫我伯父吧。"

"我想，你一路坐船来，总有个名字吧。"

"有的，好孩子。我用的名字是蒲骆威斯。"

"这个名字你打算一直用下去吗？"

"哦，用下去，好孩子，反正换不换都是一个样——除非你要我换个名字。"

我低声问他："你的真名实姓叫什么呢？"

他也低声回答道："马格韦契，教名叫作阿伯尔。"

"你本来是干什么行业的？"

"我本来是个连小毛虫也不如的人，好孩子。"

他回答得一本正经，好像"小毛虫"这个字眼也是一种职业的名称似的。

我说："你昨儿夜里来到寺区——"说到这里，我住了口，心里怀疑起来：这难道真是昨天晚上的事？似乎是好久好久以前的事啦。

"你说下去吧，好孩子。"

"你来到大门口向看门人问路的时候，有没有人跟你一块儿来？"

"有人跟我一块儿来？没有的事，好孩子。"

"当时大门口有什么人吗？"

他疑疑惑惑地说："我没有在意，这一带的路我不熟悉。不过好像倒是有个人跟着我进来的。"

"在伦敦会有人认得你吗？"

他说："但愿没有！"说着，用食指在自己脖子上使劲一抹，叫我看得既恼火，又作呕。

"从前在伦敦认识你的人多吗？"

"不太多，好孩子。我平日都住在乡下。"

"你是在伦敦——受——审的吗？"

他马上显出一副警惕的神情，说："你是说哪一次？"

"最近一次。"

他点点头。"我和贾格斯先生就是那样相识的。那一次正是贾格斯替我出庭辩护。"

我正要问他是为了什么罪名受审的，他忽然拿起餐刀来一挥，说道："我从前干的，罪已经抵了，苦也吃够了！"说完，又继续吃早餐。

他狼吞虎咽，吃相很不雅观，一举一动都显得那么粗鲁，那么贪馋，嘴巴吃得咂咂直响。跟他当年在沼地上吃东西的时候相比，他分明已经少了几颗牙齿；只见他嘴里老是翻来覆去嚼个没完，而且总是侧着脑袋，好用那几颗最完善的犬牙去啃，样子活像一条饿荒了的老狗。

我即使开饭时还想吃些东西，这会子胃口也早给他败光了，只能这样呆呆地坐着——我对他已经厌恶得不能再厌恶了，垂头丧气地只顾望着台布发怔。

他吃完以后，很客气地告了个罪，说道："好孩子，我这一顿饭吃得可够厉害的，不过我一向都是这个样儿。如果我不是身体这么好，吃得下东西，也就会少惹些麻烦了。我抽烟也抽得厉害。头一次在海外被人家雇去放羊，要不是有烟抽，只怕早就闷得发了疯，自己也变成一头羊了。"

说着，就从座位上站起来，伸手从粗厚呢上装的胸口衣袋里掏出一支短短的黑烟斗和一把所谓"黑人头"的散装烟草。他满满地装了一斗烟，把多余的烟草又放回口袋里，简直把自己的口袋当作了一个抽屉。然后从壁炉里钳起一块炭火，点着了烟斗，在炉前的地毯上转过身来，背对着炉火，又做出了他最喜爱的那个动作——伸出两只手来想要和我握手。

他握住我的双手，一上一下地晃动着，衔在嘴里的烟斗喷出袅袅的烟雾。他说："这就是我一手培养出来的上等人！好一个地地道道、货真价实的上等人啊！只要瞧瞧你，我心里就觉得快活，匹普！我对你什么要求都没有，只要站在一旁瞧瞧你就够了，好孩子！”

我赶快挣脱了他的手，觉得自己的心慢慢定了下来，终于想到自己的处境了。一听到他那粗嘎的说话声，一坐下来仰望着他那两鬓斑白、皱纹累累的秃脑袋，我就明白自己身上已经拴上了一副锁链，压上了一副重担！

“我绝不愿意看到我一手培养的上等人在泥泞的街道上走；绝不能让他的皮鞋上沾着烂泥。我培养的上等人一定要有自备的马儿，匹普！不但他自己要有马骑，有马车坐，他的仆人也得有车有马！难道能让国外那些移民有自备的马（都还是纯种良马呢，我的老天爷），而我培养的伦敦绅士倒反而没有马不成？不行，不行。我们一定要让他们明白，才不是那么回事呢。你说是不是，匹普？”

他从口袋里掏出一个又大又厚、鼓鼓囊囊装满钞票的皮夹子，扔在桌上。

“这皮夹子里面够你花上好一阵的，好孩子。这是你的。我挣来的一切都不属于我自己，而是属于你的。甭担心花光了，我攒下来的可还多着呢。我回到本国来，就是为了看看我培养的上等人花起钱来像个上等人的气派。那我才乐呢。我高兴的就是看你花钱。别人都是该死的混蛋！”他说到这里，向室内扫视了一下，指头叭的一声打出一个响亮的榧子，然后又继续说道：“没一个不是该死的混蛋，从那戴假发的法官算起，到那些骑着骏马扬起满天尘土的移民为止，个个都是混蛋！我要拿出一个上等人来让他们瞧瞧，我敢说他们那一伙统统加在一块儿，也比不上你呢！”

我又是恐惧又是厌恶，简直像发疯似的嚷道：“别说了！我有话和你讲。我要弄弄明白，下一步究竟该怎么办。我要弄弄明白，你的危险要怎样才能摆脱，你要住上多久，你有些什么打算。”

他把一只手搭在我胳膊上，突然换了一副温和的样子，说道：“慢着，匹普，你先别忙。我刚才一时忘了情，尽说些下流话儿；的确是这样——下流。你别忙，匹普。你别计较。我以后再也不说下流话了。”

我真要叫苦了，不过还是继续说下去：“最要紧的一件就是：有什么办法，可以不让人家认出你，抓住你？”

他仍旧用刚才的口吻说：“这不打紧，好孩子。最要紧的不是这个。最要紧的是我的下流。我花了这么多年工夫培养一个上等人，并不是不知道对上等人应当讲究礼貌。别忙，匹普。我下流；我实在下流。可别计较啊，好孩子。”

我看他这个人真是荒唐得可怕，心里觉得又好笑又好气，就回答道：“我早就不计较了。请你看在老天爷面上，别再老是提这件事了！”

可他还是哓哓不休地说：“是呀，不过你别忙。好孩子，我那么路远跳跳（迢迢）地赶来，并不是为了让你看我的下流相的。现在你说下去吧，好孩子。你刚才说到——”

“我是说，你既然眼前有危险，该怎样防备才好呢？”

“唔，好孩子，也没有什么大不了的危险。只要没人告发我，就不见得有什么了不得的危险。只有贾格斯、文米克和你三个人知道我回来了。另外还有谁能去告密呢？”

我说：“你走在街上，不会一个不凑巧，撞着什么熟人吗？”

他答道：“唔，那倒不大会。我总不见得会到报纸上去登个广告，说我马某从植物海湾[1]回来了；事情已经隔了这么许多年，谁还能从这里头捞到什么好处呢？你别忙，匹普。告诉你，哪怕危险比现在大上五十倍，我还是要赶回来看你的。”

“你要住多久呢？”

他突然从嘴里拿出黑烟斗，沉下脸来，圆睁两眼看着我说：“住多久？我不回去了。我来了就不回去了。”

我说：“你打算住在哪里？应当怎样安排你？你住在哪里才安全？”

他回答道：“好孩子，只要有钱，可以去买假头发，头发粉，眼镜，黑衣服，还有短裤，什么都能买到。靠了这种办法，平平安安没有出事的人多的是——人家能这样，我也能这样。至于说，我应当住在哪儿，应当怎样过日子，好孩子，我倒先要听听你的意见。”

我说：“你现在说得这样稀松平常，昨儿晚上干吗又讲得那么严重，赌神罚咒说给逮住了就只有死路一条呢？”

---

① 植物海湾：澳大利亚东岸一港口，位于悉尼之南，盛产各种植物，故名；历史上原为英国罪犯放逐地。

他把烟斗重新衔在嘴里，说道："我现在还是这么说：给逮住了只有死路一条，而且是被绞死，就在离这儿不远的大街上给绞死。这可不是说着玩的，你应当有充分的了解。事情已经到了这一步，又能怎么样呢？我人已经来了。回去吧，那也不会比留下来好——甚至还要糟糕。而且，匹普，我是为了你来的，我盼了多少年才算盼到了这一天。至于说冒险，我老实告诉你，我好比是一只饱经风霜的老鸟，从羽毛长全了的那一天起，各色各样的罗网陷阱都闯过来了，今天飞到一个稻草人身上停一停，难道反而害怕不成？如果死神就藏在这稻草人里边，那也只好随他了；他要扑出来就让他扑出来吧，我一定不逃不躲，算是服了他了，不过那也到时再说吧。现在还是让我再仔细看看我一手培养出来的上等人吧。"

于是又握住我的双手，像一个大财主欣赏自己的产业似的打量着我，嘴里叼着烟斗，好不踌躇满志。

我心里盘算，赫伯尔特两三天之内就要回来；我最好还是在附近给他租个冷僻的住处，赫伯尔特一回来就可以让他住过去。这件秘密还非得让赫伯尔特与闻不可，让他做个参谋，一块儿商量商量这个问题，说不定还可以给我减轻不少担子，这个道理在我看来是很明白的，可是蒲骆威斯先生（现在我决定这样称呼他）对此就不是那么容易想得明白了，他不肯马上答应让赫伯尔特参与其事，他一定要亲眼看过赫伯尔特的相貌，看得中意了，才能表示同意。他从口袋里掏出一本扣着扣子的、油腻腻的黑封皮《圣经》，说道："即使那样，好孩子，我们也应当先要他起誓。"

我要是说，这位可怕的恩主随身带了这本小黑书闯荡四方，仅仅是为了在紧急关头要人们凭着这个本本起誓，那我就未免有信口开河之嫌；不过有一点我敢断定，就是我从来没见过他拿这本书派过什么别的用场。那本小《圣经》，看来好像是从哪个法庭上偷来的——大概因为他知道这一段来历，而且以前自己曾经屡试不爽，因此深信这本书神通广大，谁要是一旦凭着它发了誓，就怎么也翻不出法律的天罗地网。他一拿出这本小书，我就想起多年以前他在墓地里逼着我发誓为他效忠的那一幕，还想起他昨天晚上说过，他在异国伶仃孤苦，老是对天发誓，非要实现自己的心愿不可。

现在他身上穿的是一套海员衣服，好像手里有一批鹦鹉和雪茄打算脱手似的；我接下去就和他商量，他穿什么服装好。他一力主张穿“短裤”，认为短裤有意想不到的伪装功用，而且他心目中早已为自己设计了一套服装，照此打扮起来的话，那就成了一个介乎乡区牧师和牙医师之间的人物。我费了好多唇舌，才说服他打扮成一个富裕农场主的模样；讲妥要他把头发剪短，在头上扑一点粉。最后还商定，既然我那个洗衣妇和她的侄女还没有见到他，那就别让她们看见，索性等换了装再和她们见面。

决定采取这些预防措施，看起来似乎很简单；可是就我当时的心情而言，姑且不说丧魂落魄，至少也是头晕目眩，所以一商量就商量了大半天，弄到下午两三点钟才得以去着手置办。临走时吩咐他关起门来守在房里，在我回来之前哪怕有天大的事也别开门。

据我所知，艾塞克斯街上有一幢很不错的寄宿舍，后门朝着寺区，从我的窗口简直可以一喊就应，于是我先去看房子，运气也真好，居然替我这位伯父蒲骆威斯先生租到了三楼的房间。然后又去跑了好多家铺子，购买各种必不可少的化装用品。办妥了这件事，又转身到小不列颠街去，这一趟可是为我自己的事了。到得那里，只见贾格斯先生正在伏案工作，他一看见我进去，立即站起身来，走到壁炉跟前。

他说："喂，匹普，要留神啊。"

我答道："错不了，先生。"我一路上早已把要说的话都考虑成熟了。

贾格斯先生说："别连累你自己，也别连累任何人。听好——任何人也不能连累。什么都不要告诉我，我什么也不想知道，我并不好奇。"

我当然一听就明白，他已经知道那个人来了。

我说："贾格斯先生，我只要您给我证实一下，有人对我说的一些话是不是事实。我并不疑心那是假话，不过我还是得对证一下。"

贾格斯先生点点头。"不过，你刚才是说有人'对你说'呢，还是有人'通知你说'？"他问我这话时，头侧在一旁，眼睛并不望着我，而是望着地板，显出一副凝神静听的神气。"如果是有人'对你说'的，那似乎表示你和那人当面谈过话。要知道，你是不可能和一个远在新南威尔士的人当面谈话的。"

"是通知我说的，贾格斯先生。"

“好极了。”

“有一个名叫阿伯尔·马格韦契的人通知我说，我那个一直没有透露身份的恩主就是他。”

贾格斯先生说：“就是那个人——他住在新南威尔士。”

我问：“我的恩主就只有他一个？”

贾格斯先生说：“就只有他一个。”

“先生，我并不是个蛮不讲理的人，绝不会把自己一向的错觉和荒唐的见解都推在您身上；不过我一向以为我的恩主是郝薇香小姐呢。”

贾格斯先生的一双眼睛冷冷地转到我身上，又咬了一下食指，回答道：“匹普，你说得对，这件事根本不能由我负责。”

我垂头丧气地申辩道：“可是，先生，从表面看来，却像得很呢。”

贾格斯先生一面摇头，一面撩起下摆，说道：“一丝一毫真凭实据都没有，匹普。凡事不能只看表面，要有凭有据才能作准。为人处世，这是头一条金科玉律。”

我默不作声，站了一会儿，叹息道：“我的话都说完了，我听说的事也都证实了，就谈到这里为止吧。”

贾格斯先生说：“马格韦契——新南威尔士的马格韦契，现在到底出面了，你也总该看明白了，匹普，我和你打交道，自始至终都是严格遵循实事求是的方针。一丝一毫也没有背离过这个严格的实事求是的方针。这一点你总该看得很明白了吧？”

“看明白了，先生。”

“马格韦契第一次写信给我——从新南威尔士写信给我，我就警告他——写信到新南威尔士警告他，叫他千万记住，我是绝不会背离这个严格的实事求是的方针的。我还警告过他另一件事。他有一次给我写信，隐隐约约露出了一点意思，似乎准备将来回英国来看看你。我警告他以后来信再别提这件事，他不可能得到宽赦，他已经判处了终身流放，一回国就构成重罪，非判处极刑不可。”说到这里，贾格斯先生紧紧地盯着我，“这一点我早就警告过马格韦契，我的信是写到新南威尔士的。他毫无问题是理会了我这个警告的。”

我说：“毫无问题。”

贾格斯先生依旧紧紧地盯着我，又继续说下去：“据文米克告诉我，他曾经收到过一封从朴次茅斯寄来的信，寄信人是个海外移民，名字叫蒲尔威斯，也可能叫——”

我提醒他说：“可能叫蒲骆威斯。”

“也可能叫蒲骆威斯——谢谢你，匹普。恐怕就是蒲骆威斯吧？你大概知道他叫蒲骆威斯吧？”

我说：“对。”

“你知道他叫蒲骆威斯。有个名叫蒲骆威斯的海外移民，他从朴次茅斯寄来一封信，替马格韦契打听你的详细地址。据我所知，文米克回信把你的地址告诉了他。新南威尔士那位马格韦契对你说明的这番情由，大概就是蒲骆威斯向你转达的吧？”

我答道:“是蒲骆威斯向我转达的。”

贾格斯先生向我伸出手来:“再见了,匹普。见到你很高兴。你如果写信寄给新南威尔士的马格韦契或是托蒲骆威斯捎信给他,劳驾你在信上提一笔,就说我们长期以来的来往账目和付款收据,马上连同余款一起送到你那里去;因为款子还有一点结余。再见,匹普!”

于是我们握手告别,他死死地盯着我,一直目送我到门口。走出房门时我回头一看,只见他依旧死死地盯着我,架子上那两座丑恶的头像似乎也想使劲撑开眼皮,它们那臃肿的喉头似乎还想使劲逼出一声呼喊:“啊,好厉害的家伙!”

文米克不在事务所里,他即便在这儿办公,也帮不了我的忙。我一径回到寺区,那吓人的蒲骆威斯倒也安然无恙,正在大喝兑水朗姆酒,大抽其“黑人头”。

第二天,定做的衣服都送来了,他一件一件穿上。可是我总觉得哪一件也不及他原来的衣着来得称身,这可使我泄了气。我心里想,他身上一定有个什么东西在作祟,因此,替他乔装改扮只是枉费心机。我愈是替他打扮,打扮得愈是卖力,他就愈像当年沼地上那个邋邋遢遢的逃犯。我在忧心忡忡之中所以会产生这种幻觉,原因之一无疑是因为他当年的相貌举止愈来愈清楚地浮现在我面前;我简直觉得,他挪动起腿来仍然拖拖沓沓,好似脚上还拴着脚镣一般,而且从头到脚连骨子里都带着囚犯的气息。

何况他孤零零一个人在小棚子里生活惯了,这方面也受了不少影响，身上带着几分野蛮人的习气，什么衣服穿上身都冲淡不了他这股子野气；这还不算，后来他和那些移民生活在一起，过的是一种打着罪犯烙印的日子，这方面也在他身上发生了影响，而最大的原因则莫过于他自己胆怯心虚，知道现在是在躲躲藏藏，见不得人。他的一举一动，无论是坐、立、饮、食，或是高耸着肩膀苦苦思索，或是掏出他那把角柄的大折刀来在裤腿上擦一擦然后切东西，或是把轻巧的玻璃酒杯和茶杯举到嘴边（简直就像举起笨重的金属器皿一般），或是切下一块面包在盆子里揩了一圈又一圈，把那一丁点儿残剩的肉汁吸干，仿佛是难得吃到这么一顿盛餐，一点一滴都不能糟蹋似的，连指头上沾着的汁水也都吸在那块面包上，然后才一口吞下肚去——他这种种举动，以及一日之间每时每刻的成千上百种其他无以名状的琐细举动，都叫人一眼就能看穿他是个罪犯、重囚、戴过脚镣手铐的家伙。

在头发上扑粉是他自己的主意，他答应不穿短裤，我才答应让他用粉。可是头上一扑了粉，那效果如果一定要拿什么来作比拟的话，恐怕只能勉强比作死人脸上擦胭脂，这样一来他身上本来要竭力加以掩盖的一切东西，反而都突破了这一层薄薄的伪装，统统集中暴露在他的头顶上，实在不堪入目。因此试过之后便立即作罢，只把他的斑斑白发剪短一些也就算了。

这个可怕的神秘人物，我当时对他的感觉实在一言难尽。晚上他在安乐椅上睡着了，一双盘筋屈结的手抓着椅子扶手，皱纹密布的秃脑袋垂在胸前，这时候我总是坐在一旁瞧着他，心里暗暗揣度他究竟犯了什么罪，我会把公堂上所能见到的一切罪名一条条往他头上套，于是愈想愈坐不住，真恨不得跳起身来，扔下他溜之大吉。我对他的厌恶一小时比一小时强烈，尽管他对我有过天大的恩典，为我冒了偌大的风险，当时要不是想到赫伯尔特马上就要回来，我看我说不定立刻就会受不了这种神魂不安的苦恼，按捺不住一时的冲动而一走了事。有一天晚上，我竟然还从床上一跃而起，穿上一套最破旧的衣服，慌慌张张打算丢下他，丢下我的一切身外之物，到印度当兵去。

更深人静，长夜漫漫，屋里寂寞凄清，窗外风雨不绝，即使遇到鬼魂，我看也不见得会比此情此景更可怕吧。鬼魂绝不可能为了我而被逮捕，被绞死，他倒是有这个可能，而且我还担心他一定会遭到这个下场——这样一想，就更害怕得厉害了。有时候他不睡觉，就拿出随身带来的一副破烂不堪的扑克牌，玩起一种很复杂的“排心思”牌戏来（这种牌戏我还是生平第一次见识，也没有再看见第二个人玩过），玩赢了就用折刀在桌子上划个记号；每逢他既不睡觉也不玩牌，他就吩咐我：“读点外文给我听听，好孩子！”我遵命朗读，他一个字也不懂，却站在壁炉跟前，俨然以一副展览会主办人打量展览品的神气打量着我；我用一只手挡着光，透过手指缝可以看见他打着哑剧的手势，似乎是叫室内的家具听我读得一口多么熟练的外文。想当年那位忽发奇想的学者亵渎神明，一手创造了那么一个奇丑无比的怪物，结果反被那个怪物缠住[①]，不过他当时的处境却也未必比我更惨，因为缠住我的这个怪物不是别人，恰恰是一手培植我的人——他愈是爱我，疼我，我就愈是讨厌他，愈是想要逃避他。

这样一路写来，自己也觉得，好像这种生活过了总有一年半载之久。其实那可不过是四五天的事。我天天都在等赫伯尔特回来，因此，除了天黑以后带蒲骆威斯出去透透空气以外，根本不敢出门。终于有一天黄昏，吃过饭，正当我累得睡着了的时候（因为我晚上总是心神不宁，噩梦颠倒，不能好好休息），忽然楼梯上响起一阵亲切的脚步声，把我从梦中惊醒。蒲骆威斯本也睡着了，听到我的响动，便摇摇晃晃爬了起来，转瞬就看见他那把折刀已经亮晃晃地拿在手里。

我连忙吩咐他："别大惊小怪！是赫伯尔特回来了！"赫伯尔特咚咚咚奔入室内，千里横越法国，带回来一股清新的空气。

"汉德尔，亲爱的朋友，你过得好吗？好吗？好吗？我这一走仿佛就走了整整一年似的！嗬，我大概当真走了一年了，否则你怎么这样消瘦，这样苍白！汉德尔，我的——哎哟！对不起，这一位是——？"

原来他正要奔过来和我握手，一看见蒲骆威斯，便立即站住。

---

① 此处借用雪莱夫人所著神怪小说《弗兰根斯坦因》的故事情节：日内瓦有位名叫弗兰根斯坦因的生理学家，善能赋予无生物以生命。有一次到贮尸所去拾了些死人骨头，拼集成一个有生命的怪物，这个怪物身材魁梧，体魄壮健，但状貌可憎，见之者莫不表示厌恶。他因此悲愤交集，迁怒于他的创造者，终于谋害了弗兰根斯坦因。

蒲骆威斯目不转睛地仔细瞧着他，慢悠悠地收起了刀子，在另一只口袋里掏摸什么东西。

赫伯尔特站在那里瞪着眼睛发怔，我连忙关了双扇门，说道："赫伯尔特，我的好朋友，你走之后，发生了一件非常离奇的事。这一位是——我的客人。"

蒲骆威斯手拿着那本扣着扣子的小黑书，走上前来，对赫伯尔特说："别慌，好孩子！用你的右手拿着这本书发个誓：假使你走漏一点风声，上帝马上天打雷劈了你！吻一吻这本书！"

我对赫伯尔特说："你就照他的意思做吧。"赫伯尔特以友好中透着惊惶不安的眼光望了望我，就照办了，于是蒲骆威斯马上就来和他握手，并且说："要知道，现在你发过誓啦。以后匹普要是不把你造就成一个上等人，你就骂我大骗子好啦！"

第四十一章

我们三个人在壁炉前面坐下，我把全部秘密向赫伯尔特仔细说了一遍；赫伯尔特当时的惊惶不安，我也不必赘述。我只消说这样两点就够了，就是，看了赫伯尔特脸上的表情，也就等于看见了我自己的心情；我对于这个待我如此恩厚的人所抱的反感，在赫伯尔特脸上也可以明明白白看到。

这人听我谈起这一番经历，很是扬扬得意——纵使我和赫伯尔特两个人跟他之间没有什么别的隔阂，光凭这一点也就足以造成隔阂了。他老是想到自己回国以后曾有一次说话“下流”，为此一再表白，招人讨厌（我话音刚落，他就向赫伯尔特谈起这件事来了），可是他哪里想得到我交上了好运还会不乐意呢。他夸耀他一手把我培养成上等人，特地赶回来亲眼看看我如何倚靠他巨大的资财来维持上等人的身份——这一半固然是为他自己夸口，一半也是为我夸口。他心里一定有个想法，深信不疑：认为这种夸口对我们双方都极其体面，我也一定会跟他一样引以自豪。

他谈论了一阵子之后，又对赫伯尔特说："不过，匹普的朋友，你听着，我很明白我刚一回来，有那么半分钟的工夫，我的话说得很下流。我当时就对匹普说过，我知道我自己一向下流。不过你不必为了这个问题发愁。我把匹普培养成一个上等人，匹普又要把你培养成一个上等人，那我就不会不知道应当怎样对待你们两个人。好孩子，还有你，匹普的朋友，你们两个尽管放心，今后我会经常戴上一个文雅的口罩，不随便乱说话。自从我在那半分钟里面一个不留神说了那些下流话，我就戴上了口罩，现在还戴着，以后一定还要戴下去。"

赫伯尔特嘴上应了一声"是"，脸上可并没有因此而显得宽慰，依旧是惶惑不安，惊慌万状。我们都巴不得他快些到他自己的住处去，让我们两个自在一下。可是他显然有些妒意，不肯轻易让我们两个自在，一直坐到很晚才告辞。半夜过后，我才绕道送他到艾塞克斯街，看着他平安无事地踏进了自己黑洞洞的房门。看他关了房门，我才算暂时松了口气；从他那天晚上来到我这里之后，我还是第一次松口气呢。

可是我心里总难免惴惴不安地想起楼梯上的那个人，因此每天天黑以后，带着我的客人走进走出，总要向四周张望一番，这一次也少不得张望一番。虽说住在大城市里的人，只要自以为有受人监视之虞，那就难免一举一动都要怀疑有人在暗中监视你，可我却并不认为附近有什么人在注意我的行动。路上行人寥寥可数，都在各赶各的路，我回到寺区时，街上一个人也没有。我们两个出大门时，没有一个人跟着我们出去，我一个人回来时，也没有人跟着我进来。经过喷水池，看见他卧室的后窗口已经点了灯，既明亮又安静；我在自己住宅的门洞子里站了几分钟，花园坊一带阒寂无声；上得楼来，楼梯上也一样阒寂无声。

赫伯尔特张开了胳膊来欢迎我，我生平第一次深深领略到，人生在世，有个朋友是何等的福气。他说了几句颇有见地的话，向我表示了同情和鼓励之意，然后我们便坐下来一同考虑问题：眼前的事该怎么办？

蒲骆威斯坐过的那张椅子依旧放在原来的地方——因为他过惯了班房生活，老是那样守着一个地方，老是那样心神不定，老是要把烟斗呀、“黑人头”呀、折刀呀、扑克牌呀等等都掏出来那样摆弄一通，好像是给他规定好的功课似的——且说他坐的那张椅子依旧放在原处，赫伯尔特无意中坐了上去，可是马上就跳了起来，一把推开，另外换了一张。这么一来，他也无须再用言语来表明他厌恶我这位恩人，我也无须再向他吐露我的心曲。我们不用说半句话，就都心照不宣了。

赫伯尔特在另一张椅子上坐定之后，我对他说：“怎么办呢？”

赫伯尔特用手托住脑袋，说道：“我的可怜的、亲爱的汉德尔，我已经给吓呆了，脑子也转不动了。”

“赫伯尔特，我开头遭到这个晴天霹雳，也和你一样。不过，总还得想个法子才是。他现在一心一意要想出种种新花样来摆阔呢——买坐骑呀，买马车呀，凡是阔绰的排场，他样样都要。得想个法子挡他一挡才好。”

“你的意思是说你不能接受——”

赫伯尔特顿了一顿没有说下去，我连忙接口说：“我怎么能接受？你想一想他是个什么样的人！瞧瞧他那副模样！”

我们两个人都情不自禁地打了个寒战。

“赫伯尔特，我倒是担心他已经对我有了感情，很强烈的感情，这件事有多么可怕！我怎么会这样倒霉啊！”

赫伯尔特又叫了一声：“我的可怜的、亲爱的汉德尔！”

我说：“况且，即使我现在马上煞车，再也不拿他一文钱，你想想我已经欠了他多少！再说，我负的债可重了——对我来说，已经重得了不得，因为遗产已经没有指望了——而且我又没有好好学过一门行当，什么事也干不了。”

赫伯尔特劝我说：“得啦，得啦，得啦！这种话再也别说了。”

“我能干什么呢？我看只有一件事干得了，那就是去当兵。亲爱的赫伯尔特，要不是想到你的友谊和情分，要等你回来商量，那我早就走了。”

说到这里，我当然不免失声而哭，赫伯尔特当然也只好紧紧握住我的手表示同情，只装没有看见。

过了一会儿他说："亲爱的汉德尔，当兵是无论如何不行的。如果你今后拒绝他做你的恩主，再也不要他给你好处，那么你大概多少还有个打算，准备将来有朝一日要偿还他以前给你的好处吧。如果你去当兵，这种指望就不大了。何况这种想法也很荒唐。克拉瑞柯公司虽小，到那边去干点差事总比当兵要强不知多少倍。你知道，我正在想办法入股呢。"

可怜的家伙！他做梦也没想到他是拿谁的钱入股的！

赫伯尔特又说："不过还有个问题，这个人无知无识，一味死心眼儿，他的主意早就拿定了。不光是这样，据我看（也许我看错了），他还是个不顾死活的凶暴性子。"

我说："这我也知道，我亲眼见过一件事就可以做证，我来说给你听。"说着就把刚才没有提到的一件事，就是那人当年和另一个逃犯的一场搏斗，一五一十告诉了他。

赫伯尔特说："可见得你自己也不是不明白。你想一想吧！他冒着生命的危险赶到这里，就是为了实现他早就拿定了的主意。历尽千辛万苦，盼了那么多年，好容易实现了自己的愿望，你却马上就来拆他的台，打破了他的计划，使他白手挣得的家私顿时一无用处，你倒想想看：弄得他一灰心，他什么事做不出来？"

"这我倒是看得明白，赫伯尔特；自从那个不祥的晚上他来到这儿以后，我做梦也一直想到这件事。我心里一直比什么都明白，他要是把心一横，说不定会投案自首的。"

赫伯尔特说："那么，你等着瞧吧，弄得不好他就会这样。因为他有这一手，所以他在英国一天，就能控制你一天；万一你抛弃他，他就会不管三七二十一，给你来这一手。”

这种顾虑本来就一直压在我的心头，给他这样一说，我更是如同雷轰头顶；假如有一天这种想法成了事实，说起来我岂不就成了杀害他的凶手？我愈想愈怕，在椅子里再也坐不安生，就站起身来，在屋里踱来踱去。我对赫伯尔特说，即使蒲骆威斯不是自投罗网，而是偶然被人认了出来，给逮走了，罪不在我，我还是会觉得祸由我起，而要苦恼一辈子。对，要苦恼一辈子——可是要知道，为了帮他躲开法网，把他留在身边，我已经是够苦恼的了，我宁愿一辈子在铁匠铺里干活，也不愿落到眼前这步田地！

不过，老嚷嚷解绝不了问题：到底该怎么办呢？

赫伯尔特说：“眼前的当务之急就是要设法把他弄出英国。你得跟他一块儿走，那样他也许就肯走了。”

“可是，不管我把他弄到什么地方去，我能拉住他不让他回来吗？”

“我的好心的汉德尔，事情是再明显不过的：隔壁一条街上就是新门监狱，你如果要在这儿向他透露自己的心意，恼得他一时性起，岂不是比在其他地方都危险得多吗？照我看，你要是能够拿那另一个逃犯做借口，或是在他生平经历中另外找件事做借口，来把他打发走，那就得趁早下手。”

我收住脚步，站在赫伯尔特面前，双手一摊，好似这一摊就把我对这件事一筹莫展的底牌都摊给他看了似的。我说：“瞧你又来啦！我对于他的生平经历一无所知。每天夜晚看着这样一个人坐在我面前，我简直要发疯啊——我一生的走运倒霉都和他扭成了一股解不开的结，其实我和他却完全是陌路人，要说有什么纠葛，无非是这个倒霉的可怜虫在我童年时代整整吓了我两天！”

赫伯尔特站了起来，挽着我的胳膊，两个人一起踱来踱去，眼睛盯着地毯。

赫伯尔特忽然站住了说：“汉德尔，你真的拿定主意再也不要他给你的好处了吗？”

“百分之百拿定了。假使你处在我的地位，你也会拿定了主意的，是不是？”

“那么你也拿定了主意，非要跟他一刀两断不可喽？”

“赫伯尔特，这还用问吗？”

“我说呀，他为你冒了生命的危险赶到这儿，他这条命你不怜惜也得怜惜，只要有可能搭救他这条命，你就非得搭救不可。因此，你不能先考虑摆脱自己的干系，你得先把他送出英国。一旦人送出了国，就千万得摆脱自己的干系。亲爱的老朋友，到那时我们再商量个办法吧。”

虽然只谈出了这么一点小小的结果，我们却就握起手来，表示一言为定，然后又继续来回踱步，好不快慰。

我说：“赫伯尔特，咱们先来谈谈怎样了解他的身世吧。我看只有一个办法——我开门见山问他。”

赫伯尔特说：“对，那就明天吃早饭的时候问他。”原来蒲骆威斯和赫伯尔特告别时，说过明天要来和我们一起吃早饭的。

商议停当，我们便上床睡觉。这一夜我为他做了好多荒唐透顶的梦，醒来时精神颓唐不堪，连昨儿晚上已经打消了的疑虑也重又袭上心头——我还是唯恐有人发觉他是个潜逃回来的流放犯。只要我醒着，这种顾虑便始终萦回在我心头。

第二天他果然准时前来，掏出了他那把折刀，坐下来用早餐。他有一肚子的打算，要使他一手培养出来的上等人“阔气阔气，真正像个上等人的样子”，催促我赶快动用他交给我的那一皮夹子的钱。他还认为这套房间和他自己的住处都只能暂时住住，再三要我在海德公园附近找个“像样的窝儿”，让他在里面“搭张铺”。他刚一吃完早饭，就在腿上擦他那把折刀，我便利用这个机会，直截了当对他说：

“昨天晚上你走了之后，我和我的朋友谈起，那一年我跟着一队官兵赶到沼地上，看见你正在和人扭打，你还记得那件事吗？”

他说：“记得！当然记得！”

“我们想要了解一点那个人的情况——也想了解一点你的情况。说来奇怪，关于你们两个人的事，特别是关于你的事，我知道得实在不多，昨天晚上对我的朋友三言两语就都说完了。你能不能趁这个机会讲点给我们听听呢？”

他考虑了半晌，说：“好吧！匹普的朋友，反正你已经发过誓了，是不是？”

赫伯尔特答道：“当然！”

他紧逼着说："要知道，不论我说了什么，你都得遵守你的誓言。"

"我明白。"

他又紧逼着说："请你注意！我以前所做的事，罪都已经抵了，苦也吃够了。"

"好吧。"

他掏出黑烟斗，正打算把"黑人头"往烟斗里装，忽然望望手里这一团乱七八糟的烟草，似乎唯恐打乱了他叙述的线索，便连忙收起烟草，把烟斗插在外套的一个纽扣洞里，双手搁在两边膝盖上，以愤懑的眼光向壁炉默默地瞅了几分钟，这才转过眼来看着我们，说出了下面这一段身世。

第四十二章

“亲爱的匹普和匹普的朋友：我来给你们讲我自己的身世，这段身世既不像一支歌那样动听，也不像一本小说书那样有趣。我只要编两句顺口溜，简单明了，你们一听就明白。进了班房出班房，出了班房进班房，进不完的班房，出不完的班房。这样一说，你们总该明白了吧。这几句话就足够说明我的前半段身世，后来我就和匹普交上了朋友，再后来就被押上了船送到海外去。

“我什么刑罚都受够了，只除了没受绞刑。有时候他们把我当作宝贝似的锁了起来，有时候又把我一会儿运到东，一会儿运到西，一会儿运出这座城市，一会儿运出那座城市，让我戴着足枷，又是鞭打，又是折磨，撵来赶去。我出生在什么地方，甭说你们不知道，连我自己也一样不知道。我只记得自己最早是在艾塞克斯一个什么地方，为了活命偷萝卜吃。因为有个人——是个男人——是个补锅匠，他丢下了我，只顾自己带着炉子走了，撇下我挨冷受冻。

“我知道我自己姓马格韦契，教名是阿伯尔。我是怎么知道的呢？这就好比我知道树上的鸟儿叫什么名儿一样：这种叫作燕雀，那种叫作麻雀，还有一种叫作画眉。我本来倒有点疑心，心想这些怕都是胡诌，不过既然鸟儿的名字算是叫对了，我想我的名字总也不会有错吧。

“据我知道，小阿伯尔·马格韦契身上没穿，肚里没吃，没有一个人见了他不怕，不是撵走，就是逮住。这样逮呀，逮呀，逮呀，逮来逮去，我也就慢慢地给逮大了。

“事情就是这样，我从小弄得破破烂烂，再可怜也没有了（我倒没有照过镜子，我到过的人家很少有镜子），可是我也从小就是个出名的老手了。有人来探监，监狱里的人总是特别把我指出来给人家看，对他们说：‘这孩子是个老手，可厉害了，他简直是在班房里长大的。’说着他们对我望望，我也对他们望望；他们有的来打量打量我的脑袋（其实他们还不如来打量打量我的肚子），有的递给我一些我读不懂的小册子，对我讲一些我听不懂的话。他们总还要唠唠叨叨劝我不要上魔鬼的当什么的。可是魔鬼和我屁相干？我总得有点儿什么吃的来填饱我的肚子，是不是？——哎哟，我又说起下流话儿来了，和上等人说话得有个体统。亲爱的匹普和匹普的朋友，你们放心，我再也不说下流话了。

“我一辈子流浪，讨饭，做贼，能干活的时候也干干活（你们可别以为这种活经常有得干，你们可以问问你们自己——假使你们是老板，是不是那么愿意把活儿给我干呢），有时偷偷闯进人家的私地去捕鱼打猎，有时也帮人家打打短工啊，赶赶车啊，翻晒翻晒干草啊，做做叫卖小贩啊，干的都是些赚不到钱、只会招麻烦的活儿，我就是这样长大成人的。有家小客店里来了个逃兵，从头到脚裹着一身破烂，他教我认字。还有个走江湖的巨人，收一个便士便给人签个名，他教我写字。那一阵子我比从前坐牢坐得少些了；不过，开牢门的那把钥匙给磨得那么精光稀瘦，还是有我大大的一份功劳在里面哩。

“大约在二十多年前，我在艾普桑赛马场认识了一个人——这个恶鬼要是哪一天让我撞着了，我非得抡起这根拨火棍来，像敲虾螯一样把他的脑袋敲个粉碎不可。他的真名字叫作康佩生；好孩子，我昨天晚上走了以后，你跟你朋友说起我当年在水沟里痛打的那个人，正就是他。

“这个康佩生，他摆出一副上等人的架子，他进过公立寄宿学校，有文化，油嘴滑舌，谈起来头头是道，摆起上等人的架势来是个呱呱叫的能手。人也长得不难看。大赛马的前一天晚上，我在荒原上一家我常去的小酒馆里遇见了他。我进门的当儿，他和几个伙伴正坐在店堂里，店老板（店老板认识我，这个人倒是挺不错的）喊了他一声，对他说：‘我看这个人也许倒能中你的意。’——他这是说的我。

“康佩生细细地瞅了我半晌，我也瞅了瞅他。他身上挂着个表，别着胸针，手上戴着戒指，一身衣服好不漂亮。

“康佩生对我说：‘看你的气色，大概运气不好吧。’

“‘是啊，先生，我的运气从来没有怎么好过。’（当时我刚为了流浪罪坐过金斯顿监狱，刑满释放未久。当然，不为这个罪，也会为别的罪坐牢，不过那一次倒不是为了别的罪名。）

“康佩生说：‘时来运转啊，说不定你的运气就要来了。’

“我说：‘但愿如此。看机会吧。’

“康佩生说：‘你能干什么呢？’

“我说：‘如果你愿意养活我，吃喝总是会的。’

“康佩生哈哈大笑，又细细地望了我一眼，给了我五个先令，约我第二天晚上在老地方见面。

“第二天晚上我到老地方去找康佩生，康佩生要我做他的帮手和合伙人。康佩生要我合伙干的是什么行当呢？康佩生惯干的行当就是诈骗，伪造字据，把盗窃来的钞票设法出笼，等等，等等。凡是康佩生那颗脑袋所能想得出来的种种阴谋诡计，只要他自己不受牵连而能捞到好处，让别人代他受过，他没有一样不干。他的心像铁锉一样硬，他的人像死尸一样冷，他的心思就像刚才说到的魔鬼一样恶毒。

“康佩生有个伙伴，人家管他叫阿瑟尔——这并不是他的教

名，不过是个绰号[1]。阿瑟尔有痨病，看上去简直像个鬼。早先那几年，他和康佩生一块儿使坏心眼儿骗了一个有钱的小姐，捞到了好大一笔钱；可是钱都给康佩生赛马赌钱输光了；那样花法，哪怕皇家的国库交在他手上，他也得花个精光。因此阿瑟尔却是一天比一天病重，一天比一天穷，况且又得了酒疯[2]，倒是康佩生的老婆（她三天两天要挨康佩生的拳打脚踢）能怜惜他总是怜惜他，而康佩生本人对任何人、任何东西，都没有半点怜惜。

“我本当可以从阿瑟尔身上吸取教训，可惜我没有吸取教训；老实说，我也不大在乎——我何必要在你们面前装假呢，我的好孩子和孩子的朋友啊？于是我就待在康佩生那里，成了一件听他摆布的、可怜的工具。阿瑟尔住在康佩生家里的顶楼上（那地方离开勃伦特福尔德很近），他的膳费、宿费，康佩生都给他一笔不漏地记着，万一他病好了，就可以要他干活抵债。但是阿瑟尔很快就把这笔债还清了。我第二次还是第三次看见他，是在一天深夜里，他从顶楼上发了疯似的咚咚咚奔到康佩生楼下的客厅里，身上只穿一件法兰绒的长袍，满头大汗，浸得他的头发就像从水里捞起来似的，他对康佩生的老婆说：‘莎莉，我不骗你，那个女人这会儿正在楼上和我纠缠不清，我甩也甩不掉她。她穿着一身白衣，头上插着白花，气得没命似的，胳膊上搭着块裹尸布，说是明天一大早五点钟就要给我裹起来。’

① 阿瑟尔原是英国“圆桌骑士”等传奇故事中的人物（又译亚德王）。
② 因饮酒过度，慢性酒精中毒而致的精神错乱症，即所谓震颤性谵妄。

“康佩生说：‘你这个傻瓜，你难道不知道那个女人还活着吗？她既没有从门口里走进来，也没有从窗口里爬进来，更没有上楼，怎么能到你楼上来呢？’

“阿瑟尔神志昏乱，遍体发抖，说道：‘我也不知道她是怎么来的，可是她的确是站在我床脚跟前的那个角落里，气得没命似的。她的心都碎了——是你撕碎的！——胸前鲜血滴滴答答流个没完。’

“康佩生虽然嘴上说得很凶，骨子里却是个胆小鬼。他对他的老婆说：‘你把这个一把眼泪一把鼻涕的病人送上楼去。还有你，马格韦契，你给她帮个忙好不好？’可是他自己却从来没有挨近过一步。

“于是康佩生的老婆和我两个人就把他扶上楼去重新睡下，他疯话连篇，只管嚷嚷：‘哎唷，你们瞧她啊！她抖开了裹尸布要往我身上盖啊！你们没看见她吗？瞧她那双眼睛！她那副气疯疯的样子不叫人害怕吗？’接下去又喊道：‘她要把裹尸布盖到我身上，那我就完蛋啦！快把她手里那玩意儿夺下来，夺下来！’喊着就一把抓住我们不放，一会儿和她说几句，一会儿又向她答几句，闹得我也半信半疑起来，仿佛也看见了那么个女人似的。

“康佩生的老婆已经看惯了他这一套，便给他喝了点酒，让他清醒清醒，他才渐渐安定下来，说：‘哦，她走啦！是不是那个看管她的人来把她领回去啦？’康佩生的老婆说：‘是的。’‘你有没有关照他把她锁好关好？’‘关照过了。’‘有没有关照他把她手里那个吓人的玩意儿夺下来？’‘关照过了，关照过了，错不了。’于是他又说：‘你真是个好人，你千万千万别离开我呀，我求求你！’

“他这才安安静静睡着了，睡到快五点钟光景，又是怪叫一声跳了起来，嚷道：‘她来啦！她又带着裹尸布来啦！她把裹尸布抖开来啦。她从墙角里走过来啦。她来到床跟前啦。你们两个快快抱住我——一边一个——别让她的裹尸布碰到我身上。哈哈！这回她没碰着！别让她从我肩膀上罩下来啊。别让她把我拖起来裹啊。她把我拖起来啦。快把我朝下按啊！’接着，他身子使劲向上一拱，就断了气了。

“康佩生完全不当一回事，反而认为他死得好，对双方都好。他和我两个人马上就忙得不可开交，他做的第一件事（他一向是个大滑头）就是要我拿着我自己的《圣经》发誓——好孩子，这正就是我要你的朋友拿在手里发誓的这本小黑书。

“至于康佩生出主意、我经手办的那些事情，我就不必一件一件细说了——花上一个礼拜的工夫还说不完呢——亲爱的匹普和匹普的朋友，简简单单一句话，我完全落进了那个人的罗网，简直成了他的黑奴。我老是欠他的债，老是受他的摆布，老是替他卖命干活，老是上刀山下火海。他比我年纪小，可是有鬼聪明，有学问，比我要强上百倍千倍，而且心又狠。那会子我的女人正闹得我焦头烂额——这且别提吧！我不想牵扯到她——”

他慌慌张张环顾了一下四周，仿佛这一段往事一下子不知讲到什么地方去了似的；过了一阵才转过脸来对着壁炉，一双手摊得更大，搁在膝盖上，拿开了又放下去。

他又环顾了一下四周，这才继续说下去：“不必细说了，千句并一句，反正和康佩生搞在一起的那段时期，可以说是我一辈子里最难熬的时期。别的也就不用说了。我刚才有没有告诉你们：我和康佩生搞在一起的时候，为了一点不大的罪名，我还一个人受过审？”

我回答道，他并没有说起过。

他说：“那就听我说吧。我受了审，还判了罪。至于为了一点嫌疑而被捕，这四五年里面总还有两三次，幸而都证据不足。到最后，康佩生和我两个人都犯了重罪——罪名是盗窃货币投入市场，另外还有好几款罪名。康佩生对我说：‘各管各找律师辩护，不要再联系。’他就只说了这么一句话，别的都不提。我那时候穷得好不可怜，把所有的衣服都卖光了，只留下身上穿的，这才请到贾格斯出庭为我辩护。

“我们给押上法庭的时候，我一看，康佩生打扮得多么像个上等人啊，鬈头发，一身黑衣服，雪白的手绢；再看看我自己，好一个低三下四的可怜虫。开庭的时候，先简要举出一些罪证，我一看就明白他们有意要把责任都推在我身上，存心要为他开脱。后来见证人出庭，总是把我说成为首的主犯，而且还赌咒发誓，一口咬定说，银钱没有一次不是交到我手里的，坏事没有一次不是我主谋的，好处都上了我的腰包。后来由被告律师辩护，我更加看透了这个阴谋。康佩生请来的那个律师说：‘法官大人，诸位先生，现在并排站在诸位面前的这两个人，你们一眼就看得出完全是两种人；一个年纪轻些，受过良好的教养，对待他应当考虑到他这种身份；另一个年纪大些，没有受过良好的教养，对待他也应当考虑到他那种身份；这年轻的一个，同这些勾当简直看不出有什么牵连，无非是有点嫌疑而已；那年纪大些的一个可就两样了，他同这些勾当牵连很大，罪行确凿不移。这两个人里面，如果有一个人犯罪，犯罪的是哪一个？如果两个人都犯了罪，哪一个罪重？这难道还有什么可怀疑的？’他讲的尽是这一类的话。说到我们两个的人品，那康佩生上过学，他的同学不是在这儿做官，就是在那儿得意，那些见证人跟他都是什么俱乐部和社团里的老相识，谁会说他的坏话？可是我呢，以前就受过审，不论走到哪里，从监狱到拘留所，哪一个不认识我？讲到我们的谈吐，那康佩生和他们说起话来，动不动就低下头来，用白手绢捂着脸，话里头还夹一些诗句——可我呢，只能老老实实对他们说：‘诸位先生，我旁边的这个人是个十足的大流氓！’陪审团裁决下来的时候，果然建议对康佩生从宽发落，理由是，他名声尚好，只可惜交了坏朋友，学坏了，而且他还能尽力提供材料检举揭发我；可我呢，除了说我有罪以外，他们哪还有一句话？我当场对康佩生说：‘出了这个法庭，我非得打烂你这张嘴脸不可！’康佩生马上要求法官保护他，于是法官派了两个监守把我们两个人隔开。判决书下来，他只判了七年徒刑，我倒判了十四年；法官还对他表示惋惜，说他本来很有前程，我呢，法官却把我看作一个穷凶极恶的积贼惯犯，说我只会愈变愈坏。”

他说着说着，愈说愈气恼，好在还能强自克制，呼哧呼哧喘了两三口气，又咽了两三口唾沫，便伸过手来握住我的手，好像叫我放心似的，对我说道："我再也不会下流了，好孩子！"

他实在激动得太厉害，竟然掏出手绢，在脸上、头上、脖子上和手上擦了个遍，然后才继续说下去：

"我对康佩生说过，非打烂他那张嘴脸不可；我对天发誓，我要是不打烂他的脸，就叫上帝打烂我的脸。我和他关在一条水牢船上，我想尽办法要去揍他，可是好久一直没法下手。后来总算有一次，我摸到他背后，朝他腮帮子上一拳头打过去，候他回过头来，又对准他脸上狠命的一拳，就在这时候让人看见了，我就被逮住了关进黑房。那条船上的黑房，对一个住惯了黑房，又会游泳潜水的人来说，实在没啥了不起。我越狱逃上了岸，躲在一片墓地里，正在羡慕地下那些一了百了的死人的当儿，我就第一次看见了你，我的孩子！"

他以满含深情的目光望了我一眼；我本来倒已经很同情他，给他这一望，差点儿又厌恶起他来了。

"我的孩子，我当时从你的话里知道康佩生也到了那片沼地上。我敢说，他当时并不知道我逃上了岸，他多半是因为被我打怕了，要甩掉我才逃走的。我终于把他找着了，把他的脸打得稀烂。我跟他说：'我一不做二不休，拼了自己的命不要，也要把你拖回到水牢船上去。'老实说，当时要不是来了官兵的话，我就一把揪着他的头发游到水牢船上去了。我能把他弄上船，哪里用得着官兵帮忙。

“结果当然又是他占尽了便宜——他的名声好嘛！他说他挨了我打，见我存心要杀害他，他吓得疯疯癫癫，因此才逃走的。这样一说，他的处分自然就轻了。我却给戴上手铐脚镣，重新受审，判处终身流放。可是，亲爱的匹普和匹普的朋友，我既然到了这儿，也就不会流放一辈子了。”

他又像刚才那样用手绢擦了擦汗，然后从口袋里慢慢掏出一团乱麻似的烟草，从纽扣洞里取下烟斗，慢吞吞地装上一斗烟，抽了起来。

沉默了一阵，我问道：“他死了吗？”

“谁死了，好孩子？”

“康佩生啊。”

他透出了凶狠的神气，说道：“他要是活着的话，恨不得我死了才好呢。可我从那以后就没有听到过他的下落。”

赫伯尔特用铅笔在一本书的封皮里边写了些什么。他趁蒲骆威斯站在炉边、只顾望着炉火抽烟的当儿，把书轻轻推到我跟前，我一看，写的是这样几行字：

“郝薇香小姐的弟弟就叫作阿瑟尔。康佩生就是郝薇香小姐当年的那个所谓情人。”

我阖上了书，向赫伯尔特微微点了点头，把书放过一旁；我们谁也没说一句话，只是看着蒲骆威斯站在炉边抽烟。

第四十三章

我何必停下手来扪心自问，我那样怕和蒲骆威斯亲近，到底有几分是由于艾丝黛拉的缘故？我何必徘徊瞻顾，思前比后，想当初参观新门监狱出来，要拼命去掉身上的污垢浊气，才去驿站迎接艾丝黛拉，如今又觉得傲慢美丽的艾丝黛拉和潜逃回国窝藏我处的那个流放犯，竟有天渊之隔？何必多想这些呢？道路不会因此而平坦，结局不会因此而美满；他不会因此而获救，我也不会因此而脱罪。

听他叙述了这一番身世遭遇，我心里又产生了一种新的恐惧——说得更确切些，听了他这番叙述，我本来的恐惧便变得格外鲜明、格外具体了。万一康佩生还活着，发现他回来了，后果如何是无可怀疑的。康佩生怕他怕得要死，这一层，他们两个当事人反而还没有我清楚呢；康佩生既是像他所说的那种人，当然会去向官府告密，不担一点风险，就把这个日夜担心的死对头一劳永逸地除掉，他要是有半点犹豫彷徨，那才是不可想象的怪事呢。

关于艾丝黛拉的事，我没有在蒲骆威斯面前漏过一点口风，而且也永远不会漏出一点口风——至少我已经打定了这样的主意。不过我对赫伯尔特说过，我在出国以前，无论如何一定要先去见见艾丝黛拉和郝薇香小姐。这话是在那天晚上蒲骆威斯讲完了他自己的身世、屋子里只剩下我和赫伯尔特两个人的时候说的。我决定第二天就到雷溪芒去，到第二天我果然去了。

一走进白兰莉夫人的家门，主人就打发艾丝黛拉的女仆告诉我说，艾丝黛拉到乡下去了。到哪个乡下去了？还不是像往常一样，到沙提斯庄屋去了。我说，可和往常不一样啊，因为往常哪次不是由我陪去的，那么她什么时候可以回来呢？那女仆的答话似乎有些吞吞吐吐，使我更加惶惑不解；原来那女仆说，据她看，艾丝黛拉就是回来也待不了多久了。这话我实在莫测高深，我明白这是有意不肯叫我知道，于是只得万分扫兴而归。

当天晚上送走了蒲骆威斯（我每天都送他回去睡觉，每次都要小心察看四周的动静），回来又和赫伯尔特商量了一夜，最后做出决定：暂时大可不必向他提起出国的打算，还是等我到郝薇香小姐府上去过再说。赫伯尔特和我可以先分头考虑怎样向蒲骆威斯提这件事好——是编造一个借口，就说我们担心已经有人在怀疑他，注意他呢，还是说我从来没有出过国，很想到海外去见识见识。我和赫伯尔特都知道，跟他说什么都好，只要我一开口，他就没有不答应的；我们还一致认为，他像现在这样担着风险在这儿待下去，日子久了是不堪设想的。

第二天，我要了个卑鄙的花招，撒谎说我和乔有约在先，非去看他一次不可；我对待乔，或是欺其人，或是假其名，什么卑鄙的手段都耍得出来。我关照蒲骆威斯，在我外出期间务必万分小心，一切自有赫伯尔特暂时代我照管。我说我在那边只住一夜就回来；他既然迫不及待地巴望我成为一个气派更大的上等人，那么这次等我回来，就动手开辟局面，叫他宿愿得偿。当时我还想到，将来正可以利用开辟局面作为借口（譬如说，要做上等人就得广置器物，铺设排场等等），好把他骗到国外去；后来我发现赫伯尔特的想法竟和我不谋而合。

做了这样妥善的处置以后，第二天天还没亮，我就搭早班马车动身到郝薇香小姐府上去了。到得空旷的乡村大路上，曙光才悄悄而来，好比一个人走走停停，打着冷颤，且行且泣，身上裹着阴云寒雾的破衣烂衫，寒碜得像个乞丐。马车在牛毛细雨中赶到了蓝野猪饭店，不防大门口走出一个人来，手里拿着一根牙签，来看马车。你道他是谁？竟是本特里·蛛穆尔！

他只装没看见我，我也装作没看见他。其实，双方都装得一点也不像；更何况双方又都是往餐室里走——他刚刚用完早餐，我则正打算用早餐。在镇上遇到这个人，实在窝囊透了，因为他来此何事，我心中已经十分了然了。

他站在壁炉跟前；我坐在自己的座位上，装模作样地读着一份早已是明日黄花的油腻的报纸。这是一份当地报纸，可惜当地新闻早已模模糊糊，难以辨认，倒是外来的玩意儿满版满页都是：咖啡呀，泡菜呀，鱼沙司呀，肉汁呀，融化了的黄油呀，酒呀，五花八门，把这张报纸从上到下溅得密密满满，好像出了一身非同寻常的麻疹一般。眼看蛛穆尔挡在壁炉面前，我愈来愈觉得有气。于是我站了起来，拿定主意这炉火可不能给他一个人享受。走到壁炉跟前，准备拿起拨火棍来拨火，偏巧拨火棍在他背后，要把手伸到他的大腿后面才拿得到，不过我还是装作不认识他。

结果还是蛛穆尔先生先开了口："怎么招呼也不打一个？"

我手里拿着拨火棍，说道："哎呀！原来是你？你好吗？我刚才还在纳罕，是谁挡着火呢。"

说着，便使劲拨火；拨好了火，便张开两个肩膀头，背对着壁炉，和蛛穆尔先生并排站在那儿。

蛛穆尔先生用肩膀撞了我一下，不让我和他肩挨着肩，一面问道："你是刚来吗？"

我也用我的肩膀回撞了他一下，不让他和我肩挨着肩，一面答道："刚来。"

蛛穆尔说："这地方真是糟透了，大概是你的故乡吧？"

我说："正是。听说和你的故乡西洛普郡很相像呢。"

蛛穆尔说："丝毫也不像。"

说到这里，蛛穆尔先生望望他的皮鞋，我也望望我的皮鞋；接着，蛛穆尔先生又望望我的皮鞋，我也望望他的皮鞋。

我拿定主意，务必要守在炉前，寸土不让，于是便问他："你来了好久了吗？"

蛛穆尔答道："来了好久了，都发了腻了。"说着假装打了个呵欠，但是也和我一样寸土不让。

"你打算在这儿久住吗？"

蛛穆尔答道："说不定。你呢？"

我说："说不定。"

这时候我只觉得浑身热血一阵沸腾，心想：刚才要是蛛穆尔胆敢用肩膀把我再撞开哪怕是一根头发丝那么点儿距离，我早就把他甩到窗外去了；反之，要是我的肩膀把他再撞开那么点儿距离，他也早把我扔到近旁的雅座里去了。他吹了一阵口哨。我也如法炮制。

蛛穆尔说："这里有好大一块沼地吧？"

我说："有。怎么样？"

蛛穆尔望望我，又望望我的皮鞋，最后才说了一声"哦！"便大笑起来。

"你觉得有趣吗，蛛穆尔先生？"

他说："也说不上。我要骑马出去溜溜。打算去看看沼地，找点儿乐趣。据说那边有几个偏僻的村庄，还有几家稀奇古怪的小酒店——还有铁匠铺子——等等。茶房！"

“有，老爷。”

“我的马备好了吗？”

“已经等在门口，老爷。”

“噢。伙计，听我说：小姐今天不骑马了，天气不行。”

“遵命，老爷。”

“我不在这儿吃午饭，上小姐家里去吃。”

“遵命，老爷。”

蛛穆尔拿眼睛朝我一溜，虽说这家伙很呆，他那下巴肥大的脸上一副傲慢而又得意的神气，却刺得我好不心痛，气得我真恨不得一把抱起他来，按在火上烧他个半死（据一本故事书上说，有个强盗就是这样处治一个老太婆的）。

有一件事，我们双方心里都有数，那就是，要我们两个当中任何一个从壁炉前撤下来，除非有第三者来解救。我们两个站在那里，都摆出一副相持不下的架势：肩挨着肩，脚挨着脚，手都搁在背后，谁都寸步不让。他的马明明在门口沐着牛毛细雨，我的早餐也明明已经端上桌来；茶房已经收掉了蛛穆尔的残羹冷炙，请我快过去用餐，我对他点点头，可是两个人都还坚守着阵地。

蛛穆尔问我：“后来你到林鸟俱乐部去过吗？”

我说：“没有去过，上次在那儿，我对于那批林鸟实在领教得够了。”

“就是我和你发生争执的那一次吧？”

我一干二脆地答道：“正是。”

蛛穆尔冷笑道："得啦，得啦！他们太便宜你啦。你不应当那样发脾气的。"

我说："蛛穆尔先生，这件事你不配发表高见。我即使发脾气（我那一次可并没有发脾气），也绝不会扔杯子甩盆子的。"

蛛穆尔说："我可要扔。"

他这样一说，把我闷在心里的一腔怒火扇旺了起来，我瞪了他一两眼，说道：

"蛛穆尔先生，这一场谈话可不是我挑起来的，我想这并不是什么愉快的谈话吧。"

蛛穆尔气势嚣张地转过头来，说道："当然不是，想也不用想！"

我就接下去说："既是这样，我建议今后我们彼此之间根本就不必谈话，想来一定蒙你同意。"

蛛穆尔说："你这话深得吾心，我早就该先向你提出来了——说得更恰当些，我根本提都不用提，早就该这么办啦。可是你也别发脾气啦。发什么脾气呢，你难道还不认输么？"

"先生，你这话是什么意思？"

蛛穆尔避而不答，喊了一声："茶房！"

于是茶房又跑了进来。

"伙计，听我说：小姐今天不出去骑马了，我不在这儿吃午饭，到小姐家里去吃。明白吗？"

"完全明白，老爷。"

茶房摸了一下餐桌上我叫的那壶冷得好快的茶，用恳求的目光看了看我，这才退了出去。蛛穆尔小心翼翼，紧挨着我的那个肩膀怎么也不肯挪动一分一毫，他从口袋里掏出一根雪茄，咬去了烟头，然而身子却是纹丝不动。我虽然怒不可遏，憋得难受，可是转而一想，我们只消再交谈片言只语，势必就要提起艾丝黛拉的名字，我可不能容忍这个名字被他的嘴来糟蹋，因此只得痴痴呆呆地望着对面的墙壁，只当屋里没有第二个人，强自克制不做一声。幸而后来进来了三个富裕的农庄主（我看这多半是茶房故意打发进来的），他们一进餐室，便解开大衣，搓着手，直冲到壁炉跟前，我们这才不得不让开，否则，这种可笑的局面真不知还要僵持多久呢。

我从窗口里看见蛛穆尔走到大门口，一把抓住坐骑的鬃毛，使出了他那股风风火火的蛮横劲儿，一纵身上了马，惊得马儿把头一侧，倒退了几步。我只道他这一下就算走了，谁料他又赶了回来，原来他嘴里的雪茄忘了点着，又赶回来叫人给他点火。只见一个穿灰褐色衣服的人，手里拿着火走到他跟前。我没看准那人究竟是从饭店院子里出来的呢，还是从大街上或者别的地方来的，总之蛛穆尔从马上俯下身来，点着了雪茄，朝餐室窗口晃了晃脑袋，哈哈大笑了一阵，这时候我才看见那个背对着我的人双肩弹垂、头发蓬乱，好像是奥立克的样子。

我心乱如麻，哪里还有心思去仔细辨认究竟是不是奥立克，哪里还有心思去用早餐，只是随便洗了洗手，洗了洗脸，洗净了旅途的风尘，便赶往那座忘不了的古老的宅子里去——我想，我要是从来没有进过这座宅子，也从来没有见过这座宅子，那该有多好啊。

第四十四章

郝薇香小姐和艾丝黛拉正待在那个放着梳妆台、墙上点着蜡烛的房间里。郝薇香小姐坐在壁炉旁边的一张长靠椅上，艾丝黛拉垫着个坐垫坐在她的脚跟前。艾丝黛拉在编结什么东西，郝薇香小姐在一旁看着。我一走进去，她们两个人都抬起眼来，两个人都看出我神色不对头。因为她们互相递了一个眼色，我一看就明白了。

郝薇香小姐说："匹普，是哪一阵风把你吹来的？"

她虽然神态自若地望着我，我却看得出她心里有点着慌。艾丝黛拉停下了手里的活计，盯着我看了一会儿，又继续管她编结。看着她那手指的动作，我觉得她简直是在给我打哑语，分明向我表示，她知道我已经明白了我真正的恩主是谁。

我说："郝薇香小姐，昨天我到雷溪芒去过，想找艾丝黛拉说话，结果发现不知哪一阵风把她吹到这儿来了。所以我也跟着来了。"

郝薇香小姐连续做了三四次手势叫我坐下，我才在梳妆台旁边一张椅子上坐了下来，这就是我从前看见她自己常坐的那张椅子。脚前和四周堆满了那些陈年古董的废物，这个座位那天真像是为我而设的。

"郝薇香小姐，我有几句话得跟艾丝黛拉说，现在我打算就当着您的面说——我马上就说。想来您听了一定不会觉得诧异，也不会有什么不高兴。我目前这种不幸的处境，正合了您一向的心意。"

郝薇香小姐依旧不动声色地望着我。艾丝黛拉依旧在编结东西，我一看她那手指的动作，就知道她正在听我说话，只不过没有抬起头来罢了。

"我已经明白了我的恩主究竟是谁。我这个发现并不是一件喜事，对于我的名誉、地位、财产，对于我的一切，都不见得能增添什么光彩。由于种种原因，这件事我只应当说到这儿为止。这并不是我自己的秘密，而是另外一个人的秘密。"

我顿了一下，望着艾丝黛拉，心里在盘算这话该如何说下去，可是郝薇香小姐却接过去说："这不是你的秘密，而是另外一个人的秘密。还有呢？"

"郝薇香小姐，您第一次叫人带我上您这儿来，我还是个乡下孩子（我要是没有离开乡下该有多好呢）。那时候您要是不来找我，也会另外随便找个别的孩子。您找我来，不过是花几个钱雇个小厮，好满足您的某种要求或是某种幻想，是不是？”

郝薇香小姐沉着地点点头回答道：“对，匹普，是这样。”

“那么，贾格斯先生——”

郝薇香小姐连忙用果断的口吻打断了我的话：“贾格斯先生和这件事毫无关系，也根本不知道这件事。他是我的法律顾问，又是你恩主的法律顾问，这只是一种巧合。请他当法律顾问的人那么多，这种巧合是不足为奇的。总之，这都是碰巧发生的，并不是什么人故意安排的。”

她说这话时，从她那憔悴的脸上一眼就可以看出，她并没有隐瞒真情，也没有躲躲闪闪。

我说：“可是我一开头就想错了，一直错到了现在，而您至少又故意引我尽往错里想，是吧？”

她又一次沉着地点点头回答道：“不错，我有意叫你错下去。”

“这也算好心待人吗？”

郝薇香小姐用拐杖敲着地板，突然大发雷霆，吓得艾丝黛拉也抬起头来，吃惊地望着她；只听得她嚷道：“我是什么人？老天爷呀，我是什么人？我干吗要好心待人？”

其实我刚才那句话并没有多少埋怨她的意思，更不是存心埋怨她。她脾气发过之后，坐在那里默默沉思，我便把这意思向她解释明白。

她说：“得啦，得啦，得啦！你还有什么话要说？”

为了平息她的气愤，我说："从前我在这儿侍候了您一阵子，承蒙您给了我慷慨的报酬，我当了学徒。我刚才问您那些话，不过是我自己想弄清楚一些情况罢了。下面我问您的事，又是另外一个用意（我相信我这个用意更加光明磊落）。我说，郝薇香小姐，当时您顺着我的错把我尽往错里引，大概是为了惩罚惩罚您那些自私自利的亲戚——故意要弄耍弄他们吧？我这些措辞不一定得当，还是请您自己来说一说吧，您的用意何在，要怎样说法方可不致见怪？"

"我的确是如此。怪谁呢，都是他们自讨的！你也是自讨的。想想我是什么身世的人，你们要自讨苦吃，我何苦要拦着你们？是你自己做了圈套往里钻，我可没有做圈套来害你。"

她说这几句话时又突然暴跳如雷；我等她气平了，才继续往下说：

"郝薇香小姐，我当初一到伦敦，凑巧住在您的一家亲戚那里，后来也经常和他们在一起。据我所知，我的错觉，他们也有，而且也和我一样完全信以为真。我有句话说出来，不知您听得进听不进，信得过信不过，可我要是藏在肚子里不说出来，我就未免太虚伪卑鄙了；我要说的是，马修·朴凯特先生和他的儿子赫伯尔特都是慷慨正直、心地坦率的人，他们心里都容不下半点儿阴险下流，如果您不是这样看待他们，那可太冤枉他们了。"

郝薇香小姐说："他们是你的朋友嘛。"

我说："他们只当我已经取他们的地位而代之，可还是和我做了朋友，而莎拉·朴凯特，娇吉安娜，还有卡密拉夫人，我看她们就不能算是我的朋友吧。”

我把这父子俩和她的另外几个亲戚一对比，似乎博得了她对这父子俩的好感，我看了很高兴。她用犀利的目光望了我一会儿，轻声说道：

“你要为他们提出什么要求呢？”

我说：“只希望您别把他们和另外那些人混为一谈。尽管他们血统相同，可是，您相信我，他们的性格却不一样。”

郝薇香小姐依旧用犀利的目光望着我，把刚才那句话重新问了一遍：

“你要为他们提出什么要求呢？”

我回答道：“您看，我是不会耍滑头的。”这话一出口，我就知道我已经有点脸红了，我接下去说：“我对您是要瞒也瞒不过的：我是想要为他们提一点要求。郝薇香小姐，假使您能拿出一笔钱，帮我的朋友赫伯尔特创立一个立身的基业，而又一定要瞒着他悄悄地办，那我倒有个主意。”

她双手扶住了拐杖，更加仔细地端详着我，问道：“为什么一定要瞒着他悄悄地办呢？”

我说：“因为两年以前我就开始为他办这件事，并没有让他知道，我不愿意这件事叫他知道。至于我为什么不能为他办到底，我却不能告诉您，这里面牵涉到一点秘密，那是另外一个人的秘密，并不是我的秘密。”

她逐渐把目光从我身上移开，转过头去望着炉火。室内寂静无声，看蜡烛慢慢地短了下去，这样似乎过了好久，壁炉里有几块红透的煤块终于精疲力竭地坍了下去，她这才惊醒了过来，重新转过眼来望着我，起先只是迷迷惘惘地望着我，后来才渐渐定睛凝神。艾丝黛拉则始终只管她编结。郝薇香小姐把目光都汇聚在我身上以后，便像谈话并没有中断过似的，对我说道：

“还有呢？”

我转过脸去对着艾丝黛拉，竭力想控制住我那颤抖的声音，说道：“艾丝黛拉，你知道我是爱你的。你知道我一向爱你，深深地爱你。”

她听了我这话，抬起眼来望着我的脸，十个手指依旧忙着编结，脸上毫不动容。只见郝薇香小姐的眼光一会儿从我身上移到她身上，一会儿又从她身上移到我身上。

“要不是我长期以来有个错觉，我这话早就要向你说了。我一直错以为郝薇香小姐早就把你和我配好了对儿。往常我总以为你是身不由主，所以我有话也说不出口。可是这一回我却非说不可了。”

艾丝黛拉依然毫不动容，手里依旧不停地编结，只是摇了摇头。

看到她摇头，我便回答说：“我明白你的意思，我明白你的意思。艾丝黛拉，我现在也不敢指望你还会属于我。我根本都不知道我过些时候会落得个什么样子，会穷到怎么个田地，会流落到何处天涯。尽管如此，我还是爱你的。自从在这座宅子里第一次见了你，

我就爱上你了。”

她依旧毫不动容地望着我，手里依旧忙着编结，听到这里又摇了摇头。

“郝薇香小姐要是事先想到了这件事的严重后果，而还有意这样捉弄一个感情脆弱的穷孩子，用镜中花、水中月来折磨了我这许多年，那她就未免太狠心了，实在太狠心了。不过，我看她事先并没有想到这一层。艾丝黛拉，我看她大概因为只知自己忍受煎熬，把我受到的煎熬忘了。”

只见郝薇香小姐把一只手伸到心口，一动不动地按在那儿，一会儿看看艾丝黛拉，一会儿看看我。

艾丝黛拉镇定自若地说：“看来，人世间有那么一些感情，一些幻想（我也不知道管它们叫什么才好），实在使我无法理解。你说你爱我，从字面上我也能够理解你的意思，但是也仅止于此。你打不动我的心，触动不了我一根心弦。你说的话，我一句也不放在心上。这方面我早就警告过你了，是不是？”

我只得可怜巴巴地回了一声：“是的。”

“可不是。但是你不听我的话，认为我这话是有口无心。我问你，你是不是这样想的？”

“我当然认为你有口无心，更巴不得你有口无心。艾丝黛拉，你那么年轻，从来没经过风霜，又是这么美！你哪里会是这种性子的人呢！”

她反驳道：“我就是这个性子！”然后又加重了语气说道：

"我就是从小教养成的这个性子。我能够对你说到这一步，这已经是对你另眼相看，已经是仁至义尽了。"

我说："本特里·蛛穆尔到镇上来追求你，这话不假吧？"

她回答道："不假。"谈到这人时，她用的是极其轻蔑的冷淡语气。

"听说你还助长他的兴头，跟他一块儿出去骑马，他今天还要到你这里来吃饭，这话也不假吧？"

她见我了解得一清二楚，似乎有些惊讶，可是她依旧回答道："不假。"

"你总不见得会爱上他吧，艾丝黛拉？"

她第一次放下了手里的活计，怒气冲冲地反问我："我怎么跟你说来着？难道你还是把我的话当作耳边风，认为我是有口无心吗？"

"你总不见得会嫁给他吧，艾丝黛拉？"

她朝郝薇香小姐望了一眼，手里拿着活计沉吟了一会儿，说道："索性老实告诉你吧：我就要嫁给他了。"

我低下头，双手捂住了脸；她这些话真使我痛苦万分，可想不到我居然还能强自忍住，并没有哭出来。等我抬起头来时，只见郝薇香小姐面如厉鬼，我当时虽然心急火燎，肝肠欲断，见了她这脸色也不能不吃一惊。

"艾丝黛拉，我最最亲爱的艾丝黛拉，别让郝薇香小姐牵着你的鼻子走这条绝路。你可以从此把我永远扔开——其实你已经把我扔开了，我心里有数——可是你要嫁也得嫁个像样些的人，可不能嫁给蛛穆尔这种脓包。郝薇香小姐把你许配给他，这无非是为了向那许许多多倾心于你，而人品又远胜于他的人，向那极少数真正爱你的人，表示最大的轻蔑，有意要伤透他们的心。这极少数真正爱你的人里边，总可以找到那么一个吧，尽管爱你没有我爱得这么久，可说不定也爱得像我一样深。我劝你宁可嫁给他，为你自己着想，那我多少还能受得了！”

我这番真心话引起了她的惊奇。可惜她觉得我的心思实在不可理解，不然的话，看来这惊奇之中还会带上一些同情。

她把声调放得温和了些，又说了一遍：“我就要嫁给他了。”接着又说：“婚事已经在积极准备中，我马上就要嫁过去。你干吗要冤枉我的寄母？这是我自己做的主。”

“艾丝黛拉，是你自己做的主，嫁给一头畜生？”

她笑吟吟地反问我：“依你看，我应当嫁给谁呢？难道倒要嫁给一个和我相处不了三天就要把我弃如敝屣的人（假如天下也有这样心肠的人）？得啦！生米已经煮成熟饭啦。我会过得很好，我丈夫同样也会过得很好。至于你说郝薇香小姐牵着我的鼻子叫我走这条绝路，那我告诉你，郝薇香小姐本来倒是要我等一等再说，不忙嫁人。可是我这种日子实在过腻了，过下去实在没有什么乐趣，真巴不得换个花样调剂调剂。不要再多说了，反正咱们一辈子谁也不会了解谁。”

一听这话，我感到绝望了，不禁嚷道：“嫁给这头下流的畜生！这头蠢猪不如的畜生！”

艾丝黛拉说：“请你放心，我不会使他幸福的。绝不会。来！和我握手告别，你这个爱幻想的孩子——哦，应该管你叫大人了吧？”

我再也抑制不住，伤心的眼泪扑簌簌一直滚到她手上；我回答道：“艾丝黛拉啊，我即使还在英国继续住下去，即使还能厕身于同侪之列，可眼看你做了蛛穆尔的老婆，叫我怎么受得了啊？”

她回答道：“废话，废话。你这种感情也无非是过眼云烟。”

“没有的事，艾丝黛拉！”

“不消一个星期，你就把我撇在脑后了。”

“把你撇在脑后！你是我的生命，我的血肉。我这个低三下四的野孩子，第一次来到这儿就让你伤透了心。从那以后，我只要一读书，字里行间就会浮起你的身影。我看到的每一个景色，都会出现你的风姿——大河边，船帆上，沼地里，云霞中，白天黑夜，风里雨里，森林海洋，大街小巷，哪儿不看到你！从那以后，我脑子里不浮起旖旎的幻想便罢，一想便只会想到你。我无时无地不看到你的形象，不受到你的影响，今后一辈子都将是这样。我总觉得你的形象栩栩如生，你的影响牢不可拔，胜过了伦敦城里最坚实的石墙大厦。艾丝黛拉啊，哪怕我到了临终的时刻，你也不能不和我整个的人息息相关——我身上一丝半点好处有你的份，我身上的坏处也有你的份。不过这一次我们分手，我只会记着你的好处。今后，也一定始终不渝地记着你的好处，因为我认为你毕竟对我的害处少，给我的好处多得多，尽管现在我心里难受得像刀割一样。愿上帝保佑你，愿上帝宽恕你！”

我自己也弄不明白，怎么竟会忧伤得神志昏迷，说出这些语无伦次的话来。这一支狂想曲，仿佛是从我灵魂深处创口里涌出来的一泓鲜血，喷泉似的四散迸射。我拿起她的手放在嘴上，依依不舍地吻了好久，才向她告辞。后来我老是想起（特别是不久以后我就有充分的理由要想起）当时艾丝黛拉不过用一种似信非信的诧异眼光看着我，可是那鬼魅似的郝薇香小姐，手依然按着心房，却似乎整个身子都化成了两道鬼森森的目光，满含着怜悯与悔恨。

一切都完了，一切都垮了！彻底地完了，彻底地垮了！一走出大门，天光也似乎比我进门时更暗淡了。在后街僻巷悄悄兜了几圈，便迈开大步直奔伦敦。因为这时我已经神志清醒，心想，这一下可再也不能回到蓝野猪饭店去看蛛穆尔那副嘴脸了。坐马车赶回伦敦吧，受不了同车乘客的唠叨，因此倒还不如步行，让自己奔个筋疲力尽。

过伦敦桥时，已经是午夜。当时在桥北靠岸一带有一些曲折错杂的小巷可以通到西面，回寺区去的最便捷的路就是抄这些小路，紧贴河边走，过了白僧路就到了。赫伯尔特以为我要明天回家，不会等着给我开门，好在我随身带了钥匙，他如果已经睡觉，我可以自己开门悄悄进去睡觉，打扰不了他。

由于我平日返回寺区绝少在栅门关上之后走白僧路这一头的门，因此守夜人把我打量了又打量，才开了一道门缝放我进去，我因为一身泥污，疲累不堪，也并不计较。怕他想不起来，我便向他报了姓名。

“我就猜是你，不过有点拿不准，先生。这里有你的一封信。送信来的人吩咐我请你务必就在我的灯下当场拆看。”

这个要求，实在叫我吃惊。接过信来一看，果然是写给斐理普·匹普先生的，信封上端还有这样几个字：“请即拆看。”我撕开信封，守夜人在旁边举起了灯笼。原来是文米克写来的，信上只有一句话：

万勿回家！

第四十五章

看完了这封告警的信，我就转身离开寺区的栅门，三步并作两步，飞奔到舰队街，雇了一辆深夜马车，驰往沽文园的汉马姆斯客舍。当年在那种地方，晚上不论多晚都找得到铺位。掌柜开了便门放我进去，点亮了他搁板上排着的头一支蜡烛，马上把我带进他水牌上标出的头一间空房。那是底层的一间后房；样子像个地窖。一张用四根木柱撑起来的床架简直像个专制魔王，叉开四条腿，占据了整个地盘：它一只蛮不讲理的脚踏住壁炉，另外一只脚一直迈到门洞子里，俨然摆出一副神圣不可侵犯的架势，把个可怜巴巴的小脸盆架挤得不能动弹。

我叫掌柜拿个夜明灯来，他给我拿来一盏当年那种风俗淳厚的时代传下的古色古香的灯草心蜡烛灯，就走了。那玩意儿简直像个手杖所化的精灵，只消轻轻地碰一下，蜡烛马上就会拦腰断成两截，哪里能借它来点火，当中孤零零一支蜡烛，外面围着个高高的、打了圆眼的铁皮圆罩，烛光透过圆眼，在墙壁上投下牛眼圆睁的影子。我上床躺下，两脚酸痛，浑身疲软，好不苦恼——自己既闭不上眼睛，又没办法叫那个傻乎乎的百眼巨人闭上眼睛。于是只得和它在灯昏夜静之中面面相对。

好一个凄怆的夜晚！好不心焦，好不黯然，好不难挨！屋子里弥漫着一股令人不快的气味，那是冷却的煤烟加上发烫的炉灰。抬头望望床顶，只见角角落落里仿佛都簇满了屠宰铺子里飞来的绿头苍蝇、市场上飞来的钻耳虫、乡下爬来的蛆虫，牢牢守在那里，只等夏天一到，便好大显身手。我正在捉摸，不知道那些玩意儿会不会掉下来，忽然就觉得似乎有什么东西轻轻悄悄落到了我脸上——这个念头转得可实在不是滋味，马上我连背上也觉得好像有什么东西在爬了，其味更加难受。睁着眼睛躺了没多大工夫，寂静中照例又渐渐响起了种种稀奇古怪的声音。壁橱竟而低声谈起话来，壁炉也喟然叹息，小脸盆架滴答作响，抽屉肚子里还不时发出一两声吉他琴弦的声音。大约也就在这当儿，百眼巨人投在墙上的影子也都换了一种表情，每一个睁大的圆眼都好像在向我表示：万勿回家！

说不尽的夜思，听不尽的夜籁，怎奈千思万籁都抵挡不了这“万勿回家”几个字。我不论转个什么样的念头，这几个字总要钻到我的念头里来，好似身上惹了个什么病痛一般，扔不开，摆不脱。前些时候，曾在报上读到一则消息，说是有位不知名姓的先生于某日夜间来到汉马姆斯客舍投宿，睡在床上自杀了，第二天早上人家发现他浸在血泊里。我看那人一定是住的我这间房，于是连忙跳下床来，床上床下仔细看过，没有找到血迹，然后又打开房门，向过道里张望了一下，远远看见有个灯光，我知道掌柜的就在那灯下打盹，这才宽了心。可是脑子里老是忙个不迭地想着这样一些问题：为什么我不能回家？家里出了什么事？我什么时候才能回家？蒲骆威斯在家里是否平安无恙？整个脑海都被这些问题盘踞了，再也顾不上去想别的事情。即便想起艾丝黛拉，想起日间和她一别、后会无期，想起分手时的种种情形，想起她的种种神态和口吻，想起她手指编结的动作——总之，我不论想到哪里，总是丢不开"万勿回家"这一声警告。我心力交瘁，实在疲惫到极点，终于打起瞌睡来，于是在睡眼蒙眬中似乎看见有这么个巨大的黑乎乎的动词，要我把它的命令语态、现在时的各种形式都变化出来：你别回家，别让他回家，我们别回家，你们别回家，别让他们回家。接着又根据婉转语态来变化：我不可以回家，我不能回家；我似乎不可以回家，我似乎不能回家；我不想回家，我不应回家——弄到我简直要发疯，我只好翻过身来，重新又望着百眼巨人投在墙壁上的那些睁得圆圆的眼睛。

我进来投宿时曾经吩咐过掌柜明天早上七点钟喊我起床，因为，明天我什么人都可以搁在一边，文米克却显然非立见不可，而要找文米克谈这种事，也显然只有赶到沃伍尔斯去，在沃伍尔斯他发表的意见才有意思。第二天早上，不消掌柜敲第二下门，我就一惊而起，跳下了这张使我睡不安枕的床，走出这间伴我度过了一个愁苦之夜的屋子，心里顿时轻松了不少。

八点钟赶到沃伍尔斯，城堡雉堞历历在目。恰巧碰着那个小女佣拿着两卷热面包走进城堡，我跟她一同从后门进去，过了吊桥，不消通报就到了文米克的面前，看见他正在为自己和老人家煮茶。靠里边有扇房门开着，远远看见老人家还睡在床上。

文米克招呼道："嘿，匹普先生！你可回来啦？"

我答道："回来了，不过并没有回家。"

他搓着双手说："好极了，我在寺区的每一个进口都留了一封信，以防万一。你是在哪个门拿到的？"

我告诉了他。

文米克说："那么我今天还得到其他几处进口走一走，把另外几封信销毁了。为人处世，记住一条原则大有好处：能够不落笔据在人家手里，那就千万不要落，因为，谁说得准多早晚会让人家利用呢？恕我冒昧，我想请求你一件事——请你为老爹爹烤点腊肠，你可介意？"

我说，非常乐意。

文米克对小女佣说："那么，玛莉·安妮，你去干你的活儿吧。"女佣一走，他对我眨眨眼睛说："这样一来，就没有外人啦，你明白了吗，匹普先生？"

我感谢他的友谊和关注。于是我替老人家烤腊肠，他为老人家的面包片涂上黄油，我们两个就这样一边干活，一边低声交谈。

文米克说："匹普先生，你知道，你我是互相了解的。我们现在是以私人朋友关系说话，其实你我为了什么机密的事情打交道，今天也不是第一遭了。在事务所里就要说事务所里的话，不过现在我们是在事务所之外。"

我竭诚表示同意。由于神经过度紧张，我早已把老人家的腊肠烤得像个火把，只好赶紧把火吹灭。

文米克说："昨天上午我在一个地方[①]偶然听到——说起这个地方，我也带你去过，地名就不必提了，因为即使在你我之间，能够不提名道姓还是不提为好——"

我说："不提最好。我懂得你的意思。"

文米克说："昨天上午，我在那儿碰巧听说，有这么一个人，做的未必是和海外殖民无关的营生，身边也不是没有带着可观的资财——这个人究竟是谁，我也不知道——这个人的尊姓大名我们不提也罢——"

我连忙说："不必提了。"

"——这个人在海外某个地方引起了一场小小的风波，说起那种地方，多少人往往自己不愿去也得去，而且往往还得由政府负担费用——"

① 指新门监狱。

我只顾看着他脸上的表情，把老人家的腊肠烤得像放爆竹一般噼里啪啦爆了起来，弄得我没法儿听，文米克也没心思讲；我连忙道歉。

文米克接下去说：“——因为那个人一下子失了踪，从此下落不明。这就引起了种种猜测，也有人做了种种假设。我还听说寺区花园坊你那座住宅早已受到监视，而且可能还会继续受到监视。”

我问：“受到谁的监视？”

文米克闪烁其词地说：“这个我就不便过问了，职责所关，多有不便。我只是听说而已，我在那个地方经常听到一些稀奇的事儿。我告诉你的这些话，并没有什么可靠的情报，不过是随便听来的罢了。”

他一面说，一面从我手里接过烤叉和腊肠，把老人家的早餐齐齐整整盛在一个小托盘里，却不忙端到老人家跟前，他先拿了一块洁白的餐巾走进房去，系在老人的下巴底下，扶他坐了起来，又把他头上的睡帽推到一旁，使老人平添了几分佻薄的神气。打扮妥帖之后，方才小心翼翼奉上早餐，说道：“老爹爹，你好吗？”老人家神采奕奕地回答道：“好极了，约翰！好极了，我的孩子！”我和文米克之间似乎有了默契：老人家现在衣冠不整，不宜见客，最好只当作没看见他，因此我乐得装聋作哑，根本不理会他们这些花样。

等文米克回来以后，我就问他：“你说有人监视我的住宅（我自己本来也疑心有这样的事情），那么这都是为了你刚才提到的那

个人，是不是？”

文米克的神情变得很严肃。“我知道的有限，也说不准。我的意思是说，不见得一开头就是这样。不过，眼前确是这样，要不就是即将会这样，再不然就是大有这样的危险。”

不难看出，他之所以不能畅所欲言，无非是因为要对小不列颠街讲信义，不能不有所节制，何况他已经远远越出常轨，向我透露了这么些消息，我感激他还来不及，哪里还能逼他。我望着炉火沉思了一会儿，对他说，我有个问题要向他请教，他认为能回答就回答，不能回答就不要回答，他认为怎么样好，那就一定错不了。他当即放下早饭，叉起双手，拧了一下衬衫袖子（他认为不穿外套也是在家的一乐），向我点一点头，表示叫我提出问题。

“你听说过一个名叫康佩生的坏蛋吗？”

他又点一点头，表示回答。

“他还活着吗？”

他又点一点头。

“他在伦敦吗？”

他又点一点头，把那邮筒口似的两片嘴唇抿得紧紧的。临了又向我点一点头，然后继续吃他的早饭。

文米克说：“现在你的问题问完了。”他说这句话的语气特别着重，而且接连说了两遍，示意我适可而止，然后又说：“我来讲一讲我昨天听到那些话以后是怎么干的。我先到花园坊去找你没找着，便到克拉瑞柯公司去找赫伯尔特。”

我迫不及待地问道："找到他了吗？"

"找到他了。我什么名字也不提，什么细节也不谈，只是跟他说，如果他知道你的住宅里或是你的住宅附近住着什么人（不管是阿猫阿狗），他最好还是别等你回家，赶紧把这个阿猫阿狗搬个地方。"

"他大概吓得束手无策了吧？"

"他的确吓得束手无策；后来我又跟他说，眼前要想把这个阿猫阿狗弄到太远的地方去，也并不安全，他一听这话，就更加不知所措了。匹普先生，你听我说：照目前的情形来看，既然进了大城市，那还是大城市比别处安全。我看不必马上远走高飞。还是在附近避避风头再说。不妨等风声松一些再说。目前可不能出来透风，连海外的空气都不能去嗅。"

我感谢他的宝贵意见，又问起赫伯尔特已经做了些什么安排。

文米克说："赫伯尔特先生顿时吓得慌作一团，过了半个钟头光景，才想出一条计策。他告诉了我一个秘密，说他现在正在向一位年轻小姐求婚，那位小姐的爸爸病得成天睡在床上，这件事想必你是知道的啰。这位老爷子本来是在轮船上做事务长什么的，现在他的床就摆在一扇凸肚窗前，他躺在床上，成天可以看河上的来往船只。你大概认识那位年轻小姐吧？"

我说："没见过。"

事实是这样：那位年轻小姐并不赞成赫伯尔特交上我这样一位爱花钱的朋友，认为我这种人对于赫伯尔特没有好处，因此赫伯尔特第一次向她提出要带我去见见她时，她的热情实在有限得很，弄得赫伯尔特不得不把实际情况开诚布公向我说明，希望我还是过一些时候再去和她见面。后来我暗中资助赫伯尔特建立他的事业，对这一件事也始终能泰然处之；从他和他的未婚妻那方面讲，当然不急于让我这个第三者来加入他们的欢聚；因此，尽管我拿得准我在克拉辣心目中的地位已经提高，而且长期以来，经常由赫伯尔特在那位年轻小姐和我之间沟通音信，相互致意问好，可是我和她却还是从来没有见过面。不过，这些详情细节，我并没有向文米克啰唆。

文米克说："那座凸肚窗的房子是在泰晤士河边，位于石灰窑和格林尼治之间的蒲塘，屋主人大概是个有身份的寡妇，她楼上有一层房子连同家具正在招租，赫伯尔特先生问我，把那个地方暂时租下来让某人住一阵子怎么样？我说很好嘛——我有三条理由，不妨说给你听听。第一，那一带地方你平日根本不去，离开市区热闹的大街小巷又远。第二，你自己用不着去，赫伯尔特先生自会经常给你捎来某人的平安消息。第三，过一阵子，等到时机适宜，你如果想把某人送上一条外国邮船，他随时都能就近上船。"

听文米克考虑得这样周全，我大为快慰，再三向他道谢，请求他继续讲下去。

"好吧，阁下！赫伯尔特先生果断地把这件事担当起来了，某人（管他姓甚名谁，反正你我也不一定要知道）已经在昨夜九点妥妥善善迁进了新居。对他原来那个地方的房东只说应友人邀请，到多佛尔[1]去了，其实他是经过多佛尔街，在那儿一拐弯，到新居去了。这样一来，还有一个莫大的好处：做这件事的时候你不在场，要是当真有什么人在留意你的动静，他不会不知道当时你远在百儿八十里以外，根本在忙别的事情。这样搞得扑朔迷离，人家就不会疑心到你的身上。正是为了这个道理，昨晚我才出了个主意，让你即使当夜回来，也不必回家。这样就会弄得更加扑朔迷离，愈是扑朔迷离对你就愈有利。”

文米克吃完早饭，看看表，便开始穿外套。

他还没有把手从袖管里伸出来，就对我说：“现在，匹普先生，我可以说是已经尽了我最大的力量；如果还有什么地方要我效劳，我也很乐于从命——这当然是从沃伍尔斯的观点而言，完全凭着我们私人朋友的交情。我把新居的地址给你。今天晚上你不妨在回家以前亲自去看看那位某人是否平安无事——你昨儿晚上所以不应当回家，这也是一条理由。你回家以后，就不能再去了。不客气，不客气，匹普先生，”原来他的双手已经伸出袖管，我正握着他的手呢，“最后还有件重要的事要特别向你提一提。”他双手搭在我肩上，郑重其事地和我打了个耳喳：“今天晚上要想办法把他的动产都弄到手。谁说得准他会不会出岔子，可千万别让他的动产出岔子。”

提起这件事，要叫文米克明白我的心迹是万难办到的，我只

① 多佛尔：英国商港。

好耐着性子不开口。

文米克说："时间到了，我非走不可了。如果你没有什么紧急事情要办，我劝你还是在这儿待到天黑再走。看你心事重重，你何不和老人家（他马上就要起床了）在一起好好过上一天清静自在的日子，吃点儿——你还记得那头猪吗？"

我说："当然记得。"

"好极了，那就吃点儿这位猪兄的肉吧。你烤的腊肠就是它的肉做的，不论从哪一方面看，这头猪都是顶呱呱的。看在它是你的老相识分上，你也应该吃它一点儿。"接着他便兴高采烈地喊了声"老爹爹，再见！"

老人在里间尖声嚷道："好极了，约翰！好极了，我的孩子！"

不久，我就在文米克的壁炉跟前睡着了；老人家和我差不多一整天都是这样一起厮守在壁炉跟前半睡半醒地度过的。我们中饭吃的是里脊肉和自己地里种的蔬菜。这一整天我要不是在瞌睡蒙眬中不知不觉地向他点头，那也准是在诚心诚意地向他点头。天完全断黑时，我才告辞，让老人自己添煤烤面包；我数一数他拿出的茶杯，看他老是拿眼睛瞧着墙上那两扇小门，便料定史琪芬小姐就要来了。

第四十六章

钟敲了八点，我来到一个地方，闻到空气里有一股并不难闻的锯木屑和刨花的气味，原来河岸上有好多制造船舶、船桅、船桨和滑车的作坊。伦敦桥东边，蒲塘上下一带的河滨，对我来说是块从未发现的新大陆。到了河边，发现我要找的那个地方并不在我原来设想的地方。那个地方可实在不好找。地名叫作：缺凹湾磨池浜。我又不识路径，只知道有一条青铜老胡同可以通到缺凹湾边。

也甭提那使我迷途失向的千障百碍了：有多少搁浅损坏、停在干船坞里待修的船只，有多少行将肢解为零片碎块的废船壳，有多少淤泥黏土和海潮带来的其他垃圾，有多少造新船的船坞，又有多少拆废船的船坞，有多少长年弃置、锈迹斑斑、只顾把嘴巴往泥土中钻的铁锚，还有堆积如山好大一片的木桶和木料，至于那些并非以“青铜”命名的小胡同，那就更数不胜数了。我在前后左右一连扑了几个空，后来无意之间拐了个弯，一看正好就是磨池浜。这个地方，若就当地的环境来看，也可以算是个清新怡人的所在了，河上吹来的风到了这儿颇有回旋的余地，中间还有三两株树，一架残破的风车；那条青铜老胡同，月光下看去又长又狭——沿着这条小径过去，一路都是些陷在泥地里的木头船架，简直像一些年深日久、齿牙尽落的废弃的干草耙子。

磨池浜一共只有寥寥几幢奇形怪状的房屋，我挑选了有木头大门和凸肚窗的一幢三层楼房（所谓凸肚窗是半圆形的，与一般有棱角的凸窗不同），一看门上的铜牌，正是我要找的乌英夫人的住宅。我敲敲门，应声来开门的是个神态和蔼、容颜鲜润的中年妇人。赫伯尔特立即走了出来，于是就由赫伯尔特悄悄领我走进客厅，随手关上了门。眼看这张极其熟悉的脸庞出现在这极不熟悉的地方，出现在这极不熟悉的屋里，而居然能这样熟门熟路、安详自在，我不禁起了一种奇特的感觉。我时而望望他，时而望望墙角里那张橱内的玻璃器皿和瓷器，望望壁炉架上的贝壳，墙上的彩雕——一幅是科克船长之死[①]，一幅是新船下水典礼，还有一幅是那位戴着马车夫的华丽假发、穿着皮短裤和高筒靴出现在温莎宫阳台上的乔治三世陛下。

① 科克船长指詹姆斯·科克（1728—1779），英国航海家，1775 年任船长，后在夏威夷为当地土人所杀。

赫伯尔特说："汉德尔，一切都顺利，他很满意，只是急于要见到你。我的女朋友和她爸爸一起住在楼上；如果你等得及，那就等她下楼来，我介绍你和她认识，然后我们一块儿上楼去。——那就是她爸爸。"

因为这时只听得楼上有一阵吓人的咆哮声，大概我的惊讶之情已经在脸上毕露无遗了。

赫伯尔特笑嘻嘻地说："我看这老头子只怕是个十足的混蛋，不过我还没见过他。你有没有闻到朗姆酒的气味？他成天离不了它。"

我说："离不了朗姆酒？"

赫伯尔特答道："可不是，你想想看，酒怎么会减轻他的痛风病呢。凡是吃的东西，他一定都要藏在楼上自己的屋里，每天由他按定量拿出来。东西都放在他床头的架子上，什么都要称过。他那间屋子甭说准是像个杂货铺了。"

他说这话时，楼上的咆哮声变成了一阵历久不息的怒吼，好半天才平静下来。

赫伯尔特解释道："他一定要自己切奶酪，哪能不落得这样哇哇乱叫？右手得了痛风（他全身关节哪儿没有痛风），偏要去切一块双料的格洛斯特奶酪，哪能不割痛手！"

只听得楼上又响起了一阵凶猛的怒吼，看来他这一下割痛得可够厉害的。

赫伯尔特说："有蒲骆威斯这样的房客住在三楼，真是乌英夫人天大的福气，因为一般人是受不了这种嚷嚷的。汉德尔，这地方很稀奇，是不是？”

说这个地方稀奇，一点不假，不过这里收拾得倒也十分整洁。

我把这个印象告诉赫伯尔特，赫伯尔特说：“乌英夫人是一位顶尖儿的主妇；我的克拉辣要不是亏了她慈母一般的照料，我真不知道她怎么办好呢。汉德尔，你要知道，克拉辣并没有亲娘，除了凶煞老头儿以外就没有亲人了。”

“凶煞？这该不是他的名儿吧，赫伯尔特？”

赫伯尔特说：“当然不是，当然不是，这是我乱叫的。人家管他叫巴雷先生。我爸爸妈妈生下我来，让我能爱上这样一位六亲全无的姑娘，她自己既用不着为她家里人操心，也不用别人为她家里人操心，这是我多大的造化啊！”

赫伯尔特这样一说，倒是提醒了我：原来他早就告诉过我，他认识克拉辣·巴雷小姐的时候，正是她在汉麦尔斯密士的一个学校里完成学业的那一年，后来她奉命回家侍候老父，于是小两口子便向乌英夫人吐露了彼此间的感情，自此以后乌英夫人就把这段情分一手培养撮合起来，对他们既好心又慎重，二者从无偏废。不用说，涉及柔情蜜意的事都万万告诉不得巴雷老头，因为他只懂得痛风症、朗姆酒和事务长的库藏，只要带点儿心理色彩的问题，他就一窍不通了。

我们在楼下低声谈话，巴雷老头则在楼上不断咆哮，天花板上的横梁也随之震荡不已；就在这时，门开了，走进来一位二十岁左右的姑娘，秀丽可人，身段苗条，深褐色的眼珠，手里挽着个篮子；赫伯尔特立即体贴备至地接过她的篮子，红着脸给我介绍说，这就是克拉辣。姑娘实在极其妩媚动人，叫人只当是一位仙女，是让巴雷老头这个残忍的食人妖魔抓来供他驱遣的。

我们寒暄了几句以后，赫伯尔特脸上泛起了温柔爱怜的笑容，指着那只篮子对我说："你瞧，这一份就是可怜的克拉辣的晚餐，每天晚上分给她的就只有这么些。她只能吃到这么点儿面包，这么一片奶酪，这么一点儿朗姆酒——酒归我喝。另外这一份是巴雷先生明天的早餐，先拿出来，明天好烧给他吃，一共是两块羊排，三个土豆，几颗去壳豌豆，一丁点儿面粉，二两黄油，一小撮盐，还有这么些黑胡椒，统统和在一块儿煮好，热腾腾地吃下去，我看这倒是医痛风病的妙品哩！"

赫伯尔特一件件指着，克拉辣一件件看着，那种柔顺的模样儿是那样自然，那样讨人欢喜；赫伯尔特搂着她的腰时，她羞羞答答地任他搂着，态度是那样诚挚，那样天真和招人爱怜；这么一个温文尔雅的姑娘，落在缺凹湾磨池浜，屋外是青铜老胡同，屋里是那个终日咆哮声震屋梁的巴雷老头，她是多么需要人保护啊！我不由得想，那只从来也没有打开过的皮夹子里的钱我可以不要，她和赫伯尔特的姻缘可绝不能拆散。

我正欣羡地望着她，突然那阵咆哮声又变成了怒吼，只听得楼上乒乒乓乓掀起一阵吓人的响声，仿佛是一个木腿巨人要踩破天花板向我们扑下来似的。克拉辣听见这声音，便对赫伯尔特说："爸爸要我去呢，亲爱的！”说着就跑开了。

赫伯尔特说：“这个没有良心的老混蛋！汉德尔，你猜他现在想要干什么？”

我说：“我不知道。敢情是要喝酒？”

赫伯尔特嚷道：“这可让你猜对了！”仿佛我猜中了什么了不得的大事似的，“其实他的酒都已调好，放在桌上的一只小桶里。一会儿你就会听到克拉辣扶他起来喝酒。——听，来啦！”只听得又是一阵怒吼，末尾拖了一个长长的颤音，继而就是一片阒寂，于是赫伯尔特说：“现在他在喝啦！”一会儿，屋梁上重又响起了他的咆哮声，赫伯尔特说：“现在他又躺下啦！”

没多大工夫，克拉辣下来了，赫伯尔特陪着我上楼去看我们的被保护人。经过巴雷老头的房门口，听得他在里面哑着嗓子哼一支小曲，声音像一阵风似的忽高忽低，我且把这支小曲写在下面，不过内容我已经做了更动，改掉了难听的东西，换上了祝福的意思：

> 哎吓唷！上帝保佑，这就是比尔·巴雷老头。这就是比尔·巴雷老头，上帝保佑。这是比尔·巴雷老头肚皮朝天躺在床上，绝无虚妄。躺在床上肚皮朝天，像一条死去的老比目鱼浮在水面。这就是比尔·巴雷老头，上帝保佑。哎吓唷，上帝保佑！

赫伯尔特告诉我，这个不露面的巴雷，日日夜夜自得其乐地唱着这支曲子，想着自己的心思；他为了便于卧看河上风光，在床上装置了一架望远镜，只要天没断黑，他就常常一面哼着小曲，一面把眼睛凑在望远镜上。

三楼有两间小卧室，空气爽洁，也不像楼下那样容易听到巴雷先生咆哮，蒲骆威斯正舒舒服服住在这里。他见了我并没有露出惊慌，他似乎根本就没有怎么感到惊慌；可是我觉得他变得温和多了——不知怎么变得温和多了，我说不上这是怎么回事，事后再三回忆，也想不出个所以然来，不过反正确确实实是温和多了。

白天休息了一天，我已经利用这个机会好好思索过一番，我下定最大决心，绝不在他面前有片言只语提到康佩生。就我所知，他恨这个人恨之入骨，我要是提起，他准会去找康佩生拼命，结果必然自取灭亡。因此，我和赫伯尔特在他壁炉跟前一坐下来，我劈头第一句就问他相信不相信文米克的见解和消息来源。

他郑重其事地点点头，答道："那还用说，好孩子，贾格斯还会不识人！"

我说："那么，我已经和文米克谈过了；我特地赶来把他提醒我的一些事和他的一些意见讲给你听。"

于是我一点一滴说给他听；只是瞒住了康佩生的那件事。我说，文米克在新门监狱听人说（至于是狱吏告诉他的还是犯人告诉他的，我就不得而知了），已经有人在怀疑他，我的住宅已经遭到监视，文米克主张他暂时避避风头，建议我暂时少和他接触；我还提起文米克说过，以后还是送他出国为好。我还补充了一句：到时候我当然跟他一起走，或是他先走一步，我随后就去，那得听取文米克的意见，他认为怎样安全就怎样办。至于出国以后又当如何，我并没有提起，一则我自己脑子里还是稀里糊涂，没有个头绪，二则眼看他已经变得这样温和，而且为了我分明已经遇到危险，我心里也很不安。至于他要我改变生活方式，铺排场面一事，我对他说，我们目前的处境是这样变幻不定，这样艰难，还要铺排场面，岂不是荒唐可笑？弄得不好还要坏事呢。

对此他也无法否认，而且他自始至终都很讲理。他说他这次赶回国来，实在是一种冒险举动，他早就知道这是一种冒险举动，因此绝不会不顾死活，险上加险，又说，有这样的好人帮他的忙，他一点也不担心自己的安全。

赫伯尔特一直望着炉火在想心事，这时候也说道，他听了文米克的建议，也想到了一个主意，或许提出来谈论谈论不无好处。他说："汉德尔，我和你都是划船的能手，一旦时机成熟，我们何不自己划船送他出去。既不用雇船，也不用雇船夫，这样一来，至少可以免得引起人家的怀疑，我们处处都得防范。不是时令也不要紧；你可以马上去弄条船来停在寺区的石埠跟前，经常在河上划划，你看这个法儿可妙？等你养成了划船的习惯，还有谁会注意你呢？你划上二十次或五十次，到第二十一次或第五十一次就不会引人注意了。"

他这条妙计深得吾心，蒲骆威斯更是听得高兴极了。大家一致同意立即照计行事，并且言明，如果我们的船穿过伦敦桥经过磨池浜，蒲骆威斯可千万别招呼我们。我们另外还约定：他每次看见了我们，如果平安无事，就把他屋里朝东的百叶窗放下来，作为信号。

商议停当，又把各事安排就绪，我便起身告辞，并且关照赫伯尔特，我们最好不要一起回家，请他过半小时再走。然后对蒲骆威斯说：“我真不愿意把你一个人丢在这里，可我相信你待在这儿一定要比待在我身边安全。再见！”

他握紧我的一双手说：“好孩子，我不知道什么时候才能和你再见，这‘再见’两字刺心得很，还是跟我道一声晚安吧！”

“晚安！赫伯尔特会经常为我们通消息的。你尽管放心，等时机一成熟，我也都准备好了。晚安！晚安！”

临别时，我们认为他最好不要相送，只消拿一支蜡烛站在房门外边的楼梯口照一照我们下楼就行。走到楼梯上，回头望望他，想起他从海外归来的头一天晚上，我和他的位置恰恰和今天相反；那时候万万想不到，和他分手竟也会使我心头感到这般的沉重和焦虑。

再一次走过巴雷老头的房门口，又听得他在咆哮谩骂，看来他一直没住过嘴，而且也不打算住嘴。到得楼下，我问赫伯尔特，蒲骆威斯住在这里是不是用的这个姓名？他说当然不是，用的姓名是侃贝先生。他还说，人家只知道侃贝先生由他（赫伯尔特）抚养，只知道他十分关心侃贝先生，要让他住在这里得到很好的照料，过清静的生活。因此，我们来到客厅里，看见乌英夫人和克拉辣坐在那里干活，我便守口如瓶，根本不提我和侃贝先生有什么瓜葛。

我告别了那位温存可爱的、深褐色眼睛的姑娘和那位虽然年已半老、却能始终真心成全这一对小爱侣的慈母般的妇人之后，只觉得连那青铜老胡同也和我来时大不相同了。尽管巴雷老头已经年迈龙钟，骂起人来粗野无比，然而可以无憾的是缺凹湾里毕竟也洋溢着无限的青春、信任和希望。我不禁想起艾丝黛拉，想起和她分手的情景，一路回家，心情十分凄楚。

寺区一切平静如故。蒲骆威斯原来住的那几间屋子的窗户黑洞洞、静悄悄的，花园坊里没有一个人在闲逛。我在喷泉跟前来回走了两三次，才步下石阶，进屋上楼，看看四下还是杳无人影。身子疲倦，打不起精神，便马上上了床。后来赫伯尔特来了，到我床前，对我说他也没有发现什么动静。说完，还打开一扇窗子，望望室外的月光，告诉我说，外面的走道空落落的，一片肃静，简直像深夜教堂里的走道一样。

第二天，我就去弄一条船。我一下子就弄到了，便把船划到寺区的石埠跟前，停在一个地方，从我屋里出来一两分钟就到。从此我便开始划船，一则练练功，二则要养成个划船的习惯，有时候是一个人，有时候也和赫伯尔特一起划。我常常冒着严寒和雨雪出去划，划了几次也就没有什么人注意我了。开头只在黑僧桥以西划，后来涨潮的时间有了变化，我便一直划到伦敦桥那边。当时还是老伦敦桥[1]，有时潮水骤涨暴落，十分险恶，人们提起那地方，都视为畏途。好在我看惯了别人如何“一闪而过”，懂得了过桥的诀窍，所以也就在蒲塘的那些大小船只之间划来划去，一直划到蔼瑞斯。第一次过磨池浜，是赫伯尔特和我两个人用双桨划过去的，一往一返，看见朝东的百叶窗两次都放下了。赫伯尔特去看他，通常每星期不会少于三次，带回来的消息从来没有一字半句使我感到惊心。不过我总还是放心不下，我始终摆脱不了一个念头，总觉得有人在监视我。这个念头一旦钻进头脑，就像个幽灵似的缠住我不放。于是本来并无歹意的人，我也会怀疑他们在监视我，这种情况，简直不可胜数。

总之，我无时无刻不为那个躲藏着的卤莽汉子担足了心事。有时候赫伯尔特对我说，他很喜欢在天黑以后退潮之时站在我们住宅的窗口眺望那滚滚的河水，想象之中只觉得这河水流着流着，挈带着一切，都流到克拉辣那儿去了；我可没有这份乐趣，我忧思重重，只觉得这河水是流到马格韦契那里去的——只要看到河上有个黑点，我就认为那可能是抓人犯的驾着一条小船，飞快地，悄悄地去抓他了，好像不把他逮住就绝不罢休似的。

---

① 据考古学家考证，伦敦桥最早建筑于罗马占领时期。1176 年重新修建，即“老伦敦桥”，桥下水流湍急，落潮时划船自桥下经过也甚危险。1824—1832 年始建新桥。

第四十七章

接连好几个星期，没有发生任何变故。我们都等着文米克来，却始终不见他的踪影。要是我和他的交情只限于在小不列颠街的来往，从来没有到他城堡里去和他结为莫逆之交，那我也许会怀疑他这个人靠不住了；可是我深知他的为人，所以一分钟也没有怀疑过他。

我的境遇开始露出凄凉光景，债主接二连三地上门逼债。我这个人也开始懂得了没有钱的苦楚（我说的是身边短少现钱），只得变卖了一些舍得下的珠宝来救急。不过我咬紧了牙关：眼前我既然还没有明确的设想和打算，那就决计不能再用我恩主的钱，否则就是昧着良心欺骗他。于是我叫赫伯尔特把那只没有打开的皮夹子交给他自己去保管，这才似乎感到满意了，因为这样我就可以说，自从他透露身份以来，我并没有利用他的慷慨捞到过什么好处（至于究竟是真满意还是假满意，那就很难说了）。

艾丝黛拉大概已经结了婚，这个想法随着时光的推移压得我心头日益沉重。虽然我十之八九相信这件事早已成为事实，但又怕这种想法得到证实，因此报也不看，而且关照赫伯尔特千万不要在我面前提起她（关于上一次我和艾丝黛拉见面的情形，我早就告诉过他了）。我整个的希望好比一件撕得七零八碎的袍子，一块块都被风儿吹散了，为什么偏偏要留着这最后一块可怜巴巴的小小的碎片呢？我自己也说不出个所以然来！试问读者诸君，为什么你们也做出了不无类似的矛盾的事儿来呢——就在去年，或者上个月、上个星期？

我过的是抑郁寡欢的日子，无尽的忧虑好似绵亘不断的重山，其中最大的一个忧虑犹如那凌驾众山的主峰，无时无刻不矗立在我眼前。不过，目前倒还没有添上新的忧虑。尽管我常常会心血来潮，生怕蒲骆威斯已被拿获，吓得会从床上跳起来；尽管我夜间坐在屋里静候赫伯尔特归来的脚步声时老是心惊胆战，唯恐他步子比平常急促，带着坏消息奔回来——尽管有这种种苦恼，还有其他种种类似的苦恼，日子却依旧照着老例常规过下去。我弄得一筹莫展，老是惴惴不安，提心吊胆，只得成天驾着小船划来划去，尽量耐着性子，一而再、再而三地等待复等待。

有时候潮情复杂，划着划着，老伦敦桥的桥墩和木桩跟前突然漩涡连天，小船划不回去，只得停泊在海关附近一个码头上，以后再找机会划回寺区的石埠去。我也很乐意这样办，因为这样反而对我有利：让住在河滨的人们多看看我这个人和我这条船，就更加习以为常，不以为怪了。这件小事，却使我两次于无意中遇见了熟人，我现在须得交待一下。

一次是二月下旬，有一天黄昏时分，我在那个码头登上了岸。那天是趁着落潮顺流而下的，一直划到了格林尼治，又趁着涨潮赶回来。白天里是个大晴天，太阳下山时却起了雾，因此我不得不小心翼翼，在河上的船舶之中摸索而归。往返途中都看见他窗口的信号，知道他安然无恙。

晚来天气转寒，身上觉得冷，便决定先去吃顿晚饭舒服一下。又想，如果马上就回家去，孤单单一个人接连待上几小时，也够悒闷的，倒不如吃过饭之后先去看场戏。伍甫赛先生听说颇为走红，此事着实可怪，他演出的那家剧院就在这里河滨一带（今天已经没有了），我决定上那儿去。我知道伍甫赛先生在振兴戏剧方面并没有做出成绩，相反，戏剧事业的身价一落千丈，他倒是要负一份责任。人们从海报上看到，他扮演了一个忠心耿耿的黑人，和他画在一起的还有一位出身高贵的小女孩，一头猴子，这真是不堪设想。赫伯尔特还在海报上看见他扮演了一个掠夺成性、脾气滑稽可笑的鞑靼人，面孔像块红砖，戴一顶奇形怪状的帽子，边上缀满了铃铛。

我吃饭的那家饭店，就是赫伯尔特和我平常叫作“地图陈列馆”的那家小饭馆——因为在这家饭馆里，台布上每隔半码就有一摊狼藉的杯盘痕迹，俨然就是一幅世界地图，每一把餐刀上都有肉汁印子，那是航海用的海图（时至今日，在伦敦市长的辖境之内，几乎没有一家饭馆不是地图陈列馆了）；我在这儿对着面包屑打打瞌睡，望着煤气灯出出神，熏熏那一桌桌酒菜的腾腾的热气，把时间打发过去。最后才打起精神，到剧院去看戏。

剧院舞台上出现了皇家海军的一位善良的水手长——他是个了不得的人，尽管我认为他身上那条裤子有的地方绷得太紧，有的地方又太肥；尽管他十分豪侠十分英勇，可是对小人物却是见一个打一个，把他们头上的帽子都打得压在眼睛上；尽管他十分爱国，可是不许人家谈起纳税付捐。他口袋里放着一袋钱，看上去像一块用布裹着的布丁，他就靠了那笔财产，娶上了一个身穿帐子样衣服的小妮子，为此大大庆祝了一番。朴次茅斯的全城居民（根据最后一次统计，一共有九个人）[1]，都来到海滩上，又是搓手，又是握手，一面唱着：“快把酒斟上，快把酒斟上！”谁料有一个肤色黧黑的水手偏偏不肯把酒斟上，人家要他干什么，他都一概拒绝；水手长当众说道，这个人的心简直和他那副尊容一样黑；这个水手就策动另外两个水手和大伙刁难捣乱，他这一手果然厉害（原来这帮水手也颇有政治影响），后来为了收拾这副烂摊子，足足花了半个晚上，那还是亏了一个戴白帽子、裹黑绑腿的红鼻子的老实小商

① 指登场人物而言。

人。原来他带了一只烤架，钻在一架大钟里，偷听到了人家的谈话，后来从大钟里出来，谁要是不肯相信他偷听到的话，他就干脆举起烤架从后面把他们一个个打倒。继而伍甫赛先生出场（在此以前，始终没有提起过他），他佩着一颗星状“嘉德勋章”，演的是皇家海军大臣的全权代表，前来宣布将那几个水手立即逮捕下狱，还给水手长带来一面英国国旗，因为水手长报国有功，聊示嘉奖。水手长生平第一次感极而泣，居然恭恭敬敬拿国旗擦了擦眼泪，可是马上又高兴起来，叫了伍甫赛先生一声大人，恳求大人赐恩和他拉拉“爪子”。伍甫赛先生谦抑而庄严地伸出“爪子”，水手长把他拉到一个满是灰尘的角落里，余下的人便跳起水手舞来。伍甫赛先生从那个角落里不满地朝观众打量了一眼，就在这当儿发现了我。

第二个节目演的是最新颖的大型圣诞滑稽舞剧。第一场我就似乎看见伍甫赛先生腿上穿着长筒红色绒线袜，脸谱开得特别大，脸上闪着磷光，头发是用一簇乱蓬蓬的红色门帘穗子做的，他正在一个矿井里干活，声响如雷，一看见他那个彪形大汉的主人（声音十分沙哑）赶回来吃午饭，他就显得非常胆怯。这种种情景，我看了很不好受。好在他不久就扮演了一个身份较高的角色；原来有位多情种子看中了一位农场主的女儿，那无知的农场主大为反对，便蛮不讲理地摆出他做父亲的威势，身上套上一只面粉袋，从二层楼的窗口向下一跳，有意压在他女儿的意中人身上，多情种子眼看敌不过他，便找个足智多谋的巫士来助威；于是台上踉踉跄跄走出一个人来，他是从天涯海角历尽了艰险才来到此地的，一看果然就是伍甫赛先生：戴一顶高顶帽，胳肢窝里挟着一本巫术大全。这个巫士来到世间，他的任务主要是让人家向他诉说，对他歌唱，朝他身上冲撞，在他面前跳舞，对着他挥闪五颜六色的火焰。他有的是闲工夫，便只顾拿眼睛向我这边瞪，似乎惊异得不知所措。我看了非常诧异。

伍甫赛先生的眼睛愈瞪愈厉害，目光中显然大有深意。他脑子里似乎在七上八下团团乱转，愈转愈稀里糊涂，弄得我实在摸不着头脑。一直到他驾着一只庞大的挂表壳子腾云飞去了好久，我还坐在那里纳闷，百思不得其解。一小时之后，我出了剧院，脑子里依旧想着这件事，在剧院门口却发觉他在那里等我。

我和他握握手，一同走到大街上，我说："你好，我知道你刚才看见我了。"

他答道："看见你了，匹普先生！我哪能不看见你呢！还有一位是谁呀？"

"还有一位？"

伍甫赛先生不觉又显出了惘然若失的神气，说道："这可太奇怪了。我敢发誓，我明明看见还有一位的。"

我吓了一跳，请伍甫赛赶快说明白他这话究竟是什么意思。

伍甫赛先生依旧是那么一副惘然的神气，他接下去说："当时你要是不在场，我是不是一下子就会注意到那个人，那就很难说了；不过，我看多半也会注意到他的。"

我不由自主地扫视了一下四周，就像平日回家时一样，因为他这几句神秘莫测的话着实使我打了个寒噤。

伍甫赛先生说："他去远了，我还没下场他就出了剧院，我看见他走的。"

我心里怀着鬼胎，竟然一下子疑心到这个可怜的戏子身上。我怀疑他莫不是故意要引我上圈套，让我来一个不打自招。所以我就瞟了他一眼，继续和他并排往前走，并没有说什么。

"匹普先生，说来真可笑，我起初还以为他是和你一起来的呢，后来才看出他像个鬼魂似的坐在你的后面，而你根本就没有觉察到后面还有这么个人。"

我又打了个寒噤，可是依旧咬紧牙关，什么话也不说，因为从他说的那些话来看，他完全有可能是什么人派来引我上钩的，让我以为他说的就是蒲骆威斯；当然，我有百分之百的把握断定蒲骆威斯绝没有到剧院来过。

"匹普先生，我的话一定使你很吃惊吧，我看得出来的。不过事情实在太奇怪！有句话我要说了出来，你一定不会相信；要是你说给我听，我也不会相信的。"

我说："真的？"

"没错，真是这样。匹普先生，你可还记得，从前有一年过圣诞节，那时候你年纪还小，我在葛吉瑞家里吃饭，忽然有几个官兵找上门来，要葛吉瑞替他们修理手铐？"

"我记得清清楚楚。"

"你可还记得，后来官兵去追捕两个逃犯，我们也跟着去看，葛吉瑞背着你，我带头走在前面，你们拼命在后面跟？”

“我一切都记得清清楚楚。”他哪儿知道，除了这最后一点是他胡诌以外，其他我记得才叫清楚哪。

“你可还记得，我们在一条水沟里看到了那两个家伙，他们正在扭打，其中一个被另一个打得够呛，满脸是伤？”

“仿佛就是眼前的事。”

“你可还记得，后来官兵点起了火把，把那两个家伙围在当中，我们要把热闹看到底，在黑魆魆的沼地上一个劲儿跟在他们后面走，只见火把把那两个家伙的脸照得通亮？我特别要说的是这一点——你可还记得，那时我们四周是一片黑沉沉的夜色，而火把却把那两个逃犯的脸照得通亮？”

我说：“记得，完全记得。”

“匹普先生，那么我可以告诉你：今天晚上坐在你后面的就是那两个逃犯中间的一个。我清清楚楚看见他就坐在你的背后。”

我吩咐自己“要沉住气！”然后问他：“你看见的是两个之中的哪一个？”

他毫不犹豫地答道：“是脸上带伤的那一个，我敢赌咒我看见的就是他！那副嘴脸，我愈想愈觉得没错儿。”

我竭力装出一副和我毫不相干的神气，说道：“太稀奇了！真太稀奇了！”

和他谈了这一席话，我心里所增长的不安，真是怎么说也不为过分，尤其一想到康佩生曾经“像个鬼魂似的”躲在我后面，那份惊骇更是难说难描。因为，自从蒲骆威斯避匿以来，我何曾有片刻工夫不想到康佩生；要是当真有过片刻工夫没想到他，那恰恰就是他紧挨在我背后的那会子。我尽管用尽心机，处处留神，偏偏这一回竟是这样糊涂，这样疏忽，正好比关严了远远近近前前后后的百十扇门窗，堵塞了他的一切来路，回头一看，他居然就在我的跟前。他是因为我来看戏才跟着来看戏的，这一点也是无可怀疑的；尽管表面上看来我们的周围似乎并没有什么了不得的危险，其实，危险却一直隐伏在我们的身边，一触即发。

我向伍甫赛先生问了几个问题。先问，那人是什么时候进来的？伍甫赛答不上来，只是说先看见我，然后又看见我背后有那么个人。他是过了一会才认出那人来的，一开头他还模模糊糊以为那人是和我一起来的，说不定是我从前乡下的老乡亲。我又问，那人衣着如何？他说，穿一身黑衣服，很讲究，别的方面也并不怎么引人注目。我又问，那人脸上有没有破相？他说并没有，我也认为并没有，因为，我当时虽然在想心事，没有去留意坐在我后面的是些什么人，不过，其中要是有个破了相的人，那一定会引起我注意的。

凡是伍甫赛先生能记得起的，凡是从他嘴里能够探听出来的，他都一五一十告诉了我，我请他吃了些便点，为他消除消除夜来的疲劳，才和他分手。到得寺区，时间已是介于午夜十二点和下半夜一点之间，四处栅门已关。我进了栅门，回到家里，一路注意，周围并没有人影。

赫伯尔特早就回来了，我们两个人就坐在炉边，做了一次十分认真的商讨。讨论下来一筹莫展，唯一的办法就是把我今天晚上所发现的动静告诉文米克，并且提醒他说，我们等着他给我们出主意。我考虑到我如果到他的城堡去得太勤，可能要连累他，便决定写封信告诉他。上床睡觉以前就把信写好，连夜出去投进邮筒，看看附近依旧没有一个人影。赫伯尔特和我都认为，除了小心防范之外，没有其他办法。从此我们便十二万分小心——说得夸张一点，简直比从前还要小心百倍——我自己尤其注意，根本就不到缺凹湾那一带去，纵使划船经过那儿，也只是朝着磨池浜随便望望，就像看其他景物一样。

第四十八章

上一章曾提到我于无意中两次遇见熟人，其中一次已经谈过，现在来谈第二次，大约和第一次不过隔了一个星期。这一次我又把小船停泊在伦敦桥东的那个码头上，时间也是下午，比第一次早一个小时。我拿不定主意上哪儿去吃饭，便信步向齐普赛逛去。到得齐普赛，沿街走去，但见行人熙来攘往，忙忙碌碌，只有我则是个漂流无定的人。这时忽然有个人从背后赶上来，把一只大手搭在我肩上，一看是贾格斯先生。他索性用那只手挽住我的胳膊。

“匹普，我们既是同路，干脆一块儿走吧。你上哪儿去？”

我说：“大概到寺区去吧。”

贾格斯先生说：“你自己也不知道自己上哪儿去？”

这一次他盘问我，居然让我占了他的上风，我真是高兴，便回答道：“可不是！我自己也不知道，因为我还没有拿定主意呢。”

贾格斯先生说：“你是去吃饭吗？我看，这一点你总可以承认吧？”

我答道：“是呀，这一点我可以承认。”

“没有约什么人吧？”

“这一点我也可以承认，没有约什么人。”

贾格斯先生说：“既是如此，和我一块儿去吃吧。”

我正要推却，他又说：“文米克也要来的。”于是我连忙改了话头，表示接受他的邀请——好在这已经出口的前半句话，正反两种意思都接得上榫。于是我们一块儿沿着齐普赛路走去，拐入了小不列颠街。店铺橱窗里都已纷纷亮起灯光；入晚街上行人杂沓，点街灯的人简直连个梯子都没有地方搁，只见他们蹦上跳下，忽隐忽现，于是在四合的夜雾中亮起了一只只红眼睛，比上次我在汉马姆斯客舍的那只灯草心蜡烛灯在鬼森森的墙上照出的白眼睛还要多。

小不列颠街的事务所里正在准备下班，照例写信的写信，洗手的洗手，灭蜡烛的灭蜡烛，锁保险箱的锁保险箱。我懒洋洋地站在贾格斯先生的壁炉跟前，那明灭无定的火焰把搁板上那两座头像照得时隐时现，仿佛两个魔鬼在和我玩躲猫儿的游戏；贾格斯先生坐在一个角落里写什么，那一对办公室用的劣质大蜡烛暗幽幽地照着他，蜡烛上裹着一层裹尸布似的脏纸，仿佛是纪念他那些已经上了绞架的主顾。

我们三个人合乘一辆出租马车到吉拉德街去，一到那里，晚饭就端上来了。在那个地方，我虽说万万休想和文米克攀什么沃伍尔斯交情，哪怕向他丢个眼色也办不到，不过，要是能够随时对他友好地望上一眼，那倒也不坏。谁料这也办不到，因为他每一次从桌子上抬起头来，眼睛总是望着贾格斯先生那一边，对我却是无限冷淡和疏远，仿佛文米克有个孪生兄弟，现在来的这一个不是他，而是那个孪生兄弟。

刚一开始用餐，贾格斯先生就问文米克："郝薇香小姐那封信，你寄给匹普先生了吗？"

文米克答道："还没有呢，先生。我刚刚打算寄出去，你就带着匹普先生到事务所来了。信在这儿。"说着，就把信交给了他东家，并不交给我。

贾格斯先生把信递给我说："匹普，这是郝薇香小姐寄来的一张字条，她因为弄不清楚你的住址，所以叫我转交。她给我的信上说，她想要见见你，和你谈谈你向她提起过的一件小事。你打算去一趟吗？"

我说："我要去的。"说着就把字条匆匆看了一下，上面说的话和贾格斯先生转达的话毫无两样。

"你打算什么时候去？"

我向文米克瞟了一眼，文米克正在把一块鱼塞进邮筒口。我回答道："我眼下和别人有个约会，所以时间还很难说定，我想，反正很快就会去的。"

只听得文米克对贾格斯先生说："如果匹普先生打算马上就去，那他就用不着回信了。"

我一听这话是示意我最好不要耽搁，便决定明天就去，于是就把这个意思说了。文米克举杯一饮而尽，满意的神气中带着一些严峻，他望了贾格斯先生一眼，却没有看我。

贾格斯先生说："嘿，匹普！我们那位朋友蜘蛛，这一局牌打赢了。"

我除了承认之外，没有别的话可说。

"哈哈！这个小子倒是有点出息的——他有他的一套——不过他这一套也许不一定总能吃得开。看谁的能耐大，谁就能取得最后的胜利，可是现在还不知道到底谁的能耐大呢。万一他要动手打她——"

我气得脸上发烧，心里冒火，连忙打断了他的话，说道："贾格斯先生，听你这么说，他哪里还会干这种下流的事呢？"

"匹普，我不是说他一定会干这种事。我只是这样假设：万一他要动手打她，那可能是他力气大；如果他要和她较量智力，他可不是她的对手。这样一个人，遇到这一类事情，结局只有两种，可能性是一半对一半，实在很难逆料。"

"请问，两种什么样的结局？"

贾格斯先生答道："像我们的朋友蜘蛛这种人，不是足踢拳打，就是胁肩谄笑。胁肩谄笑的话，可能咆哮如雷，也可能不咆哮如雷。不过反正不是足踢拳打，就是胁肩谄笑。你可以问问文米克他的看法如何。”

文米克望也不望我一眼，只是说：“不是足踢拳打，就是胁肩谄笑。”

贾格斯先生从旋转碗碟架上拿下一瓶好酒，把我们两个人和他自己的杯子都斟满了，说道：“那就让我们为本特里·蛛穆尔夫人干一杯吧！但愿谁胜谁负的问题解决得让夫人满意！要既使夫人满意，又使先生满意，那是绝对不可能的。喂，茉莉，茉莉，茉莉，茉莉，你今天做事怎么这样慢啊！”

他喊茉莉时，茉莉正在他跟前上一道菜。上好了菜，她便缩回双手，退后了一两步，紧张地咕哝了一句什么，为她自己剖白。她说话时，手指有一种动作引起了我的注意。

贾格斯先生问我：“怎么啦？”

我说：“没什么。只不过谈起这件事，我心里很难受。”

看她手指的动作，仿佛在编结什么东西似的。她站在那里望着她的主人，不知道自己是不是可以走了，主人是不是还有话要说；她要一走主人是不是又要喊她回来。她的目光十分专注。对了，这样一副眼睛，这样一双手，最近我在一个难忘的场合下见过，和她一般无二，丝毫不爽。

贾格斯先生终于打发她走了，她悄悄溜了出去。可是我只觉得她依旧站在我面前，活灵活现，好似并没有走开一样。我望望那双手，望望那对眼睛，又望望那一头飘拂的秀发，觉得和我熟悉的那双手、那对眼睛、那头秀发何其相似，心想：那个人儿嫁了个粗暴的丈夫，过上二十年风狂雨暴的生活以后，是不是就会成为这副样子呢？再望望这个管家妇的手和眼睛，我不禁回想起我最近一次在那荒芜的花园里散步、在那废弃的酒坊里徜徉时（当然不是独自一人）心坎里勾起的一种说不出的感觉。我还回想起后来有一次看见从驿车窗口里探出一张脸儿来朝我张望、伸出一只手儿来向我挥舞时，我又一次产生了这种感觉；再后来我坐着马车（当然不是独自一人），驰过一条昏暗的街道，突然间遇见一片耀眼的煤气灯光，顿时这种感觉又油然而生，好像在我身边打了个闪电一般。我还想起，最近在剧院里由于一个联想，结果弄清了康佩生就在身边；我本来是拙于联想的，可是现在我已经牢牢地养成了这种联想的习惯，一提起艾丝黛拉的名字，我不觉一下子就联想到手指的编结动作，联想到目光炯炯的眼睛。我完全可以断定，这个妇人就是艾丝黛拉的母亲。

贾格斯先生早就看见过我和艾丝黛拉在一起，而我此刻感触万端的情绪又未加掩饰，自然逃不过他的眼睛，因此他听见我说提起这件事使我感到难受，便点了点头，拍了拍我的背，随手就给大家斟了一巡酒，继续吃他的晚饭。

那个管家妇后来只来过两次，而且逗留的时间都很短，贾格斯先生对她又总是疾言厉色。可是，她那双手真个是艾丝黛拉的手，她那对眼睛真个是艾丝黛拉的眼睛，我有十足的信心相信我想的不会错，哪怕她再来一百次，我的信心也不会增一分，减一分。

这一个晚上过得很沉闷，因为酒斟到文米克跟前，他总是当作例行公事一般，一饮而尽（逢到发薪时他大概也总是这样往口袋里一塞的）；他坐在那里，眼睛望着他的东家，始终保持着一副恭候盘问的姿态。说到他的酒量，他那个邮筒口也和平常的邮筒口一样，只要你有信件投得下去，它就容纳得了。在我看来，今天在这里的始终是他那个孪生兄弟，只是外表和沃伍尔斯的文米克一个模样而已。

我和他两个人很早就辞别主人，一同告退。刚一走到贾格斯先生的盥洗室，正埋头在他那一大堆皮鞋当中寻找我们的帽子，我就觉得那个真正的文米克就要回来了；我们沿着吉拉德街向沃伍尔斯的方向走去，刚走了几码路，我就发觉和我挽着胳膊走的已经是那个真正的文米克，他那个孪生兄弟早就在夜空里风流云散了。

文米克说："好啦！这就没事啦！他是个古怪人。走遍天下也找不到第二个；跟他一起吃饭，我总觉得非得闭紧了话匣子不可，可是依着我的性子，吃饭却得打开话匣子吃才吃得舒服。"

我觉得他这句话说得真可谓一语破的，便把这个意思对他说了。

他说："我这个话可只给你一个人讲。我相信你我之间说的话是不会外传的。"

我问他有没有见过郝薇香小姐的养女——本特里·蛛穆尔夫人？他说没见过。为了免得话头转得过于突然，我就问他老人家和史琪芬小姐可好。他听我提起史琪芬小姐，脸上立即露出狡黠的神色，当街站住，擤起鼻子来，又是晃脑袋又是挥手帕，隐隐约约之间总不免透露出一些得意。

我说："文米克，当初我第一次到贾格斯先生家里去，你在事先关照我要注意一下那个管家妇，这件事你还记得不记得？"

他答道："有这样的事吗？唔，大概有吧。"接着，他沉下了脸，又说道："哎哟，鬼缠昏了我的头啦，我想起我的确说过的。原来我的机器还没有完全打开呢。"

"你那一次还管她叫一头驯服了的野兽呢，是不是？"

"那你管她叫什么呢？"

"和你一样。文米克，贾格斯先生究竟是怎么驯服她的？"

"这是他的秘密。她在他那儿待的年数不少啰。"

"你把她的身世讲给我听听好不好？我很想了解了解她的身世。你放心，你我之间说的话，是不会外传的。"

文米克答道："其实呢，她的身世我也并不了解——我是说，并不完全了解。不过，只要我了解的都可以告诉你。当然，我们这些话都是以私人朋友关系说的。"

"那还用说。"

"大约二十年以前，这个女人以杀人罪在'老寨子'被提起公诉，结果却得无罪开释。那时候她是个很漂亮的少妇，我看她身上还带着点吉卜赛人的血液呢。反正，她那种血性子一旦发作起来，你可以想象，那真是天不怕地不怕的。"

"她倒无罪开释了？"

文米克露出大有深意的神色，接下去说："这都亏贾格斯先生为她辩护，施出了无比惊人的手腕，把这件案子辩活了。这本来是一件无可挽回的案子，贾格斯先生那时候的资格也还比较浅，他却把这件案子处理得人人惊叹，个个佩服；事实上，他几乎可以说就是靠了这件案子起家的。他天天亲自跑警察局，接连跑了好些日子，决心要把这个女人的罪状开脱个一干二净；后来开庭了，他无法亲自出面辩护[①]，便在辩护律师的手下，一五一十替他出主意——这事人人知道。被谋害的是个女人，比茉莉整整大上十岁，个儿比她大得多，力气也比她大得多。案由是争风吃醋。这两个女人过的都是浪荡日子；如今在吉拉德街的那一位，小小年纪就嫁了个浪荡汉子，拿我们的话来说，就是和这个男人做了露水夫妻，她十足是个爱争风吃醋的泼辣货。再说那个被谋害的女人，从年龄来看，倒的确和那个男人更相配，她的尸体是在汉斯罗荒原附近的一个牲口棚里发现的。死前经过了一番剧烈的挣扎，说不定还有过一场搏斗。那女人遍体鳞伤，身上给抓得没有一块好肉，是被叉住了喉咙，活活给掐死的。案发以后，除了茉莉本人之外，找不出第二个可疑的人，于是贾格斯先生的文章，主要就做在茉莉掐不死那个女人这一点上。”文米克说到这里，扯扯我的衣袖，又继续说：“老实告诉你，虽然现在贾格斯先生有时也讲茉莉的一双手力气很大，从前他可是绝口不提的。”

原来我已经告诉过文米克，说贾格斯先生有一次请我的几个

---

① 英国律师有两种：一种是大律师，另一种是小律师，小律师没有资格在高级法院出庭辩护；贾格斯当时还是初出茅庐，当系小律师一类。

朋友吃饭，当场叫茉莉把她的手腕伸出来给我们看过。

文米克接下去又说："我再说，老兄！碰巧——明白吗，是碰巧！——碰巧这个女人从她案发被捕的那一天起，就在衣着打扮上大翻花样，把身腰装点得比本来纤巧多了；尤其是她的衣袖，弄得非常巧妙，把她那两条胳膊衬托得十分细弱，至今还传为奇谈。她身上只有一两处青肿——在一个荡妇身上，这算得了什么！——不过她两只手背上都有伤痕，于是问题来了：她是不是被对方的指甲抓伤的呢？贾格斯先生说了，茉莉是穿过一大片荆棘地时给拉破的，因为那些荆棘，你说它高吧，够不到她脸上；说它矮吧，她的手却不能不碰着；何况她皮肤上果然发现了荆棘刺，于是就提出来作为证据，后来又到现场检查，发现那一片荆棘地果然有人钻过踏过，偶尔还有从她衣服上扯下的碎片，还有一小摊一小摊的血迹。可是贾格斯先生最大胆的论据还在后头呢。庭上为了要证明茉莉的嫉妒成性，提出她还有一项很大的嫌疑，说是她很可能为了要向那个男人报复，就在凶杀案发生前后，丧心病狂地杀害了她自己和那个男人所生的一个孩子——当时大概三岁左右。对这个问题贾格斯先生是这样对付的：'我们断定这些伤痕并不是指甲抓破的，而是荆棘拉破的，我们已经带诸位到荆棘地上去看过。诸位则一口咬定是指甲抓破的，还提出一个假设，说她害死了自己的亲生孩子。那么，由这个假设而引出的一切推论，诸位总也应当承认吧。假定说，这个女人杀害了自己亲生的孩子，孩子死命抓着她不放，结果抓伤了她的双手。推论下去怎么样呢？诸位现在可不是在审她谋杀亲生孩子的罪；既然如此，何不一审？说到这个案子，诸位如果一定要拿她的伤痕大做文章，那么我们只能认为，大概你们是要找些解释，好振振有辞地证明这些伤痕并非你们的捏造吧？'”文米克又说：“老兄，总而言之，贾格斯先生说得整个陪审团招架不住，只得认输。”

“从那以后，她就一直在贾格斯先生家里帮佣吗？”

文米克说：“是的；不过，还不光是这样；她一获得开释、到他家里去帮佣以后，就一直驯服得像现在这个样子。她对于自己的职分还是后来一样一样学会的，可是她的野性子却是一开头就被驯服了。”

“你可还记得她那个孩子是男是女？”

“据说是个女孩子。”

“今儿晚上你还有什么要告诉我的吗？”

“没有了。你给我的信，我已经收到，并且销毁了。没有什么可说的了。”

于是我和他诚诚恳恳地相互道了晚安。回得家来，旧的痛苦没有消释，却又添了新的愁思。

第四十九章

第二天，我又搭乘驿车到沙堤斯庄屋去。郝薇香小姐原是个捉摸不定的人，她见我去得这么勤，说不定会表示诧异，因此，我把她那封信随身带去，必要时也可以作为凭证，说明我这次是奉命去的。到得中途客店，我下了车，在那儿吃过早餐，剩下来的路程便安步当车，因为我要拣几条冷僻道儿走到镇上去，免得引人注目，出镇时也得如此。

来到大街后面那几条响起回声的静巷僻径，天光已经开始暗淡下来。这里的好些个瓦砾堆原是昔日修道士的斋堂和园圃，如今几乎已和那些长眠地下的修道士一样寂静无声，只是沿着那牢固的旧院墙边上砌出了几间简陋的棚屋和马厩。我生怕撞见熟人，走得急急忙忙，教堂里的钟声在我听来似乎也比往常更其凄凉，更其遥远；古老风琴奏出的抑扬的琴声，传到我的耳里，简直像出殡时的哀乐；鸦阵绕着灰白的塔尖盘旋，在修道院废园旧址的光秃秃的大树梢头打转，似乎是向我报信：这儿已经风物全非，艾丝黛拉已经一去不复返了。

这回来开门的是个老妇人，我从前见过她，知道她是住在后院对面那另一座房子里的女仆。漆黑的过道里依旧点着蜡烛，我拿起蜡烛，一个人上楼。郝薇香小姐不在自己的卧室里，她在对面的那间大屋子里。我敲敲门，没有应声；从门缝里张望了一下，看见她正坐在壁炉紧跟前的一张破椅子里，对着灰烬厚厚的炉火出神。

我照例走进去，紧靠着那古老的壁炉架，站在那儿，好让她一抬起眼睛来就看得见我。瞧她那神气，着实太寂寞凄凉，别说我为她受过如许委屈，即使她把我心上的创伤刺得更深十分，我这会子看见她也难免要动恻隐之心。我心里既怜悯她，又想到时光无情，我如今也已变成这座饱经风雨的宅子里残剩的一件破烂了。正在这当儿，她的目光落到了我身上。她睁大了眼睛，低声说道："真是你来了吗？"

"是我匹普。贾格斯先生昨天把您的信交给了我，我马上就赶来了。"

"谢谢你，谢谢你。"

我另外搬来了一张破椅子，在壁炉跟前坐下，看见她脸上露出了一种从来没有见过的表情，好像有些害怕我似的。

她说：“上次你到这儿来和我谈起的那件事，我打算和你进一步谈谈，也让你明白我并不是个铁石心肠的人。不过，我看你这会子无论如何也不会相信我心里还有一丝一毫的人味儿吧！”

我安慰了她几句，她抖抖索索地伸出右手，似乎想要抚摩抚摩我，可是等到我明白了她的用意，打算领受她这番好意时，她已经把手缩回去了。

“你上次为你的朋友来求我，说要是我可以为他做一点有益的事，你倒有个主意。那么，你是要我帮帮他的忙啰？”

“我真希望你能帮帮他的忙。”

“究竟帮他什么忙呢？”

于是我就开始给她讲我暗中帮助赫伯尔特入股的经过。我没讲几句，看看她的神色，若有所思，却又心不在此，我便断定她并不是在考虑我所说的话，而是在忖度我这个人。我这个想法大概是不会错的，因为我没有说完就打住了，她却过了好久方才显出觉察的样子。

这时她又显出了刚才那种害怕我似的神气，说道：“你为什么不把话说完？是不是你恨死了我，和我谈不下去？”

我连忙回答：“哪儿的话！郝薇香小姐，您想到哪里去了？我是看见您不爱听，才没有说下去呢。”

她用手托住了脑袋，说道：“也许我是没有好生听，你从头再说一遍吧，让我眼睛望着别处听你说。等一等！好，说吧！”

她手按着拐杖，那毅然决然的神气一如往常，眼睛望着炉火，显出一副竭力勉强自己留神静听的模样。于是我继续说下去，告诉她说，这件事我本当自己拿出钱来进行到底，只是如今力不从心。我还提醒她，说起这个问题，有些情况要涉及另外一个人的重大秘密，我不便明言。

她点头表示同意，可是却不肯望我一眼。她说："好吧！你要替他把这件事办成功，还缺多少钱？"

这笔数目乍一听很不小，我真不敢说出口。"九百镑。"

"如果我给你这笔钱，让你去了却这桩心愿，你能不能像保守自己的秘密一样，也替我保守秘密呢？"

"绝无二心。"

"那样，你就可以安心些了吧？"

"安心多了。"

"你现在还是很不快活吗？"

她问这话时，依旧没有看我一眼，可是那语调却充满了罕见的同情。我一时回答不上，因为我的嗓子哽住了。只见她用左臂圈住拐杖头，把前额轻轻搁在上面。

"郝薇香小姐，我怎么快活得起来呢？不过，我之所以烦恼，还有您所不知道的原因。也就是我刚才提到的所谓秘密。"

过了片刻，她抬起头来，重新望着炉火。

"你能对我说你心里不快活还有别的原因，足见你胸怀宽广。不过你说的是真话吗？"

"千真万确。"

“匹普，难道我给你帮忙，就只能帮你朋友的忙？你朋友的事算是说定了，你自己难道就没有什么事要我帮忙吗？”

“没有了，我感谢您问我这句话。尤其感谢您这样好声好气问我这句话。不过，确实没有什么要您帮忙的了。”

她立即站起身来，在这死气沉沉的屋子里扫视了一眼，意思是找可有纸笔，可哪里找得到纸笔，于是她只得从口袋里掏出一个黄澄澄的象牙薄片的本子[①]，本子上还镶着个已经发黑的金框子，又从那吊在脖子上的发黑的金盒子里掏出一支铅笔，在象牙片本子上写起来。

“你和贾格斯先生交情还很好吗？”

“好极了。昨天还在他家里吃饭呢。”

“那么你就拿这个作凭证，叫他把这笔钱如数付给你，由你全权做主，为你的朋友安排。我手边没有现款；不过，如果你要瞒着贾格斯先生，那么，我也可以派人把钱给你送来。”

“谢谢您，郝薇香小姐；我完全可以自己上他那儿去拿。”

于是她把写好的凭证读给我听，措辞简截明了；显然是有意为我脱掉干系，免得人家怀疑我拿了这笔钱来自肥。当我从她手里接过象牙片本子的时候，她的手又抖了；当她把那根系铅笔的链子拿下来塞在我手里的时候，她的手抖得越发厉害了。可是她自始至终没有瞧我一眼。

① 古时有用薄薄的象牙片或木片做便笺用的。

“这本子的第一页上就是我的名字。假使你哪一天肯在我的名字下面写上‘我原谅她’几个字，哪怕那时我这颗破碎的心早已化作了尘土，我也还是要请你写一写。”

我说：“郝薇香小姐，我可以马上就写。我们都做过错事，想起来就会伤心。我这一辈子，就干过多少不识好歹、薄情寡恩的事。我要别人原谅我、指点我还来不及，怎么能怨您呢？”

她这才把避开的眼睛第一次转过来瞧着我；使我吃惊、更使我骇然的是，她竟然在我面前跪了下来，冲着我合起了双手，我想在她青春妙龄的岁月里，那时候她这颗心还没有破碎，她一定就是这样跪在她妈妈身边向上天祈恩的。

眼看着这样一位白发萧萧、形容枯槁的老人跪在我面前，我怎么禁得住不浑身震动？我苦苦求她站起来，用双手去抱她站起来；谁料她只是牢牢抓住我扶着她的那只手，把头伏在我胳膊上号啕大哭。这还是我第一次看见她流泪；我心里想，索性让她哭个痛快吧，发泄一下也许反而对她有好处，因此，我只是俯着身子，默默地看着她。这时她已经不是跪在地上，而是干脆坐倒在地上了。

她一声声绝望地喊道：“啊！我怎么做出这种事来！我怎么做出这种事来！”

“郝薇香小姐，如果您这话指的是您伤了我的心，那么我可以回答您：这算不得什么。哪怕天塌下来，我爱她的心也不会变。——她结婚了吗？”

“结婚了！”

我这句话实在问得多余，只消看一看这凄凉的宅子里又添上了一重新的凄凉，早就不言而喻了。

她双手乱搓，一头白发扯得稀乱，又口口声声道："我怎么做出这种事来！我怎么做出这种事来！我怎么做出这种事来！"

我不知道如何回答她好，也不知道如何安慰她好。她做了一件伤天害理的事，因为自己被人遗弃，自尊心受了创伤，心里郁结着一股冲天的怨恨，就收养了一个天真无邪的女孩儿，故意把她教成这副模样，借以为她出气报仇——这些我都一清二楚。可是，她把阳光摈于门外，也就把世间万物一股脑儿都摈于门外；她与世隔绝，也就与自然界多少有益身心的灵秀之气都隔绝了；她孤单单一个人终日冥想，弄得脑子出了毛病——凡是违逆天地造化规律的人，往往都有这种毛病，逃不了，免不了——这些我也一清二楚。如今，眼看她承受了上天的惩罚，落得这样颓唐，生于人世而和人世扞格不入，白白的一味伤心叹息，而至于风魔入骨——正如有人白白的一味忏悔，白白的一味懊丧，白白的一味羞愧，白白的一味做些荒唐可笑的事情，使世人大遭其殃一样——眼看她落到这般境地，我怎么能不同情她呢?

"那一天我听到你和她说那些话儿，我觉得你简直就是一面镜子，让我重新看到了自己当年的心情，我这才明白我干的是些什么！我怎么做出这种事来！我怎么做出这种事来！"她就这样几十遍、成百遍地念叨，她怎么做出这种事来！

她的号哭声一平息，我就对她说："郝薇香小姐，您大可不必为我而烦神，也不必为我而感到良心不安。不过说到艾丝黛拉，情形却又不一样：她已经被您引上了歧路，善良的天性已经昧住了几分，假使您还能设法挽回，哪怕是一点一滴也罢，那我劝您还是尽量去设法挽回，这比光知悔恨而痛哭一辈子总要好些。”

“是啊，是啊，我明白。但是，匹普——我的好孩子！”她对我的这种深情，我还是第一次看到，我觉得其中有一种诚挚的女性的同情。“我的好孩子，请你相信我：她刚刚来到我这里的时候，我本来的意思是想搭救她，免得她也遭受我这样的苦难。开头我无非是这样的用意。”

我说：“好极了，好极了！但愿如此！”

“后来她一天一天长大，眼看竟是个美人胎子，于是我对待她便愈来愈不像话；夸她赞她呀，给她戴上珠宝呀，这样那样地教导她呀，还成天拿我自己这副模样儿做她的前车之鉴，使我给她的教育更加有根有据，言之成理——我就这样偷走了她的心，在她的心窝里塞上了一块冰。”

我情不自禁地说：“那还不如让她保存着那颗天然的心，哪怕是伤了，碎了，也要比这样强。”

郝薇香小姐听了这话，痴痴呆呆地望了我一会儿，然后又嚷起来了，她怎么做出这种事来！

她还解释说：“可惜你不知道我整个的身世，否则你对我也会比较了解一些，对我也会多少有些同情。”

我把口气尽量放得温和体贴，回答她说：“郝薇香小姐，我敢说我是了解您的身世的，而且是一离开家乡就了解的。我对您的身世非常同情；您的身世以及您因此而受到的影响，我想我都是了解的。凭着我们素来的交情，是不是可以允许我问您一个有关艾丝黛拉的问题？我不问现在的事，我问的是她刚来这儿时的情形。”

这时候她坐在地上，两条胳膊扶住了破椅子，脑袋斜靠在胳膊上。听见我问她这话，她就直勾勾地盯着我，说道：“你问吧。”

“艾丝黛拉究竟是谁的女儿？”

她摇摇头。

“您不知道吗？”

她又摇摇头。

“是贾格斯先生亲自带来的，还是派人送来的？”

“亲自带来的。”

“请您把经过情形告诉我，好不好？”

她小心在意地低声说道：“我关在这几间屋子里以后，过了好久（我也不知道有多久，这儿的钟走不走你是知道的），有一次我对贾格斯先生说，我想要领个小女孩儿来抚养抚养，疼爱疼爱，不让她再像我这般苦命。在我还没有和人世隔绝以前，我就在报纸上看到过他的大名；我第一次和他见面，是请他来替我打烊[①]的。他当下就答应替我物色这样一个孤儿。一天晚上，他就把孩子抱来了，来的时候孩子还睡着呢。我便管她叫艾丝黛拉。”

---

① “打烊”，指料理酒坊善后事宜及遣散员工等等。

“请问她当时有多大？”

“不过两三岁。她对于自己的身世，什么也不知道，只知道自己是个孤儿，是我收养了她。”

于是我深信贾格斯先生的那个管家妇准是艾丝黛拉的母亲无疑——我用不到证据就可以肯定。我想，其中的联系，谁都会一下子就看出来的。

说到这里，再待下去还有什么意思呢？替赫伯尔特求情，已经如愿以偿；有关艾丝黛拉的情况，郝薇香小姐已经把知道的都告诉了我；为了安慰她，我能说的都说了，能做的都做了。于是我就告别了，临别时讲些什么也不必细说，总之我就告别了。

下了楼梯，来到清新的空气里，已经是暮霭四合的时分。我对刚才开门让我进来的那个妇人说，暂时不必劳驾她开门送客，我还要逛一逛再走。因为我不知怎么有了一种预感，觉得今后再也不会上这儿来了，在这薄暮冥冥之中做一次最后的凭吊，也许正合适吧。

我顺着那一大片乱七八糟的酒桶，向荒芜的花园走去。这些酒桶，当年我曾经踩在脚下走过，嗣后经过多少年雨水的浸渍，大半已经朽烂不堪；还朝天竖着的那些，桶顶上有的成了小沼地，有的成了小池塘。我绕着花园走了一圈，经过了当年赫伯尔特和我斗拳的那个角落，经过了艾丝黛拉和我一块儿走过的小径。到处都是那么萧索，那么荒寂，那么凄凉！

我出来时改从酒坊里走，来到花园顶头的酒坊小门跟前，拔开了生锈的门闩，直穿而过，从另一头的门里出来。这扇门可不容易开，因为木头受了潮，都膨胀了，翘曲了，合叶也都脱榫了，门槛上还长起了一大簇菌子。出门前我不由得回头望了一下。就在这无心的一望之间，眼前竟又那么清清楚楚地浮现出童年时代的一幕幻觉[①]——我似乎又看见郝薇香小姐吊在大梁下。我看得惊心动魄，站在那屋梁下浑身直打哆嗦，虽然我马上就发觉这原来是幻想，可我已经奔到屋梁下来了。

此时此地，令人神伤，这一幕幻觉虽是转瞬即逝，也引起我莫大的恐怖，因此我走出那扇木门时，心里有一种难以言状的畏惧。当年艾丝黛拉使我伤透了心之后，我就是在这扇门后使劲扯自己的头发的。来到前院，我一时倒犹豫起来；究竟是马上叫那个管大门钥匙的女人开门放我出去呢，还是应当先上楼去看看郝薇香小姐一个人在那里是否安然无恙？结果还是采取了第二个办法，上楼去了。

我朝她所在的屋子里张望了一下，看见她还是紧挨着壁炉，坐在破椅子里，正好背对着我。我刚把脑袋缩回来，准备悄悄地走开，忽然看见从壁炉里窜起一道亮晃晃的火舌。也就在这一瞬间，我看见她尖叫一声向我跟前奔来，一团熊熊大火裹住了她的全身，火焰向她头上直窜，少说也窜得有她两个人那么高。

我当时身上穿着一件双层披肩的大衣，胳膊弯里还挽着一件

① 参见第八章末。

厚大衣。那时我就连忙把大衣脱下，直扑到她跟前，一把把她掀翻在地上，把两件大衣统统蒙在她身上，又把大台布也拉下来蒙在她身上——台布一拉，台子上那一大堆陈年破烂和窝藏在那儿的种种丑类怪物，都一股脑儿给拉了下来；于是我们两个都倒在地上，像两个有你没我的死对头一般扭在一起苦苦相搏，我愈是把她蒙罩得严，她便愈是死命叫嚷，愈是要挣脱；这些经过情况，我都是事后才弄明白的，当时我简直是木然一无所感，一无所思，也一无所知。我当时什么都不知道，等到知道，发觉我们已经躺在那张大桌子跟前的地板上，刚才还穿在她身上的那件黯然无光的新娘礼服，已经化作一块块带火的火绒，在烟雾缭绕中满室飞舞。

这时我往四下里一看，只见受惊的甲虫、蜘蛛，都在地板上四窜逃命，仆役们上气不接下气地赶来，一进门就大声惊呼。我依然用尽平生的力气把她使劲按在地上，像按住一个囚犯不让逃走似的。我看当时我只怕连自己按着什么人，为什么要扭住她，都未必知道，也未必知道她身上着了火，也未必知道火已熄灭，后来看见那一团团飞舞的火绒没有了火星，化作一阵黑雨落在我们四周，这才清醒过来。

她已经失去知觉，我吓得不敢把她动一动，甚至连摸也不敢摸一下。我只知按住她不放，后来喊了人来急救，我才松手，仿佛我有个无稽的想法（我也许是有这个想法吧），只当我一松手，火就会再烧起来，把她烧死。外科医生带了助手来了，我也从地上爬了起来，一看自己一双手都烧伤了，吓了一跳，因为我根本就没有

感觉到呢。

医生检查过以后，说她烧伤很重，不过烧伤本身倒还不致无救，危险的是神经性休克。根据医生的指示，把她的卧具都搬到这间屋子里来，让她睡在大桌子上，因为这张桌子正巧可以当作手术台，为她敷扎伤口。一个钟头以后我再去看她，她躺的地方果然就是当初我亲眼看见她用拐杖比画过、亲耳听见她说过总有一天她要安息于此的那个地方。

据他们告诉我，她身上的衣服虽然已经烧得精光，可是往日那种新娘打扮的可怕神气，却依稀犹在，因为他们用洁白的药棉给她一直包扎到喉头，外面还宽宽松松地盖上了一条白被单，她躺在那里，情景虽已不同于前，却还似影若幻的，恍惚保留着原先的神态。

我问了仆人，才知道艾丝黛拉正在巴黎，我便请求医生赶快写信通知她，赶下一班驿车寄出，医生答应照办。郝薇香小姐的亲属由我负责通知，我打算只通知马修 · 朴凯特一个人，再由他去斟酌要不要转告其他亲属。这件事我是第二天一回到伦敦就请赫伯尔特去办的。

再说头天晚上，郝薇香小姐曾经一度神志清醒，谈起了这次事故，只不过精神兴奋得有些反常。到了半夜，开始说胡话了，后来又渐渐转而用低沉而庄严的声音，无休无止地反复说这么三句话：“我怎么做出这种事来！”“她刚刚来到我这里的时候，我本来的意思是想搭救她，免得她也遭受我这样的苦难。”“拿我的铅笔在我的名字下面写上‘我原谅她’几个字吧！”这三句话说来说去，前后次序从不颠倒，只是有时会在哪一句里面漏掉个把字，可也不会用别的字补进去，就任其跳掉一个字，马上又说下一个字了。

我留在那里帮不了什么忙，又放心不下自己家里那件迫不及待的焦心事儿，尽管眼看着郝薇香小姐胡话连篇，可是并不能因此就不想到我自己的心事，所以我当夜决定明天天一亮就赶回去：先步行里把路，出了镇再搭早班马车。到第二天早上六点钟光景，我在她床边俯下身来，把我的嘴唇在她的嘴唇上碰了一下。虽然碰着了她的嘴唇，她却并没有因而住口，这时候她正好在说：“拿我的铅笔在我的名字下面写上‘我原谅她’几个字吧！”

第五十章

我的双手当夜换过两三次绷带，第二天早晨又换了一次。左臂臂弯以下烧伤很重，上面一直伤到肩膀，那一段伤势稍轻，可是整条胳膊痛得厉害；不过，当时这边火势愈来愈猛，没有造成更严重的后果还算是幸事。右手伤势没有这么重，五个手指依旧能够动弹。右手当然也扎上了绷带，虽说不方便，却比左手左臂要好得多。左手左臂吊着悬带，大衣只能当作披风，松松地披在肩上，在脖子里打个结。我的头发也着了火，幸而脑袋和脸蛋都没有遭殃。

赫伯尔特到汉麦尔斯密士去看过他父亲，便回到我们的住处，整天在家里服侍我。他真是个绝顶体贴的护士，一到规定时间就给我解下绷带，放在准备好的清凉药水里浸过，然后重新替我扎好，那种耐心和温柔使我不能不深深感激。

开头我静静地躺在沙发上，眼前总会看到冲天的火光，耳里总会听到人声杂沓喧哗，鼻子里总会闻到一股刺鼻的焦臭——要想摆脱这些印象实在千难万难，简直可以说是不可能。只消打上一分钟瞌睡，我马上就会被郝薇香小姐的呼天抢地声惊醒，马上就会梦见她头上窜起丈把高的火焰，没命地向我奔来，一下子吓醒。这种精神折磨比我的肉体痛苦不知还要难熬难挨多少倍；赫伯尔特一看见这光景，就想尽办法来分散我的注意。

我们两个人谁都不提那条小船，可是心里都惦记着。那是显而易见的，因为双方对这个话题都避而不提，却又不约而同地有个想法，要尽快使我的双手能恢复活动，不能等上几个星期，最好几个小时就能复原。

不消说，一看见赫伯尔特，我第一件事就是问他河上人家是否平安无事？他信心十足、满怀愉快地回答说一切平安，于是我们就搁下不提。后来到天快黑时，赫伯尔特替我换绷带，才无意中又提起这件事来。当时靠室外的天光已看不清楚，他是凑着炉火的光亮替我换的。

“汉德尔，昨儿晚上我陪着蒲骆威斯足足坐了两个小时。”

“那克拉辣到哪儿去了？”

赫伯尔特说：“那个小妮子呀！为了侍候那位凶煞，一晚上忙得团团转；只要她不在跟前，老头儿就要把楼板捣得咚咚咚直响。我看他没有多久好活了。他一会儿朗姆酒加胡椒，一会儿胡椒加朗姆酒，这样下去，我看他捣楼板也快要捣不成了。”

“那你们就只好结婚咯，赫伯尔特？”

“不结婚的话，叫我拿这小妮子怎么办呢？——你把胳膊搁在沙发背上，老兄；我就坐在这儿，慢慢儿替你揭去纱布，等我揭好了管保你自己都不知道。我不是在说蒲骆威斯吗，你知道不知道，他的性子已经好多啦？”

“我不和你说过吗，我上一次见到他，就觉得他已经变得温和多了。”

“对，你说过。他确实是这样。昨儿晚上他很健谈，又跟我讲了一些自己的身世。你可还记得，上次他说到有一个女人闹得他很头痛，话到嘴边又缩了回去？——给我碰痛了吗？”

原来这时他见我猛然一惊，其实我这一惊倒不是因为给他碰痛了，而是因为听到了他这几句话。

“赫伯尔特，这件事我倒忘了，不过现在经你一提，我又记起来了。”

“那好！他昨儿晚上又谈起他自己这一段经历，真是一段昏天黑地骇人听闻的经历。要不要我说给你听？这会子给你讲，你会不会心烦？”

“你千万得给我讲讲。一个字也不要漏掉。”

赫伯尔特凑到我跟前，仔细瞧了瞧我，似乎我这样迫不及待的回答，叫他无法理解似的。他摸摸我的头，问道：“你没有热昏了头吧？”

我说："极其冷静。亲爱的赫伯尔特，蒲骆威斯和你说了些什么，赶快告诉我吧。"

赫伯尔特说："看来——哦！这条绷带扯得妙极了，现在来给你换一条清凉的，可怜的好朋友，刚扎上去凉得你有些受不了，是不是？不过你马上就会觉得舒服的——看来那个女人是个年轻女人，一个爱吃醋的女人，一个爱报复的女人；汉德尔，她报复起来真是狠毒透顶啊。"

"怎样狠毒透顶？"

"谋杀人哪。——这条绷带贴在嫩肉上嫌冷吗？"

"倒没什么。她是怎样谋杀人的？谋杀了谁？"

赫伯尔特说："唉，其实这件事也许并不能构成这样可怕的罪名，不过她是以这个罪名出庭受审的。贾格斯先生为她辩护，这次辩护就此出了名，蒲骆威斯因此第一次听到了他的大名。受害者是个力气比她大的女人，她们两个发生了一场殴斗——是在一个牲口棚里斗起来的。究竟谁先动手，手段是光明正大，还是不光明正大，都很可怀疑；不过，结局却是无可怀疑的，因为受害的那一个，发现是给掐死的。"

"这个女人判了罪吗？"

"没有判罪；开释了。——可怜的汉德尔，我又弄痛你了！"

"哪里，你的手脚再轻也没有了，赫伯尔特。怎么样？后来呢？"

"这个无罪开释的女人和蒲骆威斯生过一个孩子，蒲骆威斯是非常喜欢这个孩子的。我刚才说了，一天夜里那女人掐死了她的情敌，就在当天的黄昏，那女人还在蒲骆威斯那里露过一下脸，当面发誓赌咒说，她好歹要弄死那孩子（孩子是由她抚养的），叫他这一辈子再也休想见得着；说完那女人就不见了。——这难弄的一条胳膊已经重新吊上悬带，舒舒齐齐了，现在剩下右手，就容易对付得多了。我倒宁可凑着这种光线来为你包扎，光线强了反而不好，我愈是看不清楚那一片片可怜巴巴的水泡，我的手就愈不会抖——老兄，你有没有觉得你的呼吸有些两样？你好像呼吸很急促呢。”

“也许是，赫伯尔特。那女人发的誓当真兑现了吗？”

“这就是蒲骆威斯一生中最最黑暗的一个时期了。那女人发的誓当真兑现了。”

“这是蒲骆威斯说的。”

赫伯尔特又凑到我跟前，仔细看了看我，带着惊讶的口气，回答道：“当然，那还用说吗，老兄？全是他告诉我的。我可没有掌握别的情报。”

“当然，当然。”

赫伯尔特接下去说：“至于蒲骆威斯对待这孩子的妈妈是好还是坏，他自己没有说起。不过，那女人却和他在一块儿过了四五年，过的就是上次他在这壁炉前讲给我们听的那种受罪的日子。看来他很同情她，还能体谅她。因此，当时他唯恐法庭要传他出庭，当面对证她害死亲生孩子的罪状，判她死罪，所以他就藏了起来（尽管他为那孩子伤心得要命）；拿他自己的话说，那就是避不见人，避不到庭；所以开庭时提到两个女人争风吃醋的原因，只好含糊其辞地说是为了一个名叫阿倍尔的男人。那女人释放以后就失踪了，从此他便失去了她们母女两个。”

“我要问你一句话——”

“别忙，老兄，我马上就要讲完了。据说那个害人精康佩生，那个坏透了的流氓，当时不但知道了他避不见人，还知道他这样做是为了什么原因，后来便抓住这个把柄要挟他，逼得他的日子愈过愈苦，活儿愈干愈重。我昨儿晚上听了他那一席话，才弄明白了蒲骆威斯和这个人原是这样结下血海深仇的。”

我说：“赫伯尔特，有句要紧话我要问你：他有没有告诉你，这些都是什么时候的事？”

“要紧话？好，我来想一想他是怎么说的。用他自己的话来说吧，‘大约二十来年前，几乎可说我和康佩生一打上交道，就出了这件事。’你在教堂公墓里撞见他的那一年是几岁？”

“我想，大概是六七岁吧。”

“这就对了。他说，他遇见你是在此后三四年，他见了你就想起了自己那个死得好惨的小女儿——她要是还活在世上，也和你差不多年纪了。”

我沉默了片刻，忽然冲口说道：“赫伯尔特，你是凑着窗外的天光看我看得清楚，还是凑着炉火看得清楚？”

赫伯尔特又把身子凑了过来，他回答道：“凑着炉火看得清楚些。”

“那就请你瞧着我。”

“我是瞧着你呀，老兄。”

“你摸摸我。”

“我是摸着你呀，老兄。”

“那我一没有发烧，二没有让昨晚的一把火烧得精神错乱，你该看明白了吧？”

赫伯尔特把我端详了一会儿，说道：“看明白了，老兄。你精神很兴奋，可是十分正常。”

“我自己也知道我十分正常。那我告诉你，我们窝藏在河上的那个人不是别人，正是艾丝黛拉的父亲。”

第五十一章

我这般热衷于追究艾丝黛拉的生身父母的底细，自己也说不出究竟是为了什么目的。读者诸君看下去马上就会明白，关于这个问题，一直要等到一位头脑比我聪明的人给我指点明白，我心里才算有个准谱儿。

可是，赫伯尔特和我做了那一席事关重大的谈话以后，我就像个热锅上的蚂蚁似的，认为这件事非得查个水落石出不可——不能就此作罢，应当去找贾格斯先生，从他嘴里探出事情的真相。我实在不知道，我当时这样做，心里究竟是想着为艾丝黛拉呢，还是为我竭力要加以保护的那一位，想让他也了解了解多少年来一直萦绕在我心头的这个离奇的谜。说不定倒是后一种可能性更接近事实。

总之，我恨不得连夜就上吉拉德街去。可是赫伯尔特提醒我说，那个逃犯的生命安全还得靠我来保护，我那样不停地奔波，只怕要落得一病不起，那怎么照应这一摊子事呢？我这才算是按捺住了自己的躁性子。赫伯尔特还反复向我保证，说好到明天哪怕天塌下来，也一定让我去找贾格斯先生，我才勉强依从，安心在家里住了一夜，让他为我治疗伤痛。第二天一大早，我们一块儿出门，走到吉茨普街和斯密士广场的交叉口，便和赫伯尔特分道扬镳——他进城，我上小不列颠街。

贾格斯先生和文米克先生每隔一个时期就要结算一次事务所的账目，核对一下单据凭证，把一应账目都结算清楚。每逢这种时候，文米克总是带着簿册单据到贾格斯先生屋子里去，楼上便有一个办事员来到楼下的外间办公室里。这天上午我赶到事务所，一看文米克座位上坐的正是楼上的一位办事员，便知道他们在干什么；可是我并不因为贾格斯先生和文米克在一起而感到遗憾，我觉得这样倒好，文米克可以当面听听，我和贾格斯先生说的话，可没有一句连累他的。

我胳膊上扎了绷带，肩上披着一件大衣，连纽子也没扣上，这副模样倒反而便于我登堂入室。虽说我昨晚一到伦敦，就把那件意外事故写了个便简通知了贾格斯先生，可是如今我还得把详情细节全部讲给他听；由于情况特殊，我们这一次谈话倒不像往常那样枯燥难堪，也不像往常那样得严格遵守言必有证的规矩。贾格斯先生照常站在壁炉跟前，听我仔细叙述这次火灾的始末。文米克靠在椅子里，圆睁双眼瞪着我，双手插进裤袋，一支笔横插在邮筒口里。那两座似乎总要过问此间公事的可怕的头像，这当儿仿佛正脸红耳赤，十分心焦：好像闻到了一股焦味儿，该不是什么东西着了吧？

我说完了，他们要问的话也问完了，我便拿出郝薇香小姐给我的凭证，替赫伯尔特向贾格斯先生收取九百镑。我把象牙片本子交给他，他深陷在眼窝里的一双眼睛顿时又缩进了几分，他随即就把本子递给文米克，叫文米克开支票让他签字，文米克开支票的时候，我在一旁看着他，贾格斯先生又在一旁看着我，他脚蹬雪亮的皮鞋，摆开了两条腿，不住地晃动着身子。他签好支票交给我，我放进口袋，这时他说："匹普，我很遗憾，我们竟没有为你自己效一点儿劳。"

我回答道："承蒙郝薇香小姐一片好心，当面问我有没有什么要她帮忙的，我当时就谢绝了她。"

贾格斯先生说："各人的事情各人自己了解。"这时候只见文米克的两瓣嘴唇做出了"动产"两字的模样。

贾格斯先生说："要是我做你，我就不会谢绝她；不过各人的事情只有各人自己最了解。"

文米克带着相当明显的责备口吻对我说："'动产'才是各人最切身的事情。"

我转念一想，现在可以向贾格斯先生追究我牵肠挂肚的那件事了，便对他说：

“不过，先生，我倒是向郝薇香小姐提出了一个要求。我要求她告诉我一些她养女的身世情况，她把她所知道的都向我和盘托出了。”

贾格斯先生俯下身去望了望自己脚上的皮鞋，然后才直起身子来答道：“是吗？哈哈哈！要是我做郝薇香小姐，我就绝不会和盘托出。不过她自己的事情只有她自己最了解。”

“说起郝薇香小姐的那位养女，我了解的情况比郝薇香小姐本人了解的还多。我知道她的亲生母亲是谁。”

贾格斯先生诧异地望了我一眼，说：“亲生母亲？”

“两三天以前我还亲眼看见过她。”

贾格斯先生说：“是吗？”

“您也看见的，先生。您这两三天里还看见她呢。”

贾格斯先生说：“是吗？”

我说：“我对艾丝黛拉的身世恐怕了解得比您还多呢。我还认识她的父亲。”

贾格斯先生神态之间略微一愣，于是我拿准他并不知道艾丝黛拉的父亲是谁。贾格斯先生着实沉得住气，仍然面不改色，不过毕竟还是不由自主地略微一愣，恍惚像是注意了一下的样子。昨天晚上听赫伯尔特转述蒲骆威斯的话，说到他当年避不见人，我当时就非常怀疑贾格斯先生也许未必知道艾丝黛拉的父亲是谁；因为我还考虑到，蒲骆威斯请教贾格斯先生是三四年以后的事，那时他就没有理由还要供出自己的身份。不过，本来我还不敢断定说贾格斯先生一定不知此中的情由，现在我可是百分之百的拿准了。

过了一会儿，贾格斯先生才说："原来是这样！匹普，你当真认识这位年轻小姐的父亲？"

我回答道："认识。他的名字就叫作蒲骆威斯，家住新南威尔士。"

我这几句话一说出口，居然叫贾格斯先生也吓了一跳。虽说他这一吓只是微露形色，轻易看不出来，何况他小心翼翼，力加克制，一眨眼之间便痕迹全无，还装模作样拿出手绢来打掩护，可是他吓了一跳毕竟还是吓了一跳。至于文米克听了我这个消息之后反应如何，那我就很难说了，因为我不便当场去观察他的神色，唯恐贾格斯先生那一双犀利无比的眼睛会看出我们瞒着他进行过场外交易。

贾格斯先生正要把手绢掩到鼻子上去，中途却停了下来，十分冷静地问道："匹普，蒲骆威斯是凭着什么证据提出这种说法的呢？"

我说："这不是他提出的，他也从来没有提出过，他根本不知道自己的女儿还活在世上，也不敢相信她还活在世上。"

这一次，那块神通广大的手绢居然不灵验了。原来贾格斯先生听了我的回答，大为意外，立即把手绢放回口袋里去，并没有完成通常的那一套表演，接着便叉起两条胳膊，以威严逼人的目光注视着我，不过还是面不改色。

于是我就把我所了解的一切，以及了解的经过，都告诉了他，不过我也留着个心眼儿，有些情况其实是从文米克那里听来的，我却让它只当是郝薇香小姐告诉我的。在这方面我真可说是小心到了极点。一直到我把话讲完，我始终没望文米克一眼。讲完以后，还默默地同贾格斯先生相对看了半晌，这才转过眼去看文米克，只见他已经把那支笔从邮筒口拿开，正凝神望着他面前的桌子。

"嘿！"贾格斯先生终于开了腔，他又打算去点他桌上的单据了，"文米克，匹普先生进来的时候，你核对到哪一笔啦？"

可是我不能这样轻易被他甩掉，于是我情词激昂，几乎动了肝火，要求他对我坦率一些，豪爽一些。我提醒他别忘了我空抱了多少希望，白做了多少年的美梦，如今毕竟让我发现了事情的真相，还隐约提及我的处境危险，忧心忡忡。我说，我对他如此信赖，把那样的知心话都对他说了，他也应当礼尚往来，对我推心置腹才好。我说我既不责备他，也不怀疑他，更不猜忌他，不过我要他保证对我说实话。如果他问我为什么要查究，有什么权利查究，那我可以告诉他，尽管我这一场春梦完全不在他心上，但是我对艾丝黛拉一往情深，多少年如一日，虽然我这一辈子已经和她无缘，只能孑然度此余生，可是，只要是有关她的事，不论大小，对于我来说，依旧凌驾于人间其他一切事情之上。一看贾格斯先生站在那里一动不动，一言不发，显然丝毫也不为我的恳求所动，我便转过身去对文米克说："文米克，我知道你是个好心人。我访问过你的安乐家，拜见过你的老父亲，也见过你公余用来调剂身心的那些天真有趣的可爱的玩意儿。我求求你替我向贾格斯先生美言一句，请他无论如何不要对我守口如瓶！”

我这样一嚷嚷，贾格斯先生和文米克便相对而视；我从来没见过两人相对而视竟有这样古怪的表情。开头，我真担忧文米克会立即被解雇；后来看见贾格斯先生脸色渐渐缓和下来，还漾出了三分笑意，文米克也壮起了胆子，我的顾虑这才消失。

只听得贾格斯先生对文米克说：“这是怎么一回事？你还有位老父亲，还有好多又可爱又有趣的玩意儿？”

文米克回答道：“这有什么！只要我不带到这儿来，有什么关系？”

贾格斯先生把一只手搭在我胳膊上，露出了开朗的笑容，说道：“匹普，这个人该算是全伦敦最狡猾的骗子了。”

文米克的胆量愈来愈大，居然回答道：“哪儿的话呢！我看你才是。”

接着，他们又像刚才一样交换了一个古怪的眼色，显见得双方都还放心不下，只怕自己受了对方的骗。

贾格斯先生问他：“你还有个安乐家？”

文米克回答道：“这反正和上班办公不相干，不劳过问。阁下，我看你呀，有朝一日你这一套工作干腻了，我相信你八成儿也会想要经营一个安乐家的。”

贾格斯先生接连点了两三次头，颇有触景生情之感，而且居然还叹了口气。他说：“匹普，我们不谈什么‘春梦’吧；这方面你比我内行，因为你的亲身经历比我新鲜得多。我们还是来谈谈那另一件事吧。我可以提出一种假设，说给你听听。可是请注意！我提供的只是假设，完全不能作准。”

说完，便特意停了一下，以便让我表明我完全听明白了：他提供的只是假设，完全不能作准。

停了片刻，贾格斯先生说：“匹普，现在假设有这样一种情况：假设有这么一个女人，她的处境正如你刚才所说的那样，起初她把自己的亲生孩子藏了起来，不让人知道，可是，一经她的法律顾问向她说明白，为了便于他考虑如何替她辩护，他必须了解那孩子究竟是死是活，于是她不得不把事实真相告诉了她的法律顾问。假设这法律顾问同时还受了一位脾气古怪的阔妇人的委托，要替她找个孩子，让她来抚养成人。”

“我懂您的意思，先生。”

“假设这位法律顾问所处的环境是个罪恶的渊薮，他所看到的孩子，无非是大批大批生下地来，日后一个个难逃毁灭的下场；假设他经常看见孩子们被带到刑事法庭上来受到严词厉色的审问；假设他成天只听到孩子们坐牢的坐牢，挨鞭子的挨鞭子，流放的流放，无人过问的无人过问，流落街头的流落街头，纷纷准备好上绞架的条件，到长大了就给绞死。假设他有理由把每天执行律师业务中所看到的孩子，几乎一律都看作是鱼卵，到孵化成鱼以后，迟早都要落入他的渔网之中——迟早要被告到官里，要请人辩护，要弄到父母不认，成为孤儿，总之就堕入了魔道。”

“我懂您的意思，先生。”

“匹普，假设在一大堆可以搭救的孩子当中，有个美丽的小女孩，她爸爸满以为她已经死了，而且不敢闹嚷，那妈妈呢，这法律顾问也自有降伏她的办法，他对她说：‘我知道你干的好事，知道你是怎样干的。你去过什么什么地方，你为了摆脱嫌疑，做了如此这般的安排。我把你的行踪调查得一清二楚，所以一件件都说得上来。我劝你还是舍下这个小女孩，如果为了要辨明你无罪，非得她出头露面不可，那又另当别论，否则，我劝你还是舍了这孩子。你把孩子交给我，我一定尽我最大的力量来搭救你。如果你得救了，你的孩子自然也就得救了；万一你不能得救，你的孩子还是可以得救。’假设那个女人就照此办理，后来无罪开释了。”

“我完全明白您的意思。”

“可你是不是明白我提供的只是假设，完全不能作准？”

我说：“我明白你提供的只是假设，完全不能作准。”文米克也说：“只是假设，不能作准。”

“匹普，假设那个女人因为饱受了磨折，经历了死亡的恐怖，神志有些失常，释放以后已经吓得和世道常情格格不入，便投奔到她的法律顾问那儿去寻个寄身之所。假设那个法律顾问收容了她，只要一看见她流露出一丝半毫旧病复发的样子，便用老办法来降伏她，把她那种野蛮暴烈的性子制服了。假设情况就是这样，你明白不明白？”

“完全明白。”

“假设那女孩后来长大成人，看在金钱分上嫁了一个男人。假设她的母亲依旧活在人间。她的父亲也依旧活在人间。她的父母彼此成了陌路人，可是双方住的地方不过隔着几里路，甚至不妨说只隔着几百码、几十码路。假设这个秘密到现在还是个秘密，只是被你听到了一点风声。这最后一点，你可要好好用心自己琢磨一下。”

“我有数。”

“我请文米克也好好用心自己琢磨一下。”

文米克说：“我有数。”

“你假如泄露这个秘密，请问这是为谁好呢？为做父亲的吗？我看他知道了孩子妈妈的下落，也不会有多大的好处。为做母亲的吗？我看她做下了这种事，还是让她在老地方待着来得安全。为做女儿的吗？我看对她也没有好处——倒反而让她男人了解了她父母的底细；她好容易逃脱了二十年，满可以太平无事过一辈子，这一来反而叫她重新丢脸。不过，匹普，不妨再来做一个假设——假设你早就爱上了她，把她当作了你那一场‘春梦’中的意中人——先后为她做这种‘春梦’的人实在多得叫你不敢相信——那么我奉劝你（我相信你想通以后也一定会欣然同意）：与其如此，你还不如用你扎着绷带的右手先砍掉你扎着绷带的左手，然后把砍刀交给文米克，叫他替你把那只右手也一起砍掉。”

我望了一下文米克，只见他神情严肃。他以严肃的神情用食指碰了碰嘴唇。我也一样。贾格斯先生也是这个动作。接着贾格斯先生又恢复了平常的神态，说道：“喂，文米克，刚才匹普先生进来的时候，你核对到哪一笔啦？”

于是我就站在一旁看他们办事，只见他们又用刚才那种古怪的目光彼此对看了几眼，所不同的是，现在双方似乎都有些猜疑（甚至可能还有些察觉）：莫不是自己已经露了马脚，让对方看出了自己性格中还有吃这碗法律饭最要不得的软弱的一面。大概就是因为这个原因，他们现在各不相让：贾格斯先生变得十分专横；文米克也成了个死心眼儿，为了芝麻绿豆大一点儿争执不下的事，也要申辩个半天。我从来还没见过他们两个这样过不去，因为他们往常一直相处得很好。

幸亏迈克正好在这时走了进来，无意中替他们两个解了围。这迈克不是旁人，就是我第一次来到事务所时见到的那位主顾，头戴一顶皮帽子，老爱用衣袖擦鼻涕。看来这家伙老是闯祸（所谓闯祸，在事务所里说起来指的就是进新门监狱），不是自己闯祸，就是家里有人闯祸；他这一次上事务所来，就是因为他的大女儿有入店行窃的嫌疑被拘捕了。他向文米克诉说这件伤心事，贾格斯先生则威风凛凛地站在壁炉跟前，不加过问，说着说着迈克的眼睛里不觉滚出了一颗泪珠。

文米克怒不可遏地喝道："你这是干什么？哭哭啼啼的到这儿来干什么？"

"我不是故意的，文米克先生。"

文米克说："你是故意的！你好大的胆子！看你简直像支漏水钢笔似的，你要是管不住自己的眼泪，你就别上这儿来！你这算什么意思？"

迈克苦苦哀诉：“文米克先生，人总是憋不住心里的感情的。”

文米克暴跳如雷地喝道：“心里的什么？你再说一遍！”

这时贾格斯先生向前迈出一大步，指着门口说：“喂，伙计，快从我的事务所滚出去！我这儿是不讲感情的。快滚！”

文米克说：“活该！滚！”

可怜的迈克只得低声下气退了出去，于是贾格斯先生和文米克之间似乎又重新达成了充分的谅解，他们又继续把公事办下去，脸上都显得精神一新，好像刚刚吃了顿饱饭一样。

第五十二章

我口袋里带着那张支票，离开小不列颠街，去找史琪芬小姐的那位做会计师的哥哥；史琪芬小姐的那位做会计师的哥哥立即到克拉瑞柯公司去找了克拉瑞柯来和我见面。我了结了这桩事，心里十分满意，自从我知道自己有希望继承一大笔遗产以来，我只做了这一件好事，也只有这一件事做得有始有终。

克拉瑞柯趁此机会告诉我说，公司的事业蒸蒸日上，为了扩展业务，亟须在东方建立一个分公司，这件事他现在已经有能力办到；又说，赫伯尔特既然是新入股的股东，正好到那边去主持。我这才发觉，我即使没有自己的那一堆未了之事，到头来也还是难免要和赫伯尔特分手。事实上我现在已经觉得仿佛船儿已经在拔锚启碇，少时风推浪送，我就要奔赴天涯了。

可是，一想到赫伯尔特晚上会兴冲冲赶回家来，把这些新鲜事儿告诉我，我心里就觉得十分快慰，他绝不会想到这对我来说并非新闻，他一定还会描绘出一幅幅想入非非的图景，设想自己带着克拉辣·巴雷去到那《天方夜谭》中的世界，随后我也赶到他们那里（大概还带着一队骆驼），大家一块儿溯尼罗河而上，观赏种种奇迹。在这些美好的计划里，我扮演的角色虽然未可乐观，可是我觉得赫伯尔特却很快就可以大展宏图；比尔·巴雷老头只要把他的朗姆酒加胡椒一个劲儿喝下去，他的女儿马上就可以过上优裕的生活了。

现在已到了三月。我的左臂虽然没有恶化的症状，可是也只能听其自然而愈，复原极慢，直到现在还不能穿上外套。我的右臂已经好了不少——虽然破了相，却还勉强可使。

一个星期一的早上，赫伯尔特和我正在吃早饭，我收到文米克从邮局里寄来的一封信，内容如下：

沃伍尔斯。阅后请即销毁。本星期初（如星期三）若有意一试，可即照计行事。请即销毁。

我把这信让赫伯尔特看过之后，立即投入炉中——信上的话我们当然都已记得烂熟——然后我们就考虑应当怎么办。因为按照目前的情况，我这两条胳膊是划不了桨的，这一点再也不能不考

后浪插图经典系列，名家名译名画
打造收藏级传世名著

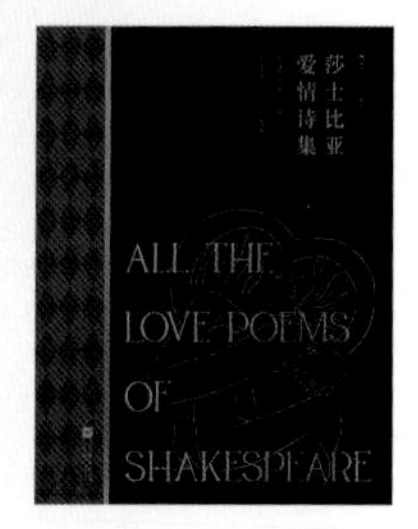

莎士比亚爱情诗集
（插图珍藏版）

[英]威廉·莎士比亚 著
[英]埃里克·吉尔 绘
曹明伦 译

牧歌
（插图珍藏版）

[古罗马]维吉尔 著
[法]马塞尔·韦尔特 绘
[英] C. S. 卡尔弗利 英译；叶紫 中译

恶之花
（插图珍藏版）

[法]夏尔·波德莱尔 著
[法]亨利·马蒂斯 绘
郑克鲁、刘楠祺 译

伊索寓言：
500年插画与故事

[古希腊]伊索 著
[英]蓝道夫·凯迪克 等绘
草木 编；庆云 译

鸟·蛙
（插图珍藏版）

[古希腊]阿里斯托芬 著
[英]约翰·奥斯汀、
[美]阿瑟·勒恩德 绘
张竹明 译

查第格
（插图珍藏版）

[法]伏尔泰 著
[法]西尔万·索瓦日 绘
傅雷 译

远大前程
（插图珍藏版）

[英]查尔斯·狄更斯 著
[爱尔兰]哈利·福尼斯 绘
王科一 译

巴黎圣母院
（插图珍藏版）

[法]维克多·雨果 著
[法]卡米尔·罗克普兰、
查尔斯·杜比尼 等绘
潘丽珍 译

傲慢与偏见
（插图珍藏版）

[英]简·奥斯丁 著
[爱尔兰]休·汤姆森 绘
王科一 译

老实人
（插图珍藏版）

[法]伏尔泰 著
[德]保罗·克利 绘
傅雷 译

卡门
（插图珍藏版）

[法]梅里美 著
[德]阿拉斯特尔 绘
傅雷、吴蓁蓁 译

高龙巴
（插图珍藏版）

[法]梅里美 著
[法]皮埃尔·卢梭 绘
傅雷 译

老人与海
（插图珍藏版）
[美]欧内斯特·海明威 著
[英]雷蒙·谢泼德 绘
孙致礼、蒋慧 译

漂亮朋友
（插图珍藏版）
[法]莫泊桑 著
[法]让·埃米尔·拉布勒 绘
徐和瑾 译

月亮与六便士
（插图珍藏版）
[英]毛姆 著
[美]弗里德里克·多尔·斯蒂里 绘
楼武挺 译

红与黑
（插图珍藏版）
[法]司汤达 著
[法]让·保罗·昆特 绘
罗新璋 译

一生
（插图珍藏版）
[法]莫泊桑 著
[法]埃迪·勒格朗 绘
盛澄华 译

呼啸山庄
（插图珍藏版）
[英]艾米莉·勃朗特 著
[法]埃德蒙·杜拉克 绘
孙致礼 译

古舟子咏
（插图珍藏版）
[英]塞缪尔·泰勒·柯勒律治 著
[美]爱德华·A·威尔逊 绘
叶紫 译

伊莎贝拉
（插图珍藏版）
[英]约翰·济慈 著
[英]威廉·布朗·麦克杜格尔 绘
朱维基 译

胡萝卜须
（插图珍藏版）
[法]儒勒·列那尔 著
[法]菲利克斯·瓦洛东 绘
应远马、应一笑 译

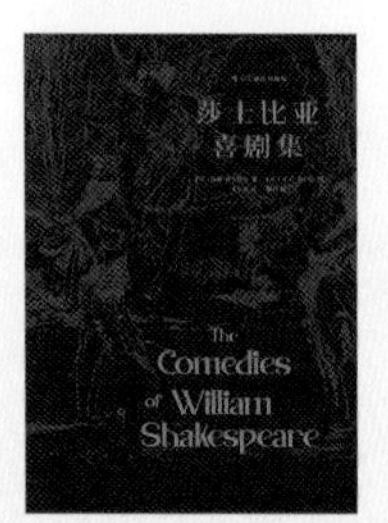

莎士比亚喜剧集
（插图珍藏版）
[英]威廉·莎士比亚 著
[英]H. C. 塞卢斯 绘
朱生豪 译　解村 校

莎士比亚悲剧集
（插图珍藏版）
[英]威廉·莎士比亚 著
[英]H. C. 塞卢斯 绘
朱生豪 译　叶紫 校

虑了。

赫伯尔特说："我翻来覆去想过，我看最好不要雇用泰晤士河上的船夫，我有个办法——请史塔舵来帮忙。他是个好人，又是个划船的好手，对我们有好感，为人也热情正派。"

我自己也早就不止一次想到过他。

"可是，赫伯尔特，你打算把情况向他透露多少呢？"

"必须尽量少透露。暂时先让他以为我们是在玩什么奇怪的把戏，要瞒着人，等到那一天早上，再告诉他说，因为有点急事，你必须马上把蒲骆威斯弄上轮船送出国去。你跟他一块儿去吗？"

"当然。"

"上哪儿？"

说起这件焦心的事儿，我左考虑右考虑，各方面都考虑过，可是说到上哪儿，我倒总觉得关系不大——汉堡也好，鹿特丹也好，安特卫普也好，什么地方都可以，只要让他出了英国就行。只要是出洋的外国船，我们碰到哪一条都好，只要肯载上我们就行。我心里还一直在打算，坐上了小划子，得尽量划得远一点，一定要划过格雷夫森好一段路才能上轮船，因为格雷夫森是个危险地区，一引起怀疑就会遭到抄查和盘问。外国船大都在满潮时分开出伦敦，因此我们必须设法趁前一天落潮把划子划出去，拣一个僻静的地方等着，等轮船来了再划过去。只消我们预先打听好船期，那么，不论我们在哪里等候，轮船经过的时间大致总可以推算出来。

赫伯尔特完全同意这个计划，于是我们一吃过早饭就出去打听。有一条开往汉堡的轮船，看来最为合适，我们大致上就以这条船作为目标。不过我们还把当天趁同一次潮汛开出伦敦的外国轮船也都一一记录下来，把每一条船的构造和颜色都弄得明明白白。然后我和赫伯尔特便暂时分手，分头去张罗——我去申请必要的护照证件，他则去登门拜访史塔舵。事情都办得很顺利；到下午一点钟，我们又见了面，各自报告任务完成。我把护照弄到了手；赫伯尔特也见过了史塔舵，史塔舵非常乐意帮忙。

我们商议妥当：由他们两个人划桨，我负责掌舵，让我们的那位被保护人坐在舱内不要作声；我们既不必追求速度，那就大可以缓缓而行。我还和赫伯尔特商定，晚上他得先到磨池浜去一趟，再回来吃晚饭，明天（星期二）晚上就不要再去了；他得让蒲骆威斯做好一切准备，叫他星期三一看见我们的小船驶近，便赶到他住宅近旁的码头上，可千万不能提前；应当嘱咐他的话，当天（星期一）晚上都要向他交代清楚，此后就不再和他联系了，只等到时候带他上船。

把这些预防措施都充分商量停当以后，我才回家。

一打开我们住所的外边房门，发觉信箱里有我的一封信；信虽然还不算文理不通，却弄得很污脏。显然是打发人送来的（当然是在我外出以后送来的），内容如下：

今夜或明夜九时，倘敢来到旧日沼地上石灰窑附近水闸小屋一走，最好能劳驾一次。倘你要了解有关你的蒲骆威斯伯伯的情况，还是来一次的好，而且勿让任何人知道，也勿稽延。你必须独自一人前来。来时请携此信。

我担的心思本来已经够重的了，如今又接到了这封怪信。那该怎么办呢？我茫然不知所措。尤其糟糕的是，我得马上做出决定，否则就赶不上下午的一班驿车，不能连夜赶到。明天晚上可就没法去了，因为出逃的日子就是后天。何况据我看来，信里答应提供的情况也许对于我们的出逃具有重大关系。

现在想来，当时即使有充裕的时间多加考虑，我照样还是会去的。当时简直没有考虑的时间——一看表，离开车时间只有半小时了——于是我就决定去一趟。要不是信上提起我的蒲骆威斯伯伯，我是绝不会去的。正因为文米克先来了信，我们又张罗了一上午，所以如今一提起蒲骆威斯，我就非去不可了。

处在这样张皇失措的状态，即使接到一封平常的来信，要完全领会信的内容也很困难，何况是这样一封神秘的信！因此我又把它读了两遍，脑子里才机械地记住了要我务必保守秘密这样一条。我又机械地听从了这个告诫，用铅笔写了个便条留给赫伯尔特，大意是说：我即将远行，此去不知何时方返，因此决定去探望一下郝薇香小姐病情如何，一定速去速回。写完留条，剩下的时间仅够披上大衣，锁上房门，抄近路穿小巷奔往驿站。我要是雇一辆出租马车，从大街上走，那就赶不上了；幸亏抄近路走，赶到驿站时，驿车刚好从院子里开出来。等我上了车、头脑清醒过来的时候，只觉得驿车在颠簸中前进，一看我是车厢里唯一的乘客[1]，干草一直埋到我的膝盖[2]。

说实在的，我自从收到这封信以后，头脑始终没有清醒过；已经慌慌张张忙了一个上午，谁想又来了这封信，把我弄得糊里糊涂。上午本来已经够匆促、够慌忙的了，因为我等待文米克的音讯虽已等了很久，等得很心焦，可是一旦信号来了，倒又觉得措手不及了。现在坐在驿车里，心里不觉纳闷起来：我怎么会到车上来的？我真有必要去吗？我要不要马上下车赶回去？匿名信怎么能够信得？总之，各种各样矛盾犹豫的心理在我胸中此起彼伏，我看，临事仓皇的人十有八九都是这样的。可是，信上明明提到了蒲骆威斯的名字，这一点压倒了一切。我想——其实这一点我早就想到了，只是自己没有注意，也许不能算是想过吧——我想，我这次要是不去，万一蒲骆威斯竟因此而遭到不测之祸，叫我何以自处啊！

到得镇上，天早已黑了。一路行来，我只觉得路长漫漫，凄凉难受，因为我坐在车厢里，什么也看不见，两手不便，又不能登上车顶。我有意不去蓝野猪饭店，在镇上一家名气不大的饭店里歇下来，叫了一客晚餐。我利用饭店为我准备晚餐的时间，到沙堤斯庄屋去走了一趟，探问了一下郝薇香小姐的病情。她的病情依旧很严重，不过据说已略有好转。

我投宿的这家饭店，本是一座古教会建筑的一部分，吃饭的

① 乘客看来都在车顶上。

② 大概是给驾车的马带的马秣。

这间小客厅是八角形的，像个洗礼盘。我因为自己不能动手切菜，那个头上亮光光的秃顶老店主便来为我代劳。一边切一边和我搭讪起来，多蒙他一片好心，竟把我的身世当个故事讲给我听——当然少不了要提到那个流行的说法，说是我之所以能有今天的幸运，都是我早年的第一个恩人潘波趣一手为我缔造的。

我说："你认识那个年轻人吗？"

店主人说："认识他？他还没有桌子这么高的时候，我就认识他了。"

"他回到家乡来吗？"

店主人说："哎哟，他常常回来看他的知己朋友，反而不理睬一手提拔他的人呢。"

"一手提拔他的人是谁？"

店主人说："就是我说的那个人，潘波趣先生。"

"那年轻人就没有对别人忘恩负义吗？"

店主人答道："能够的话他当然也要来这一手啦，可是不行啊。你猜为什么？因为他完全是由潘波趣一手造就的，再没有别人出过力。"

"这话是潘波趣说的吗？"

店主人答道："他说？还用得着他说吗！"

"可他到底说了没有？"

店主人说："先生，这件事要是听他诉说起来，谁都会憋着一肚子火的。"

我心里想："可是乔，亲爱的乔，你就决计不会说这种话。一辈子受苦的、可爱的乔呀，你从来没有发过半句怨言。还有你，温和善良的毕蒂呀，你也不会！"

店主人朝我那只披着大衣、扎了绷带的胳膊瞟了一眼，说道："看来你烫伤了手，连东西也吃不下啦。拣嫩的吃一些吧。"

我从餐桌前面转过身来，望着炉火沉思，对他说："谢谢，我吃不下了，请你拿走吧。"

这个老脸厚皮的骗子手潘波趣，他使我想起了我对于乔的忘恩负义，我从来没有像今天这么感到沉痛。潘波趣愈是虚妄，就愈是显出乔的真诚；潘波趣愈是卑鄙，就愈是显出乔的高尚。

我对着炉火默默沉思了一个多钟头，灰心泄气到极点，这都怪我自作自受。后来时钟报点的声音打散了我的沉思，却打散不了我的沮丧和悔恨，我站起身来，披好大衣，在脖子里打了个结，走出饭店。出门前我曾摸遍了几个口袋，想找出那封信来再看一遍，可是找来找去找不着，心里很是不安，我想：一定是掉在马车上的干草堆里了。好在我记得很清楚，约会的地点是沼地上石灰窑旁边的那座水闸小屋，时间是九点。眼看再也不容耽搁，我便直奔沼地而去。

第五十三章

我出了围堤，来到沼地上的时候，虽然已经升起一轮满月，夜色却是黑沉沉的。一望无际的沼地，到天边形成一条黑线，黑线外是一道清澈的蓝天，狭得简直容不下那一轮发红的大月亮。月儿向上攀啊攀啊，没几分钟工夫，就越出那皎洁的夜空，隐没在云山云海之中。

夜风幽怨，沼地上十分凄清。别说陌生人到此会受不了，连我也觉得吃不住，竟然犹豫起来，有点想掉头往回走了。不过我毕竟熟悉这一带沼地，哪怕夜色再黑些，也断断迷不了路，到了这儿，就没有再往回走的理由。因此，既是拗着自己的性子来了，就索性拗着自己的性子走下去。

我并不是朝着我老家的那一头走，也不是朝着当年追赶逃犯的那个方向走。我正好背对着远处的水牢船；沙岬上古老的灯塔依然在望，可是要回过头去才看得见。我熟悉古炮台旧址，也熟悉石灰窑的所在，不过两处地方隔着好几里路；那天晚上这两处地方要是都点着灯的话，就可以看见两处荧荧孤灯之间是一条长长的漆黑的地平线。

开头，我走过一处，就得随手关好栅门，有时还得站上一会儿，等躺在防护堤上的牛群爬将起来，往坡上的芦苇野草丛中窜去。可是没走上多久，连牛也没有了，这一大片沼地似乎就是我一人的天下了。

又过了半小时，来到石灰窑附近。正在燃烧的石灰发出一股滞重而窒闷的气息，火烧在那里却没有人看管，看不见一个烧窑的工人。石灰窑旁边是一个小石坑。石坑恰好挡着我的去路，坑边横七竖八地丢着好些工具和手推车，可见当天还采掘过。

我走出石坑——因为那条崎岖的小径是从石坑中通过的——重新来到了地面上，看见那所古老的水闸小屋里有一点亮光。我连忙加快脚步，过去敲了敲门。趁等开门的时候，我四面打量了一下，只见水闸荒废残破，那所瓦顶木屋再也挡不了多少天的风雨——恐怕眼前就已经难挡风雨，泥地上积着一层石灰，窑里有一股呛人的白烟像幽灵似的向我悄悄扑来。还是没有人应声，于是我又敲了下门。还是没有人回答，于是我就去拨门闩鼻。

门闩鼻拨动了，门开了。朝里面一看，桌上点着一支蜡烛，屋里还有一条长凳，一张装有脚轮的矮脚床，床上铺着一个草垫。抬头看时，还有个阁楼，我便喊道："有人吗？"没有人应声。看看表，已经九点多了，便又叫了一声："有人吗？"依旧没有人回答。我只好退到门外，绝不定如何是好。

忽然下起大雨来。在门外并没有什么新的发现，我便又转身进屋，站在门洞子里避雨，一面望着门外的夜色。我心里思忖，这屋子里一定刚才还有人，大概是出去一会儿就会回来的，否则这蜡烛就不会不吹灭——想到这里，就想去看看烛芯长不长。我刚一背转身去拿起蜡烛，突然间有个什么东西猛烈地一撞，把蜡烛扑灭了，等到我清醒过来，身子早已让背后甩过来的一个粗大的活结给套住了。

只听得一个人抑低了嗓音骂了一声，说道："好啊，这一回可让我逮住啦！"

我一边挣扎，一边嚷道："怎么回事？你是什么人？救命啊！救命啊！救命啊！"

我的两条胳膊给紧扣在身子两旁，尤其是伤重的一条，给勒得疼痛难挨。我大声叫喊，可是总有个身强力壮的汉子，一会儿用手捂住我的嘴，一会儿用胸膛顶住我的嘴，不让我喊出声来。我在黑暗里苦苦挣扎，觉得有个人呼出的热气老是在我的身边。挣扎并不顶事，结果我还是被紧紧地绑在墙上。只听得那人又抑低了声音骂了一句，说道："你再叫，我马上就要了你的命！"

受伤的胳膊痛得我发晕想呕，这飞来横祸又弄得我莫名其妙，可是我心里却明白他这句话不是光吓吓我的，也许真做得出来。于是我停止了呼喊，竭力想使我那条胳膊松动些，哪怕能松动一分一毫也好。可是绑得太紧，哪里松得开。只觉得这条本来是烧伤的胳膊，如今简直像放在沸水里煎煮一样。

屋子里的夜色突然消失了，取而代之的是一片墨黑，于是我知道那人已经关上了窗。他在黑暗中摸索了一阵，找到了燧石和火刀，就打起火来。火星落在火绒上，他手里拿着根火柴，对着火花直吹气，我睁大眼睛仔细瞧着，可是只看得见他的嘴唇和蓝色的火柴头——这嘴唇和火柴头也只是时隐时显。火绒受了潮了——在这种地方哪有不受潮的道理——落在上面的火花一个接着一个熄灭了。

那人却不慌不忙，用燧石和火刀重新打火。一大片明亮的火花散落在他的四周，我这才瞥见了他的一双手和他面部的轮廓，看见他坐在那里，上半截身子伏在桌子上；除此以外，便什么也看不见了。一会儿又看见了他发青的嘴唇，正吹着火绒，接着便倏然亮起一道火光，照见这人原来是奥立克。

我不知道我要找的是谁，可绝不会是他。一看见他，我心知自己已落入了虎口，便直愣愣地瞅着他。

他小心翼翼地用光焰摇曳的火柴点着了蜡烛，随手把火柴丢在地上，一脚踩灭。他把蜡烛搁在一边，好把我瞅个清楚，然后就叉起双手伏在桌上，端详着我。我一看，原来自己是被绑在一架和墙壁隔开几寸的结实的竖梯上——梯子上通阁楼，是固定在墙上的。

相互打量了一阵之后，他说：“好啊，你这一回可让我逮住啦！”

“快给我松绑！让我走！”

他回答道：“啊！我一定让你走！让你到天上去，让你到神仙世界去。很快就打发你走。”

“你把我骗到这儿来，要干什么？”

他狠狠盯了我一眼，说：“你还不知道？”

“你在黑地里暗算我，是什么道理？”

“因为我要一个人悄悄儿干，不要一个帮手。两个人的嘴巴再紧，也紧不过一个人。哼，你这个死对头，瘟对头呀！”

他坐在那儿，叉起胳膊搁在桌上，自得其乐地看着我这般光景，又是点头拨脑，又是暗自得意，那副狠毒的样子使我不由得打了个寒噤。我默默地打量着他，只见他伸手到身边墙角落里取出一支包铜枪托的枪来。

他做出似乎要瞄准我的姿势，说道：“这玩意儿你认得吗？记得在哪儿见过吗？快说，你这狼崽子！”

我回答道：“记得。”

“我在那个地方的差使，是你给断送的。就是你。你承认不承认？”

“这我有什么办法？”

“你干的好事！光是这一件就够你的罪名了！这还不算，你竟还胆敢来破坏我和我心爱的姑娘的好事！”

“我什么时候坏过你的事？”

“你什么时候没有坏过我的事？你天天在她面前搬嘴，说我奥立克老头的坏话！”

“是你自己在说自己的坏话，是你自己自作自受。要不是你自己先败坏自己的名声，我怎么坏得了你的名声！”

“你胡扯蛋！”接着就把我和毕蒂上次见面时说的那几句话搬了出来，说道：“你不是说过，你这一辈子不论费多大气力，花多少钱，不把我撵出本乡就绝不罢休吗？那么我倒要告诉你一个消息。你要把我撵出本乡，今儿晚上再不下手就要后悔莫及了！哎呀呀，不要说把你的家当全部赔上，你就是再花上整整二十倍的钱，也大大值得！”看他，张着猛虎似的血盆大口，冲着我晃了晃那只厉害的大手，我觉得他这话倒是不假。

“你打算拿我怎么样？”

他在桌子上重重地击了一拳，拳头一落到桌上，身子呼地站了起来，这就使他的话格外显得气势汹汹，他说：“我打算要你的命！”

他探出了身子，睁大眼睛瞧着我，慢慢放松了拳头，用手抹一抹嘴唇，好像为了想吃我的肉馋得都流了口水似的，一会儿才重新坐下。

“你从小就一直碍着我奥立克老头的事。从今天晚上起你可碍不着我的事了。我再也不会看见你了。你上西天去了。”

我觉得自己已经走到坟墓的边缘，便急得什么似的四下打量，想看看可有办法逃出这个罗网，可是哪里逃得出去。

他重又叉起胳膊搁在桌上，说道："要了你的命还不算，连你身上的一块布角，一根骨头，我也不会让它留在世上。我要把你的尸体背进石灰窑去，烧得连骨头渣也没有——像你这样的货色，我一次可以背上两个——让人们去猜上一百年吧，谁也别想知道你的下落。"

于是我的脑子便以难以想象的敏捷，一件一件想象着我这样一死之后势将引起的后果。那时候艾丝黛拉的父亲准会认为我是有意丢弃他，他准会被逮捕，临死还要怨我；赫伯尔特看到了我留给他的信，一打听我总共只在郝薇香小姐家的大门口站了片刻，连他也难免要对我怀疑；乔和毕蒂一辈子也不会知道我那天夜里对他们怀着多大的内疚，谁也不会知道我遭受了多大的变故，我的一片心意是多么真诚，我经历了多么痛苦的煎熬。迫在眉睫的死亡固然可怕，但远比死亡可怕的是唯恐身后蒙受不白之冤。一连串的念头飞快闪过，一下子我又想到了自己将来还要遭到后人的唾弃——譬如遭到艾丝黛拉的孩子和孩子的孩子的唾弃——可是那坏蛋的话还没说完呢。

他说："喂，狼崽子，我宰了你，等于是宰了一头畜生。今儿我非宰了你不可，捆住你就是为了要宰了你——不过不忙，我倒先要好好瞧一瞧你，好好气一气你。唉，你这个死对头呀！"

我又想大声呼救了；可是我比谁都明白，在这个荒无人烟的地方，能指望谁来搭救我呢。眼看他坐在那里瞅着我冷笑，我对他又是鄙夷，又是咬牙，于是便拿定主意，紧闭着嘴唇不吭一声。我下定决心，千万千万不能向他哀求，便是只剩最后一口气，也要跟他拼。在这危急万分的当口，虽然我想到了其他的人，就都软下了心肠；虽然我低首下心地向上帝乞求宽恕；虽然我想起了自己没有向我至亲至爱的人们告别，而且再也无法向他们告别，无法向他们表明自己的心迹，也无法恳求他们体谅我不幸的错误，为此心里不胜伤感；可是对于他，即使我已是奄奄一息，只要能有办法宰得了他，我也绝不手软。

看来他是在喝酒，眼睛通红，布满血丝。他脖子里挂着一个锡酒瓶——他一向就是这个脾气，老是把酒啊，肉啊挂在脖子里。如今他把酒瓶送到口边，狠命喝了一口；我闻到了一股刺鼻的烧酒味儿，他脸上也马上泛起了一阵红光。

他又叉起了胳膊，说道："狼崽子！奥立克老头来说件事情给你听听。你那个泼妇姐姐，完全是你害了的。"

没等他拖拖沓沓、结结巴巴地说完这两句话，我的脑子早又以难以想象的敏捷，把我姐姐当年突遭袭击、得病致死的经过，从头至尾回想了一遍。

我说："都是你害的，你这个流氓。"

他一把抓起了枪，冲着我的方向，朝半空中猛砸了一枪托，反而喝道："我说是你害的就是你害的，一切都是因为你。那一天我悄悄摸到她背后，就像今天晚上悄悄摸到你背后一样，我狠狠给了她一家伙，只当已经把她打死，就丢下她走了；要是那会子她附近也有个石灰窑的话，她还会有命吗。可是这都不能怪奥立克老头，她是你害的。你得宠，我受人欺负，挨揍。奥立克老头是吃这一套的吗？这笔债现在要你来还。你自己做事自己当。”

他又喝起酒来，越发凶相毕露。我看见他侧过酒瓶来往嘴里灌，便知道瓶里剩下的酒不多了。我完全明白他是借酒壮胆，喝完了这瓶酒就要结果我的性命。我知道那瓶里一点一滴的酒，就是我一点一滴的生命。我知道，我马上就要化作一堆白烟，同刚才犹如报信幽灵一般向我悄悄扑来的那股白烟混而为一，等我化作白烟以后，他马上又会像上次打倒了我姐姐以后一样，连忙赶到镇上去磨磨蹭蹭东逛西荡，家家酒馆都要串到，故意让人家看见。我转得飞快的脑子，一下子又跟着他到了镇上，我仿佛看见他在大街上走，街上灯烛辉煌，熙熙攘攘，而沼地上则还是一派凄寂，白烟弥漫，我自己也早已溶化在这一片白烟里了。

他说这几句话的工夫，我一下子就回想起了多多少少年的往事，而且，我觉得他说出来的不光是话，我还看到了一幅又一幅的画面。我的大脑处在这样高度亢奋的状态下，想起一个地方，就好似身历其境；想起一些人，便顿时如见其面。这些形象之清晰，真是怎么说也不会夸大。可是另一方面我却又始终目不转睛地盯着他看，哪怕他手指轻轻一动，我都有数——身边蹲着一头随时会一跃而起的猛虎，谁能不全神贯注盯着看呢？

这第二次酒喝过，他便从长凳上站起来，把桌子一把推开，然后拿起蜡烛，用他那只血腥的手护着烛焰，好让烛光照在我脸上，他自己就站在我面前，津津有味地瞧着我。

“狼崽子，我索性再说件事情给你听听。那天晚上你在楼梯上给一个人绊倒了，那个人就是我奥立克老头。”

于是我眼前又出现了灯火齐灭的楼梯。出现了那笨重的楼梯栏杆在看门人的灯笼光下投在墙壁上的影子。出现了我此生再也看不到的那套住房：有的门半开着，有的门关着，屋子里一切的家具摆设全都历历在目。

“奥立克老头干吗要到你那儿去呢？我索性告诉了你吧，狼崽子。你和她既然把我从本乡撵了出去，不让我在家乡弄碗安逸饭吃，把事情都干绝了，我这才去结交了新朋友，找到了新东家。我要写信的时候，他们就有人替我写信——你又不乐意啦？——有人替我写信哪，狼崽子！他会写各种各样字体，可不像你这个小贼，只能写一种字体！从你赶来给你姐姐送葬的那一天起，我就下定了决心，拿定了主意，非要你的命不可。我一时没有办法下手，便仔细留意你的行踪，摸清你的日常动静。奥立克老头心里想：‘我好歹得要了他的命！’多巧啊！没想到为了找你，却找到了你的蒲骆威斯伯伯。怎么样？”

于是磨池浜，缺凹湾，青铜老胡同，一切都历历如在目前！那守在屋里的蒲骆威斯，那已经用不到的信号，那可爱的克拉辣，那个慈母般的善良妇人，那整天躺着的比尔·巴雷老头——这一切，都从我眼前飘忽而过，仿佛要随着我生命的急流，飞速流入大海！

“你也有伯父咧！哼，我在葛吉瑞的铁匠铺子里认识你的时候，你才是一头小狼崽子，我只消用大拇指和食指把你脖子一挟，就能掐死你（有时候逢到星期天，看见你在秃树林子里闲逛，我真想掐死你呢），可那时候你并没有什么伯父叔父。呸！你有个屁！可后来，说来也是好多年以前的事了，奥立克老头在沼地上捡到了一副锉开的脚镣，就把它收藏起来，后来就用这个玩意儿，轻而易举地收拾了你的姐姐——现在轮到要收拾你啦，懂吗？——这副脚镣，听说八成儿就是你那个蒲骆威斯伯伯戴的——嗯？——当初我一听说是这么回事——嗯？——”

他一面恣意嘲弄我，一面拿蜡烛逼到我鼻子底下晃了又晃，我只得侧过脸去，免得被火烫着。

他烫了我两回以后，乐得哈哈大笑，大声嚷道：“哎哟！烧伤一遭，见火就逃！奥立克老头知道你被火烧伤了，奥立克老头知道你打算让你那个蒲骆威斯伯伯偷渡出境，奥立克老头可是你的对手，料定了你今天晚上不会不来！狼崽子，我再告诉你一件事，我的话就完了。奥立克老头是你的对手，还有人是你蒲骆威斯伯伯的对手哩。丢了侄子，叫他多多当心那个人吧。亲侄子的衣衫找不到一角，骨头捡不到一根，叫他多多当心那个人吧。那个人就是容不得马格韦契住在国内——对，我知道他叫马格韦契！——马格韦契还在海外的时候，那个人对他的一动一静都打听得明明白白，所以他就别想瞒过那个人的耳目私自回国，来找那个人的麻烦。不是有个人能写各种各样字体吗，不定就是那个人呢，他可不像你这个小贼只会写一种字体。马格韦契呀马格韦契，小心康佩生送你上绞刑架！”

他又把烛火朝我眼前一晃，烟熏着了我的脸和头发，弄得我一时睁不开眼来，然后他就转过身去，把蜡烛放回桌上，那结实的后背正对着我。趁他还没转过身来的当儿，我默默做了一个祷告，一颗心已经到了乔、毕蒂和赫伯尔特那里。

桌子和对面那堵墙壁之间有几尺见方的一块空地。他就在这个地方垂头弯腰地来回走动。双手懒懒地沉重地垂在两旁，两眼怒视着我，看去显得格外壮健有力。我连一线希望都没有了。尽管内心惶急万状，脑子里闪过的不是念头，而是一幅又一幅栩栩如生的画面，不过我还是十分明白：他要不是早已打定主意马上就要把我干掉，不落半点痕迹在人间，那他是绝不会跟我说那些话的。

他突然站住，拔下了酒瓶塞子，随手一扔。尽管声音很轻，我却觉得落下来像个铅锤。他慢吞吞喝着，酒瓶底渐渐的愈翘愈高了，这时他便再也不望着我了。瓶底里的最后几滴酒，他是倒在手掌心里舔干净的。舔完突然猛一发狠，大骂一声，使劲扔掉了酒瓶，弯下身去，我一看，他拿在手里的是一把石槌，槌柄又长又重。

我的决心还是非常坚定，我半句告饶的空话也不说，我使出了全身的力气大声呼喊，使出了全身的力气拼命挣扎。虽然我只有脑袋和两腿能够动弹，可是我拼命挣扎的那股气力，连我自己也觉得非常稀奇。顷刻之间，忽然听得外边有人应声而呼，看见几个人影和一线亮光破门而入，旋即人声鼎沸，一片骚乱，只见奥立克钻出了好似潮涌一般的混乱的人群，一脚蹬翻了桌子，飞一般的消失在门外的黑暗里了！

晕晕乎乎过了一阵，我发现自己就躺在那小屋子的地下，不知是谁给我松了绑，也不知是谁让我的头枕在他膝盖上。原来我一苏醒过来，两只眼睛就盯住了靠墙的扶梯——其实我心里还迷迷糊糊的时候，眼睛就对着扶梯睁开了——因此我的神志一恢复，马上就明白我还在我晕过去的地方。

开头我的感觉完全麻木了，我甚至都懒得转过头去看看是谁扶着我，只是躺在那里一个劲儿地望着扶梯，后来我和扶梯之间忽然出现了一张脸蛋。一看，原来是特拉白裁缝铺里的那个小厮！

只听得他一本正经地说："我看他没问题，就是脸色苍白点罢了！"

听到他这句话，扶着我的那个人俯下身来和我打了个照面，我一看，这扶着我的不是别人，原来是——

"赫伯尔特！老天爷啊！"

赫伯尔特说："轻点儿！慢点说，汉德尔。不要心急。"

史塔舵也凑过来看我，我嚷了起来："我们的老朋友史塔舵也来啦！"

赫伯尔特说："你不记得啦，他要帮我们办一件事呢，安静点儿吧。"

经他这么一提，我马上一跃而起，可是手臂上一阵疼痛，身子又不由得往下一沉。我说："赫伯尔特，咱们没误时吧？今天是星期几了？我在这儿有多久了？"因为我心里怎么也放心不下，只怕自己已经在这儿待上好久了——有一天一夜了吧——有两天两夜了吧——或许还不止呢。

“没有误时。今天还是星期一。”

“谢谢上帝。”

赫伯尔特说：“明天星期二，你可以好好休息一整天。可是亲爱的汉德尔，你一直哼个不停，哪儿痛呀？你能站起来吗？”

我说：“能，能。走路也走得动。我别的地方倒不痛，就是这条胳膊跳动得厉害。”

大家替我解开绷带，尽量替我想办法。胳膊肿得怪粗的，而且发炎了，连碰一下都受不了。大家都拿出手帕来撕开了当作绷带，重新替我绑好，小心翼翼地吊在悬带上，打算到了镇上，去弄点清凉药水涂涂。过不多久，我们就把那黑洞洞空无一人的水闸小屋关上了门，穿过石坑，步上归程。特拉白的小厮——现在早已是个高大过人的青年了——拿着个灯笼，走在头里领路，我刚才看见破门而入的一线亮光正就是他手里的灯笼。月亮已升到高空，看来我来到这儿已经足足有了两个钟头；天虽然还在下雨，夜色却清朗多了。走过石灰窑，一阵白烟从我们身边飘过；我又默默地做了一次祷告，不过此刻做的则是感恩祷告。

我请赫伯尔特给我说说，他是怎么会来搭救我的，开头他一口拒绝，只是一个劲儿地要我别说话，后来我才获悉是这么一回事：原来我临走匆忙，把那封拆开的信丢在屋里了；我走了不久，他在路上正好遇见史塔舵来看我，便带了史塔舵一同回家，拾起这封信来一看，立刻大为不安，尤其使他不安的是，把那封信和我仓促之间留给他的便条一对照，根本对不起榫来。他考虑了刻把钟光景，不安的心情有增无减，便赶到驿站上，打听下一班驿车什么时候开；史塔舵自告奋勇陪他一块儿去。一问，下午一班驿车已经开出，他碰了这个壁，越发心中惶惶，便决定雇辆马车跟踪而来。于是，他和史塔舵便赶到蓝野猪饭店，满以为一到那里就可以找到我或打听到我的下落；可是既没找到人，也没打听到信息，便又赶到郝薇香小姐家里，也没遇上我。于是他们又赶回蓝野猪饭店（估计那大概就是我在小饭店里听老头儿讲当地流传的所谓我的身世的时候），他们在那里吃了晚饭，找了个人带领他们到沼地上去。当时蓝野猪饭店的门廊里麇集着一群闲人，其中偏巧就有特拉白的那个小厮——这小厮不改旧习，依旧到处乱钻无事忙。特拉白的小厮说，他亲眼看见我离了郝薇香小姐家门口，向我吃饭的那家饭店而去。于是他们就请特拉白的小厮做向导，来到这座水闸小屋，不过我是撇开镇上的大街抄小路到沼地上的，他们却是走的大街。一路上，赫伯尔特心想，有人请我到那里去，说不定当真有什么重大的缘故，或许蒲骆威斯就能因此而得以安全脱险呢；如果确实如此，那么，外人夹杂其间也许就会坏事；因而他便让向导和史塔舵两个人守在石坑边上，他一个人继续向前走，在小屋周围转了两三个圈子，想先弄弄明白屋子里边是否一切顺当。他听了一阵，什么也听不清楚，只听得有一条低沉而粗糙的嗓子不知在说些什么（其时当是我思潮起伏、感慨万千之际），最后他甚至疑心我会不会不在屋子里，恰巧这时我扯直了嗓子大叫起来，于是他立即应了一声，冲了进来，史塔舵他们也紧跟着冲了进来。

我把屋子里的一切经过情形也告诉了赫伯尔特，赫伯尔特听了，主张不管夜有多深，应当立即到镇公所去告状，要求他们出拘票逮捕奥立克。可是我早就考虑过，这样一来，我们就得被绊住在那里，要不也得在明后天赶回那里，那岂不就断送了蒲骆威斯的性命。赫伯尔特也不能不承认我说得有理，于是我们只好权且作罢，暂时不去找奥立克算账。处于眼前这种情况之下，我们认为对特拉白的小厮也以尽可能不声张为宜。因为我深信，要是让他知道了由于他爱管闲事，无意中救了我的命，没有烧死在石灰窑里，那他一定懊恼得要死。倒不是因为特拉白的小厮心地不善，而是因为他实在活跃得过了分，天生喜欢新鲜花样，喜欢追求刺激，不惜拿别人开心。我们和他分手的时候，我送给他两个畿尼（看来他很满意），还向他道歉说，从前实在不应该把他看得那么坏（他听了却一点反应也没有）。

星期三已迫在眉睫，我们决定三个人合乘那辆雇来的马车，当夜赶回伦敦；这样也可以在夜来的那一幕险遇尚未引起流言蜚语之前，早早离开这儿。赫伯尔特买了一大瓶药水替我搽胳膊——搽了一夜的药水，我一路上才算勉强忍住了疼痛。到得寺区，天已大亮，我立即上床睡觉，整天躺在床上。

人躺在床上，心里只忧自己会病倒，明天不能照计行事，思来想去苦恼极了；我没有因此而忧出一场大病来，这才真叫稀罕。

其实，要不是想到明天事关重大而强自挣扎，我这样忧思如焚，再加上连日来心劳神疲，肯定早就把我拖倒了。这一天盼得我好不心焦啊！这一天的影响是多么举足轻重啊！这一天如今虽已近在眼前，可是结果如何，却是多么神秘莫测啊！

为安全计，我们当天不能再和他联系，这是不言而喻的，可是这一来却又增加了我的不安。只要一听到有脚步声，一听到有什么响动，我就会胆战心惊，只当他已经被查获、被逮捕，有人给我送信来了。我相信他已经被捕，绝不会有错；相信这不是我的过虑或预感，我脑子里的这个知觉要可靠得多；相信他被捕以后，不知怎么鬼使神差的，就让我知道了。可是白天过去了，始终没有传来什么坏消息；夜幕降下以后，我又转而担心自己等不到明天天亮就会一病不起，这份压倒一切的恐怖主宰了我整个的心灵。我的胳膊火烧火烫，搏动不已；脑袋也火烧火烫，搏动不已；恍恍惚惚觉得神志已经开始错乱。于是我就数数，数到成百上千，好证明自己并未精神错乱，还背诵了几段从前读过的诗文。有时候脑子疲倦了，实在管不住了，也会打一会儿盹，或是忘了数下去，等会儿惊醒过来就会对自己说："可不是，果然神志错乱了！"

他们俩成天让我安安静静地休息，不断给我换绷带，给我喝清凉的饮料。我每次睡醒过来，在水闸小屋里一度有过的那种感觉总又会重现，总觉得时间已经过了很久，搭救蒲骆威斯的机会已经错过。到了午夜光景，我爬下床来，去找赫伯尔特，只当自己已经睡了一天一夜，星期三已经过了。这是那天夜里我在焦躁不安中最后一次徒自消耗精力，以后我就睡熟了。

醒来时从窗口向外一望，已是星期三的破晓时分。桥上眨巴着眼睛的灯火已经暗淡了，朝阳像一片熊熊的烈焰出现在天边。泰晤士河依旧显得那么阴暗而神秘，横跨河上的一座座桥梁渐渐泛出了青灰色，透着几分寒意，天空里火烧一般的红霞，也偶或给桥顶抹上一点温暖的色彩。沿着鳞次栉比的屋顶望去，只见教堂的钟楼和塔尖耸入清澈异常的晴空；太阳升起了，河上宛若揭去了一层幕幔，水面顿时冒出万千金星，闪耀成一片。我也宛若揭去了蒙着我的一层幕幔，只觉得体魄壮健，精神饱满。

赫伯尔特睡在自己床上，我们的那位老同学则睡在沙发上，两人都还熟睡未醒；没有他们帮忙，要我自己穿衣服是不行的，不过我还是添了点煤，把尚未熄灭的炉火重新烧旺，替他们煮了些咖啡。过了一会儿他们起来了，看去也都显得体魄壮健，精神饱满；于是我们打开窗户，让清晨的凛冽的空气流进来，望望河上，只见河水的流向还朝着我们这一边。

赫伯尔特快活地说："磨池浜那边的朋友呀，到九点钟河水改变流向的时候，你就做好准备，等着我们吧！"

第五十四章

三月天气，阳光已颇有热意，寒风却还料峭——阳光底下已是夏季，背阴之处却还是冬天。我们都穿着厚呢上装，我还带了一个包。包里只能装上几件少不了的东西，其他一切身外财物都抛下了。我此去究竟上哪儿，日子怎么过，何时能回来，这种种问题，我心里还没有一点数，我也不去为这些问题多烦神，因为我一心只想着要使蒲骆威斯平安脱险。走出门口，停下来回头一望，心里才纳闷了一下：我这辈子就算还能见到这个住所，到那时也不知会变成个什么样子。

我们慢悠悠地逛到寺区的石埠跟前，在那儿又闲逛了一会儿，装出好像绝不定要不要下水的样子。当然，我事先早就把船预备好，把一切都安排妥当。当时除了经常厮守在寺区石埠跟前的两三个船夫之外，没有什么人看见我们，我们故意稍示犹豫之后，就上了船，解缆而去。赫伯尔特划前桨，我掌舵。时间是八点半，眼看就要满潮了。

根据我们的计划，九点钟满潮，潮水开始退落，我们可以顺流而下，一直划到下午三点钟；三点钟潮水改变流向以后，我们打算再逆流慢慢划下去，估计划到天黑，可以到达肯特和艾塞克斯之间，那就已经过了格雷夫森好大一段路了；那儿河面宽阔，又是个冷僻的所在，沿河居民寥寥，却不时有一两家冷落的小酒店，可以任意拣上一家歇下。我们打算就在那儿过夜。开往汉堡和鹿特丹的轮船在星期四上午九点钟左右由伦敦开出。我们可以根据我们停泊的地方，推算出这两艘轮船路过那儿的时间，哪一艘先到就招呼哪一艘，万一第一艘上不了，还有第二次机会。反正每艘轮船的标志我们都记熟了，能够识别。

一番心愿，终于要去实现了，我的心情不觉为之一舒，几小时前的那种心境简直已不能理解。空气清冽，阳光和煦，小船轻划，水流滔滔，这一切都使我精神振奋，增添了新的希望。河水也伴着我们一起向前奔流，一路上仿佛还在同情我们，激励我们，鼓舞我们。我坐在小船里什么用处也没有，真觉得丢人；不过我这两个朋友却是少有的划桨好手，他们划起桨来从容沉着，可以这样划上一天。

当时泰晤士河上的轮船还远远没有今天这样来往频繁，河上的划子船却要比今天多得多。驳船、运煤帆船、沿海航船，这些大概都和今天不相上下；只有轮船，大小轮船一起在内，则还不到今天的十分之一、二十分之一。那天上午，虽然时间还早，河上已有不少小船往来各处，还有不少驳船顺流而下；那时候，驾一条敞篷的划子船在伦敦各桥之间航行，要比现在容易得多，也普遍得多；所以我们就在许许多多轻舟舢板之间快速前进。

一会儿就过了老伦敦桥，过了停满牡蛎船和荷兰船的老鱼市场，过了白塔和叛徒门[①]，来到了密密层层的船舶中间。这儿有开往利思、阿伯丁和格拉斯哥的轮船，装货的装货，卸货的卸货，我们从旁边划过时，只见一艘艘都如巨人矗立在河上；这儿有大批大批的煤船，舱里的煤一吊起来，浮码头上的卸煤工人就都纷纷跳上甲板，免得船身倾侧，于是吊起的煤都劈劈啪啪卸在驳船上；这儿还停泊着一艘准备明天开往鹿特丹的轮船，我们就看了个仔细；另外还有一艘明天开往汉堡的轮船，我们便从它的牙樯下穿过。我坐在船尾，如今已看得见磨池浜和磨池浜的石埠了，心头便不禁狂跳起来。

赫伯尔特问道："看见他了吗？"

"还没有。"

"好极了！他要看见了我们，才可以到河边上来。你看见了他的信号没有？"

① 白塔在泰晤士河北岸，是伦敦塔建筑的一部分。叛徒门是伦敦塔通向泰晤士河边的一道门。伦敦塔一度曾用作监狱，船上载来囚犯押入伦敦塔，皆由叛徒门入内。

"好像看见了，不过还看不大清楚。——哦，这下子可看见他了。加油划！……慢，赫伯尔特。好，停！"

我们轻轻地往石埠上一靠，才一转眼工夫，他便上了船，我们又继续前进了。他穿一件水手穿的斗篷，带着一个黑帆布包，样子完全像个领港人，我看着满意极了。

他一坐定，就搂着我的肩膀说："好孩子！有良心的好孩子，你干得好。多谢你啦，多谢你啦！"

于是我们又在密密层层的船舶之间迂回穿行，一路上避开了生锈的锚链、磨得起毛的粗重麻绳、时起时伏的浮标，我们的小舟过处，随波逐流的破木桶一时沉到了水下，漂在水面的木片刨花冲得四散，碎煤浮渣纷纷向两旁飞溅。我们一路迂回划去，从一个个船头人像下面穿过——这些雕像，男的都刻成散德兰的约翰[1]模样，张着嘴在向天风演讲（其实哪儿的约翰不是如此！），女的则都是雅茅斯的贝茜[2]模样，照例胸脯结实，圆圆的眼珠子从眼窝里突出两寸之多；我们一路迂回划去，只听得造船厂里铁锤叮当，锯声沙沙，还有那轰隆隆的机器不知在弄些什么，又听得漏水的船里在用唧筒抽水，船舶纷纷准备出海，起锚机在起锚，那些跑海路的家伙在同驳船夫隔船对骂，却不知叽里咕噜在骂些什么；我们一路迂回划去，终于来到了水流较为清澈的一段河面上——到了这儿，船上的小工可以收起他们的护舷棒，用不着再拿着护舷棒在河

①② 散德兰和雅茅斯都是英国的海港，并以造船业著称。在这里，"约翰"系男性的通称，"贝茜"是女性的通称。

里“浑水摸鱼”了，那卷起的船帆也可以迎风招展了。

自从在石埠接他上船以后，我一直保持着警惕，一路都在观察可有遭人怀疑的迹象。结果什么迹象也没有看到。我可以肯定我们附近没有任何船只监视，背后没有任何船只跟踪，刚才没有，现在也没有。如果有船盯梢的话，我早就向岸边一靠，逼它赶到我们前边去了，要不也得叫它暴露自己的意图。可是我们并没有受到一丝一毫的干扰，一路顺风。

蒲骆威斯身上穿一件水手斗篷，我刚才说过，这样的打扮在这种场合倒也相宜。奇怪的是在我们船上几个人之中，反而是他最为无忧无虑（也许因为他早就过惯了颠沛流离的生活）。倒不是说他已经将生死置之度外，因为他明明告诉我说，他但愿还能在异国亲眼看到他一手培养的上等人成为一个出类拔萃的上等人；据我看他的性格也不是逆来顺受或听天由命的；但是他这个人就是没有想到中途会不会遇到危险。真要有危险，来了再对付；何必要先自寻烦恼呢？

他对我说：“好孩子，这么许多日子以来，我成天对着四堵墙壁，今天总算能坐在我的好孩子身旁抽抽烟了，我这份乐儿你要是能够懂得，你非得羡慕我不可。可惜你是不会懂的。”

我答道：“我想我还不会不懂自由的乐处。”

他一本正经地摇摇头说：“嗳，不过你体会不到我那么深。没在屋子里关过，我的好孩子，你是体会不到我那么深的——可是我今后再也不会往下流路上走了。”

我起初心想，他既是这么说，看来就不至于会按捺不住，闹出什么花样来，断送自己的自由，以至性命。但是我又想到，按照他平生的一贯作风，不冒风险的自由是向来与他无缘的，所以常人心目中的自由也许和他理解的有所不同吧。果然，我猜的虽不中亦不远矣，因为他抽了一口烟之后，又说：

“你知道，好孩子，我远在海外的时候，眼睛老是望着家乡。我在那边虽然发了财，日子过得可乏味了。谁都认识马格韦契，马格韦契来去自由，谁都不会为他操半点闲心。这儿的人对我可就不是那么放心得下了，好孩子——起码可以这么说吧，他们要是知道了我在这儿，就要放心不下了。”

我说：“要是一切顺利，要不了多久，你又可以重新自由自在，安然无事了。”

他吸了一口长气，答道：“但愿如此。”

“我说得不对吗？”

他伸手到船外，浸在水里，又显出了我早已见惯的那种温和的神气，微笑着说：

“哪里，我觉得你说得挺对，好孩子。我们现在已经够安静、够自在的了，还要怎么安静、怎么自在呀？可是我想——大概因为在河上淌呀淌的，实在太舒坦、太愉快了，所以才会这样想吧——我刚才一边抽烟，一边就在心里想，我们谁说得上过几个小时会是怎么个光景呢，正像我撩得起这把河水，却看不到河底一样。可是，河水我抓不住，时光我们也留不得。喏，水都从手指缝里漏掉了，你瞧！”说着举起了那只水淋淋的手。

我说：“要不是看你脸上的表情，我还以为你有些泄气呢。”

“好孩子，没有的事！你瞧，船行得这么平静，浪花轻轻地拍着船头，好像星期天教堂里唱圣歌一样，这才引起了我的胡思乱想。再说，我也恐怕真是上了点年纪了。”

他重新把烟斗放进嘴里，脸色安详如初，那副从容而又满意的神气，好像我们已经出了英国似的。可是，他又好像一直提心吊胆，我们劝他的话，他没有不听的，譬如有一次我们奔上岸去，想买几瓶啤酒备在船上，他跨出船舱打算跟我们一块儿去，我就暗暗提醒他，为他的安全着想，我看他最好还是留在船上，他说：“是吗，好孩子？”说着，便又悄悄坐了下来。

河上颇有寒意，可是天朗气清，阳光宜人。潮急的时候，我注意抓紧时机，两支桨稳稳地划，船行得很快。后来落潮的势头渐渐减弱了，不知不觉间，近处的山林愈来愈少了，两岸都变成了淤泥，水位也愈来愈低了；船过格雷夫森的时候，我们还是顺水。既然我们的这位被保护人身上裹着斗篷，为了趁顺水多赶一程路，我便故意把我们的船划到那艘海关船附近，和它只保持着一两条船的距离。我们划过了两条移民船，还从一艘大型运输船的船头下边穿过，那船的前甲板上载着士兵，都在那里看着我们。不久潮水的势头渐渐没了，停泊着的船只开始晃荡起来，不一会儿又都掉转了船头。潮一转，驶往蒲塘的船只便顺水迎着我们成群结队拥来；我们只好把船划到岸边，如今要尽量避免潮水的冲激，又要当心别让小船在浅水滩上和泥泞的河岸上搁浅。

我们的两位划手由于一路上不时可以歇上一两分钟，由着船儿顺水往下淌，因此至今劲头十足，这一回只休息了一刻钟就觉得足够了。我们在几块泞滑的石头中间上了岸，吃了点干粮，喝了点啤酒，四下瞭望瞭望。这地方很像我故乡的沼地，景色单调，索然无趣，连条地平线也是朦朦胧胧看不分明。河流曲曲弯弯，蜿蜒向前，河上的一连串大浮标也随着曲曲弯弯，蜿蜒向前，除此以外，就似乎一切都搁浅了，不动了。因为，现在那大队的船只已经全部绕过我们来时经过的最后一个转角，开得看不见了；满载干草、扯着棕色篷帆的最后一艘绿色平底船也跟着消失了；只见几艘装运沙石的驳船，蹩脚得像小孩子第一次学做的船舶模型，一艘艘都陷在泥浆里；沙洲上一座支在桩上又矮又小的灯塔，像个踩着高跷、拄着拐杖的瘸子踏在泥浆里；泥糊糊的标桩竖起在泥浆里，泥糊糊的石块戳起在泥浆里，红色的界标和潮标露出在泥浆里，一个破旧的码头和一座没有了屋顶的破旧房子眼看就要埋在泥浆里。总之，我们的四周全是一片死寂和泥泞。

我们重又登船离岸，尽力再向前划。现在划起来可要吃力多了，好在赫伯尔特和史塔舵坚持不懈，一个劲儿地划呀，划呀，划呀，一直划到日落西山。这时候，水涨船高，已可以看得见岸上的风光了。只见一轮红日低低地压在河岸上，四周是一派紫色的暮霭，愈来愈浓，很快就成了黑色；岸上是一片荒凉萧索的沼地；远处，是隆起的高地，从高地到我们之间一片荒无人烟，偶尔才有一只孤苦凄凉的水鸟，在眼前飞起。

天黑得很快，偏巧这天又是下弦月，月亮不会很早升起。我们就稍稍商量了一下，可是也用不到多讨论，因为情况是明摆着的，再划下去我们一遇到冷落的酒店就得投宿。于是他们又使劲打起桨来，我则用心寻找岸上是否隐隐约约有什么房屋的模样。就这样又赶了四五英里路，一路好不气闷，大家简直不说一句话。天气非常冷，一艘煤船从我们近旁驶过，船上厨房里生着火，炊烟缕缕，火光荧荧，在我们看来简直就是个安乐家了。这时夜色已经黑透，看来就要这样一直黑到天明；我们仅有的一点光亮，似乎不是来自天空，而是来自河上，一桨又一桨的，搅动着那寥寥几颗倒映在水里的寒星。

在这种凄苦的时刻，大家显然都像鬼迷心窍似的，总觉得有人在跟踪我们。潮水在涨，没准儿隔多大工夫，就会掀起一阵波浪拍岸，澎湃有声；我们一听到这种声音，总有人会吓一大跳，转过脸去望望。河岸上，不时有河水冲刷日久而形成的小港小湾，我们遇到这种地方就都疑神疑鬼，紧张地看了又看。往往不是这个低声问："那水声是什么玩意儿？"就是那个问："那边是不是一艘小船？"然后大家就是死一般的一片沉默，我只觉得满心烦躁，心想：这两支桨在桨架上怎么一下子响得这么厉害啊？

终于，我们远远看见了一点灯光，一所孤舍，于是马上就往岸边一条小石堤上靠去，这石堤显然是用就近拾来的石头砌成的。我让他们三个留在船里，独自上了岸，发现灯光原来是从一家酒馆的窗口里透出来的。这个地方污秽不堪；我看多半是走私冒险的商贩过往落脚之处；可是厨房里炉火熊熊，吃的有火腿蛋，喝的有各色美酒。还有两个双人房间，用那店主人的说法："只好请将就一夜。"店里什么客人也没有，只有店主人夫妇俩，还有个头发斑白的男人，他是这小石堤上里里外外打杂的伙计，浑身沾满了泥污，好像也是根标杆，刚让潮水漫过一般。

我就带了这位助手重新到船里，把大家都招上岸来，把桨、舵、篙子等等，也都搬了出来，然后把船拉到岸上，准备宿夜。我们在厨房里炉火旁饱饱地吃了一顿晚饭，然后去看卧房：赫伯尔特和史塔舵合住一间，我和我们的被保护人合住一间。我们发觉这两间屋子都密封紧闭，唯恐通一点风，好像透了风就要没命似的；床下塞满了肮脏衣服和衣帽盒子，我怎么也不相信这一家子人会有这么多衣帽。不过，我们都觉得这样已经很不错了，因为这个地方可实在是够冷僻的。

吃过饭，我们坐在炉火旁歇息；那个伙计也坐在墙角里，他脚上穿着一双胀得胖胖的靴子——我们刚才吃火腿蛋的时候，他早就把这双靴子当作一件古董宝贝让我们看过了，说是几天前有个淹死的海员被冲上岸来，靴子就是从尸体上剥下来的；这会子他就问我，一路上有没有看见一艘四桨的小艇顺着潮水迎面开来。我说没有看见，他说，那么这艘船一定是往下游去了，不过原先离开这儿的时候，分明是顺着潮水往上游去的。

那伙计又说："他们准有什么缘故，后来又改变了主意。"

我说："你说是一艘四桨的小艇？"

那伙计说："四个人划桨，两个人搭船。"

"他们在这儿上岸了吗？"

那伙计说："他们捧了个两加仑的瓦坛子，来买啤酒。我真恨不得在他们的啤酒里放上点毒药，要不就放上点泻药什么的。"

"这是为什么？"

那伙计说："我自有我的道理。"[①] 他出言吐语含混不清，喉咙眼里好像灌进了多少泥浆似的。

店主人是个为人怯弱而又好动脑筋的人，眼睛暗淡无神，看来他很是倚重这个伙计。当下他说："他看错人了。"

那伙计说："我才不会看错人呢。"

店主人说："伙计，你当他们是海关上的人吗？"

伙计说："当然。"

"伙计，那你就看错了。"

"我会看错？"

那伙计的这一声回答意味无限深长，他对于自己的见解抱着无限的自信，说着还脱下一只胀大的靴子，朝靴筒里望了望，磕出几颗碎石子倒在地下，才又重新穿上。他表演这一番动作时，瞧那神气，仿佛理由全在他这一边，要他赌什么东道都可以。

店主人怯生生犹豫不定地说："那么，伙计，你说他们身上的

① 从上文揣测，这个客店既为走私商贩过往歇脚之处，当然憎恨海关人员。

铜纽扣到哪儿去了？”

伙计答道：“铜纽扣到哪儿去了？扔到水里去了。吃下肚子去了。埋到地里去了，将来还会长出小纽扣来呢。哼，铜纽扣到哪儿去了！”

店主人带着郁郁不乐而又可怜巴巴的神气，申斥道：“伙计，不要这样没规矩！”

那伙计说道：“海关上的官员要是觉得身上的铜纽扣碍了他们的事，他们自有办法对付嘛！”他这次提到“铜纽扣”几个字，口气轻蔑到了极点，“一艘四桨的小艇，还搭着两个人——他们骨子里要不是海关上的人，难道会无缘无故东游西荡，刚顺着潮水来，潮一转又顺着潮水去，顺着潮水去不多远，又扭过头来顶着潮水往回划？”他说完，就带着一脸不屑的神气走了出去；店主人顿时失去了膀臂，自然也谈不下去了。

这一席话，我们人人听得惶惶不安，尤其是我。屋外阴风飒飒，潮水拍击着河岸，我觉得我们已经闯进了牢笼，危在旦夕。一艘四桨的小艇，那样异乎寻常地在四下游弋，竟而引得店家如此注意，这个不妙的情况压在我的心头，甩不掉搬不开。我让蒲骆威斯睡下以后，便和两个伙伴（史塔舵这时候也已了解了内情）到外面去重新商量了一下。我们商量的是：轮船明天下午一点左右可以到达这一带，我们是守到轮船快到的时候划出去呢，还是明天一大早就离开这儿？结果我们认为，总的说来，还是以守在这儿不动为好，不妨等到轮船到前一个钟头光景，再由此动身，划到轮船的航线上，慢慢悠悠顺水漂流。三人计议停当，便都回室就寝。

我上了床，身上衣服大都没脱，睡了几个钟头的好觉。醒来时，风声大作，酒店的招牌（店名船旅之家）给吹得叽叽嘎嘎劈劈啪啪响成一片，吓了我一跳。我悄悄下了床，免得惊醒我那位睡得正熟的被保护人。走到窗口向外面一瞧，窗口正对着我们小船所在的那条石堤上；很快我的眼睛就适应了那朦胧的月光，我看见有两个人在向我们的小船里张望。后来他们就从窗下走了过去，别的什么也没瞧，也没有到我们上岸的那个石埠上去，我分明看见那儿连半个人影都没有；他们是穿过沼地，朝诺尔[①]那个方向去的。

我一时情急，就想把赫伯尔特喊起来，叫他来看看那两个快要走远的人。赫伯尔特睡在后房，就在隔壁，我刚要进去，转而一想，他和史塔舵两个人这一天比我更劳累，现在一定是够疲乏的，于是我就按捺住了性子，没有去叫他。我回到窗口，还看得见那两个人在沼地上走，可是不一会儿就消失在朦胧的月光下了；我冷得难熬，便又躺到床上去细细琢磨，想着想着又睡着了。

第二天我们一大早就起来了。吃早饭前，四个人一块儿出外溜溜，我心想我应当把我夜里看见的情况告诉他们。这一回又是我们的被保护人最不着急。他镇定自若地说，那两个人多半是海关的人员，不是在我们身上打主意的。我也尽量强自宽解，只当是如此，事实上也的确很可能是如此。不过，我还是提议他和我两个人徒步

① 即泰晤士河河口。

先行，走到一个远远可以望见的尖角上，小船随后划来，在正午光景赶到那儿，或是尽量靠近那儿，好接我们上船。大家都认为这不失为一谨慎之计。后来在饭店里就再也没言语；一吃过早饭，我和他就动身了。

他一路抽着烟斗，有时候还停下来拍拍我的肩膀。谁要是看到这个情景，真会以为大难临头的是我，而不是他，他倒是在安慰我。我们很少说话。快到目的地的时候，我请他找个隐蔽的地方等一等，让我先到前面去侦察一下再说，因为昨天晚上那两个人正是朝那个方向走过去的。他答应了，我便独自一人往前走。到尖角上一看，没有船停泊在岸边，附近也没有船拉上过岸，也没有迹象可以表明那两个人在那儿上过船。可是话说回来，河水涨得这么高，谁说得准他们的脚印有没有被河水淹没呢？

一会儿，他远远从那隐蔽的地方探出头来张望一下，看见我挥挥帽子招呼他过去，便赶到我身边，和我一块儿在那里等着：我们有时候裹紧了大衣在堤岸上躺一阵，有时候又爬起来来来回回走一阵，暖和暖和身子，后来终于看见我们的小船来了。我们顺利地上了船，划到了轮船的航线上。再过十分钟，就是下午一点了，现在我们就只等天边出现轮船的黑烟了。

可是直到一点半，才见到了黑烟；没多久，看见这条轮船后面又冒起了另一条轮船的烟柱。两条轮船开足马力迎面而来，我们把两个包准备好，利用这个机会和赫伯尔特、史塔舵告别。彼此恳切地握过了手，赫伯尔特和我的眼睛都潮润了；不料就在这时候，我看见我们前面不远的堤岸下面突然窜出一艘四桨的小艇，也朝着河心划来。

由于河道蜿蜒曲折，那冒烟的轮船刚才还被河岸挡住了，看不见船身，可是如今一下子便只见它迎面直驶而来。我叫赫伯尔特和史塔舵横过船身，好让轮船上的人看得出我们是在等它，又叫蒲骆威斯用斗篷裹好身子，坐在那里千万别动。他兴兴头头地答道："好孩子，你放心吧！"果然就像石像似的一动不动坐着。这时候，那艘划得很熟练的小艇已经抄到我们前面，等到我们的船和它平齐以后，就掉转船头，和我们并排挨在一起。那船就死钉在我们的船边，两船之间只有咫尺之隔，仅容荡桨。我们停桨不划，他们也停桨不划，我们划上一两桨，他们也划上一两桨。那两个不划桨的人，一个掌舵，两眼死死地盯着我们——那些划船的也全都盯着我们；另外一个则像蒲骆威斯一样，也用斗篷裹没了头面，一副畏畏缩缩的样子，一面瞅着我们，一面仿佛还向那个掌舵的打了几句耳喳。两只船上都没有一个人吱声。

史塔舵坐在我对面，他不一会儿就认出了开在前头的那艘轮船，低声向我说了声："汉堡。"只见那轮船向我们这边飞快开来，耳边轮翼拍水的声音愈来愈响。我觉得那巨大的船影简直都已经罩到我们头上了——可是就在这节骨眼上，那小艇上的人却唤我们了。我应了一声。

只听得那个掌舵的说："你们船上有一个潜逃回国的流放犯。裹着斗篷的那一个就是。他的名字叫作阿伯尔·马格韦契，又叫蒲骆威斯。我是来逮捕这个人的，我要他投降，希望诸位协助。”

话刚说完，也没听见他对划船的吩咐一声，他的船马上就向我们冲了过来。我们还没有弄清楚是怎么回事，他们已经猛划一桨，收起桨杆，从斜刺里扑上来，把我们的船沿抓住了。这一来，便大大惊动了轮船上的人，我听见他们向我们呼喊，也听见有人命令关上轮翼。轮翼果然关上了，可是我依然觉得轮船在以排山倒海之势向我们劈头盖脸压来。说时迟那时快，这时小艇上那个掌舵的已经揪住了犯人的肩膀，潮水冲得两只小船打起转来，轮船上的水手都拼命奔上船头。说时迟那时快，只见犯人一跃而起，直抢到那个当官的背后，把小艇上那个畏畏葸葸的家伙裹着的斗篷一把扯了下来。说时迟那时快，那张脸儿一露出来，我马上认出这就是多年以前的那另一个囚犯。说时迟那时快，我看见那张脸顿时吓得煞白，向后便倒——我这个印象是一辈子也不会磨灭的；随着轮船上一阵惊呼，河上扑通一声，浪花迸溅，我只觉得自己所坐的船陡地沉入了水中。

刹那间，仿佛有千百个磨坊水轮劈头打来，仿佛有千百道亮光在我眼前闪晃，我拼着性命挣扎；不过这总共只是一刹那的事，转眼我就已被救上了那艘小艇。赫伯尔特，史塔舵，他们也都在小艇上；我们的船则已不知去向，那两个犯人也已不知去向。

轮船上人声鼎沸，放气的声音聒耳不堪；轮船在朝前冲，小艇也在朝前冲，一片扰扰攘攘，闹得我开头简直分辨不出哪是天空哪是河水，哪是南岸哪是北岸；不过划船的很快就把小艇稳住了，他们利落地使劲划了几桨，就搁起桨来，一个个都眼巴巴地默默望着船后的河面上。不多一会儿，只见河上有个黑不溜秋的玩意儿在向我们漂来。谁也不吱一声，掌舵的一举手，那些划船的就轻轻地打起倒桨来，让船不偏不倚的正好挡着那玩意儿的去路。那玩意儿愈漂愈近；我一看，原来是马格韦契在泅水过来，但是手脚不大灵便。打捞上船以后，他立即就给上了脚镣手铐。

小艇又平稳下来了，船上的人们重新又眼巴巴地默默注视着河面。可是这时开往鹿特丹的那艘轮船也来了，船上显然并不了解这里出了什么事，只顾飞速驶来。等到船上听见招呼而停船，已经晚了。两条轮船扬长而去了，掀起的轩然大波，却打得我们颠簸起伏。好容易波平浪息，两艘轮船早已无影无踪，我们这又继续搜索了好久，可是谁都明白，到了现在还有什么指望呢。

我们终于放弃了打捞的打算，小艇就沿着岸边向我们住过的那家酒店划去。店家见了我们自然大吃一惊。到了这里，我总算让马格韦契（不是蒲骆威斯了）歇息了一下，他胸口受了重伤，头上给划了一道很深的口子。

他对我说，他一定是落到轮船的龙骨下面去了，浮起来的时候就把头撞在了龙骨上。至于他胸口的伤（伤得很重，连透气都极为痛苦），他认为那是撞在小艇边上撞伤的。他又说，他本来真不定会拿康佩生怎么样呢，可惜他刚一伸出手去扯他的斗篷，想要认认清楚，那个孬种就慌忙站了起来，慌忙向后一闪，结果两个人一块儿掉下了水去；当时因为他（马格韦契）猛地扑出船去，那个警官又拼命要拦住他，结果就把船撞翻了。他还轻声告诉我说，他们落水以后，彼此死劲扭成一团，在水底下搏斗了一阵，最后他才甩脱了对方，一纵身泅水跑了。

我没有理由怀疑他说的不是百分之百的实话。小艇上掌舵的那个警官讲起他们落水的经过，和他说的完全一致。

我要求警官允许我向酒店老板随便买几件多余的衣服，好把犯人身上的湿衣服换下来，警官立即同意了，只是说，凡是犯人随身所带的东西，都得交给他保管。于是一度到过我手里的那个皮夹子，就落到了警官手里。他还允许我伴送犯人到伦敦，可是对我的那两个朋友，他却不肯赏这个脸。

警官又把那人落水的地点告诉了酒店伙计，要他负责去寻找尸体，凡是尸体可能冲上岸来的几个地方都去找一找。那伙计一听到死人脚上还穿着长筒袜，我看他寻找尸体的兴趣顿时倍增。要凑起他身上的这身穿戴，估计他总剥过十来个落水的死鬼吧，怪不得他衣冠袜履的破烂程度五光十色，各各不同。

在酒店里待到潮转，马格韦契这才给押上小艇。赫伯尔特和史塔舵得尽快从旱路赶回伦敦，我和他们凄然握别。我在马格韦契身旁坐定，心想，从今以后他在世一天，我就得一天守在他身旁。

因为，现在我丝毫也没有厌恶他的心情了。拉着我手的这个可怜人，他如今落入了罗网、身负重伤、上了脚镣手铐，可是我只觉得他待我恩重如山；这么许多年来始终对我情深意厚，感恩不忘，宁愿倾囊相报。我觉得他对待我，比我对待乔真要高尚千万倍。

夜幕渐次降落，他的呼吸愈来愈困难，愈来愈难受了，常常会禁不住迸出一声呻吟。我就让他靠在我那只好使的胳膊上，怎么靠着舒服就怎么靠。可是，想起来真是可怕——我当时心里却并不因为他受了重伤而为他感到难过，我倒觉得他还不如死了的好。我相信，当时肯定还有不少人能够出来证明他是何许人，也愿意出面作证。他要求从宽发落，那是妄想，因为他当初受审就已被说得十恶不赦，嗣后又越狱逃跑，逮回重审，既已终身流放在外，此次又潜逃回国，何况那个告发他的人又是死在他的手里。

昨天我们背着一轮落日而来，今天我们又迎着一轮落日而归。我们的希望也如河水，都滚滚地往回倒流。我对他说，想起他这次回国，都是为了我，我真是说不出的难过。

他答道："好孩子，我能够来碰碰运气，就是再满意不过的了。我已经见到了我的孩子，他没有了我也能成为一个上等人的。"

哪里有这种事！我一坐到他的身边，就把这个问题想过了。哪里有这种事呢！且不说我有我自己的想法，文米克当初的那番暗示，如今看来也就够明白的了。我知道，一旦他判了罪，他的财产就要被全部没收。

他又说："好孩子，你听我说。最好别让人知道你这个上等人是我一手培养起来的。你要来探望我的话，你就只作是碰巧和文米克一起来的。等我这最后一次上法庭的时候，我只希望你拣个地方坐着，好让我看得见你，此外我再也没有别的要求了。"

我说："只要他们一天让我和你待在一起，我就一天和你寸步不离。你待我这么真诚，但愿上帝保佑，让我也这么真诚地待你！”

他拉着我的手，我觉得他的手在哆嗦。他在船底躺着，把脸转了过去，我听见他喉咙里又发出了当年那种咯嗒咯嗒的声音——不过这声音如今也温和多了，他身上一切的一切都变得温和多了。也多亏他提到了这件事，我才想起了一个问题，他要是不提，等我自己想起来只怕就太晚了，这就是，千万不能让他知道：他要让我做个富家子的打算，如今已经化为泡影了。

第五十五章

第二天，他就被押解到违警罪法庭，若不是为了要证明他的身份，需要把他当年逃出的那条水牢船上的老狱吏传来作证的话，本来马上就可以提交上级法庭去审理。倒不是还有谁对他的身份有所怀疑，只因本来打算出庭作证的康佩生跌在河里淹死了，偌大一个伦敦碰巧一时又找不到一个狱吏能提供必要的证明。昨天夜里我一回到伦敦，就直奔贾格斯先生家去，请他帮忙，贾格斯先生答应受理，他决定对案情不置一词。此外也别无他法，因为据他说，这件案子等到人证一到，不消五分钟就可以结案，结果肯定对我们不利，这是人力所无法挽回的。

我又把马格韦契的财产下落告诉了贾格斯先生，说我打算把这事瞒住马格韦契。贾格斯先生对我大发脾气，怪我“把钱财白白送掉”，又说，我们一定要设法上个呈文，无论如何要设法索回一部分。可是他对我也并不讳言，财产免予没收的情况，固然也是常有的，不过这件案子却并不具备这样的条件。这一点我也完全明白。我和这个犯人非亲非故，也拉扯不上什么明确的关系；他在被捕以前并没有给我立下什么字据，为我做出什么安排，现在补行手续也已经无济于事了。我没有权利对他的财产提出要求，于是我便打定了主意：绝不要自寻烦恼，缘木求鱼，去提出这种要求，后来我便始终没有改变过这个主意。

我们似乎有理由做出这样一种设想，就是那个淹死的告密者康佩生原是想从籍没的财产中捞到一点油水的，而且他对马格韦契的财产情况了解得相当确切。原来，他的尸体后来在离现场很远的地方发现了，那时他的面貌已经模糊难辨，根据口袋里的东西，才认出了是他。他口袋里有一个皮夹子，皮夹子里的纸条上字迹都还清楚可辨。其中就记着，在新南威尔士某银行里有多少存款，另外还开列了几笔价值可观的地产。马格韦契在流放期间交给贾格斯先生，准备日后由我继承的财产清单上，就有这样两项。可怜的人儿，他无知可毕竟也有无知的好处；他还当有了贾格斯先生的照应，我继承这笔产业是十拿九稳的呢。

为了等水牢船上的人证，审讯推迟了三天。三天以后，人证到了，这个简单的案子便结了案。案子移交给了上级法庭，马格韦契收监待审，只等下次开庭，下次开庭离现在也不过是一个月的事。

就在我生命史上的这个黑暗的时刻，有一天晚上，赫伯尔特赶回家来，垂头丧气得什么似的，说道：

“亲爱的汉德尔，我怕我非得马上和你分手不可了。”

其实我倒并不如他所想象的那样感到意外，因为他的那位合伙人早就和我有言在先了。

“如果我再不到开罗去，我们就要坐失良机了；汉德尔，现在正是你最需要我的时候，可是我却恐怕非走不可了。”

“赫伯尔特，我是永远需要你的，因为我永远爱你；目前是这样，平日也是这样。”

“那你岂不是太寂寞了！”

我说：“我哪儿还有闲工夫想这些呢；你知道，有工夫我就待在他身边了；假如能够办到，我真会成天守着他。而且你知道，即使我的人不在他跟前，我的心也在他跟前。”

马格韦契的可怕处境，实在把我们两个人吓坏了，因此提起这件事，就只能这样含糊其辞，不能说得太露骨。

赫伯尔特说：“老朋友，我们分手在即——的的确确就在眼前——我想请你谈谈你自己的打算，想你不会认为我太冒昧吧。你有没有想过你自己的前途呢？”

“还没想过，因为我现在怕想到前途。”

“可是你自己的前途总不能不考虑呀。真的，我的好汉德尔，亲汉德尔，你千万不能不考虑啊。我希望你现在就考虑考虑这个问题，和我讲几句够朋友的话。”

我说："一定。"

"汉德尔，在我们这个分公司中，我们要聘请一位——"

我看出他有点难于措辞，因为他不想把那个词儿明说出来，于是我就替他说了出来："要聘请一位办事员。"

"一位办事员。我看将来还完全可能发展成为一个股东（你的朋友就已经由办事员发展成为一个股东了）。汉德尔，我的老朋友，你干干脆脆说一句，愿意不愿意上我那儿去呢？"

他眉宇神态之间漾出一片无比的真诚，实在感人至深。起初他喊这一声"汉德尔"，好像是一本正经开了个头，接下去就要谈什么重大的正经事儿似的，可是突然他又换了种语调，伸出了他的真诚的手，像个小学生似的说话了。

"克拉辣和我也不知谈过多少次了，这个小妮子今天晚上还眼泪汪汪地要我告诉你呢，她说等我们结了婚，你如果愿意和我们住在一块儿的话，她一定尽力使你过得快活，要叫她丈夫的朋友相信，丈夫的朋友也就是她自己的朋友。我们会相处得很好的，汉德尔！"

我衷心感谢克拉辣，也衷心感谢他，不过我说，多蒙他一片好意，可是我此时还无法决定是不是到他那里去。第一，我心事重重，现在还不能静下心来仔细考虑这件事。第二——不错！第二，我的脑子里还影影绰绰萦回着一件什么事情，这一点，到我这篇微不足道的自叙传写至近结尾时，就会明白了。

"赫伯尔特，如果这个问题并不影响你的事业，我看还是搁一搁再说吧——”

赫伯尔特说：“随便搁多久都可以，一年半载也行！”

我说：“也不用那么久。最多两三个月吧。”

于是我们握了握手，表示一言为定；赫伯尔特万分高兴地对我说，现在他能够鼓起勇气来告诉我了：估计这个星期末他就非走不可了。

我说：“克拉辣呢？”

赫伯尔特回答道：“那个可爱的小妮子呀，让她暂时守着她爸爸尽些孝道，送了他的终再说吧；不过老头儿也活不长了。乌英夫人私底下对我说，他离鬼门关肯定不远了。”

我说：“不是说句没良心的话，他还是死了的好。”

赫伯尔特说：“我看这倒是句实在话；到那时我就回来，和我那个可爱的小妮子就近找个教堂悄悄结婚。别忘了，亲爱的汉德尔，这可爱的小宝贝不是高门大户出身，从来不看缙绅录，脑子里连自己的爷爷都没有。我娘的这个儿子是多么幸运啊！”

就在那个星期六，赫伯尔特辞别了我，搭了一辆邮车向海港而去——他虽然此去大有可为，可是一旦和我分手，总不免黯然神伤，依依难舍。和他分手以后，我便步入一家咖啡馆，写了封短信寄给克拉辣，告诉她赫伯尔特已经启程，在信上再三转达了赫伯尔特对她的深情厚爱。寄了信便回到我那冷冷清清的家里——这儿也许已经不配称作“家”了，因为我觉得这已经不是我的家了，我已经无家可归了。

在楼梯上正好碰到文米克从上面下来；原来他是来看我的，敲了半天门还是没有人开门。自从我们出逃不幸失败以后，我还不曾单独和他见过面；今天他以私人朋友关系来看我，来给我分析一下这次失败的原因。

文米克说："那个死鬼康佩生，他对于我们这次做的大买卖，一点一滴地摸，结果十有四五让他摸清了底细。我告诉你的那些话，都是从他那几个闯了祸的手下人那儿听到的（他有几个手下人经常闯祸）。我表面上只做掩耳不闻，实际上却竖起了耳朵在听，后来听说康佩生不在伦敦了，我心想这可是下手的绝妙良机。现在我才想到，这个人是非常狡猾的，也许他一贯玩弄权术，对他的爪牙经常要放空气说假话。我想你总不会怪我吧，匹普先生？我其实倒是诚心诚意想为你效劳的，一点不假。"

"文米克，我也相信一点不假，我以最大的诚恳感谢你的关注和情谊。"

文米克搔搔头说："谢谢你，真谢谢你。这件事办糟了；老实说，我已经有多少年没有这样痛心了。我的意思是，好大一笔动产就这样付之东流了。天啊，天啊！"

"文米克，我想到的是这笔财产的可怜的主人。"

文米克说："是啊，那是不用说的。我可不是说你不应该为他难过，假使能够救得了他，要我拿出一张五镑的钞票来我也愿意。不过，我的看法是这样的：既然那个死鬼康佩生事先早就打听到他回国的消息，铁了心不把他弄到官里绝不罢休，那我看他恐怕也确是难以搭救的了。而那笔动产，却是完全救得出来的。这就是财产和财产所有人之间的不同之处，你明白吗？”

我邀请文米克上楼去坐坐，喝杯酒再回沃伍尔斯去。他接受了我的邀请。他喝了一小杯酒，开头显得有些坐立不安，后来突然没头没脑地说：

“匹普先生，我打算星期一休一天假，你觉得怎样？”

“噢，我看你这一年来大概还没有休过一天假吧。”

文米克说：“恐怕十来年都没有休过一天假。真是这样。我现在打算休一天假。不光是休假，我还要出去溜达溜达。不光是溜达，我还打算请你陪我一块儿去呢。”

我正想推托说，我目前心情不好，不宜奉陪，谁料文米克已经料到我这一着，说道：

“我知道你忙，我也知道你心情不好，匹普先生。不过你要是肯赏我一个脸，那我就感恩不浅了。我们不会走得很远，而且是上午去。比方说从八点到十二点，就占用你四个钟点吧（包括在路上吃早饭的时间）。请你勉为其难，破格通融一下，好不好？”

想起平常老是要他帮我的大忙，比起来这点事情可实在算不了什么，于是我说我可以勉力而为，一定勉力而为。他听见我答应了，说不出的高兴，连我看着也高兴。根据他的特定要求，我和他约定：星期一早上八点半，我先到他的城堡里去和他碰头；约妥之后，我们就分手了。

星期一早晨，我准时赴约，在城堡门口打了铃，文米克亲自出来迎接我。我一看不由吃了一惊：他打扮得比平常整洁多了，头上戴的帽子也漂亮多了。屋子里早已准备好两杯朗姆酒兑牛奶，两份饼干。老人家今天一定是起了个早，因为我远远朝他的卧室里望去，看见床上空荡荡的。

兑牛奶的朗姆酒和饼干下了肚，凭着这一份运动食谱，我们正要出发，忽然看见文米克拿起一根钓鱼竿往肩上一扛，我不禁大为诧异。我说："怎么！我们难道是出去钓鱼？"文米克答道："哪里，我出去溜达，总喜欢带一根钓鱼竿。"

我心里感到奇怪，嘴上可没有说什么，便和他一同出发。我们向坎柏韦草地[①]那边走，到得那一带附近，文米克突然说：

"啊呀！这儿有个教堂呢！"

这也没有什么值得惊奇的，可是，使我大为惊奇的是，他好像忽然灵机一动，得了个绝妙的主意似的，兴兴头头地说：

"咱们进去看看！"

于是我们走了进去，文米克把钓鱼竿放在门廊里，我们向四下里望了望。文米克却伸手到外套口袋里，掏出个纸包的东西来。

他说："啊呀！这儿有两副手套呢！我们戴上吧！"

手套是白色小山羊皮手套，再一看他那邮筒口已经大开，这就引起了我的疑窦。后来我又看见老人家搀着一位小姐，从边门走了进来，于是我的疑心就完全成了事实。

---

① 在伦敦南郊。每年八月有盛大庙会，以此著名。

文米克说："啊呀！史琪芬小姐来了！那我们就举行婚礼吧！"

那位端庄稳重的小姐，衣着依旧和平常一样，只是此刻正在脱下手上的一副绿色小山羊皮手套，换上一副白的。老人家也正准备向婚姻女神的祭坛奉上一件类似的献礼。可是这位老先生的手套却怎么也戴不上去，因此文米克只好让他背靠着一根柱子，自己站在柱子后面，帮他把手套用力拉上去，我也帮着把老人拦腰抱住，让他既使得出气力，又不至于出娄子。靠了这种巧妙的办法，他那副手套终于戴上了手，而且戴得尽善尽美。

接着，教堂办事员和牧师出场了，我们顺次排立在那牵着千里姻缘的围栏跟前。文米克倒真是个死心眼儿，他至今还装作好像一切都是偶然撞上的样子，这会子仪式刚要开始，他从背心口袋里掏出一件什么东西，只听他嘴里还在自言自语说："啊呀！这里还有个戒指呢！"

我充当陪新郎的，也就是男傧相；教堂里一个管领座的有气无力的小女人，戴一顶无边软帽（简直像顶娃娃帽），装作史琪芬小姐的密友。嫁女儿的责任则落在老人家身上，结果老人家无心之中，把主婚的牧师弄得大为不快。事情是这样的：牧师当场问道："是谁把这个妇女嫁给这个男人的？"老头儿根本不知道我们的仪式已经进行到了哪一个项目，还是只顾对着墙上的"十诫"笑眯眯的。于是牧师又问了一遍："是谁把这个妇女嫁给这个男人的？"老先生还是没事人儿似的，照旧管他自得其乐，新郎连忙扯高了扯惯的嗓门，对老人嚷道："老爹爹，你是知道的啦！是谁嫁女儿呀？"老人家不是马上回答是他嫁女儿，而是应声脱口而出："好极了，约翰！好极了，我的孩子！"牧师一听，沉下脸来，半晌没有作声，弄得我顿时捏了把汗，唯恐这场婚礼当天不能圆满结束。

不过，婚礼毕竟圆满结束了；走出教堂的时候，文米克揭开圣水器的盖子，把自己的白手套放了进去，再重新盖好。文米克夫人却要有远见得多，她脱下白手套不往圣水器里放，却往自己口袋里揣，换那副绿的戴在手上。出了教堂，文米克踌躇满志，把钓鱼竿往肩上一扛，对我说道："匹普，你倒说说看：谁想得到我们刚刚举行过婚礼呀？"

早餐是在里把路以外一家饶有风趣的小酒馆里事先定好的，酒馆坐落在坎柏韦草地南边的高坡上；屋子里备有弹子台，供我们在隆重肃穆的大典之后松松心眼儿。如今，文米克先生伸出胳膊去搂着他太太的时候，他太太再也不像从前那样把他的胳膊推开了；她坐在靠墙的高背椅里，俨若一架大提琴乖乖地躺在琴匣里；她任他拥抱，一如大提琴落在琴师手里，任其摆布；这一幕叫人看得煞是有趣。

早饭极其精美可口，要是有哪一道菜有人不赏光，文米克就说："要知道，这都是订好的，账款已清，只管放心吃吧！"我向新婚夫妇祝过酒，向老人家祝过酒，又向文米克的城堡祝过酒，临别时又特别向新娘致意，总之，尽量显得愉快随和。

文米克送我到门口，我重又和他握手告别，祝他幸福。

文米克搓着双手说："多谢你啦！我这位夫人是个饲养家禽的能手，你决想不到她这一手有多高明。多早晚来吃几个蛋试试吧。"一会儿他又把我叫了回去，低声嘱咐道："我说，匹普先生，别忘了，我这话完全是在沃伍尔斯说的呀。"

我说："我明白。在小不列颠街不能提。"

文米克点点头说："那一天已经给你走漏了风声，以后还是别叫贾格斯先生知道的好。他也许会觉得我婆婆妈妈，已经成了个软心肠的人了。"

第五十六章

马格韦契在监狱里病得很厉害；从他收监待审，一直病到开庭。他折断了两条肋骨，半边的肺给刺伤了，呼吸非常困难，非常痛苦，而且情况日见严重。由于受伤的缘故，连说话的声音也低得叫人听不见，所以他话也说得极少。不过他还是非常想听我说话，因此我现在别的可以不干，首先就得给他讲，给他念，凡是我认为他应当听的，都让他听听。

他的病情实在太严重，不能在普通牢房里待下去，一两天以后，就搬到监狱病房里去了。因此我倒有了陪伴他的机会，否则那是办不到的。要不是病情严重，肯定还要给他上脚镣手铐，因为他们说他是个本性难移的越狱犯，还说了他许许多多坏话。

我虽然每天去探望他，可是待在他身边的时间短，不在他身边的时间长，因此只要他病情有一点轻微的变化，从他脸上一眼就看出来了。我记得我始终没有见到他有过什么好转的迹象。自从进了监狱以后，他就日见消瘦，精神一天比一天委靡，病情一天比一天恶化。

他变得驯服了，听天由命了，足见他的精力已经耗尽。有时候我看他的神态，听他无意间说出声来的轻轻的一言半语，就不免得出这样一个印象：他大概是在思忖，如果他这一辈子的遭际好一些，说不定也会成为一个好一些的人吧！不过他可从来没有露出过这种意思，来为自己辩解；对于那些早已铁定不移的往事，他也不想去文过饰非。

偶尔也有过两三次，我亲耳听到了照料他的犯人当中有人暗暗提到他是个出名的不可救药的坏蛋。他听了，脸上掠过一丝笑意，以信任的目光对我看了看，似乎相信我早在童年时代就已经看出他身上也有那么一点小小的可取的地方。至于平时，他则总是低首下心，深自负疚的样子，我从来没有听见他叫过苦。

到了开庭日期，贾格斯先生叫递了个呈子，要求延期再审。这显然是估计到马格韦契已经挨不到下次开庭了，结果申请被驳回。于是立即开审，马格韦契被带上庭来，坐在一张椅子里。我设法挨到被告席旁边，待在栅栏外，握着他伸给我的手，庭上也并没有禁止。

审判的过程非常简单，非常爽快。能够为他辩护的话都辩护

过了——无非是，他克勤克俭，已经养成了习惯，他发财致富是合法的，体面的，等等。可是他毕竟潜逃回国来了，如今正坐在法官和陪审团的面前，这是无论怎么说也抹煞不了的。现在既是问他这个罪名，那怎么能不判他的罪呢?

根据当时的惯例（我是这次亲至法庭听审，惊心动魄之余才知道的），每一次庭期需得留下最后一天向犯人宣判，而且为了加强效果起见，死刑都在最后宣判。写到这里，要不是记忆中又浮现出当年那个难忘的情景，我简直不能相信我当时看到了三十二个男女，给押到大法官的面前，听候死刑的判决。三十二个人当中第一个就是他；他还坐在那里，为的是让他保存这一口气，要活着听候处死。

这一幕现在又有声有色地在我眼前一一重现，连法庭的窗上闪烁在四月阳光里的晶莹的四月雨滴，也历历如在目前。记得那一天，我又站在被告席外一个角上，拉着他的手，我看见栅栏里圈着三十二个男女，有的怒目而视，有的魂飞魄散，有的呜咽啜泣，有的捂住了脸，也有的垂头丧气，茫然四顾。女囚中发出了几声尖叫，可是堂上喝一声“肃静”，便都鸦雀无声。挂着大表链、佩着花束的司法长官们，衙门里各色摆样的官儿、害民的官儿们，法警，庭丁，还有旁听席上人山人海的听众——好比戏园子里坐满了看客——大家都看着那三十二个犯人和大法官肃然相对。不一会儿大法官就向犯人们讲话了。在他面前的这批不幸的男女之中，有一个人他得特别提出来说一说。这个人几乎从幼年起就开始犯法；他屡经关押惩处，劣性不改，终于被判长期流放；他泼天大胆，擅自行凶，居然越狱潜逃，因而改判终身流放。这个可怜的人，他离开了原先违法犯罪的地方，远谪异域，一度似乎倒也认识了自己的错误，安分守己、老老实实地过了一阵。谁知一念之差，贻误终身，他也不想自己前半辈子祸害社会，都是因为耽于所好、溺于所欲所致，这一回竟然旧病复发，擅自离开了他安身立命、悔罪补过的避难所，又潜回到禁止他入境的祖国来。他一回来就被人告发了，虽然一时躲过了司法人员的缉捕，可是后来毕竟在逃亡途中落网，被捕前还悍然抗拒官府，致使洞悉其一生奸伪的那位告发人死于非命；这究竟是他有意使然，还是由于他生性卤莽，一时忘情所致，那只有他自己最清楚了。根据法律，被判终身流放出境者偷渡入境，当处死刑，他是罪上加罪，自然更非处死刑不可。

太阳通过法庭大玻璃窗上的亮闪闪的雨点照了进来，在三十二个男女犯人和大法官之间洒下一大片阳光，阳光把双方连为一片，也许旁听席上有人见了这个景象就会想到，这双方也即将以绝对平等的地位，去听候那位洞察一切、绝无舛错的更高的审判者[①]的审判了。那个犯人挣扎着站了起来，脸儿罩在这一片阳光里，只见满面斑驳，他说："老爷，我早已接受了上帝判处我的死刑，可是对于您的判决，我还是鞠躬领受。"说完便重新落座。堂上喝了一声"肃静"，法官继续向其他犯人讲话。讲完话，便正式

① 指上帝。

宣读判决书，然后有的由人扶着走了出去，有的憔悴的脸上做出一副勇敢的样子，大摇大摆走了出去，有几个向旁听席上点点头，有两三个在相互握别，有的一面往外走，一面从地下随手拾起几片香草叶子放在嘴里嚼。他是最后一个出去，因为他得要别人把他从椅子里扶起来，得慢慢吞吞地走；他拉着我的手，等其他的犯人一一押走，这时听众们也纷纷站了起来（同时整整衣冠，仿佛做完了礼拜，看完了戏一样），还指指这个或那个犯人，而多半则是指的他和我。

我一心希望，而且还暗暗祈祷，但愿他能在法院审判记录公布以前就离开人世，但又担心他还有些时日可以迁延，因此便连夜给内务大臣上书请赦，我把他的情况尽我所知做了详尽的申述，特别说明他此次回国都是为了我的缘故。我把我急切而凄楚的心情都尽可能表达了出来，写好了递上去以后，另外又写了几个呈文，向几位我认为最仁慈的权要人士分别呼吁，还上了一道奏章给当今的王上。自从他判刑以后，我接连几日几夜没有好好休息，只偶尔在椅子里打个瞌睡，整天就为这些呈文焦心苦虑。呈文送进去了，我还是在投文的地方逡巡不去，仿佛觉得我亲自守在附近，就会逢凶化吉、绝处逢生似的。一到黄昏时分，我就常常怀着这种荒诞不经的焦虑心情，在一条条大街上彷徨，凡是我上过书、呈过文的官府衙门或权要府第，我都要在门前徘徊一番。时至今日，每逢春寒料峭、灰雾蒙蒙的夜晚，走过伦敦西区那些了无生趣的街头，望见那门禁森严的连云甲第，以及那长长的一行行街灯，我还会由此而勾起一怀愁绪。

虽然我依旧每天去看望他，可是能够逗留的时间却比从前更短了，因为监狱里对他看管得更严了。我看出（也可能是我多疑）监狱里的看守怀疑我要带毒药进去让他自尽，因此我每次总要他们先在我身上搜过，然后才在他床边坐下。我还向那个守在近旁寸步不离的狱吏声明，只要能让他相信我来探监并无他意，他有什么吩咐，我都可以从命。可是并没有人难为马格韦契，也没有人难为我，只是职责所在，不能不公事公办，不过态度也不是很严厉。那位狱吏，我去一次就告诉我一次，说是马格韦契的病情每况愈下，同室的其他几个病囚，以及以护士身份侍候病囚的另一批囚犯（感谢上帝，他们虽然都是些作恶多端的人，却并不因此就丧尽恻隐之心），每次告诉我的也都是同样的消息。

我一天比一天看得明白，他每天无非就是无声无息地躺在那里，仰望着雪白的天花板，脸上神采全无，听到我说话的声音才会微微一亮，过后便又黯然无光。有时候他简直——不，他根本连说话的力气都没有。遇到这种时候，他便轻轻按一下我的手作为回答，不久我也就渐渐能领会他这种动作的意思了。

到了第十天，我看见他身上发生了一种前所未有的巨大变化。这一天我进去时，他的眼睛直望着门口；一看见我，两眼骤然一亮。

我在他床边一坐下来，他就说道："好孩子，我还以为你赶不上了呢。不过，我知道你不会来晚的。"

我说："没有来晚。我还在门口等了一会儿呢。"

“你每天都在门口等的，是不是，好孩子？”

“是的。一分钟也不能浪费呀。”

“谢谢你，好孩子，谢谢你。愿上帝祝福你！你没有抛弃我，好孩子。”

我没有作声，只是按了按他的手，因为我忘不了我一度有过想抛弃他的意思。

他说：“最难得的是，自从乌云罩在我头上以来，你守着我，反而比从前我红日高照的时候更加尽心了。这是最难得的。”

他仰面躺着，一呼一吸都万分吃力。不管他如何撑持，也不管他如何爱我，他脸上的神采往往总是转瞬即逝；他平静地望着白色的天花板，可是眼膜上已经蒙上了一层云翳。

“你今天痛得厉害吗？”

“我不痛，好孩子。”

“你是从来不叫痛的。”

这就是他说的最后几句话了。他微微笑了笑，用手碰碰我，我懂得他的意思是要把我的手举起来放在他胸口。我照着他的意思做了，他又笑了一下，把自己的双手合在我手上。

正当此时，规定的时限到了；可是我回头一望，只见典狱官就站在我身旁，他悄悄对我说：“你就不用走了。”我向他表示万分感谢，还问他：“如果他听得见我说话，我可以和他说说话吗？”

于是典狱官走到一旁，打个手势叫狱吏走开。虽然这些都是在无声无息中进行的，可是他眼前的云翳顿时消散了，那平静的目光从白色的天花板上转过来，无限慈祥地望着我。

“亲爱的马格韦契，有件事我挨到现在，非得告诉你不可了。你听见我的话吗？”

他轻轻地按了按我的手。

“你本来有个心爱的女儿，后来不知下落了。”

这一回他在我手上按得重了些。

“她没有死，她结识了高门人家。她现在还在，成了个贵妇人，非常美丽。我很爱她！”

他用出了最后一点微弱的力气，把我的手拉到唇边吻了吻；要不是我顺水推舟把手送过去的话，他自己是根本拉不动的。然后他轻轻一松手，让我的手又落在他胸口，他的双手又合到了我的手上。只见他的目光重新又平静地望着白色的天花板，不一会儿，目光灭了，他的脑袋便轻轻地掉到了胸前。

这时候，我记起了我给他念过的书，想到了那两个上殿里去祷告的人[①]，我觉得，守在他的床边，我没有什么话好说，我只能祈祷：“主啊，开恩可怜他这个罪人吧！”

---

① 取意于《新约·路加福音》第十八章：“耶稣……设一个比喻，说：有两个人上殿里去祷告。一个是法利赛人，一个是税吏。法利赛人站着，自言自语地祷告说，上帝啊，我感谢你，我不像别人，勒索，不义，奸淫，也不像这个税吏。……那税吏远远地站着，连举目望天也不敢，只捶着胸说，上帝啊，开恩可怜我这个罪人。”

第五十七章

现在，我只剩下孤零零一个人了；我通知房东，寺区那几间屋子，我打算等订定的租期一满就迁出，在到期之前暂时先分租一部分出去。我立即在窗口贴出招租条子，因为我负了一身的债，手头又几乎一文不名，面对这样的境况，我这才真叫惊慌万分了。说得更确切些，应该说我当时要是好好想一想的话，一定会惊慌万分，不过当时我只觉得精疲力竭，不遑他顾，只知道自己已经大病临头，别的什么都糊里糊涂。最近一阵的紧张奔忙，虽然推迟了病的爆发，却并没有把病赶走。我只知道这会子病魔正在向我大举进攻，此外就什么都不知道，也什么都不在乎了。

开头一两天，我不是躺在沙发上就是躺在地板上——反正是在哪儿倒下来就躺在哪儿——脑袋沉重，四肢作痛，没有一点主意，没有一点气力。随后便是一个漫漫长夜，焦虑和恐怖折腾了我整整一宿，第二天早上醒来，我想要在床上坐起来回想一下夜来的情况，却怎么也撑不起来了。

一上午我就躺在床上，竭力想把自己的脑子理一理，是梦是真好好分一分：我到底有没有深更半夜摸到花园坊的埠头去，还想到那里去找我那条船？我到底有没有在楼梯上晕而复苏至于再三，一时惊恐万状，弄不懂自己是怎么下床的？我到底有没有忽然一阵心血来潮，觉得他要上楼来了，以为楼梯上的灯火都已吹灭，于是便出去点灯？我到底有没有听到有个人疯疯癫癫的又是说又是笑，又是哼哼，弄得我说不出的苦恼，可是又依稀感到这似乎都是我自己发出的声音？这屋子的一个黑角落里到底有没有一只闭着炉门的大铁炉，到底有没有人曾经反复叫喊，说炉子里烧化的是郝薇香小姐？想着想着，眼前总会浮起石灰窑的那一片白茫茫的烟雾，把这些印象全搞乱了，最后，透过这一片烟雾，我看见面前有两个人正瞅着我。

我吓了一跳，问道："你们来干什么？我不认识你们呀。"

于是其中一个弯下腰来，拍拍我的肩膀，答道："喂，先生，我相信这件小事你很快就会料理清楚的，不过你现在已经被告下来了。"

"我欠了多少债？"

"一百二十三镑十五先令六便士，先生。是欠珠宝店的账吧。"

“你们要怎么样？”

那人说：“你还是上我家里去吧。我家里收拾得很洁净的[①]。”

我挣扎着想要起来穿衣服。也不知过了多少时候，我又抬眼看看这两个人，看见他们已经离开床前，站在一旁望着我，我呢，却依旧躺在床上。

我说：“你们瞧我现在病成这个情形！我要是能去的话，就跟着你们去了；可是我实在不行，如果你们一定要把我带走，我看我准会死在路上。”

他们也许是回答了几句，也许是争论了一番，也许是连骗带哄，说我身体还过得去，并不像我说的那样差。反正这两个人在我的记忆里就仅仅留下这么一点点微乎其微的线索，直到今天我还弄不明白他们那一次到底来干了些什么，我只记得他们总算对我宽容，没有把我带走。

我发了一场高烧，结果把人们都吓跑了；我病得厉害，常常神志迷糊；我挨呀挨呀，却总挨不到头；我糊里糊涂，分辨不出哪是虚无缥缈的幻景，哪是我本人；我忽而成了砌在墙壁高处的一块砖头，只求赶快脱离这个高得我头昏眼花的地方，我忽而又变成大机器上的一根钢轴，给架在深渊上嘎嘎打转，心里恨不得这台机器能马上关住，我这根钢轴也能马上拆下来——病中的这种种光景，都是今天回忆起来的，不过当时多少也知道一些。我当时还知道，

① 根据当时英国的习惯，债主告了债务人，法警去拘捕债务人时，可以把债务人暂时押在该法警家里（当然要收取费用），直至偿清债务或解往监狱为止。

有时候我以为来了杀人凶手，于是就和人扭打起来；可是一下子又明白了他们都是来给我帮忙的，于是又会筋疲力尽地倒在他们怀抱里，让他们扶我躺下。不过，这些都还在其次，我印象最深刻的一点是，在我病得非常厉害的时候，这些人的脸相看起来尽管都变了形，变得光怪陆离，无奇不有，身材也似乎凭空拔起了几倍，可是怪就怪在这些人迟早总会化成乔的模样。

病情有了转机之后，我就开始注意到，这些人尽管千变万化，这一个特点却是始终如一。无论来到我身旁的是个什么样的人，到头来却总会化成乔的模样。晚上我张开眼来，看见床边大靠椅上坐着的是乔。白天我张开眼来，看见坐在窗前壁凹里对着帐篷的窗口抽烟的还是乔。我要清凉饮料的时候，给我送到面前的那只亲切的手是乔的；我喝过以后重又靠到枕头上时，无限殷切、无限深情地望着我的那张脸，也还是乔的。

终于有一天，我壮起了胆子，问道："当真是乔吗？"

只听得那亲切而熟悉的家乡口音答道："是呀，老朋友。"

"乔呀，你叫我难受得心都碎了！你对我发脾气吧，乔。你打我吧，乔。你骂我忘恩负义吧。别待我这么好啊！"

原来乔一听说我认出了他，快乐得什么似的，早已把他的脑袋紧挨着我靠在枕头上，用胳膊搂着我的脖子了。

乔说："唉！匹普我的老伙伴、老朋友呀，你和我永远是好朋友。等你身体好了，咱们坐着马车出去溜溜——那该有多开心啊！"

说完，乔就回到窗前，站在那里背着我擦眼泪。我真想爬起来到他身边去安慰安慰他，无奈身子疲软，动弹不得，只好躺在床上，以忏悔的心情低声说道："上帝啊，保佑他吧！上帝啊，保佑这个厚道的好心人吧！"

后来乔又来到我床边时，只见他眼睛哭得通红；可是我紧紧拉着他的手，两个人都觉得幸福极了。

"亲爱的乔，有多久啦？"

"匹普，你是问你病了有多久吗？是这意思吗，亲爱的老朋友？"

"是呀，乔。"

"匹普，今天是五月底。明天就是六月一号了。"

"亲爱的乔，你一直都待在这儿吗？"

"差不离，老朋友。我接到了你的信，信是邮差送来的。我知道你病了，我就对毕蒂说——我还忘了告诉你，那个邮差以前是个单身汉，现在也讨上了老婆；虽然他成年东奔西跑，鞋子也不知跑破了多少双，可还是挣不了多少钱，不过钱倒不在他心上，娶个老婆成个家，这才是他的一大心愿——"

"乔！听你这样说，我真欢喜。可是这暂且别去谈它，你还是先告诉我，你和毕蒂怎么说来着？"

乔说："我对她说，你在外地一个亲人也没有，你和我一向是老朋友，在这种紧要当口来看看你，你也许不会反对吧。毕蒂说：'去看看他吧，赶快去。'"乔说到这里，又郑重其事地总结了一句："毕蒂就是这样说的。她说：'去看看他吧，赶快去。'"乔一本正经地思忖了一下，又说："那姑娘也可能说的是'马上就去'，总而言之，这和她的原话差不到哪里去。"

乔说到这里就不讲下去了，只是告诉我说，我正在病中，不能和我多说话；我应当吃些东西，少吃多餐，想吃也好不想吃也好，总得按规定的时间吃；我一切都应当听他调度。于是我吻了吻他的手，就静静地躺着，他则去给毕蒂写信，还替我附笔问好。

一望而知，毕蒂已经教会了乔写字。我躺在床上瞧着他，看见他去写信时的那股得意劲儿，我这个身心俱极脆弱的人，竟然高兴得又哭了。我此时早已连人带床给搬到了宽敞通风的起坐间里，帐子早已拆掉，地毯也早已拿走，屋里日夜都保持着清新怡人的空气。我的书桌已经被推到墙角里，桌上累累赘赘地放了许多小药瓶，乔现在就在这张桌子前坐下，着手干他的伟大事业：先从笔盘里挑了一支笔，好像从工具箱里挑个榔头斧头似的，然后卷起衣袖，仿佛要抓起撬棍、抡起大锤一般。乔在动笔之前，先得用左臂使劲抵住桌子，把右腿老远伸在身后；既经动笔以后，只见凡是朝下的笔画，他每一笔都要划上好半天，我看这一笔大概总有五六尺长；要是朝上的笔画，那简直连墨水四溅的声音都听得见。奇怪的是，墨水瓶明明在他右边，不知怎么他却总以为在左边，因此他的笔总是伸到左边去，蘸一个空，尽管笔尖上没有蘸到半滴墨水，他照样是一副笔酣墨饱的神气。有时他也碰到一些字拼不出来，不过大体上倒确是写得很顺利。他写完了信，签上了名以后，就用两个食指把临了落在信笺上的一摊墨污抹了两抹，在帽顶上擦了擦手指，接着

KALENDAR

就站起身来，在桌子旁边走来走去，从这边看看，又从那边看看，鉴赏着自己的这件大手笔，无限踌躇满志的样子。

当时我即便有精神和乔多谈，也不愿意谈得太多，免得他为我操心，因此我挨到第二天才向他打听郝薇香小姐的事。我先问他，郝薇香小姐病好了没有，他摇了摇头。

“乔，她死了吗？”

乔采取的是转弯抹角、循序渐进的方针，他用规劝的口吻说道：“唉，老朋友啊，你要知道，这样说恐怕太言重了吧，我可不愿意使用这种刺耳的字眼，不过，她已经——”

“已经去世了是不是，乔？”

乔说：“这样说才像个话儿，她去世了。”

“乔，她的病后来又拖了多久？”

乔为我着想，依然不改初衷，谈什么都是转弯抹角、委婉曲折的。他说：“要是问到你的话，拿你的话来说，就是你生病以后大约又过了一个星期吧。”

“亲爱的乔，你有没有听说她的财产是怎样处理的？”

乔说：“哦，老朋友呀，好像她把绝大部分都给了艾丝黛拉——就是说，她生前做好了手续，极大部分都传给艾丝黛拉。可是在她去世前一两天，她又亲手在遗嘱上加了一个陶罐（条款）——给马修·朴凯特先生四千镑整。匹普，最重要的一点是，你猜她为什么要给他四千镑整？‘念及匹普对这位马修的意见。’毕蒂告诉我，的确是那样写的：‘念及匹普对这位马修的意见。’

四千镑整呢，匹普！”乔把遗嘱上的这句条文一连说了两遍，仿佛这一条对他自己也有莫大的好处似的。

四千镑后面还要带上个“整”字，我真不明白乔这一套是从哪儿学来的；不过他好像觉得加了个“整”字，那笔钱似乎就更大了，所以他就津津有味地再三声明：那是四千镑整。

听了他的话，我也大为高兴，因为我生平只做了这样一件好事，这样一来就越发功德圆满了。我又问乔，郝薇香小姐的其他亲戚也分到了什么遗产没有？他有没有听说？

乔说：“莎拉小姐每年有二十五镑的丸药费，因为她肝火太旺。娇吉安娜小姐是二十镑一次付清。还有位什么太太，我忘记她姓什么了。匹普，有种背上隆起一个大疙瘩的野兽，叫什么来着？”

我弄不懂他要问这个干吗，便说：“是不是叫‘凯末尔’（骆驼）？”

乔点点头说：“正是凯末尔夫人。”我一听，就知道他说的是卡密拉。他又说：“她得了五镑，让她买点儿灯草芯蜡烛，半夜里醒来时，好点个亮儿定定神。”

我听他一件件数说得丝毫不爽，便完全相信他说的句句可靠。乔又说：“老朋友，你现在身体还不够好，我今天只能再告诉你一件消息，说完算数。奥立克老头竟闯进人家家里去了。”

我问：“闯进哪一家去了？”

乔辩解似的说道：“话是不错，他一向就是无法无天惯了的；可是要知道英国人一户人家就是一座城堡，打仗的时候不去算它，平日城堡哪能随便闯进去呢！人家虽然过错不少，可毕竟是个粮食种子商啊。”

“那么说，是抢了潘波趣家喽？”

乔说：“就是嘛，匹普；那伙人抢了他的钱柜，拿走了他的钱箱，喝了他的酒，吃了他的东西，打了他耳光，拧了他鼻子，把他绑在自己的床架杆上，狠狠揍了一顿；潘波趣扯着嗓子直嚷，他们便用谷子麦子塞满他一嘴，叫他再也嚷不出来。可是他认识奥立克，因此奥立克现在就在郡里坐班房了。”

这样谈了一阵，我们便无拘无束地谈开了。我的体力虽然恢复得很慢，毕竟是一天天渐见好转了；乔始终待在我身边，我仿佛觉得又变成当年的小匹普了。

原来乔的温柔体贴，实在到了家，看我需要怎样关怀，他便会对我怎样体贴，我简直成了个受他照看的孩子。他坐在床前和我说起话来，依旧像当年一样贴心，像当年一样忠厚，像当年一样处处为我着想，却又毫不自作主张，因此我真禁不住想：我自从离了我们老家的厨房以后，这许多年来的生活莫非都是发了一场高烧，乱梦颠倒，如今终于清醒了过来？他样样事情都替我做，只除了没有替我做家务——其实说到家务，他一到这里，就掏出腰包来替我打发走了我原来的那个洗衣妇，重新雇了一个正派的女人。他常常说他这一次擅自做主，有这样一个道理：“我看见那个洗衣妇老是像敲啤酒桶一样去拍那张不睡人的床铺，把褥子里的鸭绒都掏出来，盛在一只提桶里拿出去卖。她要不走的话，接下去就要来拍你睡的这张床，把你的被子也掏空了呢。往后慢慢的还要把煤放在汤碗菜盆里，把酒藏在你的长筒靴里，一样样都偷出去呢。”

我们都盼望能早日出去坐马车溜达溜达，正如当年盼望我能早日跟他做学徒一样。好容易盼到了那一天，雇了一辆敞篷马车停在胡同里，乔把我的身子裹得严严的，抱着我下了楼，上了车，好像我依旧是一个可怜巴巴的小孩，还得像当年一样，全仗他一片好心，百般扶持。

乔也上了车，坐在我身边，马车向郊野驶去。时值盛夏，草木葱郁，清香四溢。凑巧又是星期天。我眺望着四周赏心悦目的景色，心里想到：可怜我躺在床上发着高烧、翻腾不已的那一阵，这里的万物却在太阳和星星的抚育下，日夜不停地发荣滋长：如今细小的野花儿开得正茂，鸟儿唱得更起劲了；只是一想起躺在床上发烧、辗转不能安眠的情景，平静的心境顿时就乱了。后来我听到了教堂里做礼拜的钟声，又眺望了一会儿周遭的美景，终于觉得自己高兴的劲头还远远不足——因为自己的体力实在还太差，要高兴也高兴不起来——于是我便把脑袋靠在乔的肩膀上，想当年他带我去赶集或是去别的地方，我一个小小的孩子看不尽这繁华世界，一时看累了，就常常是这样把脑袋靠在乔的肩膀上的。

过了一会儿，我心里才平静了一些，于是我们又像当年躺在古炮台的草地上一样，聊起天来。乔还是那个乔，一点儿没有变。他当初在我眼睛里是个什么样的人，现在在我眼睛里还是个什么样的人；还是极端的忠诚，绝顶的正直。

后来我们回到寺区，他又抱我下了车，然后就背着我——瞧他的动作多么轻捷！——穿过庭院，登上楼梯，我不由得又想起在那个不平凡的圣诞节，他也这样背着我在沼地上走过。我们至今还没有提到过我这次命运的遽变，我也不知道他对于我最近的这一段变迁了解了多少。现在我对于自己已经丧尽信心，一切都唯他是赖，因此我拿不定主意，他没提这件事，我是不是就应该说给他听呢？

那天晚上，我再三考虑之后，便趁着他在窗口抽烟的时候，问他道："乔，你有没有听说过我的恩主是谁呀？"

乔回答道："我听说了，老朋友，据说并不是郝薇香小姐呢。"

"乔，那么你有没有听说是谁呢？"

"哎呀！我听说就是派人到三船仙酒家送钞票给你的那个人呢，匹普。"

"正是那个人。"

乔丝毫不动声色地说："真没想到啊！"

我更加拿不定主意了，不过还是接着问道：

"乔，你有没有听说他已经死了？"

"谁？你是说给你钞票的那个人吗，匹普？"

"是呀。"

乔沉思了好半晌，故意避开了我的眼光，望着窗前壁凹里的那张椅子，说："我好像是听人说起过，有的这样说，有的那样说，大体上都是这个意思。"

"乔，你有没有听说过他的情况？"

“倒没特别听说，匹普。”

我说：“乔，你如果想听——”不料我话没讲完，乔就站了起来，走到我的沙发跟前来了。

乔弯下腰来对我说：“我说，老朋友，我们永远是最好的好朋友；你说是不是，匹普？”

我真不好意思回答他。

乔只当我已经回答了他似的，说道：“那好极了，那就对了，咱们的意见是一致的。老朋友，那咱们俩干吗要去谈这些不相干的话呢？咱们俩可谈的话儿多着呢，何必要谈这些不相干的话呢。天哪！你还记得你那可怜的姐姐暴跳如雷的时候吗？你可还记得那根抓痒棍呀？”

“当然记得，乔。”

乔说：“老朋友，你听我说：逢到她暴跳如雷的时候，我总是千方百计，替你挡住那根抓痒棍，可老是心有余而力不足。”乔又摆出了他往日最爱摆的那种大发议论的气派，继续说道：“因为你那可怜的姐姐存心要揍你一顿的时候，我要是不让她打你的话，我自己也挨一家伙事小，倒是你那一顿揍可就要挨得更重了。这一点我早就看出来了。她来扯我的胡子，把我摇两摇（你姐姐要摇我，我领教就是），如果这么一来，就能够免了你这个孩子的一顿痛打，倒也罢了，可是到头来又免不了。她扯过我的胡子，把我摇过了一通，打你反而打得更重了，那时候我自然就暗暗琢磨起来，我对自己说：‘你这样做有什么好处？分明只有坏处，没有好处。老兄，你倒说说看，好处在哪里？'”

我看见乔在等我开口，便道：“你对自己这么说？”

乔说：“我是这么说的。你看我说得对不对？”

“亲爱的乔，你的话总是对的。”

乔说：“好，老朋友，那你就要记着你这句话。你说我的话总是对的，其实我的话倒恐怕多半是错的，只有这句话，那是错不了的——我说你小时候如果有什么小事情瞒着我的话，那多半是因为你知道乔·葛吉瑞帮你挡那根抓痒棍，也是心有余而力不足。因此，咱们俩就甭想这件事了，甭谈这些不相干的话了。在我动身之前，毕蒂很为我费了点心（因为我这人太笨），她嘱咐我对这件事就应该这样看；这样看，还应该这样向你讲。”乔说得头头是道，十分得意：“现在这两点都照办了，我就该对你这个真心朋友说句实在话啦。就是说，你不要想得太多了，你得好好吃你的晚饭，喝你兑水的酒，上床去好好睡觉。”

乔岔开这个话题是煞费了一番苦心的，而毕蒂呢，凭着她女性的机灵，早就猜中了我的秘密，她以那么委婉巧妙而又亲切的言语，把他开导得这样明白，这些都使我铭心难忘。至于乔是否知道我现在穷到什么地步，是否知道我继承巨大遗产的希望已如我们沼地上的雾见了太阳一样完全化为乌有，那我就不得而知了。

我的健康状况日见好转，乔和我相处却渐渐有些儿不自在了；这个情况刚露端倪的时候，我也不明白是怎么回事，可是不久我就明白了，那真是悲哀呵。原来在我体力衰弱、完全仰仗他照顾的那一阵，我这个朋友便照着往日的声调，口吻，照着往日的称呼，亲亲热热地一声声管我叫“匹普我的老伙伴，老朋友”，我听着这些称呼，觉得好像音乐一般悦耳。我也照往日的老习惯对待他，看到他并不反对，我只觉得说不出的高兴和感激。谁料不知不觉之间，尽管我还是始终按老规矩办事，乔却渐渐不像开头那么起劲了；开始时我很纳罕，但我很快就明白了，造成这种现象的原因在我，责任也完全在我。

啊！还不都是由于我的为人，乔才怀疑我会对他变心，才想到我患难一过就会对他冷淡，把他抛弃？还不都是由于我的为人，乔那质朴无邪的心灵里早已种下了根芽，所以如今他才本能地感到，我的健康好转了，他也就要拉不住我了，与其有朝一日被我挣脱而去，岂不还是趁早撒手把我放掉为好？

我第三次还是第四次扶着乔的胳膊到寺区的花园里去散步时，他身上的这种变化就看得一清二楚了。那一次我们坐在明媚和煦的阳光下，望了一阵河景，后来站起来的时候，我偶然说了一句：

“乔，瞧！我完全走得动了。我要自个儿走回去给你瞧瞧！”

乔说：“匹普，当心别太累了！不过你能自个儿走回去，我看着也高兴，先生。”

这一声“先生”喊得我心里很不受用；可是我又怎么能怪他呢！所以我一走到花园门口就停住，假意说走不动了，要求他扶着我走。乔虽然马上就来扶我，脸上却显得有了心事。

我自己也有了心事，因为我本来就已经觉得良心过不去，如今眼看乔身上的这个变化日益显著，真不知应如何挽回才好。我也不想讳言，当时我是很不好意思一五一十向他说明我的处境，说明我已经落到山穷水尽的地步；不过，我看我不肯向他吐露真情，恐怕也不是毫无道理的吧——因为我知道，我要是告诉了他，他一定要掏出他那点微薄的积蓄来帮助我，我没有让他帮忙的道理，我也绝不能让他来帮我的忙。

那天晚上，我们两人都心事重重。可是我在睡觉之前下了决心，决定把这件事拖过明天再说；明天是星期天，我决定从下一个星期起开始过一种新的生活。我打算下星期一上午和乔谈谈他身上的这种变化；我要揭去这最后一丝半缕残余的隔膜，我要把我的一件心事告诉他（这“第二件心事”我至今尚未着笔），我要告诉他为什么我到现在还下不了决心去投奔赫伯尔特；这样同他一谈，他的疑虑自会烟消云散。我放下了心事，乔好像也就放下了心事，似乎我和乔心心相通，我做出了决定，乔也就马上做出了什么决定。

星期天这一天，我们过得很安静：乘马车到了郊外，在田野里散步。

我说：“乔，我真感谢老天爷让我生了这一场病。”

“匹普我的老伙伴，老朋友，你也快复原了，先生。”

“乔，这一段日子对我来说，真是值得纪念的。”

乔答道：“对我来说也是一样，先生。”

“乔，我们在一块儿度过的这一段日子，我是一辈子也忘不了的。我知道，过去的日子，我有一阵确是忘了；可是这一段日子，是无论如何忘不了的。”

乔似乎显得有些慌忙，有些不安，他说：“匹普，这一段日子是很开心。不过，亲爱的先生，过去的事情——都过去啦。”

晚上我上床以后，乔来到我的卧室里，在我养病期间他是天天晚上都要到我这里来的。他问我这会子身上可好，是不是还和上午一样痛快？

“没问题，亲爱的乔，非常好。”

“力气也一天天长起来啦，老朋友？”

“是这样，亲爱的乔，一天比一天足啦。”

于是乔用他那只善良的大手隔着被子拍拍我的肩膀，对我说了声“晚上好”，我只觉得他的声音有些沙哑。

第二天早上起床，我神清气爽，身体又比昨天强健多了，便下了最大的决心，预备把一切都向乔说个明白。我决计不再拖延。我要在吃早饭以前就去找他谈。我要马上穿好衣服，到他卧室里去找他，让他吃上一惊，因为这还是我第一天起早呢。到得他卧室里，他却不在。不仅他的人不见了，连他的箱子也不见了。

我连忙向摆着早饭的桌子奔去，发现桌上有一封信。信上只是简单的几句话：

> 亲爱的匹普：我不想再妨碍你，我走了，因为你已经身体好了，没有了乔你反而更好。乔。
>
> 又：我们永远是最好的好朋友。

信里附着一张替我还债付账的收据，我就是因为欠了这些钱给告下来的。本来我还一直瞎胡猜，以为我的债主已经撤回了状子，或是把官司暂时搁一搁，等我病好了再说。我做梦也没想到是乔替我付了钱；一点不错，是乔替我付的，收据上写的还是他的名字呢。

我现在除了跟着他赶到往日心爱的打铁间去，向他倾诉一切，向他痛陈悔意，把藏在我心头的那“第二件心事”一吐为快而外，还有什么别的办法呢？这“第二件心事”，开头不过是一个模模糊糊的想法在我脑海里萦回不去，后来则终于形成了一个明确的心愿。

我的心愿就是要去看看毕蒂，让她知道我毕竟低首下心、悔恨而归了；我要告诉她，我以前所希冀的一切已经完全落了空；我还要让她想一想，当初我第一次识得愁苦滋味的时候，我们说过些什么知心话。然后我要对她说：“毕蒂，我想你从前一度是很爱我的，那时候我这颗疯魔的心灵虽然已经背弃了你，误入了迷途，可是只要和你在一起，就感觉到从来没有过的平静和幸福。如果你能够以从前一半的情分再爱我，如果你能够不计较我这一身的缺点和毛病而愿意要我，如果你能够把我当作一个无知的孩子，宽恕我，收容我（毕蒂呀，我也真像个孩子，心里实在难受，多么需要你向我说句宽心的话儿，向我伸出抚慰的手啊），那么我想我过去配不上你，今天也许会稍稍好一些——不是说已经好到哪里去，不过也许会稍稍好一些。毕蒂呀，我今后完全听你决定：是留在打铁铺里和乔一块儿干活儿呢？还是在国内设法另找一个职业呢？还是另谋出路，让我们一块儿去到一个遥远的异域呢？——那儿本来有个机会等着我，可是我没有去，一定要得到了你的回答再做定夺。喂，亲爱的毕蒂呀，只要你说一声你能够伴着我过一辈子，我这一辈子就一定会因此而幸福，我这个人也就不会再碌碌无为，我一定要不避艰险，竭尽全力，使你过得格外幸福。”

我的心愿就是如此。又休息了三天，我便回到故居去实现我这个心愿了。我的心愿到底实现了没有？我要向读者交代的，也就剩这一段情节了。

第五十八章

还没回到故乡，故乡就传遍了我乐极生悲、从高枝上一落千丈的消息。我发现蓝野猪饭店也获悉了这项消息，发现这头“野猪”的态度顿时大非昔比。我交好运的那一阵，这头“野猪”热情洋溢，拼命要博取我的欢心；如今我走了背运，这头“野猪”便冷若冰霜，对我满不在乎了。

我是黄昏时分赶到那里的；这一趟路程，以前赶起来非常轻松，如今却赶得我精疲力竭。“野猪”再也不让我住在往常住惯的那间屋子里，说是已经住了别人（多半又是住了一位遗产颇丰、前程远大的人士），只是把院子尽头一间不像样的屋子给我住，旁边是鸽子棚，还停着几辆马车。可是我在这屋子里却睡得甜极了，纵使“野猪”让我住上最讲究的上房，也不会睡得再甜；我那天做的好梦，也未必会比睡在上房逊色。

第二天一大早，趁着饭店里替我准备早饭的那一阵工夫，我到沙堤斯庄屋附近去溜达了一阵。看见大门上和窗口的破挂毯上都贴着用印刷字体写的招贴，宣布本宅一应家具什物定于下星期举行拍卖。宅子本身则将作为废旧建筑材料拍卖，予以拆毁。酒坊墙上用石灰水标明“第一号”的字样，一个个字母都写得跛脚瘸腿；那幢长年门窗紧闭的正宅标作“第二号”。其他屋舍也都一一编号标明。墙壁上为了要标明编号，藤蔓都给扯下来了，好大一片挂在泥地上，已经枯萎了。大门洞开，我进去站了一会儿，只作是个没事儿闯进去的闲人，不大自在地东瞅瞅西望望，看见拍卖行的办事员正在那些啤酒桶上走着，一个一个数，好把数目报给编目人；那编目人手里拿着一支笔，他临时当办公桌用的就是当年我常常一面哼着《克莱门老头》、一面推着走的那张轮椅。

后来回到蓝野猪饭店的餐室里用早餐，发现潘波趣先生正在和饭店老板谈话。潘波趣先生最近夜间受了一场惊吓，他那副尊容倒幸而没有因此而锦上添花。他原来是在那里等我，一看见我，便招呼道：

“小伙子，眼看你从高枝上摔了下来，我真觉得难受。不过，你想想，你能不摔下来吗！你能不摔下来吗！”

他堂而皇之地做出一副宽大为怀的姿态，伸出手来和我握手，我因为病体衰弱，不便和他争论，只得也伸出手去。

潘波趣先生吩咐茶房说："威廉，再来一盆松饼。唉，竟然弄到这个地步！竟然弄到这个地步！"

我皱皱眉头，坐下来吃早饭。潘波趣先生站在我的桌子旁，我还没来得及去拿茶壶，他就提起茶壶替我倒了茶，看他那一脸的恩人气派，好像拿定了主意，非得把他的恩人做到底不可。

他装出一副忧伤的口气，吩咐威廉"拿些盐来"，然后对我说："我看你从前得意的时候是加糖的吧？加不加牛奶？当然，牛奶和糖都加。威廉，拿一盆水芹菜来。"

我老实不客气地说："谢谢你的好意，我不吃水芹菜。"

"你不吃水芹菜！"潘波趣先生说着，叹息了几声，又连连点头，似乎表示这是他意料中事，我不吃水芹菜，怪不得我只落得一败涂地。他说："是啊。这是下等蔬菜嘛。威廉，不用了，你甭拿啦。"

我继续吃我的早饭，潘波趣先生还是站在我的桌子旁，眼珠子定了神，活像一对鱼眼睛，哼哧哼哧地呼气，这些都是他一贯的特色。

潘波趣先生心里想着心事，嘴里不知不觉就说出声来："瘦得剩皮包骨头啦。想当初他要离开这儿（老实说我还为他祝福呢），我就把我像蜜蜂一般辛辛苦苦积攒起来的那点菲薄的东西全拿出来款待他，记得那会子他还胖嘟嘟的，像只桃子呢。"

他这番话提醒了我一件事：记得我刚交上好运的时候，他是那样奴颜婢膝地一再伸出手来要和我握手，还要先问我一声"可不可以？"刚才他向我伸出那五个胖鼓鼓的手指时，却又是那样神气活现，俨然一副仁厚长者之风，这前后态度之悬殊，真令人叹为观止。

他哈哈一笑，随手把黄油面包递给我，说："你是到约瑟夫那里去吗？"

我禁不住发了火，说："真是怪事！我上哪儿去和你有什么相干？别碰我的茶壶！"

我这一着失策到极点，因为这样一来就给了潘波趣一个求之不得的机会。

他放开茶壶，后退了一两步，然后就把我数落起来，有意说给站在门口的老板和茶房听听："好吧，小家伙，我就不碰你的茶壶。你说得对，小家伙。你只有这一次说得对。我是多事了，我眼看你在外面花天酒地，把身子都掏空了，所以看你在吃早饭，就替你叫一份你祖祖辈辈吃惯的滋补妙品，好让你长长力气。"潘波趣说到这里，转过脸去对着老板和茶房，伸直了胳膊指着我的鼻子说："这不是别人呀，这就是从小由我陪着度过了幸福童年的那个小家伙！不要以为这种事不可能，我不骗你们，这就是那个小家伙！"

那两个人嘟嘟囔囔附和了他几句。茶房似乎特别显得感慨系之。

潘波趣继续往下说："这就是我一直让他坐我马车的那个小家伙。这就是我看着他姐姐一手拉扯大的那个小家伙。我是他姐姐夫家的舅舅，他姐姐名叫乔治安娜·玛丽雅，用的是她母亲的名字。

我说的这些事实，看这个人能否认得了！”

看来那个茶房已经相信我否认不了，认为不敢否认就是心虚理亏。

潘波趣又照老样子扭过脸来盯着我，说：“小伙子，你是到约瑟夫那里去。你刚才问我，你上哪儿去和我有什么相干？可是我告诉你，先生，你不是到别处去，你是到约瑟夫那里去。”

茶房咳起嗽来，似乎在客气地请我答辩。

潘波趣打起卫道者的口吻，仿佛说的都义正辞严，无可争辩，一副架势简直气得死人，他说：“听好，我来指点指点你，见了约瑟夫应当说些什么话。现在蓝野猪的老板也在场，他是镇上有名望、有身份的人；还有威廉也在场，如果我没有记错的话，他姓鲍特金。”

威廉说：“一点不错，先生。”

潘波趣接下去说：“小伙子，现在我就当着他们两位的面来指点指点你，见了约瑟夫应当说些什么话。你就说，约瑟夫，今天我见到了我早年的第一个恩人、我幸运的缔造者。约瑟夫，他的名字我也不用说了，反正镇上的人都喜欢管他叫我的恩人，我今天见到那个人了。”

我说：“我发誓我在这儿没有见到那样一个人。”

潘波趣却不死心：“你就这么说吧。你要这么说了只怕约瑟夫听了也会吃惊呢。”

我说：“他才不是这号人呢。我不是个娃娃。”

潘波趣只管说道："你就说，'约瑟夫，我见到那个人了，那个人对你没有恶意，对我也没有恶意。约瑟夫，他看清了你的人品，知道你笨得像猪，无知无识；约瑟夫，他也看透了我的人品，知道我是个忘恩负义的人。约瑟夫，的确是这么回事呀。'"潘波趣说到这里，对我把脑袋一晃，把手一挥："你就说，'凡人皆有感恩报德之心，可他看透了我就缺少这份情义。约瑟夫，这一点他比谁都了解。约瑟夫，你不了解，你也用不着了解，可他就完全了解。'"

虽说他一向是头胡吹乱说的蠢驴，可是他居然有脸当着我的面说出这番话来，这实在使我惊异。

"你对他说：'约瑟夫，他叫我带给你一个小小的口信，现在我就传给你听。是这样的：我从高枝上跌下来的那当儿，他看见上帝的手指比画了几个字。约瑟夫，他一见就认出了那是上帝的手指，他看得可清楚呢。约瑟夫，那手指比画出了这样几个字：对早年的第一个恩人、幸运的缔造者忘恩负义，当获此报。不过，约瑟夫，那个人说，他从前那样做了，现在可并不后悔。一点儿也不后悔。那样做做得对，是做了好事，是做了善事，他以后还要那样做。'"

我断断续续吃完了这顿早饭，轻蔑地对他说："可惜这个人就没有说他到底做了些什么，以后还打算做些什么。"

潘波趣却向饭店老板说开了："蓝野猪的老板，还有威廉！我以前那样做做得对，是做了好事，是做了善事，以后我还要那样做！如果你们二位愿意把我这番话拿到镇上去对人说，到镇东去说也好，到镇西去说也好，我都不反对。"

这个大骗子说完这话，就大模大样地和他们两人握握手，走出饭店去了；他这莫名其妙的所谓“那样做”，竟有如许好处，我听了倒不是觉得喜欢不尽，而是大吃一惊。他走了不久，我也出了饭店，顺着大街走去，看见他站在自己铺子门口，向一些上流人士大发议论（议论的内容自然还是刚才那一套）；我从他铺子对面走过，承蒙那班先生不弃，还赏了我几个白眼。

可是这样一来，我去投奔毕蒂和乔，心情便觉得更其愉快了。他们俩那种宽容大度的精神本来就已经伟大得无以复加，不过如今和这个不要脸的骗子相形之下，就越发显得光辉灿烂了。我四肢疲软，因此走得很慢，然而走一步毕竟靠近他们一步，离那种气焰逼人、满口谰言的势利小人也愈来愈远了，想到这里，心情也就愈来愈舒畅了。

时值六月，气候美妙宜人。长天一片澄蓝，碧绿的庄稼上云雀凌空穿飞，我只觉得这郊野的风光比往常真不知要美妙多少倍，宁静多少倍。一路上想着我今后就要在这里过一辈子，脑海里勾勒出一幅又一幅赏心悦目的图景；又想到我一旦把那个心地纯朴、头脑清晰、善于治家度日、我看准了没错的人儿娶来做我的伴侣，给我指引人生的道路，那么我往后为人行事也就会高尚一些。这样漫思遐想，既遣散了旅途的寂寞，又在我心里唤起一脉柔情，因为这次归家，我的心肠已经软了许多；经历了这些人事沧桑，我觉得自己像是个在异乡绝域漂泊经年的人，如今光着脚板，涉水跋山，千里迢迢地归来了。

毕蒂教书的那所小学堂，我还从来没见过；我因为怕惊动乡邻，便由一条迂回曲折的小径进了村，正巧这条小径从学校门前经过。扫兴的是，这一天恰好放假，里面一个孩子也没有，毕蒂住的那间屋子也关着门。我本来兴兴头头地打算先别让她看见我，让我先看看她怎样忙着做她每天的工作，可惜这个打算就这样落了空。

好在再走过去一点路就是铁匠铺子，我就趁着那芬芳的菩提树的绿荫，奔向铁匠铺子而去，一路用心听着：乔那个铁锤的叮当声能听见了吗？这铁锤声，我本当早就听见了；这铁锤声，我还满以为自己早就听见了；可是结果发觉不过是自己的幻想罢了，环顾四周，还是一片寂静。菩提树还在那里，山楂林子还在那里，栗树也还在那里，我停下来侧耳静听时，树叶飒飒有声，多么悦耳，可是那仲夏的熏风里就是没有乔的叮叮当当的铁锤声。

事到临头，不知怎么我倒反而有点怕见铁匠铺了。终于我来到了门前，看见门关着。既没看见炉子里的火光，也没看见一阵阵闪耀的火花，更没听到风箱的怒吼；什么都歇着，寂然无声。

然而倒也不是人去屋空，看来那间讲究的客厅现在已经派了用场，窗都开着，洁白的窗帘随风飘拂，窗下摆着艳丽的鲜花。我轻轻走到窗前，打算从花束顶上朝里面望望，不料劈面突然出现了乔和毕蒂，胳膊挽着胳膊，站在那里。

毕蒂先是大嚷一声，好像我是鬼魂出现一样，可是才一转眼工夫，她就已经扑到了我的怀里。我看着她，由不得哭了；她看着我，也由不得哭了。我哭，是因为看见她出落得如此明丽可人；她哭，是因为看见我这样形容枯槁，面色苍白。

“亲爱的毕蒂，你打扮得多漂亮啊！”

“是啊，亲爱的匹普！”

“乔，你也打扮得多漂亮啊！”

“是啊，匹普我的老伙伴，老朋友！”

我直瞅着他们俩，一会儿望望这个，一会儿望望那个。

毕蒂忽然欢天喜地地嚷了起来：“今天是我们结婚的日子啊，我嫁给乔啦！”

他们带我走进了厨房，我就在当年的那张松板桌前坐了下来。毕蒂捧起我的手来吻着，乔抚慰似的拍拍我的肩膀。乔说：“亲爱的，他身体还没有完全复原，别吓着了他。”毕蒂说：“哎呀，亲爱的乔，你看我一高兴，就都忘啦。”他们俩见了我都乐不可支，见了我都得意非凡；我这一去使他们万分感动；尤其使他们欢喜的是，我无意之中竟赶上了他们的大喜日子，这就使他们的大喜日子分外圆满了！

我的第一个念头就是：我这破灭了的最后一个希望，幸而始终没有向乔透露过。他在我病中侍候我的那一阵，我几次三番话到嘴边又咽了回去。乔在我那儿只要再多待一小时，就准会知道我这件心事，那时事情就无可挽回了！

我说：“亲爱的毕蒂，你得到了一个举世难寻的好丈夫；你要是看见他守在床边侍候我的那番光景，那你就会——不，你已经这样爱他了，还能怎么个爱法呀？”

毕蒂说："是啊，就是这话。"

我又说："亲爱的乔，你也得到了一个举世难寻的好妻子，她绝不会短你半分你应得的幸福。亲爱的乔，你真是个善良高尚的人啊！"

乔望着我，嘴唇哆嗦，悄悄拿衣袖擦着眼睛。

"乔和毕蒂呀，你们俩今天已经上教堂去过[1]，从此你们就和全人类相亲相爱了，请接受我这点微薄的谢意，让我感谢你们对我的种种照应，只是我对你们却完全忘恩负义！我最多耽搁一小时就要走，马上就到国外去，你们这次为我花了钱，我这才没有进债务监狱，因此我要去加紧干活，挣出这笔钱来还你们；一天不还，我就一天安不下心来。亲爱的乔和毕蒂，我这样说，你们可别以为我还了你们的钱就还得了你们的情；我哪怕加一千倍还你们的钱，还是不能报答你们的情分于万一！"

他们俩听我这样说，心都软了，求我别再说下去了。

"可是我还要说下去。亲爱的乔，我希望你们生几个孩子疼爱疼爱；到了冬天晚上，有个小子坐在这火炉边上，那时候你也许就会想起另外有过一个小子，当初也在这火炉边上坐过。乔，你可千万别告诉他说我是个忘恩负义的人呀；毕蒂，你也千万别向他数说我的不仁不义呀；你们只消告诉他，说我尊敬你们两位，因为你们俩都十分真诚、善良，你们对他说我说过，他长大了应当比我高

---

① 指结婚。

尚得多，因为他是你们的孩子。”

乔用衣袖掩着脸说：“匹普，我不会跟他说那种话的。毕蒂也不会。谁都不会。”

“那可好极了；不过，尽管我知道你们两位心地仁慈，早就原谅了我，可我还是要恳求你们俩，千万要对我亲口讲一声，说你们原谅我！千万要让我亲耳听一听，让我把你们的话音一起带到异国，这样我才能相信，今后你们还是信得过我的，还是看得起我的！”

乔说：“哎哟，匹普我的老伙伴，老朋友，如果当真有什么事情谈得上要我原谅你，上帝在上，我一定原谅你！”

毕蒂也说：“阿门！上帝知道，我也原谅你！”

“那么，亲爱的乔和毕蒂，现在让我上楼去看看我住过的那间小屋吧，让我一个人在那里待一会儿，等我陪你们吃过了饭、喝过了酒，就请你们把我送到村口的指路牌下，我们就要分手了！”

我把东西都变卖了，尽我所能偿还了一部分债款（余数蒙债主给了充裕的宽限，得于将来一次还清），然后就去投奔赫伯尔特。不到一个月，我就离开了英国；不到两个月，我就当上了克拉瑞柯公司的办事员；不到四个月，我就第一次独力担当起了公司的重任。原来在磨池浜那边，比尔·巴雷的咆哮已经停止了，那间客厅天花板上的横梁也不再给震得发抖了，赫伯尔特回国去和克拉辣结婚了，于是便由我代他独力担当起这东方分公司的重任，直到他带着克拉辣双双归来，我才交卸这个重任。

过了好多年，我才在这家公司里入了股；可是我和赫伯尔特夫妇在一起，日子过得很快活；我省吃俭用，料理清楚了债务；我还经常与乔和毕蒂通信。等我在这家公司里坐上了第三把交椅，克拉瑞柯才向赫伯尔特透露了我的秘密；据他说，赫伯尔特入股的秘密早就使他心中十分不安，因此他非得说穿不可。他说穿以后，赫伯尔特既惊异又激动；但是，我和这个好朋友的友谊，却并不因为我把这件事瞒了他这么久而有所逊色。我得声明，我们的公司绝不是什么大公司，我们也绝没有大赚其钱。其实我们的生意做得并不大，只是信誉颇佳，将本求利，还干得不错。这多半得力于赫伯尔特的兢兢业业，勤勉有加，因此我常常纳罕，我以前怎么竟会认为他才干不足呢？后来有一天，我终于恍然大悟，原来才干不足的根本不是他，恐怕倒是我呢。

第五十九章

我十一年没有看见乔和毕蒂；不过身在东方，幻想之中还是常常会出现他们的音容。十一年之后，十二月里的一个晚上，大概在天黑后一两个钟头，我的手又轻轻按在老家厨房的门闩鼻上了——我按得极轻，谁都听不见一丝声响；探头朝里一望，谁都没看见我。乔还坐在火炉旁边那个老地方抽他的烟斗，虽然头发稍稍有些花白，可依旧像往日一样健旺强壮；他大腿遮着的一个角落里，还摆着我那张小脚凳，坐在脚凳上望着炉火的那个孩子，俨然就是第二个我！

我另外拿了一张脚凳在孩子身边坐下（不过我可没有去揉乱他的头发），乔见了很高兴，说道："亲爱的老朋友，我们为了纪念你，管他也叫匹普。我们巴不得他长得像你，现在看来真有几分像啦。”

我看着也有点像；第二天早上，我带了小匹普出去散步，谈了好多好多话，彼此谈得融洽极了。后来我又带他到教堂公墓里去，拖他坐在一块墓碑上，他高高地坐在那里，指给我看哪一块石碑刻的是“本教区已故居民斐理普·匹瑞普暨夫人乔治安娜之墓”。

吃过晚饭，毕蒂怀里抱着熟睡的小女儿，我和她聊起天来。我对她说：“毕蒂，过一天，你把小匹普过继给我吧；不能过继给我，至少也得让我给带带。”

毕蒂温和地说：“不行，不行，你应当结婚。”

“赫伯尔特和克拉辣也是这样说的，不过我看我是不会结婚的了，毕蒂。我跟他们在一起住惯了，不见得还会结婚了。我已经成了个老光棍啦。”

毕蒂低下头来望着她的娃娃，举起娃娃的小手放到嘴边吻了吻，然后又把她刚刚抚弄过娃娃的那张温良的母性的手，放在我手掌心里。毕蒂的这个动作，毕蒂的结婚戒指在我手掌心里轻轻一按，表达的意思就胜过了千言万语。

毕蒂说：“亲爱的匹普，你现在当真不再为她烦恼了吗？”

“哎，没有的事，怎么还会烦恼呢，毕蒂。”

“对老朋友要说真心话啊，你真的把她忘了吗？”

“亲爱的毕蒂，凡是在我生活中占据过主要地位的事物，我什么也忘不了；即使不是占据主要地位，只要在我生活中有过一席之地的，我也不大会忘记。可是毕蒂，我从前不是说过那是一场可怜的春梦吗，这可怜的春梦早已风流云散了，风流云散了。”

尽管我嘴上这样说，心里却很想当夜独自个儿去凭吊一下那座庄屋的旧址——以寄对她的怀念。对，一点不错。正是对艾丝黛拉的怀念。

我早就听说，她过着极其不幸的生活，受尽了丈夫的虐待。谁都知道她的丈夫不是个东西，集骄傲、贪婪、残暴、卑鄙于一身，因此艾丝黛拉和他分居了。我还听说，她丈夫由于不知体恤坐骑，有一次出了事，死于非命。艾丝黛拉从此获得了解脱，算起来这是约莫两年前的事了；据我看，她恐怕多半已经改嫁。

乔家里的晚饭吃得特别早，因此饭后有的是充裕的时间，我尽可以不慌不忙地和毕蒂聊完了天，然后赶在天黑以前到庄屋旧址去一趟。可是一路逛去，望望旧日的风物，想想旧日的情景，到得目的地已经是黄昏时分了。

哪里还有什么庄屋，哪里还有什么酒坊，哪里还有一所房子，只剩下旧日花园的围墙。空荡荡的地上围着简陋的栅栏，向栅栏里边一望，只见旧日的藤蔓已经重新扎下了根，在一堆堆冷落的碎砖破瓦上长成绿油油的一片。栅门半掩，我推门而入。

这天下午起了一阵银白色的寒雾，蒙住了一切，这会子月亮还没有拨开雾霭，高临太空。可是星星已隔着夜雾在那里眨眼，月亮也姗姗起步，因此夜色倒也不黑。我还辨认得出这座故宅的一房一舍本来坐落在哪里，大门本来坐落在哪里，酒坊本来坐落在哪里，那些啤酒桶本来又放在哪里。凭吊过一番之后，顺着花园里那条荒芜的小径抬眼望去，忽然看见小径上有个孤零零的人影。

我就向前走去，瞧那人影的动静，似乎已经看见了我。那人本来是向我而来的，这会子却站住不动了。我走近一些，看出是个妇人的身影。再走近一些，看出她刚转身要走，忽然又收住了脚步，站在那里等我过去。就在这时候，她似乎大吃了一惊，颤巍巍地犹豫了一阵，便喊出了我的名字来，我也叫了起来：

“艾丝黛拉！”

“我完全变了样了，没想到你还认得出我。”

她那明艳的秀色固然已经一去不返，可是那描不尽的端庄，说不尽的风韵，依旧不减当年。这份端庄，这份风韵，我以前也见过；可是这一对当年顾盼无人的眸子今天透出的一脉凄凉而柔和的光彩，那是我从未见过的；这一只当年毫无感情的手今天握在手里给我的友谊的温暖，那是我从未领略过的。

我们在近旁的一张长凳上坐了下来，我说：“艾丝黛拉，真没想到，分别了这么多年，今天居然还会在我们这第一次见面的地方重逢。你常常到这儿来吗？”

“后来就没有来过。”

“我也没来过。”

月亮升起了，我想起了马格韦契那望着白色天花板的平静的目光倏然而灭的情景。月亮升起了，我想起了他临终前听到我那几句话时按按我手的情景。

我们相对无言，后来还是艾丝黛拉打破了沉默：

“我一直想要回来看看，可总是来不了。这个老家，多可怜啊，多可怜啊！”

初升的月亮的几缕光辉射进了银白色的雾霭，这月光也照到了她眼里挂下的泪珠。她不知道我已经看见了她的眼泪，还拼命想要忍住，于是就改用平静的口气对我说：

“你一路走过来，看到这个地方落得这般光景，大概觉得有点吃惊吧？”

“是啊，艾丝黛拉。”

“这块地皮还是归我所有。留在我手里的，如今也只剩下这宗产业了。别的都陆陆续续变卖光了，这块地皮我始终没有卖掉。这些年来一直一筹莫展，独有在这个问题上我总算咬了咬牙顶过来了。”

“这儿要重新盖房子了吗？”

“终究要盖啦。因此我特地赶在这儿大兴土木之前，来和这个地方告别一番。”说到这里，她的口气里充满了关怀，使我这个漂泊异国的人感到了温暖，她问我：“你还住在国外吧？”

“还住在国外。”

“一定过得不错吧？”

“辛辛苦苦，才能图个温饱，所以——对，是过得不错！”

艾丝黛拉说：“我常常想起你呢。”

“是吗？”

“近一阵来尤其想念。想当初我不知珍惜，明明是无价之宝却轻易抛弃了。有一个很长的时期我过得很痛苦，对这些旧事根本想也不想。后来我的情况起了变化，想想这些旧事也不算非分了，从此，我就把这些旧事珍藏在我的心中。”

我回答道：“我的心里却一直有你的一席之地。”

于是我们又相对无言，后来还是艾丝黛拉先开口：

“我真没想到，今天来和这个地方告别，竟会同时也向你告别。这个意外，倒使我很高兴。”

“艾丝黛拉，你为再次和我分手而高兴吗？对我来说，分手总是件痛苦的事。想起我们上一次的分手，我就一直觉得悲痛。”

艾丝黛拉十分诚恳地说：“可你上次不是对我说了吗：‘愿上帝保佑你！愿上帝宽恕你！’你既然上一次能够对我这样说，现在一定也能够毫不犹豫地对我这样说——因为痛苦给我的教训比什么教训都深刻，现在痛苦已经教会我理解了你当初的心情。我已经受尽挫折，心灰意冷，不过我看比从前总要好一些吧。希望你还像从前一样体谅我，宽待我；跟我说一声‘我们言归于好’吧。”

她从长凳上站起来了，我连忙起来，伸手去扶。我说：“我们言归于好。”

“即便分手，我们的友情永远不变。”

我握住她的手，和她一同走出这一片废墟。当年我第一次离开铁匠铺子，正是晨雾消散的时候；如今我走出这个地方，夜雾也渐渐消散了。夜雾散处，月华皎洁，静穆寥廓，再也看不见憧憧幽影，似乎预示着，我们再也不会分离了。

审校说明

我国文学翻译家王科一先生于20世纪50年代翻译了《远大前程》《傲慢与偏见》等数部名家作品，为历代读者留下了宝贵译作。鉴于先生作品的创作年代较早，编者在编选“后浪插图经典”系列时，对其译本的用词、译法做了最大限度的保留，仅根据现行国家通用语言文字的规范和标准，酌情进行了修订。标点符号方面，仅对不宜使用冒号、逗号、分号及破折号的地方进行了修改。文字方面，对于不影响文本理解的非规范文字使用情况，采取了较为宽松的处理方式，以免破坏王科一个人的文本特色。由于编者学识有限，难免存在诸多不足，望读者朋友多多理解与支持。

编者

2021年1月